윌리엄 셰익스피어

1564년 잉글랜드 스트랫퍼 … p Avon)에서 비교적 부유한 상인의 아들로 태어났다. 엘리자베스 여왕 치하의 런던에서 극작가로 명성을 떨쳤으며, 1616년 고향에서 사망하기까지 37편의 작품을 발표했다. 그의 희곡들은 현재까지도 가장 많이 공연되고 있는 '세계 문학의 고전'인 동시에 현대성이 풍부한 작품으로, 전 세계 사람들의 마음을 사로잡고 있다. 크게 희극, 비극, 사극, 로맨스로 구분되는 그의 극작품은 인간의 수많은 감정을 총망라할 뿐 아니라, 인류의 역사와 철학까지도 깊이 있게 통찰하고 있다고 평가받는다. 고대 그리스 비극의 전통을 계승하고, 당시의 문화 및 사회상을 반영하면서도, 수백 년이 지난 지금까지 독자들의 공감과 사랑을 받는, 시대를 초월한 천재적인 작품들인 것이다. 그가 다루었던 다양한 주제가 이렇듯 깊은 감동을 이끌어 내는 데에는 그의 시적인 대사도 큰 역할을 한다. 셰익스피어가 남겨 놓은 위대한 유산은 문학뿐 아니라 영화, 연극, 뮤지컬, 오페라와 같은 문화 형식, 나아가 심리학, 철학, 언어학 등 다양한 학문에서도 수없이 발견되고 있다.

옮긴이 최종철

연세대학교 영어영문학과를 졸업하고 연세대학교와 미네소타 대학교에서 문학 석사 학위, 미시건 대학교에서 문학 박사 학위를 받았다. 셰익스피어와 희곡 연구를 바탕으로 다수의 논문을 발표하였으며 현재 연세대학교 영어영문학과의 명예교수이다. 1993년부터 셰익스피어 작품을 운문 형식으로 번역하는 데 매진하여, '셰익스피어 4대 비극'인 『햄릿』, 『오셀로』, 『맥베스』, 『리어 왕』과 『로미오와 줄리엣』, 『한여름 밤의 꿈』, 『베니스의 상인』 등을 번역 출간했다.

세익스피어 전집 9　　　　사극 II

셰익스피어 전집 9

사극 II

윌리엄 셰익스피어
최종철 옮김

민음사

셰익스피어 전집의 운문 번역을 시작하며

셰익스피어가 그의 극작품에서 사용하는 언어는 형식상 크게 운문과 산문으로 나뉜다. 산문은 주로 희극적인 분위기나 신분이 낮은 인물들(꼭 그렇지는 않지만), 저급한 내용, 편지나 포고령, 또는 정신 이상 상태 등을 드러낼 때 쓰이고, 운문은 주로 격식을 갖추어 사상과 감정을 표현할 때 쓰인다. 여기에서 운문이라 함은 시 한 줄에 들어가는 음보의 수에 따라 몇 가지 종류가 있지만, 셰익스피어가 주로 사용하는 것은 소위 '약강 오보격 무운시'라 불리는 형식이다. 알다시피 영어에는 우리말과 달리 강세가 있으며, 강세를 받지 않는 음절 다음에 바로 강세를 받는 음절이 따라올 때 이 두 음절을 합쳐 '약강 일보'라 말하고, 이런 약강 음절이 시 한 줄에 연속적으로 다섯 번 나타날 때 이를 '약강 오보'라 부른다. 그리고 '무운'이란 각운을 맞추지 않는다는, 즉 연이은 두 시행의 끝에서 같은 음이 되풀이되지 않는다는 뜻이다. 모든 운문 형식 가운데 이 '약강 오보격 무운시'가 영어의 자연스러운 리듬에 가장 가까우며 셰익스피어가 그 대표적인 사용자이다. 그리고 산문은 이러한 규칙을 지키지 않는 대사를 말한다. 또한 두 형식은 시각적으로도 구분되는데, 일정한 음보 수가 넘치면 시 한 줄이 끝나고 다음 줄로 넘어가는 운문과 달리 산문은 좌우 정렬로 인쇄되어 지면을 꽉 채우도록 배열된다. 극작품마다 운문과 산문의 사용 비율은 각기 다르지만 대부분은 운문이 전체 대사의 절반 이상을 차지하고 그 비율이 80퍼센트 이상인 희곡도 총 38편 가운데 22편이나 된다. 예를 들면 우리가 익히 아는 4대 비극의 경우, 운문과 산문 두 형식의 배분율 퍼센트는 『햄릿』이 75 대 25, 『오셀로』가 80 대 20, 『리어 왕』이 75 대 25, 『맥베스』가 95 대 5이다.

이렇게 셰익스피어 연극 대사의 대부분을 차지하는 운문을 어떻게 처리하느냐는 그의 극작품을 우리말로 옮길 때 매우 중요한 고려 사항이다. 시 형식으로 쓴 연극 대사를 산문으로 바꿀 경우 시가 가지는 함축성과 상징성 및 긴장감이 현저히 줄어들고, 수많은 비유로 파생되는 상상력의 자극이 둔화되며, 이 모든 시어의 의미와 특성을 보다 더 정확하고 아름답게 그리고 효율적으로 전달하는 도구인 음악성이 거의 사라지기 때문이다. 이 말은 물론 산문 번역으로는 이런 효과를 전혀 낼 수 없다는 뜻은 아니다. 하지만 시와 산문은 그 사용 의도와 용도 그리고 효과가 많이 다르기 때문에 어느 쪽을 택하느냐에 따라 그 결과는 상당히 다르게 나타날 수 있다. 일반적으로 산문 번역은 정확성을 기하는 데는 좋지만, 시적 효과와 긴장감이 떨어지고, 말이 길어지는 경향 때문에 공연 대본으로 쓰일 경우 공연 시간을 필요 이상으로 늘릴 가능성이 있다. 따라서 가장 이상적인 선택은 셰익스피어 극작품의 운문 대사를 시적 효과와 음악성을 살리면서 동시에 정확성도 확보하는 우리말 번역일 것이다.

그렇다면 셰익스피어 연극 대사의 대부분을 차지하는 영어의 '약강 오보격 무운시'를 그에 상응하는 우리말 시 형식으로 어떻게 옮겨 올 수 있을까? 두 언어가 여러 가지 면에서 다르기 때문에 영어의 음악과 리듬을 우리말로 꼭 그대로 재생할 수는 없다. 그러나 모든 언어는 나름대로의 소리를 배열하여 고유의 리듬을 만들어 낼 수 있는 기본 능력을 갖추고 있다. 그렇기에 영어 음악성의 100퍼센트 복제가 아니라 그와 유사한 그러나 우리말에 독특한 리듬의 재생을 목표로 한다면 방법이 없는 것도 아니다. 이에 역자는 그 해결책으로 우리말의 자수율을 생각해 보았다. 그리고 영어 원문의 '무운시' 번역에 우리 시의 기본 운율인 삼사조와 그것의 몇 가지 변형을 적용해 보았다. 즉, 우리말 대사 한 줄의 자수를 최소 열두 자에서 최대 열여덟 자로 제한하고 그 안에서 적절한 자수율을 찾아보았다. 그 결과 셰익스피어의 '오보'에 해당되는 단어들의 자모 숫자와 우리말 12~18자에 들어가는 자모 숫자의 평균치가 거의 비슷하다는 사실을 알게 되었다. 사람이 한 번의 호흡으로 한 줄의 시에서 가장 편하게 전달할 수 있는 음(의미)의 전달 양은 영어와 한국어가 별로 차이가 없다는 사실을 발견한 셈이다. 이는 또한 셰익스피어 극작품의 시행 한 줄 한 줄이 시로서만 가치를 가지는 것이 아니라, 처음부터 배우들이 말하는 연극 대사로서의 기능을 염두에 두고 쓰였다는 사실을 고려해 볼 때 더욱 자연스러운 발견이었다. 이렇게 우리말의 자수율로 영어의 리듬을 대체할 수 있었을 뿐만 아니라 우리말 시 한 줄의 길이 제한 안에서 영어 원문의 뜻 또한 최대한 정확하게, 거의 뒤틀림 없이 담을 수 있었다.

역자는 이 방법을 1993년 『맥베스』 번역(민음사)에 처음 사용하였고 그 후 지금까지 같은 식으로, 그러나 상당한 변화와 개선을 거치면서 『햄릿』, 『오셀로』, 『리어 왕』, 『로미오와 줄리엣』, 『한여름 밤의 꿈』, 그리고 가장 최근에는 『베니스의 상인』 번역(모두 민음사 세계문학전집)에 사용하였다. 또한 이번 셰익스피어 전집도 극작품은 모두 같은 방법으로 번역하였고 앞으로 출간될 나머지 작품들 또한(소네트와 시는 원래 시 형식으로 쓰였기 때문에 말할 것도 없이) 같은 식으로 번역할 것이다.

끝으로 이러한 우리말 운문 대사가 실제로 어떤 효과를 내는지 궁금한 독자들은 해당 부분을 소리 내어 읽어 보면 그 리듬을 쉽게 느낄 수 있을 것이다. 그리고 이 번역과 다른 셰익스피어 번역을 비교해 보면(대부분 산문 또는 시행의 길이 제한을 두지 않는 불완전한 운문 형식으로 되어 있는데) 그 차이점을 바로 알아차릴 수 있을 것이다.

2014년 봄

최종철

셰익스피어 전집의 운문 번역을 마치며

사실 셰익스피어 전집 번역은 내가 처음부터 작정하고 시작한 일은 아니었다. 막대한 분량(희곡만 해도 서른여덟 편), 상당히 오래된 외국어인 영어(정확히는 초기 근대 영어), 상세한 각주 없이는 이해하기 힘든, 그리고 있어도 끝내 또렷하게 해석할 수 없는 수많은 단어, 구절, 문장 등의 장벽으로 인해 당시 내게 주어진 능력과 시간을 넘어서는 작업이라고 생각했기 때문이다. 그래서 1993년 민음사에서 한국 최초로 『맥베스』 운문 번역을 선보였을 때만 해도 내 목표는 소박했다. 산문 번역 일색이던 한국 셰익스피어 학계에, 그리고 그것이 셰익스피어 극작품의 유일한 대사 전달 방식이라고 알던 대부분의 독자와 관객에게 우리말 운문 번역이 가능하다는 사실, 그것이 원작 대사의 음악성을 우리말로 살리는 데 가장 적합하고 유효한 방식이라는 사실을 알리고 싶었다. 이 목표는 몇 번의 시행착오 끝에 『햄릿』을 비롯한 비극 몇 편과 『한여름 밤의 꿈』을 비롯한 희극 몇 편이 민음사 세계문학 전집을 통해 독자들에게 널리 소개되었을 때 상당한 수준으로 달성되었다. 왜냐하면 다른 역자들의 운문 번역이 나타나기 시작한 점으로 미루어 짐작건대 이러한 형식의 번역이 어느 정도 이 땅에 정착하였다는 사실을 알 수 있었고, 그에 대한 독자들의 반응 또한 나쁘지 않았기 때문이다. 그래서 정년퇴직을 앞둔 2010년경 내 목표는 셰익스피어의 수많은 작품 가운데 소위 명작이라고 불리는 극작품 열여섯 편을 골라 선집 형식으로 출판하는 것으로 확장되었다. 그러다가 이 선집의 출간 계획을 논의하는 과정에서 민음사 측이 전집을 제안하였고, 그동안 얻은 약간의 자신감과 지나간 번역 과정에서 느꼈던 수많은 고통 속의 희열(멋진 시행들이 우리말 운율을 타고 춤출 때)에 눈먼 나는 그 제안을 받아들였다. 그 결과 총 열 권의 전집 가운데 네 권(1·4·5·7권)의 희곡을 2014년에, 한 권의 시집(10권)을 2016년에, 마지막으로 나머지 다섯 권(2·3·6·8·9권)의 희곡을 2024년에 내놓게 되었다. 이로써 셰익스피어 전집 번역의 삼십 년 여정이 드디어 끝을 보게 되었다.

그렇다면 역자는 왜 삼십 년이나 셰익스피어 번역에 몰두하게 되었을까? 다시 말하면 셰익스피어의 작품에 무슨 마력이나 흡인력이 있어 그 긴 세월 동안 갖은 고생을 마다하지 않고 시간과 노력을 바치게 되었을까? 거기에 무슨 가치가 얼마나 있기에 그랬을까? 이에 대한 대답은 크게 두 가지로 가능하다. 첫 번째는 객관적으로, 역사적으로 이미 입증된 가치를 말할 수 있다. 민음사 전집의 모태가 되는 최초의 전집은 지금으로부터 꼭 4백 년 전인 1623년에 영어로(당연히!) 출간된 제1 이절판(The First Folio)이었다. 셰익스피어 서거 칠 년 후 그의 동료 배우이던 헨리 콘델과 존 헤밍이 극단에 남은 자료들을 모아 편집하고 출간한 이 전집은 그 후 4백 년 동안 나온 모든 단행본과 전집, 그리고 번역본의 원조라는 사실뿐 아니라 이 전집이 아니면 영원히 사라질 뻔했던 열여덟 편의 극작품(『맥베스』,

『십이야』, 『태풍』, 『줄리어스 시저』, 『잣대엔 잣대로』 등)을 포함한 것으로 유명하다. 또한 이 전집에 바친 추도사에서 셰익스피어 생전에 그와 명성을 다투던 작가 벤 존슨은 그를 일컬어 "어느 한 시기가 아니라 시대를 초월한 작가"라고 극찬한 것으로도 유명하다. 물론 그 후 셰익스피어와 그의 작품들에 대해 쏟아진 찬사는 '셰익스피어 숭배(Bardolotry)'라는 신조어를 낳을 정도로 부지기수여서 여기에 일일이 나열할 수조차 없다. 750여 권이 간행되었고, 그중 235권이 현존한다고 알려진 초판본 한 권의 현재 가치는 무려 약 1천만 달러(2020년 크리스티 경매에서)였다고 한다. 돈이 모든 것의 척도는 아니지만 이 금액은 셰익스피어의 작품이 어떤 평가를 받는지 단적으로 보여 준다.

셰익스피어 전집의 가치에 대한 두 번째 대답은 다분히 주관적이라고 하겠다. 번역 과정에서 역자가 몸으로 느끼고 깨달은 점이니까. 하지만 지금 이 전집을 손에 넣고 읽으려는 독자들에게 역자는 이것 하나만은 분명히 말할 수 있다. 셰익스피어를 읽은 후의 삶은 그 전에 비해 무언가가 달라져 있을 것이라고. 무엇보다도 정서적으로 풍성해질 것이라고. 왜냐하면 독자들은 그의 작품의 향연에 초대받아 다음 세 가지 진수성찬을 맛볼 테니까. 첫 번째는 말, 말, 말의 진수성찬이다. 셰익스피어가 지금도 영어권에서 통용되는 수많은 신조어를 만들어 냈다는 사실, 라틴어와 그리스어 계통의 개념어와 앵글로·색슨 계통의 쉬운 토박이말을 적절히, 기가 막히게 잘 섞어 썼다는 사실은 영어가 아닌 우리말 번역에서는 많이 희석되거나 사라져서 분간하기 힘들다. 하지만 비교적 쉬운 영어를 적재적소에 사용하여 엄청난 무게의 뜻을 실은 예는 우리말 번역에서도 그 빛을 잃지 않는다. 실례로 햄릿의 마지막 대사 "그 나머진 침묵이네."를 보자. 그의 "침묵"은 말장난으로 시작하는 그의 첫 등장 대사 "촌수는 좀 줄었지만 차이는 안 줄었죠."와 대비될 때 갖가지 의미의 파장을 낳는다. 그의 수많은 말과 말이 결국 말 없는 침묵을 위한 준비였단 말인가? 이렇게 무의미의 침묵 속으로 사라질 삶인데 뭣 때문에 "존재할 것이냐, 말 것이냐,"로 그토록 고민했단 말인가? 그의 죽음의 침묵 속에는 과연 어떤 일들이 일어날까? 그곳은 폴로니우스를 죽인 죄로 벌 받는 지옥일까, 아니면 호레이쇼의 바람대로 천사 노래 들리는 천국일까? 이런 유의 끝 모를 상상이 모두 침묵이라는 마지막 말에 담겨 있고, 그 모든 뜻은 셰익스피어가 의도적으로 고른 한 단어와 그 단어가 처한 극작품의 맥락 안에 담겨 있다. 그리고 이런 종류의 언어 사용은 『햄릿』 한 작품에, 한 장면에 국한되지 않고 전집 도처에 깔려 있다.

두 번째는 수많은 감동적인 이야기의 진수성찬이다. 세 딸에게 효심 경쟁을 시키고 가장 마음에 드는 말을 하는 딸에게 왕국의 가장 비옥한 3분의 1을 주려 했던, 그러나 막내딸의 말 없음을 뜻 없음으로 오해하여 결국 죽게 만드는 리어왕의 이야기, "내가 시저를 덜 사랑해서가 아니라 로마를 더 사랑했기 때문에" 그를 죽였다고 말했지만 시저 사후에 벌어진 로마의 대혼란을 초래했고, 결국 비극적인 죽음을 맞이하는 브루투스의 이야기, 초자연적인 신들과 상류 귀족들과 천한 장인들이 한여름 밤의 꿈처럼 뒤엉켰다가 다시 제자리로 돌아오는, 그 와중에 유일하게 여신인 티타니아와 진짜 사랑을 나눈 다음 그 꿈에서 깨어나는 보텀의 이야기, 꼽추로 태어나 형제와 조카들을 죽이고 왕권을 차지하지만 그 과정에서 저지른 악행과 감언이설의 약발이 떨어져 비참한 최후를 맞이하는 리처드 3세 이야기, 이처럼 인간이 처할 수 있는 거의 모든 상황과 심리 상태, 인간이 맺을 수 있는 거의 모든 관계를 다루는 셰익스피어의 이야기는 그것이 결국 우리 이야기(실제가 아니라 잠재적으로)이기 때문에, 게다가 잘 짜인 이야기이기 때문에 우리의 흥미를 일으킬 수밖에 없고, 일단 읽기 시작하면 끝까지 좇아갈 수밖에 없게 만든다.

마지막 세 번째는 갖가지 인물의 진수성찬이다. 여기에서 인물이란 말과 행위를 통하여 이야기를 전달하는 주체인 배우 역할을 하는 사람과 그 사람의 성격을 통틀어 가리키는 말이다. 그리고 셰익스피어 전집에는 우리가 인간 세상에서 직접 또는 간접으로 겪을 수 있는 거의 모든 부류의 인물이 등장한다. 그런데 이들 모두는 아무리 전형적인 단역이라 하더라도 그 나름의 특성이 있고, 어느 두 인물도 성격이 겹치지 않는다. 예를 들면 『맥베스』에 등장하는 자객 1은 뱅쿠오를 죽이려고 기다리는 살인자의 모습과 전혀 어울리지 않는 시적인 대사를 말한다. "줄무늬 석양빛이 서쪽 하늘 물들이며/ 길 늦은 나그네는 여관에 닿으려고/ 잦은 박차 가하고 우리의 표적도/ 가까이 오는구나."(3.3.5~8) 살의를 품고 석양의 아름다움을 노래하는 이 자객은 우리의 예상을 완전히 깨면서 앞으로 닥칠 살인 행위의 끔찍함을 고운 시어로 포장한다, 아주 태연하게. 이러한 상반되거나 이질적인 두 감정의 공존은 비극의 주연급 인물로 가면 더욱 두드러진다. 데스데모나를 너무나 사랑하고 그렇기 때문에 죽여야 한다는 오셀로 내면의 갈등은 그 두 가지 감정이 모두 강력하면서 진실이기 때문에 더욱 사실적으로, 그리고 강력하게 독자의 마음을 '괴롭게' 뒤흔들어 놓는다. 그러나 희극의 여성 주인공들은(『십이야』의 비올라처럼) 이런 갈등을 겪지 않는다. 그들은 사랑하는 남자의 어떤 실수도 기꺼이 받아들일 준비가 되어 있다. 이처럼 셰익스피어 전집에는 상황과 장르와 분위기에 따라 달라지는 성격의 인물들이 끝없이 등장하고, 이들은 궁극적으로 우리 모두의 자화상이기 때문에 우리는 그들의 말과 행위에 반응할 수밖에 없다.

이렇게 세 가지 향연을 제공하는 셰익스피어 전집을, 그것도 세종대왕님 덕분에 영어 원본의 시적인 리듬을 한글 운문으로 바꿔 놓은 민음사 전집을 손에 넣은 독자들은 이제 어떻게 해야 할까? 역자는 여기에서 제1 이절판 편집자들의 권유를 인용하려 한다. 그들은 당시의 "대단히 다양한 독자들에게" 그를, 그러니까 셰익스피어의 작품을 "읽고 또 읽고, 또 읽으라고" 했다.

2023년 겨울

최종철

차례

일러두기

1. 번역에 사용한 저본 및 참고본은 각 작품의 「역자 서문」에 밝혀 두었다.

2. 고유명사의 표기는 국립 국어원의 외래어표기법을 따르는 것을 원칙으로 하였다. 다만 이미 굳어져 널리 쓰이고 있는 표기 등은 예외를 두었다.

3. 원문에서 의도적으로 어법에 맞지 않게 쓴 표현은 그대로 살려 번역하거나 일부 방언을 사용하였고 각주로 표시하였다.

4. 독자의 편의를 위해 대사의 행수를 5행 단위로 표기하였으며, 이는 원문의 길이와 전체적으로는 거의 같지만 완벽하게 일치하지는 않는다. 한 행이 계단식 배열로 표시된 것은 1) 한 인물이 같은 행을 나누어 말하거나 2) 둘 이상의 인물이 같은 행을 나누어 말하는 경우이다.

5. 막의 구분 없이 장면의 연속으로만 진행되었던 셰익스피어 당시의 공연 관행을 반영하기 위하여 막과 장의 숫자만 명기하고 장소는 각주에서 설명하였다.

헨리 5세

Henry V

역자 서문

이 극에서 헨리 5세는 가장 완벽한 왕, 최고의 무사 군주로 묘사된다. 해설자 다음으로 등장하여 극을 여는 캔터베리 대주교에 의하면 그는 부왕이었던 헨리 4세의 몸에서 숨이 끊어지자마자 청년기의 방탕했던 기질을 완전히 그리고 갑자기 벗어 버리고 완벽하게 새로운 사람으로 거듭났다고 한다. 그리고 그의 기적 같은 변신의 결과는 다음과 같다.

그의 신학 논증을 듣기만 해 보게,
그럼 자넨 전적으로 감탄하며 속으로
국왕이 성직자였으면 좋겠다 싶을 거야.
나랏일과 관련된 그의 토론 들으면
전적으로 그것만 공부했다 말할 거네.
그의 전쟁 담론을 경청하게, 그러면
무서운 전투 얘기 음악으로 들릴 거야.
그 어떤 정치적인 질문을 던져도
그는 그 난제를 자신의 대님처럼
익숙하게 풀어내어 그가 말을 할 때면

맘대로 떠도는 공기조차 멈추고,
놀라움은 소리 없이 사람 귀에 숨어들어
꿀처럼 감미로운 그의 경구 훔친다네. (1.1.38~50)

아직 헨리 왕을 직접 만나 그의 언행을 지켜볼 수 없는 이 시점의 관객들에게 캔터베리 대주교의 이런 극찬은 과장이나 심지어는 아첨처럼 들릴지도 모른다. 특히 대주교가 종교 단체의 재산을 몰수하는 의회의 법률 제정과 관련하여 헨리 왕의 호의를 필요로 한다는 사정을 감안하면 더욱 그렇다. 하지만 이후에 드러나는 헨리 왕의 언행으로 보았을 때 대주교의 극찬은 과장이 아니라 오히려 축소로 보일 정도다. 자신의 빼어난 업적을 언제나 신에게 돌리는 헨리 왕의 지극한 겸손과 경건의 자세는 그 어떤 성직자 못지않게 진지하며, 프랑스 원정을 떠나기 직전에 그가 처리한 국왕 암살 음모 사건은 그에게 자신과 국가에게 닥친 극도로 위험한 정치적인 난제를 젊은이답지 않은 노련함으로 해결할 능력이 있다는 사실을 보여 준다. 그러나 이 극에서 헨리 왕의 종교적이고 정치적인 자질보다 훨씬 더 중요하게 거듭 강조되는 것은 그의 전쟁 관련 지식과 그 실행력이다. 이는 이 극이 무사 군주 헨리의 독무대라고 해도 지나치지 않을 정도로 그의 역할이 압도적일 뿐만 아니라 극의 모든 인물과 사건의 의미가 그의 승리, 아르플뢰르 공성전과 아쟁쿠르 전투의 승리에 초점을 맞추고 있기 때문에 어쩌면 당연한 결과일 것이다.

그러면 지금부터 헨리 왕의 전쟁 관련 능력이 어떻게 발휘되는지 구체적인 예를 통해 살펴보자. 예를 들면, 그는 어떻게 아르플뢰르 공성전, 그리고 그보다 훨씬 더 어려운 아쟁쿠르 전투에서 기적 같은 승리를 거둘 수 있었을까? 헨리 왕이 거둔 승리의 원동력 가운데 첫째로 꼽을 수 있는 것은 그가 전쟁의 본질, 특히 그것의 폭력성과 참혹함을 정확하게 이해하고 그것을 적군의 사기를 꺾는 데 가장 효과적인 방법으로 이용한다는 사실이다. 그리고 그것의 가장 두드러진 사례가 바로 아르플뢰르 공성전이다. 왜냐하면 돌파구를 통한 직접 공격이나 땅굴을 통한 기습 시도에도 무너지지 않던 아르플뢰르성은 헨리 왕의 일장 협박 연설 끝에 무조건 항복을 선언하기 때문이다. 물론 아르플뢰르 읍장은 프랑스 왕세자가 자기네를 에워싼 잉글랜드군의 포위를 풀어 줄 군대를 준비하지 못했다는 소식을 듣고 나서 항복한다. 하지만 우리가 주목해야 할 점은 읍장의 이 고백이 헨리 왕의 협박이 있기 전이 아니라 그 직후에 나왔다는 사실이다. 즉, 헨리 왕의 위협은 구원에 대한 읍장의 기대를 산산조각 낼 만큼 강력하여 그를 더 이상 버틸 수 없게 만들었다는 말이다. 왜냐하면 만약 헨리 왕이 다시 포격을 시작하면 아르플뢰르 읍장과 프랑스 군인들과 읍민들은 다음과 같은 꼴을 볼 테니까.

자비의 대문은 다 닫혀 버릴 테고,
살을 맛본 거칠고 냉혹한 군인들은
지옥에 내버린 양심과, 방자한 피비린 손으로
곱고 젊은 처녀들과 꽃 같은 아기들을
들풀처럼 베면서 돌아다닐 것이다.
그럴 때 사악한 전쟁이 마왕처럼
불덩이 옷 차려입고 시커먼 얼굴로
황폐와 파괴로 연결된 잔인한 행동을
모조리 자행한들 나와 무슨 상관인가?
순결한 처녀들이 뜨겁고 강압적인

강간의 손안에 떨어진들 그 원인이
당신들인 바에야 나와 무슨 상관이지?
(……)
……그러니 아르플뢰르 병사들은
내 군인이 아직 내 명령을 들을 동안
(……)
너희 읍과 주민들을 측은하게 여겨라.
안 그러면, 허, 한순간에 보게 될 것이다.
눈멀고 잔인한 군인들이 더러운 손으로
날카롭게 소리치는 딸들 머리 더럽히고,
아비들의 은빛 수염 통째로 잡은 다음
최고로 존귀한 그 머리를 성벽에 처박으며
발가벗은 유아들을 창끝으로 꿰는 꼴을. (3.3.10~38)

적군이 처한 상황을 정확하게 읽고 그들의 저항력을 깡그리 무너뜨리는 이 무시무시한 일장 연설로 헨리 왕은 아르플뢰르성을 싸우지 않고 얻는다. 그리고 그의 성공은 전쟁의 폭력성과 잔인성에 대한 깊은 이해와 그것을 가장 효과적으로 전달할 언어를 가졌기에 가능했다.

헨리 왕의 전쟁을 승리로 이끄는 두 번째 원동력은 그의 용맹성이다. 이 작품에서 그의 빼어난 용기는 여러 곳에서 여러 가지 모습으로 드러나지만 그가 불리한 처지에 놓였을 때 가장 두드러진다. 그래서 그는 불을 보듯 분명한 패배를 앞두고 몸값을 미리 흥정하라고 프랑스 왕이 보낸 몽조이 전령에게 다음과 같이 대답한다.

넌 임무를 멋지게 수행했다. 되돌아가

왕에게 전하라, 난 그를 지금은 찾지 않고
방해 없이 칼레까지 진군할 수 있기를
기꺼이 바란다고. 그 이유는, 사실을 말하면,
교활함과 이점 가진 적에게 이만큼을
고백한다는 건 현명하지 못하지만,
내 백성은 병으로 크게 허약해졌고
병력은 줄어들고 내게 있는 소수조차
동수의 프랑스인들보다 나을 게 없으니까.
(……)
그러니 네 주인에게 내 존재를 가서 알려.
내 몸값은 이 약하고 가치 없는 몸뚱이고,
내 군대는 병약한 호위병뿐이라고.
하지만 주님 따라 짐은 나아갈 것이다,
프랑스 왕 자신과 그만한 이웃이 둘이서
짐의 길을 막더라도…….
가서 네 주인에게 잘 숙고해 보라고 해.
지나갈 수 있으면 짐은 가고, 막힌다면
너희의 갈색 땅을 너희의 붉은 피로
물들여 놓을 테니. (3.6.137~160)

게다가 헨리 왕과 그를 따르는 잉글랜드군의 용기는 살아 있을 때만 위력을 발휘하는 것이 아니라 만약에 죽어서 프랑스 땅에 묻힌다 해도 썩어 가는 몸으로 그 땅을 "질식시켜/ 그 냄새로 프랑스에 역병이 돌"(4.3.102~103) 정도로 끈질기고 강력할 것이라고 장담한다.

그리고 그와 그의 군인들, 특히 헨리 왕의 용맹성은 정확하고 솔직한 자기 인식에 기반을 두고 있기 때문에 더욱 무섭다.

비록 어핑햄 기사의 외투로 자신을 감추기는 했지만 그는 잠행 중에 만난 병사들에게 왕도 "그의 치장들을 내려놓고 보면 알몸의…… 한 인간으로 보일 뿐"이며 그도 그들처럼 "두려워할 이유를 안다면 그의 두려움도 틀림없이" 그들 것과 같으리라고 고백한다.(4.1.101~106) 이렇게 그는 자신의 약점과 한계를 잘 알고 전투에 임하기 때문에 그의 무용은 역설적으로 천하무적이 된다. 자신의 능력을 과신하여 자만하거나 또는 그것을 축소하여 위축되거나 겁먹지 않은 채, 즉 자신을 잊어버리고 '무심하게' 능력껏 싸운 다음 승패를 하느님의 뜻에 맡기기 때문에.

헨리 왕이 승리를 쟁취하는 세 번째 요인은 그가 장졸들의 마음을 읽고 그들의 사기를 어떻게 높일지 잘 안다는 사실이다. 이는 아쟁쿠르 전투를 앞두고 그가 귀족들과 일반 병사들에게 그들의 마음을 준비시키는 과정에서 가장 잘 드러난다. 그는 우선 아쟁쿠르 전투 날 새벽에 일반 병사들의 상태를 알아보기 위해 변복한 채 전장을 돌다가 세 명의 군인, 존 베이츠, 알렉산더 코트, 마이클 윌리엄스를 만나 그들의 진심 어린 얘기를 듣게 된다. 그리고 그들 사이의 대화는 예상되는 내일의 패배와 그에 따른 절망과 불안에 이어 결국에는 이번 전쟁의 목적과 전쟁에 으레 따라오기 마련인 죽음에 대한 견해 차이에 이르게 된다. 왜냐하면 헨리 왕에게 이번 전쟁은 그 명분이 올바르고 영예로우니까 죽어도 만족스러운 것이지만 병사들은 그런 건 모르고, 설사 왕의 명분이 그릇됐다 해도 왕에게 복종하기만 하면 그들이 생전에 지은 죄가 싹 지워질 거라고 믿기 때문이다. 다시 말하면, 명예 추구가 죽음에 대한 두려움을 압도하는 왕에게 죽음은 두려움의 대상이 아니지만, 그런 것 없이 왕의 명령만 따라나선 병사들은 죽음이 — 정확히는 그들이 생전에 지은 죄에 대한 사후의 처벌이 — 무섭고, 그래서 왕이 그의 올바른 명분으로 그들의 두려움을 대신 감당해 주기를 바란다. 이런 무리한 요구에 대해 헨리 왕은 전쟁에서 잘 죽거나 잘 죽지 못하는 궁극적인 책임은 왕에게 있는 것이 아니라 병사 개개인에게 있다고 대답한다. 즉, 그가 전쟁에서 죽음을 직면해도 마음이 편하려면 그들의 죄 때문에 생긴 양심의 오점을 말끔히 씻어 내야 한다고. 그렇게 양심이 깨끗해진 상태에서 죽는다면 죽음은 그에게 이점이 — 그의 영혼은 천국으로 갈 테니까 — 될 것이고, 죽지 않더라도 그런 준비를 하며 보냈던 시간은 축복이고, 그의 삶은 타의 모범이 될 것이라고.

죄지은 병사들의 마음을 이렇게 다독여 그들을 무적의 군인으로 만든 헨리 왕은 다음으로 귀족들의 사기를 높인다. 그들은 이번 싸움에서 명예를, 불멸의 명예를 획득할 것이라고 장담하면서. 그들의 명성은 그들이 우위를 점한 게 아니라 절대적으로 불리한 5대 1의 전투에서 더욱 빛날 것이라고 하면서. 그래서 아쟁쿠르 전투가 벌어질 이번 축일 "크리스핀 크리스피아누스는 오늘부터/ 이 세상 끝까지, 우리 소수, 복된 소수,/ 우리 형제 부대가 그 얘기를 통하여/ 기억되지 않고는 절대 그냥 안 지나가리라."고 하면서.(4.3.57~60) 이런 감동적인 언어는 귀족들이 전쟁에서 원하는 바, 즉 그들의 명예욕을 정확히 꿰뚫어 보는 헨리 왕이기에 가능했다.

이렇게 전쟁의 본질과 장졸들의 마음을 잘 알고 게다가 용감하기까지 한 정복 군주 헨리에게 맞설 세력은, 적어도 『헨리 5세』의 세계 안에는 없는 게 당연하다. 그래서 헨리 왕을 얕잡아 보고 정구공을 보낸 프랑스 왕세자와, 자신들의 우월한 국력과 병력과 자원에 자만하는 프랑스군은 수적으로 우위였음에도 불구하고 아쟁쿠르 전투에서 처참하게 패한다. 그런 다음 헨리 왕은 그가 처음 잉글랜드를 출발했을 때 천명했던 목표를 마침내 이룬다. 프랑스 왕좌와 왕권을 현재 프랑스 왕의 사후에 물려받는다는 평화 협정을 맺음으로써. 그가 프랑스 공주 카트린과 결혼하는 일은 그의 전쟁 능력에 추가된 구애 능력을 보여 준다는 점에서 흥미와 재미를 더하지만 본질적으로는 그의 프랑스 왕권 쟁취에 따르는 부산물 가운데 하나일 뿐이다, 비록 가장 값비싸고 화려한 것이기는 하지만 말이다.

그러나 이 극에서 헨리 왕이 언제나, 모든 면에서 승승장구하는 것은 아니다. 약간의 상상력을, 머리말에서 해설자가 그토록 강조하는 상상력을 조금만 발휘해 보면 우리는 헨리 왕의 행보에 근원적인 질문을 던지게 만드는 한 무리의 도둑을 찾을 수 있다. 그들은 다름 아닌 존 폴스태프 경의 동무들인 바돌프, 님, 피스톨이다. 그리고 우리는 헨리 4세 2부작에서 활약했던 이들(님은 빼고)을 『헨리 5세』에서 다시 불러낸 셰익스피어의 의도를 어느 정도 짐작할 수 있다. 만약 그들의 존재가, 또 그들의 행위가 전쟁 영웅 헨리 5세의 독주를 비판적으로 해석할 수 있는 도구로 쓰였다면 말이다. 이런 관점에서 보면 폴스태프 경의 딱한 처지를 왕의 잘못으로 돌리는 이스트칩 안주인 넬의 말 — "국왕께서 그의 기를 죽여 놓으셨어."(2.1.85) — 그리고 아서와 에이브러햄을 헷갈리게 말해서 더욱 주목받는 그녀의 — "예, 분명, 지옥에 있진 않아요. 그는 아서의 가슴에 안겨 있어요, 인간이 아서의 가슴으로 간 적이 만약 있다면요."(2.3.9~11) — 주장은 바야흐로 프랑스 원정을 떠나기 직전의 헨리 왕을 막을 수 있는 마지막 비판적 저항이 사라졌다는 사실을 상기시키는 의미로 읽을 수 있다. 왜냐하면 폴스태프는 헨리 왕이 추구하는 명예와 전쟁을 비판하고 희화화한 인물로 유명했으니까.

그러나 폴스태프의 죽음보다 더 본질적이면서 뼈아프게 헨리 왕의 전쟁을 비판한다고 해석할 수 있는 것은 바로 바돌프와 님, 그리고 피스톨의 전쟁 참여 동기와 전쟁 중에 그들이 보인 절도 행위다. 왜냐하면 님과 피스톨은 2막 1장의 등장 때부터 노름판에서 둘이 뺏고 빼앗긴 돈 때문에 목숨 걸고 싸우려다가 화해하고, 피스톨은 군대에 필요한 물품 장사로 이익을 챙기는 것이 그가 프랑스 원정을 따라가는 주목적임을 밝히며, 실제로 4막 4장에서 벌어진 전투 중에 사로잡은 프랑스 군인을 금화 2백을 받고 놔주기도 한다. 그러다가 바돌프와 님은 절도죄로 목이 매달렸고, 피스톨은 그보다 훨씬 더 큰 이득을 봤지만 합법적인 방법, 즉 전투로 잡은 포로의 몸값을 취했기 때문에 살아남아 잉글랜드로 돌아간다, 비록 그의 겁쟁이 본색이 탄로 나서 운명의 여신에게 버림을 받았지만. 그런데 이들의 행적을 헨리 왕의 것과 비교해 본다면 어떤 평가를 받을까? 만약에 그들이 좀도둑이라면 헨리 왕은 거대한 도둑이 아닐까? 프랑스로 쳐들어가면서 겉으로는 왕권이니 왕좌니 하는 명분을 내세우지만 그의 목적은 결국 프랑스의 영토와 부를 차지하려는 것 아닐까? 만약에 그렇다면 헨리 왕이 바돌프와 님보다 천배 또는 만 배나 더 큰 벌을 받아야 하는 게 아닐까? 그리고 바돌프의 몸값 갈취는 과연 정당한가? 그리고 헨리 왕의 프랑스 왕권 쟁취와 카트린 공주 획득은 바돌프의 행위와 얼마나 어떻게 다른가? 바돌프 일행의 존재는 이런 질문들을 하게 만든다. 만약 그들의 존재 의미를 헨리 왕의 빛나는 업적에 가려진 그의 치부로 본다면 말이다.

끝으로 이번 번역은 티 더블유 크레이크(T. W. Craik) 편집의 아든 3판(The Arden Shakespeare, 3rd Edition) 『헨리 5세(King Henry V)』를 기본으로 하고, 블레이크모어 에번스(G. Blakemore Evans) 편집의 리버사이드 셰익스피어(The Riverside Shakespeare) 판과,

조너선 베이트와 에릭 라스무센(Jonathan Bate and Eric Rasmussen) 편집의 로열 셰익스피어 컴퍼니(The Royal Shakespeare Company) 판을 참조했다. 본문의 주에 나타나는 '아든', '리버사이드', 'RSC'는 이들 판본을 가리킨다. 그리고 편리함을 목적으로 한글 『헨리 5세』의 대사 행수를 5단위로 명기했으며 이는 원문의 행수와 정확히 일치하지 않음을 밝힌다.

등장인물

헨리 5세	
클래런스 공작	그의 아들들
베드퍼드 공작	그의 아들들
글로스터 공작	그의 아들들
엑서터 공작	그의 삼촌
요크 공작	
헌팅던 백작	
솔즈베리 백작	
워릭 백작	
웨스트모얼랜드 백작	
리처드, 케임브리지 백작	국왕 암살 공모자들
헨리, 스크루프 마셤 경	국왕 암살 공모자들
토머스 그레이 경	국왕 암살 공모자들
캔터베리 대주교	
일리 주교	
토머스 어핑햄 경	국왕 군대의 장교들
플루엘렌 대장	국왕 군대의 장교들
가워 대장	국왕 군대의 장교들
제이미 대장	국왕 군대의 장교들
맥모리스 대장	국왕 군대의 장교들
존 베이츠	국왕 군대의 군인들
알렉산더 코트	국왕 군대의 군인들
마이클 윌리엄스	국왕 군대의 군인들
잉글랜드 전령	
바돌프	존 폴스태프 경의 동무들
님	존 폴스태프 경의 동무들
피스톨	존 폴스태프 경의 동무들

소년	폴스태프의 시동
넬	이스트칩 여관의 안주인, 전에는 빨리 여사, 지금은 피스톨과 결혼
샤를 6세	프랑스 왕
이저벨 왕비	프랑스 왕비
루이 왕세자	그들의 아들
카트린 공주	그들의 딸
알리스	카트린 공주의 시녀
베리 공작	왕의 삼촌
부르봉 공작	왕의 삼촌
브르타뉴 공작	
부르고뉴 공작	
오를레앙 공작	왕의 조카
샤를 들라브레	프랑스 총사령관
그랑프레 백작	
랑부르 경	
아르플뢰르 읍장	
몽조이	프랑스 전령
두 프랑스 대사	잉글랜드 왕에게 파견된 대사들
르 페르 씨	프랑스 군인
프랑스 사자	

수행원, 귀족, 군인, 아르플뢰르 시민들.

머리말

해설자 등장.

해설자 오, 가장 밝게 빛나는 창작의 천국으로
치솟아 올라갈 불꽃 같은 영감과,
무대로 쓸 왕국과, 연기할 군주들과
장엄한 극 바라볼 제왕들이 있었으면!
그러면 전사 같은 해리는 자신답게
군신의 자태를 보일 테고, 그의 발꿈치에는
기근과 칼과 불이, 묶어 둔 사냥개들처럼
써 주기를 바랄 텐데. 근데 귀빈들이여,
하찮은 이 무대에 그처럼 위대한 사물을
감히 불러오려 했던 우리의 우둔함을
용서해 주시오. 투계장 같은 이 무대에
프랑스의 광야를 담을 수 있나요? 아니면
아쟁쿠르 대기를 놀랬던 바로 그 투구들을
이 작은 원 안에 쑤셔 넣을 수 있을까요?
오, 죄송합니다만 둥근 숫자만으로도
좁은 데서 백만을 인증할 수 있으니
이 위대한 얘기에서 영과 같은 우리들도
여러분의 상상력에 작용하게 해 주시오.
가정해 보십시오, 지금 이 벽 테두리 안쪽에
높이 솟아 앞으로 튀어나온 두 이마로
위험하고 비좁은 대양을 갈라놓는

13행 아쟁쿠르 1415년 10월 25일, 헨리 5세가 이끈 잉글랜드군이 프랑스군을 이긴 칼레 부근의 마을.

두 막강한 왕국이 갇혔다고 말입니다.
여러분의 생각으로 미비점을 보충하고
한 사람을 천 개의 조각으로 나누어
상상 속의 군대를 만들어 보십시오.
우리가 말 얘기할 때면 오만한 그 발굽이
땅 위에 찍는 자국 본다고 생각해요.
이제는 여러분이 생각으로 왕들을 꾸며서
시간을 건너뛰며 이리저리 데려가고,
여러 해의 업적을 모래시계 안으로
압축해야 하니까. 그 일을 돕기 위해
이 사극의 해설자로 저를 받아 주시면
서두 역 배우처럼 정중한 인내를 청할 테니
우리 극을 순하게 들은 뒤 호평해 주십시오. (퇴장)

1막 1장

캔터베리 대주교와 일리 주교 등장.

캔터베리 이보게, 주교, 내 말은 똑같은 법안이
선왕 통치 11년째 되던 해에 상정되어
우리의 반대에도 진짜로 통과될 뻔했는데,
허둥지둥하면서 불안했던 시절 탓에
더 이상 논의 없이 밀려난 적 있었다네.
일리 근데 지금 우리는 어떻게 저항해야지요?
캔터베리 생각해 봐야지. 우리의 반대에도 통과하면

1막 1장 장소 런던, 왕궁.

우리는 소유물을 절반 이상 잃게 돼.
신심 깊은 이들이 유언으로 교회에 준
세속의 모든 땅을 그들이 우리들로부터
빼앗아 갈 텐데, 그 가치는 이 정도야.
국왕의 명예를 지키는 15명의 백작과
1만 5천의 기사들, 6천 2백여 명의
훌륭한 향사들을 유지해 줄 만큼과,
병자들과 노약자, 육체노동 못 하는
빈곤하고 허약한 사람들을 구휼하고
구빈원 백 곳의 물자를 완전 충당할 만큼과,
그 밖에도 연간 1천 파운드가 국왕의
금고로 갈 만큼이야. 그 법안이 그렇다네.

일리 출혈이 크겠군요.

캔터베리 생명이 위태로워질 만큼.

일리 그런데 방지책은 뭐지요?

캔터베리 국왕은 미덕과 호의로 충만하셔.

일리 또 신성한 교회를 정말 사랑하시죠.

캔터베리 청년기의 습관으론 가망 없는 일이었지.
하지만 부친의 몸에서 숨이 끊어지자마자
방탕했던 기질도 그 안에서 극복되어
끝난 것 같았어. 맞아, 바로 그 순간에
묵상이 천사처럼 그에게 찾아와
죄짓는 아담을 채찍으로 쫓아내고
그의 몸을 거룩한 자질들을 감싸 안는
하나의 천국처럼 남도록 해 주었지.
이 왕처럼 갑자기 만들어진 학자 없고,
개심의 홍수가 그토록 맹렬한 흐름으로

결점을 씻어 내 버린 적도 없었으며,
수많은 히드라 머리의 고집이 그 지위를
그리 빨리, 그것도 곧바로 한꺼번에
잃은 적도 없었네.

일리 　　　　　　그 변화로 우린 축복받았죠.

캔터베리 　그의 신학 논증을 듣기만 해 보게,
그럼 자넨 전적으로 감탄하며 속으로
국왕이 성직자였으면 좋겠다 싶을 거야.
나랏일과 관련된 토론을 들으면
전적으로 그것만 공부했다 말할 거네.
그의 전쟁 담론을 경청하게, 그러면
무서운 전투 얘기 음악으로 들릴 거야.
그 어떤 정치적인 질문을 던져도
그는 그 난제를 자신의 대님처럼
익숙하게 풀어내어 그가 말을 할 때면
맘대로 떠도는 공기조차 멈추고,
놀라움은 소리 없이 사람 귀에 숨어들어
꿀처럼 감미로운 그의 경구 훔친다네.
그러므로 실생활의 기술이란 여교사가
이러한 이론을 가르친 게 틀림없고,
전하가 그것을 습득한 방법도 놀랍다네.
왜냐하면 그는 헛된 습관에 빠졌었고,
친구들은 무식하고 거칠며 천박했고,
시간은 환락과 향응과 놀이로 채워졌고,

35행 히드라　아홉 개의 머리를 가진 큰 뱀으로 그 가운데 하나를 자르면 두 개가 생겨났다고 한다.

대중들이 출몰하는 공공장소로부터
떨어진 곳에서 그 어떤 공부나 칩거나
은둔을 했다고 알려진 적 결코 없었으니까.

일리 딸기는 쐐기풀 밑에서 자라고,
이로운 열매는 질 나쁜 과일나무 곁에서
가장 잘 번성하고 익어 가는 법입니다.
왕자님도 그처럼 자신의 명상을
방탕의 덮개 아래 감췄는데, 그건 분명
여름의 풀처럼 안 보여도 특성은 커지는
한밤중에 가장 빨리 자랐을 것입니다.

캔터베리 그런 게 틀림없네. 기적은 끝났기 때문에
우리는 사물이 완성된 자연적인 원인을
인정할 필요가 있다네.

일리 하지만 대주교님,
하원이 제출한 이 법안을 어떻게
완화시켜야지요? 전하께선 이 법안에
호의적이신가요, 아닌가요?

캔터베리 공평하신 것 같네.
저쪽의 법안 제출자들을 지지하기보다는
오히려 우리 편에 더 기운 것 같아.
왜냐하면 우리의 영적인 모임을 계기로
내가 제안 하나를 전하께 드렸고,
당면 문제, 예컨대 프랑스와 관련된
중요한 일들을 전하께 상세히 밝히면서
교단이 지금까지 그의 전임자들에게
한꺼번에 내놓은 그 어떤 액수보다
더 큰 것을 드리기로 했으니까.

일리 그 제안을 어떻게 받으신 것 같았나요?

캔터베리 전하께선 호의적인 수용을 하셨지만,
기꺼이 듣고 싶은 것처럼 보였던 일들은
시간이 불충분해 듣지를 못하셨네.
즉, 몇 공국과, 에드워드 조부께서 물려주신
프랑스 왕권과 왕좌에 대하여 전하께서
예외 없이 가지신 진정한 소유권을 밝히는
구체적 사항과 명백한 논법들 말일세.

일리 그 얘기를 중단시킨 장애물은 뭐였지요?

캔터베리 바로 그 순간에 프랑스 대사가
알현을 간청했고, 내 생각에 그를 만날
시간이 된 것 같네. 지금이 4시인가?

일리 맞습니다.

캔터베리 그럼 가서 그 대사의 임무를 알아보세.
그 프랑스 사람이 한마디도 안 해도
난 그걸 쉽사리 짐작하여 밝힐 수 있다네.

일리 따라가서 그걸 정말 들어 보고 싶습니다. (함께 퇴장)

1막 2장

국왕, 글로스터, 베드퍼드, 클래런스, 워릭,
웨스트모얼랜드, 엑서터 및 시종들 등장.

국왕 캔터베리 대주교는 어디에 있는가?

엑서터 여기엔 없습니다.

1막 2장 장소 런던, 왕궁의 알현실.

국왕 숙부님, 불러 주십시오. (시종 퇴장)

웨스트모얼랜드 전하, 그 대사를 불러들일까요?

국왕 아직은 아니네. 그의 말을 듣기 전에
짐과 또 프랑스에 관하여 깊이 생각해야 할
중대한 문제를 해결하고 싶으니까.

캔터베리 대주교와 일리 주교 등장.

캔터베리 신과 그의 천사들이 그 옥좌를 지켜 주고
오랫동안 누리게 해 주소서!

국왕 고맙소.
박식한 대주교는 프랑스에 있다는
그 살릭법에 의해 짐이 가진 청구권이
배제돼야 하는지 아닌지 그 이유를
정당하고 경건하게 밝혀 주기 바라오.
그리고 소중하고 독실한 경께서는 절대로
당신의 해석을 조작, 왜곡, 굽히거나
엉터리 소유권을, 그 권리의 원색깔이
진실과 맞지 않게 내놓아 당신의 양식에
교묘한 곡해의 부담을 안기지는 마시오.
대주교가 격려한 걸 짐이 확증하는 중에
얼마나 많은 이가 지금은 건강한데
피 흘릴 것인지는 아무도 모르니까.
그러므로 이 옥체를 조심해서 잡히시오,
또 짐의 잠자는 전쟁 검을 조심해서 깨우시오.
하느님의 이름으로 조심하라 명령하오.
왜냐하면 이 정도의 두 왕국이 많은 피를

안 흘리고 다툰 적은 한 번도 없었고,
죄 없는 그 피는 방울마다, 그릇된 칼날로
짧은 생명 그렇게 낭비하는 자에 대한
한탄이며 쓰라린 불평이기 때문이오.
이 간청을 잘 새긴 뒤 대주교는 말하시오.
당신 말을 짐은 듣고, 주목하고, 그것이
그쪽 양심 속에서 세례로 원죄가 씻기듯이
깨끗해졌다는 걸 맘속으로 믿을 테니.

캔터베리 그렇다면 자애로운 전하, 제 말 들으십시오,
또한 이 당당한 옥좌에 자신, 생명, 봉사를
바쳐야 할 귀족들도. 프랑스와 관련하여
전하의 청구권을 배제하게 만드는 건
그들이 내놓은 파라몽의 “살리족 땅에서
여자의 계승은 없을 것”이란 말뿐인데,
프랑스인들은 살리족의 그 땅을 부당하게
프랑스 왕국으로, 파라몽을 이 법과
여성 배제 조항의 창시자로 해석했답니다.
하지만 그들의 작가들은 정직하게
살리족의 그 땅은 독일의 살라와 엘베강
둘 사이에 있다고 단언하고 있으며,
저 샤를 대제가 색슨족을 정벌하고 거기에
약간의 프랑스인들을 정착시켜 뒀는데,
그들은 그곳 독일 여자들이 몇 가지 점에서
행실이 부정하단 이유로 경멸하며
살리족 땅에서 여성은 후계자가
못 된다는 이 법을 확립시켰답니다.
(엘베와 살라 새에 있다고 한) 그 살릭은

오늘날 독일의 마이센이라는 곳입니다.
고로 그 살릭법은 프랑스 왕국을 위하여
고안되지 않았던 게 분명해 보입니다.
또 이 법의 창시자로 근거 없이 추정되는
파라몽 왕의 사후 421년까지도
프랑스는 살리족의 그 땅을 소유하지 않았고,
그 왕은 우리 주님 구세주의 연도로
426년에 죽었는데, 샤를 대제가
색슨족을 정벌하고 그 살라강 너머에
프랑스인들을 정주하게 만든 것은
805년입니다. 또 그들의 작가들은
칠데릭을 폐위시킨 피핀 왕이
클로테어 왕의 딸이었던 블리틸드의
후손이기 때문에 법적 계승자로서
프랑스의 왕권을 정말 청구했다고 합니다.
샤를 대제의 진정한 직계 후손이면서
유일 남성 후계자인 로렌 공작 샤를의
왕권을 찬탈했던 위그 카페도 마찬가지로
자신의 권리가 진짜라는 인상을 주려고,
그 실상은 완전히 부패하고 악했지만,
샤를마뉴의 딸 링가드 부인의
계승자를 자처했고, 그 샤를마뉴는
루이 황제의 아들이며 루이는 샤를 대제의
아들이었답니다. 그리고 찬탈자 카페의

63행 피핀 왕 이곳에서 언급된 프랑스 왕들의 재위 순서는 다음과 같다. 클로테어, 칠데릭, 피핀, 샤를 대제 또는 샤를마뉴, 루이, 샤를, 위그 카페, 루이. (아든)

유일한 계승자 루이 9세 왕 또한
자신의 조모인 고운 왕비 이저벨이
앞서 말한 로렌 공작 샤를의 딸,
에르멘가르드 부인의 직계임을 확인할 때까진 —
그 결혼에 의하여 샤를 대제 가계는
프랑스 왕권과 재결합하였는데 —
프랑스 왕관을 쓰고 있는 것에 대해
양심상 편안할 수 없었다고 합니다.
그리하여 여름날 태양처럼 분명하게,
피핀 왕의 권리와 위그 카페의 청구권과
루이 왕의 확인까지 모두가 명목상
여성의 권리를 지키는 게 분명하옵니다.
프랑스 왕들은 오늘까지 그렇게 합니다.
전하의 여성 쪽 청구권을 배제하기 위하여
살릭법을 유지하고, 전하와 전하의
조상들에게서 찬탈한 그들의 삿된 권리
공공연히 노출 않고 오히려 자신들을
헛되이 감추는 방법을 택했지만 말입니다.

국왕 권리와 양심 갖고 내가 청구할 수 있소?

캔터베리 아니면 제가 벌을 받지요, 지엄하신 전하,
왜냐하면 민수기에 이런 말이 있으니까요.
"남자가 죽으면 그 유산은 여자에게
물려줄지어다." 자애로운 전하시여,
당신 것을 지키고 피의 깃발 펼치면서
막강한 조상들을 되돌아보소서.
지엄하신 전하, 청구권의 원천인
고조부의 무덤에 가시어 늠름한 그의 혼과,

프랑스 전군을 패배하게 만들면서
프랑스 땅에서 비극을 연출한 조부 삼촌,
에드워드 흑태자의 용맹한 혼령을 부르소서.
그 태자가 프랑스 귀족 피를 만끽할 때
막강한 그 부친은 그 새끼 사자가 하는 일을
언덕에서 미소 띠며 쳐다보고 있었지요.
오, 그 고귀한 잉글랜드인들은 절반으로
프랑스 전군을 맞이했고, 나머지 절반은
모두들 하릴없이 활동 못 해 찬 몸으로
웃으면서 제자리에 서 있을 수 있었어요!

일리
용맹한 이 고인들의 기억을 일깨우고
강력한 팔로써 그 위업을 되풀이하소서.
당신은 그 계승자로 그들의 옥좌에 앉았고,
그들을 유명하게 만들었던 피와 용기
그 핏줄에 흐르며, 최강의 전하께선
청년기의 바로 그 5월의 아침을 맞이하여
모험과 대업에 적합한 연령이시옵니다.

엑서터
이 지상의 당신 형제 왕들과 군주들은
당신도 그 가문의 옛적 사자들처럼
떨치고 일어나길 모두 기대한답니다.

웨스트모얼랜드
그들은 전하가 소유한 명분, 수단, 힘을 알고,
전하도 아십니다. 어떤 잉글랜드 왕도
더 부유한 귀족과 충성된 백성을 못 가졌고,
그들 맘은 잉글랜드 이곳의 그들 몸을 떠나서
프랑스 들판에 진을 치고 있답니다.

캔터베리
오, 전하, 그들의 몸 또한 피와 칼, 불과 함께
당신 권리 얻기 위해 따라가게 하십시오.

그 일을 돕기 위해 저희 성직자들은
당신의 조상들 그 누구에게도 한꺼번에
내놓은 적 없었던 막대한 금액을
전하에게 드리려고 모금할 것입니다.

국왕 우리는 프랑스 침공 위해 무장할 뿐 아니라
스코트족들을 막기 위한 병력도
추산해야 할 것이오, 그들은 유리하면
언제든지 우리를 습격할 테니까.

캔터베리 자애로운 전하시여, 국경 지역 사람들이
우리의 내륙을 변방의 좀도둑들로부터
충분히 막아 주는 방벽이 될 것입니다.

국왕 짐의 뜻은 그 말 탄 날치기들뿐만 아니라
짐에게 늘 현기증을 일으키는 이웃이던
스코트족들의 주목적이 걱정이란 말이오.
왜냐하면 읽어 보면 알듯이 고조부가
군대를 이끌고 프랑스로 갈 때마다
그들은 언제나 막대하게 넘치는 병력으로
방파제 구멍으로 밀려오는 파도처럼
무방비의 이 왕국에 쏟아져 들어와
인적 없는 이 땅을 맹공으로 상처 내고,
치열한 포위로 성과 읍을 졸라매어
방어력이 하나도 없었던 잉글랜드는
못된 이웃 때문에 벌벌 떨곤 했으니까.

캔터베리 전하, 그녀는 해 입기보다는 겁먹었답니다.
그녀가 보여 준 실례를 들어 보십시오.

153행 그녀 여성으로 의인화된 잉글랜드.

그녀의 기사들 모두가 프랑스에 가 있어서
자신은 귀족들의 슬픈 과부 같았을 때
그녀는 자신을 잘 방어했을 뿐 아니라
스코트족 국왕을 들개처럼 잡아 가두었다가
프랑스로 보내어 에드워드 국왕의 명성을
죄수가 된 왕들로 채웠고, 그녀의 역사를
칭송으로, 마치 저 바다의 진흙탕 바닥이
가라앉은 배들과 헤아릴 수도 없는
보물로 풍성하듯 자자하게 만들어 줬으니까.

웨스트모얼랜드 하지만 정말 맞는 옛말이 있답니다.
　　　　프랑스를 얻고자 한다면
　　　　스코틀랜드에서 시작하라.
왜냐하면 독수리 잉글랜드가 사냥을 나서면
저 담비 스코트족이 보초 없는 둥지로
살금살금 숨어들어 귀한 알을 빨아먹고,
고양이 없는 데서 쥐 노릇을 하면서
먹을 수 있는 것보다 더 많이 훼손하니까.

엑서터 그러면 고양이가 남아야 한다는 말이군.
근데 그건 억지 요구 사항일 뿐이네,
우리는 필수품을 보호할 자물쇠를 가졌고
좀도둑 붙잡을 멋진 덫도 있으니까.
무장한 우리 손이 해외에서 싸울 동안
신중한 머리는 본국에서 스스로 방어해.
통치란 높고 낮고 더 낮은 성부로
나뉘긴 하지만, 하나의 화음을 지키면서
음악처럼 완전하고 자연스러운 결말에서
합치니까.

캔터베리 맞습니다. 그러므로 하늘은
인간을 다양한 기능의 신분으로 나누어
지속적인 노력을 하도록 만들면서
복종을 그 노력의 목적이나 목표로
고정해 놨어요. 꿀벌도 그렇게 일하는데,
그들은 자연의 법칙을 통하여
인간의 왕국에게 질서를 가르치죠.
그들에겐 한 왕과 몇 부류의 관리가 있어서
일부는 치안 판사처럼 자국에서 교정하고,
일부는 상인처럼 해외에서 무역하고,
또 일부는 군인처럼 침으로 무장하여
여름의 매끄러운 꽃망울을 짓밟은 뒤
본국에 계시는 화려한 황제의 천막으로
즐겁게 행진하며 노획물을 나르는데,
분주하신 폐하께선 늠름한 자세로
황금 지붕 만들며 노래하는 석수들,
꿀을 뭉쳐 다지는 공손한 시민들,
좁은 대문 안으로 무거운 짐을 지고
몰려드는 불쌍한 직공인 짐꾼들,
퉁명스레 붕붕대며 창백한 처형자들에게
게을리 하품하는 일벌을 넘겨주는
엄숙한 눈매의 재판관을 점검하신답니다.
이로써 전 많은 것이 한 목적을 향하여
다르게 움직일 수 있음을 추론합니다.
각각 달리 활을 떠난 수많은 화살이
한 표적에 이르듯,
수많은 다른 길이 한 도시로 모이듯,

수많은 강물이 한 바다에 모이듯,
수많은 선들이 해시계 중심에 집중되듯.
그처럼 천 가지 행위도 시작된 다음엔
한 목적지에서 끝나며, 모두 다 중단 없이
잘 유지된답니다. 그러니, 전하, 프랑스로.
운 좋은 당신 잉글랜드를 넷으로 나누어
4분의 1만큼만 프랑스로 가져가도
그것으로 갈리아 전체를 뒤흔들 것입니다.
우리가 그 세 배의 본국 체류 병력으로
우리 문을 그 개놈으로부터 못 지키면
우리는 그놈에게 물리고, 이 우리 나라는
용맹과 책략의 명성을 잃게 해 주십시오.

국왕 프랑스 왕세자의 사자들을 들라 하라.

(시종 몇 명 퇴장)

짐은 이제 확고하오. 그리고 하느님과
짐의 힘의 근간인 여러분의 도움으로
프랑스는 짐의 것이니까 경외하게 만들거나
산산조각 낼 것이오. 또한 짐이 거기 앉아
프랑스와, 거의 왕국 수준의 공국들을
절대적인 지배하에 다스리지 못한다면
이 뼈를 묘비 없이 하찮은 항아리에
아무런 추억의 글귀 없이 담아 둘 것이오.
짐이 보일 행위가 우리의 역사에 큰 소리를
거침없이 남기지 못한다면, 짐의 묘는
터키인 농아처럼 입을 다물 것이고

215행 갈리아 프랑스의 옛 이름.

밀랍에 쓴 묘비명의 찬양도 없을 거요.

프랑스 대사들이 통 하나를 든 시종들과 함께 등장.

이제 짐은 고운 친척 왕세자의 의향을
알 준비가 잘되었소, 당신의 인사는
국왕 아닌 그가 보낸 것이라고 하니까.

대사 황공하나 전하께선 저희가 명 받은 걸
자유로이 전하도록 허락하시렵니까,
아니면 왕세자의 의도와 저희의 전갈을
완곡하게 넌지시 보여 드릴까요?

국왕 짐은 웬 폭군이 아니라 기독교도 왕이고,
또한 짐의 감정은 우리 감옥 안에서
족쇄 찬 죄인처럼 그의 지배하에 있소.
그러니 솔직하고 구애 없는 직설로
왕세자의 마음을 말하오.

대사 그렇다면 짤막히.
전하께선 최근에 프랑스로 사람을 보내어
위대한 전임자 에드워드 3세의 권리로
몇몇의 공국을 요구하셨습니다.
그 요구에 답하며 저희 주인 왕자께선
당신은 젊은 맛이 너무 세게 난다는 걸
고려해 보라고 하십니다. 발 빠른 춤으로
프랑스에서 얻을 수 있는 건 전혀 없고,
공국들 안으로 흥겹게 들 수도 없답니다.
그러므로 당신의 기분에 더 잘 맞는
이 보물 한 통을 보내니, 그 답례로

당신이 요구하는 공국들은 당신 얘기
그만 듣길 원하오. 이것이 왕세자의 말이오.

국왕 뭔 보물입니까, 숙부님?

엑서터 정구공 몇 개요.

국왕 왕세자가 짐을 두고 그토록 유쾌해서 기쁘군.
그 선물과 당신의 수고에 감사하오.
이들 공에 꼭 맞는 라켓을 짐이 찾아낸다면
프랑스에서 한 판 벌여 신의 은혜 입고서
그의 아비 왕관을 위태롭게 때리겠소.
그에게 말하시오, 호적수를 만났으니
프랑스의 경기장은 모두들 공 쫓느라
괴로울 거라고. 그의 말을 잘 알아들었소,
방탕했던 시절을 짐이 어찌 활용했는지
헤아리지 못하면서 얼마나 날 우롱하는지.
짐은 이 초라한 잉글랜드 옥좌를 한 번도
높이 평가 않았고 그래서 여길 떠나 살면서
야만적인 방종에 빠지게 되었소, 흔히들
자기 집 밖에서 가장 명랑해지듯이.
하지만 그 왕세자에게 말하시오,
내가 정말 내 프랑스 옥좌에서 일어날 때
난 위엄을 지키면서 한 명의 왕처럼
존귀함의 돛을 펼쳐 보여 줄 거라고.
그러려고 난 지난날, 내 위용을 제쳐 두고
일반 노동자처럼 힘들게 살았지만,
난 거기서 너무나 찬란하게 솟아올라
프랑스의 모든 눈을 부시게 만들고,
예, 왕세자가 눈멀어 날 못 보게 할 것이오.

그 유쾌한 왕자에게, 그의 이 조롱은
그의 공을 대포알로 바꾸었고, 그의 혼은
그것과 함께 날아다니는 파괴적인 복수로
아픔에 찰 거라고 하시오. 수천의 과부는
그의 이 조롱으로 사랑하는 남편을 조롱처럼,
아들도 어미를 조롱처럼 뺏기고, 조롱처럼
성들이 무너지며, 안 생기고 안 낳은 애들조차
왕세자의 조소를 저주할 이유가 생길 테니.
하지만 이 모든 건 신의 뜻에 달렸으니
난 그분께 호소하고, 그분의 이름으로
가능한 한 복수하며, 정의로운 내 손을
대단히 신성한 명분으로 휘두르기 위하여
가고 있다는 걸 왕세자에게 말하시오.
그럼 편히 가시오. 그리고 그 왕세자에게
이 희롱에 웃었던 이들보다 수천이 더 울 때
그것은 얕은꾀만 드러낼 뿐이라고 하시오. —
이들을 안전하게 호송하라. — 잘 가시오.

(대사들과 시종들 함께 퇴장)

엑서터 명랑한 전갈이었습니다.

국왕 보낸 자를 부끄럽게 만들고 싶답니다.
그러니 경들은 우리의 원정을 진척시킬
그 어떤 행운의 시간도 놓치지 마시오.
이제 짐은 우리 일로 앞서서 달리시는
주님을 빼놓고는 프랑스 생각만 하니까.
그러니 이 전쟁에 필요한 군사들을
일찌감치 모집하고, 우리의 날개를
무리 없이 신속히 보강할 수 있는 것은

뭐든지 생각해 봅시다. 주님의 뜻이라면
왕세자를 그의 아비 문간에서 꾸짖을 테니까.
그러니 이 고운 행동에 나설 수 있도록
모두들 각자의 생각을 짜내어 보시오.

(팡파르. 함께 퇴장)

2막 0장

해설자 등장.

해설자 자 이제, 잉글랜드 청년들은 다 불이 붙었고,
비단결의 희롱은 옷장에서 잔답니다.
갑옷 장사 번창하고, 모두의 가슴속엔
명예 얻을 생각만 홀로 군림한답니다.
그들은 풀밭 팔아 말을 산 다음에
잉글랜드 머큐리들처럼 발꿈치에 날개 달고
기독교도 군왕들 모두의 모범을 따릅니다.
왜냐하면 지금 퍼진 기대감 속에는
해리와 그의 추종자들에게 약속된,
자루에서 칼끝까지 황제 관과 왕관과
작은 관을 두른 칼이 감춰져 있으니까.
프랑스인들은 믿을 만한 첩보 통해
참으로 무서운 이 전쟁 준비를 통지받고,
공포에 떨면서 창백한 계책으로
잉글랜드인들의 목표를 바꿔 보려 합니다.
오, 잉글랜드여, 작은 몸의 막강한 심장처럼
내적인 위대함의 축소된 모형이여,

너의 자식 모두가 친족의 애정을 품는다면
넌 얼마나 큰 명예를 드높일 수 있을까!
근데 보라, 프랑스가 네게서 결점을,
가슴 텅 빈 한 무리를 찾아내어 그들을
배신의 금화로 채우는데, 부패한 그 셋은
첫째가 케임브리지 백작인 리처드,
둘째가 헨리 스크루프 마셤 경,
셋째가 토머스 그레이 노섬벌랜드 기사로
프랑스의 금 때문에 — 오 정말 금수로다! —
겁먹은 프랑스와 역적모의 확정했고,
만약에 지옥과 배신이 약속을 지켜 주면
이 멋진 최고 왕은 사우샘프턴 항구에서
프랑스로 출항 전에 그들 손에 죽어야 합니다.
여러분의 인내를 늘리고 왜곡된 거리를
잘 참아 주시면 저희가 극을 강행하지요.
금액은 지불됐고, 역적들은 합의했고,
국왕은 런던을 떠났으며, 무대는, 여러분,
이제 사우샘프턴으로 옮겨 갔습니다.
극장은 거기 있고, 거기 앉아 있으면
거기에서 프랑스로 안전하게 옮겼다가
그 좁은 바다에 주문 걸어 조용히 건너면서
다시 데려올 겁니다. 저희 연극 때문에
뱃멀미하는 분은 없도록 할 테니까.
하지만 국왕이 나올 때까지는, 그때까진
사우샘프턴으로 무대를 옮기지 않습니다. (퇴장)

2막 1장

님 하사와 바돌프 부관, 만나면서 등장.

바돌프 님 하사, 잘 만났네.

님 좋은 아침입니다, 바돌프 부관님.

바돌프 아니, 피스톨 기수와 아직도 화해하지 않았어?

님 난 개의치 않아요. 말을 않을 겁니다. 하지만 기회가 오면 웃을 일도 있겠죠. 하지만 그거야 될 대로 되겠죠. 난 감히 싸우진 않겠지만 두 눈 감고 칼을 뻗을 겁니다. 평범한 칼이지만, 그게 어때서요? 그걸로 치즈도 튀길 수 있고, 또 그건 딴 사람의 칼처럼 찬바람도 견딜 테니, 그럼 됐죠.

바돌프 내가 둘을 화해시키기 위해 점심을 사 주겠네, 그럼 우리 셋은 의형제가 되어 모두 프랑스로 갈 거야. 그렇게 하자고, 착한 님 하사.

님 참말로, 난 살 수 있을 만큼 살 거고, 그건 분명한 일이죠. 그리고 더 이상 살지 못할 때는 알아서 할 거요. 그게 내 마지막 패고, 마지막 은신처죠.

바돌프 하사, 그가 넬 빨리 여사와 결혼한 건 분명하고, 그녀가 자네에게 잘못한 것도 분명해, 자네는 그녀와 약혼 서약했으니까.

님 난 모르겠어요. 사태가 흘러가는 대로 둬야만 해요. 사람들은 잠잘 수 있고, 또 그때는 목이 붙어 있을 수 있지만 칼에는 날이 있다고 그러잖아요. 이건 흘러가는 대로 둬야만 해요. 인내심은 지친 암말 같지만 목적지

2막 1장 장소 런던, 길거리.

까지는 갈 겁니다. 결론이 나야만 해요. 글쎄, 모르겠어요.

피스톨과 안주인 등장.

바돌프 여기 피스톨 기수와 그의 아내가 오는군. 착한 하사, 여기서는 참아 주게.

님 웬일이오, 피스톨 주인장?

피스톨 이 똥개가 날 주인장이라고 해?
이 손에 맹세코, 난 그런 말 혐오하고,
넬 또한 손님을 안 받아.

안주인 예, 참말로, 더는 안 받아요. 왜냐하면 바늘 품 팔아서 올바르게 사는 아가씨를 열두 서너 명씩이나 우리가 먹이고 재울 수는 없는데도, 창녀 집을 차린다고 곧바로 생각들 하니까. (님이 칼을 뽑는다.) 아이고머니나, 저이가 칼을 뽑았잖아! 이제 우린 의도적인 간통과 살인을 보게 될 거예요.

(피스톨도 칼을 뽑는다.)

바돌프 착한 부관, 착한 하사, 아무 일도 벌이지 말게.

님 흥!

피스톨 너나 흥이다, 이 아이슬란드 개자식, 귀 쫑긋 선 아이슬란드 개놈아!

안주인 착한 님 하사님, 당신의 용기는 보여 주고 칼은 집어넣어요. (님과 피스톨은 칼을 넣는다.)

님 (피스톨에게)
저리로 가 볼까요? 난 당신과 '독대'를 원하오.

피스톨 '독대'라고, 지독한 개놈이? 오, 더러운 독사여!

너의 그 놀라운 얼굴에 그 ‘독대’를,
너의 그 이빨과 목 줄기에 그 ‘독대’를
미운 허파, 그렇지, 밥통은 틀림없고
더 나쁜, 그 역겨운 입에까지 처넣겠다!
난 그 ‘독대’를 네 창자에 지질 거야,
내가 열 받아서 피스톨의 공이를 세우면
번쩍이는 불꽃이 뒤따를 수 있으니까.

님　난 바바슨이 아니오, 당신이 날 호릴 순 없답니다. 당신을 흠씬 두들겨 패 줄 의향은 있어요. 만약 나한테 더럽게 굴면, 피스톨, 내 칼로 당신을 싹 훑어 줄 거요, 내 능력껏, 쉬운 말로 하자면. 당신이 저리로 가겠다면 난 당신 창자를, 좋은 말로 하자면, 내 능력껏 좀 찌르려 하는데, 그게 지금 심정이오.

피스톨　오, 더럽게 뻥까고 우라지게 성난 인간,
무덤이 입 벌리고, 탐하는 죽음이 다가와.
그러니 뽑아라.　(피스톨과 님, 칼을 뽑는다.)

바돌프　(자기 칼을 뽑으며)
내 말 듣게, 내가 하는 말을 들어. 첫 번째 가격을 하는 자는 내가 그를 칼자루 깊이까지 찌를 거야, 난 군인이니까.

피스톨　막강한 맹세여서 분노는 식을 거요.
(다들 칼을 집어넣는다.)
네 주먹을 내게 줘, 네 앞발을 내게 줘.
네 용기는 최고야.

44~49행 독대…거야
독대의 말뜻을 모르고 그것을 무슨 욕으로 받아들인 피스톨의 반응. (아든)

52행 바바슨
마귀의 이름.

님 난 당신 목을 언젠가, 쉬운 말로 하자면, 자를 거요, 그게 지금 심정이오.

피스톨 '멱을 딴다!'
그 말이군. 난 네게 다시 도전하겠다.
오, 크레타 사냥개야, 내 처를 가지려 해?
아니, 나병원에 간 다음
악명 높은 성병 치료 욕조에 몸을 담근
크레시다 부류의 문둥이 매춘부,
'헤픈 언니' 그녀를 잡아 와서 결혼해라.
난 옛적의 '빨리'를 가장 좋은 여인으로
가졌고 가질 테니. 짤막히, 그걸로 충분해.
원 참.

소년 등장.

소년 피스톨 주인님, 제 어른께 가 보셔야 합니다, 안주인님도. 그가 아주 아파서 눕고 싶어 하셔요. 착한 바돌프 님, 불타는 그 얼굴을 그의 이불 속에 넣어 공기 좀 데워 줘요. 참말로, 아주 안 좋으세요.

바돌프 저리 가, 이놈아!

안주인 맹세코, 그는 얼마 지나지 않아 까마귀밥이 될 거예요. 국왕께서 그의 기를 죽여 놓으셨어. 여보, 곧장 집으로 와요. (안주인과 소년 함께 퇴장)

바돌프 자, 내가 두 사람을 화해시켜 줄까? 우린 프랑스로 함

71행 크레타 사냥개 털이 많은 개. (RSC)
74행 크레시다 연인 트로일로스를 버린 전설적인 트로이 여인.

께 가야 해. 도대체 왜 우리가 서로의 목을 자르려고 칼을 들고 있어야지?

피스톨 강물은 부풀고 허기진 악마들은 짖으라 해!

님 내기에서 내가 딴 당신 돈 8실링, 갚을 겁니까?

피스톨 천한 상놈이나 갚겠지.

님 난 그걸 지금 받을래요. 그게 지금 심정이오.

피스톨 용기에 따라 해결되겠지. 콱 찔러 봐!

(피스톨과 님, 칼을 뽑는다.)

바돌프 (자기 칼을 뽑으면서)
이 칼에 맹세코, 맨 먼저 찌르는 사람은 내가 그를 죽일 거야. 이 칼에 맹세코, 그럴 거야.

피스톨 칼은 서약이고, 서약은 꼭 지켜져야지요.

(칼을 집어넣는다.)

바돌프 님 하사, 화해를 하고 싶다면 화해하게. 그러고 싶지 않다면, 그렇다면 나와도 적이 될 것이네. 제발, 집어넣어.

님 내 돈 8실링, 내가 받겠죠?

피스톨 금화 한 닢 줄 것이고 곧바로 지급하지.
그리고 자네에게 술도 한잔 낼 테니까
우정과 동포애가 우리 둘을 묶을 거야.
난 님과 살 것이고, 님은 나와 살 것이야.
올바로 된 거 아냐? 난 군대에 필요한
물품 장사 할 테니까 이익이 쌓일 거야.
악수하세.

님 내 금화, 내가 받겠죠?

피스톨 현금으로, 가장 올바르게 갚겠네.

님 그럼, 좋아요, 그게 지금 심정이오. (님과 바돌프는 칼을 집어넣고, 피스톨과 님은 악수한다.)

안주인 등장.

안주인 여자들이 당신들을 낳은 적 있다면, 빨리 존 경에게 가 봐요. 아, 불쌍해라, 매일열 삼일열로 불타면서 아주 심하게 떨어 쳐다보기가 정말 애처로워요. 친절한 이들, 그에게 가 봐요. (퇴장)

님 국왕께서 이 기사를 가혹하게 대하셨어, 솔직히 그게 사실이죠.

피스톨 님, 자네가 올바른 말을 했어. 그의 심장 파손됐고 강화됐어.

님 국왕은 훌륭한 왕이지만, 사태가 흘러가는 대로 둬야만 해요. 말고삐를 잡았으니 갈 길을 가시겠죠.

피스톨 자, 그 기사에게 애도를 표하세, 우리 새끼 양들은 살아남을 테니까. (함께 퇴장)

2막 2장

엑서터, 베드퍼드, 웨스트모얼랜드 등장.

베드퍼드 역적들을 믿다니 전하께선 참 용감하시오.

엑서터 그들은 머지않아 체포될 것이네.

웨스트모얼랜드드 그들은 참 매끄럽고 침착하게 행동했죠,

119행 강화됐어 '약화됐어'라는 말을 잘못 쓴 것.
2막 2장 장소 사우샘프턴.

믿음과 불변의 충절로 장식된 충성심이
그들의 가슴속에 앉아 있는 것처럼!

베드퍼드 국왕께선 그들의 의도를 다 가로채서
알고 계셨는데도 그들은 꿈에도 모르죠.

엑서터 암, 하지만 그의 침실 동료였던 사람이,
넘치는 성은을 물리도록 베풀어 줬는데도
외국의 돈 때문에 군주의 목숨을
죽음과 반역에게 팔아 넘기려 했다니!

트럼펫 소리. 국왕, 스크루프, 케임브리지, 그레이,
귀족들과 군인들 등장.

국왕 순풍이 불고 있고 짐은 곧 승선할 것이오. —
케임브리지 경, 그리고 친절한 마셤 경과
고귀한 기사들은 생각한 걸 말해 보오.
짐이 함께 데려가는 군사력을 가지고
프랑스 군대를 꿰뚫고 들어가
그 군대를 모았던 목적인 파괴 행위,
할 수 있을 거라고 생각하지 않는지?

스크루프 각자가 최선을 다하면, 전하, 당연하옵니다.

국왕 당연하오. 왜냐하면 짐과 거의 같은 마음을
품지 않은 사람은 하나도 안 데려가고,
짐에게 성공과 정복이 따르기를
바라지 않는 자는 아무도 안 남겨 뒀다고
충분히 설득되었으니까 말이오.

케임브리지 전하보다 외경과 사랑을 더 받았던 군주는
결코 없었습니다. 전하의 유쾌한 통치의

그늘 밑에 앉아서 상심한 채 불안한 백성은
하나도 없다고 저는 생각하옵니다.

그레이 맞습니다. 부왕의 적이었던 자들도
그들의 원한에 꿀 바르고, 존경과 열성이
우러나는 마음으로 당신을 섬깁니다.

국왕 고로 짐은 고마워할 큰 이유가 있으며,
그들의 공적을 그 무게와 가치 따라
보상해 주는 일을 잊느니 차라리
짐의 손이 하는 일을 더 빨리 잊을 거요.

스크루프 그래서 무쇠의 근육으로 섬기려 애쓰고,
일하려는 희망으로 새 활력을 얻은 뒤
전하께 끝없는 봉사를 해 드릴 것입니다.

국왕 짐도 그리 판단하오. — 엑서터 숙부님,
어제 짐을 욕했다가 감옥에 간 사람을
석방해 주시오. 그자를 부추긴 건
지나친 포도주였다고 생각하고
정신이 되돌아왔으니 그를 용서합니다.

스크루프 자비로우십니다만 과신이옵니다.
그를 벌하십시오, 주상 전하, 용인하면
그런 유의 본보기가 더 생길 것입니다.

국왕 오, 그래도 자비를 베풀게 해 주시오.

케임브리지 그러면서 처벌도 하실 수 있습니다.

그레이 전하,
가혹한 교정 맛을 보여 준 뒤 살리시면
전하께선 큰 자비를 보이시옵니다.

국왕 아뿔싸, 그대들의 지나친 충성과 배려는
이 불쌍한 놈에겐 무거운 청이군요.

기분 나빠 생겨난 작은 잘못 못 봐주면,
씹어 보고 삼킨 다음 소화된 중죄들이
짐 앞에 나타날 땐 얼마나 눈을 크게
떠야 한단 말이오? — 그래도 방면할 것이오,
케임브리지, 스크루프, 그레이가 이 옥체를
지독하게 보살피고 보존하기 위하여
처벌을 원하지만. 자 이제, 프랑스 일이오.
최근에 왕명을 받은 사람, 누구지요?

케임브리지 제가 그중 하나이옵니다.
전하께서 오늘 그걸 요청하라 하셨지요.

스크루프 제게도 그러셨습니다, 전하.

그레이 저도 마찬가집니다, 주상 전하.

국왕 (서류를 준다.)
그러면, 리처드 케임브리지 백작, 여기 있소.
여기 있소, 마셤 스크루프 경. 또한 기사,
노섬벌랜드 그레이, 바로 이게 당신 거요.
읽고서, 난 당신들 가치를 안다는 걸 아시오. —
웨스트모얼랜드 경과 엑서터 숙부님,
짐은 밤에 승선하오. — 아니, 뭐요, 신사들!
서류에서 무엇을 보았기에 그 혈색을
다 잃는단 말이오? — 저 변화 좀 보시오!
뺨이 종잇장이잖아. — 아니, 뭘 봤는데
당신들의 혈기가 그렇게 겁먹고 쫓겨나
안 보인단 말이오?

(케임브리지, 스크루프, 그레이가 무릎을 꿇는다.)

케임브리지 제 과오를 자백하고
전하의 자비에 제 몸을 맡깁니다.

그레이/스크루프 저희 둘도 거기에 호소하옵니다.

국왕 좀 전에도 짐에게 살아 있던 자비가
당신들 자신의 충고로 억눌려 죽었소.
당신들은 창피해서 자비를 감히 말 못 하오,
당신들의 논리가 주인 덮친 개들처럼
당신들 가슴에 들어가 당신들을 무니까. —
왕족들과 귀족들 여러분은 보시오,
잉글랜드 괴물들을! 케임브리지 경에게
이 짐이 온정을 베풀면서 얼마나 기꺼이
그 명예에 걸맞은 모든 걸 갖추어 줬는지
여러분은 아십니다. 그런데 이 사람은
가벼운 금화 몇 닢 때문에 짐을 여기
햄프턴에서 죽이려는 프랑스의 음모에
가볍게 맹세하고 가담했소. 또 거기에
케임브리지만큼이나 짐에게 혜택 입은
이 기사도 같이 맹세하였소. — 하지만, 오,
스크루프 경, 너에겐 뭐라고 말해야지?
잔인한, 배은한, 야수처럼 비정한 너에게,
내 비밀의 모든 열쇠 가지고 있었고
내 영혼의 바로 그 밑바닥을 알았으며
자신의 이익 위해 내게 사기 쳤더라면
날 이용해 금화도 찍을 수 있었던 너에게?
외국의 돈 때문에 내 손가락 다칠 만한
악의의 불꽃을 하나라도 네게서 꺼낼 수
있었다는 게 가능해? 그건 너무 이상하여
그 진실이 흑백의 대조처럼 명백하게
드러나는데도 내 눈엔 그게 거의 안 보여.

반역과 살인은 서로의 목적 위해 맹세한
두 마리 악마처럼 언제나 같이 묶여
명백하게 그 본성에 맞는 일만 하니까
크게 놀라 소리를 지를 일도 없었다.
근데 넌 자연 질서 다 깨고 경탄을 데려와
반역과 살인에게 시중들게 만들었어.
그리고 널 그렇게 터무니없게 만든
그 교활한 악마가 누구든 그놈은
뛰어나단 명성을 지옥에서 얻었어.
반역을 사주하는 다른 모든 악마들은
영벌 받을 죄악을, 반짝반짝 빛나는
미덕의 모조품들에서 빌려 온 누더기와
겉모습과 형체들로 서투르게 땜질해.
하지만 널 반죽하여 일어서게 한 놈은
너에게 반역자의 이름을 붙이는 것 말고는
배신을 왜 해야 하는지 동기를 안 밝혔어.
널 그렇게 속인 그 악마가 온 세상을
사자의 걸음으로 걷는다면, 그는 저
방대한 지옥으로 돌아가 악마의 무리에게
"잉글랜드의 그자처럼 쉽게 얻을 영혼은
결코 없을 거"라고 말할 수 있을 거야.
오, 넌 정말 신뢰의 단맛을 의혹으로
더럽혀 놓았어! 충성하는 사람들 보여 줘?
허, 네가 그랬어. 진중하고 박식해 보이나?
허, 네가 그랬어. 귀족 집안 출신인가?
허, 네가 그랬지. 경건해 보이는가?
허, 네가 그랬지. 또 그들이 음식을 삼가고

기쁨이든 분노든 격한 감정 없었으며,
혈기에 휘둘리지 않은 채 변심 않고
겸손한 예절로 꾸며지고 장식되었으며,
귀 없이 눈으로만 움직이지 아니하고
둘 다 불신한 채 정화된 판단만 하는가?
너도 꼭 그처럼 철저히 선별된 것 같았어.
그래서 네 타락은 충만한 덕성과
최고 자질 갖춘 이를 의심하게 만드는
오점을 남겼어. 난 널 위해 울 거야.
네 불충은 내 생각에 인간의 또 다른
타락과 같으니까. — 그들의 죄상이 드러났다.
그들을 체포하여 법의 심판 받게 하고,
그들의 음모는 신께서 사해 주시기를!

(케임브리지, 스크루프, 그레이는 일어선다.)

엑서터 난 리처드 케임브리지 백작의 이름 가진
너를 대역죄인으로 체포한다.
마셤 헨리 스크루프 경의 이름 가진
너를 대역죄인으로 체포한다.
토머스 그레이 노섬벌랜드 기사의 이름 가진
너를 대역죄인으로 체포한다.

스크루프 신께서는 저희의 목적을 올바로 밝히셨고,
저는 제 죽음보다 죄를 더 뉘우치며
몸으로 그 대가를 치르기는 하지만
전하께서 용서해 주시기를 바랍니다.

케임브리지 전 프랑스 황금에 현혹되진 않았지만
제 의도를 더 빨리 실현해 줄 자극제로
그것을 받아들인 사실은 있습니다.

하지만 사전에 막으신 신에게 감사하고
죗값을 치를 땐 진심으로 기뻐할 것이며,
신과 또 당신께 용서를 간청하옵니다.
그레이 충직한 신하가 저주받은 계획이 차단되어
이 시각에 제가 기뻐하는 것보다 더 크게
최고로 위험한 반역이 발각 난 사실에
환희하였던 적은 결코 없을 것입니다.
전하, 제 몸 말고 제 죄를 용서하십시오.
국왕 자비로운 신께서 사해 주시기를! 판결이다.
당신들은 공공연히 확정된 원수와 손잡고
이 옥체를 해하려는 음모를 꾸몄으며
그의 금고로부터
짐의 사망 선급금을 금으로 받았다.
그리하여 당신들은 그 국왕을 살육에,
왕족들과 귀족들은 노예의 상태에,
백성들은 억압과 경멸에, 그리고
이 왕국 전체는 파멸에 팔아넘기려 했다.
이 옥체와 관련된 복수는 않겠지만
당신들이 멸망을 바랐던 이 왕국의 안보는
짐이 꼭 챙겨야 하겠기에 당신들을
국법에 넘긴다. 그러니 불쌍한, 불운한
이 철면피들아, 여기서 저승길을 떠나고,
자비로운 신께서는 다가오는 죽음 맛을
견뎌 낼 인내심과, 지독한 죄 다 깨달을
진정한 뉘우침을 주소서! — 데려가라.
(케임브리지, 스크루프, 그레이, 호송받으면서 함께 퇴장)
자, 경들, 프랑스로 갑시다. 이 정벌은

여러분과 짐에게 같은 영광 줄 것이오.
우리의 출정 길을 막으며 숨어 있던
이 위험한 반역을 신께서 큰 은혜로
밝혀 주셨으니까 올바른 행운의 전쟁을
의심치 않습니다. 길을 막던 장애물이
다 치워진 것을 이젠 의심 않습니다.
그러니 동포들, 출전이오. 우리의 능력을
주님 손에 전달하여 그것이 곧바로
신속한 행동으로 옮겨지게 합시다.
유쾌하게 바다로. 전쟁의 표식을 들어라.
프랑스 왕 못 되면, 잉글랜드 왕 아니다!

(팡파르. 함께 퇴장)

2막 3장

피스톨, 님, 바돌프, 소년과 안주인, 등장.

안주인　꿀같이 달콤한 서방님, 제발 스테인스까지 바래다 주게 해 줘요.

피스톨　안 돼, 이 사나이 가슴이 미어져서.
바돌프, 얼굴 펴요. 님, 불끈하는 핏줄 세워.
얘야, 너도 용기를 빳빳이 세워라.
폴스태프가 죽어서 우린 다 미어져야 해.

바돌프　그가 어디에 있든, 천국이든 지옥이든 함께 있었으면 좋겠어!

2막 3장 장소　런던.

안주인 예, 분명, 지옥에 있진 않아요. 그는 아서의 가슴에 안겨 있어요, 인간이 아서의 가슴으로 간 적이 만약 있다면요. 그는 더 멋지게 끝났어요, 갓 세례받은 아이가 된 것처럼 갔답니다. 바로 12시와 1시 사이에, 바로 저 썰물이 다 빠졌을 때 떠났어요. 난 그가 옷잇을 만지작거리고 꽃을 가지고 놀면서 자기 손가락 끝에 미소 짓는 것을 본 뒤로는 한 가지 길밖엔 없다는 걸 알았으니까. 그의 코는 연필처럼 뾰족했고, 푸른 풀밭 어쩌고 옹알거렸으니까. 난 "존 경, 어떠세요," 그랬고, "어머, 이봐요! 힘내세요," 그랬죠. 그랬더니 그가 "주님, 주님, 주님"을 서너 번 외쳤어요. 그때 난 그를 안심시키려고 주님 생각은 하지 마시라 그랬죠. 아직은 그런 생각으로 자신을 괴롭힐 필요가 없길 바랐으니까. 그렇게 그는 내게 발 위에 이부자리를 더 올려 달라고 했어요. 난 침대 안으로 손을 넣었고 그의 발을 만졌는데, 무슨 돌덩이처럼 찼어요. 그러고는 무릎까지 올라가 만져 봤고, 위로 또 위로 가 봤는데 온몸이 뭔 돌덩이처럼 찼어요.

님 그가 포도주를 욕했다고 그러던데.

안주인 예, 그랬어요.

바돌프 여자들 욕도 했다며.

안주인 아뇨, 그런 건 안 했어요.

소년 예, 그런 거 했어요, 그들은 악마의 화신이라고 말했

9행 아서의 가슴 안주인의 말뜻은 '아서'가 아니라 '아브라함'의 가슴, 즉 천국이다. (아든)

어요.

안주인 그는 화사한 건 절대 못 참아 줬어요, 그런 색깔은 절대 좋아하지 않았어요.

소년 그는 악마가 자기를 여자들 때문에 데려가려고 한단 말도 한 번 했어요.

안주인 그가 정말 어느 정도는 확실히 여자들을 논했지만, 그때는 현기증이 나서 바빌론의 창녀 얘기를 했어.

소년 그가 한번은 바돌프의 코 위에 달라붙은 벼룩을 보고는 지옥 불에 타고 있는 검은 영혼이라고 했는데, 기억나지 않으세요?

바돌프 글쎄, 그 불을 유지해 주던 그 연료가 다 탔어. 그에게 봉사하고 내가 얻은 재물은 그게 다였어.

님 우리도 움직여 볼까요? 국왕은 사우샘프턴에서 출발하실 겁니다.

피스톨 자, 갑시다. — 여보, 그 입술 좀 줘 봐. (키스한다.)
움직이는 내 재산과 동산을 잘 살펴.
정신 꼭 차리고. 한마디로 '현금만 받아.'
아무도 믿지 마.
맹세는 지푸라기, 믿음은 얄팍한 과자니까
현금을 붙잡는 게 최고야, 자기야.
그러므로 '조심' 님의 충고를 잘 들어.
자, 수정 눈알 청소하고. — 동료 군인들이여,
프랑스로 갑시다, 말거머리들처럼
피를 빨고, 또 빨고, 또 빨아먹읍시다!

소년 그건 건강에 썩 좋지 않은 음식이라던데요.

34~35행 그는…않았어요 소년의 '화신'을 꽃신으로 오해해서 한 말.

피스톨　부드러운 그녀 입에 키스하고 행군해요.

바돌프　잘 있게, 안주인.　(그녀에게 키스한다.)

님　난 키스 못 해요, 그게 지금 심정이오. 하지만 안녕.

피스톨　집안 살림 잘해, 돌아다니지 말고. 명령이야.

안주인　잘 가요. 안녕.　(함께 퇴장)

2막 4장

팡파르. 프랑스 왕, 왕세자, 총사령관, 베리 공작과
브르타뉴 공작 등장.

프랑스 왕　잉글랜드인들이 이렇게 전력 다해 오니까
국왕다운 방어로 대응을 하는 것이
짐에겐 주의하는 이상으로 중요하오.
그러므로 베리와 브르타뉴, 브라반트,
오를레앙 공작 들은 출동해야 할 것이오.
그리고 너 왕세자는 최대한 신속하게
용기 있는 병사들과 방어 수단 갖추어
전투 지역 읍들을 보강하고 보수하라.
소용돌이 안으로 물이 빨려 들어오듯
잉글랜드가 맹렬히 다가오기 때문이다.
그러니 치명적인, 무시했던 잉글랜드인들이
우리의 전장에 남겨 놓은 최근 사례들에서
공포로 배울 수 있는 만큼 대비해 두는 게
적절한 일이야.

2막 4장 장소　프랑스, 왕궁.

왕세자 지엄하신 부왕이여,
적에 맞선 무장은 가장 적절하옵니다,
평화로 왕국이 둔해지면 안 되니까.
전쟁이나 알려진 분쟁의 문제가 아니라도
방어와 징집과 갖가지 준비는
전쟁을 예상하고 있었던 것처럼
유지되고, 시행되고, 갖춰져야 합니다.
그러므로 프랑스의 병들고 약한 부위
다들 나가 살피는 게 적절하다 봅니다,
그리고 그 일을 두려운 내색 없이 합시다,
예, 잉글랜드가 강림절 춤바람에 들썩인단
소문을 들은 것 이상의 두려움은 없이요.
전하, 그곳 왕은 참으로 나태하고,
왕홀은 어리석고 경박한 기분파 청년이
참으로 기묘하게 잡고 있어 두려움을
못 일으킨답니다.

총사령관 오, 멈춰요, 왕세자!
당신은 이 왕을 너무 잘못 아십니다.
최근 대사들에게 직접 물어보시지요,
얼마나 위엄 있게 그들의 전갈을 들었는지,
얼마나 많은 수의 충신들이 있는지,
얼마나 겸손하게 불만을 말했고, 게다가
변치 않는 결심에 얼마나 겁났는지.
그러면, 말라 버린 그의 지난 허영은 다
정원사가 맨 먼저 솟아올라 가장 살이
연약한 구근들을 배설물로 덮어 주듯
우둔의 겉옷으로 신중을 감춘 그 로마인,

브루투스의 겉모습일 뿐임을 아실 거요.

왕세자 글쎄요, 그런 게 아닙니다, 총사령관,
우리가 그렇게 생각해도 상관은 없지만.
방어의 경우에는 적군이 보기보다
더 강하단 평가를 하는 게 최선이죠.
그에 맞춰 방어용 군대를 채우는데
만약 그걸 낮추어 인색하게 추정하면,
구두쇠처럼 옷감 좀 아끼려다 옷 전체를
망치게 되지요.

프랑스 왕 해리 왕은 강하다 여기자.
그러니 왕족들은 강하게 무장하고 맞이하오.
그의 일가친척들은 우리 살을 맛보았고,
그는 우리 본토의 길거리에 출몰했던
그 잔인한 종족이 길러 낸 사람이오.
그 증거로 너무나 못 잊을 수치를 들자면,
치명적인 크레시 전투가 벌어지고
저 검은 이름의 에드워드, 웨일스 흑태자,
그의 손에 우리의 왕족이 다 잡혔을 때,
산과 같은 그 아비는 금빛 햇살 왕관 쓴 채
저 공중에 떠 있는 산 위에 올라서서
영웅적인 아들이 자연의 작품을 부수고,
신과 또 프랑스 선조들이 이십 년간 만드신
빼어난 형체들을 지우는 걸 보면서
미소 짓고 있었소. 승리하는 그 가계의

40행 브루투스 루시우스 주니우스 브루투스는 정신박약을 가장하여 로마의 마지막 왕 타르퀴니우스를 몰아냈다. (아든)

한 가지가 바로 이 왕이니까 우린 그의
타고난 능력과 운명을 두려워합시다.

사자 등장.

사자 잉글랜드 왕 해리가 보내온 대사들이
어전에 들어오길 갈망하고 있습니다.
프랑스 왕 알현을 당장 허락하겠다. 데려오라. (사자 퇴장)
보시오, 친구들, 부리나케 추격하는구려.
왕세자 뒤돌아 추적을 막으시죠, 비겁한 사냥개는
위협의 대상이 멀리 달아나는 것 같을 때
가장 크게 짖으니까. 잉글랜드인들에게
신속히 대응하여 당신이 얼마나 큰
군주국의 수장인지 알게 하십시오.
전하, 자기애는 자기 무시보다 더 추한 죄가
아닙니다.

엑서터, 수행원들과 함께 등장.

프랑스 왕 짐의 아우 잉글랜드가 보냈는가?
엑서터 예, 그리고 이렇게 전하께 인사드립니다.
그는 저 전능하신 주님의 이름으로,
하늘의 선물이자 자연법과 국제법에 의하여
그와 그의 후손에게 속하지만 당신이
빌려 간 영광을, 즉 관습과 이 시대의
법령에 의하여 프랑스의 왕권에 부속된
그 왕관과 광범위한 영예를 모두 다

당신이 스스로 벗어서 내놓기를
바라는 바입니다. 그는 이 요구가
옛적의 벌레 구멍 속에서 끄집어냈거나
오래된 망각의 먼지에서 긁어모은
엉뚱하고 뒤틀린 게 아님을 아시도록,
가지를 하나하나 정확하게 보여 주는
참으로 인상적인 가계도를 보냈으니
이 족보를 죽 훑어보시기 바랍니다.
그래서 당신이 그가 저 유명한 조상들 중
최고로 유명한 에드워드 3세의
직계임을 알았을 때, 정당하고 진정한
권리자인 그를 두고 부당하게 차지한
그 왕관과 왕국을 포기하라 했습니다.

(프랑스 왕에게 서류를 준다.)

프랑스 왕　못 한다면 그 뒷일은 무엇인가?

엑서터　피비린 압박이오. 당신이 왕관을
그 심장 속에다 감춰도 뽑아낼 테니까.
그러기 위하여 그는 저 사나운 태풍 속에
천둥과 지진 몰고 조브처럼 오고 있고
요청으로 안 되면 강제할 것입니다.
그리고 주님의 사랑에 맹세코 명하기를,
왕관을 양도하고 굶주린 이 전쟁의
거대한 입으로 들어갈 불쌍한 자들을
가엾게 여기라 했으며, 이 분쟁이 삼켜 버릴
남편과 아버지와 약혼자를 찾으려는
과부들의 눈물과 고아들의 비명과
죽은 자들 핏물과 애끓는 처녀들의 신음을

다 당신 탓으로 돌릴 거라 했습니다.
이게 그의 요구이고 위협이며, 또 전할 것은 —
왕세자가 이 자리에 있는 게 아니라면,
그에게도 특별한 인사말을 가져왔습니다.

프랑스 왕 짐으로선 이걸 좀 더 고려해 보겠소.
내일은 완전한 짐의 뜻을 잉글랜드 아우에게
다시 가져가도록 해 주겠소.

왕세자 왕세자는
내가 그를 대변하오. 잉글랜드가 뭘 전했죠?

엑서터 경멸과 도전장, 업신여김, 모욕에 더하여
막강한 그 발송인에게 안 맞는 게 아니라면
뭣이든 그걸로 그는 정말 당신을 평가하오.
나의 왕은 말하기를, 부왕께서 요구를
완전히 다 들어주시면서 그에게 보내온
당신의 쓴 조롱을 달콤하게 못 만들면
너무나 뜨거운 보복을 당신에게 불러와
프랑스의 동굴과 속이 빈 땅굴들은
당신의 범행을 꾸짖고, 당신의 조롱을
그의 포성 메아리로 돌려줄 거라 했소.

왕세자 부친께서 아름다운 답신을 보내셔도
그것은 내 뜻에 반하오, 난 잉글랜드와
싸움밖엔 원하지 않으니까. 그래서 난
젊은 그의 허영심에 맞춰 줄 목적으로
그에게 그 파리 공들을 정말로 선물했소.

엑서터 그 때문에 파리의 루브르는 막강한 유럽의
최고 궁정일지라도 흔들릴 것이오.
또 당신은 그의 풋내기 시절 기대치와

시절을 장악한 지금의 차이를
신하들인 우리가 놀라면서 안 것처럼
분명히 알 것이오. 이제 그는 자기 시간
철저히 이용하오. 그가 만일 프랑스에 남으면
당신의 파멸에서 그 사실을 읽을 거요.

프랑스 왕　내일이면 짐의 마음 다 알게 될 것이오.　(팡파르)

엑서터　우리 왕이 여기 와서 우리의 지체를
직접 묻지 않도록 우릴 속히 보내시오,
그는 이미 이 땅에 발을 올려놨으니까.

프랑스 왕　호조건과 더불어 신속히 보내 줄 것이오.
이 같은 중대사에 대답을 하는 데
하룻밤은 짧디짧은 순식간에 불과하오.

(팡파르. 함께 퇴장)

3막 0장

해설자 등장.

해설자　이렇게 상상의 날개 단 우리의 빠른 극은
생각에 못지않은 신속한 동작으로
날아가고 있답니다. 준비 잘된 국왕이
햄프턴 부두에서 몸소 승선하시고
멋진 그 함대의 나부끼는 은 깃발이
젊은 태양 식히는 걸 봤다고 가정하죠.
상상력을 발휘하여 뱃사공 소년들이
대마 엮은 밧줄 타고 오르는 걸 쳐다보고,
뒤죽박죽 목소리에 질서를 부여하는

날카로운 호각 듣고, 삼베 엮은 돛들이
안 보이는 도둑 바람 받아서 거대한 배들을
높은 파도 가르면서 이랑 진 바다 통해
이끄는 걸 쳐다봐요. 오, 해안에 선 다음
불안정한 물결 위에 춤추는 도시 하나
바라보고 있다고만 생각해요, 왜냐하면
아르플뢰르로 직행하는 이 당당한 함대는
그렇게 보이니까. 따라가요, 따라가!
이 해군의 뱃고물을 맘속으로 꽉 붙잡고
인생의 절정을 지났거나 아직은 못 미친
노인, 아기, 노파 들이 지키는 이 잉글랜드를
쥐죽은 듯 조용한 한밤중에 떠나요.
한 올의 귀한 털이라도 턱에 나타났다면
프랑스로 원정 가는 이 최정예 부대를
따라가지 않을 남자, 그 누가 있겠어요?
생각을 막 일으켜 그 속에서 포위를 보시오.
에워싼 아르플뢰르 쪽으로 치명적인 입 벌린 채
포가에 실려 있는 대포를 쳐다봐요.
프랑스 편에서 돌아온 대사들이 그 왕이
자기 딸 카트린과, 시시하고 소득 없는
몇 개의 공국을 그녀 지참금으로 내놓은 걸
해리에게 전했다고 가정해 보십시오.
제안이 안 좋지요. 그래서 민첩한 사수가
악마 같은 대포에 도화간을 갖다 대면,

(경종, 포가 발사된다.)

앞쪽은 다 무너집니다. 늘 친절하시니까
그 맘으로 이 공연을 보완해 주십시오. (퇴장)

3막 1장

경종. 군인들이 성곽 공격용 사다리와 함께
아르플뢰르에 등장. 국왕, 엑서터, 베드퍼드, 글로스터 등장.

국왕 전우들은 다시 한번, 다시 한번 돌파구로,
아니면 잉글랜드 전사자로 저 벽을 메워라.
평화 시의 남자에게 기품 있는 침묵과
겸손함보다 더 어울리는 것은 없다.
하지만 전쟁의 굉음이 우리 귀를 때릴 땐
호랑이의 행동을 본받아야 할 것이다.
근육에 힘을 주고 피를 불러일으키며,
못생긴 격노의 얼굴로 고운 성품 감춰라.
그런 다음 가공할 눈 표정을 지은 채
그 눈이 머리의 구멍 통해 청동 대포처럼
엿보게 만들고, 눈썹이 그것을
마모된 암벽이 거칠고 파괴적인 대양에
씻겨 깨진 밑뿌리를 굽어보며 튀어나와
무섭게 내리덮듯, 압도하게 만들어라.
이제 이를 악물고 콧구멍을 넓게 벌려
숨을 세게 멈추고, 온 기운을 최대치로
다 끌어 올려라. 잉글랜드 귀족들은 앞으로!
너희 피는 전쟁에 단련된 아비들이 물려줬고,
그들은 여러 명의 알렉산더 대왕처럼
아침부터 저녁까지 이곳에서 싸웠으며
다툴 자가 없을 때에야 칼을 집어넣었다.

3막 1장 장소 프랑스, 아르플뢰르 앞.

너희의 어미들을 욕보이지 말고, 이제는
아비들이 정말 너흴 낳았음을 입증하라.
더 천한 피를 받은 저자들의 모범이 된 다음
전쟁법을 배워 줘라. 잉글랜드 태생의
너희 향사들 또한 여기에서 짐에게
그 풀밭의 정기를 보이고, 키울 가치 있다고
짐이 맹세하게 하라. — 난 그걸 의심 안 해,
너희 눈에 고귀한 광채를 못 띨 만큼
저속한 자들은 하나도 없으니까.
너희는 밧줄에 묶인 채 막 뛰쳐나가려는
사냥개들처럼 섰구나. 사냥감이 움직인다.
너희의 기백을 따르고 공격하며 외쳐라,
"해리 만세! 잉글랜드와 조지 만세!"

(함께 퇴장. 경종, 포가 발사된다.)

3막 2장

님, 바돌프, 피스톨과 소년 등장.

바돌프 가자, 가자, 가자, 가자, 가, 돌파구로, 돌파구로!

님 하사님, 제발 좀 멈춰요. 이 타격은 너무 세고, 나로 말하면 목숨이 다발로 있는 것도 아닙니다. 이건 너무 심하다는 심정이 들고, 그게 아주 분명한 사실이랍니다.

피스톨 분명한 사실이란 건 정말 맞아, 많은 일이 벌어지니까.

3막 2장 장소 프랑스, 아르플뢰르 앞.

타격을 주고받고, 신의 종들은 쓰러져 죽고,
창으로 또 방패로
피비린 전장에서
불멸의 명성을 얻으니까.

소년 난 런던의 술집에 있었으면 좋겠네! 술 한 잔과 안전을 위해서라면 내 모든 명성을 내주겠어요.

피스톨 나도.
만약에 내 소원이 이루어져
내 목적이 빗나가지 않는다면
난 거기로 서둘러 갈 거야.

소년 가지에서 노래하는 새처럼 —
진심으론 안 가도 —
적당히는 갈 거예요.

플루엘렌 등장.

플루엘렌 (그들을 때린다.)
돌파구로 올라가, 개놈들아! 앞으로 가, 쌍놈들아!

피스톨 흙으로 빚은 사람 동정해요, 대장님!
격노를, 남자다운 격노를 줄여요,
격노를 줄여요, 지휘관님!
멋쟁이여, 격노를 낮춰요! 순해져요, 예쁜 자기!

님 그게 좋은 마음입니다! 대장님은 나쁜 마음을 보였어요! (소년만 남고 모두 퇴장)

소년 난 비록 어리지만 이 세 명의 허풍쟁이들을 관찰해 보았다. 난 이들 세 명 모두에게 시동이지만, 그들은 내게 봉사하고 싶어도 나의 남자 하인이 될 수는 없다. 왜냐하면 실제로 그런 광대는 셋을 다 합쳐도 남자 하인 하나가 못 되니까. 바돌프로 말하면, 간보는 작고 얼굴은 붉다. 그래서 뻔뻔하게 맞서지만 싸움은 안 한다. 피스톨로 말하면, 혀로는 죽이지만 칼로는 조용하다. 그래서 험한 말을 주고받지만 무기는 안 망친다. 님으로 말하면, 그는 말을 적게 하는 사람이 최고의 사람이란 말을 들은 뒤로는 겁쟁이로 여겨질까 봐 기도조차 경멸하며 안 한다. 그런데 그는 나쁜 말을 적게 하는 만큼이나 착한 일도 적게 한다. 왜냐하면 그는 자기 머리 말고는 누구 것도 깨 본 적이 없고, 그것도 술에 취해 기둥을 받은 때뿐이었으니까. 이들은 아무거나 훔치고는 구매했다고 말할 거야. 바돌프는 류트 상자를 훔쳐서 20리쯤 가져가 푼돈 받고 팔았다. 님과 바돌프는 절도로 맺어진 의형제고, 칼레에서는 부삽 하나를 훔쳤어. 그 빼어난 전공으로 봤을 때 난 그들이 모욕을 견딜 줄로 알고 있었다. 이들은 내가 자기네 장갑이나 손수건만큼 사람들 주머니와 친해지기를 바라는데, 내가 만약 다른 사람 주머니에서 뭘 빼내 내 것으로 옮긴다면, 그건 내 용맹에 크게 어긋나는 일이다. 잘못을 주머니에 그냥 집어넣는 거니까. 이들을 떠나서 좀 더 나은 일거리를 찾아야겠어. 이들의 악행은 내 약한 비위에 맞지 않아, 그러므로 내던져 버려야 해. (퇴장)

가워와 플루엘렌 만나면서 등장.

가워 플루엘렌 대장, 당신은 곧바로 땅굴로 가야 합니다, 글로스터 공작님이 얘기하고 싶어 하오.

플루엘렌 땅굴로? 땅굴로 가는 건 그리 좋지 않다고 공작님께 말씀드려요, 왜냐하면 이봐요, 그 땅굴은 전술에 따른 게 아니어서 그 안에 빈 공간이 충분하지 않으니까. 왜냐하면 이봐요, 적군은, 당신이 공작님께 밝힐 수도 있겠지만, 이봐요, 그들의 대항 땅굴을 4미터 더 깊이 팠기 때문이오. 예수님께 맹세코, 더 나은 전략이 없다면 그가 모든 걸 다 날려 버릴 것 같소.

가워 포위 명령을 받은 글로스터 공작님은 한 아일랜드인의 지도를 전적으로 받는데, 아주 용맹한 신사랍니다, 참말로.

플루엘렌 그게 맥모리스 대장 아니오?

가워 그런 것 같습니다.

플루엘렌 예수님께 맹세코, 그는 이 세상 어디에나 있는 바보 같은 사람이오. 내가 그의 수염을 잡고 그만큼 입증해 주겠소. 그는 진정한 병법에 대해서는, 이봐요, 로마군의 병법에 대해서는 강아지만큼도 전략이 없답니다.

맥모리스와 제이미 등장.

가워 그가 저기 오네요, 그리고 스코트족 대장인 제이미 대장도 함께.

플루엘렌 제이미 대장은 놀랍도록 용감무쌍한 신사요, 그건 확실하오. 또 내가 그의 전략에 대해 구체적으로 아는 바에 의하면, 고대 전쟁에 대해 굉장한 민첩성과 지식을 가졌소. 예수님께 맹세코, 그는 로마인들의 초기 병법에 관해서는 이 세상 그 어떤 군인 못지않게 자신의 논점을 잘 지킬 거요.

제이미 안녕하시오, 플루엘렌 대장.

플루엘렌 좋은 저녁 맞으시오, 제이미 대장님.

가워 어때요, 맥모리스 대장님, 땅굴 작업 관뒀어요? 공병들이 포기했나요?

맥모리스 맙소사, 일이 잘몬됐소, 작업을 멈췄어요, 퇴각 나팔이 울렸으니까. 이 손에 맹세코, 또 부친의 영혼에 맹세코, 그 작업은 잘몬됐소, 포기했어요. 그 읍을, 하느님 맙소사, 흠, 한 시간 안에 날려 버리려 했는데. 오, 일이 잘몬됐소, 잘몬됐소. 이 손에 맹세코, 잘몬됐소!

플루엘렌 맥모리스 대장, 지금 당신께 청컨대, 이봐요, 당신과 내가 병법을, 로마 전쟁의 병법과 부분적으로 관련된 또는 연관된 몇 가지 토론을, 이봐요, 논쟁과 우호적인 소통의 방식으로 하도록 허락해 주시겠소? 그 병법의 전략과 관련하여 일부는 내 견해를 확인하기 위하여, 또 일부는, 이봐요, 내 생각을 확인하고 싶어서요, 그게 요점입니다.

제이미 그거 아주 조습니다, 참말 조아요, 두 대장님, 그리고 허락해 주신다면, 내가 기회를 봐서 보답해 드리겄소. 그렇게 하겄소, 꼭.

맥모리스 하느님 맙소사, 지금은 대화할 때가 아니오. 날은 뜨겁고, 이 기후와, 이 전쟁과, 이 국왕과, 이 공작들도 그렇소. 지금은 대화할 때가 아니오, 저 읍은 포위됐고,

나팔은 우리를 돌파구로 부르는데 우리는, 맙소사, 말만 하고 아무 일도 안 하오. 하느님 맙소사, 이건 우리 모두의 수치요, 가만히 서 있는 건 수치요, 이 손에 맹세코, 수치요. 그리고 하느님 맙소사, 저기엔 잘라야 할 목이 있고 해야 할 일이 있는데 아무것도 안 하고 있어요, 흠!

제이미 원 참, 이 두 눈이 스스로 감길 때까지 난 멋지게 복무할 거시오, 안 그럼 난 땅바닥에 누울 거시오. 난 하느님께 죽음을 빚졌으니 가능한 한 용감하게 그걸 갚을 거시오, 분명히 그럴 거시오, 그게 내 결론이오. 아 참, 난 당신 툴 사이의 문답을 조금 아주 기꺼이 듣고 싶습니다.

플루엘렌 맥모리스 대장, 이봐요, 내 생각엔, 기분 나쁘지 않다면, 여기엔 당신 나라 사람이 많이 없는데 —

맥모리스 우리 나라? 우리 나라가 어쨌단 말이오? 그게 악당이고, 사생아고, 악한이고 불한당이오? 우리 나라가 어쨌단 말이오? 누가 우리 나라 얘기를 합니까?

플루엘렌 이봐요, 당신이 그 문제를 내 뜻과 달리 받아들인다면, 맥모리스 대장, 난 아마도 당신이 나를 신중하게 대해야 하는 만큼 상냥하게 대하지는 않는다고 생각할 거요, 이봐요, 난 병법과 또 출생 계보 양쪽과 또 다른 구체적인 면에서 당신 자신만큼 훌륭한 사람이니까.

맥모리스 난 당신이 나만큼 훌륭한 사람인지는 모르겠소. 그러

115행 툴 둘.
118행 당신 나라 아일랜드.

니 하느님 맙소사, 난 당신 목을 자를 거요.

가워 두 신사여, 당신들은 서로를 오인할 거요.

제이미 아, 그건 더러운 결점이오. (협상 나팔이 울린다.)

가워 저 읍에서 협상을 제의하오.

플루엘렌 맥모리스 대장, 앞으로 더 좋은 기회가 요구된다면, 이 봐요, 난 당신에게 내가 병법을 안다고 감히 말할 것이고, 그걸로 끝이오. (함께 퇴장)

3막 3장

읍장과 나머지 사람들은 성벽 위에,
국왕과 그의 일행 전체는 성문 앞에 등장.

국왕 읍장은 아직도 결정을 내리지 못했는가?
이게 짐이 받아들일 마지막 협상이니
짐의 최고 자비에 당신들을 맡기거나
파멸을 자랑 삼는 자들처럼 항거하여
최악 사태 불러오라. 나는 군인이므로
그 이름이 가장 잘 어울린다 생각하고,
다시 한번 포격을 시작하게 된다면
아르플뢰르를 반쯤만 깨부수는 게 아니라
잿더미에 파묻힐 때까진 안 떠날 테니까.
자비의 대문은 다 닫혀 버릴 테고,
살을 맛본 거칠고 냉혹한 군인들은
지옥에 내버린 양심과, 방자한 피비린 손으로

3막 3장 장소 아르플뢰르 성문 앞.

곱고 젊은 처녀들과 꽃 같은 아기들을
들풀처럼 베면서 돌아다닐 것이다.
그럴 때 사악한 전쟁이 마왕처럼
불덩이 옷 차려입고 시커먼 얼굴로
황폐와 파괴로 연결된 잔인한 행동을
모조리 자행한들 나와 무슨 상관인가?
순결한 처녀들이 뜨겁고 강압적인
강간의 손안에 떨어진들 그 원인이
당신들인 바에야 나와 무슨 상관이지?
언덕 아래쪽으로 맹렬히 돌진하는
사악한 방탕의 고삐를 누가 쥘 수 있느냐?
격분하여 약탈을 시작한 병사들에게는
고래에게 물가로 나오라는 소환장을
보내는 것만큼 헛된 명령 짐이 내려보았자
소용없을 것이다. 그러니 아르플뢰르 병사들은
내 군인이 아직 내 명령을 들을 동안,
아직은 시원하고 온화한 은총의 바람이
격렬한 살인과 약탈과 악행의
더러운 전염성 구름을 내몰고 있을 동안
너희 읍과 주민들을 측은하게 여겨라.
안 그러면, 허, 한순간에 보게 될 것이다.
눈멀고 잔인한 군인들이 더러운 손으로
날카롭게 소리치는 딸들 머리 더럽히고,
아비들의 은빛 수염 통째로 잡은 다음
최고로 존귀한 그 머리를 성벽에 처박으며
발가벗은 유아들을 창끝으로 꿰는 꼴을.
그동안 그 미친 어미들은 뒤범벅된 고함으로

유대의 아내들이 헤롯의 잔인한 피 사냥꾼,
그 백정들에게 그랬듯이 구름을 찢을 거다.
어쩔 테냐? 항복하고 이걸 피할 것이냐?
아니면 방어한 죄 때문에 파괴될 것이냐?

읍장　우리의 기대는 이날로 끝이 났습니다.
구원을 간청했던 왕세자는 답하기를
아직은 그렇게 큰 포위를 풀 군대가
준비 안 됐답니다. 그러니 무서운 왕이여,
우리 읍과 생명을 그 순한 자비에 맡기오.
우리는 방어할 수 없으니 들어와서
우리와 우리 것을 처분하십시오.

국왕　성문을 열어라. (읍장 퇴장)
가시죠, 엑서터 숙부님,
아르플뢰르성으로 드신 다음 거기 남아
그것을 프랑스에 맞서도록 강화하십시오.
모두에게 자비를 베푸시오. 짐은 이제
겨울철과 질병이 아군에게 다가와서
칼레로 퇴각할 것입니다, 숙부님.
저녁에는 숙부님의 손님이 될 것이고
짐은 내일 그 행군을 준비할 것입니다.

(팡파르, 읍으로 들어간다.)

40~41행 유대의…거다
헤롯은 아기 예수를 죽이려는 목적으로 베들레헴과 주변 지역의 두 살 이하 어린이를 모두 살해하라는 명령을 내렸다. (RSC)

3막 4장

카트린과 늙은 시녀 알리스 등장.

카트린 알리스, 자네는 잉글랜드에 가 본 적 있어서 그 나라 말을 잘해.

알리스 조금 하죠, 마마.

카트린 내게 좀 가르쳐 줘. 그 말을 배워야겠어. 잉글랜드 말로 손은 뭐라고 해?

알리스 손이요, 그건 '핸드'라고 해요.

카트린 '핸드.' 그리고 손가락은?

알리스 손가락이요? 원 이런, 손가락은 잊어버렸는데. 하지만 곧 기억날 겁니다. 손가락은 제 생각에 '핑거'라고 하는 것 같아요. 예, '핑거.'

카트린 손은 '핸드', 손가락은 '핑거.' 난 훌륭한 학생인가 봐. 잉글랜드 말 두 개를 재빨리 배웠어. 손톱은 뭐라고 부르지?

알리스 손톱은 '네일'이라고 해요.

카트린 '네일.' 들어 봐, 내가 제대로 하는지 말해 줘. '핸드', '핑거' 그리고 '네일.'

알리스 잘하셨어요. 아주 훌륭한 잉글랜드 말이에요.

카트린 팔을 뜻하는 잉글랜드 말을 알려 줘.

알리스 '암'이요, 마마.

카트린 그리고 팔꿈치는?

알리스 '엘보'요.

카트린 '엘보.' 지금까지 내게 가르쳐 준 모든 단어를 반복해

3막 4장 장소 루앙, 프랑스 왕의 궁전.

볼게.

알리스 마마, 제 생각엔 그건 너무 어려울 것 같아요.

카트린 용서해 줘, 알리스, 들어 봐. '핸드', '핑거', '네일', '암', '울보.'

알리스 '엘보'요, 마마.

카트린 아이고머니나, 잊어버렸어! '엘보.' 목은 뭐라고 부르지?

알리스 '넥'이요, 마마.

카트린 '넥.' 그리고 뺨은?

알리스 '친'이요.

카트린 '친.' 목은 '넥', 뺨은 '친.'

알리스 맞아요, 외람되오나 마마께선 그 단어들을 정말이지 잉글랜드 토박이가 발음하는 것처럼 정확하게 하십니다.

카트린 난 하느님의 은총으로, 짧은 시간 안에 배우게 될 거라고 조금도 의심치 않아.

알리스 가르쳐 드린 걸 이미 잊어버리신 거 아녜요?

카트린 아니, 즉시 반복해서 보여 줄 거야. '핸드', '핑거', '메일' —

알리스 '네일'이요, 마마.

카트린 '네일', '암', '일보' —

알리스 외람되오나 '엘보'랍니다.

카트린 그렇게 말했어, '엘보'라고 — '넥' 그리고 '친.' 발과 잠옷은 어떻게 부르지?

알리스 '푸트', 마마, 그리고 '카운'이요.

카트린 '푸트' 그리고 '카운'? 오 하느님 맙소사, 프랑스 말로는 상된 소리가 나는 단어들이야, 더럽고 거칠고 음란하여 귀부인들이 쓰기에 맞지 않아. 세상을 다 준대도 프랑스 신사들 앞에서 그런 단어는 발음하지 않을 거야. 흥! '푸트' 그리고 '카운'이라고! 그렇긴 하지만 난 수업 내용 전체를 다시 한번 되풀이할 거야. '핸드, 핑거, 네일, 암, 엘보, 넥, 친, 푸트, 카운.'

알리스　뛰어나요, 마마!

카트린　한 번에 배우기엔 충분해. 식사하러 가자. (함께 퇴장)

3막 5장

프랑스 왕, 왕세자, 브르타뉴 공작,
프랑스 총사령관 및 나머지 사람들 등장.

프랑스 왕　그가 저 솜강을 건넌 게 확실하군.

총사령관　전하, 우리가 그에 맞서 싸우지 않는다면
프랑스에 살지 말고 모든 걸 다 버린 뒤
우리의 포도밭을 야만인들에게 주시죠.

왕세자　오, 하느님! 우리의 조상들이 정력을
방탕하게 쏟아서 생겨난 잔가지 몇 개가,
야생의 대목에 접붙인 우리의 접가지가
그렇게 갑자기 구름까지 뻗어 올라
원줄기를 넘볼 거란 말인가?

47행 푸트…카운
알리스의 발음 '푸트'와 '카운'은 프랑스 말 foutre(씹하다), 그리고 con(씹)이라는 비속어와 아주 비슷하게 들린다, 적어도 캐서린에게는.

3막 5장 장소
루앙, 프랑스 왕의 궁전.

브르타뉴 노르만인, 하지만 사생아, 노르만 사생아들!
그들은 아무런 싸움 없이 진군을 하는데,
난 내 공국 팔아서 찌그러진 그 앨비언섬의
비 맞아 축축하고 더러운 농장 하나
사들이지 않는다면, 내 목숨은 사라지길.

총사령관 군신이여, 그들의 이 기개는 어디서 나왔죠?
그 기후는 안개 짙고, 습랭 음산한 데다
태양은 악의를 품은 듯 창백하게 찌푸려
과일을 다 망쳐 놓잖아요? 끓인 물과
혹사당한 말 영양제, 독한 보리 맥주로
차가운 피를 달여 그런 용기 뽑을 수 있나요?
그런데 포도주로 활기찬 우리의 혈기가
싸늘해 보여야 합니까? 오, 이 땅의 명예 위해
처마 끝의 고드름 밧줄처럼 매달려 있지는
맙시다, 그럴 동안 더 싸늘한 민족이 용감히
우리의 풍요로운 들판에 젊은 피를 흘리오!
원주인들 때문에 황폐해졌으니 말이오.

왕세자 믿음과 명예에 맹세코,
우리의 부인들은 조롱조로 솔직히 말하오,
우리의 기개는 고갈됐으니까 그들 몸을
잉글랜드 청년의 욕망에 바친 뒤 프랑스를
사생아 전사들로 다시 채울 거라고.

브르타뉴 그들은 우리더러 잉글랜드 춤 학교로 간 다음
높고 빠른 춤동작을 배우라고 합니다.
우리의 매력은 발뒤꿈치에만 있고,
우리가 최고로 빼어난 도망자라면서요.

프랑스 왕 몽조이 전령은 어디 있나? 급파하라.

날카로운 도전으로 잉글랜드를 맞이하라.
왕족들은 일어나 칼보다 더 날카로운
명예의 날을 세워 전장으로 나가라.
프랑스 총사령관 샤를 들라브레,
그리고 오를레앙, 부르봉과 베리,
알랑송, 브라반트, 바 그리고 부르고뉴,
자크 샤티옹, 랑부르, 보드몽,
보몽, 그랑프레, 루시와 파우컨브리지,
푸아, 레스트렐, 부시코와 샤롤레 공작 들,
고위 공작, 대왕족, 자작, 귀족, 기사 들은
높은 신분 생각하며 큰 수치를 떨쳐 내라.
아르플뢰르의 피로 그린 창기를 휘날리며
이 땅을 휩쓰는 잉글랜드 왕 해리를 막아라.
알프스가 침을 뱉고 분비물을 비우는
저 낮은 노예의 자리인 계곡으로
녹은 눈이 쇄도하듯 그 군대를 덮쳐라.
그를 쳐부수어라, 힘은 충분할 테니까.
포로 싣는 마차에 짐의 죄수 그를 태워
루앙으로 데려오라.

총사령관 대왕다우십니다.
딱하게도 그의 군은 숫자가 너무 적고
병사들은 행군으로 병들고 굶주렸답니다.
그래서 그가 우리 군대를 본다면 분명히
공포의 오물통에 심장을 빠뜨린 뒤
끝내기로 자신의 몸값을 제안할 것입니다.

프랑스 왕 그러므로 총사령관, 몽조이를 재촉하고
잉글랜드가 기꺼이 내놓을 몸값을 알려고

짐이 그를 보낸다고 그에게 말하라. —
왕세자, 너는 짐과 루앙에 남을 거다.

왕세자 전하께 간청컨대 그리하지 마십시오.

프랑스 왕 진정해라, 너는 짐과 함께 남을 테니까. —
총사령관 그리고 왕족들은 다 나가서
잉글랜드의 패배 소식 빨리 가져오시오. (함께 퇴장)

3막 6장

잉글랜드와 웨일스 대장들, 가워와 플루엘렌
만나면서 등장.

가워 웬일이오, 플루엘렌 대장, 다리에서 오셨소?

플루엘렌 거기 다리에서 아주 뛰어난 작전이 벌어진 게 확실하답니다.

가워 엑서터 공작님은 안전하십니까?

플루엘렌 엑서터 공작님은 저 아가멤논처럼 관대하시고, 내가 영혼과 마음과, 의무와 생명과, 내 삶과 최대한의 힘으로 사랑하고 존경하는 사람이오. 그는 아무 데도, 신을 찬양하고 축복할 일인데, 전혀 다치지 않았고, 그 다리를 가장 용감하게, 빼어난 전술로써 지킵니다. 거기 다리에 키수 부관 한 사람이 있는 데, 정말

3막 6장 장소
프랑스 북부, 잉글랜드군 진영.
5행 아가멤논
트로이 전쟁에서 그리스군 총사령관.
10행 키수 기수.

11행 마크 안토니 고대 로마의 군인, 정치가로 제2차 삼두 가운데 하나였으나 옥타비아누스에게 패했다. 셰익스피어의 다음 극은 아마도 『줄리어스 시저』였을 것이다. (아든)

이지 마크 안토니만큼이나 용감하고, 세상의 지위는 전혀 없지만 난 그의 용맹한 활약상을 분명히 보았는데 —

가워 이름이 뭐지요?

플루엘렌 피스톨 키수라고 합니다.

가워 난 모르는 사람이오.

피스톨 등장.

플루엘렌 이게 그 사람이오.

피스톨 대장님, 제 청을 꼭 들어주십시오.
엑서터 공작님은 당신을 총애하십니다.

플루엘렌 음, 주님을 찬양할 일이지, 그리고 난 그에게 총애받을 일을 좀 했지.

피스톨 바돌프, 심장은 굳세고 튼튼하며
용기는 생생한 군인인데, 잔인한 숙명과
구르면서 움직이는 바위 위에 서 있는
눈먼 여신, 경박한 그 운명 여신의
광포한 변덕스러운 물레로 말미암아 —

플루엘렌 말 끊어서 미안하네, 피스톨 키수. 운명 여신은 눈앞에 수건을 둘러서 눈먼 것으로 그려지는데, 그건 운명 여신의 눈이 멀었다는 뜻이야. 또한 물레를 가진 걸로 그려지는데, 그 뜻은, 그게 교훈이기도 하지만 그녀가 돌고 있고 불안정하며, 변천과 변동이라는 말이야. 또한 그녀의 발은, 이보게, 둥근 바윗돌 위에 고정돼 있는데, 그건 구르고, 구르고, 또 굴러. 실제로 그 시인은 그것을 가장 빼어나게 묘사하고 있어. 운명 여신은 빼어난 교훈이야.

피스톨 운명은 바돌프의 적으로 그에게 찡그려요,
성체 함 하나를 훔쳤다고 교수형을,
염병할 죽음을 당해야만 하니까!
교수대는 개나 물고 사람은 놔 줘라,
삼밧줄로 그의 숨통 막히게 하지 마라!
하지만 엑서터가 사형을 내렸어요,
몇 푼짜리 성체 함 때문에.
그러니 말해 줘요. — 공작은 당신 말 들을 테니 —
한 푼짜리 밧줄 날과 더러운 불명예로
바돌프의 명줄이 끊어지진 않게 해요.
대장님, 목숨 좀 구해 주면 보답할 겁니다.

플루엘렌 피스톨 키수, 난 자네의 말뜻을 부분적으로는 이해하네.

피스톨 그렇다면, 그 때문에 기뻐하게 해 줘요.

플루엘렌 키수, 그건 분명 기뻐할 일이 아냐. 왜냐하면, 이보게, 그가 내 형제라 하더라도 난 공작께서 자신의 훌륭한 뜻대로 그를 사형에 처하시기를 바라네. 군율은 반드시 사용돼야 하니까.

피스톨 죽어, 저주받아라, 또 당신의 우정은 좆같아!

플루엘렌 좋았어.

피스톨 정말로 좆같아! (퇴장)

플루엘렌 아주 좋아.

가워 아니, 이자는 악명 높은 모조품 불한당이오, 이제야 기억나는군. — 뚜쟁이, 날치기요.

34행 그 시인 누구인지 알 수 없는 사람.

플루엘렌 분명히 말하는데, 그는 그 다리에서 당신이 여름날에 보는 것 같은 멋진 말을 발설했어요. 하지만 아주 좋아. 그가 내게 했던 말, 그건 좋아요, 보장하죠, 때가 맞는다면 말이오.

가워 아니, 이자는 바보, 멍청이, 불한당인데 가끔씩 군인의 모습으로 런던에 돌아올 때 멋있어 보이려고 전쟁에 나가요. 또 이런 녀석들은 위대한 지휘관들의 이름을 완벽히 알고 있고, 또 그들은 어디에서, 이런저런 진지에서, 돌파구에서, 호송 작전에서 복무했는지, 그리고 누가 용감하게 싸웠고 누가 총을 맞았으며 누가 창피를 당했고, 적이 내놓은 조건은 무엇이었는지 외워서 가르쳐 줄 겁니다. 또 그들은 이걸 전쟁 용어로 완벽하게 암기하고 새로 지어낸 맹세들로 장식하죠. 장군처럼 턱수염 깎고 무서운 군복 입은 자가, 거품 뿜는 술병과 독한 맥주에 푹 빠진 재치꾼들 사이에서 뭔 일을 할지 생각해 보면 놀랄 겁니다. 하지만 당신은 이 시대를 욕보이는 그런 자들을 알아보는 법을 배워야 하오, 안 그럼 굉장한 오해를 받을 수 있어요.

플루엘렌 내 말 들어 봐요, 가워 대장. 나도 그가 자신을 있는 그대로 이 세상에 기꺼이 보여 주고자 하는 사람은 아닌 걸 잘 압니다. 내가 그의 허점을 발견하면 그에게 내 마음을 말해 줄 거요. (안에서 북소리)
들어 봐요, 국왕께서 오십니다. 난 그 다리 소식을 말씀드려야 합니다.

고수와 기수. 국왕, 글로스터와 그의 초라한 군인들

등장.

전하께 주님의 축복을!

국왕 웬일인가, 플루엘렌, 그 다리에서 왔는가?

플루엘렌 예, 전하, 황송하옵게도. 엑서터 공작께서 아주 용감히 다리를 지키셨습니다. 프랑스 군인들은 물러났고, 보십시오, 용감하고 아주 씩씩한 백병전이 있었습니다. 참, 적군이 그 다리를 차지했었지만 강제로 물러나게 했고, 지금은 엑서터 공작께서 다리의 주인이십니다. 전하께 말씀드릴 수 있는데, 공작님은 용감한 사람입니다.

국왕 군사를 얼마나 잃었는가, 플루엘렌?

플루엘렌 적군의 파멸이 아주 컸습니다, 꽤 컸습니다. 참, 제가 보기에 공작님은 한 사람도 잃지 않으신 것 같습니다, 교회 물건을 훔친 죄로 처형될 것 같은 한 사람만 빼놓고요. 그는 전하께서 그를 아신다면, 바돌프란 자입니다. 그 얼굴은 온통 헐어 물집과 곪은 데와 혹과 불꽃으로 덮였고, 그의 입술은 코 쪽으로 바람을 부는데, 그건 석탄불처럼 때론 푸르고 때론 붉답니다. 하지만 그의 코는 처형됐고 그 불도 꺼졌답니다.

국왕 짐은 그런 범법자들을 다 그렇게 잘라 낼 것이다. 또한 짐은 특명을 내려 우리가 시골로 진군하는 동안 마을에서 아무것도 강제하지 말고, 값을 치르지 않고는 아무것도 빼앗지 말며, 어떤 프랑스인도 꾸짖거나 경멸적인 언어로 욕하지 말라 했다. 관대함과 잔인성이 한 왕국을 놓고 경쟁하면, 더 온화한 선수가 가장 빠른 승자가 될 테니까.

포성. 몽조이 등장.

몽조이　제가 누구인지는 옷으로 아십니다.

국왕　그렇다면, 난 너를 안다. 내게 알려 줄 게 뭔가?

몽조이　주인님의 뜻입니다.

국왕　펼쳐 보여라.

몽조이　왕의 말씀입니다. “그대는 잉글랜드의 해리에게 말하라, 짐은 죽은 것처럼 보여도 잠자고 있었을 뿐이다. 신중함이 성급함보다는 더 나은 군인이니까. 그에게 전하라, 짐은 그를 아르플뢰르에서 징계할 수 있었지만, 상처가 완전히 익기 전에 터뜨리는 것을 안 좋게 생각했다. 이제 짐은 때를 알고 말하며 짐의 목소리는 왕답다. 잉글랜드는 자신의 어리석음을 뉘우치고 자신의 연약함을 보면서 짐의 관용에 감탄할 것이다. 그러므로 그에게 자신의 몸값을 고려해 보라고 명하라. 그것은 짐이 입은 손실과, 짐이 잃은 백성과, 짐이 삼킨 불명예에 상응해야 하는데, 그것을 무게로 갚는다면 왜소한 그는 감당 못 할 것이다. 짐의 손실에 비하면 그의 재력은 너무 부족하고, 짐의 출혈에 비하면 그 왕국의 인구 수는 너무 빈약하며, 짐의 망신에 비하면 그가 몸소 짐의 발아래 무릎을 꿇는 것도 약하고 하찮은 만족일 뿐이다. 여기에다 도전을 더하면서 결론으로 그에게 말하라. 그는 추종자들을 파멸로 이끌었고, 그들에 대한 선고는 내려졌노라고.” 여기까지가 제 주군의 말씀이었고, 이만큼이 제 임무입니다.

국왕 네 이름은? 네 자질은 알고 있다.

몽조이 몽조이입니다.

국왕 넌 임무를 멋지게 수행했다. 되돌아가
왕에게 전하라, 난 그를 지금은 찾지 않고
방해 없이 칼레까지 진군할 수 있기를
기꺼이 바란다고. 그 이유는, 사실을 말하면,
교활함과 이점 가진 적에게 이만큼을
고백한다는 건 현명하지 못하지만,
내 백성은 병으로 크게 허약해졌고
병력은 줄어들고 내게 있는 소수조차
동수의 프랑스인들보다 나을 게 없으니까.
그들이 건강했을 적에는 정말로, 전령이여,
한 쌍의 잉글랜드 다리가 프랑스인 셋의 몫을
했다고 생각했네. 하지만 이렇게 뻐기다니
신은 용서하소서! 프랑스 공기가 나에게
그 악덕을 주입했어. 난 뉘우쳐야 해.
그러니 네 주인에게 내 존재를 가서 알려.
내 몸값은 이 약하고 가치 없는 몸뚱이고,
내 군대는 병약한 호위병뿐이라고.
하지만 주님 따라 짐은 나아갈 것이다,
프랑스 왕 자신과 그만한 이웃이 둘이서
짐의 길을 막더라도. (돈지갑을 준다.)
수고한 대가다, 몽조이.
가서 네 주인에게 잘 숙고해 보라고 해.
지나갈 수 있으면 짐은 가고, 막힌다면
너희의 갈색 땅을 너희의 붉은 피로

물들여 놓을 테니. 그러니 몽조이, 잘 가라.
짐의 답을 다 합치면 바로 이런 것이다.
현 상태로 전투를 자청하진 않겠지만,
현 상태로, 그렇지, 피하지도 않겠다.
그렇게 네 주군에게 말하라.

몽조이 그렇게 전하지요. 고맙습니다, 전하. (퇴장)

글로스터 지금 우릴 덮치지는 않기를 바랍니다.

국왕 아우여, 우리는 그들 아닌 신의 손 안에 있네. —
그 다리로 진군하라. — 저녁이 다가온다.
우리는 다리를 건너서 진을 칠 테니까
내일 아침 그들에게 진군을 명하라. (함께 퇴장)

3막 7장

프랑스 총사령관, 랑부르 경, 오를레앙 및 왕세자,
나머지 사람들과 함께 등장.

총사령관 쯧, 내겐 이 세상 최고의 갑옷이 있답니다. 어서 날이 밝았으면!

오를레앙 당신은 빼어난 갑옷을 가졌소. 하지만 내 말도 당연한 평가를 받게 해 주시오.

총사령관 그건 유럽 최고의 말입니다.

오를레앙 아침은 절대 오지 않으려나?

왕세자 오를레앙 공작님 그리고 총사령관, 말과 갑옷 얘기를 하고 있습니까?

3막 7장 장소 아쟁쿠르 근처의 프랑스군 진영.

오를레앙 당신도 그 둘을 이 세상 어느 왕자님만큼이나 충분히 가졌지요.

왕세자 참으로 긴 밤이구나! 난 내 말을 네발로 걷는 그 어떤 말과도 바꾸지 않겠소. 이얍! 그는 마치 내장이 털로 가득한 것처럼 땅위로 뛰어올라요. — "나는 말 페가수스는 콧구멍으로 불을 뿜네." 그를 타면 난 날아올라 한 마리 매가 되오. 그는 공중을 내달려요. 그가 땅에 닿으면 땅은 노래하고, 가장 천한 그의 말발굽조차도 헤르메스의 피리보다 더 음악적이랍니다.

오를레앙 그 말은 육두구 색깔이죠.

왕세자 또한 생강의 매운맛도 가졌어요. 페르세우스를 위한 짐승이죠. 그는 순수한 공기와 불이고, 지상의 흙과 물 같은 둔한 원소들은 기수가 자기 등에 오르는 동안 침착하게 서 있을 때 말고는 그 몸에서 절대로 보이지 않는답니다. 그가 진짜 말이고, 다른 핫길 말들은 다 짐승이라고 할 수 있죠.

총사령관 진짜로, 왕자님, 가장 완벽하게 빼어난 말입니다.

왕세자 그는 군마들의 군주이고, 그의 울음소리는 왕의 명령과 같으며, 그의 얼굴은 존경을 강요합니다.

오를레앙 그만해요, 사촌.

왕세자 아뇨, 종달새가 떠오를 때부터 양들이 잠들 때까지 내 군마에 대해 당연하고 다양한 칭찬을 할 수 없는 사람

14행 페가수스
날개 달린 천마.
17행 헤르메스
머큐리, 신들의 전령.

20행 페르세우스
메두사의 목을 자른 영웅. 그것을 자른 곳에서 페가수스가 나왔다.

은 기지가 없답니다. 그것은 바다처럼 풍요로운 주제랍니다. 모래알을 다 유창한 혀로 바꾸세요, 그러면 내 말이 그 모두의 논쟁거리가 될 겁니다. 그것은 군주가 논의할 주제이고, 군주의 군주가 올라탈 신하이며, 우리에게 친숙한 세상과 또 미지의 세상 사람들이 하던 일을 멈추고 감탄할 말입니다. 내가 한번은 그를 칭찬하는 소네트를 썼는데, "자연의 기적이여!" 그렇게 시작해요.

오를레앙 그렇게 시작하는 소네트를 자기 애인에게 썼다는 말은 내가 들어 봤어요.

왕세자 그럼 그들은 내가 내 준마에 대해 쓴 작품을 모방했답니다, 내 말이 내 애인이니까.

오를레앙 당신 애인은 잘 태우는군요.

왕세자 나를 잘 태우죠, 그것이 멋진 또 자기만의 애인에 대한 적절한 칭찬이고 그녀의 빼어난 자질이죠.

총사령관 아닙니다, 내 생각에 당신 애인은 어제 당신의 등을 세차게 흔들어 놨으니까.

왕세자 아마 당신 애인도 그랬지요.

총사령관 그녀에겐 재갈을 안 물렸답니다.

왕세자 오, 그럼, 그 여자는 나이 들어 순했고, 당신은 아일랜드 농부처럼 탔던 모양이오, 프랑스 바지는 벗고 맨다리로 말입니다.

총사령관 승마술에 대한 식견이 높으십니다.

왕세자 그럼 내 경고를 들어요. 그런 식으로 타면서 조심하지 않는 사람들은 더러운 늪에 빠진답니다. 난 애인보다는 차라리 내 말을 가지겠소.

총사령관 난 오히려 핫길 말을 애인으로 가지렵니다.

왕세자 정말로, 총사령관, 내 애인은 털이 안 빠졌어요.

총사령관 내가 암퇘지를 애인으로 가졌다면 그처럼 확실한 자랑을 할 수 있을 겁니다.

왕세자 "개는 자기가 토한 것을 도로 먹고, 돼지는 몸을 씻겨줘도 다시 진창에 뒹군다." 당신은 아무거나 막 써먹는군요.

총사령관 그래도 내 말을 내 애인으로 써먹거나 주제와 아무런 상관도 없는 속담을 써먹진 않습니다.

랑부르 총사령관님, 내가 오늘 밤 당신 막사에서 본 갑옷에 새겨진 게 별들이오, 해들이오?

총사령관 별들이오.

왕세자 난 그 가운데 몇 개가 내일 떨어지길 바라오.

총사령관 그래도 내 하늘에 별이 모자라진 않을 겁니다.

왕세자 그럴지도 모르죠, 쓸데없이 많이 붙여 놔서 좀 떼는 게 더 큰 영예일 테니까.

총사령관 당신의 말이 받는 칭찬과 마찬가지죠, 그는 당신의 허풍을 좀 내려놔도 꼭 같이 잘 달릴 겁니다.

왕세자 내가 그에게 한껏 보답해 줄 수 있었으면! 날은 절대 밝지 않으려나? 난 내일 잉글랜드인들의 얼굴로 포장된 1마일을 달릴 것이오.

총사령관 난 내 얼굴을 돌릴까 봐 두려워서 그런 말은 않겠습니다. 하지만 아침이 오길 바랍니다. 잉글랜드인들의 귀싸대기를 때려 주고 싶으니까.

랑부르 누가 나와 스무 명의 포로를 놓고 내기하겠소?

총사령관 그들을 잡기 전에 먼저 본인을 놓고 내기를 해야 할 것이오.

왕세자 자정이오, 난 가서 무장하겠소. (퇴장)

오를레앙　왕세자는 아침이 오길 열망하오.

랑부르　잉글랜드인들 잡아먹기를 열망하시죠.

총사령관　죽이는 건 다 먹을 것 같습니다.

오를레앙　내 부인의 흰 손에 맹세코, 용감한 왕자요.

총사령관　그녀의 발에 걸고 맹세하십시오, 그녀가 그 맹세를 밟고 나올 수 있도록.

오를레앙　그는 단연코 프랑스에서 가장 활동적인 신사요.

총사령관　하는 것도 활동이니까 그는 늘 하고 있을 겁니다.

오를레앙　내가 듣기로 그가 해를 입힌 적은 없었소.

총사령관　내일도 아무런 해를 입히지 않은 채 그 훌륭한 이름을 지킬 겁니다.

오를레앙　내가 알기로 그는 용맹하오.

총사령관　난 그 말을 당신보다 그를 더 잘 아는 사람에게서 들었어요.

오를레앙　그게 누구요?

총사령관　허 참, 본인이 직접 그렇게 말했어요, 그리고 누가 알든 상관없다고 했어요.

오를레앙　그는 그럴 필요 없지요, 그건 그의 감춰진 미덕이 아니니까.

총사령관　근데, 정말, 공작님, 그건 감춰졌어요. 그의 사내 종을 빼고는 아무도 그걸 본 사람이 없으니까. 덮개를 씌운 용맹이라서 드러나면 줄어들 겁니다.

오를레앙　"악의 품고 좋은 말은 절대 않는 법"이오.

총사령관　난 그 속담에 "우정에도 아첨이 있는 법"이란 말을 덧붙이겠습니다.

오를레앙　그럼 난 그걸 맞받아치면서 "싫은 사람이라도 좋은 점은 인정해 준다."고 말하겠소.

총사령관 자리를 잘 잡았네요, 당신 친구가 그 싫은 사람을 대신하니까. 바로 그 속담의 정곡을 "싫은 사람은 염병에나 걸려라."라는 말로 맞혀 봐요.

오를레앙 당신은 속담에 있어서 '빨리 쏜 바보 화살'이 빗나가는 그만큼 나보다 더 낫군요.

총사령관 빗맞히셨습니다.

오를레앙 당신이 맞히기에서 진 게 이번이 처음은 아니오.

전령 등장.

전령 총사령관님, 잉글랜드인들이 당신 막사에서 150보 떨어진 곳에 있습니다.

총사령관 그 거리를 누가 쟀는가?

전령 그랑프레 백작이요.

총사령관 용맹하고 참으로 노련한 신사로다. (전령 퇴장) 날이 밝았으면! 아아, 불쌍한 잉글랜드의 해리! 그는 우리만큼 여명을 갈망하진 않을 겁니다.

오를레앙 이 잉글랜드 왕이라는 작자는 얼마나 변변치 못하고 성마른 녀석이기에 돌대가리 추종자들을 데리고 자기도 모르는 이 먼 곳까지 헤매고 다니나!

총사령관 그 잉글랜드인들에게 좀이라도 지각이 있다면 달아날 겁니다.

오를레앙 그들은 그게 모자라오, 그들 머리가 지적인 무장을 좀이라도 갖췄다면 그렇게 무거운 투구는 절대 쓸 수 없을 테니까.

랑부르 그 잉글랜드섬은 아주 용맹한 족속들을 길러 내오, 그들의 맹견은 무적의 용기를 가졌으니까.

오를레앙 어리석은 똥개들로, 러시아 곰의 입 속으로 눈 감고 돌진하여 자기네 머리를 썩은 사과처럼 아작 내죠. 그보다는 사자 입술 위에서 감히 아침을 먹는 벼룩을 용맹스럽다고 하는 편이 더 나을 거요.

총사령관 맞아요, 맞아. 또 그자들은 활기차고 거친 공격에서 그 맹견들과 정말로 닮았소, 자기네 정신머리를 아내와 함께 두고 왔으니까. 그래서 그들에게 쇠고기와 쇠붙이 식사를 푸짐하게 내놓으면 그들은 늑대처럼 처먹고 악마처럼 싸울 겁니다.

오를레앙 그렇소, 하지만 이 잉글랜드인들에겐 쇠고기가 몹시 부족하오.

총사령관 그러면 우리는 내일 그들에겐 채울 배 속만 있지 싸울 배짱은 없다는 걸 알게 될 겁니다. 이제 무장할 시간입니다. 자, 시작해 볼까요?

오를레앙 지금은 2시요. 하지만 어디 보자, 10시에는 우린 각자 잉글랜드인들을 백 명씩 잡을 거요.

(함께 퇴장)

4막 0장

해설자 등장.

해설자 자 이제, 우주라는 드넓은 그릇을
기어드는 소문과 쏟아지는 어둠이
꽉 채우는 시간을 어림짐작해 봐요.
더러운 밤의 자궁 속에서 막사에서 막사로
두 군대의 잡음이 조용히 퍼지면서

붙박이 보초들은 상대 쪽 경계병의
은밀한 귓속말을 거의 듣고 있답니다.
여기저기 불이 일고, 그 창백한 불길 통해
각 부대는 상대방의 갈색 얼굴 봅니다.
군마는 높고도 뽐내는 울음으로 딴 군마를
무딘 밤의 귀 뚫으며 협박하고, 막사에선
갑옷수가 기사들을 완전무장 시키는 중
손길 바쁜 망치로 대갈못을 채우면서
무서운 전쟁의 준비 음을 내고 있죠.
시골의 수탉은 울음으로, 시계는 종소리로
졸음 오는 새벽의 3시를 알립니다.
인원수에 자만하고 마음으로 과신하며
확신으로 지나치게 왕성한 프랑스인들은
얕잡아본 잉글랜드인들을 두고서 내기하고,
추악한 마녀처럼 참 지겹게 절뚝대며
절름발이 걸음으로 물러나는 느린 밤을
꾸짖네요. 불쌍한, 파멸할 잉글랜드인들은
희생물들처럼 잠들지 못한 채 불가에
참을성 있게 앉아 이 새벽의 위험을
곱씹어 보는데, 그들은 우울한 몸가짐,
앙상한 뺨, 전쟁으로 찢긴 외투 때문에
굽어보는 달빛에 드러난 수많은 끔찍한
유령들 같답니다. 오 이제, 이 몰락한 무리의
왕다운 대장이 보초에서 보초로
막사에서 막사로 걷는 것을 누가 보면,
“그에게 찬양과 영광이 있기를!” 외치시오.
그는 걸어가면서 모든 병사 방문하여

겸손한 미소로 아침 인사 건네고
그들을 형제, 친구, 동포라고 부르니까.
왕다운 그 얼굴엔 얼마나 무서운 군대가
그를 에워쌌는지 아는 표시 전혀 없고,
지겹게 뜬눈으로 새웠던 밤에게
한 점의 혈색도 빼앗기지 않은 채
신선해 보일 뿐만 아니라 유쾌한 모습과
아름다운 위엄으로 피곤을 제압하여
좀 전엔 야위어 창백하던 상놈들 모두가
그 표정을 쳐다보고 위안을 낚아채죠.
관대한 그의 눈은 마치 저 태양처럼
차가운 공포를 녹이며 눈빛의 선물을
모두에게 내려서, 높고 낮은 군인은 다
자격 없는 이 몸이 묘사하는 그대로
밤중의 해리 자취 조금씩 쳐다본답니다.
그런 다음 우리 극은 전장으로 날아가
그곳에서 — 오, 딱해라! — 웃기는 싸움에서
참 졸렬히 휘두르는, 초라하고 빈약한
네댓 개의 펜싱 칼로 그 아쟁쿠르의 명성을
더럽혀야 합니다. 그래도 모조품을 통하여
진품을 떠올리며 앉아서 봐 주세요. (퇴장)

4막 1장

국왕과 글로스터, 베드퍼드를 만나며 등장.

4막 1장 장소 아쟁쿠르의 잉글랜드군 진영.

국왕 글로스터, 우리가 큰 위험에 빠진 건 맞아.
그래서 우리의 용기도 더 커져야 해. —
좋은 아침, 베드퍼드. 전능한 신이시여!
악한 것도 면밀히 관찰하여 걸러 보면
선성이 그 안에 약간은 들어 있어.
나쁜 우리 이웃이 우릴 일찍 깨우는 건
건강에도 절약에도 다 좋은 일이니까.
게다가 그들은 우리의 외적인 양심이자
모두의 설교사들로서 우리도 끝을 맞을
적절한 준비를 해 놔야 한다고 훈계해.
이렇게 우리는 잡초에서 꿀을 따고
악마로부터도 교훈을 얻을 수 있단다.

어핑햄 등장.

좋은 아침입니다, 노 토머스 어핑햄 경.
그 허연 머리엔 부드러운 베개가
무례한 프랑스 잔디보다 더 나을 겁니다.

어핑햄 아뇨, 전하, 저는 이 숙소가 더 좋습니다.
'이제 난 왕처럼 누웠다." 말할 수 있으니까.

국왕 사람들이 현재의 고생을 타산지석처럼
즐기는 건 좋습니다. 마음이 편해지고
그래서 정신이 살아나면 틀림없이
이전에는 멈추어 작동 않던 장기들도
무거운 잠에서 깨어나 허물을 내던지고
산뜻하고 날렵하게 다시 움직일 테니까.
외투 좀 빌립시다, 토머스 경. — 두 동생은

진중 왕족들에게 짐의 안부 전해 주고,
그들에게 아침 인사 전한 다음 곧바로
내 막사로 다들 모여 달라고 해 주게.

글로스터 그러지요, 전하.

어핑햄 전하, 제가 모실까요?

국왕 아니오, 기사님.
동생들과 함께 가서 귀족들을 만나시오.
나는 잠시 내 마음과 토론을 해야 하오,
그러니 아무런 동행도 필요 없소.

어핑햄 하느님의 축복을 받으시오, 해리 왕!

(국왕만 남고 모두 퇴장)

국왕 복 받을 노인이야, 유쾌하게 말하는군.

피스톨 등장.

피스톨 게 누구요?

국왕 아군이오.

피스톨 나에게 밝히시오, 당신은 장교요,
아니면 저급한 보통 일반 군졸이오?

국왕 자원 부대 소속의 신사 중 하나요.

피스톨 강력한 장창을 끌고 가는 사람이오?

국왕 그렇소. 당신은 누구요?

피스톨 황제만큼이나 훌륭한 신사요.

국왕 그렇다면 국왕보다 윗사람이군요.

피스톨 국왕은 멋쟁이고 그 마음은 비단이며,
활기찬 청년이고 명망가의 자손이며,
훌륭한 부모에다 최강 주먹 가졌소.

난 더러운 그 신발에 키스하고 진심으로
그 귀여운 멋쟁이 사랑하오. 당신의 이름은?

국왕 해리 르 로이요.

피스톨 르 로이?
콘월 지방 이름이군. 콘월 패 소속이오?

국왕 아뇨, 난 웨일스 사람이오.

피스톨 플루엘렌 아시오?

국왕 그렇소.

피스톨 성 다윗 날, 그가 자기 골통에 매단 부추
내가 확 뽑겠다고 전하시오.

국왕 그날엔 당신 또한 모자에 단검을 달지 마시오, 그가 그걸 당신 골통에서 확 뽑으면 안 되니까.

피스톨 그자의 친구요?

국왕 친척이기도 합니다.

피스톨 그럼 당신도 좆같아!

국왕 고맙소. 하느님의 가호를!

피스톨 내 이름은 피스톨이라고 해. (퇴장)

국왕 사나운 네게 잘 어울리는군.

플루엘렌과 가워, 따로 등장.

가워 플루엘렌 대장!

플루엘렌 허 참! 예수 그리스도의 이름으로 말수 좀 줄여요. 참되고 오래된 전쟁의 특권과 법들이 지켜지지 않는다

49행 르 로이 '르(le)'는 프랑스어 관사이고 '로이(roi)'는 '왕'을 뜻하는 프랑스어로, 이것의 영어식 발음.

는 건 온 세상 우주에서 가장 크게 놀랄 일이오. 당신이 폼페이 대왕의 전쟁을 좀만 애써서 조사해 보면, 장담컨대, 폼페이 진영에선 조잘조잘 주절주절하는 일 따위는 없다는 걸 알 거요. 장담컨대, 전쟁의 예법과, 그 관리와, 그 형식과, 그 절제와 절도가 달랐다는 걸 알 거요.

가워 아니, 시끄러운 건 적군이오, 밤새 들리니까.

플루엘렌 만약에 적군이 바보고 또 멍청이며 또 조잘대는 등신이라고 해서 당신 생각에 우리도, 이봐요, 바보에 멍청이에 조잘대는 등신이 되어야 한다는 거요, 당신 양심에 걸고, 지금?

가워 목소리를 낮추겠소.

플루엘렌 제발 그리고 부탁인데, 그렇게 해 주시오.

(가워와 플루엘렌 함께 퇴장)

국왕 유행에 좀 뒤처진 것처럼 보이지만
이 웨일스인의 조심성과 용기는 크구나.

세 명의 군인, 존 베이츠, 알렉산더 코트,
마이클 윌리엄스 등장.

코트 존 베이츠 형, 저 건너 동터 오는 게 아침 아냐?

베이츠 그런 것 같아. 하지만 우리는 낮이 다가오는 걸 크게 바랄 이유가 없어.

윌리엄스 우린 저 건너에서 낮의 시작을 보지만 그 끝은 절대 보

69행 폼페이 로마의 장군, 정치가로, 시저 및 크라수스와 더불어 제1차 삼두 중 하나.

지 못할 것 같아요. — 게 누구요?

국왕 아군이오.

윌리엄스 어느 대장 밑에서 복무하오?

국왕 토머스 어핑햄 경 밑에서.

윌리엄스 훌륭한 노지휘관이고 참으로 친절한 신사요. 그는 우리 상황을 어떻게 생각하는지 말해 주겠소?

국왕 모래밭에 좌초하여 다음 밀물에 씻겨 내려갈 거라고 예상하는 사람들과 꼭 같다고 하오.

베이츠 그가 자기 생각을 국왕께 말한 건 아니죠?

국왕 예, 또 그렇게 하는 게 적절하지도 않소. 당신들에게 하는 말이지만, 내 생각엔 국왕도 나와 같은 사람이오. 제비꽃은 나처럼 그에게도 같은 냄새가 나니까. 하늘도 나처럼 그에게도 같은 모습으로 보이고, 그의 모든 감각은 인간의 특징을 가졌을 뿐이오. 그의 치장들을 내려놓고 보면 알몸의 그는 한 인간으로 보일 뿐이오. 또 그의 감정은 우리들 것보다 더 높이 치솟지만 곤두박질칠 때는 같은 날개로 곤두박질친답니다. 그러므로 그가 우리처럼 두려워할 이유를 안다면 그의 두려움도 틀림없이 우리 것과 같은 종류일 것이오. 하지만 당연하게도, 누구도 그에게 두려움의 모습을 조금이라도 전달해서는 아니 되오, 그가 그걸 보이면 군대의 사기가 떨어질 테니까.

베이츠 그는 겉치레 용기를 자기가 원하는 대로 보여 줄 수 있겠지만 난 그가 오늘처럼 차가운 밤엔 템스강에 목까지 몸을 담글 수 있기를 바랄 거라 믿습니다. 그랬으면 좋겠고, 나도 모든 위험을 무릅쓰고 우리가 여길 빠져

나가면 그의 곁에 있고 싶소.

국왕 참말이지, 난 국왕의 마음을 말하겠소. 내 생각에 그는 지금 있는 곳 말고는 그 어디에도 있고 싶지 않은 것 같소.

베이츠 그럼 난 그가 여기에 홀로 있었으면 좋겠소. 그래서 그는 분명 몸값 주고 풀려나고, 수많은 불쌍한 사람들의 목숨은 구제받게 말이오.

국왕 감히 말하건대, 당신은 다른 사람들의 마음을 떠보려고 말은 그렇게 했지만 그를 여기 홀로 둘 만큼 그를 허투루 사랑하진 않소. 난 어디에서도 국왕과 함께 죽는 만큼 만족할 순 없을 것이오, 그의 명분은 정당하고 그의 싸움은 영예로우니까.

윌리엄스 우린 그런 거 모릅니다.

베이츠 암, 알려고 해서도 안 되지, 우리가 국왕의 백성이란 걸 알면 우린 충분히 아니까. 그의 명분이 그릇돼도 우리가 국왕에게 복종하면 그로 인한 우리 죄는 싹 지워질 테니까.

윌리엄스 하지만 그 명분이 좋지 않다면 국왕 자신은 무거운 벌을 받아야 할 거요. 전투에서 잘려 나간 그 모든 다리와 팔과 머리가 최후의 심판 날에 다시 합쳐져서 모두들 "우린 그런 곳에서 죽었다."고 하면서 누구는 욕하고, 누구는 의사를 외쳐 부르고, 누구는 가난하게 두고 온 아내 때문에, 누구는 빚진 돈 때문에, 누구는 대책 없이 남겨 둔 어린 자식들 때문에 울부짖을 때 말이오. 전투에서 죽는 사람들은 잘 죽는 경우가 거의 없어서 걱정이오. 왜냐하면 피흘리는 게 그들의 주 업무인데 어떻게 뭔가를 자비로이 처리할 수 있겠소? 이

제 만약 이 사람들이 잘 죽지 못하면, 그들을 여기로 이끌고 온 국왕에겐 — 그에게 불복종 한다는 건 백성의 신분에 전적으로 어긋나는데 — 시커먼 문제가 될 겁니다.

국왕 그럼 만약 아버지가 아들을 장사하러 보냈는데 바다에서 죄 지은 채 죽는다면, 그의 사악함에 대한 책임은 당신의 법칙에 의하면 그를 보낸 그의 아비에게 전가되어야 하겠군요. 또는 하인이 주인의 명령으로 일정 금액을 운반 중에 강도들의 습격 때문에 수많은 악행을 용서받지 못한 채 죽는다면, 그 주인의 사업이 하인이 받는 저주의 근원이라고 말할 수 있겠군요. 하지만 그런 게 아니오. 국왕은 자기 군인들의 구체적인 결말에 대해 책임질 의무가, 그 아비와 아들 또는 그 주인과 하인의 경우처럼, 없답니다. 그들이 복무하기로 마음먹을 때 죽기로 마음먹지는 않으니까. 게다가 어떤 왕도 그의 명분엔 털끝만큼의 오점도 없다 해도, 칼로 결판을 내는 데에 이르면 오점 없는 군인들만으로 그걸 시도해 볼 수는 없답니다. 일부는 아마도 사전에 계획하고 기도했던 살인죄가, 일부는 위증으로 서약의 봉인 찢고 처녀들을 속인 죄가, 일부는 전에는 노략질과 강도질로 평화의 온화한 가슴을 쑤시다가 지금은 전쟁을 자기들의 보루로 삼는 죄가 있을지도 모르니까. 이제 만약 이들이 법을 어기고 자국의 처벌은 모면했다고 해도, 그들이 사람들은 따돌릴 수 있겠지만 신으로부터 달아날 날개는 없답니다. 전쟁이 그분의 형리이고 전쟁이 그분의 복수라오, 그래서 사람들은 여기에서, 국왕의 법을 앞서 어긴 대가로 이제 국왕의 싸움에서 벌을 받죠. 사형을 두려워했던 곳에선 목숨을 건졌으나 안전하길 바라는 곳에서 사라지오. 그래서 그들이 준비 없이 죽는다 해도 국왕은 그들의 영벌에 대해, 그들이 지금 벌 받는 이유인 그 불경한 이전의 행동들에 대해 유죄였듯이 무죄랍니다. 모든 백성의 의무는 왕의 것이지만, 모든 백성들의 영혼은 그들 자신의 것이오. 그러므로 모든 군인들은 전쟁에서, 모든 병자들이 임종의 자리에서 그러듯이 이 양심의 오점을 말끔히 씻어내야 하오. 그리고 그렇게 죽는다면 죽음은 그에게 이점이 될 거요. 혹은 안 죽어도 그런 준비를 하며 보냈던 시간은 축복받았고, 또 죽음을 면하는 사람은, 신에게 자신을 그토록 기꺼이 바친 그를 신이, 그가 그분의 위대함을 보도록 그리고 다른 사람들에게 어떻게 준비해야 하는지 가르치려고 그날 자기를 살려 놓으셨다고 생각하는 게 죄가 되진 않을 거요.

윌리엄스 잘못 죽은 사람은 모두들 자신의 잘못을 지고 가야 하는 게 분명하군요, 국왕의 책임은 아니니까.

베이츠 난 그가 날 책임지길 바라지는 않지만 그래도 그를 위해 열심히 싸우기로 결심했네.

국왕 내가 직접 들었는데 국왕은 자신의 몸값을 지불하지 않을 거라고 했소.

윌리엄스 예, 우리가 기운차게 싸우라고 그리 말했겠죠. 하지만 우리들 목이 잘렸을 때 그는 몸값 주고 풀려나고, 우린 그걸 절대 모를 수도 있죠.

국왕 내가 만약 살아서 그걸 보게 된다면 그 뒤론 그의 말을 절대 믿지 않을 거요.

윌리엄스 그럼 당신이 그를 벌해 주쇼! 그건 평민이 군주에게 불만 품고 부릴 수 있는 한낱 객기일 뿐이오. 그보단 차라리 공작 깃털 하나로 태양의 얼굴에 부채질을 해서 그걸 얼음으로 바꿔 놓으시오. 그 뒤론 그의 말을 절대 믿지 않겠다! 이봐요, 그건 바보 같은 말이오.

국왕 당신의 질책은 너무 직설적이오. 때가 적절했으면 난 당신에게 화냈을 것이오.

윌리엄스 당신이 살아남는다면 그걸로 한판 싸웁시다.

국왕 환영하오.

윌리엄스 내가 널 어떻게 다시 알아보지?

국왕 뭐든 네 소지품을 주면 내가 그걸 내 모자에 꽂고 있겠다. 그때 네가 그걸 감히 인정하면 난 그걸로 싸움을 걸겠다.

윌리엄스 내 장갑 여기 있다. 네 것도 한 짝 줘라.

국왕 여기 있다. (그들은 장갑을 교환한다.)

윌리엄스 나도 이걸 내 모자에 꽂겠다. 만약 네가 내일이 지난 다음 언젠가 내게 와서 "이건 내 장갑이오."라고 하면, 이 손에 맹세코 네 귀싸대기를 때려 주겠다.

국왕 내가 살아 그걸 보게 된다면 난 도전할 것이다.

윌리엄스 넌 감히 교수형을 당하는 게 나을 거야.

국왕 글쎄, 난 네가 국왕과 같이 있는 걸 본다 해도 도전할 것이다.

윌리엄스 약속을 지켜라. 잘 가.

베이츠 화해해요, 이 잉글랜드 바보들 같으니, 화해해! 우리가 프랑스와 싸울 일은 당신들이 셈법만 안다면 충분히 많이 있소.

국왕 정말이오, 프랑스인들은 그들이 우리를 이길 거라고
프랑스 머리통 20대 1로 내기할 수 있소, 그들은 그걸
어깨 위에 달고 다니니까. 하지만 잉글랜드인들에게
프랑스 머리통 자르는 건 식은 죽 먹기라서 국왕은 내
일 그걸 직접 싹싹 벨 거요. (군인들 함께 퇴장)
왕 탓이다! "우리의 생명과 우리의 영혼과
우리의 빚진 돈과 걱정 많은 아내와
자식들과 죄악을 국왕에게 떠맡기자!"
짐은 다 견뎌야 해. 오, 혹독한 조건이다,
존귀함과 쌍둥이로 태어난 그것은
자신의 아픔밖에 못 느끼는 바보들의
말을 다 듣는 거다! 얼마나 무한한 평안을
일반인은 즐겨도 왕들은 몰라야 하는가!
또 왕들은 갖는데 일반인은 못 갖는 게
의식 말고, 공적인 의식 말고 뭐가 있지?
그리고 너, 의식이란 우상은 무엇이냐?
넌 어떤 종류의 신인데 인간의 비탄을
숭배자들보다도 더 많이 겪느냐?
네 임대료 얼마고, 네 수입은 얼마냐?
오, 의식이여, 네 값어치 꼭 좀 보여 줘라!
오, 경배여, 네 본질은 무엇이냐?
넌 지위와 계급과 형식 말고 무엇이냐,
타인에게 외경과 두려움을 일으켜
두렵게 만들지만 두려워하는 이들보다
덜 행복해지는데?
달콤한 존경 대신 네가 자주 마시는 건

아침 독배뿐이지? 오, 병들어라, 대존귀여,
그런 다음 의식에게 치료약을 달라고 해!
넌 네게 쏟아지는 경칭의 아양으로
불같은 그 열병이 사라질 거라고 생각해?
그것이 굽힌 허리, 무릎에 자리를 내줄까?
네가 그 거지의 무릎을 꿇릴 때 그것의 건강도
내놓게 할 수 있어? 허, 왕이 휴식 취할 때,
참 교묘히 장난치는 너 오만한 꿈이여,
널 알아본 난 왕이고, 난 또한 알고 있다,
왕에게 발라 준 성유도, 왕홀과 지구의도,
보검도, 지팡이도, 위엄 있는 왕관도,
금실과 진주로 엮어 만든 제복도,
왕의 이름 앞에 붙은 부풀린 경칭도,
그가 앉는 옥좌도, 이 세상의 높은 해변
후려쳐 때리는 최고조의 화려함도,
맞아, 삼중으로 호화로운 의식 그 모두도,
왕이 자는 침대에 놓여 있는 그 모두도,
괴로운 빵 쑤셔 넣고 육신은 꽉 찼으나
정신은 텅 빈 채 휴식하는 저 노예만큼도
곤하게 잠들 수 없다는 사실을. 그놈은
지옥의 자식인 끔찍한 밤 절대로 안 보고,
급사처럼 하루해가 떠올라 질 때까지
해님의 눈빛으로 땀 흘리며, 밤 동안은
천국에서 잠자니까. 그다음 날 동튼 뒤엔
일어나서 태양신의 여정 따라 들일 하고
언제나 달려가는 한 해를 따르면서
무덤 가는 그날까지 유용한 일 하니까.

그래서 의식만 제외하면, 고생과 잠으로
낮과 밤을 끝맺는 그러한 잡놈이 오히려
왕보다 더 유리한 윗자리를 차지한다.
그 노예는 나라의 평화를 나누는 일원으로
그것을 즐기지만, 그놈이 최고로 득 보는
그 평화를 지키기 위하여 국왕은 얼마나
못 자고 깨어 있는지 우둔하여 모른다.

어핑햄 등장.

어핑햄 전하, 귀족들이 전하의 부재를 걱정하여
진영을 뒤지며 찾았어요.
국왕 노 기사여,
내 막사에 그들을 모두 다 모아 주오.
난 앞서가리다.
어핑햄 그리하겠습니다, 전하. (퇴장)
국왕 (무릎을 꿇는다.)
오, 군신이여, 군사들 마음을 강철로 만들어
두려움에 안 잡히게 하소서. 적군이 숫자로
그들 용기 빼내 가면 그들의 셈 능력을
빼앗아 버리소서. 오, 하느님, 오늘만은,
오늘만은 제 부친이 왕관을 취했을 때
저지른 잘못을 생각하지 마소서.
리처드의 시신을 저는 새로 매장했고,
그에게 강요됐던 핏방울보다도 더 많은
참회의 눈물을 그 위에 뿌렸어요.
제가 연금 지급한 가난한 자 5백 명은

피를 용서해 달라고 하루 두 번 여윈 손을
하늘로 쳐듭니다. 저는 또 예배당을 둘 지어
엄숙한 사제들이 리처드의 영혼 위해
늘 노래한답니다. 더 많은 걸 할 겁니다,
할 수 있는 모든 게 다 가치 없더라도
그 모든 일 뒤에는 용서를 갈구하는
제 참회가 따르니까.

글로스터 (안에서) 전하!

국왕 (일어선다.) 글로스터 동생?

글로스터 등장.

네 용건을 알고 있다, 난 너와 함께 가마.
이날과 친구들과 모든 게 다 날 기다려. (함께 퇴장)

4막 2장

왕세자, 오를레앙과 랑부르 등장.

오를레앙 태양이 우리 갑옷 금칠하오. 일어나요!
왕세자 기병 출격! 시종 놈아, 내 말을 가져와, 하!
오를레앙 오, 용감한 기상이여!
왕세자 가자, 물과 땅을 건너서!
오를레앙 그다음은 없나요, 공기와 불?
왕세자 하늘이오, 오를레앙!

4막 2장 장소 프랑스군 진영.

총사령관 등장.

아, 우리 총사령관!

총사령관 들어 봐요, 말들이 곧 뛰겠다고 웁니다!

왕세자 그 등에 올라타고 그 가죽을 찢은 다음,
뜨거운 그 피가 잉글랜드인 눈으로 튀면서
넘치는 용기로 그들 눈을 멀게 하오, 하!

랑부르 아니, 그들이 아군 말의 핏물을 흘려요?
그들의 타고난 눈물은 어떻게 알아보죠?

전령 등장.

전령 귀족들이여, 잉글랜드군이 전열을 갖췄어요.

총사령관 말 타시오, 용감한 왕족들, 곧바로 말을 타요!
불쌍하고 굶주린 저 무리를 바라만 보아도
당신들의 멋진 모습 그들 혼을 빼놓고
사람 껍질, 껍데기만 남겨 놓을 겁니다.
우리들 모두가 손쓸 만큼 충분한 일거리도,
그들의 병든 핏줄 속에는 각자의 맨단검을
더럽히기 충분한 핏물도 거의 없어
프랑스 용사들은 뽑은 칼을 재미없이
도로 넣을 겁니다. 그들을 내리치기만 하면
우리의 용맹한 입김에 거꾸러질 겁니다.
여러분, 모든 이론 제쳐 놓고 확실한 건
저토록 비열한 적들을 여기 이 들판에서
몰아내는 데에는, 우리 방진 주변에서
불필요한 전투에 참가해 우글대며 넘쳐 나는

종놈들과 농민들로 충분하단 사실이오,
우리는 여기 이 산기슭에 자리 잡고
한가로이 쳐다보고 있더라도 말입니다.
근데 그건 명예롭지 못하죠. 어쩔까요?
아주 조금, 조금만 일해 보죠,
그럼 다 끝나오. 그러니 승마를 알리는
나팔 소리 취주악을 드높이 울립시다.
우리의 접근에 너무나 눈부셔진 전장 탓에
잉글랜드는 겁먹고 웅크려 항복할 테니까.

그랑프레 등장.

그랑프레 프랑스 귀족들은 왜 이렇게 오래 서 있지요?
뼛속까지 절망한 저 섬나라 시체들은
이 아침의 들판에 어울리지 않습니다.
그들의 누더기 군기는 볼품없이 걸렸고,
우리의 바람은 그것을 경멸하듯 스칩니다.
몸집 큰 군신도 그 거지 떼 속에서 파산한 듯
녹슨 투구 구멍으로 소심하게 엿봐요.
기병들은 촛대처럼 꼿꼿이 앉아서
손에는 횃불 막대 들었고, 불쌍한 말들은
머리를 떨군 채 가죽과 엉덩이는 축 처졌고,
죽은 듯 허연 눈엔 눈곱이 쭉 늘어지며,
허약해져 무감각한 입에는 쇠고리 재갈이
꼼짝도 않은 채 씹은 풀로 지저분합니다.
또 그들을 처리해 줄 까마귀란 놈들은
초조하게 때를 보며 그들 위를 난답니다.

살았으나 생명 없는, 실상이 그러니까,
그러한 군대를 생생히 묘사하는 데에는
설명하는 말 자체가 부적절할 것입니다.

총사령관 그들은 기도를 마쳤고 죽음을 기다리오.

왕세자 그들에게 정찬과 새 옷을 보내고
굶고 있는 말들에게 풀을 먹인 다음에
그들과 싸우면 어떻겠소?

총사령관 난 오로지 군기만 기다리오. 전장으로!
급한 대로 나팔수의 깃발을 빼앗아
그것을 쓸 겁니다. 자, 어서 나갑시다!
해는 솟고 우리는 낮 시간만 허비하오. (함께 퇴장)

4막 3장

글로스터, 베드퍼드, 엑서터, 자신의 군사를 다 데려온 어핑햄,
솔즈베리와 웨스트모얼랜드 등장.

글로스터 국왕은 어디 계셔?

베드퍼드 적군을 보기 위해 직접 말을 타셨어.

웨스트모얼랜드 그들은 전투병 6만 명을 꽉 채웠답니다.

엑서터 그러면 5대 1, 게다가 그들은 다 싱싱해.

솔즈베리 신께서 함께 싸워 주소서! 겁나는 차이군요.
왕족들께 인사하고 전 임지로 떠납니다.
하늘에서 볼 때까지 다시 보지 못한다면
베드퍼드 공작님, 글로스터 공작님,

4막 3장 장소 잉글랜드군 진영.

엑서터 공작님, 친절한 내 친척과
전사들 모두여, 기쁘게 작별하겠습니다.

베드퍼드 잘 가요, 솔즈베리, 행운을 빕니다.

엑서터 친절한 백작, 잘 가게. 용감하게 싸우게.
하지만 자네는 진실한 용맹으로 굳건한데
내가 그걸 자네에게 잘못 상기시켰네. (솔즈베리 퇴장)

베드퍼드 친절뿐만 아니라 용맹에 찬 사람으로
양쪽으로 고상하죠.

국왕 등장.

웨스트모얼랜드 오, 우리가 여기에
오늘은 쉬고 있을 잉글랜드인 1만 명만
가지고 있었으면!

국왕 누가 그걸 바라지?
웨스트모얼랜드 사촌이? 아냐, 고운 사촌,
우리가 죽을 운명이라면 국가의 패배를
가져오기 충분하고, 살아남을 거라면
숫자가 적을수록 나누는 명예는 더 크다네.
제발, 하나라도 더 많기를 바라지 마.
맹세코, 난 황금을 탐내지도 않거니와
누가 내 비용을 축내는지 상관 않고
내 옷을 누가 입든 슬퍼하지 않는다네,
그러한 겉치레는 내 소망에 없으니까.
하지만 명예를 탐하는 게 죄라면
나야말로 살아 있는 최고의 죄인일세.
정말, 사촌, 잉글랜드로부터 하나도 바라지 마.

참, 내 생각엔 한 명이 더 와서 내게서 가져갈
그만큼의 큰 명예를, 구원의 희망 걸고,
난 잃고 싶지 않아. 오, 하나도 더 바라지 마!
차라리 전군에 공포하게, 웨스트모얼랜드,
이 전투에 구미가 당기지 않는 자는
떠나라고 말이야. 통과증을 끊어 주고
지갑에는 여행비를 넣어 줄 테니까.
동료로서 짐과 함께 죽기가 두려운 자,
짐은 그런 사람과 함께 죽고 싶지 않아.
오늘은 크리스핀 성자의 축일이네.
오늘을 살아남아 무사히 귀환하는 사람은
오늘의 이름이 들릴 때 우쭐할 것이고
크리스핀 그 이름에 벌떡 일어날 것이네.
오늘을 본 다음에 노인이 되는 자는
매해 축일 전날 밤 이웃에게 잔치 열고
"내일은 성 크리스핀"이라고 말하리라.
그런 다음 소매 걷어 흉터를 내보이며
"이 상처를 크리스핀 날 입었다." 말하리라.
노인들은 잊겠지. 하지만 모든 게 잊혀도
그날에 그가 이룬 업적들은, 좀 덧붙여,
기억할 것이야. 그럼 우리 이름은,
해리 국왕, 베드퍼드 그리고 엑서터,
워릭과 탤벗과, 솔즈베리, 글로스터는
곧잘 쓰는 말처럼 그의 입에 익어서
넘치는 잔을 통해 새로이 기억될 것이야.
그는 이 얘기를 아들에게 가르쳐서
크리스핀 크리스피아누스는 오늘부터

이 세상 끝까지, 우리 소수, 복된 소수,
우리 형제 부대가 그 얘기를 통하여
기억되지 않고는 절대 그냥 안 지나가리라.
오늘 나와 더불어 피 흘리는 사람은
내 형제가 될 것이다, 아무리 저급해도
오늘 일로 고귀한 신분이 될 테니까.
또한 잉글랜드에서 지금 잠든 신사들은
여기에 못 온 것을 저주라고 생각하고,
짐과 함께 성 크리스핀 날 싸운 이가 말하면
자신들을 덜떨어진 남자로 여길 거야.

솔즈베리 등장.

솔즈베리 주상 전하, 신속하게 움직이십시오.
프랑스인들이 용감히 전열을 가다듬고
최대한 빠르게 공격할 것입니다.

국왕 우리의 마음만 준비되면 다 됐다네.

웨스트모얼랜드 뒤처진 맘 가진 자, 이제는 사라져라!

국왕 사촌, 잉글랜드의 도움을 더는 안 바랄 테지?

웨스트모얼랜드 제발 전하, 전 전하와 단둘이서 도움 없이
이 멋진 싸움을 할 수 있기 바랍니다!

국왕 허, 자넨 이제 5천 명을 마음에서 지웠고,
난 그게 하나를 바라는 것보다 더 좋아.
각자의 위치로 가. 신이 함께하시기를!

나팔 소리. 몽조이 등장.

몽조이 해리 왕이시여, 너무나도 확실한 당신의
패배를 앞두고 몸값을 지금 절충하실 건지
직접 알아보려고 제가 다시 왔습니다.
분명코, 당신은 그 소용돌이에 너무나 가까워
빨려 들어 갈 테니까. 게다가 총사령관은
자비를 베풀어, 당신이 그 추종자들에게
회개의 마음을 일깨워 주어서 그들이
불쌍한 그들 몸을 누이고 썩어야 할
이 전장으로부터 그 혼을 편안히 또 고이
가져갈 수 있게 하길 바라오.

국왕 보낸 이는?

몽조이 프랑스 총사령관입니다.

국왕 앞서 했던 내 대답을 가져가기 바란다.
그들이 날 획득한 다음 내 뼈를 팔게 하라.
주님, 그들은 불쌍한 이들을 왜 이리 놀리죠?
사자는 살았는데 가죽부터 팔던 자는
그 짐승을 사냥하다 죽임을 당했다.
많은 우리 몸뚱이는 틀림없이 고향에서
무덤을 찾을 테고, 그 위에는 믿건대
오늘의 업적이 동판에 증인으로 남으리라.
또 용감한 유골을 프랑스에 남기는 이들도
남자답게 죽어서 너희의 거름 속에 묻혀도
명성을 떨칠 거다. 태양이 인사하고
그들의 명예를 빨아내 하늘로 올리며,
흙이 된 부분들은 너희 땅을 질식시켜
그 냄새로 프랑스에 역병이 돌 테니까.
그럴 때 잉글랜드인의 풍부한 용기를 주목해,

그들은 쪼개지는 총탄처럼 죽어서도
원상태로 되돌아가면서 죽이는
두 번째 단계의 해악을 터뜨릴 테니까.
자랑삼아 말하겠다. 총사령관에게 전하라,
우린 단지 일상적인 전사들일 뿐이라고.
또 우리의 밝은 옷과 금칠은 모두 다
전장의 아픔과 빗속의 행군으로 바랬다고.
우리 군엔 한 조각의 깃털도 없으며,
(우리는 못 날아간다는 증거로 좋을 텐데)
시간에 지친 우린 지저분해졌다.
하지만 맹세코, 우리의 심장은 정상이고,
불쌍한 내 군인들은 이 밤이 오기 전에
깨끗한 옷 걸치거나, 프랑스 병사들의
화려한 새 군복을 머리 위로 벗겨 내어
제대시킬 거라고 말한다. 그들이 그렇게 하면,
주님의 뜻대로 할 테지만, 그럼 내 몸값은
곧 걷힐 것이다. 전령은 수고를 아껴라.
친절한 전령은 더 이상 몸값 일로 오지 마라.
내 사지 말고는 한 푼도 안 줄 텐데,
그것은 내가 넘길 상태에선 가진대도
득 될 게 없을 거다. 총사령관에게 전하라.

몽조이 그러지요, 해리 왕. 안녕히 계십시오.
전령 얘긴 더 이상 안 들으실 겁니다. (퇴장)

국왕 난 자네가 몸값 일로 또 올까 봐 걱정이네.

요크 등장.

요크 전하, 무릎 꿇고 겸손하게 간청컨대
선발대를 이끌게 해 주십시오.

국왕 그리하게, 요크 용사. — 자, 병사들은 진군하고,
신께서는 오늘 승패, 뜻대로 정하소서! (함께 퇴장)

4막 4장

경종. 기습. 피스톨, 프랑스 군인과 소년 등장.

피스톨 항복해, 개자식아!

프랑스 군인 "쥬 빵스 끄 부젯 르 장띠옴므 드 본 깔리떼."

피스톨 깔리떼? 깔창 같은 개소리 하고 있네!
넌 신사냐? 이름이 무엇이냐? 밝혀 봐.

프랑스 군인 "오 쎄뇌르 디유!"

피스톨 오 세뇌르 듀는 신사인 것 같구나. —
내 말을 새겨들어, 오 세뇌르 듀, 잘 들어.
오 세뇌르 듀, 너는 이 칼끝에 죽는다,
단, 오 세뇌르, 나에게 굉장한 몸값을
내놓지 않는다면 말이다.

프랑스 군인 "오 프러네 미제리꼬르드! 에이예 삐띠에 드 뫄!"

피스톨 뭐 가지곤 안 되지, 40 뭐 받을 거야,
안 그러면 네 놈의 목구멍을 통하여
선혈을 흘리면서 내장을 꺼내겠다.

4막 4장 장소
전장.
2행 쥬…깔리테
당신은 높은 지위의 신사이신 것 같습니다.

5행 오…디유
주 하느님.
11행 오…뫄
자비를 베푸시오! 나를 동정해 주시오!

프랑스 군인 “에띨 앵뽀씨블 데샤뻬 라 포르쓰 드 똥 브라?”

피스톨 브라, 개자식이?
저주받을 호색하는 산양 같은 네놈이
브라자를 주겠다고?

프랑스 군인 “오 빠르도네 뫄!”

피스톨 그렇단 말이지? 그게 뭐 산더미야?
얘, 이리 와 봐.
이 자식 이름을 프랑스 말로 물어봐.

소년 “에꾸떼. 꼬망 에뜨 부 자쁠레?”

프랑스 군인 “므씨유 르 퍼.”

소년 자기 이름은 퍼 도련님이랍니다.

피스톨 퍼 도련님? 내가 그를 퍼 갈 거고 파 갈 거고 파김치 만들 거야. 이걸 프랑스 말로 그에게 밝혀 봐.

소년 퍼 가고, 파 가고, 파김치를 뜻하는 프랑스 말은 모르는데요.

피스톨 준비하라고 해, 그의 목을 자를 테니까.

프랑스 군인 “끄디띨, 므씨유?”

소년 “일 므 꼬망드 아부 디르 끄 부 팻뜨 부 프레, 까르 쓰 쏠다 이씨 에 디스뽀제 뚜 따 쎗 뙤르 드 꾸뻬 보트르 고쥐.”

피스톨 맞았어, 고추를 자를 거야, 틀림없이,

15행 에띨…브라
당신의 완력을 피하는 건 불가능합니까?
19행 오…뫄
오, 날 살려 주시오!
23행 에꾸떼…자쁠레
들어 봐요. 당신의 이름은 무엇이오?
31행 끄디띨, 므씨유
뭐라고 하셨어요?
32~34행 일…고쥐
그는 내게 명하기를, 당신은 준비를 갖추라고 전하랍니다, 여기 이 군인은 바로 이 시각에 당신의 고쥐(목)를 자를 작정이니까.

촌놈아, 금화를, 빛나는 금화를 안 주면
이 칼로 네놈을 난도질할 것이야.

프랑스 군인 "오 쥬 부 쒸쁠리 뿌르 라무르 드 디유 므 빠르도네! 쥬 쉬이 르 장띠옴므 드 본 메종. 갸르데 마 비, 에 쥬 부 돈느래 되쌍 제뀌."

피스톨 뭔 말이야?

소년 자기 생명을 구해 달라고 애원해요. 훌륭한 가문의 신사랍니다, 그리고 자기 몸값으로 금화 2백을 주겠답니다.

피스톨 말해 줘,
난 분노를 줄이고 금화를 받겠다고.

프랑스 군인 "쁘띠 므씨유, 끄디띨?"

소년 "앙꼬르 낄 에 꽁트르 쏭 쥐르망 드 빠르도네 오깽프리조니에, 네앙무앵, 뿌르 레 제뀌 끄 부 뤼이 이씨 프로메떼, 일 레 꽁땅 아 부 도네 라 리베르떼, 르 프랑쉬즈망."

프랑스 군인 (피스톨에게)
"쉬르 메 주누 쥬 부 돈느 밀 르메씨망, 에 쥬 메스띰므 외훼 끄 재 똥베 앙트르 레 맹 댕 슈발리에, 꼼므 쥬 빵쓰, 르 쁠뤼 브라브, 바이양 에 트레 디스땡게 쎄뇌르 당글르떼르."

38~40행 오…제뀌
오, 당신께 간청컨대, 하느님에 대한 사랑으로 날 살려 주시오! 난 훌륭한 가문의 신사요. 내 목숨을 살려 주면 금화 2백을 드릴 것이오.

47행 쁘띠…끄디띨
어린이님, 뭐라고 했어요?

48~51행 앙꼬르…프랑쉬즈망
그 어떤 포로든 살려 주는 건 자신의 서약에 어긋나지만, 그럼에도, 당신이 여기서 그에게 약속한 금화 때문에 당신에게 자유를 주고 석방해 주는 데 만족한답니다.

피스톨 내게 해석해 줘 봐, 얘.

소년 무릎 꿇고 당신에게 천 번의 감사를 드리며, 제가 생각하기로 가장 용감하고 용맹하며 삼중으로 훌륭하신 잉글랜드 귀족님의 손에 떨어지게 된 것을 행운으로 여긴답니다.

피스톨 내가 피는 빨겠지만 자비를 좀 보이겠다. 따라와.

소년 "쒸이베 부 르 그랑 꺄삐땐느."

(피스톨과 프랑스 병사 함께 퇴장)

저렇게 텅 빈 심장에서 저토록 우렁찬 목소리가 나오는 건 본 적이 없다. 하지만 "'빈 수레가 요란하다.'라는 속담은 사실이야. 바돌프와 님은 저 옛날 연극에서 으르렁거리는 그 악마, 모든 광대가 나무칼로 그의 손톱을 잘라 버릴 수 있는 그 악마보다 열 배나 더 많은 용기를 가졌었는데, 그 둘은 다 목 매달렸고, 이 자도 무엇이든 감히 위험하게 훔친다면 그렇게 될 거다. 난 우리 막사에서 행낭을 돌보는 시동들과 함께 남아 있어야 해. 프랑스군이 그걸 알면 약탈해 가기 딱 좋을 거야, 애들 말고는 지킬 사람이 아무도 없으니까. (퇴장)

52~55행 쉬르…당글러떼르
곧이어 57~60행에서 소년이 통역하는 프랑스 말.

63행 쒸이베…꺄삐땐
그 위대한 대장님을 따라가요.

4막 5장

총사령관, 오를레앙, 부르봉, 왕세자와 랑부르
등장.

총사령관 “오, 디아블!”

오를레앙 “오 쎄뇌르! 르 주르 에 뻬르뒤, 뚜떼 뻬르뒤!”

왕세자 “모르 드 마 비”, 다 잃었다, 다 잃었어!
치명적인 질책과 영원한 수치로
우리 명예 물들었다. 오, 사악한 운명아! (짧은 경종)
도망치지 마라.

총사령관 아니, 전열은 다 깨졌어요.

왕세자 오, 불멸의 수치여! 우린 자결합시다.
이 잡것들 두고서 우리가 내기했소?

오를레앙 이 왕에게 우리가 몸값을 달라 했소?

부르봉 수치야, 영원한 수치야, 수치일 뿐이야!
바로 죽어 버리자. 다시 한번 돌아가자.
그리고 지금 이 부르봉을 안 따를 자,
집으로 돌아가 모자를 손에 들고
우리 집 개보다도 급이 낮은 쌍놈이
아름다운 자기 딸을 더럽히고 있을 동안
천한 뚜쟁이처럼 문지기나 하라고 해.

총사령관 우릴 망친 무질서여, 이젠 친구 되어 다오!
자, 우리는 무더기로 목숨을 바칩시다.

4막 5장 장소
전장.
1행 오, 디아블
오, 악마여.

2행 오…뻬르뒤
오, 주님! 우리가 패했어, 완패했어!
3행 모르…비
난 죽은 목숨이다.

오를레앙 어떻게든 질서를 잡을 생각 한다면
떼를 지어 잉글랜드군을 깔아뭉개는 데는
전장에 살아 있는 우리들로 충분하오.

부르봉 질서는 악마나 가져라! 난 군중과 합할 거요.
짧은 삶이 아니면 수치는 너무나 길 테니까.

(함께 퇴장)

4막 6장

경종. 국왕과 수행원들, 포로들과 함께 등장.

국왕 용감무쌍한 동포여, 우린 잘 싸웠지만
아직 다 안 끝났어. 전장은 프랑스군 차지야.

(군인들과 포로들 함께 퇴장)

엑서터 등장.

엑서터 요크 공작이 전하께 안부를 전합니다.

국왕 그가 살았어요, 숙부님? 지난 한 시간 동안
세 번씩 쓰러졌다 일어나 싸우는 걸 봤는데,
투구에서 박차까지 피투성이였답니다.

엑서터 그렇게 치장하고 땅을 살찌우면서
용사는 누워 있고, 피 흘리는 그의 곁엔
영예를 부여하는 상처의 동반자인
고귀한 저 서퍽 백작도 누워 있었습니다.

4막 6장 장소 전장.

서퍽이 먼저 죽자 난자당한 요크는
유혈 속에 누워 있는 그에게 다가가
수염을 부여잡고 그 얼굴에 피 흘리며
벌어진 큰 상처에 입 맞추고 큰 소리로
이렇게 외쳤어요, "기다려, 서퍽 사촌!
내 영혼은 네 것과 천국 동행할 거야.
영혼아, 내 것을 기다린 뒤 함께 날자,
우리가 잘 싸웠던 이 영광의 전장에서
기사도 정신으로 함께했듯 말이다."
그 말 듣고 난 다가가 그를 격려했답니다.
그는 내 얼굴에 미소 짓고 손을 뻗어
내 것을 약하게 잡고는 "공작님, 주군께
제 충심을 전해 주십시오."라고 했죠.
그러고는 몸을 돌려 상처 입은 자기 팔로
서퍽의 목을 안고 그 입술에 키스한 뒤
그렇게 죽음과 결합하여 고귀하게 끝맺는
사랑의 서약을 피로 체결했습니다.
그 곱고 아름다운 방식에 난 할 수 없이
남자다운 기개가 크게 부족하였기에
멈추려 했으나 못 그랬던 눈물을 흘렸고,
모성이 내 눈으로 다 몰려와 눈물에
몸을 맡겼답니다.

국왕 나무라지 않습니다.
그걸 듣고 나 또한 눈물로 가득한 내 눈과
강제 타협 못 할 경우 그건 흐를 테니까. (경종)
하지만 이 무슨 새로운 경종이죠?
프랑스인들이 흩어진 병사들을 규합했군.

그렇다면 군인들은 포로를 다 죽여라!
이 명령을 전달하라. (함께 퇴장)

4막 7장

플루엘렌과 가워 등장.

플루엘렌 소년들과 행낭을 죽인다! 명백히 군법에 어긋나는 짓이오. 이건 저질러질 수 있는, 이제 잘 봐요, 최고로 악명 높은 악행인데, 이제 당신 양심에 비춰 봐도 안 그렇소?

가워 소년은 한 명도 살아남지 못한 게 분명하고, 전투에서 도망친 겁쟁이 불한당 놈들이 이 살육을 범했소. 게다가 놈들은 국왕의 막사에 있던 모든 걸 불태우고 가져가 버렸소. 그 때문에 국왕은 최고로 정당하게 모든 군사들은 자기 포로의 목을 베라고 하셨소. 오, 빼어난 왕이시다!

플루엘렌 예, 그는 몬머스에서 태어나셨소, 가워 대장. 알렉산더 되왕이 태어난 마을 이름을 뭐라고 하지요?

가워 알렉산더 대왕인데.

플루엘렌 아니, 원 참, 되왕이 대왕 아니오? 되나 대나, 막대한 거나, 거대한 거나, 관대한 거나 다 같은 거 아니오, 약간의 문구 변화를 빼놓고 말이오.

가워 내 생각에 알렉산더 대왕은 마케도니아에서 태어났고, 그의 아버지는 내가 알기로 마케도니아의 필립이

4막 7장 장소 전장.

라고 불렀소.

플루엘렌 내 생각에도 알렉산더가 태어난 곳은 마케도니아요. 근데 말이오, 대장, 세계 지도를 보면 당신은 알아차릴 거라고 장담하는데, 마케도니아와 몬머스를 비교해 보면 그 위치가, 이봐요, 같답니다. 마케도니아에도 강이 있고, 나아가 몬머스에도 강이 있소. 그건 몬머스의 와이라고 불리는데, 다른 강의 이름은 내 머릿속엔 없답니다. 하지만 상관없어요, 그건 내 손가락이 내 손가락과 같듯이 같고, 또 양쪽엔 연어가 사니까. 당신이 알렉산더의 생애를 잘 살펴보면 몬머스 해리의 생애와 꽤 많이 닮았어요, 만사엔 공통점이 있으니까. 알렉산더는 신도 알고 당신도 알다시피, 자신의 격노와 자신의 광분과 자신의 격분과 자신의 울화와 자신의 변덕과 자신의 불쾌감과 자신의 의분으로, 또 약간은 머리가 취해서, 자기 술과 분노에 빠져서, 이봐요, 가장 친한 친구인 클리투스를 정말 죽였소.

가워 우리 왕은 그 점에서 그와는 다르오. 그는 어떤 친구도 절대 죽이지 않으셨으니까.

플루엘렌 내 얘기를, 이제 주목해요, 끝나서 종결되기도 전에 내 입에서 낚아채 가는 건 잘하는 일이 아니오. 난 오로지 비유와 비교로 그걸 말하는 것뿐이오. 알렉산더가 자기 친구 클리투스를 자기 술과 자기 잔에 빠져서 죽였듯이, 해리 몬머스도 제정신과 훌륭한 판단력을 지닌 채 배불뚝이, 조끼 입은 살찐 기사를 내쫓았단 말이오. 익살과 농담과 악행과 조롱으로 가득했는데, 그 이름을 잊었소.

가워 존 폴스태프 경이오.

플루엘렌 바로 그요. 분명히 말하는데, 몬머스에는 훌륭한 사람들이 되어나오.

가워 전하께서 오십니다.

경종. 해리 왕이 포로인 부르봉을 데리고, 워릭, 글로스터, 엑서터, 전령과 다른 사람들 및 포로들과 함께 등장. 팡파르.

국왕 프랑스에 온 이래로 난 이 순간까지는
화내지 않았다. 전령은 나팔수를 데리고
저 언덕 위에 있는 기병에게 달려가라.
그들이 우리와 싸우려면 내려오고,
아니면 전장을 비우라 해. 보기 싫다.
그들이 이도 저도 않는다면, 짐이 가서
아시리아 투석기의 가속화된 돌처럼
빠르게 줄행랑치게끔 만들어 줄 테다.
게다가, 우리가 잡은 자의 목을 치고
앞으로 잡는 자는 그 누구에게도
인정을 보이지 않겠다. 그렇게 전하라.

몽조이 등장.

엑서터 전하, 저기에 프랑스 전령이 오는군요.

글로스터 전보다는 눈빛이 겸손해 보입니다.

국왕 자 그래, 전령이 온 뜻은? 난 내 뼈로
몸값을 갚았다는 사실을 모르는가?

또 몸값 때문에 왔는가?
몽조이 아뇨, 대왕이여.
전 우리가 피비린 이 전장을 돌면서
아군의 전사자를 찾아내어 파묻고,
귀족을 일반 병과 구분하게 해 달라는
자비로운 허락을 구하려고 왔습니다.
왕족 중의 많은 수가 — 참 애석하게도! —
용병들의 피에 빠져 누워 있기 때문이오.
민간인도 무식한 그 사지를 왕자 피에
푹 적시고, 상처 입은 말들은 구절까지
피에 잠겨 부대끼며, 이미 죽은 주인을
편자 신긴 발꿈치로 광분하며 걷어차
두 번 죽인답니다. 오, 대왕이여, 우리가
전장을 무사히 살피고 시신을 처분토록
허락해 주십시오.
국왕 전령이여, 참말인데,
난 우리가 승리한 것인지 모르겠다.
많은 수의 너희 쪽 기병들이 전장을
내달리고 있으니까.
몽조이 당신의 승립니다.
국왕 우리의 힘이 아닌 주님을 찬양할지어다!
바로 곁에 서있는 저 성의 이름은?
몽조이 아쟁쿠르성이라고 부릅니다.
국왕 그럼 이걸 크리스핀 크리스피아누스 날
짐이 싸운 아쟁쿠르 전장이라 부르겠다.
플루엘렌 유명하게 기억되는 당신 조부께서는 황공하옵게도, 또 당신의 조부 삼촌, 웨일스 흑태자 에드워드께서는 연대기에서 제가 읽은 바로는, 여기 이 프랑스에서 아주 용감한 싸움을 하셨어요.

국왕 그러셨네, 플루엘렌.

플루엘렌 전하께선 아주 옳게 말씀하십니다. 전하께서 기억하신다면, 웨일스 사람들은 부추가 자라던 밭에서 그들의 몬머스 모자에 그걸 꽂고 멋진 전공을 세웠는데, 그건 전하께서 아시다시피 이 시각까지도 그 전공의 영예로운 표시랍니다. 그래서 저는 전하께서 성 다윗의 날에 부추 꽂는 것을 창피하게 여기지 않으실 줄로 믿습니다.

국왕 기억에 남을 만한 영예 위해 꽂는다네,
알다시피 동포여, 난 웨일스인이니까.

플루엘렌 와이 강물을 다 쓴대도 전하의 몸에서 웨일스 피를 씻어 낼 순 없지요, 그건 분명합니다. 신은 그걸 축폭해 주시고, 전하께서 원하시는 동안은 그것을, 또한 전하를 보존해 주소서!

국왕 고맙네, 착한 내 동포여.

플루엘렌 예수님에게 맹세코, 전 전하의 동포이고, 누가 그걸 알든 상관 않습니다. 전 그걸 세상 모두에게 고백할 겁니다, 전 전하를 창피해할 필요가 없으니까요, 전하께서 정직한 사람인 동안은 말이죠.

국왕 내가 그런 사람이기를!

윌리엄스 등장.

내 전령도 함께 가서
우리들 양쪽 편의 전사자 숫자를

정확하게 알아 오라.

(몽조이, 가워와 잉글랜드 전령, 함께 퇴장)

저 친구를 불러 줘요.

엑서터 군인, 자네는 국왕에게 가 봐야겠어.

국왕 군인, 자넨 그 장갑을 왜 모자에 꽂고 있나?

윌리엄스 전하께 황공하오나 이건 제가 싸워야 할 사람의 소지품이랍니다, 그가 만약 살았다면 말이죠.

국왕 잉글랜드 사람인가?

윌리엄스 전하께 황공하오나 어젯밤 저에게 허풍 친 불한당인데, 만약 살아서 감히 이 장갑을 걸고 도전한다면 제가 그 귀싸대기를 때려 주겠다고 맹세했답니다. 또는, 제 장갑이 그의 모자에 꽂힌 걸 볼 수 있다면, 만약 그가 살면 그는 군인이니까 꽂겠다고 맹세했는데, 전 그걸 쳐서 확 떨굴 겁니다.

국왕 플루엘렌 대장은 어떻게 생각하나, 이 군인이 자기 서약을 지키는 게 맞는가?

플루엘렌 그렇게 못 한다면 전하께 황공하오나 그는 겁쟁이고 게다가 악당입니다, 진짜로.

국왕 그의 적은 그와 같은 계급의 도전을 받아들이기가 아주 어려운, 굉장한 부류의 신사일지도 몰라.

플루엘렌 그가 비록 악마만큼, 루시퍼와 바알세불 자신만큼 훌륭한 신사라 할지라도 전하께선 보십시오, 그는 자신의 맹세와 서약을 지킬 필요가 있답니다. 그가 위증한다면 이제 보십시오, 그의 명성은 그의 검은 신발

130행 루시퍼와 바알세불 전자는 하늘에서 떨어진 거만한 대천사, 후자는 악마의 우두머리이다.

이 지금까지 하느님의 땅과 그 흙을 밟고 다닌 만큼이나 악명 높은 악당이고 파렴치한입니다, 진짜로, 요!

국왕 그렇다면, 이봐, 넌 그 녀석을 만났을 때 네 서약을 지켜라.

윌리엄스 전하, 제가 살아 있는 한 그럴 겁니다.

국왕 넌 누구 밑에서 근무하지?

윌리엄스 가워 대장이요, 전하.

플루엘렌 가워는 훌륭한 대장이고, 전쟁에 대한 지식과 학식이 훌륭하답니다.

국왕 군인, 그를 이리 불러와.

윌리엄스 예, 전하. (퇴장)

국왕 플루엘렌, 나를 위해 여기 이 징표를 자네 모자에 꽂아 주게. 알랑송과 내가 같이 붙어 넘어졌을 때 그의 투구에서 이 장갑을 뽑아냈어. 만약 누가 이 장갑을 두고 도전하면 그는 알랑송의 친구이고 짐 자신에겐 적이야. 자네가 그런 자와 맞닥뜨리거든, 자네가 날 사랑한다면 그자를 체포해.

플루엘렌 전하께선 신하가 마음속으로 소망할 수 있을 만큼 제게 큰 영예를 내리셨습니다. 전 그자가 누구든 두 다리만 있다면, 이 장갑 때문에 슬퍼하는 꼴을 기꺼이 보고 싶고, 그게 전부랍니다. 그걸 꼭 한 번 보고 싶습니다, 은혜로운 신께는 황송하나 제가 그럴 수 있다면요.

국왕 가워를 아는가?

플루엘렌 황송하나 제 소중한 친구랍니다.

국왕 그를 찾아내어 내 막사로 데려와 주게.

플루엘렌 불러오겠습니다. (퇴장)

국왕 워릭 경과 내 동생 글로스터 공작은
플루엘렌 뒤꿈치를 바싹 따라가 보게.
징표로 그에게 내가 준 장갑으로 인하여
그가 혹시 귀싸대기를 맞을지도 모르네,
그 군인의 것이니까. 내가 직접 꽂기로
계약을 맺었다네. 워릭 사촌, 따라가게.
그 군인이 그를 치면 — 내가 판단하기에
그 태도가 무뚝뚝해 약속을 지킬 텐데 —
갑자기 흉한 일이 생길 수도 있다네.
나는 플루엘렌이 용맹함을 알고 있고,
그 울화를 건드리면 화약처럼 뜨거워져
재빨리 모욕을 되돌려 줄 테니까.
따라가서 둘 사이에 아무 해도 없게 해. —
엑서터 숙부님은 저와 함께 가시지요. (함께 퇴장)

4막 8장

가워와 윌리엄스 등장.

윌리엄스 이건 대장님께 작위를 주려는 게 틀림없어요.

플루엘렌 등장.

플루엘렌 신의 의지와 뜻에 맹세코, 대장, 지금 간청컨대 국왕께

4막 8장 장소 헨리 왕의 대형 텐트 앞.

로 곧 가시오. 아마도 당신이 알고 꿈꾸는 것 이상의 호의가 있는 것 같소.

윌리엄스 보시오, 이 장갑을 아십니까?

플루엘렌 이 장갑을 아느냐고? 이 장갑이 장갑이란 건 알지.

윌리엄스 난 이걸 알고, 이렇게 도전합니다. (그를 친다.)

플루엘렌 맙소사, 이 우주 세상, 또는 프랑스, 또는 잉글랜드의 어느 역적만큼이나 악명 높은 역적 같으니!

가워 이봐, 무례하다, 악당아!

윌리엄스 제가 서약을 깰 것 같습니까?

플루엘렌 물러서요, 가워 대장. 반역에는 반격으로 되갚아 줄 테니까, 보증하오.

윌리엄스 전 반역자가 아닙니다.

플루엘렌 그건 새빨간 거짓말이다.

군인들 등장.

전하의 이름으로 명령한다, 그를 체포하라, 그는 알랑송 공작의 친구다.

워릭과 글로스터 등장.

워릭 아니 이런, 아니 이런, 이게 무슨 일인가?

플루엘렌 워릭 경, 여기에, 하느님을 찬양하라, 여름날에 드러나길 바랄 만큼 아주 전염성 강한 역모가, 보십시오, 드러났습니다.

국왕과 엑서터 등장.

전하께서 오셨습니다.

국왕 아니 이런, 이게 무슨 일인가?

플루엘렌 전하, 여기 있는 이 악당, 이 역적이 전하께서, 보십시오, 전하께서 알랑송의 투구에서 빼앗은 그 장갑을 쳤답니다.

윌리엄스 전하, 이건 제 장갑이었고 그 짝은 여기 있습니다. 또 제가 그걸 교환하며 줬던 사람은 자기 모자에 그걸 꽂겠다고 약속했고, 전 그가 그렇게 하면 그를 치겠다고 약속했답니다. 전 모자에 제 장갑을 꽂은 이 사람을 만났고 제가 말한 대로 했습니다.

플루엘렌 전하께선 이제 들어 보십시오, 남자다운 전하께는 죄송하오나, 이놈이 얼마나 악명 높고, 불한당 같고, 거지 같고, 저질인지. 전하께서 증명해 주시고, 증인이 돼 주시고, 공언해 주시기 바랍니다, 이게 전하께서 제게 주신 알랑송의 장갑이라고 말입니다, 이제 진짜로요.

국왕 군인, 네 장갑을 내게 줘. 이보게, 이게 그것의 짝이야.
자네가 치겠다고 약속한 건 바로 나고
자넨 내게 최고로 험한 말을 건넸어.

플루엘렌 전하께 황송하나, 이 세상에 군법이 좀이라도 있다면 그의 목으로 이걸 책임지게 하십시오.

국왕 넌 내게 어떻게 보상할 수 있는가?

윌리엄스 모든 죄는, 전하, 마음에서 나옵니다. 그런데 전하께 죄가 될 수 있는 그 무엇이 제 마음에서 나온 적은 한 번도 없었습니다.

국왕 네가 모욕했던 사람은 바로 짐이었다.

윌리엄스 전하께선 당신의 모습으로 오시지 않았어요. 당신은 제게 그저 평범한 사람으로 보였답니다. — 그날 밤과 당신의 복장이 증언하죠. 그러니 당신께서 그런 형체로 겪으신 일은 간청컨대, 당신의 잘못이지 제 것은 아니라고 여기시기 바랍니다. 만약 당신께서 제가 생각했던 그 사람이었다면, 전 죄를 짓지 않았으니까. 그러므로 전하께 간청하오니 저를 용서해 주십시오. (무릎을 꿇는다.)

국왕 (그를 일으키며)
엑서터 숙부님, 이 장갑에 금화를 채워서
녀석에게 주십시오. — 가지게, 친구여,
또 그걸 모자에 영예로이 매달게,
내가 도전할 때까지. — 금화를 내 줘라. —
그리고 대장, 그와는 화해를 해야겠네.

플루엘렌 이 대낮과 이 빛에 맹세코, 이 녀석은 배짱이 두둑하군요. — 잠깐만, 12펜스짜리 동전을 주겠네. 그리고 난 자네가 주님을 공경하고, 소동과 말다툼과 싸움과 불화를 멀리하길 바라네. 그리고 그게 자네에겐 더 좋을 거라고 장담해.

윌리엄스 당신 돈은 하나도 안 받겠습니다.

플루엘렌 좋은 뜻으로 주는 거야. 분명히 말하지만 구두 고치는 덴 도움이 될 거야. 자, 자네가 왜 그렇게 부끄러워해야 하지? 자네 신발이 그렇게 좋진 않아. 그 동전 진짜야, 장담해, 아니면 바꿔 주겠네.

전령 등장.

국왕　자, 전령은 사망자의 수를 알아냈는가?

전령　살육된 프랑스인들의 숫자이옵니다.

(국왕에게 서류를 준다.)

국왕　숙부님, 고위급 포로들은 누구지요?

엑서터　국왕의 조카인 오를레앙 샤를 공작,
부르봉 공작 존과 부시코 경입니다.
그 밖의 귀족, 남작, 기사와 향사들은
평민을 제외한 전원이 1천 5백입니다.

국왕　이 문서에 의하면 프랑스인 1만이
이 전장에 죽어 누워 있군요. 그 가운데
왕족과 기수 딸린 귀족 126명이
죽어 누워 있고요. 거기에 더하여
기사와 향사들, 그리고 용감한 신사들
8천에 4백이 있는데 그 가운데
5백은 바로 어제 기사 작위 받았군요.
그래서 그들이 잃은 1만 명 가운데
용병은 1천 6백에 지나지 않습니다.
그 나머진 왕족, 남작, 귀족, 기사, 향사와
혈통과 지위 있는 신사들입니다.
죽어서 누워 있는 귀족들의 이름은
샤를 들라브레 프랑스군 총사령관,
자크 샤티옹 프랑스 해군 제독,
쇠뇌의 명수인 랑부르 경, 그리고
왕궁의 용감한 호위대장 귀샤르 도팽 경,
존 알랑송 공작과, 부르고뉴 공작의
친동생인 앙토니 브라반트 공작과
에드워드 바 공작이고, 백작 용사들로는

그랑프레와 루시, 파우컨브리지와 푸아,
보몽, 마를, 보드몽, 레스트렐이 있군요.
죽음을 고귀하게 같이 나눈 동료로군.
잉글랜드인 전사자의 숫자는 어떤가?

(전령이 또 하나의 서류를 준다.)

에드워드 요크 공작, 서퍽 백작,
리처드 케일리 경, 데이비 감 향사 외엔
유명 인사 전혀 없고, 나머지도 다 합쳐
25명이로군. 오, 하느님이 도우셨다,
우리가 아니라 오직 당신 팔뚝에게
모든 것을 돌립니다. 아무런 책략 없이
정면으로 격돌하며 나아가는 전투에서
이쪽과 저쪽에 그토록 크고 적은 손실이
생긴 적 있었던가? 하느님, 이건 오직
당신의 것이니까 받으소서.

엑서터 놀랍군요.

국왕 자, 우리는 이 마을로 행진해 갑시다.
이것을 뽐내거나 오로지 신의 것인 찬양을
그로부터 빼앗는 자에게는 사형을
전군에 선포하라.

플루엘렌 전하께 황송하나 얼마나 많이 죽었는지 말하는 건 합법적이지 않습니까?

국왕 암, 대장, 신께서 우릴 위해 싸워 주셨다는
그 사실만 인정하면.

플루엘렌 예, 진짜로, 그는 우리에게 좋은 일 크게 하셨어요.

국왕 성스러운 예식을 다 올려라.
하느님을 찬양하는 찬송가를 부르고,

죽은 자를 자비로이 흙 속에 묻어 준 뒤
우리는 칼레로, 그다음엔 프랑스에서 온
최고 행운아로서 잉글랜드로 갈 것이다. (함께 퇴장)

5막 0장

해설자 등장.

해설자 이 얘기를 읽어 보지 않은 이들에게는
제가 귀띔할 수 있게, 읽은 이들에게는
시간과 숫자와 올바른 사태의 추이를
여기에서 거대하고 정확하게 있는 대로
선보일 순 없으니 변명하게 해 주시길
겸손하게 빕니다. 이제 우린 국왕을
칼레로 데려가 거기에 둔 다음 좀 보다가
생각의 날개 위로 그를 들어 올려서
바다를 건넙니다. 저 봐요, 잉글랜드 해변엔
어른, 아내, 아이들로 울타리가 쳐졌는데
그 함성과 박수는 바다의 굉음을 누르면서
왕에 앞선 막강한 선봉처럼 그의 길을
준비하는 것 같네요. 자, 그를 상륙시키고
엄숙하게 런던으로 향하는 걸 봅시다.
생각의 발걸음은 너무 빨라 바로 지금
여러분은 블랙히스에 온 그를 상상하고,
거기에서 귀족들은 그가 자기 자신의
망가진 투구와 휜 칼을 그에 앞서 수도로
보내길 바랍니다. 그는 그걸 금하면서

허영심과 자찬하는 자만심이 없는지라
승리의 기념품, 상징물, 전시물을 통째로
자기 아닌 하느님께 돌리죠. 근데 이젠
생각의 재빠른 용광로와 대장간 속에서
막 쏟아져 나오는 런던 시민 보십시오.
시장과 그의 동료 의원들은 가장 잘 빼입고
고대 로마 시절의 원로원 의원처럼
우글대는 평민들을 발꿈치에 대동한 채
정복자 시저를 나아가 맞아들이는데,
지금 우리 자비로운 여황제의 장군께서
아일랜드 반란을 칼끝에 꼬치 꿰어,
때가 오면 그럴 수 있듯이 되돌아온다면
그때보단 못해도 비슷하게 애정 품고
참으로 많은 이가 평화로운 수도 떠나
환영할 겁니다! 훨씬 더, 훨씬 더 큰 이유로
그들은 해리를 환영했죠. 자, 그를 런던에 두죠.
당장에는 탄식하는 프랑스인들 때문에
잉글랜드 국왕은 본국에 남을 필요 있으니까.
신성 로마 황제가 프랑스를 대신하여
양국의 평화를 주선하러 왔던 일과
그 밖에 우연히 생긴 일은 해리가 프랑스로
되돌아 갈 때까지 모두 다 줄입니다.
그를 꼭 거기로 데려가야 해서 저 자신이

29행 여황제의 장군
여기에서 여황제는 엘리자베스 1세를 말하고, 장군은 아일랜드 반란을 진압하기 위해 떠난 에식스 백작을 가리킨다.

38행 신성 로마 황제
지기스문트 신성 로마 황제는 1416년 5월 1일 잉글랜드를 방문했다. (아든)

지나간 일 상기시켜 그 간격을 메웠어요.
그러면 축약을 받아들이시고 두 눈을
생각 따라 프랑스로 즉시 후진시키세요. (퇴장)

5막 1장

플루엘렌과 가워 등장.

가워 아니, 그건 맞아요. 하지만 오늘은 왜 부추를 꽂았소? 성 다윗의 날은 지났는데.

플루엘렌 만사에는 경우와 원인과, 왜, 그리고 뭣 때문에가 있답니다. 내 친구니까 말해 주겠소, 가워 대장. 저 파렴치하고 치사하고 거지 같고 역겨운 허풍쟁이 악당 피스톨이, 당신과 당신 자신 그리고 온 세상이 별 볼 일 없는 녀석일 뿐이라고 알고 있는 그자가, 이제 봐요, 어제 빵과 소금을 나한테 가져와서, 이봐요, 나더러 부추를 먹으라고 했답니다. 거기는 내가 그와 언쟁을 벌일 수 없는 자리였어요. 하지만 난 그를 다시 한번 만날 때까지 그걸 내 모자에 용감히 꽂을 테고, 그런 다음 그에게 내 소망을 조금 말해 줄 것이오.

피스톨 등장.

가워 허, 여기 그가 칠면조 수컷처럼 뻐기며 오는군요.

5막 1장 장소 프랑스, 잉글랜드군 진영.

플루엘렌 그가 뻐기든 칠면조 수컷 같든 상관없소. — 복 받으시게, 피스톨 키수님, 천하고 역겨운 악당님, 복 받으시게!

피스톨 하, 너 미쳤어? 천한 네 트로이 놈 명줄을
그 여신 대신에 내가 잘라 주기를 갈망해?
저리 가! 난 그 부추 냄새가 메스꺼워.

플루엘렌 진심으로 바라건대, 더럽고 역겨운 악당님, 내 소망과 내 요청과 내 탄원에 따라서, 이보게, 이 부추를 먹게. 왜냐하면, 이보게, 자네는 이걸 안 좋아하고, 자네의 감정과 자네의 식욕과 자네의 소화력도 이것과는 맞지 않으니까 난 자네가 이걸 먹었으면 좋겠어.

피스톨 카드월라더 왕과 그의 염소 다 줘도 안 먹어.

플루엘렌 (그를 몽둥이로 때리면서)
자네에게 줄 염소 한 마리네. 치사한 악당님, 이걸 먹을 만큼 착해져 볼래?

피스톨 천한 트로이 놈아, 넌 죽을 거야.

플루엘렌 그것이 신의 뜻이라면 정말 맞는 말씀이오, 치사한 악당님. 그동안엔 자네가 살아남아 자네의 음식을 먹기 바라네. (그를 때린다.) 자, 이게 양념이야. 자네는 어제 나를 산촌 향사라고 불렀어, 하지만 난 오늘 자네를 급이 낮은 향사로 만들어 주겠네. 제발, 먹기 시작해. 부추를 조롱할 수 있다면 부추를 먹을 수도 있잖아.

19행 그 여신
인간의 명줄을 잣고, 당기고, 자르는 운명의 여신 셋 가운데 셋째를 가리킨다.

26행 카드월라더
17세기 중반에 웨일스를 색슨족으로부터 방어한 브리튼 최후의 왕. (아든)

가워 됐습니다, 대장, 그를 경악하게 했어요.

플루엘렌 난 분명 그에게 내 부추의 일부를 먹이거나, 아니면 그의 머리통을 나흘 동안 패 줄 거라고 했소. — 씹어, 제발. 자네의 새로운 상처와 피투성이 골통에 좋아.

피스톨 씹어야 해?

플루엘렌 암, 분명히 그리고 의심할 바 없이, 또 의문시할 바도 그리고 모호한 구석도 없이.

피스톨 이 부추에 맹세코, 가장 지독하게 복수할 —

(플루엘렌이 그를 위협한다.)

먹는다, 먹어 — 맹세해 —

플루엘렌 먹어, 제발. 그 부추에 양념을 좀 더 얹어 줄까? 부추가 맹세할 만큼 충분치 않군.

피스톨 그 곤봉 좀 내려놔, 내가 먹는 걸 보잖아.

플루엘렌 몸에 크게 이로울 거야, 치사한 악당님, 진심이야. 아니, 제발 하나도 버리지 마, 자네의 깨진 골통에는 그 껍질이 좋아. 앞으로 부추를 볼 기회가 있거든 제발 그걸 조롱해 줘, 그게 전부야.

피스톨 좋아.

플루엘렌 암, 부추는 몸에 좋아. 받아, 그 머리통 고치는 데 쓸 동전 한 닢이야.

피스톨 나한테 동전 한 닢을?

플루엘렌 맞아, 진짜로 그리고 진실로 받아야 할 거야. 안 그러면 내 주머니에 있는 다른 부추를 자네에게 먹일 테니까.

피스톨 너의 그 한 닢을 복수의 선금으로 받겠다.

플루엘렌 내가 자네에게 빚진 게 있다면 곤봉으로 갚아 줄게. 그럼 자네는 나무장수가 될 테고, 내게서 오직 곤봉만 사

갈 거야. 신께서 자네와 함께 하고, 지켜 주고, 그 머리 통을 고쳐 주시기 바라네. (퇴장)

피스톨 이 일로 온 지옥이 진동할 것이다.

가워 가라, 가, 넌 엉터리 겁쟁이 악당이야. 넌 명예로운 이유로 시작되어 지난날의 용맹을 기리는 표식으로 달고 다니는 옛 전통을 조롱해 놓고서는, 네가 한 말을 조금이라도 감히 행동으로 보증하지는 않겠단 말이냐? 난 네가 이 신사를 두세 번쯤 비웃으며 상처 주는 걸 봤어. 넌 그가 잉글랜드 말을 원어민처럼 발음 못 하니까 잉글랜드 곤봉을 쓸 수 없을 거라고 생각했어. 그런 게 아니란 걸 알았으니까 지금부턴 웨일스 방식으로 교정받고, 훌륭한 잉글랜드 마음씨를 배우도록 해. 잘 가. (퇴장)

피스톨 운명이 이제 나를 차 버린단 말인가?
나의 넬은 병원에서 프랑스 병 때문에
죽었다고 들었고,
그걸로 내 피난처는 완전히 사라졌다.
난 늙어 가고 있고, 명예는 지친 내 몸에서
매를 맞고 떠난다. 그럼, 뚜쟁이가 돼야지,
손 빠른 소매치기 쪽으로도 좀 기울고.
잉글랜드로 도망가서 도둑질을 할 테다.
이 곤봉 상처에는 반창고를 좀 붙이고
갈리아 전쟁에서 입었다고 맹세할 것이야. (퇴장)

5막 2장

한쪽 문으로 헨리 왕, 엑서터, 베드퍼드, 워릭과
다른 귀족들(글로스터, 웨스트모얼랜드, 클래런스와 헌팅던),
그리고 다른 쪽 문으로 이저벨 왕비, 프랑스 왕, 카트린,
알리스, 부르고뉴 공작 및 다른 프랑스인들 등장.

국왕 우리가 만나게 된 이 모임에 평화 있길.
짐의 형님 프랑스 왕 그리고 형수께는
건강과 맑은 날을, 가장 고운 공주 사촌
카트린에게는 환희와 착한 소원 성취를.
그리고 이 왕족의 분파이자 일원으로
이 커다란 회합의 소집을 주선한
부르고뉴 공작에게 인사하는 바이고,
프랑스 왕족, 귀족, 모두의 건강을 빕니다.

프랑스 왕 그대 얼굴 보게 되어 짐은 정말 기쁘오,
참 훌륭한 잉글랜드 아우님, 잘 만났소.
잉글랜드 왕족들도 모두 마찬가지요.

왕비 우리가 그대 눈을 지금 봐서 기쁘듯이
이 좋은 오늘과 이 다정한 모임의 결과가
행복하길 바랍니다, 잉글랜드 시동생.
지금까지 그대 눈은 살인하는 닭뱀들의
치명적인 눈동자를 그 안에 담고서
프랑스인들을 적대하며 쳐다봤으니까.

5막 2장 장소 프랑스 왕궁.
15행 닭뱀 뱀이 품은 수탉의 알에서 나왔다는 전설적인 독사의 왕으로, 응시해서 사람을 죽일 수 있었다고 한다. (아든)

그 모습에 담겼던 독성분은 사라지고
오늘부터 비탄과 다툼은 모두 다
사랑으로 바뀌기를 정중하게 바라오.

국왕 거기에 동의하려 짐이 나타났답니다.

왕비 잉글랜드 왕족들 모두에게 인사하오.

부르고뉴 꼭 같은 충심으로 프랑스와 잉글랜드의
두 대왕을 받들며, 당당하신 두 전하를
이 궁정과 왕들의 회담에 모시고자
제가 온갖 재주와 고생과 큰 노력을
기울여 왔다는 건 막강하신 두 분께서
가장 잘 증언하실 수 있을 것입니다.
제 임무가 지금까지 성공하여 두 분께선
얼굴을 마주하고 왕의 눈빛 마주 보며
서로 인사하였으니, 제가 여기 어전에서
무슨 장애물이나 방해물이 있어서
벌거벗은, 불쌍하게 짓이겨진 그 평화,
학예, 풍요, 즐거운 탄생에 소중한 그 유모가
이 세상 최고 정원, 이 비옥한 프랑스에
그 고운 얼굴을 보일 수 없는지 물어봐도
체면이 손상되진 않도록 해 주십시오.
아, 그녀는 프랑스에서 너무 오래 쫓겨났고,
그녀의 농작물은 모두 다 수북이 쌓인 채
그 자체의 풍요 속에 썩어 가고 있답니다.
마음을 즐겁게 해 주는 포도는 가지 안 쳐
죽어 가고, 가지런히 엮였던 산울타리는

38행 그녀 앞서 말한 유모, 즉 의인화된 평화.

미친 듯 무성하게 털이 자란 죄수처럼
혼란스레 가지를 뻗치고, 기름진 경작지엔
독보리, 독미나리, 무성한 금낭화가
뿌리를 내린 한편, 그러한 야생초를
송두리째 뽑아야 할 보습은 녹습니다.
점박이 앵초와 오이풀, 짙푸른 자운영
아름답게 피워 내던 평평한 목초지는
낫질 않고 전혀 손을 안 봐서 우거진 채
한가로이 자라는데, 보기 싫은 소리쟁이,
껄껄한 엉겅퀴, 반디나물, 가시풀 외에는
번성하는 게 없어서 미와 효용 다 잃었죠.
또 우리 포도밭, 경작지, 풀밭과 산울타리가
자연적인 결함으로 황량하게 변하듯이
꼭 그처럼 우리 집과 자신과 자식들도
이 나라를 치장해 줄 기술을 잃었거나
시간 없어 배우지를 못하여 야만인들처럼
돼 가고 있답니다, 군인들이 유혈, 욕설,
가혹한 모습과 난잡한 복장만을
그리고 비정해 보이는 건 뭐든지 다
곰곰이 생각할 때 그리되듯 말입니다.
그것을 예전 우리 모습으로 돌리려고
두 분이 모였으니 저는 말로 간청컨대,
무슨 훼방 때문에 부드러운 평화가
이런 해악 몰아내고 이전의 능력으로
우릴 축복 못하는지 제발 일러 주십시오.

국왕 만약에 부르고뉴 공작이 평화를 원하고
그것이 부재하여 당신이 언급한 결함들이

생겼다고 한다면, 정당한 짐의 요구
완전히 받아들여 평화를 사야 할 터인데,
그 요구의 취지와 구체적인 의미는
간략한 문서로 당신 손에 들어 있소.

부르고뉴 왕께서 그걸 들으셨지만 그에 대한 대답은
아직은 없습니다.

국왕 그러면 당신이 그토록
재촉했던 평화는 그의 답에 달렸군요.

프랑스 왕 나는 그 조항들을 마구잡이 눈으로
대충 훑어보았소. 전하께서 괜찮다면
당신 의원 몇 명을 즉각 임명한 다음
다시 한번 짐과 앉아 조금 더 주의 깊게
그것들을 재점검한다면 짐은 곧
승낙과 마지막 답변을 내려 줄 것이오.

국왕 형님, 그러겠습니다. — 엑서터 숙부님과
클래런스 동생과 글로스터 동생은
워릭과 헌팅던을 데리고 왕과 함께 간 다음
짐의 요구 조건에 들어 있든 아니든
짐의 높은 직위에 유리하다 판단하면
그것이 무엇이든 당신들 최고의 지혜로
자유롭게 비준하고 덧붙이고 개정하오,
그러면 짐은 그에 동의하오. — 형수께선
왕족들과 가시겠소, 짐과 함께 남겠소?

왕비 자애로운 시동생, 그들과 함께 가렵니다.
조건을 너무나 까다롭게 요구할 땐
여자의 목소리가 유효할 수 있으니까.

국왕 하지만 짐의 사촌 카트린은 남기시죠,

짐의 주된 요구이고 짐의 조건 가운데
가장 앞선 대열에 포함되어 있으니까.

왕비 허락해 드리죠.

(국왕과 카트린 및 알리스만 남고 모두 퇴장)

국왕 카트린, 최고의 미녀여,
군인에게 귀부인의 귀속으로 들어가
그 온화한 마음에게 사랑을 애원해 줄
용어들을 꼭 좀 가르쳐 주시겠습니까?

카트린 전하께선 나를 놀리실 겁니다. 난 당신의 잉글랜드를 말할 줄 몰라요.

국왕 오, 고운 카트린, 당신이 프랑스 마음으로 나를 흠뻑 사랑해 준다면 난 당신이 그것을 잉글랜드 말로 어색하게 고백하는 걸 기쁘게 들을 거요. 당신은 내가 좋아요, 카트린?

카트린 '빠르도네 뫄,' '내가 좋아요'가 먼지 모르겠어요.

국왕 천사는 당신과 같고, 케이트, 당신은 천사와 같소.

카트린 '끄디뗄, 끄 쥬 쒸이 쌍블라블 아 레 장쥬?'

알리스 '위, 브래망, 쏘프 보트르 그라스, 앵씨 디뗄.'

국왕 그렇게 말했어요, 사랑하는 카트린, 그리고 난 그걸 확언해도 얼굴을 붉히지 않을 거요.

카트린 '오 봉 디유, 레 랑그 데 좀므 쏭 쁠랜느 드 트롱쁘리!'

108행 빠르도네 뫄
용서해 주세요.
110행 끄디뗄…장쥬
뭐라고 하셔, 내가 천사와 같다고?
111행 위…디뗄
예, 정말로, 황송하오나 그렇게 말씀하십니다.
114~115행 오…트롱쁘리
에구머니나, 남자들의 혀는 속임수로 가득해!

국왕 뭐라고 그러죠, 고운 여인? 남자들의 말은 속임수로 가득하다고?

알리스 예, 남자드러 말은 속임수로 가득하다고, 그게 공주님 입니다.

국왕 공주는 잉글랜드 여인 뺨치겠소. 정말이지, 케이트, 내 구애는 그대의 이해력에 맞는다오. 난 그대가 잉글랜드 말을 잘 못해서 기쁘오. 잘할 수 있다면 내가 아주 평범한 왕이란 걸 알고서 내가 농지를 팔아 왕관을 샀다고 생각할 테니까. 난 사랑에 있어서 말을 돌릴 줄 모르니까 곧장 "당신을 사랑하오." 그럴 거요. 그런데 당신이 "정말 그래요?"라는 말 이상으로 날 다그치면 내 구혼은 바닥나오. 대답해 줘요, 정말로, 그런 다음 손잡고 계약해요. 어떻소, 귀부인?

카트린 '쏘프 보트르 오뇌르,' 나를 잘 이해해 주서요.

국왕 아 참, 나더러 당신을 위해 시를 읊으라고 하거나 춤을 추라고 하면, 케이트, 허 참, 난 속수무책일 거요. 앞엣것은 난 시어도 운율도 모르고, 뒤엣것은 박자 밟을 힘은 없어도 밟는 힘은 상당히 있으니까. 내가 만약 등 넘기로, 아니면 등에 갑옷 걸친 채 말 안장에 뛰어오르는 것으로 귀부인을 얻을 수 있다면, 허풍 떤다는 질책을 각오하고 말하건대 난 재빨리 아내 품에 뛰어들었을 것이오. 또는 내가 주먹을 써서 애인을, 말을 솟구치게 하여 그녀의 호의를 얻을 수 있다면 난 푸주한처럼 힘껏 내리치고 원숭이처럼 절대 안 떨어지고 앉아 있을 수 있답니다. 하

129행 쏘프…오뇌르 외람되오나.

지만 하느님께 맹세코, 케이트, 난 당신을 멍하니 바라보거나 웅변을 토할 수도 없고, 단언하는 재주도 없이 오로지 솔직한 서약, 재촉받을 때까지는 절대로 사용 않고 또 깨라는 재촉을 받아도 절대로 깨지 않을 그것만 가졌소. 그대가 이런 기질 가진 녀석을, 케이트, 그 얼굴은 햇볕으로 망가질 가치도 없고, 거울 속을 거기에 보이는 그 무엇이 좋아서는 절대 들여다보지 않는 그를 사랑할 수 있다면, 그대 눈만 믿고 그를 요리해 보시오. 난 솔직한 군인으로서 그대에게 말하오. 그 때문에 날 사랑할 수 있다면 날 받아들이고, 못 한다면 난 그대에게 난 죽을 거라고 말할 게 틀림없소. 하지만 그대의 사랑 없이는, 주님께 맹세코, 안 죽어요. 그럼에도 그대를 사랑하오. 그리고 그대가 살아 있을 동안에, 귀여운 케이트, 솔직하고 꾸밈없이 충실한 이 녀석을 받아들여요. 그는 다른 데서 구애할 재주가 없어서 부득이 그대에게 잘할 수밖에 없으니까. 또 무한한 언어를 구사하여 시를 읊으며 귀부인들의 호의 속으로 파고들 수 있는 녀석들, 그들에겐 항상 다시 빠져나갈 논리가 있답니다. 흥, 웅변가야 그저 수다쟁이일 뿐이고, 시야 그저 유행가일 뿐이잖소. 튼튼한 다리도 약해지고, 꼿꼿한 허리도 휘고, 검은 수염도 하얘지고, 고수머리도 대머리 되고, 고운 얼굴도 시들고, 둥근 눈도 푹 꺼질 테지만 착한 마음만은, 케이트, 해와 달이라오, 아니, 오히려 달이 아닌 해라고 해야겠죠, 밝게 빛나고 절대 변치 않으면서 그 진로를 정확히 지키니까. 그런 사람을 갖고 싶다면 날 받아들여요. 또한 날 받아들이면서 군인을 받아들이고, 군인을 받아들이면서 왕을 받아들여요. 그러면 내 사랑에 대한 그대의 답은 무엇이오? 고운 그대여, 말해 봐요, 제발 곱게 말이오.

카트린 내가 프랑스의 적을 사랑하는 기 가능한 깁니까?

국왕 아뇨, 당신이 프랑스의 적을 사랑하는 건 가능하지 않아요, 케이트. 하지만 나를 사랑함으로써 당신은 프랑스의 친구를 사랑하오. 난 프랑스를 너무 크게 사랑하여 그 마을을 하나도 버리지 않을 테니까. 난 그걸 통째로 가질 거요. 그래서, 케이트, 프랑스가 내 것이고 난 당신 것이 됐을 때 프랑스는 당신 거고 당신은 내 것이 될 것이오.

카트린 그기 먼지 알 수 없는데요.

국왕 없어요, 케이트? 프랑스 말로 해 주지요, 그건 분명 내 혀에 갓 결혼한 신부가 신랑 목에 매달리듯 하면서 거기에서 쉽게 떨어지지 않을 테지만. '쥬, 깡 제르 뽀쎄씨옹 드 프랑스, 에 깡 부 자베 르 뽀쎄 시옹 드 뫄' — 어디 보자, 그다음엔? 드니 성자여, 도와줘요! '동 보트르 에 프랑스, 에 부제뜨 미엔.' 난 이렇게 많은 프랑스 말을 하는 것보다는, 케이트, 그 왕국을 정복하는 게 더 쉬워요. 프랑스 말로는 난 절대 그대를, 날 비웃게 만들지 않고는 감동시킬 수 없을 거요.

184~188행 쥬…미엔 나, 내가 프랑스를 소유할 때 그리고 당신이 나를 소유할 때…그러면 프랑스는 당신 것이고 당신은 내 것이오.

카트린 '쏘프 보트르 오뇌르, 르 프랑세 끄 부 빠를레, 일 레 메이외르 끄 랑글레 르껠 쥬 빠를르.'

국왕 아뇨, 정말, 안 그렇소, 케이트. 하지만 그대의 우리 말 말하기와 나의 그대 나라 말 말하기는 대단히 참되게-거짓되게, 거의 같다고 해야 할 것이오. 하지만 케이트, 그대는 잉글랜드 말을 이만큼은 알아듣지요? '날 사랑할 수 있나요?'

카트린 말할 수 없어요.

국왕 그럼 이웃들이 말할 수 있나요, 케이트? 그들에게 물어보겠소. 자, 당신이 날 사랑하는 줄 알아요. 그리고 오늘 밤 내실로 갔을 때 이 시녀에게 나에 대해 질문하겠죠. 또한 난 알아요, 케이트, 당신은 그녀에게 당신이 내게서 진심으로 좋아했던 자질을 헐뜯을 거라는 걸. 하지만 착한 케이트, 그보다는 차라리, 친절한 공주여, 자비로이 날 놀려요, 난 그대를 지독히 사랑하니까. 만약 그대가 언젠가 내 것이 된다면, 내겐 그리될 거라고 말해 주는 구원의 신앙이 있지만, 난 그대를 투쟁으로 얻을 거요. 그래서 그대는 꼭 군인을 많이 낳는 여인임을 입증할 필요가 있소. 그대와 내가 드니 성자와 조지 성자의 합작으로 절반은 프랑스산, 절반은 잉글랜드산 사내애를 만들어 걔가 콘스탄티노플로 가서 터키 왕의 수염을 잡아당기게 하지 않을래요? 그러지 않을래요? 어떻소, 나의 고운 백합꽃 아가씨?

192~193행 쏘프…빠를르 외람되오나 당신의 프랑스 말이 저의 잉글랜드 말보다 더 나아요.

카트린 난 그런 기 모릅니다.

국왕 맞아요, 그건 앞으로 알 테고, 지금은 약속해 줘요, 지금 꼭 약속해 줘요, 케이트, 당신은 그런 애를 얻기 위한 프랑스 쪽 노력을 다하겠노라고. 그리고 나의 잉글랜드 몫에 대해서는 왕이자 총각인 내 약속을 받아들이시오. 어떻게 대답할 거요, '라 쁠뤼 벨 까트린느 뒤 몽드, 몽 트레 쉐르 에 디뱅 데에쓰?'

카트린 전하는 프랑스에서 가장 신중한 아가씨도 속일 만큼 틀린 프랑스 말을 많이 아셔요.

국왕 맙소사, 내 프랑스 말이 틀렸어! 내 명예를 걸고서, 올바른 잉글랜드 말로 난 그대를 사랑하오, 케이트. 또 그 명예를 걸고서, 난 그대가 날 사랑한다고 감히 맹세하진 않겠지만 그럼에도 내 혈기가 내게 아첨을 시작하면서, 볼품없고 가슴 녹이는 효과도 없는 내 용모에도 불구하고 그대가 날 사랑한다고 말하네요. 이제 내 아버지의 야심은 욕 좀 먹어라! 내가 생겼을 때 그는 내란을 생각하고 있었소. 그러므로 난 쇠붙이 면상과 더불어 뻣뻣한 겉모습을 가지게 되었고, 그래서 귀부인들에게 구애하러 가면 그들은 깜짝 놀라죠. 하지만 참말로, 케이트, 나이가 들수록 난 나아 보일 거요. 내 위안거리는 미모를 구겨 놓는 노년조차도 내 얼굴은 더 이상 망쳐 놓지 못할 거란 사실이오. 그대가 날 갖는다면 최악의 상태인 나를 갖고, 그대가 날 쓴다면 난 쓸수록 더 나아질 겁니다. 그러므로 말

221~222행 라…데에쓰 이 세상에서 가장 아름다운 케서린, 나의 아주 소중하고 신성한 여신이여.

해 줘요, 가장 고운 케이트, 날 가지겠소? 처녀의 홍조는 벗어 버리고 여황제의 모습으로 당신의 속마음을 인정한 다음, 내 손을 잡고서 "잉글랜드의 해리여, 난 그대 것이오."라고 해요. 그 말로 그대가 내 귀를 축복하자마자 난 큰 소리로 "잉글랜드는 그대의 것, 아일랜드는 그대의 것, 프랑스는 그대의 것, 헨리 플랜태저넷은 그대의 것"이라고 말할 테고, 그는 비록 자기 면전에서 하는 말이지만, 최상의 왕에 필적하진 못해도 멋진 녀석들의 최고 왕이라는 사실을 그대는 알게 될 것이오. 자, 분산 화음으로 답해 봐요, 그대 목소리는 음악이고 그대의 잉글랜드 말은 분산됐으니까. 그러므로 왕비 중의 왕비인 카트린, 분산된 잉글랜드 말로 그대 마음 분출해 봐요. 그대는 날 가질 겁니까?

카트린 그건 아버지 왕께서 좋으실 대로지요.

국왕 암, 그걸 크게 좋아할 겁니다, 케이트. 좋아하도록 만들 것이오, 케이트.

카트린 기럼 지도 만족할 깁니다.

국왕 그 말 듣고 난 당신 손에 키스한 다음 당신을 나의 왕비라고 부르겠소.

카트린 '레쎄, 몽 쎄뇌르, 레쎄, 레쎄! 마 푸아, 쥬 느 뵈 뿌앵 끄 부 자베씨에 보트르 그랑되르 앙 베쌍 라맹 뒨느 드 보트르 쎄뇌리 앵딘뉴 쎄르비뙤르. 엑쓰뀌제 뫄 쥬 부 쒸쁠리, 몽 트레쀠이쌍 쎄뇌르.'

260~263행 레쎄…쎄뇌르 놔줘요, 전하, 놔줘요, 놔줘요! 맹세코, 전 당신이 당신의 위대함을 낮추어 전하의 가치 없는 하인의 손에 키스하시는 것을 전혀 바라지 않습니다. 용서해 주세요, 애원합니다, 가장 막강하신 전하.

국왕 그럼 난 당신 입술에 키스하겠소, 케이트.

카트린 '레 담므 에 드무아젤 뿌르 에트르 베제 드방 뢰르노쓰, 일 네 빠 라 꾸뛰므 드 프랑스.'

국왕 통역 부인, 그녀가 뭐라고 하지?

알리스 그기 프랑스 숙녀들에기는 관례가 아닌디라 — '베제'를 영어로 머라고 하는지 모르겠습니다.

국왕 키스하다.

알리스 전하께서 지보다 더 잘 이해하서요.

국왕 프랑스에선 처녀들이 결혼하기 전에 키스하는 게 관례가 아니다, 그 말인가?

알리스 예, 참말로.

국왕 오, 케이트, 까다로운 풍습도 위대한 왕들에겐 무릎을 굽히오. 귀여운 케이트, 당신과 난 한 나라의 힘없는 관례에 구애받을 수 없답니다. 우리는 예법을 만드는 사람들이오, 케이트. 그리고 우리는 우리 지위에 따르는 자유를 가지고 결점 찾는 모두의 입을 막는답니다. 내게 키스를 거절해서 당신 나라의 까다로운 관례를 지키는 당신 입을 내가 막듯이 말이오. 그러므로 참을성 있게 몸을 맡겨요. — (그녀에게 키스한다.) 당신 입술에 마력이 있나 보오, 케이트. 꿀 같은 그 감촉에 프랑스 추밀원보다 더 힘센 웅변이 있어서 잉글랜드의 해리를 군주들의 집단적인 청원보다 더 빨리 설득할 겁니다. 당신 부친이 오네요.

265~266행 레…프랑스 숙녀와 어린 숙녀들이 결혼 전에 키스를 받는 것은 프랑스의 관습이 아닙니다.

프랑스 대리인과 잉글랜드 귀족들 등장.

부르고뉴 전하께 주님의 가호를! 사촌 국왕께서는 공주에게 잉글랜드 말을 가르치십니까?

국왕 사촌, 난 그녀가 내가 그녀를 얼마나 완벽하게 사랑하는지를 배우기 바라는데, 그게 바로 올바른 잉글랜드 말이라네.

부르고뉴 그녀가 빨리 못 깨치나요?

국왕 우리 말은 거칠고, 사촌, 내 성향도 차분하지 못해, 그래서 아첨할 목소리도 용기도 없는 나는 애정에게 마법을 걸어 그것의 실체가 그녀 안에 나타나게 할 수가 없다네.

부르고뉴 제가 만약 그에 대한 답을 해 드린다면 솔직한 제 웃음을 용서하십시오. 만약 그녀 안에서 마법을 걸고 싶으면 동그라미를 꼭 그리셔야 하고, 그런 다음 그녀 안에 있는 사랑의 실체에게 마법을 걸면 그것은 벌거벗고 눈먼 채로 꼭 나타날 것입니다. 하지만 그녀는 아직 처녀의 선홍빛 겸손에 물들어 있는 아가씬데 그녀가 자신의 벌거벗은, 훤히 보이는 몸 안에 벌거벗은 눈먼 소년 하나가 나타나는 것을 거절한다고 그녀를 나무랄 수 있으십니까? 그건, 전하, 처녀가 동의하기 힘든 조건입니다.

국왕 하지만 그들은 눈 감고 몸을 맡겨, 사랑은 눈먼 채로 강제하니까.

부르고뉴 자기들이 뭘 하는지 보지 않을 때 그들은, 전하, 용서받는답니다.

국왕 그렇다면 공작은 자네 사촌에게 눈 감고 동의하는 법을 가르쳐 주게.

부르고뉴 만약 전하께서 그녀를 가르쳐서 제 말뜻을 알게 만드시면 전 그녀에게 동의하란 눈짓을 보내겠습니다. 왜냐하면 여름을 잘 나면서 따뜻한 보살핌을 받은 아가씨들은 바돌로매 축일의 파리와 같아서 눈은 있지만 보지는 못하죠. 그럴 때 그들은 전에는 쳐다보는 것조차 못 견뎠지만 만지는 것까지도 참아 줄 겁니다.

국왕 그 교훈으로 보아 하니 난 시간과 더운 여름을 기다려야 하겠어. 그럼 난 이 파리, 자네 사촌을 여름의 끝자락에서 잡을 테고, 그녀도 눈이 멀어질 게 틀림없을 테니까.

부르고뉴 사랑이, 전하, 사랑하는 것 앞에서 그리되듯이요.

국왕 그렇다네. 그리고 여러분 가운데 몇 사람은 내가 눈먼 것을 사랑에게 감사해야 할 것이오. 내 길을 막고 있는 고운 프랑스 아가씨 하나 때문에 난 다수의 고운 프랑스 도시들을 볼 수 없으니까.

프랑스 왕 맞습니다, 전하, 당신은 그것들을 요지경 안에 있는 것처럼, 그 도시들이 아가씨 하나로 바뀐 것을 보십니다. 그것들은 다 전쟁을 맞이한 적 없는 처녀 성벽으로 둘러싸였으니까.

국왕 케이트를 내 아내로 삼을까요?

프랑스 왕 뜻대로 하시지요.

국왕 만족하오, 당신이 얘기하는 그 처녀 도시들이 그녀를 시중들 수 있다면, 그래서 내 길을 막았던 아가씨가 내 소망대로 내 뜻을 이루는 길을 보여 줄 거라면 말

316행 바돌로매 축일 8월 24일.

이오.

프랑스 왕 짐은 모든 합당한 조건에 다 동의했소.

국왕 그런가요, 잉글랜드 귀족들?

웨스트모얼랜드 왕께서 각각의 조항을 다 수락하셨습니다,
확실히 제안된 사안들의 성격에 따라서
따님을 필두로 그다음의 모든 것도.

엑서터 단지 이 하나만은 아직 서명하지 않았는데, 그것은 프랑스 왕께서 양도 증서를 쓸 기회가 혹시라도 있을 경우 전하를 다음과 같은 형태와 직함으로 부를 것을 전하께서 요구하는 곳입니다. (읽는다.) 프랑스 말로는, '노트르 트레 쉐르 피스 앙리, 루아 당글레떼르, 에리띠에 드 프랑스' 그리고 라틴어로는 '프리클라리시무스 필리우스 노스테르 헨리쿠스, 렉스 앙글리 에트 해레스 프랑시에'랍니다.

프랑스 왕 난 이 또한, 아우님, 거절하지 않았고,
당신이 요청하면 통과시킬 것이오.

국왕 그러면 사랑과 소중한 동맹으로 바라건대,
그 조항도 나머지와 같은 지위 부여하고
그에 따라 당신 딸을 나에게 주십시오.

프랑스 왕 가지시오, 고운 사위, 또 그녀의 혈통에서
내 후손을 키워 내어 프랑스와 잉글랜드의
싸움하는 두 왕국이, 상대방의 행복을
시기하여 창백한 바로 그 두 해안이,
그들의 증오를 멈추고 이 소중한 결합으로

347~348행 노트르…프랑스 대단히 사랑하는 짐의 아들 헨리, 잉글랜드 왕, 프랑스의 후계자.

순한 그 가슴에 친교와 신자의 화합 심어
전쟁이 잉글랜드와 고운 이 프랑스 사이에
피 흐르는 칼날을 절대로 못 들이밀기를.

귀족들 아멘.

국왕 자, 케이트, 환영하오, 또 최고의 왕비에게
내가 하는 키스를 모두들 증언해 주시오.

(키스한다. 나팔 소리)

왕비 세상 모든 결혼을 제조하는 신께서
이 둘의 마음과 영토를 하나로 합치신다!
남편과 아내는 둘인데 사랑으로 하나이듯
두 왕국 사이에도 그런 혼례 맺어져,
축복받은 신방을 흔히들 괴롭히는
학대나 무서운 질투심이 왕국들의 계약에
밀고 들어온 다음, 뗄 수 없는 우의를
절대로 갈라놓지 못하도록 해 주시고
잉글랜드인과 프랑스인은 서로를 인정하게
만들어 주소서. 신께서는 동의해 주소서.

모두 아멘.

국왕 짐의 결혼 준비하라. 짐은 그날, 부르고뉴 경,
우리들 우의의 보증으로 자네의 서약과
귀족들 모두의 서약을 받아 낼 것이네.
그때 난 케이트에게, 자넨 내게 맹세하고,
우리의 맹세는 잘 지켜지면서 번성하길!

(나팔 소리. 함께 퇴장)

맺음말

해설자 등장.

해설자 지금까지 거칠고 능력 없는 글솜씨로
좁은 곳에 막강한 인물들을 가두고
그 영광의 전 과정을 가끔씩 망치면서
겸손한 작가는 이 얘기를 따라갔습니다.
짧지만 그 짧은 동안 잉글랜드의 이 별은
참으로 위대하게 살았죠. 운명이 빚은 칼로
그는 이 세상 최고의 정원을 쟁취했고,
그 당당한 주인 자리 아들에게 남겼어요.
강보에 싸인 채 프랑스와 잉글랜드의
왕관 쓴 저 헨리 6세가 이 왕을 계승한 뒤
너무 많은 이들이 나라를 통치하여
프랑스를 뺏기고 잉글랜드의 피를 흘렸는데,
그것은 무대에서 자주 보여 줬으니 이것도
그 고운 마음속에 받아들여 주십시오. (퇴장)

6행 운명 운명의 여신.

13행 그것 프랑스 영토 상실과 장미 전쟁을 다루는 헨리 6세 3부작을 말한다.

헨리 8세(모두가 진실)

Henry VIII(All Is True)

윌리엄 셰익스피어, 존 플레처

역자 서문

몇 가지 사항을 — 작품의 제목과 저자, 그리고 헨리 8세의 일생에 대한 짧은 요약을 — 미리 적어 두려고 한다. 첫째, 이 작품은 1623년에 출판된 최초의 셰익스피어 전집 제1 이절판에서 『헨리 8세』라는 제목의 사극으로 분류되어 실림으로써 널리 알려지게 되었다. 그러나 이 작품은 그 이전에도 유명세를 탄 적이 있었다. 왜냐하면 그것의 최초 공연 가운데 하나로 추정되는 날(1613년 6월 29일) 셰익스피어 극작품의 주 공연장이었던 지구 극장(The Globe Theater)이 공연 중의 화재로 완전히 타버린 사건이 있었고, 이를 몇 사람이 이런저런 경로로 언급했기 때문이다. 그런데 그날의 관객 가운데 하나였던 헨리 워튼 경은 편지에서 그 화재 얘기를 하면서 이 극을 『헨리 8세』가 아니라 『모두가 진실』이라고 했고, 그 때문에 이 두 제목을 두고 논란이 있어 왔다. 그 결과 본 번역의 원본인 아든 3판 셰익스피어 편집자는 『모두가 진실』을 하나의 대체 제목으로 받아들여 속표지에 『헨리 8세(모두가 진실)』라고 그 사실을 반영했고, 역자 또한 번역본에서 이를 존중하여 속표지에 그렇게 표기했다. 이 작품에서 거듭거듭 되풀이되는 '진실' 또는 그와 연관된 단어들을 주목하면 그가 왜 그렇게 했는지 그 이유를 짐작할 수 있을 것이다.

둘째, 제목과 더불어 이 극작품과 관련된 또 다른 논란거리는 그 저자이다. 앞서 말한 전집에 『헨리 8세』는 셰익스피어의 단독 저작으로 실려 있지만 그것의 사실 여부에 대해서는 많은 의문이 제기되었고, 그 결과 아든 3판 편집자는 이 작품을 윌리엄 셰익스피어(1564~1616)와 그의 후배 극작가 존 플레처(John Fletcher, 1579~1625)의 공저로 인정하고, 그 판본 겉표지에 둘의 이름을 나란히 적기에 이르렀다. 그리고 아든 3판 편집자와 다른 비평가들이 공저, 합작 또는 협업을 주장하는 가장 커다란 근거는 이 작품을 이들 두 작가의 다른 작품들과 내용, 특히 문체의 면에서 비교 분석해 보았을 때 나타나는 — 각 작가가 썼다고 추정되는 막과 장까지 구분할 수 있을 정도의 — 통계적인 유사성과 차이점 때문이다. 하지만 그런 문체의 차별성은 다른 언어로 번역되었을 경우, 특히 영어와 친족 관계가 아주 먼 한국어의 경우, 대부분 흐릿해지거나 사라지기 때문에 본 번역은 두 작가의 협업을 인정하기는 하지만 실제로는 한 사람의 창작으로 취급하면서 진행되었고, 그 결과물도 그렇게 읽힐 것이라고 생각한다. 따라서 본 번역에서 말하는 이 작품의 작자는 두 사람을 동시에 가리킨다고 보면 된다.

그리고 셋째, 우리가 이 작품을 이해하기 위해 꼭 필요한 것이 바로 헨리 8세에 대한 역사적인 배경 지식이다. 그는 셰익스피어의 다른 사극의 왕들과 달리 사십 년이라는 오랜 시간을 재위했고, 그 기간 동안 개인으로서 또한 왕으로서 유달리 눈에 띄는, 예컨대 여섯 명의 아내를 두는 일들을 했었고, 또 업적으로 남겼기 때문이다. 그렇다고 우리가 그의 일생을 전문가 수준으로 알 필요는 없을 것이다. 따라서 역자는 위키피디아에게재된 헨리 8세에 관한 사실 나열 위주의 요약본이 우리의 목적에 가장 적합하다고 판단하여 여기에 옮겨 놓았다.

"헨리 8세(1491~1547)는 1509년부터 그가 죽은 1547년까지 잉글랜드의 왕이었다. 헨리는 여섯 번의 결혼, 특히 그의 첫 번째 결혼(아라곤의 캐서린과 맺었던)을 무효화하려는 노력으로 가장 잘 알려져 있다. 헨리는 그러한 무효화 문제로 교황 클레멘트 7세와 불화했기 때문에 잉글랜드 교회를 교황의 권력에서 분리시키는 잉글랜드의 종교 개혁을 개시하게 되었다. 그는 자신을 잉글랜드 교회의 최고 수장으로 임명했고, 수녀원과 수도원을 해체했으며, 그로 인하여 파문되었다. 헨리는 또 '왕립 해군의 아버지'로도 알려졌고, 해군에 크게 투자하여 그 크기를 군함 몇 척에서 50척으로 늘렸으며 해군 부서를 설립하기도 했다.

대내적으로 헨리는 왕권신수설을 도입하면서 잉글랜드 헌법에 근본적인 변화를 가져온 것으로 알려졌다. 그는 또한 그의 치세 동안 왕권을 크게 확장했다. 그는 자주 대역죄와 이단을 이용하여 반대 의견을 억눌렀고, 그렇게 고발당한 사람들은 종종 사권 박탈법에 의해 공식적인 재판 없이 처형되었다. 그는 자신의 많은 정치적인 목표를 대신들의 작업을 통해 이룩했는데, 그들 가운데 몇 명은 그의 총애를 잃었을 때 추방 또는 처형됐다. 토머스 울지, 토머스 모어, 토머스 크롬웰, 리처드 리치와 토머스 크랜머는 모두 그의 행정부에서 걸출한 인물이었다.

헨리는 수도원 해체와 종교 개혁 의회의 법령으로부터 나온 수익금을 터무니없을 정도로 마구 쓰는 사람이었다. 또한 전에는 로마에 지불하던 돈을 왕의 수입으로 바꾸었다. 이런 수입원에서 나온 돈에도 불구하고 그는 수많은, 값비싸면서도 대부분 성공하지 못한 전쟁, 특히 프랑스의 프랑시스 1세, 신성 로마 제국 황제 카를 5세, 스코틀랜드의 제임스 5세, 그리고 애런 백작과 마리 드 기즈 휘하의 스코틀랜드 섭정 정부와의 전쟁뿐만 아니라 엄청난 개인적인 낭비로 말미암아 줄곧 파산 지경으로 내몰렸다. 본국에서 그는 1535년과 1542년의 웨일스법에 의해 잉글랜드와 웨일스의 법적인 통합을 감독했고, 또한 1542년의 아일랜드 왕권법에 따라 아일랜드 왕으로 통치한 최초의 잉글랜드 군주였다.

헨리와 동시대인들은 그를 매력적인, 학식 있고 재주 많은 사람으로 간주했다. 그는 '잉글랜드 왕좌에 앉은 가장 카리스마 있는 통치자들 가운데 하나'로 묘사되고, 그의 치세는 잉글랜드 역사에서 '가장 중요한' 것으로 묘사된다. 그는 작가이자 작곡가였다. 나이가 들면서는 심각하게 과체중이 되었고, 그래서 건강이 손상됐다. 그는 만년의 삶에서 종종 욕정에 가득 찬, 이기적인, 그리고 피해망상의 특징을 가진 폭군으로 그려진다. 그의 왕위는 아들인 에드워드 6세에게 계승되었다. (……) 궁정 귀족들의 출세와 몰락은 둘 다 빠르게 진행될 수 있었다. 그래서 그의 치세 마지막 이 년 동안 처형된 도적이 7만 2천이라고 자주 인용되는 건 부풀려진 숫자이기는 하지만, 헨리는 의심할 바 없이 마음대로, 아내들 가운데 두 명, 귀족 스무 명, 주요 관리 네 명, 측근 시종과 친구 여섯 명, 추기경 한 명(존 피셔), 그리고 수많은 수도원장들을 화형 또는 효수로 정말 처형했다."

그러면 이제 이 세 가지 지식을 배경으로 『헨리 8세(모두가 진실)』를 본격적으로 해석해 보자. 이 작품은 언뜻 보면 전체를 관통하는 하나의 주제가 없는 것처럼 보인다. 극은 이런저런 사람들의 출세와 몰락을 두서없이 나열하는 것 같다. 그래서 버킹엄 공작은 울지의 모함에 의해 대역죄로 처형되고, 앤 불린은 헨리 왕의 눈에 들어 갑자기 왕비가 되는 꽃길을 걸으며, 캐서린 왕비는 억울하게 이혼당하고 그 과정에서 울지는 승승장구하다가 왕의 총애를 잃고 재판 과정에서 죽으며, 그 대신에 크롬웰이 왕의 총애를 받아 추밀원 서기가 된다. 게다가 극에서 가장 두드러진, 감동적인 대사를 말하는 인물들은 주인공 헨리 8세가 아니라 버킹엄 공작, 울지 추기경, 캐서린 왕비, 크랜머 대주교다. 그래서 헨리 왕은 가장 대사가 많은(울지와 비슷한 숫자로) 주인공임에도 불구하고 마치 조연급처럼 주변부로 밀려나는 듯하다. 하지만 이 모든 출세와 몰락, 그리고 감동적인 대사는 근본적으로 헨리 왕의 존재와 행위, 그리고 그의 마음에서 비롯된다. 헨리 왕 주위에서 활약하는 모든 인물들은 그의 마음이 바뀌면 버려지거나 죽을 수밖에 없는 신세다. 그렇다면 그의 마음은 왜, 무엇 때문에 움직일까? 내가 생각하기에 최고의 동인은 왕권에 대한 그의 강력한 욕망이다. 즉, 왕권의 강화, 과시, 향유 및 이양이 헨리 왕의 주된 관심사이고 존재의 핵심이며 행위의 가장 커다란 동인이다.

그러면 지금부터 헨리의 왕권에 대한 강력한 욕망을 이 극을 관통하는 핵심 주제로 설정하고 극 전체를 개관해 보기로 하자. 그리고 이런 관점에서 보면 극의 모든 주요한 사건은 왕권을 중심으로, 그것을 유지하거나 강화하기 위해, 또 그것을 적자에게 물려주기 위해 벌어진다는 사실을 알 수 있다. 그 가운데 중요한 몇 가지를 예로 들면 다음과 같다. 첫째, 극이 시작하자마자 등장하여 울지에 대한 적대감을 표출했던 버킹엄 공작의 죽음이 있다. 겉으로 보기에 그의 죽음은 울지가 초래한 것처럼 보인다. 왜냐하면 버킹엄을 미워한 울지는 그의 식솔이었던 감독관을 매수하여 그가 대역죄를 모의했다고 고발했기 때문이다. 하지만 이 역모 사건의 최종 판결은 헨리 왕이 내렸고(대역죄로), 그가 그렇게 한 가장 큰 원인은 감독관의 실제 같은 그러나 과장된 연기(칼을 뽑아 왕을 찌르려고 하는 듯한)가 아니라, 물론 그것도 효과가 있었지만, 그가 했던 다음 말 때문이다. "만약에 국왕이/ 후사 없이 죽는다면 그는 일을 꾸며서/ 왕홀을 가지려 했어요."(1.2.133~135) 즉, 버킹엄이 현재뿐만 아니라 미래의 왕권에 직접적인 위협을 가했다는 사실 때문이다. 특히 버킹엄은 헨리가 가장 고민하고 아파하는 부분을, 지금 그에게는 자신의 왕위를 이어받을 왕자가 없다는 사실을 건드렸기 때문에 고발 내용의 사실 여부와 상관없이 절대 용서받을 수 없다. 그래서 그는 형식적인 재판에 넘겨지고 대역죄인으로 처형된다.

둘째, 이 극에서 상당한 비중을 차지하는 캐서린과의 이혼 또한 왕권에 대한 헨리의 강력한 집착과 긴밀히, 직접적으로 연관된 문제이다. 작품에서 직접 언급되지는 않았지만 사실 헨리 7세의 차남이었던 헨리가 장남 아서의 죽음으로 왕위에 올랐을 때, 형수였던 캐서린과 혼인한 것 자체가 자신의 잉글랜드 왕권을 강화하기 위한 조치였다. — 스페인과의 혼인 동맹으로 말이다. 그런데 이십 년이나 지속된 둘의 결혼 생활에도 캐서린은 헨리의 후사가 될 왕자를 생산하지 못했다. 그녀가 낳은 자식들은 딸 메리를 빼고는 다 사산하거나 일찍 죽었다. 따라서 헨리는 자신의 잘못이든 아니든, 지금 미래의 잉글랜드 왕권을 위험에 빠뜨리는 결과를 낳았고, 그래서 당시의 정치적인 그리고 종교적인 상황에서 캐서린과의 이혼 말고는 이 위기에서 벗어날 방법을 찾지 못했다. 물론 때맞춰 앤 불린이 그의 눈에 띄어 총애를 받게 된 것도 그의 이혼을 재촉하는 계기가 되었지만, 앤과의 결혼 또한 그녀에 대한 진지한 사랑 때문이라기보다는 후사를 낳기 위한 방편으로 급진전되었다고 하는 편이 진실에 더 가까울 것이다. 그래서 그는 캐서린 왕비와의 이혼을, 왕비를 존중하고 사랑했음에도 불구하고 강행했고, 원했던 대로 앤과 결혼했다. 미래의 왕권을 확보하고자 하는 헨리 왕의 열망 앞에는 어떤 장애물도 있을 수 없었다. 심지어는 그가 기대고 총애했던 울지까지 내치면서 말이다. 울지가 헨리 왕의 눈 밖에 난 것은 그의 과도한 재산 형성도 중요한 이유였지만 결정적으로 그가 다음 왕빗감으로 헨리가 점찍은 앤을 무시하고 프랑스 왕의 누이를 염두에 두었고, 그 사실이 실수로 발각됐기 때문이었다.

셋째, 미래의 왕권을 확보하려는 헨리의 강력한 열망은 자기가 그토록 원했던 아들이 아니라 앤이 낳은 딸 엘리자베스에 의해 드디어 성취되는 것처럼 보인다. 엘리자베스 공주의 세례식이 끝나고 크랜머 대주교가 그녀를 천하의 성군으로, 천추에 길이 빛날 업적을 남길 명군으로 찬양했을 때 헨리 왕은 그것을 "기적 같은 얘기"(5.4.55)라고 하면서 다음과 같이 말한다.

> 오, 대주교가
> 이제 나를 남자로 만들었소. 이 행복한
> 아이가 오기 전에 난 낳은 게 전혀 없소.
> 위안되는 이 신탁에 나는 아주 기뻐서
> 하늘나라 갔을 때도 이 애가 뭘 하는지
> 보고 싶을 것이고 창조주를 찬양할 것이오. (5.4.62~67)

여기에서 우리가 주목해야 할 말은 대주교가 헨리 왕을 남자로 만들었고 이 아이가 오기 전에 그는 낳은 게 전혀 없다는 표현이다. 우리는 헨리가 캐서린과의 사이에서 여러 자식을 두었다는 사실을 알기 때문에 낳은 게 전혀 없다는 말은 실제로 성립되지 않는다. 그와 더불어 그가 '남자'가 아니었다는 말 또한 사실과 어긋난다. '남자'를 어떤 의미로 해석하든지 간에 — 예컨대, 용모나 용기나 행위 또는 여성과의 관계에서 — 헨리는 이 작품에서 또는 역사적으로 가장 남자다운 사람 가운데 하나였으니까. 따라서 이 두 표현은 하나의 연결된 비유로 해석해야 할 테고, 그 속뜻은 아마도 다음과 같을 것이다. 즉, 이 엘리자베스 공주는 그 어떤 왕자보다도 더 뛰어난 군주가 될 것이고, 그 어떤 남자 왕보다 더 빼어난 불멸의 업적을 남길 것이라고 하니까 그 어떤 아들보다 더 뛰어난 딸을 낳은 헨리는 이제 드디어 처음으로 그런 남자아이/여자아이를 낳은 남자가 되었다고 할 수 있다. 그래서 그는 죽은 뒤에도 그가 그토록 염원했던 왕권 이양을 적법하게 마친 사실에 기뻐할 것이라고 말한다.(물론 엘리자베스 공주가 태어나고 삼 년 뒤에 그녀의 어머니 앤 불린이 간통죄로 처형되는 불행한 일이 일어나지만 그것은 이 극을 지켜보는 당시 제임스 1세 시절 또는 지금의 관객들이나 아는 사실이고, 극중의 인물들은 헨리 왕의 장밋빛 미래에 공감하면서 즉석에서 선포된 임시 공휴일의 분위기를 즐길 뿐이다.) 헨리는 이렇게 왕권을 생전에 마음껏 누리다가 사후에도 만족스럽게 넘겨준다. 비록 그 과정은 험난하고 불행해도 결과는 좋다. 그것을 물려받는 사람이 아들이 아니라 딸이어도 말이다.

끝으로 이번 번역은 고든 맥멀란(Gordon McMullan) 편집의 아든 3판 『헨리 8세(King Henry VIII)』를 기본으로 하고, 블레이크모어 에번스 편집의 리버사이드 셰익스피어 판과, 조너선 베이트와 에릭 라스무센 편집의 로열 셰익스피어 컴퍼니 판을 참조했다. 본문의 주에 나타나는 '아든', '리버사이드', 'RSC'는 이들 판본을 가리킨다. 그리고 편리함을 목적으로 한글 『헨리

8세』의 대사 행수를 5단위로 명기했으며 이는 원문의 행수와 정확히 일치하지 않음을 밝힌다.

등장인물

서두 역	
노퍽 공작	
버킹엄 공작	
아버가베니 경	버킹엄 공작의 사위
울지 추기경	요크 대주교이면서 대법관
비서	울지 추기경의 비서
브랜던	
경호원	
헨리 8세	잉글랜드 왕
토머스 러벌 경	
캐서린	아라곤 출신으로 잉글랜드 왕비, 나중에 이혼.
서퍽 공작	
감독관	버킹엄 공작 소속
시종장	
샌디스 경	
앤 불린	캐서린의 시녀, 나중에 잉글랜드 왕비
헨리 길퍼드 경	
하인	울지의 연회에 등장
첫째 신사	
둘째 신사	
니컬러스 보 경	
캄페이우스 추기경	교황 특사
가드너	국왕의 비서, 나중에 윈체스터 주교
노부인	앤 불린의 친구
링컨 주교	
그리피스	캐서린의 신사 수위
서기	법정 소속

정리	법정 소속
서리 백작	버킹엄 공작의 사위
토머스 크롬웰	울지의 비서, 나중에 추밀원 서기
대법관	(토머스 모어 경)
문장관	
셋째 신사	
페이션스	캐서린의 수행원
사자	킴볼턴성 소속
카푸티우스 경	신성 로마 황제의 대사
가드너의 시동	
앤서니 데니스 경	
토머스 크랜머	캔터베리 대주교
수위	추밀원 회의실 근무
버츠 박사	국왕의 의사
문지기	
문지기의 부하	
종결 역	

악사, 위병, 비서, 귀족, 귀부인, 신사,
가장무도회 참가자, 법정 수위, 미늘창수, 평민,
관리인, 서기, 캔터베리 대주교, 일리와 로체스터 및
성 아삽 주교들, 신부, 신사 수위, 캐서린의 시녀,
판사, 합창단원, 런던 시장, 도싯 후작,
다섯 항구의 네 남작, 런던 주교, 노퍽 공작 부인,
캐서린의 환영에 나타나는 무용수(정령들),
도싯 후작 부인, 시 의원, 하인 및 종들

서두 역 등장.

서두 역 여러분 웃기려고 제가 또 나온 건 아닙니다.
이번엔 우리가 막중하고 심각한 상황을,
비장하고 감동적인, 위엄 비탄 가득하고
눈물을 뽑아내는 고상한 장면들을
보여 드릴 테니까. 동정할 수 있는 이는
이게 훌륭하다면 눈물 좀 흘릴 수 있겠죠,
주제가 그럴 만하니까. 믿을 수 있다는
희망을 가지고 돈 내는 이들은 여기에서
진실을 찾을 수도 있답니다. 한두 가지
구경만 한 다음 극이 쓸 만하다고
동의하러 온 이들은, 조용히 원한다면,
짧은 두 시간 안에 입장료가 값지게
날아갈 거라고 보증하죠. 즐겁고 야한 극,
방패들 부딪히는 소리를 들으러 왔거나,
노란색 치장의 기다란 얼룩 외투
몸에 걸친 바보 녀석 보러 온 이들만
속았다고 하겠죠. 왜냐하면 친절한 관객은
우리가 엄선된 진실을 바보들의 싸움 극과
동급으로 만든다면 지금 우리 의도를
꼭 진실로 만들려고 우리가 동원한
재능과 평판을 잃을 뿐만 아니라, 우린 늘
멍청한 친구로 남게 된단 사실을 아니까.
그러므로 아무쪼록 여러분은 이 도시의
최고 제일 관객으로 알려져 있으니
심각해지시오, 그렇게 만들어 줄 테니까.

고귀한 이 얘기 속의 바로 그 인물들을
생전처럼 본다고 여기고, 위대한 그들을
수많은 지지자가 땀 흘리며 따르는 걸
본다고 여기시오. 그러면 곧 큰 권력이
얼마나 빨리 쇠퇴하는지 볼 텐데,
그때도 즐거울 수 있다면 혼인날에
울 수 있는 사람도 있다고 단언하죠. (퇴장)

1막 1장

한쪽 문에서 노퍽 공작, 다른 쪽 문에서
버킹엄 공작과 아버가베니 경 등장.

버킹엄 아침에 잘 만났네. 프랑스에서 본 뒤로
어떻게들 지냈나?
노퍽 공작님 덕분에
건강하게, 또 그 후로 거기서 본 것을 늘
새로 감탄하면서요.
버킹엄 그 영광의 두 태양,
두 인간 불꽃이 앙드레 계곡에서 만났을 때
난 때아닌 오한이 찾아와 방에 갇힌
죄수 신세였다네.
노퍽 전 당시 귄과 아르드의
중간에 있어서 둘의 마상 경례를 보았고,
내린 뒤엔 얼마나 꽉 포옹했는지 쳐다봤죠,

1막 1장 장소 런던, 왕궁.

마치 둘이 합쳐지듯. — 만약에 그랬다면,
어떤 왕 네 명이 그렇게 결합된 하나만큼
무거울 수 있었겠습니까?

버킹엄 그동안 나는 쭉
방에 갇힌 죄수였네.

노퍽 그러면 지상의 영광을
놓치고 못 보셨어요. 여태까진 화려함이
독신이었지만 이제는 더 높은 분과
결혼했다 할 수 있죠. 앞선 날은 다음 날에
뭔가를 매일매일 가르쳐서 그 끝 날에
기적이 다 모였었죠. 오늘은 프랑스인들이
다들 환한 이교도 신들처럼 금빛으로
잉글랜드인들을 눌렀고, 내일은 그들이
브리튼을 인도로 바꿨죠. 서 있던 사람은 다
광산처럼 보였어요. 난쟁이 시동들은
다 금칠한 케루빔이었고요. 마님들도
노고를 모르다가 호화 의상 견디느라
땀 흘릴 뻔했고, 화장을 한 것처럼
힘들어서 벌게졌죠. 당장엔 이 가장행렬이
비할 데가 없었는데, 그다음 날 밤에는
바보에 거지꼴이 됐답니다. 두 왕은
광채가 같아서 어느 어전인가에 따라서
때론 최고, 때론 최악이었죠. 보이는 사람이
늘 칭찬받았는데, 둘이 함께 있을 때는
하나로만 보여서 분별력이 있는 자도

23행 케루빔 날개 달린 통통한 아이 모습의 천사들.

비교는 감히 못 했답니다. 이 두 태양이 —
그렇게 불렸는데 — 고귀한 용사들을
전령 통해 창 시합에 불렀을 때 그들은
상상 넘어 활약했고 — 그래서 옛 전설이
이제는 충분히 가능해 보여서 베비스조차도
믿길 만큼 신뢰를 얻었죠.

버킹엄 오, 좀 과하군.

노퍽 전 숭배를 받는 쪽에 속하고 정직성을
명예로 아끼는데, 모든 일은 설명을 더하면
화자가 훌륭해도 행동 그 자체로 드러났던
생기가 좀 사라지죠. 모든 것은 성대했고,
그 처리에 누구도 반발하지 않았으며,
모든 게 질서 정연해 보였고, 각 부서는
본연의 임무를 다했어요.

버킹엄 누가 지도했는가 —
내 말은 누가 이 큰 여흥의 틀을 짜고
구체화했는지, 누구라고 추측하나?

노퍽 그야 분명 그런 일에 적격일 가망성이
없는 사람이겠죠.

버킹엄 제발 그게 누군가?

노퍽 이 모든 건 바로 그 요크 추기경님의
훌륭한 판단에 따라서 조직되었답니다.

버킹엄 악마에게 잡혀갈 놈! 야심 찬 그 손을
안 뻗은 데가 없군. 그가 이 격렬한 헛짓과
무슨 관련 있는데? 그런 기름 덩어리가

37행 베비스 당시에 재유행한 전설적인 중세 로맨스 속의 전사. (아든)

바로 그 덩치로 유익한 태양 빛을 차지하고
지상에는 못 비치게 막을 수 있다는 게
놀라운 일이네.

노퍽 공작님, 그에게는 분명히
그런 일을 벌이려는 기질이 있답니다.
음덕으로 후손의 길 밝혀 주는 조상들의
지원도 못 받고, 왕관을 지킨 큰 공으로
부름을 받지도 못했으며, 걸출한 조력자와
연합도 못 한 채 거미처럼 스스로 뽑은 줄로
집을 짓는 그이는 그 뛰어난 능력으로
자기 길 닦는 법을, 하늘이 준 그 선물로
국왕에 다음가는 자리 하나 사는 법을
우리에게 알려 주죠.

아버가베니 전 하늘이 그에게
뭘 줬는지 모르지만 — 그건 더 신중한 사람이
꿰뚫어 보게 하고 — 온몸으로 드러나는
자만심은 볼 수 있죠. 그걸 얻은 곳은요?
지옥이 아니라면 악마가 구두쇠이거나
이미 다 줘 버려서, 그는 자기 안에서
새 지옥을 시작한답니다.

버킹엄 도대체 왜
이 프랑스 외유를 그자가 떠맡아서
국왕의 묵계 없이 그의 수행원들을
지명했다 생각하나? 그는 모든 귀족들의
명단을 짜는데, 경비는 최대로 매기고

71행 그 울지.

영예는 최소로 부여할 작정인 이들로
대부분을 채우네. 그리고 자신의 편지에 —
명예로운 추밀원은 빼놓고 — 적힌 이를
꼭 부르게 했다네.

아버가베니 제가 정말 아는데
제 친척들 — 적어도 세 명이 — 이번 일로
재산이 확 축나서 전처럼 풍족하진
절대 못 할 것입니다.

버킹엄 오, 수많은 사람이
이 대단한 여행 탓에 장원 팔아 옷 해 입고
파산에 이르렀네. 이 허황된 행사로
정말 작은 문제의 논의를 주선한 것 말고
성사된 게 뭐가 있나?

노퍽 비통하게도 전
프랑스와 우리 간의 이 화친은 그걸 맺은
비용 값을 못 한다고 봅니다.

버킹엄 모두들
뒤이어 따라왔던 그 끔찍한 폭풍에
영감을 받아서 너도나도 예언을
토론 없이 터뜨리며, 이 화친은 이 태풍에
치장이 확 벗겨지면서 급히 깨질 거라고
미리 내다봤다네.

노퍽 그런 일이 일어났죠,
프랑스가 이 친교를 파한 뒤 보르도에서
우리 상인 물건을 압류했으니까.

아버가베니 그래서
그 대사가 감금된 겁니까?

노퍽 암, 그렇지.

아버가베니 화친이란 명칭은 멋있지만 지나치게
고가로 구입했죠.

버킹엄 우리 추기경께서
이 일을 다 진행했네.

노퍽 어른께 죄송하나
정부에선 당신과 추기경의 사적인 다툼을
주목하고 있답니다. 조언해 드리건대 —
당신의 명예와 충분한 안전을
바라는 마음이니 받으시죠. — 추기경의
악의와 권능을 합쳐서 읽으시고, 나아가
그의 능력 안에는 그의 깊은 미움을
실천할 하수인도 없지 않단 사실 또한
고려하십시오. 당신은 복수심 가득한
그의 본성 아시고, 저는 그의 칼끝이
예리함을 압니다. 그건 길고 또 멀리
뻗는다고 말할 수 있는데, 못 닿을 곳이면
거기로 던집니다. 이 충고를 품으시면
유익할 것입니다. 피하라고 조언드린
그 바위가 저기에 오는군요.

울지 추기경, 옥새 주머니를 앞세우고 위병 몇 명 및 서류를 든 비서 두 명과 함께 등장. 추기경은 지나가면서 시선을 버킹엄에게, 버킹엄은 그에게 양쪽 다 경멸을 가득 담아 고정한다.

울지 버킹엄 공작의 감독관이라고, 하?

심문 서류 어디 있나?

비서 여기 있사옵니다.

울지 직접 올 준비 됐나?

비서 예, 그러하옵니다.

울지 좋아, 그럼 더 알게 될 것이고 버킹엄은
잘난 표정 줄이겠지. (추기경과 그 일행 퇴장)

버킹엄 이 백정 똥개가 독설을 내뿜는데
입마개를 씌울 힘이 내겐 없네. 그러니
잠을 안 깨우는 게 최고야. 책 읽은 거지가
귀족 혈통보다 나아.

노퍽 아니, 짜증 나셨어요?
신에게 절제를 청하시죠, 화병을 고치는
유일한 치료법이니까.

버킹엄 난 그의 표정에서
반감을 읽었고, 그의 눈은 나를 마치 자기의
폐품처럼 모욕했어. 이 순간 그는 내게
계략을 쓰고 있네. 국왕에게 갔으니까
따라가서 그를 째려 눌러야지.

노퍽 잠깐만요,
화가 나서 하려는 그 일을 차분하게
자문해 보시죠. 가파른 언덕을 오르려면
처음에는 느리게 걸어야 합니다. 분노는
크게 성난 말처럼 제멋대로 하게 두면
제풀에 지쳐요. 잉글랜드의 누구도 당신처럼
저에게 충고 못 하니까, 친구에게 해 줄 말을
자신에게 하십시오.

버킹엄 난 왕에게 간 다음

명예로운 입으로 이 촌놈의 무례를
소리쳐 확 누르거나 아니면 계급의 차이는
없다고 공포할 것이네.

노퍽 제 말 들으십시오.
당신 적을 해하려고 난로를 그토록 데우면
본인이 화상을 입습니다. 극도로 빨리 뛰면
목표점을 지나치는 과도한 달리기로
패할 수도 있고요. 물이 끓어 넘치도록
불을 때면 그 양이 늘어나는 것 같지만
준다는 걸 모르셔요? 제 말 들으십시오.
다시 말하지만, 당신이 이성이란 물로써
격정의 불을 끄거나 줄이기만 하시면
잉글랜드에서 당신에게 더 센 명령 내릴 사람
당신 말고 누구도 없답니다.

버킹엄 이보게,
자네에게 고맙고, 그 처방을 따르겠네.
하지만 최고로 오만한 이 녀석은 —
분해서가 아니라 진지한 동기가 있어서
그를 고발하는데 — 조약돌 하나하나 보이는
6월의 샘물처럼 깨끗한 첩보와 증거로
부패하고 반역하는 인사란 사실을
난 정말 알고 있네.

노퍽 '반역' 말은 마십시오.

버킹엄 난 왕에게 그 말 하고, 바윗돌 해안처럼
세게 단언할 거야. 잘 듣게. 신성한 이 여우,
또는 늑대 또는 둘 다는 — 교활한 만큼이나
탐욕스러우며, 악행을 범하는 성향만큼

실천할 능력도 있으니까 — 그 마음과 지위가
서로를 감염시켜, 암, 상호 작용하여 —
프랑스뿐 아니라 여기 본국에서도 오로지
자기 과시 때문에 우리 주군 국왕에게
최근의 이 비싼 협정, 보화를 너무 채워
닦는 중에 깨져 버린 유리잔 꼴이 났던
그 회담을 부추기네.

노퍽 그건 정말 깨졌지요.

버킹엄 계속하게 해 주게. 이 교활한 추기경은
그 동맹의 조건을 제 맘대로 작성했고,
그건 그가 "이렇게 합시다."라고 외쳐,
송장에게 목발처럼 아무 효과 없었지만
비준됐네. 이 일을 우리 백작 추기경은
해냈고, 그건 좋아. 훌륭하신 울지님,
무오류의 그가 했으니까. 근데 일이 생겼어. —
그건 내가 보기에 늙은 암캐, 반역의
강아지와 같은 건데 — 카를 황제가
자신의 숙모인 왕비를 본다는 핑계로 —
사실 그건 그의 구실이었고 울지에게
속삭이러 왔지만 — 이곳을 방문했네.
그는 잉글랜드와 프랑스 왕의 회담으로
자신에 대한 적대감이 둘의 우호 때문에
생길까 봐 걱정했지, 이번의 친교에서
위협적인 해악이 엿보였으니까. 비밀히
그는 우리 추기경과 거래하고 내 생각엔 —

176행 카를 황제 신성 로마 황제 카를 5세, 캐서린 왕비의 조카.

정말인데, 황제는 약속에 앞서서 돈을 줬고
그래서 그의 청은 사전에 수락된 걸
확실히 아니까. — 금으로 포장된 길이 열린
바로 그때, 황제는 그에게 국왕의 진로를
변경시킨 다음에 앞서 말한 화친을
깨 주기를 바랐어. 국왕은 아셔야 해,
내가 곧 알려 드릴 테지만, 추기경은 이렇게
제 맘대로 그의 명예 사고판다는 것을,
그것도 사익을 위하여.

노퍽 그에 관해 이런 말을
듣게 되어 유감이고, 무언가 오해가 좀
있었길 바랍니다.

버킹엄 아니, 눈곱만큼도 없네.
내가 공표하는 그는 앞으로 입증되어 드러날
바로 그 모습이네.

브랜던, 경호원 하나를 앞세우고 위병 두셋과 함께 등장.

브랜던 경호원, 임무를 수행하라.

경호원 어르신,
버킹엄 공작이며 헤리퍼드, 스태퍼드,
노샘프턴 백작님, 저는 우리 최고 군주
국왕의 이름 걸고 당신을 대역죄로
체포하는 바입니다.

버킹엄 이보게, 노퍽 공작,
그물이 나에게 떨어졌네. 난 계책과

계략으로 사라질 것이야.

브랜던 자유를 뺏기는
당신 모습 보면서 현 사태를 목격해서
유감스럽습니다. 전하의 뜻에 따라
탑으로 가셔야 합니다.

버킹엄 무죄를 애원해도
아무 소용 없겠지, 나의 가장 흰 부분에
검은색을 칠해 놓았으니까. 신의 뜻이
이것과 만사에서 이뤄지길. 복종하네.
오, 아버가베니 경, 자네는 잘 있게.

브랜던 아뇨, 그도 같이 가야만 합니다. (아버가베니에게)
당신도
국왕의 뜻에 따라 추후 결정 날 때까지
탑으로 가야만 합니다.

아버가베니 공작님 말씀대로
신의 뜻이 이루어지기를. 그리고 난
국왕 뜻에 복종하오.

브랜던 여기 이 영장으로
국왕께선 몬터규 경, 또 공작의 회개 신부
존 드 라 코트와 공작의 비서인
길버트 파크도 체포하고 —

버킹엄 그럼, 그럼,
그들이 이 음모의 수족이야. 더는 없지?

브랜던 카르투지오 수도승.

버킹엄 오, 니컬러스 홉킨스?

221행 카르투지오 수도회의 이름.

브랜던 예.

버킹엄 감독관이 배신했군, 너무 크신 추기경이
금을 보여 줬으니까. 내 명줄은 진작에 잘렸어.
난 불쌍한 버킹엄의 그림자로, 그 모습은
이 순간 밝은 내 태양을 어둡게 만드는
구름 때에 생겨났어. 노퍽 공작, 잘 있게. (함께 퇴장)

1막 2장

나팔 소리. 추기경의 어깨에 기댄 헨리 왕, 귀족들,
토머스 러벌 경 등장. 추기경은 국왕의 오른쪽 발아래
자리를 잡는다. 비서 한 명이 추기경을 시중든다.

국왕 내 생명 자체이며 그 최고 핵심이여,
크게 염려해 줘서 고맙소. 난 실행 직전이던
공모의 표적이 되었기에 그것을 깨부순
당신에게 고맙소. 버킹엄의 그 신사를
짐 앞으로 오게 하라. 그가 자기 자백을
확인해 주는 말을 난 직접 들을 테고,
그는 자기 주인의 반역을 조목조목
다시 진술할 테니까.

안에서 "왕비에게 길을 터라!" 외치는 소리가 들리고,
그녀는 노퍽 공작의 안내를 받으며 등장한다. 캐서린 왕비,
노퍽과 서퍽 공작 등장. 캐서린은 무릎을 꿇고, 왕은

1막 2장 장소 런던, 대회의실.

옥좌에서 일어나 그녀를 일으킨 뒤 그녀에게 키스한다.

캐서린 아녜요, 더 오래 꿇어야죠. 전 탄원자예요.

국왕 일어나 짐 옆에 앉으시오.

(국왕은 그녀를 자기 옆에 앉힌다.)

당신 청의 절반은
말하지 마시오. 짐의 권력 절반을 가졌고,
남은 몫은 요청하기 이전에 주어졌소.
소원을 밝히고 이루시오.

캐서린 고맙습니다, 전하.
당신은 자애하실 터인데, 그 자애 때문에
자신의 명예나 그 직위의 위엄을
고려하지 않은 채 버려두진 마시란 게
제 청원의 요점이옵니다.

국왕 왕비여, 계속하오.

캐서린 전 꽤 많은 이들의, 또 정말 충직한 이들의
간청을 듣는데, 그들은 당신의 백성들이
큰 비탄에 빠졌다고 합니다. 그들의
온전한 충성심에 흠집을 낸 고지서가
날아왔다는데, 그 일로 그들은
착한 우리 추기경 당신을 이 강제 징수의
선동자로 여기고 최고로 맹렬한 비난을
퍼붓고 있지만, 우리 주군 국왕 또한 —
그 명예 훼손을 하늘은 막으시길 —
무례하고, 예, 충성의 옆구리를 찢으면서
요란한 반역으로 들릴 법한 언어를
못 피하신답니다.

노퍽 들릴 법한 게 아니라
정말 그리 들립니다. 이런 과세 때문에
의류상은 모두들 수많은 고용원을
유지할 수 없어서 실 잣고 털 고르고,
천 바래고 옷 짜는 이들을 내보냈고,
다른 삶에 부적합한 그들은 굶주림과
생계 수단 부족에 할 수 없이, 절망에 차,
사태를 극단으로 몰아가며 다들 아우성치고
위험에 몸을 맡긴답니다.

국왕 과세라고?
어디에 매기는 무슨 과세? 추기경은
이번 일로 짐과 함께 비난을 받는데,
이 과세를 알고 있소?

울지 황공하오나, 전하,
전 국사와 관련하여 개인적인 부분만
알 뿐이고, 타인들과 보조를 맞추는
그 대열의 선두일 뿐입니다.

캐서린 예, 당신은
남들보다 더 알진 못하오. 하지만 당신은
같이 알려진 것들을 고안하고, 그것들은
원하지 않는데 부득이 알게 되는 이들에겐
유익하지 못하오. 이 강제 징수는
제 주군도 통지받으셨겠지만, 듣기엔
가장 심한 역병 같고 그 짐을 견디기엔
등뼈가 휠 지경이랍니다. 그 기획은
당신이 했다는데, 아니라면 너무 심한
책망을 듣는 거죠.

국왕 아직도 '강제 징수!'
그 성격은? 알려 줘요, 이 강제 징수가
무슨 종류랍니까?
캐서린 제가 감히 당신의 인내를
너무 시험합니다만 용서를 약속받아
용감해졌습니다. 백성들의 비탄은
각자에게 가진 재산 6분의 1씩을
지체 없이 억지로 징수하게 만드는
고지서 때문이고, 당신의 프랑스 전쟁이
그 핑계랍니다. 그래서 입들이 험해졌고
존경을 혀로 씹어 내뱉는데, 찬 가슴엔
충성이 얼어붙죠. 그들의 기도가 깃든 곳에
이제는 저주가 깃들어 온순한 복종심이
격분한 의지의 노예가 되는 일이
벌어지고 있답니다. 전하께서 이걸 빨리
고려해 주셨으면 합니다, 더 험악한
악심의 표현은 없으니까.
국왕 목숨 걸고,
그것은 짐의 뜻에 어긋나오.
울지 제 경우에
저는 이 일에서 한 목소리 이상은 안 냈고,
냈대도 그것은 판관들의 박식한 동의가
있어야만 통과시켰습니다. 제가 만약
제 능력도 인품도 모르면서 제 행동의
기록자가 되려 하는 무식한 혓바닥의
비방을 받는다면, 그것은 지위의 숙명이고
미덕이 뚫어야 할 거친 숲일 뿐이라고

말씀드립니다. 우리는 악성 비방자들과
맞서는 게 두려워 불가피한 행동을
중지해선 안 되는데, 그들은 언제나
굶주린 물고기들처럼 새 단장한
배를 따라가지만 헛된 갈망 이상의
이득은 못 취하죠. 우리가 가장 잘하는 일은
시샘이나 허약한 해석으로 종종 부인되거나
인정을 못 받고, 가장 잘못하는 일은
더 천박한 인간 만나 최상의 행동으로
종종 크게 칭찬받죠. 우리가 조롱이나
우롱이 두려워 활동 않고 가만히 서 있다면
우린 여기 앉은 곳에 뿌리를 내리거나
석상처럼 앉아만 있어야죠.

국왕 잘한 데다
신중하게 한 일은 걱정할 필요가 없지만
전례 없는 결과가 나올 일을 했을 땐
걱정해야겠지요. 당신은 이 고지서의
선례를 알고 있소? 난 없다고 믿는데.
우리는 백성들을 법에서 분리시켜
우리 뜻에 맞추면 안 되오. 6분의 1씩을?
치 떨리는 기부야! 아니, 우리가 각 나무의
잔가지와 껍질과 목재를 빼앗으면
그 뿌리를 남겨 둬도 그렇게 잘렸을 땐
수액조차 마를 거요. 이 일이 문제가 된
전 지역에 편지를 보내고, 고지서의 효력을
거부한 각자에게 제한 없는 사면을
짐이 내린다고 하라. 당신에게 맡길 테니

꼭 살펴 주시오.

울지 (자기 비서에게 따로) 내 말 좀 들어 봐.
국왕의 은혜와 사면을 알리는 편지를
모든 주에 써 보내게. 비통한 평민들은
날 모질다 생각하니 이 취소와 사면은
짐의 중재 때문에 나왔다는 소문을
퍼뜨리도록 해. 그 진행에 대해서는
내가 곧 더 알려 주겠네. (비서 퇴장)

감독관 등장.

캐서린 버킹엄 공작이 전하의 불쾌감을 일으켜
안타깝습니다.

국왕 많은 이가 비탄하오.
그 신사는 박식하고 극히 드문 연사로서
최고의 천품을 타고났고, 외적인 도움은
하나도 안 구한 채 대단한 스승들을
꾸미고 가르칠 훈육을 받았소. 근데 봐요,
그토록 고귀한 자질들이 잘못 배치되어서
자라는 그 마음이 썩게 됐을 경우에
그것들은 곱던 옛 모습보다 열 배나 더
사악하게 바뀌오. 그토록 완벽했던,
기적으로 등록됐던 이 사람 — 우리가
거의 황홀해하며 그의 연설 한 시간을

106행 짐 울지가 왕과 얘기할 때는 쓰지 않고 비서에게만 쓰는 부적절한 표현, 그의 거만과 뻔뻔함을 분명하게 드러낸다. (아든)

일 분으로 알면서 들었던 — 그가, 왕비,
한때는 자신의 것이었던 갖가지 미점에
괴물 옷을 입히고 지옥에 물든 듯이
시커멓게 변했소. 짐 옆에 앉아요. 당신은 —
이자는 그가 믿은 하인인데 — 그에 관해
명예롭지 못한 일을 들을 거요. 그에게
전술한 계략들을 되뇌라 해, 짐은 그걸
아무리 느껴도, 아무리 들어도 모자란다.

울지 앞으로 나와서 참으로 걱정하는 백성답게
버킹엄 공작에 대하여 네가 수집한 것을
용기 있게 얘기하라.

국왕 자유로이 말하라.

감독관 첫째, 그는 일상적으로 — 매일 그의 담화를
오염시킨 그 말을 했는데 — 즉, 만약에 국왕이
후사 없이 죽는다면 그는 일을 꾸며서
왕홀을 가지려 했어요. 바로 그런 말들을
그의 사위 아버가베니에게 하는 걸
전 들었고, 그에게 추기경에 대한 복수도
맹세코 위협했답니다.

울지 전하께선 이 점에서
그 높으신 옥체에 호의를 품지 않은
그의 위험한 발상을 제발 주목하십시오.
그의 뜻은 최악질로 당신을 넘어서
친구들에게까지 뻗칩니다.

캐서린 박식한 추기경,
매사를 너그러이 전달하오.

국왕 계속하라.

짐이 유고할 시에 그가 뭘 근거로
왕권을 주장했나? 이에 대한 그의 말을
언제 뭘 들었나?

감독관 그가 그걸 떠올린 건
니컬러스 홉킨스의 헛된 예언 때문이죠.

국왕 홉킨스가 누군데?

감독관 전하, 카르투지오 수사로
그의 고해 신부인데, 그에게 매 순간
왕권 얘길 해댔어요.

국왕 넌 그걸 어떻게 알았나?

감독관 전하께서 프랑스로 급행하기 얼마 전에
공작은 성 로렌스 폰트니 교구 안의
한 저택에 있으면서 런던의 시민들이
이 프랑스 여행에 대하여 뭐라고 하는지
제게 물어봤답니다. 전 그들이 국왕께서
프랑스의 배신으로 위험에 처할까 봐
걱정하고 있다고 응답했죠. 공작은 곧
그게 정말 걱정이라고 했고, 또 그게
수도승이 했던 말의 진실성을 밝힐까 봐
겁난다며 말했어요, "그는 자주 인편으로
나에게 내 사제 존 드 라 코트가
편리한 시간에 좀 중요한 일에 관해
그의 얘길 듣도록 허락해 달라 했네.
또 그는 나중에 내 사제에게, 고해로
그의 입을 봉한 다음 자기 말을 나 말고는
산 사람 그 누구에게도 발설치 말 것을
엄히 맹세시켰고 엄숙하게 확신하며

띄엄띄엄 말했댔어, '국왕도 그 후손도 —
공작께 전하라. — 번성치 못한다. 그에게
대중의 사랑을 애써서 얻으라 해. 공작이
잉글랜드를 통치할 것이다."

캐서린 내가 잘 아는데
넌 소작인들의 불평으로 직위 잃은
공작의 감독관이었다. 네 원한 때문에
귀인을 고발하여 더 고귀한 네 영혼을
망치지 않도록 썩 조심해. 꼭 조심해 —
그래, 진심으로 간청한다.

국왕 더 말하게 두시오.
(감독관에게)
쭉 말하라.

감독관 맹세코, 진실만 얘기할 겁니다.
전 주인 공작님께 말했어요, 수도승은
악마의 환상에 속았을 수도 있고
그가 이걸 되새겨서 결국엔 뭔 계획을 —
믿을 경우 꼭 실천할 것 같은 걸 — 세우면
위험할 거라고요. 그는 대답하기를, "쳇,
그걸로 날 해칠 순 없어," 하면서 덧붙이길
국왕이 마지막 병으로 유고하면
추기경과 토머스 러벨 경의 목이 함께
날아갈 거랬어요.

국왕 하? 그토록 지독해? 아, 하!
악의를 품었어. 더 얘기해 줄 수 있나?

감독관 예, 전하.

국왕 진행하라.

감독관 그리니치에서
전하께서 윌리엄 불머 경에 관한 일로
공작을 꾸짖은 뒤 —
국왕 그런 때가 있었지,
기억난다. 그는 내게 맹세한 충복인데
공작이 고용했어. 하지만 그래서 뭐?
감독관 "내가 만일," 그의 말이, "이 일로 수감되면" —
제 생각엔 저 탑에 — "나는 내 부친이
찬탈자 리처드에게 하려던 역할을 할 텐데,
그분은 솔즈베리에서 그가 있는 곳으로
가겠다는 청을 했고, 허락을 받았다면
존경을 표하는 척하면서 그의 몸에
칼을 찔러 넣었어." 그랬어요.
국왕 대역적이로군.
울지 자, 마마, 이자가 옥 밖에 있는데 전하가
맘대로 사실 수 있나요?
캐서린 신께서 다 고치시길.
국왕 무언가 더 나올 게 있구나. 뭔 말이냐?
감독관 그는 또 '부친 공작' 본떠서 '그 칼'을 들고서
몸을 곧추세운 다음 한 손은 단검 잡고
한 손은 가슴 위에 펴면서 두 눈을 치켜뜨고
끔찍한 서약을 뱉었는데, 그 요지는
그가 천대받는다면 그는 자기 부친을
실행으로 망설이는 결심을 앞서는 그만큼
앞설 거라 했어요.
국왕 그게 그의 결론이야,
짐의 몸에 칼 꽂는 것. 체포됐으니까

바로 불러 심문하라. 그가 만약 법에서
자비를 찾을 수 있다면 얻겠지만, 없다면
짐에게 구하지 말라 하라. 밤낮에 맹세코,
그는 최고 역적이다! (함께 퇴장)

1막 3장

시종장과 샌디스 경 등장.

시종장 프랑스 마법에 홀려서 사람들이 참 이상한
별짓을 다 하는 게 가능하오?

샌디스 새 풍습은
그것이 아무리 터무니없다 해도 —
예, 남자답지 못해도 — 사람들이 따르죠.

시종장 내가 볼 때 잉글랜드인들이 최근의 여행에서
얻어 온 이익은 찡그린 얼굴 표정
한두 개가 전부지만 — 그 표정은 교활해서
그들이 지을 때면 당신은 곧 그들 코가
페핀이나 클로타리우스의 조언자였다고
맹세할 정도로 위엄을 부려요.

샌디스 다들 새 다리를, 절름발로 얻었죠. 그 걸음을
한 번도 못 본 자는 그들이 다 말 관절염,
뒷다리 병 걸린 줄로 알 겁니다.

시종장 맹세코, 경,

1막 3장 장소 런던, 궁전.
9행 페핀…클로타리우스 500~800년 사이의 프랑크족 왕들.

그들 옷은 기독교권에선 못 따를 정도로
이교도식으로 재단됐답니다.

토머스 러벨 경 등장.

웬일이오?
무슨 소식입니까, 토머스 러벨 경?

러벨 사실은
궁정 문에 박아 놓은 새 포고령 말고는
들은 게 없답니다.

시종장 그건 뭣 때문이죠?

러벨 궁정을 결투와 담론과 재단사로 채우는
여행객 한량들을 일소하는 거랍니다.

시종장 기쁘군요. 잉글랜드 궁정인은 루브르 안 봐도
현명할 수 있다고, 이제 우리 물든 이들이
생각하길 바랍니다.

러벨 그들은, 조건이 그런데,
프랑스산 바보짓과 깃털 옷의 자취를,
그것과 관련된 영예로운 무식의 문제를 —
예컨대 싸움질과 불꽃놀이, 그리고
그들이 될 수 있는 것보다 더 나은 분들을
외국의 지혜로 모욕하는 행위를 —
반드시 다 버린 다음, 정구와 긴 양말과
부풀린 장식 붙은 짧은 볼록 바지 같은
여행의 표징을 깨끗이 단념하고
정직한 사람처럼 제정신 차리든지, 아니면
옛 놀이 친구에게 가야만 합니다. 거기에서

방탕의 끝 날들을 맘대로 보내면서
비웃음을 살 수는 있을 걸로 믿습니다.
샌디스 그들에게 약을 줄 땝니다. 그들의 질병이
쫙 퍼지고 있어요.
시종장 우리의 숙녀들이
이 깔끔한 허깨비들을 잃다니!
러벌 맞아요, 참,
진짜 통곡할 겁니다. 이 음흉한 상놈들은
숙녀들을 재빨리 눕히는 재주가 있어요.
프랑스 노래에다 깽깽이면 무적이죠.
샌디스 악마하고 놀아라! 그들이 간다니 기쁘네요,
개종은 분명코 못 시킬 테니까. 이제는
저같이 정직한 시골 귀족, 오랫동안
놀이에서 쫓겨난 사람도 평범한 노래를
한 시간 들려주고, 또, 맹세코, 그것이
유행가 대접도 받겠죠.
시종장 맞아요, 샌디스 경.
젊음의 정기가 아직도 안 빠졌소?
샌디스 그럼요,
뿌리가 남은 한은 안 빠지죠.
시종장 토머스 경,
어디로 가는 길이었소?
러벌 추기경에게요.
시종장께서도 손님이죠.
시종장 아, 맞습니다.
그가 밤에 식사를, 그것도 큰 것으로
많은 귀족 숙녀들께 낸답니다. 거기에

이 왕국의 미녀들이 올 겁니다, 확실하오.

러벌 그 성직자에게는 진짜로 관대한 마음이,
우리를 먹이는 땅처럼 풍성한 손이 있고
이슬을 도처에 뿌리죠.

시종장 틀림없이 고귀한데 —
다르게 말한 자는 입이 험한 이였어요.

샌디스 수단이 있으니까 가능하죠. 그에게 절약은
나쁜 교리보다 더 나쁜 죄일 것입니다.
그와 같은 성직자가 가장 관대해야죠,
모범 삼아 이 세상에 뒀으니까.

시종장 예, 맞지만
위대한 모범은 이제 없소. 배가 기다립니다.
경도 함께 가셔야죠. 갑시다, 토머스 경,
안 그럼 늦겠소, 그러긴 싫은데. 왜냐하면
오늘 밤 난 헨리 길퍼드 경과 함께
안내원 역 요청을 받았어요.

샌디스 따르겠소. (함께 퇴장)

1막 4장

오보에 소리. 추기경을 위한 천개 아래 작은 탁자와 손님들을 위한 긴 탁자. 그런 다음 한쪽 문으로 앤 불린과 다양한 신사 숙녀들이 손님으로 등장하고, 다른 쪽 문으로 헨리 길퍼드 경 등장.

1막 4장 장소 웨스트민스터, 울지의 관저.

길퍼드 숙녀들이여, 각하께서 여러분 모두에게
환영을 표하고, 이 밤을 충분한 만족과
당신들께 바치오. 그는 이 고귀한 무리에
걱정거리 하나라도 가져온 숙녀는
없기를 바라며, 다들 우선 좋은 친구, 좋은 술,
또 좋은 환대로 좋은 사람 될 수 있는 만큼
유쾌하길 원하시오.

시종장, 샌디스 경, 토머스 러벌 경 등장.

오, 시종장, 지각이오.
난 이 고운 동무들을 생각하는 것만으로
날개가 돋쳤는데.

시종장 젊네요, 해리 길퍼드 경.

샌디스 토머스 러벌 경, 추기경께서 평신도 생각을
내가 하는 반만큼만 한다면 이들 중 몇 명은
빨리 먹어 치운 다음 편히 쉬는 연회를
더 즐길 거라고 생각하오. 맹세코,
아름다운 이들의 향기로운 모임이오.

러벌 오, 경께서 바로 지금 이 가운데 한둘의
고해 신부였더라면.

샌디스 그랬으면 좋겠소,
그들의 고행은 쉬웠을 테니까.

러벌 얼마나?

샌디스 솜털 침대 하나로 끝내 줄 만큼 쉽죠.

시종장 어여쁜 숙녀들, 앉으시겠어요? 해리 경은
그쪽 자리 정리하고 난 이쪽을 맡겠소.

각하께서 들어와요. 아니, 얼면 안 됩니다,
여자 둘을 같이 두면 날이 추워지니까.
샌디스 경, 그들에게 기를 좀 넣어 줘요.
이 숙녀들 사이에 좀 앉아요.

샌디스 참말로,
경에게 고맙소. 실례하오, 어여쁜 미녀들.
내가 좀 정신없이 얘기해도 용서하오,
부전자전이니까.

앤 미친 아버지셨나요?

샌디스 오, 아주 미친 — 사랑에도 극히 미친 — 하지만
누구를 무는 일은 없었소. 꼭 지금 나처럼
단숨에 스물과 키스하려 했지요.

시종장 잘했소.
그러면 자리를 잘 잡았으니 신사분들,
이 고운 숙녀들이 찡그리고 떠나면
고행은 여러분의 몫이오.

샌디스 이 작은 교구는
나에게 맡겨요.

오보에 소리. 울지 추기경 등장, 자기 의자에 앉는다.

울지 고운 손님들이여, 잘 오셨소. 자유로이
즐거워하지 않는 고귀한 숙녀나 신사들은
내 친구가 아니오. 환영을 확인하며 이 잔을,
그리고 모두에게, 건배!

샌디스 고귀하신 각하,
저는 제 고마움을 채워 줄 잔을 들고

그만큼의 말을 아끼겠습니다.
울지 샌디스 경,
당신에게 빚졌소. 이웃들을 격려해요.
숙녀들, 즐겁지 않군요. 신사분들,
누구 잘못입니까?
샌디스 고운 그들 뺨 위로
붉은 술이 먼저 올라가야죠. 그러면 얘기로
우리 입을 막겠죠.
앤 유쾌한 노름꾼이세요,
샌디스 경.
샌디스 예, 점수를 딴다면 그렇죠.
숙녀께 이 잔을, 그리고 부인도 마셔요,
안 그러면 내 물건을 —
앤 못 보여 줄 테니까.
샌디스 각하, 그들이 곧 얘기할 거라 했죠.
(북소리와 나팔 소리. 예포 발사)
울지 뭐지?
시종장 몇이서 나가 봐라.
울지 이 무슨 전쟁의 소리이고
그 목적은? 아니, 숙녀들, 겁내지 말아요.
모든 전쟁법에서 당신들은 특권을 가졌소.

하인 등장.

시종장 그래, 뭔가?

48행 물건 남자의 성기.

하인 고귀한 이방인 부댑니다,
그렇게 보이니까. 배를 떠나 상륙했고,
해외의 군주들이 파견한 유명 대사들처럼
이리 오고 있습니다.

울지 시종장은 어서 가서
그들을 환영하고 — 프랑스 말을 하니까 —
고귀하게 영접한 뒤 우리가 있는 데로
데려와요, 하늘 같은 미녀들이 그들 위에
한껏 빛날 테니까. 몇 사람이 따르라.

(시종장 수행원들과 함께 퇴장)

(모두 일어나고, 탁자들을 내간다)
연회는 이제 끊어졌지만 곧 수습될 거요.
다들 소화 잘하고, 난 환영을 또다시
여러분께 퍼붓겠소. 다들 잘 오셨소!

오보에 소리. 왕과 다른 사람들이 가장무도회 참가자들처럼
목동의 복장을 하고 시종장의 안내를 받으며 등장.
그들은 곧바로 추기경 앞을 지나면서 우아하게 인사한다.

고귀한 분들이오. 원하는 게 뭐지요?

시종장 그들은 영어를 못 해서 각하께 이렇게
말해 주길 바랍니다. 이토록 고귀하고
아름다운 이 모임이 오늘 밤 여기에서
열린다는 소문 듣고, 미에 대해 품었던
커다란 존중심 때문에 자기네 무리를
떠나올 수밖에 없었으며, 친절한 안내로
이 숙녀들 보기를 갈망하고 그들과의 주연을

한 시간 간청한답니다.

울지 시종장은 전하오,
누추한 이 집에 호의를 베푸신 대가로
수천 번 감사하고, 즐기시길 바란다고.

(가장무도회 참가자들은 아가씨들을 선택한다.
국왕은 앤 불린을 선택한다.)

국왕 만져 본 손 가운데 가장 곱다. 오, 미모여,
지금까지 난 너를 몰랐구나. (음악. 춤)

울지 시종장.

시종장 각하?

울지 저분들께 이건 꼭 전해 줘요.
저 가운데 한 사람은 품격으로 보아서
나보다 이 자리에 앉을 자격 더 있는데,
난 그를 알기만 하면 바로 사랑과 존경으로
이곳을 양보할 것이오.

시종장 그러지요, 각하.

(시종장이 가장무도회 참가자들에게 속삭인다.)

울지 뭐라고 합니까?

시종장 그런 분이 정말로 있다고
다들 고백하는데, 각하께서 찾아내면
그가 거기 앉을 것이랍니다.

울지 그럼, 볼까.
신사분들 모두에게 실례지만 제 선택은
이분이 왕이시오.

국왕 찾아냈소, 추기경.
(가면을 벗는다.)
아름다운 모임이오. 잘하고 있어요, 경.

당신은 성직자요, 추기경, 안 그럼 난 분명
안 좋게 판단했을 것이오.

울지　　전하께서
매우 유쾌하셔서 기쁩니다.

국왕　　시종장,
이리 좀 와 보게. 저 고운 아가씬 누군가?

시종장　황공하나 로치퍼드 자작인 토머스 불린 경의
딸자식으로서 왕비의 시녀 중 하납니다.

국왕　맹세코 오묘한 여인이야. (앤에게) 내 사랑,
함께 춤춘 다음에 키스하지 않았다니
내가 예의 없었군. 신사들에게 건배!
번갈아 가며 마시시오.

울지　토머스 러벌 경, 내실의 만찬은
준비됐소?

러벌　　예, 각하.

울지　　전하께선 춤추느라
좀 더워지셨을까 봐 걱정이옵니다.

국왕　너무 많이 그리됐소.

울지　　옆방의 공기가
더 신선합니다, 전하.

국왕　다들 자기 숙녀를 인도하오. 어여쁜 짝,
난 아직 널 떠나지 않겠다. 추기경,
즐거워합시다. 나는 이 고운 숙녀들에게
건배를 여섯 잔쯤 한 뒤에 다시 한번
춤으로 인도할 터인데, 그런 다음
최고의 호평을 꿈꿉시다. 음악을 울려라.

(나팔 소리와 함께 모두 퇴장)

2막 1장

두 신사, 각각 다른 문으로 등장.

신사 1　어딜 그리 빨리 가오?
신사 2　　　　　　　　　　안녕하십니까.
바로 그 방으로, 버킹엄 대공작이
어떻게 될 건지 들으려고.
신사 1　　　　　　　　　　내가 그 수고를
덜어 주죠. 다 끝났고 죄수를 돌려주는
의식만 남았어요.
신사 2　　　　　　거기에 있었소?
신사 1　예, 정말로 있었소.
신사 2　　　　　　어땠는지 말해 줘요.
신사 1　빨리 짐작하시겠죠.
신사 2　　　　　　그는 유죄였나요?
신사 1　예, 맞아요, 그에 따라 형을 선고받았소.
신사 2　안타까운 일이오.
신사 1　　　　　　많이들 그렇게 여기오.
신사 2　근데 제발, 어떻게 진행됐죠?
신사 1　짧게 얘기해 보죠. 그 위대한 공작은
법정에 나와서 고발된 죄목들에 대하여
여전히 무죄를 주장했고, 법을 꺾을
다수의 예리한 논리를 내놓았답니다.
국왕의 변호인은 그와는 정반대로
다양한 증인들의 심문과 증거와

2막 1장 장소　웨스트민스터, 길거리.

자백을 역설했고, 공작은 그것들을
자신의 면전에서 육성으로 듣기를 바랐죠.
그래서 그에 맞선 감독관, 그의 비서
길버트 파크와, 고해 신부 존 코트가
이 해악을 꾸민 저 악마 수사 홉킨스와
함께 나타났답니다.

신사 2 그가 바로 그에게
예언을 불어넣은 자로군요.

신사 1 그자요.
이들은 다 그를 거세게 고발했고, 그는 그걸
떨쳐 내려 했으나 실제로는 못 그랬죠.
그래서 그의 동료들은 이 증거를 토대로
그에게 대역죄 판결을 내렸소. 그는 말을
많이 또 박식하게 살기 위해 했지만
모두 다 동정만 받거나 잊히고 말았어요.

신사 2 다 끝난 뒤에는 어떻게 처신했죠?

신사 1 자신의 조종을 울리는 판결을 들으려
그가 다시 법정으로 나왔을 땐 식은땀을
지나치게 흘릴 만큼 큰 고뇌에 흔들렸고,
뭔 말을 화나서 안 좋게, 급하게 했지요.
하지만 다시 정신 차리고는 상냥하게
참 고귀한 인내를 끝까지 보였어요.

신사 2 죽음을 겁내진 않는다고 봅니다.

신사 1 분명하죠,
그 정도로 여자 같진 않았소. 원인을 좀
슬퍼할 순 있겠지만.

신사 2 이 일의 근원은

추기경이 분명하오.

신사 1 추측을 다 해 보면
아마도 그렇죠. 첫째가 킬데어의 불명예로,
당시에 아일랜드 대리였던 그의 파직 이후에
서리 백작이 거기로, 그것도 서둘러 파견됐죠,
장인을 돕지 못하도록.

신사 2 그 정치적 계략은
깊은 악심 탓이었소.

신사 1 그가 돌아왔을 때
분명 보복할 거요. 다들 주목하는 점은
국왕이 누굴 총애하든 간에 추기경은
그 즉시 딴 직장을 찾을 거란 사실이죠. —
게다가 궁정에서 꽤 먼 데서.

신사 2 평민들은
다들 그를 죽자고 미워하고, 열 길 깊이
꼭 묻히길 바랍니다. 그들은 이 공작을
대단히 아끼고 혹해서 '관대한 버킹엄,
온 예절의 모범'이라 부르는데 —

버킹엄이 재판 절차를 마친 뒤, 그를 향해 도끼날을 든
법정 수위들을 앞세우고, 양옆의 미늘창수들과 함께
토머스 러벌 경, 니컬러스 보 경, 샌디스 경,
수행원들 및 평민들을 대동한 채 등장

41행 킬데어 아일랜드 대리였으나 몇 가지 죄목으로 런던 탑에 갇혔다가 죽었고, 그의 후임자가 버킹엄 공작의 사위 서리 백작이었다. (RSC)

신사 1 그만하고
당신이 말하는 그 고귀한 폐인을 보시오.
신사 2 다가서서 봅시다.
버킹엄 날 불쌍히 여기고
여기까지 멀리 와 준 모든 착한 이들이여,
내 말 듣고 집에 가서 날 잊어버려요.
난 오늘 역적 판결 받았고 그 이름으로
죽어야 합니다. 하지만 하늘은 증언해 주소서,
또 내게 양심이 있다면 그게 나를, 내가 불충하다면
단두대 도끼가 떨어지듯 꼭 그렇게 멸하기를.
날 죽이는 법에 대해 악감정은 없답니다. —
정의를 전제로만 집행됐으니까. — 하지만
그걸 찾던 이들은 더 나은 기독교인이기를.
난 그들이 어떻든 진심으로 용서하오.
그렇지만 그들이 해악을 뽐내거나
귀인들 무덤 위에 악을 쌓진 말라 하오,
그러면 무죄인 내 피가 크게 욕할 테니까.
세상 삶을 나는 더 원치 않고, 국왕에겐
내가 감히 저지를 잘못보다 큰 자비가 있지만
요청하지 않을 거요. 버킹엄을 사랑했고
그를 위해 감히 우는 소수의 여러분,
고귀한 친구와 동료들, 당신들과 헤어진단
그 사실만 홀로 죽는 그에게 쓰라릴 뿐이니
선한 천사들처럼 나와 함께 끝까지 가 주고,
칼에 의한 영육의 긴 이별이 시작될 때
향기로운 기도 제물 바치면서 내 영혼을
하늘로 올려 주오. 하늘에 맹세코, 떠나자.

러벌 공작님께 청컨대, 저에게 그 어떤 악의를
그 가슴에 숨긴 적 있었다면 이젠 저를
자비로써 솔직히 용서해 주십시오.

버킹엄 난, 토머스 러벌 경, 용서받고 싶은 만큼
자네를 흔쾌히 용서하네. 모두를 용서해.
내가 화해 못 할 만큼 수많은 범죄가
날 노릴 순 없다네. 어떤 검은 악의도
내 무덤엔 없을 거야. 전하께 내 안부 전하고,
버킹엄 얘기를 하시거든 하늘로 반쯤 간
그를 봤노라고 꼭 말하게. 내 서약과 맹세는
아직 국왕 것이고, 내 영혼이 갈 때까진
그의 축복 외칠 거야. 내가 그의 나이를
못 셀 만큼 그가 오래 살기를 바라고,
그 치세는 늘 사랑받고 사랑할 수 있기를.
또 늙은 시간이 종점으로 그를 데려갈 때면
묘 하나에 미덕과 그가 꽉 차 있기를.

러벌 물가까진 공작님을 제가 인도한 다음
끝까지 책임질 니컬러스 보 경에게
제 임무를 넘겨야 합니다.

보 (수행원들에게) 공작이 가신다,
거기에서 준비하라. 배를 준비시키고
지체 높은 이분에게 어울리는 비품을
갖추어 놓게 하라.

버킹엄 아니네, 니컬러스 경,
관두게, 지금 내 처지엔 조롱일 뿐이야.
난 보안 무관장에다 버킹엄 공작으로
이리로 왔는데, 이젠 딱한 에드워드 보훈이야.

그러나 난 충절의 의미를 조금도 몰랐던
천한 내 원고들보다는 부자야. 난 이제 그것을
언젠가 그들을 신음케 할 피로써 확인하네.
고귀한 내 부친 헨리 버킹엄은 처음에
찬탈자 리처드에 맞서서 군사를 일으켰고,
곤경에 빠졌던 그의 하인 베니스터를
구조하러 갔다가 그놈에게 배신당해
재판 없이 쓰러졌네. 신의 평화 누리소서.
대를 이은 저 헨리 7세는 내 부친의 사망을
진정으로 동정하여 참 멋진 군주답게
내 영예를 복원하고, 몰락한 내 이름을
또 한 번 귀하게 하셨지. 근데 그의 아들인
이 헨리 8세는 내게 기쁨 주었던 생명과
명예, 이름, 모두를 단 한 방에 영원히
세상에서 빼앗았네. 난 재판을 받았고,
그건 당당했다고 말해야겠는데, 그래서 난
비참했던 부친보단 조금 더 행복하네.
근데 우리 운세는 이만큼 꼭 같은데, 둘 다
하인 땜에 쓰러졌고, 가장 아낀 이들에게
가장 몰인정하고 불성실한 섬김을 받았어.
다 하늘의 뜻이지. 근데 여기 당신들은
죽어 가는 이 사람 말, 확신처럼 들으시오.
사랑과 조언을 아낌없이 줄 때는
꼭 조심하시오. 당신들이 친구 삼고
마음도 내주는 이들은 당신들의 운세가
좀이라도 기우는 걸 느끼면 물처럼 빠져나가
당신들을 빠뜨리려 하는 곳이 아니면

절대로 보지 못할 테니까. 착한 사람 모두는
날 위해 기도해 주시오. 난 이제 가야 하오.
길고 지친 내 삶의 끝 시간이 다가왔소.
잘 있고, 슬픈 얘기 하려거든 내 추락을
말하시오. 마치겠소. 신은 날 용서해 주시길.

(공작과 그 일행 함께 퇴장)

신사 1 오, 이건 매우 유감이오. 보시오, 이 일의
장본인들에게 너무 많은 저주가
내릴까 봐 걱정이오.

신사 2 공작이 무죄라면
비탄이 가득한 일이오. 근데 난 당신에게
이보다 더 큰일을, 만약 그게 벌어지면,
귀띔해 줄 수 있소.

신사 1 천사들은 막으소서.
뭔데요? 나를 믿지 못하는 건 아니죠?

신사 2 이 비밀은 대단히 막중하여 감추는 덴
든든한 믿음이 필요하오.

신사 1 알려 줘요.
난 말이 많지는 않으니까.

신사 2 그것을 확신하고,
알려 줄 것이오. 당신은 최근에 떠돌던
국왕과 캐서린의 이별 쑥덕공론을
못 들으셨어요?

신사 1 들었지만 오래는 못 갔죠,
국왕이 그걸 한 번 듣고는 화가 나서
시장에게 곧바로 명령을 내려보내
소문을 멈추고 감히 그걸 뿌리는 입들을

닥치게 했으니까.

신사 2 　　　　　　　　근데 그 비방이 이제는
진실로 밝혀졌소, 전보다 더 생생하게
커지고 있는 데다 국왕이 그 모험을
해 볼 게 분명해졌으니까. 추기경 아니면
왕의 측근 누군가가 착하신 왕비에게
품은 악심 때문에 그에게 그녀를 파괴할
양심의 가책을 심어 줬소. 이걸 확인하려고
캄페이우스 추기경이 다들 생각하듯이
이 일로 최근에 도착했소.

신사 1 　　　　　　　　　　　추기경 탓인데,
황제에게 톨레도 대주교 자리를
요청했었는데 안 줬다고 순전히 그에게
복수하기 위하여 이 일을 도모했답니다.

신사 2 정곡을 찌른 것 같네요. 하지만 그녀가
이 일로 아픈 건 잔인하잖아요? 추기경은
뜻대로 할 테고, 그녀는 쓰러지오.

신사 1 　　　　　　　　　　　　　　비통하죠.
이 일을 논하기에 여긴 너무 열려 있소.
비밀리에 더 생각해 봅시다. (함께 퇴장)

2막 2장

시종장, 편지를 읽으면서 등장.

2막 2장 장소 런던, 궁전.

시종장 "어르신이 보내라고 한 말들은 제가 주의를 다하여 잘
고르고 길들여 마구를 채우도록 조치했답니다. 고것
들은 어리고 잘생겼으며 북쪽에선 최고 품종이지요.
런던으로 출발할 준비가 다 됐을 때, 추기경 사람 하나
가 고지서와 순전한 힘으로 그들을 빼앗아 갔답니다.
그는 자기 주인을 국왕보다 먼저는 아니더라도 신하
보다는 먼저 섬겨야 한다는 이유로요.
그 말에 저흰 입을 닫았답니다, 어르신."
그가 정말 걱정된다. 좋아, 가져가라고 해,
다 가질 것 같으니까.

시종장에게 노퍽과 서퍽 공작 등장.

노퍽 잘 만났네요, 시종장.
시종장 두 공작님, 안녕하십니까.
서퍽 전하는 뭘 하시오?
시종장 혼자 계실 때 왔는데,
심각한 생각과 고민이 가득했죠.
노퍽 원인은?
시종장 형수와의 결혼이 양심에 너무 크게
걸리시나 봅니다.
서퍽 아뇨, 그의 양심은
딴 숙녀에 너무 크게 쏠렸소.
노퍽 그렇소.
그것은 추기경의 소행이오. 이 국왕 추기경,
이 무모한 신부는 운명 여신 장남처럼
맘대로 합니다. 국왕도 언젠간 아시겠죠.

서퍽 꼭 아시길. 안 그럼 자신을 절대 모르실 테니.

노퍽 자신의 모든 일을 그는 참 성스럽게, 게다가
극성으로 하고 있소! 이제 그는 우리와
왕비의 큰 조카인 그 황제 사이의 연맹을
깨 버린 뒤, 국왕의 영혼 속에 뛰어들어
그곳에 위험, 의심, 멍든 양심, 공포, 절망 —
이 모든 걸 그를 결혼시키려고 뿌리니까.
그런 다음 이걸 다 치유하기 위하여 왕에게
이혼을, 이십 년간 그의 목에 보석처럼
늘 걸려 있었지만 결코 빛을 잃지 않은
그녀를 버리라고 조언하고 있답니다.
천사들이 착한 이를 극진히 사랑하듯
그를 사랑하는 그녀, 운명의 가장 큰
타격이 닥칠 때도 국왕을 축복해 줄
그녀를 말이오. — 이 아니 경건한 행동이오?

시종장 그런 조언 안 받게 해 주소서! 꼭 맞아요,
그 소식이 사방에 깔렸고 — 다들 얘기하면서
그 때문에 진정코 다 웁니다. 감히 이 사태를
주시하는 이들은 모두 다 그 주목적이
프랑스 왕의 누이란 걸 알죠. 하늘은 언젠가
이 대담한 악인을 너무 오래 못 봤던 국왕 눈을
열 겁니다.

서퍽 그래서 그의 노예, 우리도 풀어 주길.

노퍽 우리를 구원해 달라고 기도할,
그것도 진심으로 할 필요가 있답니다.
안 그럼 도도한 이자가 왕족인 우리를 다
시동 만들 테니까. 모든 이의 영예는

그가 자기 맘대로 빚어 낼 흙덩이들처럼
그의 앞에 놓여 있소.

서퍽 여러분, 난 그를
아끼지도 겁내지도 않아요, 그게 내 신조니까.
그가 나를 만들진 않았으니 국왕이 좋다면
난 이대로 지낼 거요. 그의 저주, 그의 축복
내겐 같은 거랍니다, 믿지 않는 말이니까.
난 그를 알았고 아니까 그를 오만하게 만든
교황에게 그를 맡기렵니다.

노퍽 들어가서
좀 다른 사안으로, 국왕께 너무 큰 영향 주는
이 심각한 생각에서 그를 꺼내 봅시다.
시종장, 동행하시렵니까?

시종장 죄송한데 국왕께선
저를 다른 곳으로 보내셨습니다. 게다가
방해하기 가장 좋지 않은 때일 겁니다.
다들 건강하십시오.

노퍽 고마워요, 시종장님.

(시종장 퇴장. 국왕은 커튼을 열고 수심에 잠겨 뭔가를 읽고 있다.)

서퍽 참 심각해 보이시네. 큰 고통이 분명하오.

국왕 게 누구냐? 하?

노퍽 제발 분노 마시기를.

국왕 게 누구냔 말이다? 자네들이 어떻게
내 개인적 명상에 감히 끼어드느냐?
난 누구냐? 하?

노퍽 악의 없는 범죄는 다 용서해 주시는

자비로운 왕이시죠. 이렇게 결례한 건
국사 때문이온데, 그 일로 전하 뜻을
알고자 왔습니다.

국왕 　　　　　너무나 당돌하다.
원 참. 자네들이 일을 할 때라면 알릴 거야.
지금이 세속 업무 처리할 시간인가? 하?

울지와 캄페이우스, 교황의 위임장을 가지고 등장.

게 누구냐? 추기경님? 오, 나의 울지여,
상처 입은 내 양심의 진정제여, 당신은
왕에 맞는 치료제요. (캄페이우스에게)
　　　　　　　참 박식한 성직자여,
짐의 왕국 안으로 잘 오셨소. 짐과 이 왕국을
마음껏 쓰시오. (울지에게)
　　　　　특별히 배려해 주시오,
내가 말만 않도록.

울지 　　　　　못 그러실 겁니다.
전하께선 저희와 비밀 면담 한 시간만
해 주시기 바랍니다.

국왕 (노퍽과 서퍽에게) 　짐은 바빠. 가 보게.

노퍽 (서퍽에게 방백)
저 신부가 자만심이 없다고!

서퍽 (노퍽에게 방백) 　　　별난 건 없군요.
그 자리를 준대도 난 저토록 병들진 않겠소.
근데 이건 지속될 수 없어요.

노퍽 (서퍽에게 방백) 　　　그리되면

내가 감히 한 방 먹일 것이오.
서퍽 (노퍽에게 방백) 나도 한 방.
(노퍽과 서퍽 함께 퇴장)
울지 전하께선 자신이 느끼는 양심의 가책을
기독교권 투표에 자유로이 맡기시어
군주들을 다 넘어선 지혜를 보이셨습니다.
이제 누가 화를 내죠? 웬 악심을 품지요?
혈연과 호의로 그녀에게 묶인 스페인인들도
미덕이 남았다면 이젠 인정해야죠, 이 재판이
공정하고 고귀하다는 걸. 학자들 모두가 —
온 기독교 왕국의 박식한 이들인데 —
자유 투표 했답니다. 판결의 온상인 로마도
고귀한 당신의 초청에 전체의 대변인
한 사람을 보냈는데, 그가 이 착한 사람,
공정하고 박식한 캄페이우스 추기경으로
다시 한번 전하께 제가 소개드립니다.
국왕 그리고 난 다시 한번 그를 품어 환영하고,
추기경 회의체의 사랑에 감사하오.
그들은 내가 오길 바랐던 사람을 보냈소.
캄페이우스 전하께선 이방인의 사랑을, 참 고귀하셔서
다 받으실 만합니다. 저는 제 위임장을
전하 손에 제출하고, 그 권능에 의하여
로마의 교황청은 당신, 요크 추기경에게
그들의 하인인 나와 힘을 합쳐서
이 안건을 공평하게 판단하길 명합니다.
국왕 똑같이 공정한 둘, 당신들이 온 까닭을
왕비에게 알리겠소. 가드너는 어딨느냐?

울지　전하께선 그녀를 늘 진정으로 아끼시어
더 낮은 여인도 법으로 요청 가능한 것을 —
그녀 위한 학자들의 자유 변론 허락을 —
그녀에게 거절하진 않으실 줄 압니다.

국왕　암, 최고를 보낼 테고 — 최선 다한 자에게는
호의를 베풀겠소, 반드시 말이오. 추기경,
나의 새 비서인 가드너를 불러 주오,
딱 맞는 친구인 줄 아니까.

가드너 등장.

울지　(가드너에게 방백)
악수하세. 큰 기쁨과 호의가 있길 바라.
자넨 이제 국왕의 사람이야.

가드너　(울지에게 방백)　하지만 명령은
절 올려 준 각하께 항상 받을 것입니다.

국왕　이리 오게, 가드너.
(국왕은 가드너와 걸으면서 그에게 속삭인다.)

캄페이우스　요크 경, 이 사람의 전임자로 있던 이가
파케 박사 아니었소?

울지　예, 그였지요.

캄페이우스　박식하다 여겨진 사람이죠?

울지　예, 확실히.

캄페이우스　그렇다면 정말로, 추기경 당신에 대하여
악소문이 퍼졌소.

울지　뭐라고? 나에 대해?

캄페이우스　그들은 주저 없이 당신이 그이를 시기했고,

그가 높아지는 게 두려워 — 대단히 고결해서 —
늘 외국에 둔 결과, 매우 비통했던 그는
미쳐서 죽었다고 합니다.

울지 　　　　　　　　　　하늘의 평화 얻길.
걱정은 그걸로 충분하오. 산 험담꾼들은
징계할 장소가 있답니다. 그는 바보였어요,
고결해지고 싶어 했으니까.
(가드너에게 몸짓을 한다.) 　저 착한 친구는
내가 명을 내리면 내 지령을 따를 거요.
안 그럼 지척에 안 두죠. 알아 둬요, 형제여.
우린 천것들에게 잡히려고 살진 않소.

국왕 왕비에게 이 사안을 겸허하게 전달하라. (가드너 퇴장)
내 생각에 그러한 학식을 청취하기
가장 편한 장소는 흑의수사 회관이오.
거기서 이 막중한 안건으로 만나게 하겠소.
울지여, 준비시켜 주시오. 오, 추기경,
센 남자가 그토록 예쁜 잠동무를 떠나는 게
비통하지 않겠소? 하지만 양심이, 양심이 —
오, 그 여린 곳, 난 그녀를 떠나야 하오. (함께 퇴장)

2막 3장

앤 불린과 노부인 등장.

142행 그…곳
이 극에서 양심과 여성의 성기가 묘하게 도 동의어로 간주되는 순간 중의 하나.

(아든)
2막 3장 장소
궁전, 왕비의 방.

앤 그 때문도 아녜요. 쓰라린 아픔은 이거죠.
전하께선 아주 오래 그녀와 사셨고, 그녀는
아주 착한 마마로서 그 누구도 여태껏
그녀의 불명예를 밝힌 적 없어요. — 맹세코,
해 끼칠 줄 모르셔요. — 오, 근데 이제,
그렇게 여러 해 동안을 왕비로 있으면서
그 위엄과 광영이 계속해서 자라나
그것을 버리는 건 처음의 단맛보다
천 배나 더 쓸 텐데 — 그러한 여정 뒤에
나가라고 하시는 건 괴물도 화나게 할
애석한 일이죠.

노부인 가장 독한 심장도 녹아서
애도하고 있다네.

앤 아! 권능을 모르셨더라면
훨씬 더 좋았을걸. 세속의 일이지만
말다툼과 운명 땜에 권능을 빼앗기면
그것은 영혼과 육체의 단절만큼이나
쓰라린 고통이랍니다.

노부인 이런, 불쌍한 마마께서
또다시 외국인이 되셨네.

앤 그만큼
더 많은 동정을 받아야죠. 진정으로 맹세코,
천하게 태어나 누추한 이들과 더불어
만족하며 떠도는 게, 번쩍이는 비탄으로
깔끔하게 치장하고 황금빛 슬픔의 옷
걸치는 것보다 더 나아요.

노부인 우리가 가진 것 중

만족이 최고지.

앤 신앙과 처녀성에 맹세코,
전 왕비는 안 할래요.

노부인 제기랄, 난 할 거야,
처녀성을 감히 걸고. 너 또한 할 거야,
이렇게 온갖 위선 양념을 다 치지만.
너, 아주 고운 여자의 자태를 지닌 넌
고위직, 부, 지배권을 — 사실은 축복인데 —
언제나 애호했던 여자의 마음 또한
가지고 있으니까. 그리고 넌 그 선물을 —
고상 떨고 있지만 — 너의 그 부드러운
노루 가죽 양심을 마음만 먹으면 늘여서
능력껏 받을 거야.

앤 안 받아요, 참말로.

노부인 받을 거야, 정말, 정말. 왕비를 안 한다고?

앤 예, 하늘 아래 모든 재물 다 준대도.

노부인 이상하네. 늙은 나도 찌그러진 서 푼 받고
왕비 노릇 할 텐데. 근데 공작 부인은
어떤지 물어볼까? 그 호칭의 무게를
견딜 만한 팔다리는 가졌어?

앤 아뇨, 정말.

노부인 그럼 넌 약골이야. 급을 좀 낮춰 봐,
난 네가 빨개지면 몸 줄 거라 생각하는
젊으신 백작이 될 테니까. 그 등으로
이 짐도 못 받아 준다면 사내아인 절대로
못 낳을 것이야.

앤 어떻게 그런 말을!

다시 맹세하지만 이 세상을 다 준대도
왕비는 안 할래요.

노부인 실은 작은 잉글랜드만 줘도
넌 과감히 보주를 받을 거야. 내 경우엔
촌구석 하나면 돼, 왕권에 속하는 건
그 이름뿐이라도. 저기 좀 봐, 누가 오나?

시종장 등장.

시종장 좋은 아침입니다. 그 대화의 비밀을
아는 값은 얼마지요?

앤 요구하실 만한 게
못 됩니다, 시종장님, 물을 가치 없으니까.
비 마마의 슬픔을 동정하고 있었어요.

시종장 친절한 본분이고 착한 여인들에게
어울리는 행동이오. 다 잘될 것이라는
희망이 있답니다.

앤 그럼 신께 아멘을 빕니다.

시종장 친절한 마음씨고, 그런 사람들에겐
천상의 축복이 따르죠. 고운 숙녀 그대가
내 말의 진정성과, 그대의 수많은 미덕이
크게 주목받는 점을 감지할 수 있도록
주상께선 그대를 좋게 평가하시고
펨브로크 자작 부인, 바로 그런 영광을
정말로 내리실 작정이며, 그 호칭에
매년 1천 파운드의 생계비 연금을
은혜로 더하시오.

앤 어떤 식의 복종을
제가 해 드려야 하는지 모르겠습니다.
제 모두를 다 합쳐도 0이고, 제 기도도
제대로 축복받지 못했으며, 제 소망도
순 헛것보다 더 가치가 없지만 기도와 소망이
돌려드릴 수 있는 제 전부예요. 간청컨대,
제 감사와 복종을 빨개진 하녀의 말로써
전하께 꼭 전해 주시길 바라며, 전 그의
건강과 존엄 위해 기도드립니다.

시종장 숙녀여, 난
국왕께서 그대에게 품고 있는 호평을 꼭
입증해 줄 것이오. (방백) 난 그녀를 잘 살폈다.
미모와 순결이 저 안에 아주 잘 뒤섞이어
국왕을 붙잡았고, 바로 이 숙녀에게서
이 섬을 다 밝혀 줄 보석이 나올지
그 누가 알겠는가. (앤에게) 난 국왕께 돌아가
그대와 얘기했다 전하겠소.

앤 시종장님. (시종장 퇴장)

노부인 허, 바로 이거야. 보라고, 봐!
난 십육 년 동안이나 궁정에서 구걸했고 —
아직도 궁정인 거지로서 돈 되는 청원에는
너무 일찍 그리고 너무 늦은 사이의 딱 중간엔
한 번도 못 갔는데 — 여기서 (오, 운명이여!)
완전 생판 초짜인 넌 — 퉤, 퉤, 더럽다,
강요된 그 행운! — 입도 열지 않았는데
그 안에 먹을 게 가득해.

앤 이건 저도 이상해요.

노부인 맛이 어때? 쓰던가? 목돈 걸고, 아니겠지.
한 숙녀가 있었다네. — 오래된 얘기야. —
왕비는 안 한다는, 이집트 진흙을 다 줘도
그건 하지 않겠다고 했었지. 들어 봤어?

앤 익살맞으셔라.

노부인 널 주제로 난 종달새보다도
더 높이 날 수 있어. 펨브로크 후작 부인?
매년 1천 파운드를, 순전히 존중 땜에?
별도의 의무 없이? 목숨 걸고, 그 뒤로
수천이 더 올 것 같아. 영예의 뒷자락은
그 앞자락보다 길어. 지금쯤은 네 등이
공작 부인 하나는 견딜 줄로 아는데. 음,
전보다 더 강해지지 않았어?

앤 숙녀님,
개인적 환상으로 즐거워하시고 저는 좀
빼 주세요. 이 일로 제 피가 약간만 끓어도
전 없어지기를 바라요. 앞일을 생각하면
기절할 것 같답니다.
왕비께선 쓸쓸한데 우리는 오래 떠나
그녀를 잊었네요. 여기서 들으신 걸
전달하지 말아 줘요.

노부인 날 뭐라고 생각해? (함께 퇴장)

91행 이집트 진흙 나일강의 범람으로 쌓인 진흙으로 풍요와 부의 상징.

2막 4장

나팔 소리, 팡파르, 코넷 소리. 짧은 은 막대를 든 관리인 두 명 등장. 그런 다음 박사 복장의 서기 두 명, 그들 뒤로 캔터베리 대주교가 홀로, 그 뒤로 링컨, 일리, 로체스터 및 성 아삽의 주교들과, 그들 다음에 좀 떨어진 곳에서 국새가 든 지갑과 추기경의 모자를 지닌 신사가, 그다음엔 각각 은 십자가를 든 신부 두 명, 그런 다음 맨머리의 신사 수위가 은 직장을 가진 경호원을 대동하고 등장. 그런 다음 큰 은 기둥을 하나씩 짊어진 두 신사, 그들 뒤로 두 추기경이 나란히, 그리고 칼과 직장을 든 두 귀족 등장. 국왕은 천개 아래에 자리를 잡는다. 두 추기경은 국왕의 아래쪽에 판관으로 앉는다. 그리피스의 시중을 받는 왕비 캐서린이 국왕에게서 좀 떨어진 곳에 자리 잡는다. 주교들은 법정의 양쪽에 종교회의 방식으로 자리하고, 그 아래에 서기들과 정리가 자리한다. 귀족들은 주교들 옆에 앉는다. 나머지 시종들은 무대 주변에 편리한 순서에 따라 선다.

울지　로마의 위임장을 읽는 동안 침묵을
요청하는 바입니다.
국왕　그럴 필요 뭐 있소?
이미 공개적으로 읽었고, 사방에서
권위를 인정받은 것이니 그 시간을
줄일 수 있잖소.
울지　그러지요. 진행하라.
서기　고하라, "잉글랜드 왕 헨리는 법정에 나오시오."

2막 4장 장소　런던, 흑의수사 회관.

정리　잉글랜드 왕 헨리는 법정에 나오시오.

국왕　여기 있네.

서기　고하라, "잉글랜드 왕비 캐서린은 법정에 나오시오."

정리　잉글랜드 왕비 캐서린은 법정에 나오시오.

(왕비는 답을 하지 않고 의자에서 일어나 법정을 이리저리 걸어서 국왕에게 가서 그의 발아래 무릎을 꿇은 다음 말한다.)

캐서린　전하, 저를 옳게 정당하게 평가하고
동정을 베풀어 주시기 바랍니다.
전 가장 불쌍한 여인이고, 전하 영토
바깥에서 태어난 이방인으로서 여기에선
중립적인 판관도 공평한 호의와 절차도
더 이상 확신하지 못해서요. 아아, 전하,
당신께 제가 뭘 잘못했죠? 제 행동이
뭔 이유로 당신의 불쾌감을 일으켜
이렇게 절 내치고 성은을 거두는
절차를 밟으시죠? 하늘의 증언으로
전 당신께 참되고 겸손한 아내였고
언제나 당신 뜻에 순종할 것이며,
당신의 반감을 일으킬까 봐 늘 겁을 냈고
그 용안이 기쁨에든 슬픔에든 쏠리면
본 대로 따랐어요. 제가 당신 소망에
반대한다거나 그것을 제 것 삼지 않은 때
언제 있었던가요? 또는 당신 친구 중에
제 적인 줄 알았지만 제가 사랑해 보려고
애쓰지 않은 사람 누구죠? 제 친구 중
당신의 분노를 샀는데도 제가 계속

좋아한 자 누구죠? 오히려 제 호의에서
퇴출을 통지했죠? 전하, 전 이렇게 복종하며
이십 년이 넘도록 당신의 아내였고,
당신 자식 많이 낳아 축복받은 사실을
떠올려 보십시오. 만약에 세월이 이렇게
흘러가는 과정에서 당신이 제 순결이나
혼인 계약, 아니면 그 옥체에 대한 저의
사랑과 의무에 반하는 뭔가를 밝히고
입증도 하실 수 있다면, 주님의 이름으로
절 물리쳐 가장 추한 경멸조차 저에게
문을 닫게 만든 다음, 가장 엄한 정의에
저를 넘기십시오. 황공하오나 전하,
당신의 부왕께선 대단히 신중하며
빼어나고 무쌍한 지혜와 판단으로
유명한 군주셨죠. 제 부친, 스페인 왕,
페르디난드도 거기에선 앞선 여러 해 동안
통치했던 군주들 중 가장 현명한 분으로
간주됐답니다. 그들이 각 왕국에서 모았던
현명한 자문단이 이 안건을 토의한 뒤
우리의 결혼을 합법으로 간주한 건
의심할 수 없답니다. 그러니 전 겸손하게
조언을 애원할 제 스페인 친구들의
충고를 받게 될 때까지 저를 놔두실 것을
간청드립니다. 안 된다면, 주님의 이름으로
뜻대로 하십시오.

울지 부인께선 여기에
스스로 선택하신 이 거룩한 신부님들,

둘도 없는 고결함과 학식 가진 인물들,
예, 이 땅의 최정예가 있는데 그들은
당신을 변호해 주려고 모였어요. 그러니
재판을 늘이는 건 본인의 평안뿐만 아니라
국왕의 불안을 바로잡는 데에도
무익할 것입니다.

캄페이우스 각하께선 말씀을
잘했고 또 올바로 하셨소. 그러니 마마,
이 왕의 법정은 진행되어 이제는
그들이 논점을 지체 없이 제시하고
우리는 듣는 게 합당하옵니다.

캐서린 추기경, 난
당신에게 말하오.

울지 그러시죠, 마님.

캐서린 이봐요,
나는 막 울려 하오. 근데 짐은 왕비이고,
또는 오래 그렇다고 꿈꿔 왔고, 왕의 딸은
확실하단 사실을 생각하며 내 눈물을
불꽃으로 바꾸겠소.

울지 그래도 참으시죠.

캐서린 그러죠, 당신이 겸손할 때 — 아니, 그 이전에,
안 그럼 천벌 받길. 난 강력한 증거로써
당신이 내 적이라고 정말 믿기 때문에
당신이 내 판관이 되어야 하는 데
이의를 제기하오. 왜냐하면 이 분쟁을

72행 그 이전에 왜냐하면 당신은 절대로 겸손해지지 않을 테니까.

전하와 나 사이에 지핀 건 당신이고, 그것을
신께서는 이슬로 끌 테니까. 그래서 난 다시
당신의 판관 역을 철저히 혐오하고, 예,
영혼 다해 거부하며, 또 한 번 당신을
최고로 사악한 적으로 여기고, 진실의 친구는
절대로 아니라고 생각하오.

울지 단언컨대
당신답지 않은 말씀 하십니다. 여태껏 늘
자선을 베풀며 여성의 능력을 넘어서는
온화한 성품과 지혜의 영향력을
보여 주셨는데. 마님, 제게 잘못하십니다.
전 당신께 원한 없고, 당신 또는 누구에게
부당한 적 없었어요. 이 소송의 진행이나
앞으로의 범위는 추기경 회의체, 예,
로마의 추기경 회의체 전체의 위임장에
보장돼 있습니다. 당신은 제가 이 '분쟁을
지폈다'고 고발하시지만 전 부인합니다.
여기에 국왕이 계십니다. 제가 제 행위를
부정한다는 걸 아시면 제 거짓을 매섭게
또 올바로 — 예, 당신이 제 진실을 벌한 만큼 —
벌하실 수 있겠죠. 당신의 말과 달리
제 무죄를 아신다면, 당신이 씌운 잘못
저에게는 없다는 걸 아시겠죠. 그러므로
제 치유는 그에게 달렸고, 그 치유는
당신의 이런 생각 제거하는 것인데,
전하께서 말씀하기 이전에, 간청컨대,
자비로운 마님께서 본인 말을 취소하고

더는 애기 마십시오.

캐서린 추기경, 추기경,
난 당신의 교활함에 맞서기엔 단순하고
너무너무 연약한 여자요. 당신 입은 겸허하고,
당신은 지위와 직업을 완전 그럴듯하게
온유와 겸손으로 포장해도 그 가슴은
불손함과 원한과 자만으로 꽉 차 있소.
당신은 행운과 전하의 갖가지 총애로
낮은 단계 가볍게 건너뛰고 이제는
권력을 수하로 둔 그곳에 올라섰고,
당신 말은 당신의 식구처럼 당신이 그 뜻을
밝히는 그대로 따르오. 꼭 말해야겠는데,
당신은 자신의 영예를 당신의 그 높은
성직보다 더 많이 챙겨요. 그래서 난 다시
당신의 판관 역을 거절하고, 여기에서
모두들 앞에서 교황님께 항소하며
내 사건 전체를 성하 앞에 가져가서
그분의 심판을 받겠어요.

(그녀는 국왕에게 인사하고 떠나려고 한다.)

캄페이우스 왕비는 완강하고,
정의에 저항하며 그걸 즉각 공격하고
그에 의한 심판을 경멸하오. 좋지 않소.
그녀는 떠나려 합니다.

국왕 되불러라.

정리 캐서린, 잉글랜드 왕비는 법정으로 오시오!

그리피스 마님, 돌아오시랍니다.

캐서린 주목할 필요가 뭐 있느냐? 자네는 계속 가.

자네를 부르면 돌아가. 주님은 도우소서,
저들이 날 못 견디게 괴롭혀요. 제발 쭉 가.
난 머물지 않을 거야. 아니, 두 번 다시
이 안건으로는 그들의 그 어떤 법정에도
출두하지 않을 거야. (왕비와 시종들 함께 퇴장)

국왕 갈 길 가요, 케이트.
세상에서 이보다 더 나은 아내를 가졌다고
신고할 남자는 그 헛말을 지껄인 대가로
신뢰를 다 잃게 하라. 오로지 그대만이 —
만약 그 희귀한 자질과 달콤한 친절과,
성자 같은 온순함, 명령하며 복종하는
아내다운 통제력, 탁월하고 경건한
그 밖의 성품으로 그대를 말할 수 있다면 —
지상의 왕비들 가운데 왕비요. 그녀는
고귀한 태생이고 진정한 귀족답게
나를 위해 처신했소.

울지 가장 인자하신 전하,
최고로 겸손한 태도로 전하께 요청컨대
여기 이 사람들 모두가 듣는 데서
친히 밝혀 주십시오. — 전 뺏기고 묶인 데서,
거기에서 단번에 완전한 보상은 못 받아도
꼭 풀려나야만 하니까 — 제가 이 사안을
일찍이 전하께 꺼낸 적 있거나, 아니면
그에 대한 문제를 유발할 양심의 가책을
당신에게 좀이라도 심어 준 적 있는지,
아니면 이토록 당당한 부인 주신 신에게
감사하지 않은 채 그녀의 현 신분을 해치거나

그녀의 훌륭한 인품을 건드릴 수도 있는
최소한의 한마디를 드린 적 있는지?

국왕 추기경,
난 정말 당신을 사면하오. — 암, 명예를 걸고서
그 일에서 해방하오. 가르쳐 줄 필요 없이
당신에겐 많은 적이 있는데 그들은
왜 그런지 모르면서 마을 똥개들처럼
동료 따라 짖지요. 그들 중 일부가
왕비를 화나게 했답니다. 당신은 사면됐소.
하지만 더 떳떳해지고 싶소? 당신은 늘
이 안건이 잠들기를 바랐고, 깨우는 건
결코 원치 않으면서 그렇게 될 가능성을
자주, 자주, 차단했소. 내 명예에 맹세코,
난 이 선한 추기경에 대하여 이만큼 말하고
면책해 주겠소. 자, 내가 왜 거기에 끌렸는지,
난 감히 당신들의 시간과 주목을 바라니
내 동기를 잘 들어요. 이리 됐소, 유념하오.
내 양심은 그 당시 프랑스 대사로서
오를레앙 공작과 짐의 딸 메리의
혼사를 논의하기 위하여 여기로 파견된
배이온 주교가 내뱉은 몇 마디 말에서
미묘한 감정과, 가책과, 또 따끔한 자극을
처음으로 느꼈소. 그 안건을 진행 중에,
확실한 결론을 내리기 전에 그가 —
내 말은 그 주교가 — 휴지를 요청했고,
그동안에 그는 자기 주인인 국왕에게
한때 짐의 형수였던 미망인과 짐 사이의

결혼과 관련하여 짐의 딸이 적출인지
알려 줄 참이었소. 이 휴식 때 내 양심은
극심하게 흔들린 채 내 안으로 들어와,
예, 찌르는 힘으로 내 가슴 전역을
떨리게 하였소. 그것이 강제로 연 길로
수많은 미로 같은 생각들이 확 몰려와
이렇게 경고하며 날 밀쳤소. 첫째로 난
하늘이 나에게 미소 짓지 않으면서
자연에게 명을 내려, 내 부인의 자궁에
내가 만든 사내애가 들어서면 그것에게
생명을 주는 일을 무덤이 시체에게 하는 것
이상으론 못 하도록 금했다고 생각했소.
그녀의 남아는 생긴 데서, 아니면 태어나
금세 죽었으니까. 그래서 난 내 왕국이 —
세상 최고 후계자를 누릴 자격 충분한데 —
나로 인해 기뻐할 수 없다는 판결이
내게 내려졌다고 생각했소. 그런 다음
내 자식의 죽음으로 내 왕국이 처한 위험
숙고해 보았는데, 그 결과 난 수없이
끙끙대는 격통을 겪었소. 이렇게 내 양심의
거친 바다 떠돌면서 난 우리가 지금 여기
모여서 의논하는 치유책을 향하여
키를 꽉 잡았소. 다시 말해, 내 양심을 —
그땐 그게 완전히 병들었다 느꼈고
아직도 안 좋지만 — 이 땅의 거룩한 신부와
박식한 학자들 모두의 힘을 빌려
바로잡을 작정했소. 처음에 난 비밀히

링컨 경, 자네와 시작했지. 자네를 떠봤을 때
내가 정말 얼마나 큰 압박에 진땀을
흘렸는지 기억하나?

링컨 아주 잘 압니다, 전하.

국왕 내가 말을 길게 했군. 자네가 날 얼마나
납득시켰었는지 말해 주게.

링컨 황송하나,
그 질문엔 엄청난 국가적인 중요성과
무서운 결과가 담겼었기 때문에
전 처음에 대단히 비틀대며 제가 가진
최고로 과감한 조언을 의심해 본 다음
전하께서 지금 여기 택하신 진로를
간청드렸습니다.

국왕 그런 다음 나는 당신,
캔터베리 경을 떠보았고, 현재의 소환을
당신의 허락 받고 했었소. 나는 이 법정의
그 어느 성직자도 안 빼놓고 부탁했고,
개인적인 동의하에 봉인된 서명으로
일을 진행하였소. 그러니 계속하오,
이 일은 착한 왕비 본인에게 품고 있던
반감이 전혀 아닌, 내가 제시하였던
가시 돋친 쟁점들 때문에 추진되니까.
짐이 했던 결혼의 적법성만 입증하면
내 목숨과 왕다운 위엄에 맹세코,

215행 캔터베리 경 토머스 크랜머가 아닌 윌리엄 워햄을 말한다. 2막 4장에 등장은 하지만 대사가 없는 인물. (아든)

짐은 이 세상의 최고 귀감 여인보다
짐의 왕비 캐서린 그녀에 만족하며
여생을 함께 보낼 것이오.

캄페이우스 황송하나
왕비가 부재하여 이 법정을 후일로
휴정함이 적절하고 필요하옵니다.
그동안 왕비가 성하께 올리려는 항소를
철회하게 만들려는 진지한 발의가
있어야 할 것입니다.

국왕 (방백) 이 추기경들이
날 우습게 보는 걸 알겠구나. 난 로마의
이 느림보 지연과 술책을 혐오한다.
학식 많고 큰 사랑을 받는 하인 크랜머여,
부디 돌아오너라. 네가 올 때 내 위안도
함께 올 줄로 안다. — 법정을 파하라!
움직이란 말이다. (등장한 방식대로 모두 퇴장)

3막 1장

캐서린 왕비와 시녀들, 앉아서 일하는 것처럼
등장.

캐서린 얘, 류트 들어. 내 맘은 걱정으로 슬퍼진다.
가능하면 노래로 지워 봐라. 일은 관둬.

시녀 (노래한다.)

3막 1장 장소 왕비의 방.

오르페우스가 류트로 노래할 때
나무와 얼어붙은 산꼭대기
스스로 허리 숙여 절했다네.
그 음악에 풀이며 꽃들이
늘 돋았고, 해님과 소나기로
그곳은 언제나 봄날이었다네.

그 노래에 만물이 뛰놀고,
넘실대는 바다 물결조차도
고개를 숙인 다음 누워 있네.
아름다운 음악의 큰 재주로
극심한 걱정과 마음의 비탄은
잠 들거나 듣는 중에 사라지네.

그리피스 등장.

캐서린 뭔 일이냐?

그리피스 황송하나 대추기경 두 분이 저 알현실에서
기다리고 있습니다.

캐서린 나와 얘기하려고?

그리피스 마마, 그렇게 전하라 했습니다.

캐서린 그분들께
가까이 오라고 해. (그리피스 퇴장)
불쌍하고 약한 여자,

3행 오르페우스 음악으로 나무와 동물과 돌까지도 매료시킨 그리스의 전설 속 시인. (RSC)

호의 잃은 이 몸을 무슨 일로 찾아왔지?
오는 게 반갑잖아. 근데 생각해 보니
착한 사람들이야, 사안도 그만큼 올바르고 —
하지만 겉 다르고 속 다른 법.

두 추기경, 울지와 캄페이우스 등장.

울지 마마께 평안을.
캐서린 경들께서 보는 나는 부업 주부랍니다.
최악에 대비하여 전업이면 좋겠네요.
거룩한 경들께서 내게 무슨 일이신지?
울지 황송하나 고귀하신 마님, 당신의 내실로
가 주시겠습니까? 저희가 온 이유를
다 말씀드리지요.
캐서린 여기서 얘기하오.
내가 한 일 가운데 구석에서 따질 것은
아직은 정말 없소. 다른 모든 여인도
나처럼 자유롭게 말할 수 있었으면.
경들이여, 난 상관없어요. — 그만큼 난
많은 사람들보다 행복하오. — 내 행동을
모든 혀가 심판하고 모든 눈이 보았고,
저급한 평가를 시기하며 내린대도.
내 삶은 퍽 일관된 줄 아니까. 나 자신과
내가 어떤 아내인지 찾는 게 볼일이면
과감히 말하오. 진실은 열린 거래 좋아하오.
울지 "탄타 에스트 에르가 테 멘티스 인테그리타스, 레기나
세레니시마 — "

캐서린 오, 추기경, 라틴 어구 관둬요.
난 여기에 온 뒤로 나의 생활 언어를
모를 만큼 게으르진 않았소. 낯선 말에
내 소송은 더 낯설고 수상쩍어 보이오.
영어로 말하오. 당신이 진실을 말한다면,
불쌍한 마님 위해 감사할 애들이 좀 있소.
정말로, 그녀는 큰 상처를 입었소. 추기경,
나의 죄 중에서 가장 고의적인 것이라도
잉글랜드 말로 사해질 수 있소.

울지 귀한 부인,
제 성실성 — 또 전하와 당신에 대한 제 봉사가 —
그 뜻은 오로지 충성심이었는데 그토록
깊은 의심 낳게 되어 유감이옵니다.
저희는 모든 이가 축복하는 그 명예를
더럽힌다거나, 어떻게든 당신을 슬픔에 —
너무 많이 가지셨죠, 착한 마마 — 넘겨주려
온 것이 아니라, 당신과 국왕 둘 사이의
막중한 이견을 어찌 생각하시는지 알려고,
또한 이 사건에 대하여 저희의 공정한
의견과 위안을 편견 없이 정직하게
전달하러 왔습니다.

캄페이우스 가장 존경받는 마님,
요크 경은 자신의 고귀한 본성, 열정,
또 그가 여전히 마마께 품은 복종심으로

40행 탄타…세레니시마 '존귀하신 왕비 마마, 당신을 향한 제 의도는 정말 고결합니다'라는 뜻의 라틴어. (아든)

자신의 진실과 자신 향한 당신의 최근 질책 —
너무 심했었는데 — 선량한 사람답게 잊은 채
그 자신의 봉사와 조언을 평화의 표시로
저처럼 바치려 합니다.

캐서린 (방백) 나를 배신하려고.
(그들에게) 경들이여, 두 사람의 선의에 고맙소.
정직한 이들처럼 말하는데 — 꼭 그리 입증되길.
하지만 난 어떻게 갑자기 그와 같은 —
내 명예와 직결된, 내 생명과 더 직결된,
그래서 두려운 — 중대사에, 내 얕은 지능으로
대단한 무게와 학식 갖춘 이들에게 답할지
사실은 모르겠소. 난 시녀들 틈에 앉아
일해 볼 참이어서 전적으로, 맹세코,
이런 사람들이나 이런 일을 예상치 못했소.
옛적의 나를 위해 — 난 높았던 내 위상의
최후를 느끼니까 — 경들께서는 내가
소송 위한 시간과 조언을 갖게 해 주시오.
아아, 난 친구도 희망도 없는 여인이라오.

울지 마님의 그 두려움, 국왕의 사랑엔 모욕이오,
희망과 친구는 무한하니까.

캐서린 잉글랜드에는
나에게 득 될 게 전혀 없소. 여기 누가
감히 내게 조언할 수 있다고 생각하오?
또는, 전하 뜻을 어긴 내 친구로 알려진 채 —
정직해지려고 물불을 안 가린다고 해도 —
신민의 하나로 살 수 있소? 아니오, 참말로,
내 고통을 보상해 줘야 할 사람들,

내 신뢰를 받아야 할 이들은 여기 없고,
나의 모든 다른 위안물들처럼 여기서 먼
내 나라에 있답니다.

캄페이우스 그 비탄을 버리시고
제 조언을 받으시기 바랍니다.

캐서린 어떻게요?

캄페이우스 당신의 주 소송을 국왕의 보호에 맡겨요.
그는 매우 자애로우십니다. 당신의
명예와 소송엔 그게 훨씬 나을 것입니다.
만약에 법의 심판 받으시면 치욕 안고
떠나실 테니까.

울지 그의 말이 옳습니다.

캐서린 두 사람이 다 원하는 — 내 파멸을 — 말하는군.
이것이 기독교인다운 조언인가? 고약하다!
하늘은 모두의 위에 있고 그곳의 판관은
어떤 왕도 못 더럽혀.

캄페이우스 격노로 오해하십니다.

캐서린 더더욱 창피한 줄 알아. 맹세코, 성자라고,
덕 높은 두 추기경이라고 여겼는데 —
추한 죄와 텅 빈 마음뿐일까 봐 두렵군.
창피하니 고쳐요. 당신들의 위안이 이거요?
당신들 틈에서 길 잃고 비웃음과 경멸받은
이 비참한 여인에게 가져온 진정제요?
나는 내 불행의 절반도 넘겨주고 싶지 않소,
자비가 더 크니까. 하지만 경고는 했어요.
조심해요, 참말로 조심해요, 당신들이
무거운 내 슬픔의 짐 곧장 지지 않도록.

울지 마님, 이것은 순전한 착란이십니다.
당신은 저희의 선의를 악의로 바꾸셔요.

캐서린 나를 잡것 취급하네. 당신들과 또 그런
거짓말쟁이들은 다 비참하길! 당신들이
좀이라도 정의감과 동정심을 가졌다면,
성직자 옷 이상이면, 병든 내 소송을
나를 미워하는 그의 손에 넘기라고 하겠소?
아, 그는 자기 침대에서 이미 나를 추방했소,
사랑 또한 오래전에. 경들이여, 난 늙었고
지금 내가 그와 맺은 우정은 오로지
나의 복종뿐이오. 이보다 더 비참한 일
생길 수 있겠소? 당신들의 온갖 노력 덕분에
난 이처럼 불행하오.

캄페이우스 당신의 공포가 더 나쁘오.

캐서린 난 이토록 오래 동안 — 자기변호 하게 하오,
미덕에겐 친구가 없으니까 — 진실한 아내로 —
허식 없이 감히 말하건대, 한 여자로,
의심의 낙인은 전혀 없이 살았는데 —
내 모든 순수한 애정으로 늘 국왕을 만났고,
저 하늘 다음으로 사랑했고 복종했고
어리석게 우상으로 섬겼으며, 내 기도를
그를 만족시키려고 거의 잊었었는데,
그런 내가 이런 보답 받아요? 좋지 않소.
남편에게 충실하여 그의 기쁨 넘어선 환희는
꿈도 꾼 적 없었던 여인을 데려와요,
그럼 난 그녀가 최선을 다했을 때에도
한 가지 영예를 — 큰 인내를 — 더해 줄 것이오.

울지 마님께선 저희가 겨냥하는 선의를 놓치셔요.

캐서린 추기경, 난 당신의 주인이 결혼으로 내게 준
그 고귀한 호칭을 기꺼이 포기하는 큰 죄는
감히 짓지 못하겠소. 오로지 죽음만이
내 직위를 앗아 갈 것이오.

울지 제발 들어 보시죠.

캐서린 난 이 잉글랜드 땅을 절대 밟지 않았거나
거기 깃든 아첨을 못 느꼈으면 좋으련만.
당신들은 천사 얼굴 했지만 마음은 모르겠소.
난 이제 어떻게 되려나, 비참한 여인아?
산 여자 가운데 난 최고로 불운하다.
(시녀들에게)
아, 불쌍한 애들아, 너희 운도 기울었어?
난 동정도, 친구도, 희망도, 그리고
나를 위해 울어 줄 친척도 하나 없는,
무덤조차 허락 안 된 한 왕국에 난파하여
한때는 들판의 주인으로 번성했던 백합처럼
머리를 숙이고 사라진다.

울지 마마께서
저희의 목적이 순수함을 아실 수만 있다면
더 큰 위안 느끼실 겁니다. 왜 저희가
뭣 때문에 당신을 해치죠? 아, 그건 저희의
지위와 성직자의 생활에 어긋난답니다.
그런 슬픔 심지 않고 치유하려 하니까.
당신이 뭘 하는지, 이 언행이 얼마나
자신을 해치고, 예, 국왕과의 교제를
싹 끊을 수 있는지를 부디 고려하십시오.

군주들의 마음은 복종심과 키스하고
그것을 대단히 사랑해도, 완고한 자들에겐
폭풍처럼 부풀어 무섭게 변합니다.
당신은 순하고 귀한 성품, 고요한 영혼을
가진 줄로 압니다. 저희를 액면대로
중재자, 친구와 하인으로 생각해 주십시오.

캄페이우스 마님, 그리 아실 겁니다. 당신은 이런 약한
여성의 공포로 자신의 미덕을 해치셔요.
당신처럼 고귀한 심성은 그러한 의심을
위폐처럼 늘 버리죠. 국왕은 당신을 사랑하니
그걸 잃지 않도록 조심하십시오. 저희는
당신 일을 맡겨만 주신다면 최선의 노력을
당신 위해 기울일 준비가 돼 있습니다.

캐서린 경들이 좋으실 대로 하고 내 행동에
무례가 있었다면 제발 용서해 주시오.
알다시피 난 여자고 당신 같은 이들에게
적절히 답하기엔 이해력이 모자라오.
전하께 경의를 표해 주오, 그는 아직
내 마음을 가졌고, 내 생전의 기도 또한
받으실 테니까. 자, 성스러운 신부님들,
조언해 주시오. 여기에 발을 디뎠을 때는
자신의 직위를 이토록 비싸게 살 거라고
생각 못한 그녀가 이젠 구걸합니다. (함께 퇴장)

3막 2장

노퍽 공작, 서퍽 공작, 서리 경과 시종장 등장.

노퍽 당신들이 지금 만약 불평으로 단결하여
일관되게 그걸 밀어붙이면 추기경도
못 견딜 것입니다. 만약에 당신들이
지금 이 기회를 놓치면 내가 단언하건대,
이미 다들 견디는 치욕에 더하여 새것을
더 맛볼 수밖에 없을 거요.

서리 저로서는
장인어른 공작님을 떠올릴 수 있는
최소한의 기회에도 환희할 것입니다,
그에게 복수하려고요.

서퍽 귀족 중에 그 누가
경멸이나, 적어도 무시는 안 당한 채
그를 지나쳤지요? 그가 자기 자신 말고
고귀한 특성 가진 그 어떤 사람을
언제 존중했지요?

시종장 맘대로들 말씀하시네요.
그에 대한 우리의 평가가 어떤지는 알지만
그에게 뭘 할 수 있을지는 — 때는 지금
우리에게 유리해도 — 크게 염려됩니다.
당신들이 그의 국왕 접견을 못 막으면
아무 시도 마시오, 그는 혀로 국왕에게
마술을 부리니까.

노퍽 오, 그건 걱정 마시오,
그 마법은 깨졌소. 국왕이 그에게 반감 품을
문제를 찾았기 때문에 그 언어의 꿀맛은

3막 2장 장소 런던, 궁정.

영원히 사라졌소. 예, 그는 왕의 불쾌감에
딱 들러붙어서 못 떨어집니다.

서리 공작님,
전 그 같은 소식을 시간마다 들어도
기뻐할 것입니다.

노퍽 정말로 사실이네.
그 이혼 과정에서 그의 반대 행동이
다 밝혀졌는데, 그로써 그는 내가 바라는
적의 꼴을 보여 줘.

서리 그의 여러 책략이
어떻게 드러났죠?

서퍽 기묘하게.

서리 오, 어떻게요?

서퍽 추기경이 교황에게 쓴 편지가 실수로
국왕 눈에 띄었고, 거기엔 추기경이
성하에게 그 이혼 판결을 미루어 줄 것을
어떻게 간청했는지가 적혔네. 그게 만약
정말로 내려지면, "저의 왕은" 그의 말이,
"왕비의 시녀인 앤 불린 숙녀와 애정으로
꼭 얽힐 것으로 압니다."라고 했으니까.

서리 그것이 국왕 손에?

서퍽 맞았어.

서리 효력이 있을까요?

시종장 국왕은 이걸로 그가 이제 자기 길을 어떻게
은근히 닦는지 아십니다. 근데 이 문제로
그의 모든 계략은 침몰하고, 약 써봤자
환자는 죽은 뒤죠. 국왕은 이 고운 숙녀와

이미 결혼하셨소.

서리 그렇게 하셨기를!

서퍽 그런 소원 빌어서 축복받길, 이뤄진 걸
내가 공언하니까.

서리 제 환희는 이제 모두
그 결혼을 따릅니다.

서퍽 난 아멘.

노퍽 모두 아멘.

서퍽 그녀의 대관식 명령서가 내렸어요.
참, 이건 아직 앳된 소식이어서 어떤 귀는
안 듣는 게 좋겠소. 하지만, 경들이여,
그녀는 화려한 여인이고 그 마음과
용모가 완벽하오. 내 의견으로는
그녀가 이 땅을 기념하게 만들어 줄
축복을 좀 내릴 거요.

서리 그런데 국왕은
추기경의 편지를 삼키고 잊을까요?
제발 안 그러시기를.

노퍽 정말, 아멘.

서퍽 예, 예,
그의 코 주위를 더 많은 말벌이 붕붕대서
사태를 더 빨리 악화시킬 테니까.
캄페이우스가 작별 없이 로마로 도주했고
국왕의 사건을 미결로 남겼으며,
우리 쪽 추기경의 음모를 다 지원하는
대리로 공포됐소. 그래서 국왕은 “하!”라고
외친 게 분명하오.

시종장 신은 그를 자극하여
더 크게 "하!"라고 외치게 하시길.

노퍽 근데, 공작,
크랜머는 언제 돌아오지요?

서퍽 그는 자기 의견을 먼저 보내왔는데,
그것은 자신의 이혼을 원하는 국왕을
거의 모든 기독교권 대학과 더불어
만족시켰답니다. 그의 둘째 결혼과
그녀의 대관식이 곧 공표될 것이라고
확신하오. 캐서린은 더 이상 '왕비' 아닌
'미망인 왕녀'로, 또 '아서 왕자의 과부'로만
불리게 될 것이오.

노퍽 바로 이 크랜머는
괜찮은 친구이고, 국왕 일을 살피느라
애를 많이 썼지요.

서퍽 그래서 대주교 승진을
하게 될 것입니다.

노퍽 그렇게 들었소.

서퍽 맞아요.

울지와 크롬웰 등장.

추기경이로군.

노퍽 봐요, 봐, 시무룩합니다.

(그들은 옆으로 비켜선다.)

울지 크롬웰, 그 뭉치. 국왕께 드렸나?

크롬웰 그의 손에 직접요, 침실에서.

울지 그 서류의
안쪽 면을 들여다보시던가?
크롬웰 곧바로
개봉을 하시고는 처음 눈에 띄는 것을
심각한 마음으로 보셨고, 주의하는
안색이셨어요. 당신에게 여기서 아침에
자기를 기다리라 명하셨죠.
울지 외출하실
준비가 되셨나?
크롬웰 지금쯤 그러시겠지요.
울지 잠시 물러가 있게. (크롬웰 퇴장)
프랑스 왕 여동생 알랑송 공작 부인,
그녀가 돼야 해, 그녀와 결혼하실 테니까.
앤 불린? 아니, 앤 불린 따위는 안 되지,
고운 얼굴 이상의 문제니까. 불린이?
아니, 우린 불린 원치 않아. 로마 소식
속히 듣고 싶구나. 펨브로크 자작 부인?
노퍽 불만이군.
서퍽 국왕이 그에게 분노의 칼날을
간다고 들었겠죠.
서리 주여, 정의를 이룰 만큼
날카롭게 해 주소서.
울지 전 왕비의 시녀가? 기사의 딸아이가
여주인의 여주인? 왕비의 왕비가 된다고?
이 촛불은 밝지 않아. 그 심지를 잘라야지,
그러면 꺼진다. 그녀가 고결하고 잘난 걸
아는데 어떡하지? 하지만 난 그녀가

성마른 루터교도로서 우리의 소송에
불리할 줄로 안다, 이 다루기 힘든 왕의
품에 안길 테니까. 게다가 이교도 하나가,
사악한 크랜머란 작자가 솟아나
국왕의 호의를 잠식한 다음에 그에게
신탁이 되었다.

노퍽 무언가에 짜증 났어.

국왕, 두루마리를 읽으면서 러벌과 함께 등장.

서리 저는 그 무언가가 그의 심금 전체를
아프게 긁었으면 좋겠어요.

서퍽 왕이요, 왕.

국왕 그가 자기 몫으로 재물을 참 많이도 쌓았네!
그리고 참 많은 비용이 매시간 그로부터
막 흘러나오는 것 같아! 절약에 맹세코,
그가 이걸 어찌 긁어모으지? — 아, 경들,
추기경을 봤는가?

노퍽 전하, 저희는 여기 서서
그를 주시했습니다. 그의 뇌에 이상한
동요가 있어요. 입술을 깨물고 움찔하며
갑자기 멈춰 서서 땅을 쳐다보다가,
손가락을 관자놀이에 댄 다음 곧바로
튀듯이 빨리 걸어가다가, 다시 멈춰
가슴을 세게 치고 곧장 달을 향하여
눈길을 던집니다. 저희는 그가 참 이상한
자세를 취하는 걸 봤습니다.

국왕 그 마음에
반란이 일어난 게 틀림없어. 오늘 아침,
그는 내 요청대로 국사와 관련된 서류를
읽으라고 보냈는데, 거기서 내가 뭘 —
맹세코, 무심코 넣었어. — 봤는지 아는가?
사실은 목록인데, 그 내용은 다양한
그의 접시 여러 점, 그의 보물, 집 안의
값비싼 물건과 장식품들로 그 숫자가
너무나도 엄청나서 신하의 소유량을
훨씬 넘어섰다네.

노퍽 그것은 하늘의 뜻으로
웬 요정이 그 서류를 꾸러미 속에 넣어
전하 눈을 축복했습니다.

국왕 그가 하는 묵상이
저 건너 세상의 영적인 대상에 꽂혔다고
짐이 정말 생각하면 그를 늘 사색에
머물게 해 줄 텐데. 하지만 난 그의 생각이
심각히 고려할 가치 없는 세상사일까 봐
걱정되네. (왕은 자리에 앉는다. 그리고 러벌에게 속삭이고
그는 추기경에게 다가간다.)

울지 하느님은 나를 용서하시기를.
(국왕에게) 신은 늘 전하를 축복하소서.

국왕 착한 경은
천상의 자질로 가득하고, 그 맘속에
최고의 미덕 목록 가졌는데 그걸 지금
훑어보고 있었군요. 당신은 영적인 사색에서
짧은 시간 훔쳐 내어 이 지상의 회계를

돌볼 틈조차도 없군요. 분명코, 그 점에서
난 당신을 서툰 관리인으로 여기고
내 동무로 둔 것이 기쁘오.

울지 전하, 저에겐
신성한 업무 위해 쓸 시간도 있지만
제가 맡은 국사의 일부를 생각할 시간도
있답니다. 또 자연은 생명을 보존할 시간도
꼭 요구하는데, 그녀의 연약한 아들인 전
그것도 저의 인간 형제들 틈에서 부득이
유념해야 한답니다.

국왕 그 말은 잘했소.

울지 그리고 전하께선 잘하는 제 행동과
잘하는 제 말을 늘 합치시기 바랍니다,
그러시게 해 드릴 테니까.

국왕 다시 말을 잘했고,
잘한 말은 좀은 좋은 행위요. — 그럼에도
언어는 행위가 아니오. 부왕은 당신을 아꼈소.
그랬다고 하셨고, 본인 말을 당신에게
행위로 완성하셨으니까. 내가 즉위한 뒤로
난 당신을 바로 곁에 두었고, 큰 이득을
챙길 수 있는 곳에 썼을 뿐만 아니라
현재 내가 가진 것을 깎아 내어 당신에게
선물로 하사했소.

울지 (방백) 이게 무슨 뜻이지?

서리 (방백)
주님은 이 일을 키우소서!

국왕 당신을 이 나라의

일인자로 올렸잖소? 지금 내가 공언한 게
사실인지 제발 내게 말해 주고, 그렇다고
고백할 수 있다면 짐에게 빚졌는지
아닌지도 함께 말해 보시오. 어떻소?

울지
주상 전하, 저에게 매일같이 쏟아져 내렸던
국왕의 은혜는 인간의 갖가지 노력을
다 넘어선 것으로서, 마음먹고 연구해도
못 갚을 것임을 고백하옵니다. 제 노력은
제 소망엔 늘 미치지 못했지만 능력과는
보조를 맞추었답니다. 제 자신의 목표는
최고로 신성한 그 옥체의 안녕과
국가의 이익을 늘 지향했단 점에서만
제 것이었습니다. 이 딱한 무자격자,
저에게 듬뿍 내린 당신의 큰 은혜에
전 충복의 감사와, 당신 위해 하늘에 올리는
제 기도와, 죽음의 겨울 맞아 죽기까지
늘 자랐고 또 자라날 제 충성심밖에는
드릴 수 없답니다.

국왕
고운 대답이었소.
충성스레 복종하는 신하가 거기에
예시되어 있으니까. 그에 따른 명예가
그러한 행동의 보답이오, 그 반대일 때는
오명이 벌이듯이. 추정컨대 내 손은
누구보다 당신에게 더 큰 시혜 내렸고,
내 가슴은 사랑을 베풀었고, 내 권력은
영예를 펴 주었기 때문에 당신 손과 가슴과
당신 뇌와 심신의 기능은 모조리 다

당신이 서약한 복종의 의무를 넘어서
말하자면 특별한 애정처럼 누구보다
친구인 내게 더 충성해야만 하오.

울지 단언컨대
저는 과거, 현재와 미래의 제 이익보다는
전하의 것을 위해 늘 노력했습니다.
온 세상이 당신에 대한 의무 저버리고
영혼에서 지워도 — 위험이 무성하게
생각으로 가능한 만큼이나 많이 생겨
더 끔찍한 형태로 나타나도 — 제 의무는
포효하는 홍수에 맞서는 바위처럼
이 거친 강물의 접근을 당신 위해 막으며
굳건히 서 있을 것입니다.

국왕 고귀하게 말했소.
경들은 주목하오, 충성하는 그의 가슴
그가 열어 보여 줬으니까.
(그에게 서류를 준다.) 이걸 읽고
그 뒤엔 이것을, 그런 다음 식욕이 있거든
아침을 먹어 보오.

(국왕, 추기경에게 눈살을 찌푸리며 퇴장하고, 귀족들은 미소 짓고 속삭이며 무리지어 그를 뒤따른다.)

울지 이게 대체 뭔 일이야?
왜 갑자기 화내지? 난 이걸 어떻게 초래했지?
그는 마치 눈에서 파멸을 쏘아 내듯
찌푸리며 날 떠났다. 약 오른 사자는
그를 다친 용감한 포수를 그렇게 쳐다보고
그를 없애 버린다. 이 서류를 읽어야지 —

그가 화난 이유인 것 같아. 맞아, 난
이 서류 때문에 망했다. 이것은 나 자신의
목표를 위하여 — 사실은 교황 직위 얻고자
로마의 친구들에게 줄 뇌물로 — 내가 모은
세상 모든 재물의 장부다. 오, 바보의 몰락에
딱 맞는 부주의야! 웬 삐딱한 악마가
왕에게 보낸 내 꾸러미에 이 핵심 비밀을
내가 넣게 만들었지? 치유책은 전혀 없나?
이걸 그의 뇌리에서 떨쳐 낼 새 술책은?
이번 일로 그는 흥분할 거다. 하지만 난
제대로 먹히면 불운을 제치고 날 꺼내 줄
방법도 알고 있다. 이게 뭐야? "교황님께?"
맹세코, 이건 내가 그 용건 모두와 더불어
성하께 쓴 편지다. 그렇다면, 작별이다.
난 내 모든 위대함의 정점을 찍었고,
영광의 최고 높은 정오에서 난 이제
질 곳으로 서두른다. 난 빛나는 유성처럼
저녁 하늘 위에서 떨어질 것이고
누구도 나를 더 못 볼 거다.

울지에게 노퍽 공작과 서퍽 공작, 서리 백작 및 시종장 등장.

노퍽 국왕 뜻을 들으시오, 추기경. 그분은
당신이 옥새를 곧 우리 손에 넘긴 뒤,

221행 그 용건 헨리 8세와 캐서린 왕비의 이혼 문제.

윈체스터 경 소유의 에셔 가문 저택에
전하의 말씀을 더 들을 때까지
자신을 유폐하라 명하셨소.

울지　　　　　　　　　　멈추시오.
경들의 위임장은? 그렇게 막중한 권한을
말로 쓰진 못하오.

서퍽　　　　　　　　국왕이 입으로
본인 뜻을 특별히 담은 말을 누가 막죠?

울지　그럭하란 뜻이나 말 이상을 — 당신들의
악의라는 뜻인데 — 찾기까지 난 감히, 반드시,
거절할 것이니 참견하는 경들은 아시오.
난 이제 당신들의 거친 본질 — 악심을 느끼오!
그걸로 배 불린 듯 당신들은 참 열심히
내 수치를 따르고, 내 파멸을 부를 수 있다면
만사에서 참 매끈히 무자비해 보이오!
악의 품은 이들이여, 시기심의 길을 가요.
그에 대한 기독교의 인가는 받았을 테지만
언젠가는 합당한 대가를 꼭 치를 거요.
그토록 격렬히 요구하는 그 옥새는 국왕께서 —
나와 당신 주인께서 — 직접 내게 주셨고,
그것을 그 지위 및 영예와 더불어 내 생전에
누리라 하셨으며, 자신의 선의를 확인코자
특허증을 부여했소. 누가 그걸 빼앗죠?

서리　그걸 주신 왕께서.

울지　　　　　　　그럼 직접 하셔야죠.

서리　넌 오만한 역적이다, 신부야.

울지　　　　　　　　　　　　아니다, 오만한 귀족아.

서리는 그리 말한 그 혀를 사십 시간 이내에
과감히 태우는 게 나을 거다.

서리 네 야심은,
너 붉은 죄악이여, 통곡하는 이 땅에서
고귀한 버킹엄, 내 장인을 앗아 갔다.
네 추기경 동료들의 머리를 너 자신과
네 최고 자질과 다 합쳐도 그의 머리카락
한 올의 무게도 안 됐다. 염병할 네 책략!
넌 나를 내가 그를 못 구하게 국왕으로부터,
네가 씌운 그의 죄를 용서해 줄 수 있는
모두로부터 멀리 아일랜드 대리로 보냈고,
그동안 큰 선심을 베풀어 신성한 동정으로,
도끼로 그를 사해 주었다.

울지 말 많은 이 귀족이
내 탓으로 돌리는 이 일과 또 다른 모든 건
순 거짓이라고 답하오. 공작은 법에 의해
받을 벌을 받았소. 내가 그의 죽음에 아무런
사적 원한 없다는 건 그의 추한 소송의
귀족 배심원들이 증언해 줄 수 있소.
내가 만약 수다 떨기 좋아하면 난 당신이
명예만큼 정직성도 없다고 말하면서
영원한 내 주인, 국왕 향한 충성과 진실에서
서리보다 더 고결할 수 있는 자, 그리고
그의 바보짓들을 좋아하는 모두와도

255행 붉은 죄악 추기경의 붉은 관복과 「이사야서」 1장 18절을 동시에 암시하는 말. (아든)

감히 다툴 것이오.

서리 　　　　　　　　내 영혼을 걸고서, 신부야,
너는 그 복장의 보호를 받는다. 안 그러면
내 칼은 네 생피 맛을 봤을 거야. 경들은
이런 오만불손을 듣고도 견딜 수 있나요?
이 녀석에게서? 우리가 이렇게 길들여져
붉은 천 조각에게 이렇게 속는다면
귀족 계급, 작별이다. 각하가 자신의 모자로
우리를 종달새처럼 호리게 둘 테니까.

울지 　　　　　　　　　　　　　　　　네 입맛에
선의는 다 독이로군.

서리 　　　　　　　　　암, 이 땅의 모든 부를
하나로 모아서, 추기경, 너 자신의
두 손에 넣는 그 '선의'는 독이 맞다.
국왕에게 반대하며 교황에게 네가 쓴
그 꾸러미 속의 '선의' — 네 '선의'는, 네가 날
자극해서 말인데, 가장 악명 높을 거다.
노퍽 경, 당신은 진짜로 고귀하시니까,
우리의 공동 이익, 경멸받은 귀족 지위,
우리의 후손들을 — 그가 살면 그들은
신사도 못 될 텐데 — 존중하시니까,
그의 죄악 총합계를, 그의 삶 중에서 수집한
죄목들을 내놔요. 추기경, 난 그 갈색 계집이
키스하며 네 품에 안겼을 때 울리는

281~282행 각하가…테니까　붉은 천 조각으로 새들의 시선을 돌리는 동안 그물을 내려 그들을 잡는 일에 빗대어 한 말. (RSC)

미사의 종보다 더 심하게 널 놀래 줄 테다.

울지 난 이자를 아주 크게 경멸할 수 있지만
자비에 매여 있어 그렇게 못 하는군.

노퍽 추기경, 죄목들은 국왕의 손안에 있지만
더럽다는 것만큼은 말하오.

울지 내 무죄는
국왕께서 내 진실을 그만큼 더 곱게,
오점 없이 아실 때 드러날 것이오.

서리 그걸로
구제받진 못하오. 고맙게도 난 아직
죄목들 중 몇 개를 기억하니 말할 거요.
자, 빨개져서 '유죄'를 외칠 수 있다면, 추기경,
약간의 정직성은 보여 주겠지요.

울지 얘기하오,
최악의 고발에도 맞설 테니. 빨개지면
예의 없는 귀족을 보게 돼서 그렇겠죠.

서리 난 머리보다는 차라리 그게 없길. 갑니다!
첫째, 당신은 국왕의 동의나 이해 없이
교황의 특사직을 따냈고, 그 힘으로
주교들 전체의 권한을 훼손했소.

노퍽 다음으로, 로마 또는 해외 군주들에게
당신이 써 보낸 글 모두에서 "나와 왕은"
이 말을 늘 적었고, 그래서 국왕을
당신 하인 삼았소.

294행 갈색 계집 햇볕에 탄 갈색 피부는 당시의 귀족 여인들이 피하는 것이었기 때문에 서리의 이 말은 출신이 열등한 울지의 저급한 여성 취향을 암시한다. (아든)

서퍽 다음으로, 당신이
황제에게 대사로 갔을 때, 국왕이나
추밀원에 알리지 않은 채 뻔뻔하게
국새를 플랑드르 지역으로 가져갔소.

서리 다음으로, 당신은 커다란 위원단을
국왕의 뜻이나 국가의 허락 없이
전하와 페라라 사이의 친교를 맺기 위해
그레고리 드 카사도 기사에게 보냈소.

서퍽 당신은 순전한 야심으로 국왕의 동전에
당신의 성직자 모자를 새기게 하였소.

서리 그런 다음, 당신은 무수한 재산을 —
어찌 얻었는지는 그 양심에 맡기지만 —
로마에 퍼 주면서 자신의 직위 얻을
길 닦으러 보냈고, 그래서 이 왕국이
완전히 다 망가졌소. 더 많은 게 있지만
다 당신과 관련됐고, 그리고 추악해서
내 입을 더럽히진 않겠소.

시종장 오, 서리 경,
떨어지는 사람을 너무 밀진 않는 게 미덕이오.
그의 흠은 법 적용을 받으니 당신 말고
그 교정에 맡겨요. 큰 분이 썩 작아진 걸
보는 제 마음은 웁니다.

서리 난 그를 용서하오.

서퍽 추기경, 국왕은 더 나아가 명하셨소.

322행 페라라 근대 초기 이탈리아의 여러 시국 중 하나이자 그 시국의 공작 이름.(아든)

당신이 최근에 교황 특사 권한으로
이 왕국 안에서 행한 일은 모두가
국왕 멸시 죄목에 해당되기 때문에
그 일로 당신에게 영장이 발부되어
당신의 모든 물품, 토지와 주택과
동산은 무엇이든 국왕의 보호 밖에
놓이게 되었소. 이것이 내가 받은 임무요.

노퍽　그럼 우린 당신이 어떻게 더 잘 살지
명상하게 두고 갈 것이오. 우리에게
국새를 안 돌려주려는 그 뻣뻣한 대답은
국왕이 아실 테고, 꼭 고마워하실 거요.
그럼 잘 지내시오, 그저 그런 추기경님.

(울지만 남고 모두 퇴장)

울지　그럼, 내게도 그저 그런 당신들, 잘 가라.
잘 가라? 내 모든 권좌에겐 긴 작별이구나.
이것이 인간의 처지다. 오늘은 희망의
여린 잎을 내밀고 내일은 꽃이 피어
발그레한 영예를 품에 듬뿍 안지만,
셋째 날엔 서리가, 죽이는 서리가 내리고
이 착한 느긋한 인간이 자신의 권좌가
굳었다고 완전 확신할 때면 뿌리가 잘려서
나처럼 쓰러진다. 난 오줌통 타고 노는
어린 소년들처럼 지난 여러 여름 동안
영광의 바다 위를 감히 헤쳐 나갔지만
너무 깊이 들어갔어. 크게 부푼 내 오만은
결국 내 밑에서 터졌고 이젠 나를,
봉사에 지쳐서 늙은 나를 영원히 묻어야 할

험악한 물결의 처분에 맡기고 떠났다.
이 세상의 헛된 영화, 영광을 난 미워해!
마음이 새로 열린 느낌이다. 오, 군주들의
호의에 매달리는 불쌍한 자, 참 비참하구나!
우리가 열망하는 군주들의 미소와
달콤한 표정과 그로 인한 파멸들 사이에는
전쟁이나 여자보다 더 큰 고통, 공포가 들어 있어
그가 추락할 때면 루시퍼처럼 추락하면서
다시는 희망을 못 가진다.

크롬웰 등장, 경악한 채 서 있다.

아니, 뭔가, 크롬웰?

크롬웰 각하, 말할 힘도 없답니다.

울지 뭐, 내 불운에
경악했단 말인가? 큰 인물이 기운다고
자네가 놀랄 수 있는가? 아니, 울면
난 진짜 쓰러지네.

크롬웰 각하, 어떠세요?

울지 허, 좋아.
이렇게 정말로 행복한 적 없었네, 크롬웰.
난 이제 나를 알고 지상의 직위들을
다 넘어선 평화를, 참 편안한 양심을
내 안에서 느끼네. 국왕이 날 치유했어,
전하께 겸허히 감사해, 또 함대도 가라앉힐

371행 루시퍼 하늘에서 떨어진 거만한 대천사, 사탄과 동일시된다.

과한 영예 — 그 부담을 연민의 정으로
이 두 어깨, 무너진 두 기둥에서 벗겨 줬어.
오, 그것은 하늘을 희망하는 사람에겐
짐이야, 크롬웰, 그건 너무 큰 짐이야.

크롬웰 각하께서 그걸 옳게 쓰셔서 기쁩니다.

울지 그랬으면 좋겠네. 난 이제 내가 가진
불굴의 정신으로 마음 약한 내 적들이
감히 입힐 고통보다 더 많은 그리고
훨씬 더 큰 것을 견딜 수 있다고 생각해.
뭔 소식이 퍼졌는가?

크롬웰 가장 크고 나쁜 건
국왕의 미움을 산 당신이죠.

울지 그에게 축복을.

크롬웰 그다음은 토머스 모어 경이 당신 대신
대법관에 선정된 것입니다.

울지 좀 급했군.
하지만 박식한 사람이야. 그가 계속
전하의 호의를 오래 얻고, 정의를
진실과 양심대로 행한 결과 그 유골이
그가 수명 다하여 축복 속에 잠들 때
고아들이 눈물을 흘리는 무덤에 묻히기를.
더는 없나?

크롬웰 크랜머가 환영받고 돌아와
캔터베리 대주교에 봉해졌답니다.

울지 그건 정말 소식이군.

크롬웰 끝으로 국왕께서
오랫동안 비밀히 결혼했던 앤 숙녀가

오늘은 왕비로서 공개리에 나타나
예배당에 가면서, 이제는 그녀의
대관식을 논의하는 목소리뿐입니다.

울지 그 무게에 내가 끌려 내려왔네. 오, 크롬웰,
국왕은 날 넘어섰어. 난 모든 영광을
그 여자 하나로 인하여 영원히 잃었네.
내 영예를 선도하거나, 내 미소를 따르던
그 귀족 무리를 금칠해 줄 태양은
다시 뜨지 않을 거야. 날 떠나게, 크롬웰,
난 불쌍한 추락한 사람이야, 자네의
주인 될 자격도 이젠 없어. 국왕을 찾아가 —
그 태양은 절대 지지 않기를. 자네가 누구고
얼마나 진실한지 말해 줬어. 승진시킬 거야.
나에 대한 기억으로 자극을 받은 그는 —
그 고귀한 본성을 난 아는데 — 자네의
유망한 봉사를 썩히지 않을 거야. 크롬웰,
그를 무시하지 말게. 현재의 이익을 챙겨서
미래의 안전을 준비해.

크롬웰 오, 추기경님,
당신을 떠나야 합니까? 이토록 착하고
고귀하며 진실한 주인님을 버려야 합니까?
냉혈한이 아닌 사람 모두는 증언하라,
크롬웰이 얼마나 슬프게 주인을 떠나는지.
제 봉사는 국왕께 할 테지만 기도는
영원히, 영원히 당신 위해 드릴 것입니다.

울지 크롬웰, 난 온갖 고통에도 눈물은 한 방울도
안 흘렸다 생각했네. 그런데 자넨 내게

그 정직한 진실로 여자 역을 강요했어.
우리의 눈물 닦고, 이것만 들어주게, 크롬웰.
또 내가 잊혀서, 그렇게 될 텐데, 내 얘긴
더 이상 안 들릴 게 분명한 무디고 찬
대리석 안에서 잠잘 때, 내가 자넬
가르쳤다 말하게. 한때는 영광의 길 걸었고,
영예의 심연과 여울을 다 탐사했던 울지가
자신의 파선에서 확실하고 안전한 출셋길,
본인은 놓쳤지만 찾아 줬다 말하게.
내 추락과 날 파괴한 그것만 주목해.
크롬웰, 명령이야, 야심을 내던져. 그 죄로
천사들도 추락했어. 그런데 창조주의 모사품,
인간이 어떻게 그걸로 이기길 바라나?
자애는 끝에 하고, 미운 자들 끌어안게.
부패로는 정직보다 더 많이 못 얻네.
오른손엔 순한 평화 늘 지니고, 시기하는
혀들을 잠재우게. 공정하면 두려워 말게나.
자네의 목표는 다 이 나라와 주님과
진실이 되도록 해. 그럼 자넨 쓰러져도,
오, 크롬웰, 축복받은 순교자로 쓰러지네.
국왕을 모시게. 그리고 날 데리고 들어가
내가 가진 모든 것의 목록을 만들게.
마지막 한 푼까지 국왕 거야. 이제는
내 예복과 하늘 향한 정직만이 내 것으로
감히 부를 전부라네. 오, 크롬웰, 크롬웰,
내가 나의 주님을 왕을 섬긴 열정의
반만 갖고 섬겼다면 그분은 노년의 날

적들에게 무방비로 넘겨주진 않으셨어.

크롬웰 주인님, 참으세요.

울지 그러지. 내 희망은
하늘에 있으니까 궁정의 희망은 잘 가라. (함께 퇴장)

4막 1장

두 신사, 서로 만나면서 등장.

신사 1 다시 한번 잘 만났소.

신사 2 나도 마찬가지요.

신사 1 여기 서 있다가 앤 숙녀가 대관식을 마치고 가는 걸 보려고 오셨소?

신사 2 내 볼일은 그게 다죠. 지난 우리 만남에선 버킹엄 공작이 심판을 마치고 나왔죠.

신사 1 딱 맞혔소. 그때는 슬픔이 보였지만 지금은 모두들 환희하오.

신사 2 잘됐네요. 시민들은 확신컨대 관대한 마음을 다 드러내면서 — 그들은 공평하게 말하면, 늘 열심이니까 — 볼거리와 행렬과 영예로운 구경으로 오늘을 축하한답니다.

신사 1 이보다 더 크고, 확신컨대, 더 환영받은 건 없었어요.

신사 2 손안에 든 서류의 내용이 무엇인지

4막 1장 장소 웨스트민스터, 길거리.

주제넘게 물어봐도 될까요?

신사 1 　　　　　　　　　　　예, 이건
오늘 열린 대관식의 관례에 따라서
관직을 요청한 이들의 명단이랍니다.
첫째로, 서퍽 공작, 왕실 집사장직을,
다음으로 노퍽 공작, 문장원 총재직을
요청했답니다. 나머진 읽어 보시지요.

신사 2 　고맙소. 내가 그런 관습을 몰랐다면
당신의 서류를 들여다봐야겠죠.
하지만 간청컨대 캐서린, 미망인 왕녀는
어떻게 되나요? 그녀 일은 처리됐소?

신사 1 　그것도 말해 주죠. 캔터베리 대주교가
자기 교단 소속의 박식하고 존경받는
신부들을 대동하고 왕녀께서 머무는
앰프힐로부터 6마일 떨어진 던스터블에서
최근에 법정을 열었고, 그녀는 거기로
여러 번 소환되었으나 나타나진 않았소.
줄이자면, 불출석과 왕의 최근 가책으로
그녀는 이 모든 박식한 사람들의
전반적인 동의하에 이혼을 당했고,
이전의 결혼은 무효가 됐답니다.
그 후로 그녀는 킴볼턴성으로 물러나
지금은 병들어 계시오.

신사 2 　　　　　　　　　　　아, 착한 부인. 　　(나팔 소리)
나팔이 울려요. 조용히. 왕비가 옵니다.

대관식 순서

1. 활기 넘치는 트럼펫 팡파르.
2. 그런 다음 판관 둘.
3. 옥새 주머니와 직장을 앞세운 대법관.
4. 합창단원들. 음악.
5. 직장을 든 런던 시장. 그런 다음, 문장을 수놓은 겉옷 입고, 머리에는 도금 동관을 쓴 문장관.
6. 금제 홀을 들고 그 머리에는 작은 금제 관을 쓴 도싯 후작. 그와 함께 비둘기가 새겨진 은제 막대를 들고, 그 머리에는 작은 백작 관을 쓴 서리 백작. 에스 자 모양의 목걸이 착용.
7. 관복 차림에 작은 관을 쓰고, 왕실 집사장으로서 길고 흰 지팡이를 든 서퍽 공작. 그와 함께 의전관의 막대를 들고 그 머리에 작은 관을 쓴 노퍽 공작. 에스 자 모양의 목걸이 착용.
8. 다섯 항구의 네 남작이 운반하는 천개. 그 아래엔 예복 차림에 머리칼은 진주로 호화롭게 장식하고 관을 쓴 앤 왕비. 그녀 양쪽에 런던과 윈체스터의 주교들.
9. 꽃으로 꾸며진 금 화관을 쓰고 왕비의 예복 뒷자락을 붙잡은 고령의 노퍽 공작 부인.
10. 꽃 장식이 없는 수수한 금테 두른 귀부인 또는 백작 부인 몇 명.

(이들은 순서와 신분 따라 무대를 가로질러 퇴장하고, 그런 다음 요란한 트럼펫 팡파르)

신사 2　분명코 장엄한 행렬이오. 이들은 내가 알고.
홀을 든 저 사람은 누구요?

신사 1 도싯 후작이고,
막대를 든 저 사람은 서리 백작입니다.
신사 2 대담하고 용감한 신사요. 저 사람은
서퍽 공작 맞지요.
신사 1 바로 그요, 집사장.
신사 2 또 저이는 노퍽 경?
신사 1 예.
신사 2 (앤을 본다.) 하늘의 축복을!
그대의 얼굴은 내가 본 중 최고로 예쁘오.
자, 내 영혼에 맹세코 그녀는 천사요.
우리 왕은 품 안에 인도를 다 가졌고,
저 숙녀를 품을 땐 더 많이, 더 풍부히 가지오.
난 그의 양심을 비난 못 하겠소.
신사 1 그녀 위로
영예의 천을 받든 이들은 저 다섯 항구의
네 남작들이오.
신사 2 그들과 그녀의 곁에 있는 모두는 행복하오.
그녀 옷 뒷자락을 잡은 이는 추측건대
고령의 귀부인, 노퍽 공작 부인이오?
신사 1 그렇소, 그 나머진 백작 부인들이오.
신사 2 작은 관을 썼으니까. 별들이오, 진짜로 —
신사 1 때로는 떨어지죠.
신사 2 그 얘긴 그만하죠.

셋째 신사 등장.

신사 1 안녕하십니까. 진땀 빼며 어디를 다니셨소?

신사 3 입추의 여지 없는 그 성당의 군중들
틈에 있었답니다. 환희하는 그들의
순전한 악취로 숨 막혔죠.

신사 2 그 의식을
직접 보셨습니까?

신사 3 그랬지요.

신사 1 어땠어요?

신사 3 대단히 볼만했죠.

신사 2 말씀 좀 해 주시오.

신사 3 가능한 한 잘해 보죠. 귀족과 숙녀들이
호화로운 물결처럼 왕비를 그 성가대석의
준비된 자리로 인도한 뒤 그녀와 좀
거리를 두는 동안, 마마께선 잠시 동안
쉬려고 — 반 시간쯤 말이죠. — 화려한 옥좌에
자리를 잡은 다음 아름다운 그 자태를
그곳 사람들에게 아낌없이 드러내었는데 —
참말로, 여태껏 남자 곁에 누웠던 중
가장 멋진 여자였소. — 그것을 사람들이
통째로 봤을 때, 바다의 거센 태풍 속에서
밧줄들이 낼 법한, 그만큼 크고 많은
음색의 소리가 일어났소. 모자, 외투 —
내 생각엔 조끼가 — 날았고, 자기네 얼굴도
내던질 뻔했답니다. 그러한 환희는
본 적이 없었소. 출산을 나흘도 안 남긴
배불뚝이 여인들도 옛 시절 전쟁의
공성퇴가 된 듯이 군중들을 동요시켜
앞에서 비틀대게 하였소. 거기선 누구도

"이게 내 아내요." 말할 수 없었고, 모두들
이상하게 하나로 엉켰죠.

신사 2 그다음엔?

신사 3 마침내 마마가 일어나 정숙한 걸음으로
제단에 다가가서 무릎 꿇고 성자처럼
고운 눈을 하늘로 향하며 경건히 기도했죠.
그런 다음 일어나 사람들에게 인사했고,
그랬을 때 캔터베리 대주교에 의하여
그녀는 성유와 에드워드 참회왕의 보관과,
막대와 평화의 새 같은 왕비의 표시물을
다 갖췄고, 그러한 상징물 모두는
고귀하게 주어졌죠. 그런 뒤에 성가대가
왕국에서 최고로 엄선된 음악에 맞추어
'테 데움'을 노래했고, 그녀는 거길 떠나
꼭 같은 행렬을 대동하고 만찬장인
요크 저택 쪽으로 갔답니다.

신사 1 보시오,
더 이상 요크 저택이라고 불러선 안 되오.
추기경의 몰락 후 그 명칭은 없어졌소.
이제는 왕의 건물 '화이트홀'이오.

신사 3 알지만
너무나 최근에 바뀌어 내겐 옛 이름이
아직도 생생하오.

신사 2 왕비의 양옆에서
함께 갔던 존귀한 두 주교는 누구죠?

92행 테 데움 우리 하느님. 찬송가나 감사기도의 첫 라틴어 구절.

신사 3 스톡슬리와 가드너로 한쪽은 국왕의 비서가
새로이 승진시킨 윈체스터의, 다른 쪽은
런던의 주교요.

신사 2 윈체스터 주교는
고결한 크랜머 대주교가 썩 좋아하지는
않는 사람이지요.

신사 3 온 나라가 다 알죠.
근데 아직 큰 불화는 없어요. 생긴다면,
크랜머는 주눅들지 않을 친구 만날 거요.

신사 2 제발 그게 누굽니까?

신사 3 토머스 크롬웰로
왕에게 높은 평가 받는 이로 참말이지
훌륭한 친구지요. 국왕은 그 사람을
저 보석 보관소 감독관에 임명했고,
추밀원 의원으로 이미 올려놨답니다.

신사 2 더 큰 대접 받을 거요.

신사 3 예, 의심할 바 없이.
자, 신사분들, 난 지금 궁정을 향하는데
함께 가서 거기서 내 손님이 돼 주시오,
내 명령이 좀 통하니까. 거기로 가면서
더 얘기해 드리죠.

신사 1, 2 명을 따르겠습니다. (함께 퇴장)

4막 2장

미망인 캐서린, 병든 채 그녀의 신사 안내인
그리피스와 시녀인 페이션스의 부축을 받으며 등장.

그리피스 마마, 어떠세요?
캐서린 오, 그리피스, 아파 죽네.
다리는 무거운 가지처럼 땅으로 굽어서
얹힌 짐을 흔쾌히 버리려 해. 의자 좀 줘.

(그녀는 앉는다.)

그렇지. 이제야 좀 편안해진 것 같아.
그리피스, 날 데려오면서 말하지 않았나,
큰 영예를 타고났던 그 울지 추기경이
죽었다고?
그리피스 예, 마님, 하지만 통증 때에
귀담아듣지는 않으신 것 같습니다.
캐서린 그리피스, 어떻게 죽었는지 말해 줘.
잘 갔으면 나에게 적절한 선례를 남기고
발걸음을 옮겼어.
그리피스 잘 갔대요, 소문으론.
저 강건한 노섬벌랜드 백작이 그이를
요크에서 체포하여 썩어 빠진 사람으로
심문받게 하려고 데리고 나온 뒤로
갑자기 병들고 너무 아파 노새 위에
앉지도 못했으니까요.
캐서린 아이고, 불쌍해라.
그리피스 결국엔 길을 잘게 나누어 라이스터로 와
수도원에 묵었고, 그곳 수도원장은
구성원과 다 함께 귀하게 받아 줬답니다.
근데 그는 그에게 "오, 원장 신부님,

4막 2장 장소 킴볼턴, 왕비의 방.

나라의 폭풍으로 부서진 한 노인이
지친 뼈를 당신들 사이에 뉘려고 왔습니다.
자비를 베풀어 땅을 좀 주시오.” 그랬죠.
그러곤 침대로 갔는데, 그의 병은 맹렬히
그를 계속 쫓아왔고, 사흘 밤이 지난 뒤
마지막이 될 거라고 그 자신이 예언했던
8시쯤, 참회와 연이은 명상과
눈물과 슬픔이 가득한 상태에서
자신의 영예는 세상으로, 축복받은 영혼은
하늘로 되돌리고 편안히 잠들었죠.

캐서린 그렇게 쉬기를. 잘못은 가벼워질 테니까.
그럼에도, 그리피스, 이 말은 허락하게,
자비로이 말할 테니. 그이는 한없는 욕심을
가졌던 사람으로 늘 자신을 군주들과
동급으로 여겼고, 온 왕국을 음모로
다 얽어맸었지. 성직 매매, 당당히 범했어.
자신의 견해가 법이었고. 어전에서
허위를 말하곤 했으며, 말과 의미 양쪽으로
늘 이중적이었지. 파괴하려 했을 때 말고는
그 누구에게도 동정심을 안 보였어.
그가 했던 약속은 당시의 그처럼 막강했지.
하지만 실천은 지금의 그처럼 전무했네.
몸으로도 나쁜 짓 했었고, 성직자들에겐
나쁜 모범 보였어.

그리피스 고귀하신 마님,
인간의 악습은 동판에 살아남고, 미덕은
물 위에 쓴답니다. 황송하나, 마마, 이제

좋은 점을 들어 보시겠어요?

캐서린 음, 그리피스,
안 그럼 난 심술쟁이일 거야.

그리피스 이 추기경은
출신은 미천해도 틀림없이 큰 영예를
얻게 될 팔자였죠. 그는 요람에서부터
학자였고, 게다가 원숙하고 훌륭했고,
유달리 현명하고 말 잘하며 설득력 있었죠.
싫다는 자들에겐 도도하고 뚱했지만
그를 찾는 이들에겐 여름처럼 달콤했죠.
또 그가 착취에는 만족을 몰랐지만 —
그건 죄였어요. — 그래도 베푸는 덴, 마님,
가장 군주 같았어요. 그 증거로 그가 세운
쌍둥이 배움터, 입스위치와 옥스퍼드를
보십시오. — 한곳은 그가 베푼 선의보다
오래 살기 싫어서 그와 함께 쓰러졌죠.
그러나 다른 곳은 미완성인데도 학문에서
실로 유명 탁월하며, 쭉 그렇게 자라나
기독교권에선 늘 그의 미덕, 얘기할 겁니다.
그는 타도됨으로써 행복 세례 받았어요,
바로 그때, 그때서야 스스로 약자의 축복을
느끼고 찾았으니까요. 또 그의 노년에
인간이 줄 수 있는 것보다 더 큰 영예를
덧붙여 주자면, 그는 신을 겁내며 죽었어요.

캐서린 난 내가 죽은 뒤 내 명예를 썩지 않게
유지하기 위하여 생전의 내 행동 전달자로
그리피스처럼 정직한 기록자 말고는

다른 전령, 대변인을 바라지 않는다네.
자네는 생전에 내가 가장 미워했던 사람을,
자네의 종교적 진실과 겸손으로 그 고인을
존경하게 해 주었네. 평화로이 잠들기를.
페이션스, 늘 내 곁을 지키고 날 뉘어 줘.
널 오래 괴롭히진 않으마. 착한 그리피스,
악사들이 내가 택한 슬픈 곡을 조종처럼
연주하게 해 주게, 그동안 난 앉아서
내가 접할 천상의 화음을 음미할 테니까.

(슬프고 엄숙한 음악)

그리피스　주무신다. 착한 애야, 깨지 않으시도록
조용히 앉아 있자, 친절한 페이션스.

환영

엄숙하게, 연이어 사뿐사뿐 걸으면서 여섯 인물이
흰 복장으로, 머리엔 월계수 화관을 또 얼굴엔 금빛
가면을 쓰고, 손에는 월계수나 종려나무 가지를 든 채
등장. 그들은 처음 그녀에게 가볍게 절하고, 몇 가지
춤 동작에서는 앞선 두 명이 그녀의 머리 위에 따로
준비한 화관을 받쳐 들고, 다른 네 명은 거기에
공손히 절한다. 그런 다음 그 화관을 들고 있던
두 명은 그것을 다음 두 명에게 전달하고, 그들은 춤
동작을 같은 순서로 지키면서 그 화관을 그녀의 머리
위에 받쳐 든다. 그렇게 한 뒤에 그들은 그 화관을
마지막 두 명에게 넘겨주고 그들도 같은 순서를 지킨다.
그랬을 때 (마치 영감을 받은 듯이) 그녀가 자면서
환희의 표시를 보이고 두 손을 하늘로 쳐든다.

그들은 그렇게 춤추면서 그 화관을 가지고 사라진다.

음악은 계속된다.

캐서린 평화의 정령들아, 어디 있니? 다 갔어,
나를 여기 너희 뒤에 비참하게 남겨 두고?

그리피스 마님, 저흰 여기 있어요.

캐서린 너흴 부른 게 아냐.
내가 잘 때 온 사람 못 봤어?

그리피스 예, 마님.

캐서린 그래? 바로 지금 축복받은 한 무리가
빛나는 얼굴로 태양처럼 많은 빛을
나에게 비추며 만찬 초대하는 거 못 봤어?
그들은 나에게 영원한 행복을 약속했고
화관을 줬는데, 그리피스, 난 아직 쓸 자격이
없다고 생각해. 앞으론 꼭 있을 거야.

그리피스 마님, 그렇게 멋진 꿈을 듬뿍 상상하셔서
참으로 기쁩니다.

캐서린 그 음악을 끝내게.
나에겐 거칠고 무거워. (음악이 그친다.)

페이션스 마마께서
얼마나 급변하셨는지 알아차리겠어요?
얼굴은 얼마나 길어지고, 창백하고,
흙처럼 차가워 보이는지? 눈을 봐요.

그리피스 가신다, 얘. 기도해, 기도해.

페이션스 하늘의 위안을.

사자 등장.

사자 황송하나 마마 —

캐서린 건방진 녀석이군.
짐이 받을 존경이 이게 다냐?

그리피스 (사자에게) 책임져요,
마마께서 옛 위엄을 안 잃으신 줄 알면서
그렇게 거친 행동 보이다니. 허, 꿇어요.

사자 겸허히 마마의 용서를 간청하옵니다.
급해서 예의를 잊었어요. 국왕이 보내온
한 신사가 뵙기를 기다리고 있답니다.

캐서린 입장시켜, 그리피스. 하지만 이 녀석은
다신 눈에 안 띄게 해. (사자 퇴장)

카푸티우스 경 등장.

잘못 본 게 아니라면
그대는 황제의 대사로 나의 왕족 조카이고,
이름은 틀림없이 카푸티우스일 것이네.

카푸티우스 맞습니다, 마마. 당신 하인입니다.

캐서린 오, 대사,
그대가 날 처음 본 이래로 시절과 호칭이
내겐 이제 이상하게 변했네. 근데 제발
내겐 무슨 볼일인가?

카푸티우스 고귀하신 부인,
첫째는 마마께 봉사하는 것이고, 다음으론
국왕의 요청으로 방문하게 되었는데,
그분은 당신이 약해져서 크게 슬퍼하시고
저를 통해 군주의 안부를 전하시며

큰 위안 받으시길 진심으로 애원하십니다.

캐서린 오, 대사, 그 위안은 너무 늦게 왔다네.
사형 집행 끝난 뒤에 도착한 사면 같아.
그 양약을 제때 받았더라면 난 치유됐겠지만
이 세상 위안은 기도 빼곤 이제 다 소용없네.
전하는 어떻게 지내셔?

카푸티우스 마님, 건강히요.

캐서린 늘 그러하시고, 이 몸이 벌레들과 머물며
불쌍한 내 이름이 왕국에서 추방됐을 때에도
늘 번성하시기를. 페이션스, 내가 네게
쓰라고 한 편지는 아직 안 보냈지?

페이션서 예, 마님.

캐서린 대사, 이것을 최고로 겸허히 바라건대,
내 주인 국왕께 전달하게.

카푸티우스 참으로 기꺼이요.

캐서린 거기서 난 순결한 우리들 사랑의 모형인
전하의 어린 딸을 그의 친절에 맡겼네. —
하늘의 축복 이슬 걔에게 막 내리길! —
고결한 교육을 시켜 주고 — 그 애는 어리고
본성이 귀하며 겸손해. 잘 대접받길 바라. —
그를 사랑하였던, 얼마나 극진했는지는
하늘이 알지만, 걔 어미를 보아서 걔를 좀
아껴 달라 간청했네. 나의 다음 작은 청은
나의 행불행을 아주 오래 충실히 따랐던
비참한 내 시녀들에게 고귀한 전하께서

132행 어린 딸 메리. 후에 잉글랜드 및 아일랜드의 여왕(1553~1558).

동정을 좀 베풀어 달라는 것인데,
그들 중엔 단 하나도, 내 감히 서약하지 —
지금은 거짓을 말해선 안 될 테니 —
영혼의 참된 미와 미덕과 순결과
의젓한 태도로 봤을 때 참 멋진 남편을 —
귀족이길 바라는데 — 못 얻을 애가 없고,
걔들 가질 남자는 분명코 행운아일 것이야.
끝으로 내 하인들 — 최고로 가난해도
궁핍 땜에 날 버리고 떠날 순 없었는데 —
그들이 마땅히 받아야 할 임금과
날 기억할 추가분을 받을 수 있기 바라.
하늘이 원하시어 나에게 더 긴 목숨과
재력을 주셨다면 이렇게 헤어지진 않았어.
이것이 그 내용의 전부이고, 대사가
세상에서 가장 깊이 사랑하는 것에 걸고,
망자들의 영혼에게 교인의 평안을 바라듯이
이 불쌍한 이들의 친구로서 국왕을 재촉해
최후의 내 권리를 쓰도록 해 주게.

카푸티우스 꼭 그러죠.
안 그럼 전 인간의 모습을 버릴 것입니다.

캐서린 정직한 대사여, 고맙네. 온갖 겸손 다하여
그대가 전하께 내 안부를 전해 주게.
그의 오랜 골칫거리가 이제 이 세상을
떠난다고 말하게. 난 죽어 그를 축복한다고
말해 주게, 그럴 테니. 눈이 어두워져. 대사,
잘 있게. 그리피스, 잘 있게. 아, 페이션스,
넌 아직 날 떠나선 안 돼, 난 침대로 가야 해.

시녀를 더 불러라. 죽었을 땐, 착한 애야,
영예로이 대우해 줘. 처녀 꽃을 뿌려서
무덤에 갈 때까지 난 순결한 아내였다는 걸
온 세상이 알게 해 줘. 향유를 뿌린 다음
밖으로 내 보네. 폐비가 되었지만 그래도
왕비이자 어느 왕의 딸로서 날 묻어 줘.
더는 못 버티겠다. (캐서린을 모시고 함께 퇴장)

5막 1장

윈체스터 주교인 가드너, 그 앞에서 횃불을 든
시동 하나와 함께 토머스 러벌 경을 만나면서 등장.

가드너 지금이 1시지, 얘, 안 그래?
시동 지났어요.
가드너 지금은 기쁜 일이 아니라 필요한 일들을
해야 할 시간이다. 편안한 휴식으로
우리의 심신을 보수할 때이지 시간을
허비할 땐 아니야. 좋은 밤, 토머스 경,
이리 늦게 어디로?
러벌 왕을 떠나오셨소?
가드너 예, 토머스 경, 서퍽 경과 카드놀이 하실 때
그를 떠나왔지요.
러벌 나도 그의 취침 전에
그에게 가야 하오. 작별하겠습니다.

5막 1장 장소 런던, 궁정의 복도.

가드너 잠깐만, 토머스 러벌 경. 뭔 일이오?
서두는 것 같은데. 큰 죄가 아니라면
당신의 친구에게 당신의 최근 일을
귀띔해 주시오. 유령들이 떠돌듯이
한밤중에 떠돌아다니는 사건은
대낮에 해치워야 할 일보다 그 성격이
더 사납죠.

러벌 주교님, 난 당신을 사랑하여
나의 이 일보다 훨씬 더 막중한 비밀을
감히 의탁합니다. 왕비가 산통을 겪는데 —
소문으론 극심하여 산통으로 죽을까 봐
걱정한답니다.

가드너 그녀 몸에 들어선 열매는,
진심으로 비는데, 좋은 때를 찾아서
살기를 바라오. 근데 그 나무는, 토머스 경,
지금 뽑혀 버리면 좋겠소.

러벌 난 아멘을 외칠 수
있을 것 같은데도 내 양심상 우리는
더 나은 소원을 그 멋진 상냥한 부인께
품어야 한다고 말하겠소.

가드너 하지만 봐요, 봐 —
들어 봐요, 토머스 경. 당신은 가는 길이
나와 같은 신사요. 현명하고 독실한 줄 아는데,
상황은 단언컨대, 절대 좋지 않을 거요. —
그럴 거요, 토머스 러벌 경, 장담하오. —
(그녀의 두 수족) 크랜머와 크롬웰이 그녀와
무덤에서 잘 때까진.

러벌 당신은 이 왕국의
최고 명사 두 사람을 얘기하오. 크롬웰은
그 보석 보관소 외에도 기록 감독관에다
국왕의 비서요. 게다가, 주교님,
더 많은 출세의 기회와 길목에 서 있고,
시간 따라 쑥쑥 자랄 겁니다. 대주교는
국왕의 손과 혀데 누가 감히 그에 맞서
한마디 하겠어요?

가드너 맞아요, 예, 토머스 경,
감히 그럴 사람들이 있는데, 나 자신도
그에 대한 속마음을 얘기하는 모험 했고,
실은 오늘 — 말해 줘도 괜찮을 것 같은데 —
난 추밀원 의원들을 발끈하게 했답니다.
그를 최악 이단자, 이 땅을 더럽히는
역병이라 불러서. — 그렇다고 난 아니까,
그들도 그리 알고. — 그래서 화가 난 그들은
국왕에게 말 꺼냈고, 그는 우리 불평에
아주 크게 귀 기울여, 자신의 큰 미덕과
군주다운 걱정으로 우리가 논거로 제시한
무서운 악행들을 예견하며 내일 아침
추밀원 회의로 그를 소환하라고 명했소.
그는 마구 자라난 잡초요, 토머스 경,
우린 그를 뿌리 뽑아야 하오. 당신 일을
너무 오래 막았군요. 잘 자요, 토머스 경.

러벌 주교님, 푹 주무십시오. 난 당신 하인이오.

(가드너와 시동, 함께 퇴장)

국왕과 서퍽 등장.

국왕 찰스, 난 오늘 밤 놀이는 그만둘 것이네.
집중을 못 하겠어. 자넨 너무 힘들어.

서퍽 전하, 전 한 번도 이긴 적 없답니다.

국왕 거의 없었지, 찰스,
내가 정신 차리면 앞으로도 그럴 테고.
그래, 러벌, 왕비 쪽 소식은 무엇인가?

러벌 전하께서 명하신 걸 제가 직접 못 전하고
시녀를 통하여 전갈을 보냈는데,
그녀는 최대한 겸손하게 감사를 되돌리며
전하께서 참으로 진지하게 그녀 위해
기도해 주시길 바랐어요.

국왕 뭐라고? 하?
그녀 위해 기도를? 아니, 그녀가 소리 질러?

러벌 시녀가 그러는데 그녀는 진통할 때마다
고통으로 거의 죽었답니다.

국왕 아, 착한 부인.

서퍽 신이시여, 그녀가 안전하게 몸을 풀고
부드러운 산고 끝에 전하께서 후계 얻는
기쁨을 주소서.

국왕 한밤이 되었네, 찰스.
자러 가게, 그리고 자네가 기도할 때
왕비의 딱한 처지 기억하게. 물러가라,
난 누구와 함께해도 도움 안 될 사안을
생각해야 하니까.

서퍽 전하께서 편안한 밤

보내시길 바라고, 착하신 여주인도
제 기도로 기억하겠습니다.

국왕 잘 자게, 찰스. (서퍽 퇴장)

앤서니 데니 경 등장.

그래, 뭔 일인가?

데니 전하, 저에게 명하신 그대로 대주교를
데리고 왔습니다.

국왕 하? 캔터베리 말인가?

데니 예, 전하.

국왕 맞았어. 어디 있나, 데니?

데니 전하 뜻을 기다려요.

국왕 짐에게 데려와라. (데니 퇴장)

러벌 (방백)
이것이 그 주교가 말했던 사건이군.
난 운 좋게 이리 왔어.

크랜머와 데니 등장.

국왕 이 복도를 비워라! (러벌은 남으려는 것 같다.)
하? 말했잖아. 썩 나가라.
뭐야? (러벌과 데니 함께 퇴장)

크랜머 (방백) 무섭구나. 왜 이렇게 찌푸리지?
저것은 공포의 낯빛이다. 다 안 좋아.

국왕 어떻소, 대주교? 당신은 내가 왜 불렀는지
꼭 알고 싶겠지요.

크랜머　(무릎을 꿇는다.)　제 의무는 전하 뜻을
기다리는 것입니다.

국왕　제발 일어나시오,
착하고 자비로운 캔터베리 대주교.
자, 당신과 난 함께 좀 걸어야 하겠소,
소식이 있으니까. 자, 자, 손을 이리 주시오.
아, 대주교, 난 내가 하는 말에 비통하고,
되뇌는 다음 말에 대단히 애석하오.
난 최근에 그리고 참으로 마지못해,
당신에 대하여 통탄할 — 정말로 통탄할 —
불평을 많이 듣고 그것들을 고려한 뒤
짐과 짐의 추밀원은 당신이 오늘 아침
짐 앞에 나오도록 했는데, 당신이 거기에서
쉽게 못 벗어날 것임을 난 알기 때문에
당신의 답변이 요구되는 고발에 대하여
심문이 더 있기까지 참을성을 가지고
썩 만족하면서 짐의 탑을 당신의 집으로
삼아야 하겠소. 당신은 짐의 측근이니까
이 방식이 맞아요, 안 그럼 반대 증언 하려고
아무도 못 올 테니.

크랜머　(무릎을 꿇는다.)　겸허히 감사드리옵고,
이 좋은 기회에 철저한 키질을 당하면
제 알곡은 겉껍질과 분리될 것이므로
매우 기쁘옵니다. 불쌍한 사람인 저보다
더 험한 중상을 받는 이는 아무도 없다고

105행 탑　당시에 감옥으로 쓰였던 런던 탑을 말한다.

알고 있으니까요.

국왕 일어나요, 캔터베리.
그대의 진실과 고결함은 그대의 친구인
짐에게 뿌리를 내렸소. 손을 주고, 일어나요.
제발 좀 걸읍시다. 자, 신성에 맹세코,
당신은 대체 어떤 사람이오? 대주교,
난 당신이 내가 좀 애를 써서 당신과
이 고소인들을 함께 불러 당신을 더 이상
감금 않은 상태로 당신 말을 듣게 해 달라는
탄원을 할 거라고 생각했소.

크랜머 지엄하신 전하,
제가 가진 이점은 진실과 정직성입니다.
그것이 무너지면 저는 제 적과 함께 이 몸을
무찌를 것이고, 그런 미덕 결여된 그것은
가치 없다 여깁니다. 전 험담이 무엇이든
전혀 겁이 안 납니다.

국왕 당신의 처지가
세상에서, 이 세상천지에서 어떤지 몰라요?
당신 적은 적잖이 많으며, 그들의 계략도
그에 상응할 것이 틀림없고, 이 문제의
정의와 진실에 합당한 평결을 언제나
얻는 것도 아니요. 타락한 자들은 참 쉽게
꼭 같이 타락한 악당들을 매수하여
불리한 맹세를 시키잖소? 전에도 그랬소.
당신은 강력한 반대와, 그만큼 큰
악의와 맞서 있소. 당신은 당신 주인
주님의 종으로서 그가 이 죄 많은 땅 위에

살았을 때보다 — 거짓된 증거의 문제에서 —
운이 더 좋기를 기대하오? 저런, 저런.
당신은 절벽에서 뛰는 걸 위험으로 안 보고
자멸을 초래하오.

크랜머 주님과 전하께서
제 결백을 안 지켜 주시면 저를 잡는 덫으로
떨어지겠지요.

국왕 기운을 내시오. 저들은
짐이 길을 안 터 주면 성공하지 못하오.
편안한 마음으로 오늘 아침 그들 앞에
꼭 나타나시오. 만약에 그들이 우연히
중대사로 당신을 고발하며 가두려 한다면,
그 기회에 맞추어 당신에게 떠오르는
최고의 반론을 대단히 맹렬하게,
반드시 펼치시오. 애원을 했는데도
구제책이 주어지지 않으면 이 반지를
그들에게 내놓고 그들의 면전에서
짐에서 호소하오. — 봐요, 착한 이가 울어요.
양심 걸고, 그는 정직합니다. 성모시여,
그의 마음 참되고, 그 영혼은 이 왕국의
누구보다 낫다고 맹세하오. — 가 보시오,
또, 시킨 대로 하시오. (크랜머 퇴장)
그는 자기 언어를
눈물로 압살했어.

노부인 등장. 러벌이 뒤따른다.

러벌 (안에서) 돌아와요! 어쩌려고?
노부인 안 돌아갑니다. 제 무례는 제 기별로
예의가 될 것이오. (국왕에게) 선한 천사들께서
전하의 머리 위를 날면서 그 옥체를
축복받은 날개 아래 두소서.
국왕 네 전갈은
모습으로 짐작된다. 왕비가 출산했어?
"예, 그리고 아들이요."라고 말해.
노부인 예, 예, 전하,
귀여운 아들이죠. 하늘의 신께서 그녀를
늘 축복해 주소서, 계집애가 앞으로 올
사내애들 약속해 주니까. 전하, 왕비께선
당신이 방문하여 이 낯선 아기와
서로 알길 원하셔요. 버찌와 버찌처럼
그 애는 당신을 닮았어요.
국왕 러벌
러벌 전하?
국왕 백 마르크 주도록 해. 왕비에게 가겠다.
(왕과 러벌 함께 퇴장)
노부인 백 마르크? 결단코 더 받아 낼 거야.
그런 돈은 평범한 종놈의 몫이야.
더 받든지 아니면 잔소리로 빼낼 거야.
이걸 바라고 걔가 그를 닮았다고 말했어?
더 안 주면 취소할래. 또 지금 그 문제가
뜨거울 때 해결을 볼 거야. (노부인 퇴장)

5막 2장

캔터베리 대주교 크랜머 등장.

크랜머 내가 너무 늦지는 않았기를 바라지만
추밀원이 보내온 신사는 내가 아주
서두르길 바랐다. 꽉 잠겼어? 왜? 여봐라!
거기 누구 있느냐?

수위 등장.

분명 날 알겠지?

수위 예, 각하.
하지만 못 도와드려요.

크랜머 왜?

수위 각하께선
호출될 때까지 기다려야 합니다.

크랜머 그렇군.

버츠 박사 등장.

버츠 (방백)
악의적인 장난이야. 난 아주 다행히
이쪽 길로 오게 됐어. 국왕께서 이 일을
곧바로 아셔야 해. (버츠 퇴장)

크랜머 (방백) 저것은 버츠로

5막 2장 장소 런던, 추밀원 대기실.

국왕의 주치의다. 그는 지나가면서
나에게 참말로 열심히 눈길을 던졌다.
내 치욕을 떠벌리지 말았으면. 분명히
이건 날 미워하는 몇 사람이 조작했어. —
그 마음 바꾸길, 그 악의를 나는 안 불렀다. —
내 명예를 깎으려고 그랬어. 아니라면,
그들은 창피해서 추밀원 동료인 날 문 앞에,
애와 하인, 종들 틈에 안 뒀어. 하지만 그들은
맘대로 해야 하고 난 참으며 기다린다.

국왕과 버츠가 위쪽 창문에 등장.

버츠 최고로 괴이한 일 보여 드릴 텐데 —
국왕 뭔데, 버츠?
버츠 — 전하께선 이런 걸 여러 번 보셨을 테지만.
국왕 나 원 참, 어디 있나?
버츠 저기에요, 전하.
캔터베리 각하께서 높이 승차하셨는데,
문 앞에서 종자들, 시동과 급사들 사이에
자리 잡고 있답니다.
국왕 하? 진짜 그로구나.
이것이 그들이 서로에게 표하는 존경인가?
윗사람이 하나 있어 다행이군. 난 그들이
존중심을 — 적어도 예절만은 — 많이 나눠
그처럼 지위 있고 또한 짐의 호의를
많이 받는 측근을 저렇게 자기네 맘대로
서 있게 하지는 않을 거라 여겼지. — 그것도

문 앞에서, 편지 다발 가져온 사자처럼.
성모님께 맹세코, 버츠, 이건 나쁜 짓이야!
그들은 그냥 두고 커튼을 바짝 닫아.
짐이 곧 더 들어 볼 테니까.

회의용 탁자를 의자와 걸상들과 함께 들여와 옥좌 아래쪽에 놓는다. 대법관이 등장하여 탁자의 위쪽 끝, 왼손 편에 자리 잡고, 그의 위쪽 한 자리를 마치 캔터베리의 자리처럼 비워 둔다. 서퍽 공작, 노퍽 공작, 서리, 시종장, 가드너가 순서에 따라 양쪽에 자리 잡는다. 크롬웰은 아래쪽 끝에 비서로 앉는다.

대법관 비서는 우리의 안건에 대하여 말하라.
추밀원은 왜 모였나?
크롬웰 여러분께 황송하나
주원인은 캔터베리 각하 관련 건입니다.
가드너 그가 알고 있는가?
크롬웰 예.
노퍽 누가 기다리는가?
수위 밖에 말씀입니까?
가드너 그래.
수위 대주교님인데,
여러분의 의향을 알고자 반 시간을 보냈어요.
대법관 들어오라고 해.
수위 각하, 이제 입장하십시오.
(크랜머가 회의 탁자로 다가간다.)
대법관 대주교님, 나는 이 시각에 여기 앉아

저 좌석이 텅 빈 걸 쳐다보게 되어서
매우 안타깝습니다. 하지만 우린 모두
본성이 연약한, 육신에 취약한 사람들로 —
천사는 몇 없는데 — 우리에게 그 약함과
지혜의 부족을 가장 잘 가르쳐 거기에서
벗어나게 해야 할 당신이, 이 왕국 전체를
당신의 가르침과 당신의 목사들을 통하여 —
우린 그리 아니까. — 이단인데 개혁이 안 되면
사악할 수도 있는, 다양하고 위험한
새 견해로 채우는 비행을, 첫째로 국왕에게
다음으로 그의 법에 적잖이 저질렀소.

가드너 그 개혁은 급히 해야 합니다, 여러분,
왜냐하면 야생마 길들이는 이들은 그들을
손으로 끌지 않고 뻣뻣한 재갈로 입을 막고
조련에 복종할 때까지 박차를 가하면서
온순하게 만드니까. 만약에 우리가
한 사람의 명예를 고려하는 느긋함과
애 같은 동정으로 이 역병을 놔둔다면
백약이 무효일 겁니다. 그 뒤엔 뭐가 오죠?
갖가지 소동과 폭동과, 이 나라 전체가
오염되는 일이겠죠, 최근 우리 이웃들이,
저 독일의 내륙이 뼈아프게 증언하고
우리는 되새기며 새롭게 동정하듯 말이오.

크랜머 훌륭한 경들이여, 난 여태껏 삶과 직무

64행 저…증언하고
가드너가 언급한 사건은 작센과 튀링겐에서 1524년에 있었던 농노들의 봉기, 또는 1530년 뮌스터에서 있었던 재세례파의 봉기를 가리킨다. (아든)

양쪽의 전 과정에서 나 자신의 가르침과
강력한 내 권한의 방향이 한쪽 길로,
그것도 안전하게 가도록 적잖게
공부도 하면서 노력했고, 목적은 늘
잘하는 것이었소. 또 산 사람 가운데 —
난 오직 한맘으로 말하오, 경들이여 —
공공의 안녕을 파괴하는 자들을
개인적 양심과 지위의 양쪽에서 나보다 더
혐오하고 반대하는 사람은 없답니다.
기도컨대 국왕께선 그 일에 덜 충실한 자,
절대로 못 찾으시길. 시기와 비꼬인 악의를
양분 삼는 자들은 최상급 인물들을
과감히 문답니다. 경들에게 간청컨대,
이 건에서 나의 고발인들은 누구든지
앞으로 나와서 얼굴을 맞대고 자유로이
고소할 수 있게 해 주시오.

서퍽 아뇨, 대주교,
그럴 수 없어요. 당신은 추밀원 의원이고,
그 덕분에 누구도 감히 고소 못 합니다.

가드너 대주교, 우리는 더 중요한 안건이 있어서
당신 일은 줄이겠소. 이건 전하 뜻이고
우리도 동의한바, 더 나은 심판 위해
당신을 여기에서 탑으로 넘길 텐데,
거기에서 당신은 다시 한 개인일 뿐이므로
다수가 용감히 — 당신이 대비한 것보다
아마 더 과감히 — 고소한다는 걸 알 것이오.

크랜머 아, 윈체스터 주교, 당신에게 고맙소,

항상 좋은 내 친구여. 당신 뜻이 이뤄지면
당신은 내 판관이며 배심원이 될 텐데,
당신은 참 자비롭소. 당신의 목표를 아는데,
바로 나의 파멸이죠. 경, 성직자에게는
사랑과 온유가 야심보다 더 잘 어울리오.
빗나간 영혼들을 절제로 되찾아요, 하나도
내팽개치지 말고. 난 무죄가 될 것임을,
당신들이 내 인내를 아무리 시험해도
당신이 나날의 잘못을 양심 없이 범하듯
의심치 않소이다. 더 말할 순 있으나
당신의 직업을 존중하여 절제하오.

가드너 이봐요, 이봐요, 당신은 비국교도요.
명백한 진실이오. 당신의 분칠한 광채는
아는 사람들에겐 말이고 약점일 뿐이오.

크롬웰 윈체스터 주교님, 죄송하나 당신은
좀 너무 엄격하오. 이토록 고귀한 분들은
아무리 잘못해도 그 신분을 고려하여
존경을 받아야 합니다. 추락하는 이에게
무게를 더하는 건 잔인하오.

가드너 비서관,
용서를 구하네만 자네는 이 좌중에서
그런 말 할 권리가 가장 없네.

크롬웰 왜 그렇죠?

가드너 자네가 이 새 종파에 호의적이란 걸
내가 몰라? 너희는 정통 아냐.

크롬웰 정통이 아니다?

가드너 정통 아니라니까.

크롬웰 당신이 그 반만큼만 곧다면!
사람들은 겁 안 먹고 기도해 줄 것이오.

가드너 그 대담한 언사를 기억해 두겠네.

크롬웰 그러시오.
대담한 당신 삶도 기억하고.

대법관 지나치군.
창피하니 삼가시게.

가드너 난 끝났소.

크롬웰 저도요.

대법관 (크랜머에게)
그러면 이렇게 결정하오. 동의한 바에 따라,
내가 믿기로는 모두가 한목소리로,
당신은 죄수로서 즉시 저 탑으로 호송되어
우리가 국왕 뜻을 더 알아낼 때까지
거기서 머물 거요. 경들은 다 동의하오?

모두 그렇소.

크랜머 탑으로 가야 하는 것 말고
또 다른 자비는 없나요, 여러분?

가드너 다른 걸로
무엇을 기대하오? 이상한 말씀을 부리네.
거기 있는 호위대는 준비하라.

호위대 등장.

크랜머 날 잡아가?
역적처럼 가야 하오?

가드너 그를 인수한 다음

탑까지 편안히 모셔라.

크랜머 여러분, 잠깐만,
할 말이 좀 남았소. 이것 봐요, 경들이여.
이 반지의 힘으로 나는 내 사건을
잔인한 사람들의 마수에서 빼낸 다음
최고로 고귀한 심판관, 내 주군께 드리오.

대법관 국왕의 반지요.

서리 모조품이 아닙니다.

서퍽 맹세코, 정확히 그 반지요. 말했잖소,
위험한 이 돌을 처음으로 굴렸을 때
우리한테 떨어질 거라고.

노퍽 여러분, 국왕께서
이 사람의 손가락 하나라도 다치게
놔둘 것 같습니까?

시종장 이젠 아주 확실하오.
그러니 그 목숨은 얼마나 더 가치 있겠소?
난 완전히 빠졌으면.

크롬웰 전 염려했답니다,
당신들은 악마와 그 제자들만 시샘할
이 정직한 분에게 불리한 얘기와 정보를
구하는 와중에, 당신들 자신을 태우는
불길을 키웠다고. 이제 어디 당해 봐요!

그들을 째려보며 국왕 등장, 자리에 앉는다.

가드너 지엄하신 전하, 훌륭하고 현명할 뿐 아니라
대단히 경건하신 군주를 내리신 하늘에게

저희는 매일매일 참으로 크게 감사하는데,
그분은 교회에 완전 복종하면서 그것을
명예의 주목표로 삼고서, 그 신성한 임무를
깊은 존경심으로 더 잘 수행하려고
교회와 이 큰 죄인 사이의 소송을 듣고서
그 옥체를 움직여 판결하러 오셨군요.

국왕 윈체스터 주교는 늘 돌연한 찬양을 잘했소.
하지만 난 지금 그런 아첨 들으러 온 것이
아니란 걸 알아 두고, 내 앞에서 그 찬양은
속이 너무 훤히 보여 죄상을 못 덮어요.
내 마음 못 움직인 당신은 애완견 역을 하며
그 혀를 나불거려 나를 얻을 생각 하오.
하지만 네가 날 뭐라고 생각하든 간에
나는 네 본성이 잔인 잔학하다고 확신한다.
(크랜머에게)
앉아요, 착한 분. 봅시다, 최고로 오만한 —
가장 과감한 자가 — 당신에게 손가락질할지.
신성한 것 다 걸고, 자신이 당신보다 위라고
단 한 번만 생각해도 그는 죽게 될 것이오.

서리 황송하나 전하께서 —

국왕 아니, 그 황송 관두게.
난 내가 이해력과 지혜가 좀 있는 이들을
추밀원에 뒀다 생각했는데, 전혀 없군.
이봐요, 이 사람, 이 착한 사람을 — 이중에
그렇게 부를 사람 없는데 — 이 정직한 사람을
비천한 급사처럼 문에서 기다리게 한 것이
신중한 처사였소? 당신들만큼 큰 인물을?

허, 이 무슨 수치람! 내 위임장으로 이토록
자신을 망각하라고 했소? 난 당신들에게
종이 아닌 추밀원 위원인 그 사람을
재판할 권한을 주었소. 내 눈에 여기 몇은
정직성보다는 악의 품고 기회만 있다면
극한까지 그를 재판하려는데, 그런 일은
내 생전엔 절대 없을 것이오.

대법관 이만큼은
참으로 지엄하신 전하, 괜찮으시다면
제가 다 변명하죠. 그의 투옥 관련하여
의도되었던 바는 오히려 — 인간에게
믿음이 있다면 — 제 악의가 아니라 분명코
재판 통한 그의 고운 정죄를 세상에 알리려는
것이었습니다.

국왕 좋소, 좋아, 그를 존중하시오.
그를 맞아 잘 대우하시오, 자격이 있으니까.
그를 위해 이만큼은 말하겠소. 군주가
신하에게 빚질 수 있다면 난 그에게
사랑과 봉사에서 그렇소. 더 이상
시간 낭비하지 말고 모두 그를 포옹하오.
경들은 창피하니 친해져요! 캔터베리 경,
당신이 거절해선 안 되는 청이 있소.
즉, 세례를 못 받은 고운 여자아이가 있으니
대부가 된 다음 책임져야 할 것이오.

크랜머 살아 있는 최고의 군주라도 뽐낼 만한
영예이옵니다. 가난하고 겸허한 신하인
제가 어찌 그런 대접, 받을 수 있는지요?

국왕 자, 자, 경은 숟가락 선물을 안 하려 하는군요! 두 고귀한 동반자가 있을 텐데, 고령의 노퍽 공작 부인과 도싯 여자 후작 말이오. 이걸로 기분 좋아질 거죠?
다시 한번 윈체스터 주교에게 명하건대
이 사람을 포옹하고 사랑하오.

가드너 진심과
형제애로 그러겠습니다.

크랜머 이 확증이 나에게
얼마나 소중한지 하늘은 증언하길.

국왕 착하오, 그 환희의 눈물은 진심을 보이오.
그대 두고 유행하는 소문이 입증됐소,
이렇게 말이오. "캔터베리 대주교에게
못되게 굴어도 그는 늘 당신의 친구다."
자, 경들, 우리는 시간을 허비하오.
나는 이 영아가 기독교인 되기를 고대하오.
난 경들을 하나로 합쳤으니 하나로 남아요.
그럼 난 더 세지고 경들의 영예는 더 커지오.

(함께 퇴장)

5막 3장

안에서 소리와 소란. 문지기와 그의 부하 등장.

문지기 깡패들아, 그 소리 곧 못 내게 해 주마. 너희는 이 궁정

5막 3장 장소 런던, 궁전 마당.

이 곰 놀리기 놀이터인 줄 알아? 천한 노예들아, 헤벌린 그 입 닫아.

안에서 누군가 수문장님, 전 고깃간 소속인데요.

문지기 교수대 소속이겠지, 목매 죽어라, 불한당아! 여기가 으르렁거릴 자리야? 능금나무 작대기 한 다스 가져와, 튼튼한 걸로. 이건 놈들에게 회초리밖에 안 돼. 내가 너희들 머리통을 긁어 주지. 세례를 꼭 봐야겠단 말이지? 여기서 맥주와 과자를 기대해, 너희 거친 깡패들이?

부하 제발 좀 진정해요. 그들을 대포로
쓸어버리지 않는 한 문 앞에서 내쫓는 건
5월제 아침에 그들을 재우는 만큼이나 —
절대 안 될 일인데 — 불가능합니다.
바오로 성당을 떠미는 게 더 나아요.

문지기 제기랄, 그들이 어떻게 들어왔지?

부하 아, 전 몰라요. 밀물이 어떻게 들어오죠?
팔뚝 하나 길이의 든든한 작대기로 —
이 꽁다리 보이죠. — 처리할 수 있는 한
아무도 안 봐줬는데.

문지기 아무것도 안 했어, 넌.

부하 삼손도, 가이 경도, 콜브란도 아닌 저는
그들을 다 벨 순 없었지만, 젊었든 늙었든,
남자든 여자든, 오쟁이를 졌든 지게 했든,
머리를 때릴 수 있는데도 제가 봐줬으면

21행 삼손…콜브란 삼손은 성경에 나오는 전설적인 장사, 콜브란은 덴마크의 거인으로 워릭의 가이 경에게 살해되었다. (RSC)

갈빗살 맛볼 희망 못 가지게 하세요. —
암소를 준다 해도 안 먹어요, 그럼요!

안에서 누군가 들려요, 문지기님?

문지기 강아지님아, 곧바로 너에게 가겠다.
(부하에게) 이봐, 문을 꼭 닫고 있어.

부하 제가 어떡하면 좋겠어요?

문지기 어떻게 해야겠어, 놈들을 한 다스씩 때려눕힐밖에? 이게 무어필드 연병장이야? 아니면 우리가 큰 물건 달고 궁정으로 온 낯선 인디언들이야? 그래서 여자들이 우리를 이렇게 에워싸? 아뿔싸, 문 앞에서 이 무슨 떼거리 간통이야! 교인의 양심에 맹세코, 이 한 번의 세례로 천 명이 생기겠어. 여기에서 모두가 다 함께 아버지, 대부가 될 테니까.

부하 숟가락 선물이 더 많아지겠네. 저기 한 녀석이 문에 좀 가까이 서 있는데 — 얼굴로 봐선 대장장이가 틀림없어요, 삼복더위가 이제 그 코에 찾아왔으니까. 그를 둘러싼 모든 것들은 적도에 있어서 참회할 연옥이 달리 필요 없어요. 전 불 뿜는 그 용의 머리를 세 번 쳤는데, 그놈은 세 번이나 저를 향해 코로 불을 내뿜었답니다. 그는 소구경 포처럼 거기 서서 우릴 날려 버리려 해요. 그의 곁에 있던 머리가 좀 모자라는 잡화상 아내가 저에게, 그 상황에서 그런 큰 소란을 일으켰다면서 자신의 톱날 무늬 접시 모자가 떨어질 때까지 욕을 퍼부었죠. 한번은 제가 그 별똥별을 놓치고 그 여자를 쳤는데, 그녀는 “곤봉 들어!” 외쳤고, 그때 전 멀리서 약 40~50명의 몽둥이 든 견습공들이 그녀를 구하려고 다가 오는 걸 봤는데, 그들은 그녀가 살고 있던 스트랜드 상가의 최고 희망이었답니다. 그들은 덤볐고, 전 제 위치를 잘 지키다가 마침내 그들은 저와 멱살잡이 지경까지 갔지만 전 여전히 저항했죠. 근데 그때 갑자기 그들 뒤에서 비정규 사수 애들 한 무리가 저에게 조약돌을 수도 없이 날려서, 저는 제 명예를 불러들이고 그들이 보루를 차지하게 둘 수밖에 없었어요. 악마가 그들 틈에 있었다고 생각해요, 분명히.

문지기 그것들은 극장에서 큰 소리 치며 사과 쪼가리 먹으려고 싸우는 애들인데, 탑 언덕의 '고난' 패나, 부둣가의 '수족' 패 같은 그들의 소중한 형제들 말고는 그 어떤 관객도 참아 줄 수 없는 놈들이야. 그중의 몇 명이 내 구치소에 있어. — 근데 걔들은 요 사흘 동안 거기에 콱 처박혀 있을 것 같아. — 앞으로 두 형리의 길거리 채찍질도 있을 테니까.

시종장 등장.

시종장 원 참, 여기에 군중이 참 많기도 하구나!
계속해서 커지네. 사방에서 오고 있어,
여기에 장이 열린 것처럼! 문지기들,
느린 놈들 어디 있어? 잘했어, 이 녀석들!
깔끔한 무리가 들어왔네! 이게 다 너희의
성실한 변두리 친구야? 우리는 부인들이

72행 깔끔한 무리 비꼬는 조로 하는 말.

세례에서 돌아올 때 거대한 공간을
내드릴 게 틀림없어.

문지기 죄송하나 저희도
인간일 뿐으로 수많은 사람이 할 일을
산산조각 안 나면서 저희가 했습니다.
군대도 그들은 못 다스려요.

시종장 맹세코,
왕께서 나를 나무라시면 난 너희 모두를
쇠고랑 채우고, 그것도 갑자기, 태만죄로
큰 벌금을 때릴 거야. 게으른 놈들아,
너희는 근무를 해야 할 때 여기 누워
병나발 불고 있어. 들어 봐, 나팔이 울렸어.
그들이 세례를 끝내고 벌써 왔어.
군중을 밀치면서 저 부대가 잘 지나갈
길을 열어, 안 그러면 난 너희가 못 놀게
마셜시 감방에 두 달 동안 가둘 거야.

문지기 공주님을 위하여 길을 터라!

부하 너, 큰 녀석,
물러서, 안 그럼 네 머리가 아플 거야!

문지기 비단옷 입은 당신, 난간 위쪽으로 가 —
안 그러면 울타리 밖으로 던질 거야. (함께 퇴장)

5막 4장

나팔수들, 나팔을 불면서 등장. 그런 다음

74행 거대한 공간 비꼬는 조로 하는 말.

두 시의원, 시장, 문장관, 크랜머, 의전관의 지팡이를 든 노퍽 공작, 세례 선물용의 커다란 다리 달린 접시를 든 두 귀족, 그런 다음 천막을 받든 네 명의 귀족과 그 아래에 대모인 노퍽 공작 부인이 외피 등등으로 화려하게 옷 입힌 아기를 안고, 뒷자락은 한 귀부인이 잡는다. 그런 다음 다른 대모인 도싯 여자 후작과 귀부인들이 뒤따른다. 이 대열이 무대를 한 번 지나간 뒤 문장관이 말을 한다.

문장관 하늘이시여, 끝없는 선심을 베풀어 번영하는 삶, 길고도 늘 행복한 삶을 이 잉글랜드의 높고도 막강하신 엘리자베스 공주님께 내리소서.

팡파르. 국왕과 호위대 등장.

크랜머 (무릎을 꿇는다.)
그리고 당당하신 전하와 왕비님께
고귀한 대모들과 전 이렇게 기도드립니다,
하늘이 최고로 우아한 이 아기씨에게
부모의 행복 위해 내려 준 온갖 위안, 환희가
매시간 두 분께 찾아오길.

국왕 고맙소, 추기경.
애 이름은?

크랜머 엘리자베스요.

국왕 일어나오, 경.

5막 4장 장소 런던, 궁전.
4행 왕비님 지금 이 자리에는 없는 왕비를 말한다.

(아이에게)

이 키스로 복 받아라. 신의 가호 있기를,
그분 손에 네 생명을 맡긴다.

크랜머 아멘.

국왕 고귀한 대부모들, 선물이 너무나 후했소.
진심으로 감사하오, 말을 좀 하게 되면
이 아기도 그럴 거요.

크랜머 하늘이 명하시니
제가 말씀드리죠. 그들은 제가 꺼낸 이 말이
진실임을 알 테니까 아첨으로 안 보기를.
이 왕족 영아는 — 하늘이 늘 함께하길 —
요람 속에 있지만 그래도 지금 이 땅 위에
천 곱하기 천 번의 축복을 약속하고,
그것은 때가 되면 실현될 것이오. 그녀는 —
지금 사는 사람은 그 미덕을 못 보지만 —
함께 사는 모든 왕족 그리고 후계자들에게
귀감이 될 것이오. 저 시바의 여왕도
지혜와 고운 덕을 이 순수한 영혼이
갈망할 것보다 더 그리한 적은 없었어요.
이 같은 걸작 빚는 군주다운 덕목은 다
선성에 따르는 온갖 미덕과 함께 그녀에게
늘 두 배가 될 것이오. 진실은 그녀를 키우고,
하늘은 신성한 생각을 늘 조언해 줄 것이오.
사랑과 경외 받고, 동족은 그녀를 축복하며

23행 시바의 여왕 성경에서 어려운 질문으로 솔로몬의 지혜를 시험한 시바족의 여왕. (RSC)

적들은 짓밟힌 밀밭처럼 떨면서 슬픔으로
머리를 숙일 거요. 그녀는 선과 함께 자라고,
그 치세엔 모두가 자기 포도 아래에서
자기가 심는 것을 편히 먹고, 즐거운
평화의 노래를 모든 이웃들에게 부를 거요.
주님은 올바로 알려지고, 주위의 사람들은
그녀에게 완벽한 명예의 길을 배워
혈통 아닌 그것으로 관직을 요구할 것이오.
또한 이 평화는 그녀와 함께 아니 사라지고,
기적의 새, 저 처녀 불사조가 죽을 때
그 재에서 자신만큼 크게 경탄할 만한
후계자를 새로이 만들듯이 그녀도
하늘이 그녀를 이 땅에서 불러 갈 때
자신의 축복을 한 사람에게 남길 텐데,
그 사람은 그녀의 명예라는 신성한 재에서
과거의 그녀만큼 유명하게 별처럼 솟아나
우뚝 설 것이오. 그럴 때 선택받은 이 영아의
하인이던 평화, 풍요, 사랑, 진실, 공포감은
그의 것이 되어서 넝쿨처럼 그를 감쌀 것이오.
빛나는 태양이 비치는 곳이면 어디든지
그의 명예, 위대한 이름이 미칠 테고
새 나라를 만들 거요. 그는 번성할 테고,
저 산 위의 삼나무처럼 주변 평야 모두에
가지를 뻗을 거요. 후손의 후손은 이걸 보고
하늘을 축복할 것이오.

국왕 기적 같은 애기로군.

크랜머 그녀는 행복한 잉글랜드의 나이 든 공주가

될 것이옵니다. 많은 날을 보내실 것이나
빛나는 행위가 없는 날은 없을 것입니다.
전 더 이상 몰랐으면. 하지만 그녀도 죽어야죠,
반드시 성자들께 꼭 가야죠. 그래도 처녀로,
무오점의 백합으로 땅에 되돌려지고
세상은 다 애도할 것입니다.

국왕 오, 대주교가
이제 나를 남자로 만들었소. 이 행복한
아이가 오기 전에 난 낳은 게 전혀 없소.
위안되는 이 신탁에 나는 아주 기뻐서
하늘나라 갔을 때도 이 애가 뭘 하는지
보고 싶을 것이고 창조주를 찬양할 것이오.
모두들 고맙소. 런던 시장 당신과
당신의 착한 형제들에게 난 크게 빚졌소.
여러분의 참석으로 난 큰 영예를 얻었고,
감사 표시 할 것이오. 앞서시오, 경들이여.
왕비를 다 봐야 하고, 그녀도 감사해야 하니까. —
못 하면 병날 거요. 오늘은 그 누구도
집안일을 생각 마라, 다들 못 갈 테니까.
이 아이를 위하여 공휴일로 삼겠노라. (함께 퇴장)

맺음말

종결 역 등장.

종결 역 십중팔구 이 극으로 여기 있는 모두가
기뻐할 순 없겠지요. 몇 사람은 쉬러 와서
한두 막쯤 잠자고(그들은 우리가 나팔로

놀랬을까 걱정되고, 그래서 이게 형편없다고
말할 게 뻔한데), 또 몇 명은 시민들이
엄청나게 욕먹는 걸 듣고는 "재치 있네!"
(우리는 그런 거 안 했는데) 외치러 왔으니까.
그래서 우리가 지금 이 극으로 듣고 싶은
호평의 전부는 우리가 보여 준 그녀를 편드는
착한 여인네들의 자비로운 해석에만
있을까 봐 겁납니다. 그들이 웃으면서
됐다고 말하면 전 알죠, 최상의 남자는 곧
다 우리 편임을 — 아내가 박수 치라 했는데
그들이 버티는 건 좋지 않을 테니까요. (퇴장)

9행 그녀
의도적으로 모호하게 말한 것 같은데, 일반적으로 캐서린 한 사람만을 가리킨다고 해석되지만, 캐서린, 앤, 그리고 엘리자베스 가운데 하나 또는 모두를 지칭할 수도 있다. (아든)

리처드 2세

Richard II

역자 서문

이 극은 리처드 2세가 자신의 왕좌와 왕권을 볼링브로크의 도전을 통해 왜 그리고 어떻게 잃는지 보여 주는 사극이다. 극은 3막 2장을 분기점으로 해서 크게 두 부분으로 나뉘는데, 전반부는 그가 3막 2장의 결말에서 현실적으로, 즉 군사적으로 왕좌를 유지할 수 있는 그 어떤 희망도 다 포기한 채 군대와 추종자들을 해산하고 플린트성에 칩거하기로 결정할 때까지이며 주로 그의 연이은 실정과 몰락을, 그다음의 후반부는 주로 그의 폐위와 감금과 암살을 다룬다. 그 과정에서 우리는 리처드가 볼링브로크와는 대조적으로 용기 있는 행동 대신 언어와 격식과 권위에 크게 의존하는 인물이며, 또한 그가 처음부터 끝까지, 심지어는 죽는 순간까지도 왕의 신분, 지위, 그리고 특권에 집착한다는 사실을 알 수 있다. 그러면 지금부터 이 내용을 좀 더 자세히 살펴보기로 하자.

리처드의 몰락은 처음에는 상당히 느리게 진행된다. 1막 1장에서 볼링브로크가 모브레이의 대역죄를 고발하고 모브레이는 그것이 새빨간 거짓말이라고 하면서 둘 다 왕의 중재를 받아들이지 않은 채 결투의 날이 정해졌을 때만 해도 리처드의 왕좌는 굳건해 보인다. 그 왕좌에 가해지는 위험은 두 귀족의 화려한, 격정에 찬, 그러나 격식 갖춘 기사도의 언어와, 둘 사이의 분쟁을 유혈 결투가 아닌 중재로 평화로이 끝내려 노력하는 리처드의 자애로운 태도에 묻혀 거의 눈에 띄지 않기 때문이다. 그런 다음 1막 2장에서 볼링브로크가 앞서 제기했던 글로스터 삼촌의 무고한 죽음에 리처드가 개입했었다는 사실이 확인됐을 때에도 그의 왕권은 아무런 도전을 받지 않을 것처럼 보인다. 리처드의 다른 손위 삼촌인 곤트가 그를 "신의 대리,/ 그분이 보는 데서 성유 바른 그분의 대표자"로 인정하면서 그의 잘못에 대한 복수는 하늘의 일이기 때문에 그 자신은 절대 그에 대항하지 않겠다고 하니까.(1.2.37~41) 즉, 리처드가 나중에 주장하는 왕권신수설의 권위를 곤트가 미리 제시하고 받아들이니까. 그런 다음 1막 3장에서 볼링브로크와 모브레이의 결투가 온갖 격식을 다 갖춘 뒤에 시작되었다가 왕의 결단으로 곧바로 중단된 다음 두 당사자의 추방이 결정되었을 때에도 둘은 왕의 결정에 승복한다. 볼링브로크는 리처드의 면전에서는 안 그러지만 나중에 아버지와 대화할 때는 상당한 불만을 드러내면서, 그리고 모브레이는 자신의 억울함을 대놓고 하소연하지만 적극적인 반발은 하지 않은 채.

그러나 리처드의 추락은 두 가지 사건을 계기로 빨라지기 시작한다. 그 첫째는 리처드 자신이 드러내는 볼링브로크 추방의 진짜 이유이다. 그는 1막 4장에서 자기 사촌 오멀에게 볼링브로크가 추방되어 잉글랜드를 떠날 때 평민들과 이별하는 장면을 본 소감을 밝힌 다음, 그의 복귀를 유배 기간이 끝나도 허락하지 않을 작정임을 암시한다. 왜냐하면 볼링브로크는 리처드의 잉글랜드를 "앞으로 자기가 소유하고/ 백성들이 바라는 후계자가 자기인 것처럼"(1.4.35~36) 행동했기 때문이다. 즉, 볼링브로크가 자신의 왕권에 대단히 위협적인 인물임을 직감했다는 말이다. 아니나 다를까 리처드의 불길한 예감은 곧 현실로 드러난다. 볼링브로크가 유배 기간이 끝나기도 전에 원군과 더불어 잉글랜드 땅 레이븐스퍼에 상륙했기 때문이다, 마치 자신의 귀국을 영구히 막으려는 리처드의 속마음을 곁에서 훔쳐보기라도 한 것처럼.

하지만 리처드의 추락을 앞당기는 두 번째 계기는 첫째보다 훨씬 더 직접적이고 강력하다. 그는 노령의 곤트 삼촌이 죽었다는 얘기를 노섬벌랜드로부터 들은 다음 그의 죽음을 애도하기는커녕 그가 소유했던 "식기류와 동전과 수입과 동산을/ 모조리…… 압수하"(2.1.161~162)여 자신의 아일랜드 전쟁 비용에 보태겠다고 한다. 이는 리처드의 삼촌 요크 공작을 포함한 귀족들의 강력한 집단 반발을 불러온다. 왜냐하면 그들은 곤트가 그동안 누적된 리처드의 잘못과 실정을 얼마나 가혹하게, 얼마나 신랄하게 비판했는지 들었기 때문이다. 특히 곤트의 다음 말을.

왕들의 이 옥좌, 왕홀을 지닌 이 섬,
통치자를 위한 땅, 마르스의 이 터전,
또 하나의 에덴동산, 낙원과 같은 곳,
(……)
이 복된 땅, 이 나라, 이 왕국, 이 잉글랜드,
이 유모, 왕다운 왕들로 충만한 이 자궁,
(……)
이 귀한 사람들의 나라가, 귀하고 또 귀한,
온 세상에 명성 높은 이 귀한 나라가 —
죽으면서 말하지만 — 임대되고 있다네,

부동산 아니면 하찮은 농지처럼 말이야. (2.1.40~60)

이 유명한 대사의 강조점은 곤트의 숨넘어갈 듯 계속되는 잉글랜드 찬사가 아니라 그 뒤에 짧게 덧붙인 한마디, "임대되고 있다네."에 있다. 리처드를 겨냥한 이 '임대'라는 말의 비수를 최대한 날카롭게 만들기 위해 곤트는 그토록 긴 잉글랜드 찬가를 불렀던 셈이다. 그래서 죽어 가는 곤트의 호된 비판을 직접 들은 귀족들은 리처드의 곤트 재산 몰수가 그 결과라고 볼 수밖에 없고, 같은 일이 자신들에게도 언제든지 벌어질 수 있다는 사실을 알고 리처드를 버린 다음 볼링브로크가 있는 레이븐스퍼로 향한다. 이런저런 이유로 현왕에 대한 희망을 완전히 접은 뒤 새로운 주군을 찾아간다.

그리고 이때부터 리처드의 몰락은 가속화된다. 왕의 아일랜드 원정 뒤에 잉글랜드에 남아 있던 왕비의 원인 모를 우울증은 왕의 총신인 그린이 전하는 볼링브로크의 귀국 소식과 그에게로 도망친 귀족들의 소식으로 그 근원이 밝혀졌고, 곧이어 왕비에게 나타난 리처드의 대리 통치자 요크 공작은 두 사촌, 리처드 왕과 볼링브로크 가운데 서서 어느 편을 들어야 할지 모른 채 우물쭈물하며 어쩔 줄 모르다가 — 양쪽 주장이 모두 다 일리 있으므로 — 볼링브로크와 그의 지지자들을 버클리성에서 만났을 때에는 병력이 약하여 "사태 수습을 못하"(4.3.153~154)는 자신을 인정하고 중립을 선언한다. 그런데 이는 실질적으로 볼링브로크의 반역을 인정하는 것이나 마찬가지이다.

이로써 볼링브로크의 왕좌를 향한 행보는, 유일한 희망이던 웨일스 군대가 리처드가 오기를 기다리다가 여러 가지 불길한 예언과 징후에 겁을 먹고 "그들의 왕,/ 리처드가 죽었다고 확신하고 도망"(2.4.16~417)친 뒤로는 거칠 게 없어졌다. 그런데도 리처드는 대세가 이미 기울어진 사실을 자기만 모르는 채 엉뚱한 곳에서 희망을 찾으려 한다. 아일랜드에서 돌아와 자신의 왕국 땅을 밟은 그는 그 사실에 감격하여 울면서 그것에게 역도들을 돕지 말고 자신을 위해 싸워 줄 것을 부탁한다.

친절한 내 땅아, 네 주군의 적에게 밥 주거나
탐욕스러운 그 감각을 단맛으로 위로 말고,
네 독을 빨아들인 거미와 둔중한 걸음의
두꺼비로 하여금 그들 길을 막아서서
찬탈하는 걸음으로 네 몸을 짓밟는
배신자의 그 발길을 괴롭히게 만들어라. (3.2.12~17)

그러나 한 번도 자기 나라에 대한 사랑을 표현한 적 없는, 뿐만 아니라 자기가 어떤 나라를 다스리고 있는지 생각해 본 적도 없는 리처드의 부탁은(특히 곤트의 잉글랜드 찬가를 상기할 때) 그냥 말장난, 시적인 표현에 지나지 않는다. 따라서 그가 호소한 잉글랜드 땅은 너무나도 당연하게 역도들을 퇴치하거나 그들의 진군을 방해하는 아무런 행동도 하지 않는다.

말뿐인 그의 호소가 허공으로 사라지고 아무런 효과를 보지 못하자 리처드는 다음으로 신성불가침하다고 여겨지는 그의 왕좌와 그것을 뒷받침해 주는 주님의 가호에 기대어 왕권을 유지해 보려 한다. 그러나 세상 사람 언어로는 폐하지 못하리라고 믿었던 주님의 대리인은 솔즈베리의 소식 한마디에 폐위의 위험에 한 발짝 더 가까워진다. 리처드가 단 하루 늦었기 때문에 그를 기다리던 웨일스 부대는 달아났고 그에 따라 그의 "기쁨, 친구, 행운, 왕권"(3.2.72) 모두가 사라진 것이다. 그래서 하늘로부터 버림받은 리처드는 자기 이름과 자신이 믿고 의지했던 총아들의 힘을 빌려 보려 한다. 하지만 곧이어 등장한 스크루프는 그의 기대를 산산조각 낸다. '2만 명'이라고 생각했던 국왕의 이름은 그에 대항하여 싸우려는 전국의 수많은 남녀노소로 바뀌었고, 그를 위해 목숨을 바치리라고 기대했던 총아들, 부시, 그린, 윌트셔 백작은 이미 볼링브로크 편에 의해 살해됐기 때문이다. 이제 자신의 왕권을 유지해 줄 수 있는 모든 수단이 사라진 리처드는 드디어 자신을 왕이 아니라 "빵을 먹고 부족함을 느끼며/ 비탄을 맛보고 친구가 필요"(3.2.175~176)한 자연인으로 바라보기 시작하고, 삼촌 요크 공작이 볼링브로크와 손잡았다는 소식을 끝으로 군대를 해산한 다음 플린트성에서 마지막 운명을 기다리기로 결정한다.

그렇다면 리처드는 이렇게 역사의 뒤안길로 조용히 사라지는가? 신성불가침이라고 믿었던 왕좌와 왕권을 볼링브로크에게 말없이 넘겨주는가? 그 대답은 단연코 "아뇨!"이다. 그는 화려하게 부활하기 때문이다. 볼링브로크에게 왕권을 넘겨주고 폼프렛성에 감금되었다가 자객에 의해 비참한 죽음을 맞이하는 것은 맞다. 하지만 그는 자신의 폐위를, 왕권 상실을, 그리고 실패를 소재 삼아 한 편의 드라마를 연출함으로써 자신을 폐위시키고 왕위에 오른 볼링브로크보다 더 주목받는 불멸의 패자가 된다. 이 극적인 반전에서 가장 유명한 장면은 아마도 리처드가 요크로부터 건네받은 왕관을 볼링브로크에게 건네주면서 둘이서 그것을 맞잡고 있는 순간일 것이다.

자, 사촌, 왕관 좀 붙잡게. 자, 사촌,
이쪽은 내 손에, 그쪽은 자네 손에 잡혔군.
이제 이 금빛 관은 교대로 채워지는

두레박이 둘 있는 깊은 우물 같은데,
빈 것은 언제나 공중에서 춤추고
물이 찬 건 아래에서 보이지 않는다네.
당신이 높이 올라가는 동안 아래에서
비탄을 마시며 눈물에 찬 두레박이 나라오. (4.1.182~189)

여기에서 리처드가 강조하는 것은 그와 볼링브로크가 그토록 열심히 목숨 걸고 지키려 하고 또 손에 넣으려 하는 그 왕관, 세상 모든 기쁨과 영예의 총화이며 부귀영화의 상징과 같은 그 금빛 관이 사실은 근심과 비탄과 눈물, 고통과 죽음과 불명예의 상징일 수 있다는 사실이다. 리처드의 두레박 비유는 리처드 본인의 현재 경험뿐만 아니라 셰익스피어 사극 전체, 특히 『헨리 6세』 3부작과 『리처드 3세』까지 이어지는 장미 전쟁 중에 벌어진 여러 건의 왕위 쟁탈전과 그로 인한 대혼란과 파괴와 살육을 떠올릴 때 더욱 사실적으로 다가올 것이다.

그렇다면, 리처드가 왕좌와 관련된 불편한 진실, 그것의 화려한 겉모습 뒤에 감춰진 어두운 반쪽을 직시하고 그것을 자신의 처지에 빗대어 말했다고 해서 그것에 대한 애착을 포기한 것일까? 그것은 아니라고 생각된다. 왜냐하면 그는 왕이기를 포기하고 왕좌와 왕권을 넘겨주면서도 그 포기의 대상을 자세히 계속해서 열거함으로써 그에 대한 욕심을 버리지 못하기 때문이다. 이렇게 말이다.

자, 어떻게 내가 나를 지우는지 잘 봐요.
나는 이 무거운 건 머리에서 벗어 주고,
(왕관을 볼링브로크에게 준다.)
다루기 힘든 이 왕홀은 손으로 건네주고,

(왕홀을 집어서 볼링브로크에게 준다.)
통치의 우월감은 맘 밖으로 내던지고
내 눈물로 내 향유를 다 씻어 버리며,
내 손으로 내 왕관을 스스로 줘 버리고
내 입으로 신성한 내 나라를 부정하며,
내 숨으로 모든 충성 맹세를 해제하오.
화려한 의식 행렬 정말로 다 그만두고
나의 장원, 임대료와 수입을 버리며
내 명령과 칙령과 법률을 취소하오. (4.1.203~213)

그는 자신을 조건 없이 흔쾌히 버리지 않으면서 말로만 버린다, 준다, 부정한다, 해제한다, 취소한다고 되뇐다. 그렇게 하는 대상 하나하나가 자신에게 얼마나 소중한지를 최종적으로 주기 전에 다시 한번 확인하려는 듯이. 그리고 그의 이런 미련은 죽는 순간 마침내 용기 있는 행동으로 그 실체를 드러낸다. 그는 그를 죽이러 달려드는 자객 중 하나의 칼을 빼앗아 그를 죽이고 두 번째 자객을 죽이는 순간 뒤에서 달려든 엑스턴 경에 의해 살해된다. 그때 그가 하는 말은 그가 여전히 왕이며, 왕좌를 진심으로 내준 적이 결코 없으며, 왕권을 완전히 포기한 적 또한 없었다는 사실을 입증한다.

내 옥체를 이렇게 비틀대게 만든 손은
영겁 불에 타리라. 엑스턴, 넌 잔인한 손으로
국왕의 소유지를 국왕 피로 물들였다.
올라가라, 내 영혼아! 네 자리는 높이 있어,
천박한 내 육신은 아래에서 죽겠지만. (5.5.108~112)

영혼은 '옥체'를 가진 왕의 신분으로 위로 올라가고 육신은 천한 인간의 신분으로 아래에서 죽었으면 좋겠다는 것이 그의 마지막 소원이다. 그리고 그 소원은 그의 죽음을 맞이하는 관객들이 그에게 얼마나 많은 동정심을 보이느냐에 따라 그 성취 여부가 결정될 것이다. 하지만 그가 자신의 폐위와 죽음을 통하여 왕과 왕좌와 왕권의 화려한 이면을 적나라하게 드러낸 공로는 상당한 정도의 동정심을 얻을 수 있을 것이라고 생각된다.

끝으로 이번 번역은 찰스 포커(Charles R. Forker) 편집의 아든 3판 『리처드 2세』를 기본으로 하고, 블레이크모어 에번스 편집의 리버사이드 셰익스피 판과, 조너선 베이트와 에릭 라스무센 편집의 로열 셰익스피어 컴퍼니 판을 참조했다. 본문의 주에 나타나는 '아든', '리버사이드', 'RSC'는 이들 판본을 가리킨다. 그리고 편리함을 목적으로 한글 『리처드 2세』의 대사 행수를 5단위로 명기했으며 이는 원문의 행수와 정확히 일치하지 않음을 밝힌다.

등장인물

리처드 2세	
이저벨 왕비	리처드 왕의 아내
존 오브 곤트, 랭커스터 공작 에드먼드 랭글리, 요크 공작	리처드 왕의 숙부들
요크 공작 부인	에드먼드 랭글리의 아내
헨리 볼링브로크, 더비 공작, 헤리퍼드 공작, 후에 헨리 4세	존 오브 곤트의 아들
오멀 공작, 러틀런드 백작	요크 공작의 아들
글로스터 공작 부인	글로스터 백작(리처드 왕의 숙부)인 토머스 우드스톡의 미망인
토머스 모브레이, 노퍽 공작	
바것 부시 그린	리처드 왕의 총신들
헨리 퍼시, 노섬벌랜드 공작 해리 퍼시(핫스퍼) 로스 경 윌러비 경	볼링브로크의 추종자들
솔즈베리 백작 칼라일 주교 스티븐 스크루프 경 웨스트민스터 수도원장	리처드 왕의 친구들
서리 공작	
버클리 경	
피츠워터 경	
귀족	
문장관	

두 전령	
피어스 엑스턴 경	
대장	웨일스군 소속
두 부인	이저벨 왕비의 시녀들
두 하인	엑스턴 경 휘하
하인	요크 공작 휘하
정원사	
정원사의 두 하인	
옥지기	폼프렛성 감옥 소속
마부	리처드 왕의 마구간 소속

귀족, 관리, 군인, 하인 및 다른 수행원들

1막 1장

리처드 왕, 존 오브 곤트, 문장관, 다른 귀족들 및 수행원들과 함께 등장.

리처드 왕 연로하신 존 오브 곤트, 존경받는 랭커스터,
용감한 당신 아들 헨리 헤리퍼드가
노퍽 백작 토머스 모브레이에 맞서서
요란했던 최근 고소 다시 할 수 있도록 —
당시엔 짐이 바빠 들을 수 없었는데 —
약속대로 그를 이리 데려왔는지요?

곤트 예, 전하.

리처드 왕 또 거기에 덧붙여 아들의 고소가
해묵은 원한에 의한 건지, 아니면
훌륭한 신하의 도리로서 백작의 배신에
확실한 근거를 둔 건지 알아봤는지요?

곤트 그 문제에 관하여 제가 캐 본 바로는
전하를 겨냥한 명백한 위험을 본 것이지
뿌리 깊은 악의는 없는 줄로 압니다.

리처드 왕 그럼 둘을 어전으로 부르라. (수행원들 퇴장)
두 얼굴과
찌푸린 두 이마를 마주한 원고와 피고의
자유로운 발언을 짐이 들을 것이오.
양쪽 모두 기세가 등등하고 분노하며
귀먹은 바다처럼, 성급한 불처럼 사납군요.

1막 1장 장소 윈저성.

볼링브로크와 모브레이 등장.

볼링브로크　최고로 경애하는 자비로운 주상 전하,
행복한 나날의 수많은 해 맞으소서!

모브레이　전날보다 더 큰 행복 나날이 찾아와
하늘은 마침내 땅 위의 행운을 시샘하며
전하의 왕관에 불멸성을 더하소서!

리처드 왕　둘 다 고맙지만 여기 온 이유로 분명하듯,
즉, 대역죄로 상대방을 고발할 테니까
한 사람은 짐에게 아첨할 뿐이라네.
헤리퍼드 사촌은 그 노퍽 공작,
토머스 모브레이의 어떤 점에 반대하나?

볼링브로크　첫째 — 하늘은 제 말을 기억해 주소서! —
전 신하의 경애하는 마음으로 경건하게
제 군주의 소중한 안위를 염려하며
미운 마음 별도로 먹은 건 전혀 없이
여기 이 어전에 고소인으로서 왔습니다.
이제는 토머스 모브레이 널 향하니
내 말 잘 들어라, 왜냐하면 내가 한 말
땅 위에서 내 몸으로 입증해 보이거나
신성한 내 영혼이 하늘에서 책임질 테니까.
너는 역적이면서 동시에 배신자로
신분은 너무 높고 살기엔 너무 부적합하다,
하늘이 유리처럼 청명하면 할수록
떠다니는 구름은 더욱 추해 보이니까.
다시 한번, 나는 그 오명을 가중시키려고
더러운 역적의 이름을 네 입에 처박고

— 전하께서 좋으시면 — 가기 전에 제 말을
옳게 뽑은 이 칼로 증명하고 싶습니다.

모브레이 열정이 없어서 제 말이 차분한 건 아닙니다.
우리 둘의 소송은 여자들 둘이서
격한 말을 열심히 외쳐 대는 것과 같은
설전을 통해서는 중재될 수 없으며
이 일로 꼭 식어야 할 피는 뜨겁지만,
그래도 전 입 다물고 아무 말도 못 할 만큼
길들여진 인내심을 자랑할 순 없습니다.
첫째, 전하를 올바로 경외하여 극단적인
제 자유 발언을 삼가고 있는 것만 아니라면
저는 이 반역의 언사를 그의 입에 두 배로
되돌려 처넣을 때까지 안 멈출 것입니다.
만약 그가 높은 왕족 신분을 제쳐 놓고,
또 전하의 친척이 아니라고 한다면
저는 그에 도전하고 침을 뱉을 것이며
중상하는 겁쟁이에 악당이라 부르고,
그걸 단언하기 위해 그의 이점 인정한 채
얼어붙은 알프스 산등성이, 아니면
잉글랜드인 누구도 감히 발을 못 디딘
거주가 불가능한 땅까지 두 발로
뛰어가야 한다 해도 그에 맞설 것입니다.
그동안엔 제 충성을 이렇게 지킵니다.
제 희망 다 걸고 그의 말은 새빨간 거짓이오.

볼링브로크 하얗게 떠는 이 겁쟁이야, 내 도전을 받아라.
(그의 장갑을 던진다.)
난 여기서 국왕의 친족임을 포기하고,

경외가 아니라 겁나서 네가 제외하고 있는
내 고귀한 왕족의 혈통을 접어 둘 것이다.
죄의식에 떨면서도 내 명예의 담보물을
집을 만큼 힘이 남아 있거든 그 몸을 굽혀라.
난 그것과 기사도의 관습을 다 걸고,
내가 했던 말이나 너의 악성 조작질도
무기에 무기로 맞서서 입증할 것이다.

모브레이 난 이걸 집어 들고, (장갑을 집어 든다.)
부드럽게 내 어깨에
작위를 내려 줬던 그 칼에 맹세코,
기사다운 시합의 영예로운 범위까지,
아니면 기사도의 법칙 따라 대응할 것이다.
내가 말에 올랐을 때 반역자가 되거나
부당하게 싸운다면 살아서 못 내리길!

리처드 왕 (볼링브로크에게)
사촌은 이 모브레이의 어떤 점을 고발하나?
짐에게 그에 대한 나쁜 생각 하나쯤
넣어 줄 수 있을 만큼 큰일임에 틀림없군.

볼링브로크 제 말이 무엇이든 목숨 걸고 증명하죠.
이 모브레이는 전하의 군사들에게 줄
선급금 명목으로 8천의 금화를 받아서
거짓된 역적이나 괘씸한 악당처럼
추잡한 용도로 그것을 착복했습니다.
그 밖에도, 여기가 아니면 잉글랜드 눈으로
둘러본 곳 가운데 가장 먼 곳 어디서든
전 말하고 싸워서 입증할 테지만,
지나간 십팔 년 동안에 이 땅에서

작당하여 모의된 반역은 모두 다
거짓된 모브레이가 그 근원이었습니다.
그리고 더 나아가 말하고, 더 나아가
그의 악한 목숨 걸고 모두 증명하겠지만
그는 정말 글로스터 공작의 죽음을 꾸몄고,
쉽게 믿는 그 공작의 적들을 부추겨
그 결과로 비겁한 반역자가 하듯이
죄 없는 그 영혼을 핏물 따라 흘려보냈는데 —
그 피는 제물을 바치던 아벨의 것처럼
말 없는 지하의 동굴에서 외치듯이 저에게
정의와 냉혹한 응징을 요구하고,
그래서 전 가문의 영광된 가치 걸고
이 팔로 답하거나 목숨을 버릴 것입니다.

리처드 왕 결연한 마음이 하늘 높이 솟는구나!
토머스 노퍽은 어떻게 답할 텐가?

모브레이 아, 주군께서 얼굴을 돌리신 채 두 귀에게
잠시만 듣지 마라 명령해 주신다면, 저는
그의 가문 명예를 훼손하는 그가 참 얼마나
천인공노할 거짓말쟁이인지 말할 텐데!

리처드 왕 모브레이, 짐의 두 눈과 귀는 공평하다.
그가 내 동생, 아니, 내 왕국의 세자일지라도
그는 내 부왕의 동생의 아들일 뿐이지만,
지금은 외경의 대상인 내 왕홀에 맹세코,
그가 짐의 성스러운 혈통에 가깝다고
특권을 누리거나 굽힐 줄 모르는
나의 곧은 정신이 편향되진 않을 걸세.
그는 나의 신하이고 자네도 마찬가지.

자유롭고 두려움 없는 발언, 허락하네.
모브레이 그렇다면, 볼링브로크, 새카만 네 거짓말은
네 목을 지나가 심장까지 먹칠할 정도다.
칼레의 몫으로 받은 돈 가운데 4분의 3은
전하의 병사에게 정당하게 배분했고,
나머지는 동의하에 내가 보유했는데,
그 이유는 내가 마지막으로 왕비를 모시러
프랑스로 간 이래로 주상께서 나에게
크게 빚진 잔액이 있었기 때문이다.
이제 그 거짓말을 삼켜라. 글로스터의 죽음은
나는 살해 안 했지만 불명예스럽게도
그 건으로 맹세했던 내 임무에 소홀했다.
내 원수의 존경하는 부친이 되시는
고귀한 랭커스터 공작님, 당신에 대해서는
제가 한 번 죽이려고 잠복한 적 있었는데 —
슬픔에 찬 제 영혼을 괴롭히는 죄입니다.
하지만 제가 최근 성체를 받기 전에
그 일을 정말로 고백하며 어른의 용서를
정확히 구했고, 전 그걸 받았기 바랍니다.
이게 내 잘못이다. 그 나머지 고발은
악당의 앙심에서, 신의 없고 최고로 타락한
반역자에게서 흘러나온 것이니
내가 몸소 용감하게 막아 낼 것이고,
난 도전을 맞바꾸는 식으로 내 도전을
우쭐대는 이 역적의 발 위에 던진 다음
그 가슴에 담겨 있는 최고의 핏물로
나 자신은 충성스러운 신사임을 밝히겠다. —

(그의 장갑을 던지고, 볼링브로크가 그것을 집어 든다.)

이 일을 서두르기 위하여 결투 날을
전하께서 지정해 주시길 진심으로 빕니다.

리처드 왕 격분한 두 신사는 내 충고를 따르라.
피 흘리지 않으면서 이 노기를 씻어 내자.
의사는 아니지만 짐은 이 처방을 내린다.
악의가 깊으면 상처도 깊은 법.
어의들이 피 흘려선 안 되는 달이라니
잊고 또 용서하고 매듭짓고 합의하라.
숙부님, 이 일을 그 시작에서 끝내시죠,
짐은 노퍽 공작을, 당신은 아들을 달래서.

곤트 제 나이엔 화해가 어울릴 것입니다.
아들아, 그 노퍽 공작의 장갑을 버려라.

리처드 왕 노퍽도 그 장갑을 버려라.

곤트 허, 해리, 못 버려?
다시 명령 않겠으니 명에 복종하여라.

리처드 왕 노퍽, 버려, 짐의 명을 따르라. 도리 없다.

모브레이 주군의 발아래 제 몸을 던집니다. (무릎을 꿇는다.)
제 목숨은 명하셔도 제 수치는 안 됩니다.
하나는 의무지만 죽음에도 불구하고
제 무덤에 살아남을 제 고운 이름은
시커먼 불명예에 못 쓰실 것입니다.
전 여기서 망신과 탄핵과 모욕을 당했고
악독한 비방의 창으로 뼛속까지 찔리어
독설 뱉은 그의 심혈 말고는 그 어떤 방향도
저를 치유 못합니다.

리처드 왕 광분은 삭혀야 해.

그 장갑 이리 줘. 사자는 표범을 길들인다.

모브레이 예, 근데 그 반점은 못 바꾸죠. 제 수치를
받아만 주신다면 제 도전을 포기하죠.
전하, 인생이 제공하는 순수한 보물은
티 없는 명성이고, 그게 없는 인간은
도금한 찰흙이나 채색한 진흙일 뿐입니다.
열 번이나 빗장 지른 가슴속의 보석은
충성하는 마음속의 용맹성입니다.
명예는 제 생명이고 그 둘은 한 몸인데
명예를 가져가면 생명 또한 끝납니다.
그러니, 전하, 제 명예를 시험케 해 주십시오,
전 거기에 살아 있고 그것 위해 죽습니다.

리처드 왕 (볼링브로크에게)
사촌, 자네가 장갑 버려, 자네가 먼저 해.

볼링브로크 하느님, 그런 중죄 짓지 않게 해 주소서!
아버지 눈앞에서 기죽은 모습을 보여요?
아니면 이 비열한 앞에서 창백한 거지처럼
제 고위직, 폄하해요? 제 혀가 제 명예에게
그토록 약해빠진 잘못으로 상처를 주거나
치사한 휴전 나팔 불기 전에 저는 제 이빨로
겁먹고 철회하는 천한 혀를 잘라서 피 듣는 채
수치가 머무는 곳, 바로 저 모브레이 얼굴에
매우 치욕적으로 내뱉어 줄 겁니다. (곤트 퇴장)

리처드 왕 짐의 일은 간청이 아니라 명령인데
그것으로 두 사람을 친구 되게 못 했으니
9월의 열이렛날 코번트리읍에서
목숨 걸고 그것에 답하도록 준비하라.

두 사람은 거기에서 뿌리 깊은 미움의
한껏 부푼 이견을 창칼로 조정할 것이다.
짐이 둘을 화해시킬 수 없으니 정의롭게
기사다운 승자가 정해지게 할 것이다.
문장관, 짐의 군관들에게 명을 내려
이 국내의 분쟁을 다룰 준비 하라고 해. (함께 퇴장)

1막 2장

존 오브 곤트, 글로스터 공작 부인과 함께 등장.

곤트 아, 우드스톡을 도살한 자들에 맞서라는
제수씨의 그 절규보다는 내가 그와
함께 나눈 그 피가 나를 더 부추기오.
하지만 처벌은 우리가 바로잡을 수 없는,
그 잘못을 범했던 손에 달렸으니까
하늘의 의지에 우리의 싸움을 맡깁시다.
그러면 지상의 연때가 맞을 즈음
죄인들의 머리 위에 불벼락이 내릴 거요.
공작 부인 형제로서 더 강한 자극은 못 받으시나요?
혈육 향한 옛 정이 타오르지 않으세요?
에드워드의 일곱 아들, 시숙도 하나지만,
그들은 신성한 피 담은 일곱 개의 약병 또는
뿌리는 하나인 고운 일곱 가지예요.
그 일곱 가운데 일부는 저절로 말랐고

1막 2장 장소 런던, 랭카스터 공작의 저택.

또 일부는 운명이 잘라 버렸답니다.
하지만 제 남편, 제 생명인 토머스는
에드워드의 신성한 피 담은 약병으로
왕가에 뿌리 두고 번창하던 가지였는데,
시기심의 손에 의해 살인자의 피 도끼로
깨진 다음 그 소중한 액체는 흩어졌고,
난도질당한 다음 여름 잎은 다 졌어요.
아, 곤트, 당신과 같은 피! 당신을 빚었던
그 침대, 그 자궁, 그 성품, 그 틀이
그를 만들었어요. 당신은 살아서 숨 쉬지만
그이 몸 안에선 살해됐죠. 부친의 생명의
견본이라 할 수 있는 불행한 동생의
죽음을 봄으로써 당신은 부친의 죽음에
상당한 정도까지 동의하는 셈입니다.
그것은 인내가 아니라 절망이랍니다.
이렇게 동생이 살해되게 함으로써 당신은
당신의 생명 앗을 무방비의 길 터 주며
가혹한 살인에게 당신을 잡는 법 가르쳐요.
우리가 말하는 천것들의 인내심은
귀족들 가슴엔 차갑고 창백한 비겁이죠.
이런 말 어때요? 글로스터 죽음의 복수가
당신 생명 지키는 최상의 길이다.

곤트 이건 신의 싸움이오. — 왜냐하면 신의 대리,
그분이 보는 데서 성유 바른 대표자가
그를 죽게 했으니까. 그게 잘못이라면
하늘이 복수하길. 난 그분의 집행인에게는
절대로 노한 팔을 들지 않을 테니까.

공작 부인 그렇다면 어디에다 제 불평을 말하지요?

곤트 과부의 옹호자이면서 대변자인 신에게요.

공작 부인 그러지요. 안녕히 계십시오, 곤트 시숙.
코번트리로 가셔서 헤리퍼드 조카와
사나운 모브레이가 싸우는 걸 보시겠죠.
오, 헤리퍼드의 창끝에 남편의 원한 서려
살육자 모브레이의 가슴에 파고들길!
또 첫 번째 돌격에서 불운한 일 안 생겨도
모브레이의 죄들이 그 가슴을 확 짓눌러
거품 뿜는 그의 말은 등판이 부러지고
그 기수는 시합장에 거꾸로 처박혀
헤리퍼드 조카에게 겁쟁이 배신자가 되기를!
잘 가세요, 곤트 시숙, 이 예전 제수는
슬픔을 벗 삼아 생을 끝낼 것입니다.

(떠나기 시작한다.)

곤트 제수씨, 잘 가요. 난 코번트리로 가야 하오.
내가 잘 가는 만큼 잘 지내기 바랍니다!

(떠나기 시작한다.)

공작 부인 한 마디만 더하죠. — 비탄은 떨어진 곳에서
무게가 아니라 공허한 힘으로 튄답니다.
말을 시작하기 전에 작별을 고할게요,
슬픔은 끝난 것 같아도 끝나지 않으니까.
동생인 에드먼드 요크에게 안부 전해 주세요.
자, 이게 다요. — 하지만 그렇게 가진 마요!
이것이 다라 해도 그리 빨리 가진 마요.
더 회상해 볼게요. 그에게 — 아, 뭐지? —
빨리 좀 플래시로 절 찾아오라고 해 줘요.

아뿔싸, 늙으신 요크가 거기에서 볼 것이
텅 빈 집과 맨벽과 하인 없는 숙소에
밟지 않은 섬돌밖에 무엇이 있겠으며
제 신음 빼놓고 무슨 환영 받겠어요?
그러니 안부나 전해 줘요. 거기 와서
어디에나 있는 슬픔, 찾지 마라 하십시오.
버림받고 버림받아 전 떠나서 죽겠지요!
우는 제 두 눈은 마지막 작별을 고합니다.

(함께 퇴장)

1막 3장

문장관과 오멀 공작 등장.

문장관 오멀 경, 그 해리 헤리퍼드는 무장했소?
오멀 예, 완전무장하였고 입장하길 기다리오.
문장관 저 노퍽 공작도 기운차고 용감하게
항소인 나팔수의 소환만을 기다리오.
오멀 그렇다면 전사들은 준비가 다 됐고
전하의 행차만 기다릴 뿐이군요.

나팔이 울리고 리처드 왕과 그의 귀족들, 곤트, 부시, 바것, 그린 및 다른 사람들이 수행원들과 함께 등장하고, 그들이 앉은 다음 나팔 소리에 따라 무장한 피고인 모브레이 노퍽 공작이 전령과 함께 등장.

1막 3장 장소 코번트리의 시합장.

리처드 왕　문장관, 저기 저 투사에게 요구하라,
무장하고 여기 나온 이유가 무엇인지.
성명을 물어보고 질서 있게 절차 따라
정당한 이유로 왔음을 맹세하게 만들라.

문장관　신과 왕의 이름으로 그대가 누구인지
왜 그런 기사의 무장으로 나왔는지,
상대는 누군지, 또 싸우는 이유를 말하라.
기사도와 서약에 따라서 올바로 말하고
하늘과 그대의 용맹이 그대를 보호하길.

모브레이　이름은 토머스 모브레이, 노퍽 공작이고
내 선서의 약속대로 이 자리에 왔으며 —
신께선 기사가 그것을 깨지 않게 해 주시길 —
날 고소한 헤리퍼드 공작에 맞서서
신과 왕과, 뒤를 이을 내 후손들에 대한
내 충성과 진실을 옹호할 것이고,
신의 은총 그리고 이 팔뚝의 힘으로
자신을 방어하는 과정에서 이 공작이
신과 왕과 나에 대한 역적임을 밝힐 거요.
올바로 싸울 테니 하늘은 날 보호하길.

나팔 소리. 무장한 고소인 볼링브로크 헤리퍼드 공작,
두 전령과 함께 등장.

리처드 왕　문장관, 저 건너 무장한 기사에게
누구인지, 왜 그렇게 전쟁 복장 갖추고
여기에 나타나게 되었는지 물어보라.
또한 공식적으로 짐의 법에 따라서

정당한 이유로 왔음을 선서하게 만들라.
문장관 그대의 이름은? 그대는 이 왕실 시합장에
왜 나와서 리처드 국왕 앞에 섰는가?
누가 그대 상대인가? 싸움의 이유는?
진실된 기사처럼 말하고 하늘의 보호받길.
볼링브로크 헤리퍼드, 랭커스터, 더비의 해리로서
난 무장을 갖추고 여기 서서 신의 은총,
나 자신의 용맹으로 시합을 통하여
토머스 모브레이, 노퍽 공작이
하느님과 리처드 왕 그리고 나에게
더럽고 위험한 역적임을 밝힐 거요.
또 올바로 싸울 테니 하늘은 날 보호하길.
문장관 문장관과 이 적법한 행사를 감독토록
지시받은 관원 외에 누구든지 감히 또는
무모한 용기로 이 시합에 관여하면
죽음의 고통을 면치 못할 것이다.
볼링브로크 문장관, 내가 저 군주의 손등에 입 맞추고
전하 앞에 무릎 꿇게 해 주시오. 왜냐하면
모브레이와 나 자신은 길고 힘든 순례의 길
나서기로 약속한 두 사람과 같으니까
각자의 친구에게 예의 갖춰 이별하고
애정 어린 작별을 할 수 있게 해 주시오.
문장관 고소인이 존경 다해 전하께 인사하고
전하 손에 입 맞추는 작별을 갈망하옵니다.
리처드 왕 짐이 단을 내려가 그를 품에 안겠다.
헤리퍼드 사촌, 네 명분이 옳으므로
왕이 보는 이 싸움에 행운이 있을 거야.

잘 가게, 내 핏줄. 그 피를 오늘 흘리더라도
짐은 애통하겠지만 복수는 할 수 없네.

볼링브로크 오, 모브레이의 창에 제가 꿰뚫리더라도
누구도 저 때문에 눈물을 모독 마십시오.
새를 좇아 비상하는 매처럼 자신 있게
저는 모브레이와 잘 싸울 것입니다.
(문장관에게)
친애하는 문장관, 난 당신과 작별하오.
(오멀에게)
귀한 사촌, 오멀 경, 자네와도 작별하네.
난 죽음과 관련이 있으나 병든 건 아니고
활기차고 젊으며 유쾌하게 숨 쉰다네. —
보게, 잉글랜드 잔치에 온 것처럼 맨 끝에
가장 단맛 보려고 최고의 별미를 맞이하네.
(곤트에게)
오, 땅 위에서 이 몸을 낳아 주신 분이여,
당신의 젊은 시절 정기가 제게서 되살아나
두 배의 기운으로 저를 들어 올린 다음
머리 위의 승리를 잡을 수 있게 하고,
당신의 기도로 제 갑옷을 견고하게 한 다음
축복으로 제 창끝을 강하게 벼리어
모브레이의 무른 외투 꿰뚫게 해 주면서,
존 오브 곤트의 이름이 그 아들의 활기찬
바로 그 동작에서 새로이 빛나게 하십시오.

곤트 신께서 대의를 갖춘 널 이기게 해 주시길.
실행에 있어선 번개처럼 재빠르고,
네 타격은 두 배의 두 배로 보강되어

적대하는 사악한 네 원수의 투구 위에
넋을 빼는 천둥처럼 떨어지길 바란다.
젊은 혈기 일깨워서 용맹하게 생존해라.

볼링브로크 제 결백과 성 조지는 성공할 것입니다!

모브레이 신이나 운명이 제 운을 어떻게 결정하든
충성하고 정의롭고 올곧은 한 신사는
리처드의 왕권에 충실히 살거나 죽습니다.
그 어떤 죄수도 춤추는 제 영혼이
제 적과 벌이는 이 결전을 향연처럼
축하하는 것보다 더 자유로운 마음으로
이 속박의 사슬을 내던지고, 이 소중한
무제한 해방을 더 세게 포옹한 적 없습니다.
막강하신 전하와 동료 귀족 여러분,
행복한 세월을 맞으시기 바랍니다.
전 놀이에 가듯이 상냥하고 유쾌하게
싸우러 갑니다, 진심으로 편안하게.

리처드 왕 잘 가게. 자네의 눈에는 미덕이 확고하게
용맹과 자리를 함께하고 있는 게 보이네.
문장관은 결투를 지시하고, 시작하라.

문장관 헤리퍼드, 랭커스터, 더비의 해리는
이 창을 받으라. 신께선 정의를 지키시길.

(수행원이 볼링브로크에게 창을 준다.)

볼링브로크 태산처럼 든든한 희망으로 아멘 하오.

문장관 (수행원에게)
이 창을 토머스 노퍽 공작에게 전하라.

84행 성 조지 잉글랜드의 수호성인.

(수행원이 볼링브로크에게 창을 준다.)

전령 2　헤리퍼드, 랭커스터, 더비의 해리는
신과 왕과 자신을 위하여 여기 서서
거짓되고 배신하면 죽는다는 각오로,
노퍽 공작, 토머스 모브레이는 신과 왕과
본인에게 역적임을 입증하기 위하여
그에게 이 싸움에 나오라고 과감히 말한다.

전령 1　토머스 모브레이, 노퍽 공작은 여기 서서
거짓되고 배신하면 죽는다는 각오로
자신을 옹호하는 동시에, 헤리퍼드,
랭커스터, 더비의 해리는 신과 왕과
자신에게 불충함을 입증하기 위하여
용감하게, 자유로운 소망을 품은 채
시작하는 신호를 기다릴 뿐이다.

문장관　나팔을 울리고 투사들은 앞으로.

(공격 나팔이 울리고, 리처드 왕이 지휘봉을 던진다.)

멈춰라! 국왕께서 지휘봉을 던지셨다.

리처드 왕　그들에게 각자의 투구와 창을 내려놓고
제자리로 되돌아가라고 명하라.
짐과 함께 물러나고, 짐이 두 공작에게
결정을 알려 줄 때까지 나팔을 울려라.

(긴 팡파르. 리처드 왕이 곤트 및 다른 귀족들과 따로
얘기를 나눈 다음 투사들에게 말을 건다.)

가까이 다가와서
중신들과 짐이 함께 정한 것을 들어라.
이 나라의 대지가 그것이 길러 낸
소중한 핏물로 더러워져서는 안 되니까,

또한 짐은 이웃의 칼에 의해 골이 팬
내란 상처, 험한 얼굴, 정말 보기 싫으니까,
또한 짐은 하늘로 치솟는 야심 찬 생각 속의
독수리 날개 달린 야망이 경쟁자를 미워하는
시기심과 합작으로 자네들을 자극하여
이 땅의 요람에서 곤히 잠든 유아의
달콤한 숨을 쉬는 평화를 깨운다고 여기고,
만약 그게 그토록 소란한 부조화의 북소리와
거칠게 울리는 나팔의 무서운 쇳소리와
격노한 쇠 창칼의 부딪는 충격으로 깨어나면
조용한 이 영토의 고운 평화 놀래면서
짐을 바로 친척 피에 빠뜨릴 수 있으니까,
짐은 둘을 짐의 영토 밖으로 추방한다.
헤리퍼드 사촌은 여름이 곱으로 다섯 번
짐의 들판 풍요롭게 할 때까지 목숨 걸고
짐의 고운 영토를 다시 맞지 못하면서
추방의 낯선 길을 걸어야만 할 것이다.

볼링브로크 뜻대로 하시죠. 전 이렇게 절 위안해야겠죠,
전하를 데우는 이 태양은 제게도 비치고
전하에게 내리쬐는 이 금빛 햇살은
제게도 다가와 제 추방을 금칠할 거라고.

리처드 왕 노퍽, 너에겐 더 중한 선고가 남았고
난 그것을 약간은 꺼리면서 발표한다,
간교하게 더디 가는 시간이 아무리 지나도
고달픈 네 유배는 끝이 없을 테니까.
'귀환은 절대 불가,' 희망 없는 이 약속을
네 목숨을 조건으로 나는 네게 하노라.

모브레이 전하의 입에서 나오리라고는, 주상 전하,
조금도 예상치 못했던 중형이옵니다.
전 한데로 던져지는 깊디깊은 손상 말고
좀 더 귀한 대접을 전하의 손에서
받을 만한 자격이 있다고 여겼사옵니다.
전 이제 지난 사십여 년간 익혔던
모국어인 영어를 버려야 할 것이고,
혀는 이제 줄 없는 비올이나 하프처럼,
아니면 상자에 넣어 둔 — 아니면 꺼냈어도
화음을 만들어 낼 재주가 전혀 없는
그런 손에 맡겨진 — 정교한 악기와
그 쓸모가 조금도 다르지 않을 것입니다.
전하께선 제 혀를 제 입안에 가두고
이와 또 입술의 이중 창살 내렸으며,
우둔하고 무감하고 멍청한 무식을
옥지기로 만들어 절 지키게 하셨어요.
유모에게 아양을 떨기엔 전 너무 늙었고
학생이 되기엔 너무 나이 많습니다.
그렇다면 전하의 판결은 제 혀가 타고난
모국어를 빼앗는 무언의 죽음 말고 뭐지요?

리처드 왕 동정심을 일으켜도 네겐 아무 소용없다.
짐의 판결 뒤에 하는 불평은 너무 늦어.

모브레이 그럼 전 끝없는 밤의 어둠 속에서 살려고
조국의 빛에서 이렇게 돌아서겠습니다.

(떠나기 시작한다.)

리처드 왕 (모브레이에게)
돌아오라, 그리고 서약하고 떠나라.

(볼링브로크와 모브레이에게)
추방된 둘의 손을 왕의 검에 올려놔라.
(그들의 리처드 왕의 검에 손을 올린다.)
두 사람은 신께 빚진 복종 걸고 맹세한 뒤 —
짐에 관한 부분은 둘과 함께 추방하니 —
짐이 부과하려는 이 서약을 지켜라.
둘은 절대, 진실과 신은 도와주실 테니,
추방 중에 서로를 사랑하여 껴안거나
서로의 얼굴을 쳐다보거나,
글을 쓰고 재회를 하거나 사적인 미움의
음울한 이 태풍을 화해로 잠재우거나,
작심하고 만나서 짐이나 짐의 나라,
백성이나 땅에 대해 어떠한 나쁜 일도
모의하고 공모하지 않겠다고 맹세하라.

볼링브로크 맹세하옵니다.

모브레이 저도 다 지키겠습니다.

볼링브로크 지금까지 적이었던 노퍽이여,
왕께서 우리를 내버려 두셨다면 지금쯤
둘 가운데 한 영혼은 우리의 육신이
이 땅에서 추방된 것처럼 이 육신의
연약한 묘지에서 추방되어 허공을 헤맬 거다.
왕국을 떠나기 이전에 반역을 고백해라.
먼 길 가야 할 테니 죄지은 영혼을
옭아매는 그 짐을 함께 지고 가지 마라.

모브레이 볼링브로크, 내가 만일 반역한 적 있다면
생명의 책에서 내 이름은 지워지고
여기처럼 하늘로부터도 추방당하기를!

근데 네 정체는 신과 너, 내가 아는 바이고
머지않아 왕께서도 통탄하실 것 같다.
전하, 안녕히. 잉글랜드 귀향길 말고는
빗나갈 수 없으니 온 세상이 다 내 길이다. (퇴장)

리처드 왕 (곤트에게)
숙부님, 창문 같은 그 눈에서조차도
비통한 마음이 보여요. 슬픈 그 얼굴 땜에
그의 추방 햇수에서 사 년이란 숫자가
떨어져 나갔어요. (볼링브로크에게)
언 겨울 여섯 번을 보내고
추방에서 고향으로 환영받고 돌아오라.

볼링브로크 한마디 말 속에 든 시간은 참으로 길구나!
꾸물대는 사 년 겨울, 무성한 사 년 봄이
한마디로 끝났어. 그런 게 왕들의 언어다.

곤트 저를 고려하시어 제 자식의 유배를
사 년 단축해 주셔서 전하께 감사드립니다.
하지만 저에게 이로울 건 전혀 없습니다.
제 자식이 보내야 할 육 년의 달들이 변하여
계절의 순환을 불러올 수 있기 전에
기름 마른 제 등잔과 시간 지난 불빛은
늙음과 끝없는 밤 속으로 소멸하고,
남은 초도 소진되어 눈 가리는 죽음이
제 자식을 못 보게 할 테니까 말입니다.

리처드 왕 아니, 숙부님, 앞으로 사실 날이 많은데요.

곤트 근데 왕은 그중의 일 분도 줄 수 없답니다.
우울한 슬픔으로 제 낮을 줄이고
제 밤을 빼앗아도 내일은 못 빌려줍니다.

시간을 도와서 저에게 나이는 먹여도
그로 인해 생기는 주름살은 못 막지요.
당신 말은 절 죽일 땐 효력이 있어도
죽은 제 목숨은 당신 왕국으로도 못 삽니다.

리처드 왕 훌륭한 조언 따라 당신 아들 추방됐고
숙부님도 그 공동 의결을 함께하셨는데,
왜 짐의 정의에 눈살을 찌푸리십니까?

곤트 맛볼 때는 단것들이 삼키면 쓰답니다.
판관으로 저를 재촉하셨지만 전 차라리
아비처럼 논쟁하게 해 주시길 바랐어요.
제 자식이 아니라 낯선 사람이었다면
조금 더 부드럽게 그의 죄를 다뤘겠죠.
편파성 시비를 피하려고 했었는데
판결에선 제 목숨을 파괴하고 말았어요.
아, 제 자식을 없애는 데 너무 가혹하다는
그런 말을 누군가 해 주기를 바랐지만
당신께서 허락하여, 꺼리는 제 입으로
자신에게 이 상처를 입히게 됐답니다.

리처드 왕 사촌, 잘 가게. 숙부님도 작별을 하시오.
육 년 동안 추방하니 가야만 합니다.

(팡파르. 리처드 왕과 수행원들 함께 퇴장.
오멀, 문장관, 곤트와 볼링브로크는 남는다.)

오멀 (볼링브로크에게)
사촌, 잘 가. 내가 직접 알 수 없는 일들은
머물게 되는 데서 서신으로 전해 주게. (퇴장)

문장관 (볼링브로크에게)
공작님, 저는 작별 않습니다, 왜냐하면

땅끝까지 곁에서 말 타고 갈 테니까.

(볼링브로크는 대답하지 않는다. 문장관은 비켜선다.)

곤트 오, 너는 뭣 때문에 그리 말을 아끼면서
친구들의 인사에도 답하지 않느냐?

볼링브로크 아버님께 작별을 고할 말은 없습니다.
이 혀의 기능은 넘치는 가슴의 슬픔을
아낌없이 쏟아 내야 할 테지만 말입니다.

곤트 넌 당분간 부재해서 비탄할 뿐이야.

볼링브로크 그동안 기쁨이 부재해서 비탄이 존재하죠.

곤트 육 년 겨울 대수냐? 재빨리 지나간다.

볼링브로크 환희할 땐 맞지만 비탄의 시간은 열 뱁니다.

곤트 즐거움 찾아가는 여행으로 생각해라.

볼링브로크 그렇게 오해하면 한숨 지을 것입니다,
강제로 떠나는 순례인 줄 아니까요.

곤트 너의 귀향이라는 그 귀중한 보석은
지겨운 발걸음의 암울한 행로라는
받침 위에 놓였을 때 빛난다고 여겨라.

볼링브로크 아뇨, 오히려 제가 딛는 지겨운 걸음마다
아끼는 그 보석에서 얼마나 먼 세상에서
방황하고 있는지 기억하게 될 겁니다.
외지로 돌면서 오랜 도제 생활을 한 뒤에
결국엔 제 자유를 성취하게 되었을 때,
전 비탄의 직공일 뿐이었단 사실 말고
자랑할 게 하나도 없어야만 합니까?

곤트 현자에겐 저 해가 비치는 모든 곳이
항구이며 행복한 은신처가 되느니라.
넌 곤궁한 상황에 처했으니 필요만큼

훌륭한 미덕은 없다는 이치를 배워라.
왕이 너를 추방한 게 아니라 네가 왕을
추방했다 생각해라. 비애는 그것을
힘겨워하는 곳에 더 무겁게 내려앉아.
자, 왕이 너를 유배한 게 아니라 내가 널
영예를 얻으러 보냈다고 말하거나,
역병의 아가리가 공중에 돌아다녀
더 신선한 기후로 피한다고 가정해라.
네 영혼에 소중한 건 출발점이 아니라
도착점에 있다고 상상해 보거라.
노래하는 새들을 악사로 여기고
밟고 가는 들풀은 알현실 바닥이며
꽃들은 고운 부인들이고, 네 걸음은
즐거운 가락이나 춤이라고 생각해.
으르렁거리는 슬픔은 그것을 조롱하고
가볍게 보는 사람, 무는 힘이 약하니까.

볼링브로크 몹시 추운 코카서스 생각하는 것만으로
그 누가 자기 손에 불을 쥘 수 있지요?
아니면, 향연의 단순한 상상만 가지고
격심한 식욕의 갈망을 채울 수 있나요?
여름의 멋진 열기 생각하는 것만으로
혹한의 눈 속에 알몸으로 뒹굴 수 있나요?
안 되죠. 좋은 것을 알아차린다는 것은
기분을 더 나쁘게 만들 뿐이옵니다.
사나운 슬픔의 이빨은 곪아 부푼 상처를
안 터지게 물었을 때 가장 짜증 납니다.

곤트 자, 자, 아들아, 바래주마. 나에게 네 젊음과

떠날 이유 있다면 난 머물지 않을 거야.

볼링브로크 잉글랜드여, 그럼 안녕! 고운 산천 — 나를 아직
품고 있는 어머니와 유모여! — 잘 있어라.
난 추방은 당했지만 참 잉글랜드인인 것을
어디로 방황하든 자랑할 수 있을 거야.

(곤트와 볼링브로크, 문장관을 따라 함께 퇴장)

1막 4장

리처드 왕과 함께 그린과 바것이 한쪽 문에서,
오멀 경이 다른 쪽 문에서 등장.

리처드 왕 짐이 분명 관찰했어. — 오멀 사촌, 자네는
높으신 헤리퍼드를 어디까지 데려갔나?

오멀 높으신 헤리퍼드, 그리 부르신다면
큰길까지 데려가서 거기 두고 왔습니다.

리처드 왕 그러고는, 이별 눈물 얼마나 쏟아졌나?

오멀 아 참, 전 전혀 흘리지 않았는데 때마침
저희의 얼굴로 북동풍이 매섭게 불어와
잠자던 눈물을 일깨운 결과로 우연히
한 방울을 저희의 공허한 이별에 더했어요.

리처드 왕 짐의 그 사촌은 자네가 떠날 때 뭐라던가?

오멀 “잘 있게.” 그랬고 —
제 마음은 제 입으로 그 말을 지독하게
모독하길 경멸했기 때문에 대단한 슬픔에

1막 4장 장소 런던, 궁전.

짓눌린 척하는 기술을 저에게 가르쳐
딴말들은 제 슬픔의 무덤에 묻힌 것 같았죠.
아 참, “잘 가게.”란 그 말이 시간을 늘리면서
그의 짧은 추방에 여러 해를 더한다면
그는 분명 ‘잘 가게’를 수없이 들었을 테지만
그렇게는 못 하니까 전 한 번도 안 해 줬죠.

리처드 왕 그는 짐의 사촌이지만, 사촌, 시간 지나
그가 자기 추방에서 귀국을 허락받았을 때
그 친척이 돌아와 친구들을 볼지는 불확실해.
짐과 부시, 여기 있는 바것과 그린이
평민들의 환심 사는 그를 관찰했었네, —
겸손하고 친숙한 예절을 다하여
그들의 가슴에 어떻게 파고들어 가는지,
불쌍한 직공들 따위에게 교활한 미소와
운명을 참아 내는 행동으로 구애하며
그들의 애정 갖고 유배를 가려는 듯
노예들에게도 얼마나 존경을 표하는지.
굴 파는 여자에게 모자를 벗었어.
짐 마차꾼 두 사람이 행운을 빌어 주자
깊숙이 허리 굽혀 공손함을 표하면서
“고맙소, 동포들, 사랑하는 친구들.” 그랬어,
짐의 잉글랜드를 앞으로 자기가 소유하고
백성들이 바라는 후계자가 자기인 것처럼.

그린 글쎄요, 그는 갔고 그러한 생각도 함께 가요.
이제는 저항하는 아일랜드 역도들 일인데,
여유를 더 주게 되면 수단이 더 생겨나
그들에겐 득이 되고 전하에겐 실이 되니

주군께선 적절한 조처를 취하셔야 합니다.

리처드 왕 짐이 몸소 이 전쟁에 직접 나갈 것이다.
조정이 너무 크고 아낌없이 관대하여
짐의 재정 상태가 좀 가벼워졌으므로
할 수 없이 왕령을 소작 줘야 하겠고,
그로 인한 수입을 논의 중인 이번 일에
충당할 것이다. 그래도 모자랄 땐
본국의 대리인들에게 백지 위임장을 주고
거기에, 부자들이 누군지 그들이 알아내면,
그들은 거액을 내기로 서명할 것이고,
그것을 송금하여 부족분을 메울 거다.
왜냐하면 짐은 아일랜드로 바로 갈 테니까.

부시 등장.

부시, 웬일인가?

부시 전하, 늙으신 존 오브 곤트께서 갑자기
중병이 든 고로 황급히 사람을 보내어
전하의 방문을 간청하고 있습니다.

리처드 왕 그는 어디 있느냐?

부시 일리 저택에요.

리처드 왕 자 이제 신께서는 의원의 마음을 움직여
그를 바로 무덤으로 보내게 해 주소서!
그의 재물 몽땅 털어 전투복을 만들고
아일랜드 출정군에 입히도록 하겠다.
자, 신사들, 모두들 그를 찾아가 보자.
서둘러 갔으나 이미 너무 늦었기를!

모두 아멘! (함께 퇴장)

2막 1장

병든 존 오브 곤트, 그를 옮기는 의자에 앉은 채
요크 공작 및 하인들과 함께 등장.

곤트 내가 마지막으로 국왕의 고삐 풀린 젊음에
건전한 조언을 할 수 있게 오실 건가?
요크 초조해하거나 말하려고 애쓰지 마세요,
그의 귀에 조언은 헛소리일 뿐이니까.
곤트 오, 하지만 죽어 가는 사람 말은 주의를
깊디깊은 화음처럼 강요할 수 있다고 해.
말수가 적을 때 헛된 말은 거의 없어,
고통 속에 뱉는 말은 진실을 뱉으니까.
더 이상 말 못 하는 사람 말은 젊은이의
번지레한 말보다 더 귀 기울여 들어 줘.
사람들의 결말은 앞섰던 삶보다 더 주목받아.
지는 해와 종결부에 도달한 음악은
마지막 미감처럼 가장 오래 달콤하고
오래전 일보다 더 기억에 새겨져.
리처드가 내 생전의 충언은 안 들으려 했어도
죽음의 엄숙한 얘기엔 귀를 열지도 몰라.
요크 아뇨, 그것은 현인조차 좋아하는 칭찬으로,
젊은이의 열린 귀가 언제나 듣고 싶은

2막 1장 장소 런던, 일리 저택.

독 묻은 소리인 음탕한 노래로,
언제나 느림보 원숭이인 이 나라가
저급하게 절름발이 모방으로 따르는
저 오만한 이탈리아의 유행 관련 소문 같은
남들의 아첨하는 소리로 꽉 막혔으니까.
이 세상이 만들어 내놓는 허영치고 —
새롭기만 하다면 그 추함은 상관없이 —
그의 귀에 신속하게 안 울린 게 있나요?
욕망이 신중한 판단과 충돌할 때
충고의 말씀은 너무 늦게 들리지요.
제 갈 길 가는 그를 인도하지 마십시오.
형님께 모자라는 그 숨을 잃으실 겁니다.

곤트 난 나를 새롭게 영감 받은 예언자라 여기고
이렇게 죽어 가며 그의 앞날 말하겠네.
급격한 그의 방탕 섬광은 오래 못 가,
맹렬한 불꽃은 스스로 타 없어지니까.
가는 비는 오래가나 돌연한 태풍은 짧으며,
말을 너무 세게 몰면 너무 일찍 지쳐 버려.
급히 먹는 음식으로 먹는 사람 목 막히고,
경박한 허영심은 대식가 가마우지처럼
자산을 소진하고 곧 자기를 잡아먹어.
왕들의 이 옥좌, 왕홀을 지닌 이 섬,
통치자를 위한 땅, 마르스의 이 터전,
또 하나의 에덴동산, 낙원과 같은 곳,
전염병과 전쟁의 손길을 막으려고

41행 마르스 전쟁의 신.

대자연이 자신을 위하여 지은 요새,
이 행운의 종족들, 하나의 작은 세계,
우리보다 운 나쁜 나라들의 시기심을
성벽처럼, 저택의 방어용 해자처럼
막아 주는 역할 하는 저 은빛 바다에
아름답게 박혀 있는 진귀한 이 보석,
이 복된 땅, 이 나라, 이 왕국, 이 잉글랜드,
이 유모, 왕다운 왕들로 충만한 이 자궁,
그 왕족은 무섭고 그 출생은 유명하며
그들의 행위로써 고향에서 먼 곳까지,
기독교인다운 봉사와 참된 기사도로써
복 받은 마리아의 아들인 구세주의
저 냉혹한 유대국의 무덤처럼 잘 알려졌는데,
이 귀한 사람들의 나라가, 귀하고 또 귀한,
온 세상에 명성 높은 이 귀한 나라가 —
죽으면서 말하지만 — 임대되고 있다네,
부동산 아니면 하찮은 농지처럼 말이야.
승리의 바다에, 물 머금은 넵튠의
적대적 공격을 물리치는 저 바위 해안에
갇혀 있던 잉글랜드가 이제는 치욕에,
잉크 묻은 더러운 양피지 계약서에 갇혔어.
딴 곳을 늘 정복하던 그 잉글랜드가
치욕적인 그 자체의 정복을 이루었어.
아, 이 망신이 내 생명과 함께 사라진다면
뒤따르는 내 죽음은 얼마나 행복할까!

61행 넵튠 바다의 신.

팡파르. 리처드 왕과 왕비, 오멀, 부시, 그린, 바것,
로스 및 윌러비, 수행원들과 함께 등장.

요크 국왕이 왔어요, 젊은 그를 부드럽게 다뤄요,
불같은 망아지는 화나면 더 날뛰니까.
왕비 랭커스터 숙부께선 기분이 어떠세요?
리처드 왕 괜찮아요? 어떠세요, 늙고 마른 숙부님?
곤트 오, 제 상태에 딱 맞는 말을 하셨습니다!
참 늙고 말랐지요, 늙었으니 말랐고요.
슬픔이 제 안에서 지겨운 단식을 하는데
금식하며 안 마른 사람이 누굽니까?
잉글랜드를 재우려고 전 오래 안 잤고,
안 잤으니 수척하고 수척해서 깡말랐죠.
여타의 아비들이 누리는 기쁨이 제게는
엄격한 단식인데 — 자식 모습 못 보니까 —
당신이 그 단식으로 절 마르게 하셨죠.
전 무덤에 딱 맞게 무덤처럼 말랐으니
텅 빈 그 자궁은 뼈만 물려받겠지요.
리처드 왕 병자들이 이런 마른 말장난을 할 수 있소?
곤트 못 하죠, 불행이 자조적인 장난을 칩니다.
당신이 제 이름을 죽이려 하시니
대왕께서 기쁘도록 제 이름을 놀립니다.
리처드 왕 죽는 자가 산 자를 기쁘게 해야 하오?

86행 제 이름
존 오브 곤트로 '곤트'는 말랐다는 뜻도 가지고 있다. 현재의 맥락에서 곤트의 '이름'은 살해된 글로스터의 형, 추방된 볼링브로크의 아버지, 그리고 잉글랜드 왕의 고문, 이 세 가지 함의를 가진다. (아든)

곤트 아뇨, 산 자들이 죽는 자들 기쁘게 해야죠.

리처드 왕 당신은 죽으면서 날 기쁘게 한다고 말하오.

곤트 아뇨, 병은 제가 더 깊지만 죽는 건 당신이오.

리처드 왕 난 건강히 숨 쉬면서 병든 당신 봅니다.

곤트 신은 알죠, 병든 당신 제가 보고 있다는 걸 —
병들어 못 보면서 병든 당신 본다는 걸.
당신의 임종 자리 다름 아닌 이 땅인데
당신은 평판이 나빠져 거기에 누웠고,
너무나 경솔한 환자인 당신은
기름 부은 그 몸을 처음에 망가뜨린
그 의사들 무리에게 치료를 맡겼어요.
아첨꾼 천 명이 당신의 왕관 안에 앉았는데,
그 둘레는 당신의 머리보다 안 크지만
그 좁은 범위에서 벌어지는 낭비는
당신의 영토보다 결코 적지 않습니다.
오, 당신의 조부께서 예언자의 눈으로
손자가 자신의 아들들 죽이는 걸 보셨다면
그 손자가 그런 치욕 못 범하게 했을 테고,
이젠 자기 스스로 폐위하는 그 왕좌를
차지하기 이전에 폐위시켰을 거요.
아니, 조카, 네가 온 세상의 통치자라고 해도
이 나라를 임대한 건 수치스러운 일인데,
너만의 세상으로 즐기는 게 이 나라뿐이면서
그런 수치 입히는 건, 수치 이상이잖아?
넌 이제 왕이 아닌 잉글랜드 땅임자야.

104행 조부 에드워드 3세.

너의 법적 지위는 일반법에 종속되고,
너는 또한 —

리처드 왕 이 미친 정신없는 바보 봤나,
오한을 특권 삼아 주제넘게 막말해!
그 차가운 훈계로 감히 짐의 두 뺨 위에
원래부터 거주하던 제왕의 붉은 피를
광포하게 몰아내어 창백하게 만들어?
이제 내 옥좌의 정당한 왕권에 맹세코,
네가 에드워드 대왕 아들의 형제만 아니어도
네 머리는 그 안에서 막 구르는 혀 때문에
불경한 그 어깨에서 떨어져야 했을 거다!

곤트 오, 내 형님 에드워드의 아들아, 내가 그의
아버지 에드워드의 아들이라고 봐주지 마.
넌 이미 그 피를 펠리컨처럼 뽑아내어
술 취한 사람처럼 다 마셔 버렸다.
솔직한 선의 품은 내 동생 글로스터가 —
하늘의 행복한 영혼들 가운데서 잘 지내길! —
네가 에드워드의 피를 함부로 흘린다는
선례이자 훌륭한 증인이 될 수 있다.
너의 그 몰인정은 구부러진 세월의 낫처럼
지금 내가 갖고 있는 이 병과 합세하여
너무 오래 말라죽던 꽃 하나를 자를 거야.
욕되게 살아도 네 치욕은 너와 함께 안 죽기를!
이 말이 앞으로 널 고문하기 바란다.

126행 펠리컨
이 새의 새끼들은 어미의 피를 먹고 자란다고 여겨졌다. (RSC) 곤트는 리처드가 자기 형 글로스터를 살해함으로써 그의 피를 빨아먹었다고 말한다. (아든)

내 침대로, 그다음엔 무덤으로 날 옮겨라.
사랑과 영예를 가진 자가 삶을 사랑하는 법. (퇴장)

러처드 왕 나이와 퉁명만 있는 자는 죽게 해 줘야지,
당신에겐 둘 다 있고, 다 무덤에 맞으니까.

요크 전하께 정말 간청드리건대, 그의 말을
고집 센 그의 병과 나이로 돌려주십시오.
맹세코, 형님은 당신을 사랑하고, 저 해리
헤리퍼드 공작만큼, 그가 여기 있다면, 아끼오.

리처드 왕 맞는 말씀입니다. 그의 사랑 해리의 것과 같고,
내 것도 그들 것과 같으니 다 그대로 놔두죠.

노섬벌랜드 등장.

노섬벌랜드 전하, 늙으신 곤트가 주상께 안부하옵니다.

러처드 왕 뭐라고 했는가?

노섬벌랜드 못 했죠. 말은 다 끝났어요.
그의 혀는 줄 없는 악기와 같답니다.
그 노인의 말과 생명, 모든 게 사라졌죠.

요크 그다음엔 요크가 꼭 그렇게 파산할 것이다!
죽음은 불쌍하나 치명적 비탄은 끝난다.

리처드 왕 잘 익은 열매가 먼저 떨어지듯이 그는 갔소.
그의 때는 지났지만 우리는 순례를 마쳐야죠.
그건 됐고, 이젠 짐의 아일랜드 전쟁으로.
저 털보 경무장 보병을 밀어내야겠는데,
그들은 다른 독종 사라지고 자기들만
살 특권을 가진 데서 독종처럼 살고 있소.
그런데 이 큰일은 돈이 좀 필요하니

짐을 돕기 위하여 곤트 숙부 소유의
식기류와 동전과 수입과 동산을
모조리 짐에게로 압수하는 바이오.

요크 전 얼마나 더 오래 참아야죠? 아, 잘못을
얼마나 더 오래 섬세한 배려로 견뎌야죠?
글로스터의 죽음도, 헤리퍼드의 추방도,
곤트에 대한 질책, 잉글랜드 주민 박해,
불쌍한 볼링브로크의 결혼을 방해한 일,
그리고 제 자신의 불명예, 그 무엇도
인내하는 제 뺨을 일그러뜨리거나
주상의 얼굴을 째려보게 한 적은 없답니다.
전 고귀한 에드워드 아들들의 막내이고
당신 부친 웨일스 왕자는 첫째였답니다.
여태껏 그 어리고 군주다운 신사보다
더 사납게 노한 사자, 전쟁 중에 없었고
더 온순한 양 또한 평화 시에 없었지요.
당신은 그의 얼굴 가졌어요, 나이가
당신만큼 찼을 때 꼭 그래 보였으니까.
하지만 그가 찌푸렸을 땐 친구가 아니라
프랑스인들에게 그랬죠. 고귀한 손으로
자신이 사용한 걸 얻어 냈고, 부친 손이
승리하여 얻어 낸 걸 사용하진 않았어요.
친척 피는 자기 손에 묻히지 않았고,
친족의 적들 피로 물들일 뿐이었죠.
오, 리처드! 요크가 비통 속에 너무 깊이
빠지지 않았다면 절대로 비교 않을 —

리처드 왕 아니, 숙부님, 무슨 일입니까?

요크 오, 전하,
용서해 주십시오, 아니면 용서받지
못한다 하더라도 저는 만족합니다.
추방된 헤리퍼드의 하사받은 왕족 특권
당신의 손으로 몰수하려 하십니까?
곤트는 죽었고, 헤리퍼드는 살아 있잖아요?
곤트는 진실했고, 해리는 충실하잖아요?
그 사람은 후계자를 둘 만했잖아요?
또 그의 후계자는 훌륭한 아들이잖아요?
헤리퍼드의 권리를 빼앗고, 시간이 준
허가증과 관습적인 권리를 뺏는다면
오늘 뒤에 내일은 오지 않고 당신 또한
있지 않을 것입니다. 왜냐하면 정당한
순서와 승계 없이 당신이 어떻게 왕이죠?
맹세코 — 진실이 아니면 좋으련만 —
헤리퍼드의 권리를 부당하게 탈취하고,
그가 대리인들을 통하여 토지의 인도를
청원할 때 사용할 특허장을 회수하고,
그의 충성 맹세 제안을 거절하신다면
당신은 수천 가지 위험을 자초하고
수천 명의 호의적인 지지자를 잃게 되며
온화하게 인내하는 이 몸을 자극하여
신하가 못 품을 생각을 품게 할 것입니다.

리처드 왕 당신이 어떻게 생각하든 짐은 그의
식기와 물건과 돈과 땅을 몰수하오.

요크 그동안 전 떠납니다. 안녕히 계십시오.
무슨 일이 생길지는 아무도 모릅니다.

하지만 과정이 나쁘면 그 결과도
결코 좋지 못하다는 사실을 알 겁니다. (퇴장)

리처드 왕 부시는 곧바로 윌트셔 백작에게 가거라.
그에게 이 일을 처리하기 위하여 짐이 있는
일리 저택으로 오라 하라. — 내일 아침
짐은 아일랜드로 간다. 분명히 때가 됐어.
그리고 짐의 부재 기간에 숙부이신
요크 공을 잉글랜드의 통치자로 임명한다.
올바르고 언제나 짐을 사랑하시니까.
갑시다, 왕비. 우린 내일 헤어져야만 하오.
짐은 짧게 체류하니 명랑하게 지내시오.

(팡파르. 노섬벌랜드, 윌러비, 로스만 남고 모두 함께 퇴장)

노섬벌랜드 자, 여러분, 랭커스터 공작은 죽었소.

로스 살아 있기도 하죠, 아들이 이젠 공작이니까.

윌러비 순전히 호칭만 있을 뿐 수입은 없어요.

노섬벌랜드 정의가 살았다면 둘 다 풍족하겠지요.

로스 내 가슴은 무거우나 맘대로 혀를 놀려
그 짐을 못 덜고 침묵으로 터져야 합니다.

노섬벌랜드 아니, 그 마음 말하게, 자네를 해치려고
자네 말을 되뇌는 자 있다면 죽을 거야.

윌러비 헤리퍼드 공작과 관련된 말을 할 셈이오?
그렇다면 용감하게 내뱉어 보시오,
그에게 좋은 일은 빨리 듣고 싶으니까.

로스 좋은 일 해 줄 수 있는 게 전혀 없소,
만약에 세습 재산 강탈당한 그 사람을
동정해 주는 걸 좋다고 한다면 모를까.

노섬벌랜드 신 앞에서 맹세코, 왕족의 하나인 그 사람과

기우는 이 나라의 수많은 귀족들이
그렇게 부당한 대접을 받는 건 수치야.
국왕은 정신이 나갔고 아첨꾼들에게
천하게 끌려가. 또 그들이 순전한 미움으로
우리 모두 가운데 누구를 모함하면
국왕은 그것을 우리와 우리의 생명, 자식,
상속인들에게 가혹하게 실행할 것이네.

로스 혹독한 세금으로 평민들을 수탈하여
민심을 완전히 잃었소. 옛적 싸움 때문에
귀족층에 벌금 매겨 그 마음을 다 잃었소.

윌러비 그리고 백지 수표, 고리채와 뭔지 모를
새로운 착취를 나날이 꾸며 낸답니다.
하지만 도대체 어찌 될 것 같습니까?

노섬벌랜드 전쟁으로 낭비된 건 없었네, 전쟁도 안 하고
자신의 선조들이 싸워서 이룩한 걸
비겁하게 협상으로 넘겨줬으니까.
평화 시 그가 쓴 게 그들의 전비보다 더 많아.

로스 윌트셔 백작이 왕국을 소작 주고 있어요.

윌러비 국왕은 파탄 난 사람처럼 파산했소.

노섬벌랜드 그에게 질책과 파멸이 드리웠네.

로스 무거운 짐이 되는 세금에도 불구하고
추방된 공작 것을 훔치지 않고는
아일랜드 전쟁 비용 감당할 수 없답니다.

노섬벌랜드 그 고귀한 친척을! 왕은 정말 타락했어!
근데 우린 이 무서운 태풍 소리 들으면서
태풍 피할 피난처는 찾으려 하지 않아.
돛을 치는 바람이 매서운 걸 알면서도

돛을 접지 않고서 과신하며 사라져 가.
로스 우리는 겪어야 할 그 파선을 보면서도
그 파선 유발자를 견디어 냄으로써
지금도 위험을 못 피하고 있답니다.
노섬벌랜드 그렇진 않다네. 죽음의 퀭한 눈 속에서도
나에겐 살길이 보이지만 위안의 소식이
얼마나 가까이 있는지는 감히 말 못 하네.
윌러비 아니, 당신도 우리처럼 생각을 나눠요.
로스 우릴 믿고 말을 해 보시오, 노섬벌랜드.
우리 셋은 일심동체, 그 상태로 말하면
당신 말은 생각일 뿐이니 용감해지십시오.
노섬벌랜드 그렇다면 말하지. 난 브르타뉴에 있는
블랑 항구로부터 첩보를 받았는데,
헤리퍼드 해리 공작, 레이널드 코범 경,
엑서터 공작으로부터 최근에 탈출한
어런들 백작의 아들이자 상속인인 토머스,
최근에도 캔터베리 대주교였던 그의 동생,
토머스 어핑햄, 존 램스턴, 존 노베리 경,
로버트 워터턴 경과 프랜시스 코인트,
이 모두가 브르타뉴 공작이 지원한
여덟 척의 큰 배와 3천의 군사로
최대한 신속하게 이쪽으로 오고 있고
우리 북쪽 해안에 곧 닿을 예정이네.
이미 닿았을지도 모르지, 왕이 먼저
아일랜드 원정 가길 기다리지 않는다면.
그래서 우리가 노예의 멍에를 내던지고
축 처진 이 나라의 부러진 날개를 세우며,

훼손된 왕관을 전당업자에게서 되찾고
금빛 왕홀 가리는 먼지를 쓸어 내어
드높은 왕권을 원상회복하겠다면
나와 함께 재빨리 레이븐스퍼로 가세.
하지만 겁이 나서 용기를 못 낸다면
남아서 비밀은 지켜 주게, 나는 갈 테니까.

로스 말, 말을 타요! 의심은 겁보에게 권하시오.

윌러비 내 말이 버텨 주면 내가 먼저 갈 겁니다. (함께 퇴장)

2막 2장

왕비, 부시, 바것 등장.

부시 왕비 마마, 슬픔이 너무 깊으시옵니다.
왕과 이별했을 때 약속하시기를
생명을 저해하는 우울증을 밀쳐 내고
유쾌한 기분을 가지겠노라고 하셨어요.

왕비 왕께서 기쁘라고 그랬지만 내 기쁨 때문엔
그리 못 해. 하지만 달콤한 내 리처드처럼
달콤한 손님과의 작별이 아니라면
내가 왜 비탄이란 손님을 환영해야 하는지
그 이유를 모르겠어. 그럼에도 내 생각엔
운명의 자궁에서 숙성된 미래의 슬픔이
내게로 오고 있고, 내 영혼은 헛것에
떨고 있는 것 같아. 그것은 내 주상과의

2막 2장 장소 윈저성.

이별 그 이상의 무슨 일로 비통해해.

부시 각 비탄의 실체에는 허상이 스물인데
그것들은 비탄처럼 보이지만 아닙니다.
앞을 막는 눈물로 흐려진 슬픔의 눈에는
온전한 하나의 사물이 여럿으로 나뉘는데,
그것들은 투시법 그림처럼 똑바로 쳐다보면
혼란밖에 없어도 삐딱하게 바라보면
형체가 드러나니까요. 마마도 그렇게
주군의 출정을 삐딱하게 바라보고
실체보다 더 많은 비탄의 형체를 찾지만
그것을 있는 대로 바라보면 없는 것의
허상들일 뿐입니다. 참 다정한 왕비시여,
주군의 출정에만 우세요. 그 이상은 없는데,
있다면 거짓된 슬픔의 눈에 띄는 것으로
그 눈은 가공물을 실물로 여기며 웁니다.

왕비 그럴지도 모르지만 내 안의 영혼은
그런 게 아니라고 설득해. 어찌 됐든
난 슬플 수밖에 — 슬픔이 너무 깊어
내 생각은 아무 생각 않으려고 생각해도
무거운 무형물 때문에 어지럽고 위축돼.

부시 그것은 상념일 뿐입니다, 왕비 마마.

왕비 그건 결코 아니라네. 상념은 늘 그 어떤
근원적 비탄에서 나오지. 내 것은 안 그래,
그 무엇도 내 비탄을 낳은 게 아니거나
나의 헛된 비탄에는 뭔가가 있으니까.
난 내 것을 미래 재산권처럼 가졌지만 —
아직 뭔지 모르는 그게 뭔지 그 이름을

알 수 없어. 이름 모를 한탄이야, 난 알아.

그린 등장.

그린　왕비 만세! 그리고 신사들, 잘 만났소.
왕께선 아일랜드 출항을 안 하셨길 바라오.

왕비　왜 그리 바라나? 하셨길 바라는 게 더 나아,
그 계획은 급했고, 급한 성공 갈망했으니까.
그렇다면 왜 출항을 안 하셨길 바라나?

그린　우리의 희망인 그분께서 군대를 돌려서
이 땅에 강하게 발 디딘 적들의 희망을
절망으로 바꾸어 놓았으면 해서요.
추방됐던 볼링브로크가 자신을 소환하고,
무장한 군인들과 더불어 레이븐스퍼에
안전하게 도착했답니다.

왕비　하느님 맙소사!

그린　아, 마마, 정말 사실입니다. 설상가상으로
노섬벌랜드 경과 그의 아들 헨리 퍼시,
로스, 보몽, 그리고 윌러비 경 들이
강력한 친구들과 다 함께 그에게 도망갔소.

부시　노섬벌랜드와 나머지 반역 도당 모두를
왜 그럼 역적으로 선포하지 않았지요?

그린　이미 했고, 그에 따라 워스터 백작은
지팡이를 꺾은 뒤 집사장직 사임했고,

58행 워스터 백작
토머스 퍼시, 노섬벌랜드 백작의 동생. 왕실 집사장으로서 아일랜드로 가는 리처드를 수행했으나 그가 웨일스로 돌아왔을 때 그를 버렸다. (아든)

집안의 하인도 그와 함께 다 도망갔어요,
볼링브로크에게로.

왕비 그럼 그린 자네는 내 비탄의 산파이고
볼링브로크는 내 슬픔의 불길한 자식이네.
이제 내 영혼은 괴물을 내놓았고
난 아이를 갓 낳은 산모처럼 헐떡이며
한탄에 한탄을, 슬픔에 슬픔을 합치네.

부시 절망하지 마십시오.

왕비 누가 나를 막을 텐가?
난 절망할 것이고, 속이는 희망과는
적대할 것이네. 그자는 아첨꾼, 기생충,
그리고 거짓된 희망으로 끝없이 늘어나는
생명의 계약을 조용히 끝내려고
죽음이 다가올 때, 그를 저지하는 자야.

요크 등장.

그린 요크 공작께서 오십니다.

왕비 늙은 목에 전쟁의 표식을 두르셨네.
오, 얼굴에 근심 걱정거리가 가득하오!
숙부님, 위안되는 말씀 좀 해 주세요.

요크 그렇게 한다면 난 거짓말을 해야겠죠.
위안은 하늘에, 우리는 지상에 있는데
거기엔 좌절과 걱정과 비탄만 있답니다.
남편께선 먼 데 것을 지키러 갔는데
타인들이 여기서 그의 것을 뺏으러 왔네요.
난 그의 나라를 지탱하러 여기에 남았지만

늙고 약해 나 자신도 지탱하지 못합니다.
이제 그의 과식으로 병든 시간 다가왔고,
이제 그는 아첨한 친구들을 시험할 겁니다.

하인 등장.

하인 주인님, 아드님은 제가 오기 이전에 떠났어요.
요크 그랬어? 그러라 해! 다들 갈 길 가라고 해!
귀족들은 도망쳤고 평민들은 냉담하며,
헤리퍼드 편에서 반란할까 걱정이오.
이봐, 넌 플래시의 글로스터 제수씨에게 가서
내게 곧장 천 파운드를 보내 달라 전해라.
잠깐만, 내 반지를 가져가.
하인 주인님, 잊고서 말씀 못 드린 게 있는데,
오늘 제가 오는 길에 거기에 들렀어요. —
하지만 나머지 보고엔 비탄하실 겁니다.
요크 그게 뭐냐, 이놈아?
하인 그녀는 제가 가기 한 시간 전쯤에 죽었어요.
요크 맙소사, 비통한 이 나라로 한꺼번에
이토록 큰 비통의 조수가 휘몰아치다니!
어떡할지 모르겠다. 하느님께 바라건대 —
내 불충에 자극받은 그가 하지 않았어도 —
국왕이 내 목을 동생 것과 함께 잘라 줬더라면.
아니, 아일랜드로 파발마를 안 보냈어?
이 전쟁 자금은 어떻게 마련하지?
(왕비에게)
자, 제수 씨 — 조카며느리겠지 — 용서하오.

(하인에게)
이 녀석아, 넌 집으로 가. 우차를 마련하여
거기 있는 갑옷을 운반해 오게 하라. (하인 퇴장)
(부시, 바것, 그린에게)
신사들, 당신들은 나가서 모병해 주겠소?
이렇게 혼란스레 내 손에 떨어진 이 일을
어이 어찌 처리할지 내가 만약 안다면
절대 나를 믿지 마오. 둘 다 내 친척이오.
한 사람은 서약으로, 의무로 지켜야 할
나의 주군이시고, 다른 이도 친척으로
국왕이 그에게 가했던 부당한 박해를
내 양심과 혈연 따라 바로잡아 줘야 하오.
글쎄, 뭔가를 해야 하오. (왕비에게) 자, 조카며느리,
거처를 마련해 주겠소. —
신사들은 군인을 모병하러 나간 다음
버클리성에서 곧 나를 만나시오.
난 플래시로 가야지만
시간이 허락지 않는군. 만사가 들쭉날쭉,
그리고 모든 일이 뒤죽박죽이구려.
(요크와 왕비 함께 퇴장)

부시 아일랜드로 소식 보낼 바람은 잘 불지만
오는 건 전혀 없소. 적군과 대등한 군대를
우리가 징집한다는 건 완전히 불가하오.

그린 게다가 국왕의 사랑과 밀접한 우리는

105행 제수씨
요크는 금방 들은 자신의 제수, 글로스터 공작 부인의 죽음 소식에 정신을 뺏긴 상태다. (아든)

120행 플래시
죽은 글로스터 공작의 영지.

국왕을 사랑 않는 이들의 미움과도 밀접하오.

바긋 그들은 흔들리는 평민이죠, 그들의 사랑은
지갑 안에 있으니까. 누구든 그것을 비우면
그만큼 무서운 미움이 그들 맘을 채우죠.

부시 그래서 국왕은 모든 이의 선고를 받았소.

바긋 그들이 판결을 내린다면 우리도 유죄요,
우린 늘 국왕과 가깝게 지내왔으니까.

그린 자, 난 곧장 브리토우성으로 피신할 것이오.
윌트셔 백작은 거기로 이미 가 있답니다.

부시 나도 함께 가겠소. 미움에 찬 평민들은
개들처럼 우릴 물어 찢는 것 외에는
우리를 위하여 아무 일도 안 할 거요.
(바긋에게) 우리와 함께 가실 겁니까?

바긋 아뇨, 난 아일랜드로 전하께 가겠소.
잘 가시오. 예감이 헛된 게 아니라면
헤어지는 우리 셋은 다시는 못 볼 거요.

부시 요크가 볼링브로크를 잘 물리치지 못하면.

그린 아, 불쌍한 공작이여! 그가 맡은 임무는
모래알 숫자 세고, 바닷물 마셔 없애는 거요.
하나가 곁에서 싸울 때 천은 도망칠 거요.

바긋 곧장 헤어집시다. — 한 번으로 영원히.

부시 자, 다시 볼 수도 있소.

바긋 못 그럴까 봐 두렵소.

(함께 퇴장)

2막 3장

헤리퍼드 공작 볼링브로크와 노섬벌랜드,
군인들과 함께 등장.

볼링브로크 백작님, 이제 버클리까지는 얼마나 남았죠?

노섬벌랜드 정말이지 공작님,
여기 글로스터셔는 저에게 낯설고,
높고 거친 이 언덕, 험히 파인 길 때문에
가야 할 거리는 멀어지고 지겨워 보입니다.
그런데 공작님의 설탕 같은 말씀 덕에
힘든 길이 달콤하고 유쾌하게 변했어요.
하지만 제 생각에 로스와 윌러비가
레이븐스퍼에서 코츠홀로 가는 길은
공작님이 없어서 참 지겨울 테지만,
저와 같이 가 주셔서 지루한 제 여정은
대단히 즐거워졌다고 단언하겠습니다.
하지만 그들도 제가 받은 지금의 이 혜택을
누릴 거란 희망으로 들떠 있을 것이고,
기쁠 거란 희망은 이미 누린 희망보다
기쁨이 적지 않죠. 그래서 지친 그 귀족들의
갈 길은 짧아 보일 것입니다, 제 것이
제가 보는 공작님의 동행으로 그랬듯이.

볼링브로크 제 동행의 가치는 당신의 말씀보다
훨씬 더 적답니다.

2막 3장 장소 글로스터셔의 황야.

해리 퍼시 등장.

근데 이게 누구죠?

노섬벌랜드 제 자식, 젊은 해리 퍼시인데,
우스터 형님이 어디서에선가 보냈군요.
해리야, 네 숙부는 어떻게 지내셔?

해리 퍼시 당신께서 그의 건강 알 거라고 여겼어요.

노섬벌랜드 왜, 왕비와 함께 있지 않으시냐?

해리 퍼시 아뇨, 백작님. 그는 그 궁정을 버렸고,
직장을 꺾은 다음 국왕의 가솔들을
해산시켰답니다.

노섬벌랜드 이유가 무엇이냐?
우리의 마지막 대화에선 그런 결심 안 했어.

해리 퍼시 당신께서 반역자로 선포됐기 때문이죠.
근데 그는, 백작님, 헤리퍼드 공작에게
도움을 드리려고 레이븐스퍼로 가면서
버클리로 저를 보내 요크 공작이 거기서
모병을 얼마나 했는지 알아본 다음에
지시대로 레이븐스퍼로 오라고 하셨어요.

노섬벌랜드 얘야, 너는 이 헤리퍼드 공작을 잊었어?

해리 퍼시 아뇨, 백작님. 한 번도 기억한 적 없는 건
잊히지도 않을 테니까요. 전 제가 알기로
태어난 이후로 그분을 뵌 적이 없습니다.

노섬벌랜드 그럼 이제 그분을 알거라. 이 공작이시다.

해리 퍼시 (볼링브로크에게)
공작님, 전 약하고 거칠고 어리지만
지금 있는 그대로 제 도움을 드리고,

앞으로 더 성숙하여 더 크게 입증된
도움과 가치를 확고히 보여 드리겠습니다.

볼링브로크 고맙네, 귀한 퍼시. 또 분명히 하건대
난 훌륭한 친구들을 기억하는 일 말고는
어디서도 행복하지 않다고 생각하고,
자네의 사랑으로 내 행운이 무르익는다면
자네의 참사랑에 늘 보답할 것이네.
내 마음의 계약을 내 손으로 인증하네.
(해리 퍼시의 손을 꼭 잡는다.)

노섬벌랜드 (해리 퍼시에게)
버클리는 얼마나 남았고, 뭔 소동 때문에
그 요크 노친과 병사들이 거기에 잡혀 있지?

해리 퍼시 저 건너 나무 덤불 위에 선 게 그 성이고,
3백의 병사가 지킨다고 들었어요.
안에는 요크와 버클리, 시모어 경이 있고 —
그 밖에는 명망 있는 분들이 없습니다.

로스와 윌러비 등장.

노섬벌랜드 로스와 윌러비 경들이 여기로 오는군요.
박차엔 피 흐르고, 서둘러서 상기된 채.

볼링브로크 경들을 환영하오. 당신들은 추방된 역적을
사랑으로 좇는 줄 알고 있소. 내 국고는
아직은 무형의 감사가 다지만, 커졌을 땐
당신들의 사랑과 노고에 보답할 것이오.

로스 고귀한 공작님을 뵈어서 저희는 부잡니다.

윌러비 또 뵈려던 저희의 노력을 훨씬 능가합니다.

볼링브로크 끝없는 감사는 — 가난한 사람의 수표인데,
갓 태어난 내 운세가 성년이 될 때까진
그게 내 선물일 것이오.

버클리 등장.

근데 저게 누구요?

노섬벌랜드 추측건대 버클리 경인 것 같습니다.

버클리 헤리퍼드 공작님, 제 전갈은 당신에게 —

볼링브로크 버클리 경, '랭커스터'라고 해야 난 답하고,
잉글랜드에서 그 이름을 찾으러 내가 왔소.
또 당신이 하는 말에 응답하기 이전에
그 직함을 당신의 입에서 들어야 하겠소.

버클리 오해 마십시오, 공작님, 눈곱만큼이라도
그 명예를 지우는 게 제 뜻은 아닙니다.
그 어떤 직함이든 전 당신께 왔습니다.
이 나라의 최고로 자비로운 섭정이신
요크 공작님께서 당신이 그 무슨 동기로
국왕의 부재를 이용하여 사적인 무기 들고
이 땅의 평화를 겁주는지 알아보라 하셨소.

요크 등장.

볼링브로크 경을 통해 말을 전할 필요가 없어졌소.
각하께서 몸소 오셨으니까. 숙부님! (무릎을 꿇는다.)

요크 무릎은 관두고 겸손한 네 마음을 보여라.
그 예의는 속이면서 거짓될 수 있으니까.

볼링브로크 자애로운 숙부님 —

요크 쯧쯧!
날 두고 자애, 자애, 숙부, 숙부 하지 마라
난 역적의 숙부가 아니고 '자애'라는 말은
자애 없는 입에는 불경일 뿐이니라.
왜 너는 추방되고 금지된 두 발로
잉글랜드 땅 먼지를 감히 밟게 됐느냐?
그런데 더 나아가, 왜 — 왜 감히 그 발로
평화로운 가슴 밟고 그 먼 길을 진군하며
전쟁과 야비한 무력의 과시로
창백한 얼굴의 마을들을 놀랬느냐?
기름 부은 왕께서 이곳에 없어서 왔느냐?
허, 바보 애야, 왕께선 뒤에 남아 계시고
충성스러운 이 몸에 그 권한이 있느니라.
지금 내가 용감한 곤트 네 아버지와 나 자신이
저 흑태자, 그 젊은 전쟁의 신 마르스를
수천 명의 프랑스 군인들 틈에서
구원했을 때처럼 불같은 청춘을 지녔다면,
오, 그럼 난 참으로 신속하게 지금은
중풍에 갇혀 버린 이 팔로 너를 응징한 뒤에
네 잘못을 교정해 주었을 것이니라!

볼링브로크 자애로운 숙부님, 제 잘못을 알려 주십시오.
그것은 어떠한 상태로 어디에 있는지요?

요크 충격적인 반항과 혐오스러운 반역 속에,
정확히 최악의 상태에 처해 있다.
넌 추방된 몸인데도 이곳으로 와 있다,
정해진 시간이 소멸되기 이전에

무기 들고 네 군주를 겁박하는 모습으로.
볼링브로크 제가 추방됐을 땐 헤리퍼드로 추방됐었지만
올 때는 랭커스터를 요구하러 왔습니다.
그리고 숙부님, 어르신께 청하건대
제 잘못을 공평한 눈으로 봐 주십시오.
숙부님은 제 아버지십니다, 산 곤트 노친을
거기서 본다고 여기니까. 오, 그럼, 아버지,
제게서 강제로 빼앗아 간 제 왕족 특권은
벼락출세 방탕아들에게 넘어간 채
저 자신은 떠돌이 방랑자로 선고돼도
인정하실 겁니까? 저는 왜 태어났죠?
이 몸의 사촌 왕이 잉글랜드 왕이라면
저 또한 랭커스터 공작이 되어야 합니다.
숙부님도 아들인 제 사촌 오멀이 있습니다.
당신이 먼저 죽고 그가 이리 짓밟히면
그는 곤트 숙부라는 아버지를 찾은 다음
자신의 피해를 밝히고 끝을 봤을 겁니다.
토지 인도 청원은 여기서 거절되었지만
제 특허장에는 그것이 허락돼 있습니다.
아버지의 물건은 다 몰수당해 팔렸고,
이 일과 또 모든 게 다 잘못 적용됐답니다.
어떡하면 좋지요? 저는 일개 백성으로
법을 요구합니다. 대리인을 거부하니
제가 직접 나서서 자유로이 계승되는
제 유산의 청구권을 주장하는 바입니다.
노섬벌랜드 공작님은 너무 많이 학대받았습니다.
로스 그걸 바로잡는 일은 어르신께 달렸어요.

월러비 천한 자도 재산으로 큰 인물이 된답니다.
요크 잉글랜드 귀족들은 내 말 들어 보시오.
나도 내 조카의 피해를 느끼고 있었고
그걸 바로잡기 위해 모든 노력 다했소.
하지만 이렇게 나오는 건 — 무기로 겁박하며
제멋대로 나서서 자기 길을 열면서
옳지 않게 권리를 찾는 건 — 불가하오.
또한 그를 이렇게 부추기는 당신들은
역심을 품었고 모두 다 반역자요.
노섬벌랜드 공작님은 자기 것, 그것만을 얻기 위해
왔다고 맹세했고, 우린 모두 그 권리를
지지하며 돕기로 굳게 맹세했답니다.
그 서약을 깨는 자, 기쁨은 절대 못 보기를!
요크 글쎄요, 이 무기가 가져올 결과는 보이오.
고백해야겠는데 난 사태 수습을 못 하오,
내 병력은 약하고 지리멸렬하니까.
하지만 가능하면 생명 주신 그분께 맹세코,
난 당신들 모두를 체포하여 국왕의
최고 자비 바라며 무릎 꿇게 만들 거요.
하지만 그렇게 못하여 중립을 지킬 테니
알고들 있으시오. 그러니 잘들 가오. —
당신들이 성안으로 들어와 거기에서
이 밤의 휴식을 취할 뜻이 없다면 말이오.
볼링브로크 숙부님, 저희는 그 제안을 받아들입니다.
하지만 저희들과 브리스토성으로
가 주셔야 합니다. 그곳을 부시와
바것 및 그들의 공모자들, 이 국가의

착취자 놈들이 차지하고 있다는데,
전 그들을 뽑아 버리겠다고 맹세했답니다.

요크 함께 갈 순 있지만 잠시 동안 미루겠네,
난 국법을 어기고 싶지는 않으니까.
나에겐 친구도 적도 아닌 모두를 환영하오.
회복이 불가한 일, 난 이제 걱정 않소. (함께 퇴장)

2막 4장

솔즈베리 백작과 웨일스 대장 한 명 등장.

대장 솔즈베리 백작님, 우리는 열흘을 기다리며
우리 나라 사람들을 힘겹게 묶어 뒀소,
그런데도 왕에게선 소식이 없소이다.
그러므로 해산할 것이오. 잘 가시오.

솔즈베리 하루만 더 머물게, 믿음직한 웨일스인,
국왕께선 자네를 전적으로 신임하셔.

대장 국왕께선 죽었나 봅니다. 머물지 않겠소.
우리 나라 월계수가 모조리 시들고
별똥들이 하늘의 항성들을 놀래며,
창백한 달님은 핏빛으로 지구를 내려보고
앙상한 예언자는 두려운 변화를 속삭이며,
부자들은 슬퍼하고 불한당들 춤을 춰요,
한쪽은 즐기는 걸 잃을까 봐 겁내면서,
다른 쪽은 소란과 전쟁으로 즐기려 하면서.

2막 4장 장소 웨일스.

왕들의 죽음이나 몰락에 앞서는 징후죠.
잘 가요. 우리 나라 사람들은 그들의 왕,
리처드가 죽었다고 확신하고 도망쳤소. (퇴장)

솔즈베리 아, 리처드, 전 무거운 마음의 눈으로
그대의 영광이 유성처럼 하늘에서
저급한 땅으로 떨어지는 광경을 봅니다.
그대의 태양은 다가올 폭풍과 비탄과
불안의 전조로서 저 낮은 서쪽에서 울며 져요.
아군은 그대의 적군을 섬기려고 도망쳤고
행운은 다 그대의 이익과 반대로 갑니다. (퇴장)

3막 1장

헤리퍼드 공작 볼링브로크, 요크, 노섬벌랜드, 로스, 해리 퍼시, 윌러비가 포로가 된 부시와 그린 및 군인들과 함께 등장.

볼링브로크 그들을 불러내라. (부시와 그린이 앞으로 나온다.)
부시, 그린, 사악한 너희 삶을 과하게 역설해서
그 영혼을 — 그 영혼은 곧바로 그 육신과
헤어져야 할 테니까 — 괴롭히진 않겠다,
그런 건 자선이 아니니까. 하지만 내 손에서
너희 피를 씻기 위해 여럿이 보는 데서
너희가 죽게 된 원인을 몇 가지 밝히겠다.
너희는 군주를, 멋진 왕을 오도하여

3막 1장 장소 브리스톨성 앞.

혈통과 가계의 행운을 타고난 한 신사를
불운하게, 철저히 망가지게 만들었다.
너희는, 이를테면, 죄악의 시간을 보내며
왕비와 그의 관계 소원하게 만들었고
한 침대를 공유하지 못하게 했으며,
너희의 추악한 잘못이 자아낸 눈물로
그 고운 왕비의 뺨에 깃든 미모를 더럽혔다.
나 자신도, 출생의 행운으로 왕족이며
너희가 왕이 나를 곡해하게 만들 때까지는
혈통과 또 사랑에서 그와 친밀했었지만
너희의 해악에 내 목을 내놓았고,
쓰디쓴 추방의 빵 조각을 씹으면서
잉글랜드인의 한숨으로 이역 구름 부풀렸다.
그럴 동안 너희는 내 영지로 배불리고
내 수렵장 개방하고 내 숲을 잘랐으며,
내 집안의 문장을 내 소유의 창에서 떼어 내고
내 가문의 상징을 지워서, 세간의 평판과
살아 있는 내 피 말고 세상 사람들에게
신사인 날 보여 줄 표식은 하나도 안 남겼다.
이것과 더 많은, 두 배나 더 많은 이유로
너희는 사형 선고받았다. 그들을
처형과 죽음의 손에 넘겨주도록 조처하라.

부시 나에겐 죽음의 일격이 우리 잉글랜드에게
볼링브로크보다 더 반갑다. 여러분, 잘 가요.

11~15행 너희는…더럽혔다
이곳에 함축된 리처드와 그의 아첨하는 신하들 사이의 동성애 관계는 역사적인 근거가 없으며, 이 극에서 느껴지는 왕과 왕비의 사이의 헌신적인 신의에 충격적으로 위배된다. (아든)

그린　내 위안은, 하늘은 우리 영혼 받아 주고
불의에겐 지옥 고통 내릴 거란 사실이다.
볼링브로크　노섬벌랜드 경, 그들이 처치되게 살펴주오.
(노섬벌랜드와 군인들, 부시와 그린을 데리고 함께 퇴장)
(요크에게) 숙부님, 왕비께서 당신 댁에 계신다니
정말이지 그녀를 정중히 모셔 주고,
제가 안부 여쭌다고 말씀드려 주십시오.
제 인사가 전달되게 특히 애써 주십시오.
요크　자네의 충정이 가득한 편지를 몸에 지닌
내 수하 신사를 이미 급파하였네.
볼링브로크　고마워요, 숙부님. 여러분, 어서 가서
글렌다워, 그리고 그 공범들과 싸웁시다.
한동안 일한 뒤엔 휴일이 올 겁니다.　(함께 퇴장)

3막 2장

고수들. 나팔수들과 기수들. 리처드 왕, 오멀,
칼라일 주교 및 군인들 등장.

리처드 왕　가까이 있는 저게 바클로리성인가?
오멀　예, 전하. 전하께선 최근에 드높은 파도에
흔들리셨는데 이 공기는 괜찮으신지요?
리처드 왕　마땅히 크게 좋아해야겠지. 내 왕국을
다시 한번 밟게 된 기쁨에 난 울고 있네.
소중한 땅이여, 역도들은 네게 말발굽으로

3막 2장 장소　웨일스 해안.

상처를 입히지만 난 손으로 맞이하마.
아기와 오랫동안 떨어졌던 어머니가
서로 만나 자애의 눈물과 미소를 보이듯이
나도 내 땅에게 울고 또 웃으며 인사하고
이 왕의 손으로 너에게 호의를 표한다.
친절한 내 땅아, 네 주군의 적에게 밥 주거나
탐욕스러운 그 감각을 단맛으로 위로 말고,
네 독을 빨아들인 거미와 둔중한 걸음의
두꺼비로 하여금 그들 길을 막아서서
찬탈하는 걸음으로 네 몸을 짓밟는
배신자의 그 발길을 괴롭히게 만들어라.
나의 적들에게는 찌르는 쐐기풀 내놓고,
또 그들이 네 가슴에서 꽃을 꺾을 때에는
독사를 잠복시켜 제발 그걸 보호해라,
그놈은 닿으면 치명적인 갈라진 두 혀로
네 주군의 적들에게 죽음을 던질 테니.
경들은 무의미한 내 주문을 조롱 마오.
이 흙은 느낌을 가질 테고, 이 돌들은
그들의 왕께서 더러운 반역의 팔뚝 아래
쓰러지기 이전에 무장한 군인이 될 것이오.

칼라일 의심치 마십시오. 당신을 왕 만든 그 힘은
어떻게든 왕을 지킬 힘을 가졌답니다.
하늘이 내리는 수단은 무시할 게 아니라
껴안아야 합니다. 안 그러면 하늘 뜻을
우리가 저버려요. 우리가 — 하늘이 내놓은
구원과 치유의 수단을 — 거절하는 셈이죠.

오멀 전하, 그의 뜻은 볼링브로크는 우리의

과신을 틈타서 자원과 세력을 키우는데,
우리는 너무나 태만하단 말입니다.

리처드 왕 낙담하게 만드는 사촌은 모른단 말인가?
예리한 저 하늘 눈이 지구 뒤로 감춰져
저쪽 아래 세상을 비추게 될 때면
도둑과 강도들이 안 보이게 떠돌면서
살인과 폭행을 대담하게 벌이지만,
그것이 둥근 지구 아래에서 솟아올라
동쪽의 저 당당한 소나무 윗동을 불태우고
죄인들 숨은 구멍 빛으로 다 쏠 때면,
살인과 반역과 증오할 범죄들은
밤 외투가 등에서 벗겨졌기 때문에
알몸으로 떨면서 서 있다는 사실을?
그래서, 이 강도, 이 역적 볼링브로크는
짐이 저 대척지 사람들과 떠도는 동안은
밤중 내내 흥청망청 마시며 즐겼지만,
동쪽의 옥좌에서 떠오르는 짐을 보고
반역은 그 얼굴을 붉히며 앉아서
대낮의 밝은 빛을 견디지 못하고
스스로 깜짝 놀라 자기 죄에 떨 것이다.
거칠고 난폭한 저 바닷물을 다 쓴대도
기름 부은 왕의 향유 씻어 내지 못하고,
주님께서 세우신 그분의 대리인을
세상 사람 언어로는 폐하지 못한다.
볼링브로크가 짐의 금빛 왕관에 대항하여
해로운 무기를 들라고 징집한 군인마다
신께선 리처드를 위하여 하늘의 급료 받는

거룩한 천사를 두셨다. 천사들이 싸우면
약한 인간 져야 해, 하늘은 늘 옳은 쪽 편이니까.

솔즈베리 등장.

어서 오게. 자네의 군대는 얼마나 먼 데 있나?

솔즈베리 전하, 이 약한 팔보다 멀리에도 근처에도
그들은 없습니다. 불안한 제 혀는
절망밖엔 아무 말도 못 하게 됐고요.
전하, 단 하루가 늦었기 때문에 전하의
복된 날 모두에 그늘이 드리웠습니다.
오, 어제를 불러오고 시간을 돌리시면
1만 2천의 투사를 가지실 수 있는데!
오늘, 오늘, 너무 늦은 불운의 날에는
전하의 기쁨, 친구, 행운, 왕권, 없답니다.
웨일스인들이 전하가 죽었단 소식 듣고
볼링브로크에게로 흩어져 달아났으니까.

오멀 전하, 용기를. 왜 그렇게 창백해 보이셔요?

리처드 왕 방금도 내 얼굴 위에서 의기양양 빛나던
그 2만 병사의 핏기가 달아나 버렸구나.
그만큼의 핏기가 돌아오기 전에는
창백하고 죽은 듯해 보일 이유 있잖은가?
시간이 내 자존심에 오점을 찍었기에
안전하길 바라는 자들은 다 곁을 떠나.

오멀 전하, 용기를. 자신이 누군지 기억하십시오.

리처드 왕 나는 나 자신을 잊었어. 난 왕이 아닌가?
깨어나라, 겁쟁이 왕, 넌 잠을 자고 있어!

국왕의 이름은 2만 명의 이름이 아닌가?
내 이름아, 무장하라! 별것 아닌 신하가
너의 큰 영광을 공격해. 왕의 총아들이여,
땅 쪽을 보지 마라. 우린 높이 있잖은가?
생각도 높이 하자! 쓰기에 충분한 병력이
요크 삼촌에게 있어.

스크루프 등장.

근데 이게 누구야?

스크루프 근심 어린 제 입으로 전할 수 있는 것보다
더 많은 건강과 행복이 전하께 있기를.

리처드 왕 내 귀는 열려 있고 내 마음은 준비됐네.
그 최악은 네가 밝힐 지상의 손실이지.
그래, 내 왕국을 잃었나? 걱정했었는데
걱정거리 없어진 게 그 무슨 손실인가?
볼링브로크가 짐만큼 커지려 애쓰는가?
더 커지진 못하지. 그가 신을 섬긴다면
짐 또한 섬기니까 우리는 동료라네.
백성들이 반항해? 그건 짐이 못 고쳐.
그들은 짐뿐만 아니라 신도 배신하니까.
비탄과 파괴와 멸망과 쇠퇴를 외쳐라.
최악은 죽음이고 죽음이 승리할 것이다.

스크루프 전하께서 재앙의 소식을 그렇게
견디어 낼 방비를 하셨다니 기쁩니다.
계절에 맞지 않는 폭풍이 몰아쳐
은빛 강이 둑을 넘어 범람하는 날처럼,

세상이 다 녹아 눈물이 된 것처럼
볼링브로크의 격노가 한계 넘어 치솟아
겁먹은 전하 땅을 굳세고 빛나는 창칼과
창칼보다 더 굳센 맘으로 뒤덮었습니다.
흰 수염 노인들이 전하에 대항하여
대머리에 무장 얹고, 앳된 소리 소년들도
큰 목소리 내려 하며 왕권에 대항하여
뻣뻣한 갑옷으로 약한 관절 죈답니다.
연금 수령자들도 당신 지위 겨냥하는
이중으로 치명적인 주목 활을 배우고,
예, 직녀들조차도 왕좌에 대항하여
녹슨 창 휘둘러요. 노소가 반항하고
모든 것이 제 말보다 악화되고 있답니다.

리처드 왕 너무 나쁜 얘기를 너무너무 잘하는군.
윌트셔 백작은 어디 있나? 바것은?
부시는 어찌 됐고? 그린은 어디 있나? —
위험한 적들이 이 짐의 강토를 그렇게
편안히 누비도록 그들이 허락했어?
우리가 이기면 목으로 대가를 치를 거야!
그들은 볼링브로크와 화해한 게 틀림없어.

스크루프 전하, 그들은 정말로 그와 화해했답니다.

리처드 왕 오, 악당들, 구원의 가망 없는 괘씸한 독사들!
그 누구에게나 쉽사리 알랑대는 개놈들!
내 심장 깨물어 그 피로 따뜻해진 뱀들아!
각각이 유다보다 세 배 나쁜 세 유다여!
그들이 화해를 자청했어? 무서운 지옥아,
변심한 그들의 영혼에 전쟁을 선포해라!

스크루프 감미로운 사랑도 그 속성이 바뀌면
가장 쓰고 무서운 미움으로 변하네요.
저주를 푸십시오. 그들은 손이 아닌
목으로 화해했으니까. 저주하신 그들은
파괴하는 죽음의 최악질 상처를 느꼈고
텅 빈 땅 무덤 속 맨 밑에 누워 있답니다.

리처드 왕 부시, 그린, 윌트셔 백작이 죽었어?

스크루프 예, 브리스토에서 다들 목을 잃었어요.

오멀 내 아버지 공작님과 그 군대는 어디 있나?

리처드 왕 어디 있든 상관없어. 위로를 통 안 하잖아!
그러면 무덤과 구더기, 묘비명 얘기하고
먼지를 종이 삼아 비에 젖은 눈으로
대지의 가슴 위에 슬픔을 적어 보자.
집행인을 선택하고 유언을 얘기하자.
그런데 하지 말자. 폐위된 우리 육신 빼놓고
땅에게 물려줄 수 있는 게 뭐가 있지?
우리 땅, 생명과 전체가 볼링브로크 소유고,
죽음과, 우리 뼈를 반죽처럼 덮어 주는
그 메마른 지구의 작은 모형 말고는
우리 거라 부를 수 있는 게 전혀 없어.
정말이지, 우리 제발 땅바닥에 앉아서
왕들의 죽음과 관련된 구슬픈 얘기 하자. —
누구는 어떻게 폐위됐고 어떻게 전사했고
폐위시킨 왕들의 유령에 시달렸고
아내에게 독살됐고 자다가 죽었는지 —
다 살해됐는지. 왜냐하면 인간 왕의
관자놀이 둘러싸는 속이 텅 빈 관 안에

죽음은 자기 궁정 차리고 광대처럼 앉아서
왕의 위엄 비웃고 왕의 호사 히죽대며,
왕 노릇과 겁주기와 표정 살인 펼쳐 보일
한 번의 숨 여유와 작은 공간 내주면서,
그에게 허황된 자만심을 불어넣어
우리의 생명을 벽 안에 가두는 이 육신이
마치 난공불락인 것처럼 기분 맞춰 주다가
마지막엔 다가와서 아주 작은 바늘로
그 성벽에 구멍 뚫어, 그럼 안녕, 왕이여!
모자를 도로 쓰고, 피와 살을 가진 몸을
엄숙한 숭배로 조롱 말게. 존경심과
전통과 형식과 예절을 내던져 버리게,
당신들은 나를 줄곧 오인했을 뿐이니까.
나 또한 빵을 먹고 부족함을 느끼며
비탄을 맛보고 친구가 필요해. 그렇다면
어떻게 이 몸을 왕이라고 할 수 있나?

칼라일 전하, 현자는 비탄을 앉아서 통탄 않고
통탄으로 가는 길을 곧바로 막습니다.
적에 대한 공포는, 공포가 힘을 억제하니까,
당신을 약화시켜 적에게 힘을 줘요.
그러면 당신의 바보짓은 당신과 싸웁니다.
겁먹고 살해되는 — 그것이 싸움의 최악이고,
싸우다 죽는 건 죽음 꺾는 죽음인 반면에
죽는 걸 겁내는 건 죽음에 알랑대는 겁니다.

오멀 제 아버진 병력을 가졌어요. 그를 찾아
팔 하나로 온몸을 만들어 보십시오.

리처드 왕 꾸지람을 잘했다. 오만한 볼링브로크여,

난 너와 우리의 운명을 결정하러 왔노라.
오한 같은 이 공포의 발작은 수그러들었다.
짐의 것을 얻는 건 손쉬운 일이야.
이보게 스크루프, 숙부의 군대는 어디 있나?
이봐, 얼굴은 언짢아도 말은 곱게 해 주게.

스크루프 사람들이 하늘의 낯빛으로 그날의
상태와 향방을 판단하듯 당신 또한
흐릿하고 슬픈 제 눈으로 그럴 수 있어요.
제 입속엔 더 슬픈 얘기밖엔 없습니다.
말해야 할 최악을 길게 뽑아 늦춘다면
전 조금씩 고문하는 역할을 할 겁니다.
숙부인 요크 경은 볼링브로크와 손잡았고
북방의 모든 성은 다 항복해 버렸으며,
무장한 남방의 신사들도 그의 편에
다 가담했으니까.

리처드 왕 그걸로 충분하네.
(오멀에게)
이 몹쓸 사촌아, 넌 나를 달콤한 내 길에서
벗어나게 만들어 절망으로 데려갔어.
이제는 어쩔 텐가? 무엇으로 위안 삼지?
맹세코, 용기를 내라고 더 이상 말하면
난 그자를 영원히 미워하고 말 것이다.
플린트성으로 가. 난 거기서 시들 거야.
비탄의 노예인 왕, 왕답게 비탄에 복종한다.
내 군대는 해산하고, 희망이 자랄 땅을
일구려 하는 자는, 내겐 그게 없으니까,
보내 줘라. 누구도 나에게 이것을

바꾸라 하지 마라, 조언은 헛될 뿐이니까.

오멀 전하, 한 말씀만.

리처드 왕 나에게 아첨하는 혀로써
상처를 주는 자는 이중으로 잘못한다.
추종자들 해산하라. 이곳에서 보내 줘라,
리처드의 밤에서 볼링브로크의 고운 날로.

(함께 퇴장)

3막 3장

나팔수, 고수 및 기수들과 함께 볼링브로크,
요크, 노섬벌랜드, 수행원 및 군인들 함께 등장.

볼링브로크 그래서 우리가 알아낸 이 정보에 의하면
웨일스 병사들은 흩어졌고, 솔즈베리는
왕을 보러 갔는데, 그는 최근 이 해안에
몇몇 친구와 함께 상륙했다 하는군요.

노섬벌랜드 각하, 그건 아주 멋진 희소식입니다.
리처드가 이 근방에 머리를 숨겼어요.

요크 리처드 왕이라 불러야 노섬벌랜드 경에겐
어울릴 것이네. 그토록 신성한 왕께서
머리를 숨기다니 통탄할 일이로다.

노섬벌랜드 오해하셨습니다. 간략히 말하느라 직함을
빠뜨렸답니다.

요크 자네가 전에 만약 그렇게

3막 3장 장소 웨일스, 플린트성 앞.

간략하게 그를 취급했더라면 그는 자넬
그의 직함 빼앗은 죄를 물어 간략히
그 머리 전체의 길이만큼 줄였을 것이야.

볼링브로크 숙부님, 지나치게 오해하진 마십시오.

요크 조카님도 오해받지 않도록 지나치게
가지려 하진 말게, 하늘은 우리들 위에 있네.

볼링브로크 압니다, 숙부님, 그리고 저 또한 하늘 뜻에
맞서지 않습니다.

해리 퍼시 등장.

근데 이게 누구죠?
해리, 어서 오게. 허, 이 성을 못 넘겨준다고?

퍼시 공작님의 입성을 막는 것은 이 성안에
왕이 있기 때문이오.

볼링브로크 왕이 있다?
뭐? 왕은 거기 안 들었어.

퍼시 아뇨, 공작님,
왕은 거기 들었어요. 리처드 왕께서
저기 저 석회와 돌의 경계 안에 있고,
그와 함께 오멀 경과 솔즈베리 경,
스티븐 스크루프 경에 더해 성직자가
한 사람 더 있는데 — 알 수가 없습니다.

노섬벌랜드 아, 그 사람은 칼라일 주교인 것 같구나.

볼링브로크 (노섬벌랜드에게)
고귀한 경,
저 오래된 성채의 거친 벽에 다가가

트럼펫 소리로 협상의 신호를
무너진 틈새의 귀를 통해 전하시오.
헨리 볼링브로크는
두 무릎 꿇은 채 리처드 왕의 손에 키스하고
신하의 의무와 진정한 믿음의 마음을
지존에게 보내면서, 내 추방이 철회되고
회복된 영지를 자유로이 받는다면
내 무기와 군대를 바로 그의 발아래
내려놓기 위하여 여기로 왔노라고.
못 받으면, 내 군대의 이점을 이용하여
도륙된 잉글랜드인의 상처에서 쏟아지는
피의 소나기로써 여름 먼지 잠재울 테지만 —
그런 선홍 태풍으로 리처드 왕 국토의
싱싱한 푸른 들을 적시는 게 얼마나
이 볼링브로크의 마음에서 먼 일인지
나의 굽힌 허리로 부드럽게 보여 줄 것이오.
이만큼 전하시오, 우리는 여기 이 평원의
풀 무성한 양탄자를 밟으며 걸을 테니.

(노섬벌랜드가 나팔수와 함께 성벽으로 다가간다.)

자, 위협적인 북소리는 죽인 채 진군하여
우리의 멋진 군사 장비가 저 성의
깨어진 성루에서 잘 보이게 합시다.
리처드 왕과 나는 불과 물의 두 원소가
천둥의 충격으로 만나서 구름 낀 하늘의
두 뺨을 꽉 찢을 때만큼이나 격렬한
공포 속에 만나야 한다고 생각하오.
그가 불이 된다면 난 복종의 물이 되고,

그가 격노하는 동안 내 물을 땅 위에
비로 내릴 것이오. — 그가 아닌 땅 위에.
진군하고, 리처드 왕의 표정을 주시하라.

밖에서 협상 나팔, 안에서 응답이 있은 다음
팡파르가 울린다. 성벽 위에 리처드 왕, 칼라일 주교,
오멀, 스크루프 및 솔즈베리가 나타난다.

봐요, 봐, 리처드 왕이 직접 나타났소.
불만에 가득 찬 얼굴 붉힌 태양이
불타는 저 동쪽의 현관에서 나와서,
시기하는 구름이 자기 영광 흐려 놓고
서방으로 향하는 자신의 빛나는 여정을
얼룩지게 하려는 걸 감지했을 때처럼.

요크 아직도 왕처럼 보이오. 저 눈을 보시오,
독수리의 눈처럼 환하게 지배적인 권위가
광채를 발하오. 아, 참으로 비통하다,
저 고운 모습이 해를 입고 더럽혀지다니!

리처드 왕 (노섬벌랜드에게)
짐은 아연실색한 채 이렇게 오래 서서
네가 겁에 질려서 무릎 꿇길 기다렸다,
짐이 네 합법적인 왕이라 여기고 말이다.
그렇다면, 어째서 네 관절은 어전에서
외경의 의무를 감히 잊어버렸느냐?
아니라면, 짐을 국정 운영에서 면직시킨
하느님의 친필을 짐에게 보여 줘라.
왜냐하면 신성한 짐의 왕홀 손잡이는

그것을 모독, 편취, 찬탈하지 않는 한
육신의 손으론 못 쥐는 걸 짐은 잘 아니까.
또 너희는, 다들 너희처럼 짐에게 등 돌려
그들의 영혼을 파괴했고 그래서 짐에게는
친구가 하나도 없다고 생각할 테지만
알아 둬라, 내 주인, 전능한 신께선 짐을 위해
저 구름 속에서 역병군을 모으는 중이고,
그 군대는, 내 머리 쪽으로 종놈 손을 쳐들고
소중한 내 왕관의 영광을 위협하는,
아직까지 생기지도 태어나지도 않은
너희의 자식들까지도 쓰러뜨릴 테니까.
볼링브로크에게 — 거기에 있는 것 같으니까 —
내 땅 위의 그 활보는 모두 다 위험한
반역이라 말해 줘라. 그는 피 흘리는 전쟁의
자줏빛 유서를 열려고 여기 왔다. 하지만
그가 찾는 왕관을 머리에 조용히 쓰기 전에
만 명의 어미들 아들의 피투성이 머리가
잉글랜드의 꽃 얼굴에 어울리지 않게 되고,
그래서 처녀처럼 새하얀 평화의 낯빛은
검붉은 분노로 바뀌면서 목자의 들풀은
충성하는 잉글랜드 핏물로 적셔질 것이다.

노섬벌랜드 천국의 왕께서는 우리 군주 국왕이
내전의 폭력적인 무기로 그렇게 공격받진
않도록 해 주소서! 정말 귀한 그대 사촌,
볼링브로크는 그대 손에 겸허히 키스하고,
당신의 조부 왕의 유골 위에 서 있는
명예로운 그 무덤과 — 최고로 자애로운

하나의 원천에서 흘러나온 두 물줄기 —
당신들 두 혈통 모두의 존귀함과,
무사다운 곤트 경의 묻혀 있는 두 손과,
서약이나 말로써 가능한 모든 걸 포함하는
그 자신의 가치와 명예에 맹세코,
여기로 온 목적은 왕족 세습 특권을
얻어 내기 위하여 즉각적인 추방의 철회를
무릎 꿇고 간청하는 것 이상은 아니며,
그것을 전하께서 허락만 하신다면
번쩍이는 무기들은 녹슬게 할 것이고,
병마들은 마구간에 보내고 본인의 마음은
전하께 충성을 바치게 할 것입니다.
그는 이를 진정한 왕족답게 맹세하고,
저 또한 신사답게 그의 말을 믿습니다.

리처드 왕 노섬벌랜드는 왕의 답을 이렇게 전하라.
고귀한 사촌은 참으로 잘 돌아왔고,
그가 말한 타당한 요구는 모두 다
아무런 반박 없이 수용될 것이라고.
너의 그 미사여구를 총동원하여서
존귀한 그의 귀에 친절한 안부를 전하라.

(노섬벌랜드가 나팔수와 함께 볼링브로크에게 돌아간다.)

(오멀에게) 이보게, 짐이 몸을 확 낮췄지, 안 그래?
아주 딱해 보이면서 아주 좋게 말했잖아?
노섬벌랜드를 다시 불러 그 역적 놈에게
도전장을 보내고, 그런 다음 죽을까?

오멀 아뇨, 전하. 시간은 친구를, 친구는 도울 칼을
빌려줄 때까진 부드러운 말로 싸우셔야죠.

리처드 왕　오, 이런, 오, 이런, 저 건너편에 있는
그 거만한 자에게 무서운 추방의 판결을
내렸던 내 혀가 위로의 말을 하며
그걸 번복하다니! 오, 내가 내 비탄만큼
크거나 내 이름보다 작으면 좋으련만!
또는 내가 여태껏 무엇이었는지 잊거나
지금은 뭣이어야 하는지 기억 못 했으면!
오만한 심장아, 부풀어? 적들이 너와 나를
깰 자유를 얻었으니 너에겐 뛸 자유를 주겠다.

오멀　볼링브로크가 노섬벌랜드를 보내왔습니다.

리처드 왕　왕은 이제 어떡하지? 복종해야 하는가?
왕은 그리할 거야. 폐위돼야 하는가?
왕은 만족할 거야. 왕이라는 이름을
잃어야 하는가? 제발 그거 놔 버려라.
내 보물은 한 줄의 염주와,
화려한 내 궁궐은 하나의 암자와,
내 멋진 의복은 빈민의 겉옷과,
문양 새긴 술잔은 나무로 된 접시와,
내 왕홀은 순례자의 지팡이 하나와,
내 신하는 성자의 조각상 한 쌍과,
드넓은 왕국은 작은 무덤, 작디작은
게다가 볼품없는 무덤과 바꾸리라.
안 그럼 난 왕이 낸 큰길에 묻히겠다,
백성의 발길이 매시간 군주의 머리를
짓밟고 지나가는 교역의 길거리에.
왜냐하면 살아 있는 내 심장을 밟는데
묻힌 내 머리는 왜 밟지 않겠어?

오멀, 마음 여린 내 사촌이 울고 있네!
우리가 경멸받는 눈물로 궂은 날씨 만들면
우리의 한숨과 눈물에 여름 밀이 넘어져
반역하는 이 땅에 흉년이 올 거야.
안 그럼, 우리는 우리의 비탄과 희롱하며
그것을 흐르는 눈물과 예쁘게 짝짓고,
그 상태로 한자리에 계속 떨어뜨리면
한 쌍의 무덤이 땅속에 야금야금 파일 테고,
우리가 그 안에 놓이면 — 흐르는 눈물로
무덤을 판 두 친척이 누워 있지 않겠어?
나쁜데 좋은 일 아닌가? 이런, 이런,
난 실없는 소리 하고 자넨 날 비웃는군.
(노섬벌랜드에게)
참으로 막강한 왕족인 노섬벌랜드 경,
볼링브로크 왕은 뭐라고 하시오? 전하께선
리처드가 죽기까지 살게 해 준답니까?
당신이 절하면 볼링브로크는 "응." 그러죠.

노섬벌랜드 전하, 그는 저 아래쪽 마당에서 당신과
애기하길 기다리오. 내려가시겠습니까?

리처드 왕 내려간다, 내려가, 말 안 듣는 핫길 말들
다룰 줄 모르는, 빛나는 저 파에톤처럼.
아래쪽 마당에서? 왕들이 역적들의 부름에
절하러 가 몸 낮추는 그 아래쪽 마당이지.
아래 마당? 내려가? 궁정과 왕, 내려가라, 내려가!

179행 파에톤 태양신 아폴로의 아들로 아버지의 불마차를 몰다가 실수로 지구를 태울 뻔했고, 결국엔 제우스의 번개에 맞아 죽는다.

종달새가 노래해야 할 데서 올빼미가 짖으니까.

(위에서 함께 퇴장)

볼링브로크　전하께선 뭐라고 하시오?
노섬벌랜드　　　　　　　　　　　슬픔과 비탄으로
광분한 사람처럼 헛말을 하시지만

팡파르. 리처드 왕과 그의 추종자들, 아래에 등장.

내려는 오십니다.
볼링브로크　모두들 비켜서서
전하께 적절한 경의를 표하라.　(무릎을 꿇는다.)
주상 전하.
리처드 왕　고운 사촌, 당신은 왕족의 무릎을 낮추어
그게 닿는 천한 땅을 오만하게 만듭니다.
난 불편한 눈으로 당신의 예의를 보느니
차라리 그 사랑을 마음으로 느끼고 싶군요.
자, 사촌, 일어나요, 당신의 무릎은 낮지만
(볼링브로크를 일으킨다.)
마음은 적어도 (왕관을 가리킨다.)
　　　　　　　이만큼 높은 줄로 압니다.
볼링브로크　전하, 저는 제 것 때문에 왔을 뿐입니다.
리처드 왕　당신 것과 나 그리고 모든 게 당신 거요.
볼링브로크　저의 참된 봉사로 사랑받게 될 만큼만,
참으로 지엄하신 전하, 제 것이랍니다.
리처드 왕　당신은 받을 게 많아요. 최고로 강력하고
확실하게 챙길 줄 아는 자가 많이 받소!
(요크에게)

숙부님, 손 좀 줘요. 아, 눈물은 거두시고.
눈물에 사랑은 있지만 해결책은 없답니다.
(볼링브로크에게)
사촌은 내 계승자 될 나이가 충분해도
난 당신의 부친이 되기엔 너무 젊답니다.
가지고 싶은 건 줄 거요, 그것도 기꺼이,
짐에게 강제로 시킬 일을 짐은 해야 하니까.
런던으로 가는 거죠, 안 그렇소, 사촌?

볼링브로크 예, 전하.

리처드 왕 그럼 난 안 된다고 하면 안 돼.

(팡파르. 함께 퇴장)

3막 4장

왕비와 두 시녀 등장.

왕비 여기 이 정원에서 무슨 놀이 해야만
무거운 걱정거리 몰아낼 수 있을까?

시녀 1 마마, 볼링을 해 볼까요.

왕비 그럼 난 이 세상이 장애물로 가득하여
내 행운이 빗나간다 생각하게 될 거야.

시녀 2 마마, 춤을 춰 볼까요.

왕비 불쌍한 내 마음이 슬픈 박자 못 밟아서
내 다리도 기쁜 박자 밟을 수가 없구나.
그러니 얘, 춤은 안 되겠다. 다른 거 해.

3막 4장 장소 랭글리, 요크 공작의 정원.

시녀 1 마마, 얘기나 할까요.
왕비 슬픈 얘기, 기쁜 얘기?
시녀 1 아무거나 하지요.
왕비 얘야, 둘 다 말자.
기쁘다면, 그럴 일은 하나도 없어서
내 슬픔을 더욱더 기억나게 할 테니까.
슬프다면, 그것으로 가득 차 있어서
내 기쁨의 부재에 슬픔을 더할 거야.
가지고 있는 건 되풀이할 필요 없고
없는 건 불평해야 소용없는 일이야.
시녀 2 제가 노래할게요.
왕비 그럴 이유 있는 건 좋지만
우는 게 나를 더 기쁘게 해 줄 거야.
시녀 2 마마께서 좋으시면 울 수도 있어요.
왕비 울어서 좋아진다면야 난 노래할 수도 있고,
네 눈물은 절대로 빌리지도 않을 거야.

정원사와 두 하인 등장.

근데 잠깐, 정원사 두 사람이 왔구나.
이 나무 그늘로 발걸음을 옮기자.
비참한 내 심정에 걸고 맹세하건대
나랏일을 말할 거야, 변화가 있을 땐
다들 그리하니까. 비탄은 비탄을 몰고 와.
(왕비와 시녀들이 비켜선다.)
정원사 (한 하인에게)
넌 가서 축 처진 어린 살구 묶어 놔라,

말 안 듣는 애들처럼 과도한 무게로
부모 등골 압박하여 굽어지게 하니까.
휘어진 가지들은 지지대로 받쳐 주고.
(다른 하인에게)
그리고 넌 가서 사형집행인처럼
우리들 왕국에서 너무 높이 치솟으며
너무 빨리 자라는 곁가지들 잘라내라.
우리가 다스려서 다 같아져야만 해.
그 일을 네가 하는 동안에 나는 가서
건강한 꽃들에게 가야 할 지력을
쓸데없이 빨아먹는 유해 잡초 뽑을 거야.

하인 1 우리가 왜 울타리 경계 쳐진 이 안에서
우리의 안정된 상태를 견본처럼 보여 주며
법과 격식, 적절한 위계를 지켜야죠?
바다 두른 정원인 우리 나라 전체가
잡초로 뒤덮여 가장 고운 꽃들은 시들고
과일 나무 버려졌고 울타리는 망가지고
화단은 뒤엉키고 유익한 작물에는
해충이 들끓는데?

정원사 넌 그 입 좀 다물어.
무질서한 이 봄을 허락했던 그 사람이
이제는 스스로 가을을 맞이했어.
그가 넓게 잎들을 펼치면서 보호해 줬으나
그를 빨아먹으며 받쳐 주는 듯했던 잡초들이
볼링브로크에 의하여 뿌리째 뽑혔어 —
윌트셔 백작과, 부시, 그린 말이야.

하인 2 뭐, 죽었어요?

정원사 그리됐지. 또 볼링브로크가
헤픈 왕도 붙잡았어. 아, 참으로 애석해,
우리가 이 정원을 깔끔하게 재단하듯
이 나라를 그렇게 못 하다니! 우리는 철 따라
과일나무 껍질인 그 피부를 감싸 주어
피 같은 수액이 지나치게 흐르면서
과도한 양분으로 자멸하지 않도록 해.
그가 만약 마구 크는 이들에게 그랬으면
그들은 살아서 열매 맺고, 복종의 과일은
그가 맛볼 수 있었어. 우리는 여분의 가지를
열매 맺는 줄기가 살도록 잘라 버리는데,
그가 만약 그랬으면 헛된 시간 낭비하며
팽개쳤던 왕관을 그 자신이 지녔겠지.

하인 1 아니, 그럼, 국왕이 폐위될 것 같아요?

정원사 그는 이미 짓눌렸고, 폐위될 거라고
걱정들 하고 있어. 저 요크 공작님의
소중한 친구에게 간밤에 편지가 왔는데
우울한 소식이야.

왕비 오, 내 가슴이 억눌려
말 못 하고 죽겠구나! (왕비와 시녀들이 앞으로 나온다.)
이 정원을 돌보는
아담처럼 생긴 네가 반갑잖은 이 소식을
그 거칠고 험한 혀로 어찌 감히 말하느냐?
어떤 이브, 어떠한 독사가 널 사주하여
저주받은 인간을 다시 타락시키느냐?
왜 너는 리처드 왕께서 폐위된다 하느냐?
네가 감히, 흙보다 더 나은 게 없는 것이

그분의 추락을 예언해? 어디서, 언제, 어찌
이 나쁜 소식을 접했느냐? 말해라, 이놈아!

정원사 마마, 용서해 주십시오. 말하는 기쁨은
하나도 없지만 제 말은 사실이옵니다.
리처드 왕께선 막강한 볼링브로크의
손안에 있답니다. 둘의 운을 달아 보면
마님의 주인님 접시엔 오로지 그분과
그분을 가볍게 만드는 허영심만 있답니다.
하지만 위대한 그 볼링브로크 쪽에는
그와 함께 잉글랜드의 온 귀족이 같이 있고,
그 이점을 가지고 리처드 왕을 누릅니다.
런던으로 급히 가면 이 사실을 아실 텐데,
전 모두가 아는 걸 말했을 뿐입니다.

왕비 너무나도 가벼운 발 달린 재빠른 불운이여,
네 전갈은 나와 관련 있지 않냐, 그런데
내가 그걸 마지막에 알게 해? 오, 나에게는
마지막에 알려 줘야 네 슬픔을 내 가슴에
가장 오래 간직할 거라는 말이군. 자, 얘들아,
비통에 찬 런던의 왕, 런던에서 보러 가자.
허, 내가 이럭하려고, 슬픈 내 모습으로
대볼링브로크의 개선을 장식하러 태어났어?
정원사야, 비탄의 소식을 말해 준 대가로
네가 접붙이는 식물은 절대로 안 자라기를!

(시녀들과 함께 퇴장)

정원사 딱한 왕비, 당신의 처지가 더 안 나빠진다면
내 기술은 당신의 저주를 받아도 좋습니다.
그녀의 눈물이 여기에 떨어졌네. 이곳에

효험 있는 쓴 약초인 운향 밭을 일궈야지.
울고 있는 왕비를 생각나게 만드는
순전한 동정심의 운향이 곧 돋아날 거야. (함께 퇴장)

4막 1장

볼링브로크가 오멀, 노섬벌랜드, 해리 퍼시, 피츠워터,
서리, 칼라일 주교, 웨스트민스터 수도원장,
다른 귀족, 전령 및 수행원들과 함께 의회로 등장.

볼링브로크 바것을 불러내라.

바것, 관리들과 함께 등장.

자, 바것, 자유로이 말하라.
고귀한 글로스터의 죽음에 관하여 아는 바를,
누가 왕과 일했고, 때 이르게 그를 끝낸
살벌한 그 임무를 누가 실행했는지.

바것 그렇다면 오멀 경을 내 앞에 세우시오.

볼링브로크 사촌은 나와서 저 사람을 쳐다보게.

바것 오멀 공작, 과감한 그 입으로 뱉은 말은
취소하기 치사해서 안 그럴 줄로 압니다.
난 글로스터의 죽음을 모의했던 무서운 때
당신 말을 들었소, "조용한 잉글랜드 궁정에서
저 멀리 칼레까지 뻗쳤던 내 팔이

4막 1장 장소 웨스트민스터 홀.

내 숙부의 머리 잡을 길이는 안 되겠소?"
또 당시의 많은 얘기 가운데 들은 것은
볼링브로크가 잉글랜드로 돌아오게 하느니
차라리 10만의 금화를 주겠다는 제안을
거절할 것이라는 당신 말도 있었소. —
덧붙여, 당신의 이 사촌이 죽으면 이 나라가
얼마나 큰 축복을 받을지도.

오멀 왕족과 고귀한 귀족들이여,
이 비천한 사람에게 내가 뭐라 답할까요?
아름다운 제 출생을 더럽히면서까지
동등한 수준에서 그를 책망할까요?
그러거나, 중상하는 저 입술의 낙인으로
제 명예가 더럽혀지거나 해야겠죠.
(자신의 장갑을 던진다.)
지옥으로 널 보내 줄 죽음의 수결 놓은
나의 도전장이다. 네 말은 거짓이고,
난 네 말의 거짓됨을 네 심장의 피로써,
그게 너무 천하여 기사다운 내 검의
순도를 더럽히겠지만, 입증할 것이다.

볼링브로크 바것, 참아라. 집어 들면 안 된다.

오멀 한 명만 빼놓고, 날 이렇게 화나게 한 그가
여기 모두 가운데서 최고라면 좋겠소.

피츠워터 (오멀에게)
만약에 네 용맹이 동급을 고집하면
네 도전에 맞서는 내 도전장이다, 오멀.
(자신의 장갑을 던진다.)
나에게 네 자리를 보여 주는 해님에 맹세코,

난 네 말을 들었다. — 으스대며 말했었지 —
고귀한 글로스터가 죽은 원인 자기라고.
네가 그걸 스무 번 부인해도 거짓이다!
나는 내 단검의 끝으로 네 거짓을
그것이 생겨난 그 심장에 돌려줄 것이다.

오멀 겁쟁이야, 넌 그날을 살아서는 못 볼 거다.
(장갑을 집어 든다.)

피츠워터 내 영혼에 맹세코, 그게 지금이었으면!

오멀 피츠워터, 이 일로 넌 지옥 벌을 받을 거다.

해리 퍼시 오멀, 거짓말하지 마. 그 사람의 명예는
이 고소 건에서 네가 완전 거짓되듯 참되다.
네가 그러하다는 걸 인간이 숨 쉬는
최후의 순간까지 입증하기 위하여
도전장을 던진다. (자신의 장갑을 던진다.)
어디 감히 집어 봐라.

오멀 내가 그걸 못 집으면 내 손은 썩어져
더 이상은 내 원수의 번쩍이는 투구 위로
복수의 칼날을 휘두를 수 없게 되길!
(장갑을 집어 든다.)

다른 귀족 위증한 오멀아, 나 또한 이 대지에게
같은 짐을 지우고, 배신의 네 귀를 채울 만큼
수많은 "거짓말이야"를 온종일 외치면서
그걸로 널 채찍질하겠다. (자신의 장갑을 던진다.)
내 명예의 담보다.
감히 그걸 집어서 결투 약속해 봐라.

오멀 누가 또 도전하지? 맹세코, 다 받겠다!
(장갑을 집어 든다.)

내 가슴 하나 안엔 천 개의 혼이 있어
너희 같은 2만 명에게도 응답할 것이다.
서리 피츠워터 경, 난 오멀과 당신이 말 나눴던
바로 그 시간을 분명히 기억하오.
피츠워터 사실이오. 당신은 그 현장에 있었고
이것이 진실임을 증언할 수 있을 거요.
서리 맹세코, 하늘 그 자체가 참되듯 거짓되오!
피츠워터 서리, 거짓말하지 마.
서리 파렴치한 애 같으니!
그 거짓은 내 칼날에 아주 깊이 베인 다음
남의 거짓 고발하며 거짓말하는 네가
네 아비 해골처럼 조용히 땅에 누울 때까지
복수와 보복을 되돌려 줄 것이고,
그 증거로 내 명예의 담보물이 예 있으니
(자신의 장갑을 던진다.)
감히 그걸 집어서 결투 약속 해 봐라.
피츠워터 참 어리석게도 뛰는 말에 채찍을 가하네!
(장갑을 집어 든다.)
내가 감히 먹거나 마시고 숨 쉬며 산다면
난 감히 서리를 황야에서 만나서
그에게 침 뱉으며 그는 거짓, 거짓, 거짓을
말한다고 할 것이다. 이것이 내가 네게
가혹한 벌 내리게 만드는 내 보증서다.
(자신의 두 번째 장갑을 던진다.)
내가 이 새로운 세상에서 성공하길 바라듯이
오멀은 나의 참된 고소에서 유죄요.
그 밖에도 추방된 노퍽에게 들었는데,

오멀 너는 공작님을 처치하기 위하여
네 하수인 둘을 정말 칼레로 보냈었다.

오멀 정직한 교인들은 날 믿고 장갑 좀 주시오. —
노퍽 말은 거짓인데, 그가 만약 사면되어
명예를 시험할 수 있다면 이것을 던지오.
(장갑을 하나 빌려 던진다.)

볼링브로크 이러한 견해차는 노퍽이 사면될 때까지
다 보류될 것이오. 그는 내 적이지만
사면될 것이고, 그의 모든 토지와 영지를
회복할 것이오. 그가 돌아왔을 때
오멀에 맞선 결투, 짐이 강제할 것이오.

칼라일 영예로운 그날은 절대 오지 않습니다.
추방된 노퍽은 여러 번에 걸쳐서
빛나는 기독교인 전장에서 주님을 위하여
기독교 십자가의 표식을 휘날리며
이교도 흑인들과, 터키인, 사라센과 싸우며
전쟁 일로 애쓰다가 이탈리아로 은퇴하여
베니스란 곳에서 자신의 육신은
상쾌한 그 나라 땅에게, 순수한 영혼은
대장이신 주님에게, 그분의 깃발 아래
그렇게 오랫동안 싸운 뒤에 바쳤으니까.

볼링브로크 아니 주교, 노퍽이 죽었소?

칼라일 예, 분명한 사실이오.

볼링브로크 친절한 그 영혼은 친절한 평화의 인도로
아브라함 노인의 가슴에 안기기를!
고발인들, 여러분의 견해차는 결투 날을
짐이 잡을 때까지 다 보류될 것이오.

요크 등장.

요크　랭커스터 대공작, 난 깃털이 몽땅 뽑힌
리처드에게서 왔는데, 그는 아주 흔쾌히
그대를 계승자로 받아들여 고귀한 왕홀을
왕다운 그대 손에 넘겨주려 한답니다.
그로부터 곧바로 내려온 그 옥좌에 오르시오.
그리고 헨리 왕, 그 이름의 4세 만세!

볼링브로크　하느님의 이름으로 그 옥좌에 오르겠소.

칼라일　원, 하느님 맙소사!
어전에서 전 최하위 인물로서 말하지만
진실을 말하는 게 저에겐 최고로 맞습니다.
이 고귀한 자리에서 어느 분이 정말로
고귀한 리처드의 올곧은 판관이 될 만큼
고귀하십니까! 그러니 참으로 고귀하면
그런 추한 잘못은 자제할 것입니다.
웬 신하가 왕에게 판결을 내릴 수 있으며
리처드의 신하 아닌 누가 여기 앉았죠?
죄상이 분명히 드러난 도둑들도
옆에서 듣고 있지 않으면 재판하지 않거늘
기름 부어 왕관 쓰고 여러 해 자리 잡은
하느님의 위엄을 상징하는 인물이며,
그분의 지휘자, 관리인, 선임된 대리인을
신하와 하급자의 언어로 본인도 없는데
재판할 수 있나요? 오, 하느님, 막으소서,
기독교권에서 정화된 사람들이 이토록
악랄한, 시커먼, 가공할 짓 못 하도록.

전 신하들에게 말하고, 한 신하가 왕을 위해
신의 자극 받아서 이렇게 용감히 말합니다.
당신들이 왕이라는 이 헤리퍼드 경은
헤리퍼드의 당당한 왕에겐 추악한 역적이오.
또 그에게 왕관을 씌운다면 예언컨대,
잉글랜드인의 피가 흘러 거름이 될 것이고
이 추악한 행위로 미래가 신음할 것이며,
평화는 터키인, 이교도와 함께 잠잘 것이고
이 평화의 터전에서 친척과 친족들은
요란한 전쟁으로 서로를 파괴할 것이오.
무질서와 공포와 두려움과 반란이
이곳에 둥지 틀고 이 땅은 골고다,
죽은 자의 해골 들판이라고 불릴 거요.
오, 당신들이 두 가문을 대립시킨다면
그것은 저주받은 이 땅에서 벌어진
최고로 비통한 내분으로 판명될 것이오.
자식과 그 후손들이 "비통하다!" 못 외치게
그걸 막고 저항하고, 안 생기게 하시오.

노섬벌랜드 능숙하게 주장했고, 수고한 대가로
우린 너를 대역죄로 여기서 체포한다.
웨스트민스터 경, 당신이 책임지고
재판의 날까지 단단히 붙잡아 두시오.

(칼라일 주교가 구금된다.)

경들께선 평민들의 청원을 허락하시겠소?

볼링브로크 리처드를 데려오라, 모두가 보는 데서
양위할 수 있도록. 그렇게 의혹 없이
짐은 진행할 것이오.

요크 내가 그를 인도하죠.

(관리들과 함께 퇴장)

볼링브로크 여기에서 짐이 제지시켰던 귀족들은
결전의 날을 위한 보증인을 확보하라.
당신들의 호의에 짐은 신세 안 졌고
도움 주는 손길도 기대하지 않았다.

리처드 왕과 요크, 왕관과 왕홀을 지닌 관리들과 함께 등장.

리처드 왕 아, 내 맘속에 군림하던 왕다운 생각을
내가 미처 떨치기도 전에 왜 나를
왕 앞으로 불렀지? 난 아직 환심 사고,
아첨하고 절하고 꿇는 법을 못 배웠어.
슬픔이 나에게 이런 복종 지도할 시간을
잠시만 허락하게. 근데 난 이들의 얼굴을
잘 기억해. 이들은 내 사람들 아니었나?
한때 내게 '만세'를 외치지 않았던가?
유다도 그랬지만, 주님은 하나만 뺀 열둘에서
진심을 봤는데 나는 1만 2천에서 전혀 못 봐.
국왕 만세! 아무도 '아멘' 하지 않을 거야?
사제, 서기, 양쪽 다 내가 해? 그럼, 아멘.
국왕 만세, 내가 그는 아니지만 그럼에도
하늘이 날 왕이라 생각하면, 아멘 하지.
무슨 일 때문에 나를 이리 불렀는가?

요크 왕 노릇에 지쳤던 당신이 스스로 제안했고
선의로 실행하는 그 임무 때문이오. —

당신의 왕좌와 왕관을 헨리 볼링브로크에게
양위하는 일 말이오.

리처드 왕 (요크에게) 그 왕관 이리 줘요.
(왕관을 받은 다음, 볼링브로크에게)
자, 사촌, 왕관 좀 붙잡게. 자, 사촌,
이쪽은 내 손에, 그쪽은 자네 손에 잡혔군.
이제 이 금빛 관은 교대로 채워지는
두레박이 둘 있는 깊은 우물 같은데,
빈 것은 언제나 공중에서 춤추고
물이 찬 건 아래에서 보이지 않는다네.
당신이 높이 올라가는 동안 아래에서
비탄을 마시며 눈물에 찬 두레박이 나라오.

볼링브로크 난 당신이 기꺼이 양위할 거라고 생각했소.

리처드 왕 내 왕관은 그렇지만 내 비탄은 내 것이오.
내 영광과 내 나라를 폐할 수는 있어도
내 비탄은 안 되오, 난 여전히 그것의 왕이오.

볼링브로크 당신은 근심의 일부를 관과 함께 내게 주오.

리처드 왕 당신이 취한 근심, 내 근심은 못 줄이오.
내 근심은 옛 근심이 끝나서 잃은 근심이고,
당신의 근심은 새 근심이 생겨 얻은 근심이오.
내가 주는 근심은 줬지만 난 갖고 있소,
왕관을 따르지만 항상 내게 있으니까.

볼링브로크 왕권을 양위하는 데에는 만족하오?

리처드 왕 예, 아뇨. 아뇨, 예, 난 없어져야만 하니까.
그러므로 '아뇨'는 안 되죠, 난 양위하니까.
자, 어떻게 내가 나를 지우는지 잘 봐요.
나는 이 무거운 건 머리에서 벗어 주고,

(왕관을 볼링브로크에게 준다.)
다루기 힘든 이 왕홀은 손으로 건네주고,
(왕홀을 집어서 볼링브로크에게 준다)
통치의 우월감은 맘 밖으로 내던지고
내 눈물로 내 향유를 다 씻어 버리며,
내 손으로 내 왕관을 스스로 줘 버리고
내 입으로 신성한 내 나라를 부정하며,
내 숨으로 모든 충성 맹세를 해제하오.
화려한 의식 행렬 정말로 다 그만두고
나의 장원, 임대료와 수입을 버리며
내 명령과 칙령과 법률을 취소하오.
날 저버린 서약은 신께서 다 용서하고,
그대 위한 모든 맹세 지켜지게 하소서!
아무것도 없는 난 아무 슬픔 없게 하고
다 성취한 그대는 만사에 기쁘게 하소서.
그대는 리처드의 자리에 오래 앉고
리처드는 구덩이에 곧 눕게 하소서!
왕위 버린 리처드가 "헨리 왕 만세"를 하니까
"빛나는 날들의 많은 세월 그에게 보내소서." —
뭐가 더 남았소?

(노섬벌랜드가 리처드 왕에게 문서를 하나 준다.)

노섬벌랜드 더는 없소. 하지만
이 고발 건들과, 당신과 당신 추종자들이
국가와 이 땅의 이익에 반하여 저지른
지독한 범죄를 읽는 일이 남았소.
그걸 고백함으로써 사람들은 영혼 깊이
당신이 훌륭하게 폐위됐다 여길 거요.

리처드 왕　그래야만 하는가? 봉해 둔 내 바보짓을
펼쳐야만 하는가? 고귀한 노섬벌랜드여,
만약에 너의 죄가 기록되어 있다면
이 멋진 무리에게 그걸 낭독하는 게
창피하지 않겠나? 만약 네가 원한다면,
넌 거기서 하나의 오점으로 얼룩지고
하늘의 책에서 저주받은 한 왕의 폐위와,
강력한 서약 보증 파기를 포함하는
한 가지 흉악한 조항을 발견할 것이다.
아니, 비참한 내 처지에 막 괴로워하는
여기 나를 쳐다보는 당신들 모두는
일부는 저 빌라도처럼 자기 손을 씻으며
겉치레 동정을 표하지만, 빌라도 당신들은
나의 쓰린 십자가로 나를 넘겨주었으니
물로는 그 죄를 씻을 수 없을 거다.

노섬벌랜드　전하, 서둘러요. 이 조항들 읽으시오.

(그 문서를 다시 내민다.)

리처드 왕　내 눈에 눈물이 그득하여 볼 수가 없구나.
하지만 짠물로도 여기 있는 역적 패를
못 볼만큼 내 눈이 흐려지진 않았다.
아냐, 내가 나 자신에게 내 눈을 돌리면
나도 저 역적들 중 하나인 걸 알겠구나.
왜냐하면 난 여기서 내 영혼의 동의하에
화려한 왕의 치장 벗기게, 영광이 천해지게,
통치자를 노예 되게, 주상을 신하 되게,
왕족을 촌놈 되게 만들어 줬으니까.

노섬벌랜드　전하 —

리처드 왕 너, 오만한 무례한 인간아, 나는 네 전하도,
누구의 전하도 아니다! 이름 직위 내겐 없다. —
아니, 세례를 받았을 때 주어진 이름도 —
찬탈을 당했다. 아아, 우울한 날이여,
그리 많은 겨울을 내가 지나보냈건만
이제는 나를 부를 이름조차 모르다니.
오, 내가 볼링브로크라는 태양 앞에
조롱받는 눈사람 왕으로 서 있다가
방울방울 녹아서 사라져 버렸으면!
좋은 왕, 크신 왕 — 하지만 크게 좋진 못한데 —
내 말이 잉글랜드에서 아직 유효하다면
거울 하나 여기로 곧장 가져오게 하라.
그리하여 왕의 위엄 파산시킨 내 얼굴이
어떻게 생겼는지 내가 볼 수 있게 하라.

볼링브로크 누가 가서 거울 하나 구해 오라. (시종 하나 퇴장)

노섬벌랜드 (리처드 왕에게)
거울이 오는 동안 이 문서를 읽으시오.
(그 문서를 다시 내민다.)

리처드 왕 악마야, 너는 내 지옥행에 앞서서 날 고문해!

볼링브로크 더는 재촉 마시오, 노섬벌랜드 경.

노섬벌랜드 그러면 평민들은 만족하지 않을 거요.

리처드 왕 그들은 만족할 것이다. 내 죄가 모두 적힌
바로 그 책자를, 그건 나 자신인데,
내가 정말 보고 나서 흡족하게 읽어 주마.

거울을 가지고 한 사람 등장.

그 거울 이리 줘라, 그 안에 있는 걸 읽겠다.
(거울을 받는다.)
깊은 주름 아직 없어? 슬픔이 내 얼굴에
수많은 타격을 가했는데 아직도
깊은 상처 안 생겼어? 오, 아첨하는 거울아,
번성할 때 날 따르던 자들처럼 넌 나를
속이고 있구나. 이 얼굴이 매일매일
그의 가문 지붕 아래 천 명의 식솔을
거느렸던 얼굴이냐? 이 얼굴이 태양처럼
쳐다보는 사람들의 눈을 정말 감겼어?
이 얼굴이 그토록 수많은 바보짓을 보다가
마침내 볼링브로크의 얼굴에게 밀려났어?
이 얼굴엔 쉬 깨지는 영광이 빛나는군. —
그 얼굴도 그 영광만큼이나 쉬 깨진다!
(거울을 박살 낸다.)
저기에 백 개로 산산조각 나 버렸으니까.
입 다문 왕이여, 이 놀이의 교훈을 주목하오,
내 얼굴이 슬픔으로 얼마나 빨리 파괴되는지.

볼링브로크 그 슬픔의 허상이 그 얼굴의 허상을
파괴해 버렸소.

리처드 왕 그 말 다시 해 봐요!
내 슬픔의 허상이라고요? 하! 봅시다.
정말로 사실이오, 내 비탄은 안에 있고
한탄의 이 외형적인 표현 방식들은
고문받은 영혼 안에 조용히 차오르는
안 보이는 비탄의 허상일 뿐이며,
그 실체는 거기에 들었소. 왕이여, 고맙소,

그대는 큰 혜택을 베풀어 통곡할 이유를
알려 줄 뿐 아니라 그 이유를 한탄할
방법도 가르쳐 주니까. 부탁 하나 하고서
떠난 다음, 당신을 더 괴롭히진 않겠소.
그걸 들어주겠소?

볼링브로크 　　　　　말해 보오, 고운 사촌.

리처드 왕 '고운 사촌?' 난 왕보다 더 위대하다.
내가 왕이었을 때 아첨하는 자들은
신하들뿐이었으니까. 이젠 내가 신하인데
난 여기 아첨하는 사람으로 왕을 뒀어.
이렇게 위대한데 구걸할 필요 없지.

볼링브로크 그래도 요청하오.

리처드 왕 그러면 얻게 되오?

볼링브로크 그럴 거요.

리처드 왕 그럼 나를 가도록 해 주시오.

볼링브로크 어디로?

리처드 왕 당신 시야 밖이라면 원하는 곳 어디로든.

볼링브로크 몇 사람이 그를 런던 탑으로 호송하라.

리처드 왕 오, 좋아 — "압송하라!" 참된 왕의 몰락으로
잽싸게 흥하는 너희는 다 압송자들이야.

(리처드 왕, 감시받으며 퇴장)

볼링브로크 대관식을 다음 주 수요일에 엄숙히
거행할 것이오. 경들은 준비하오.

(웨스트민스터 수도원장, 칼라일 주교와
오멀만 남고 모두 함께 퇴장)

수도원장 우리는 비통한 구경거리 쳐다봤소.

칼라일 비통한 일 닥칠 거요. 안 태어난 아이들이

오늘을 가시처럼 아프게 느낄 거요.

오멀 성직자들이여, 이 사악한 오점을
왕국에서 제거할 계책은 없습니까?

수도원장 공작님,
내 마음을 자유로이 말하기 이전에
당신은 내 의도를 묻을 뿐만 아니라
내가 뭘 꾸며 내든지 간에 그것을
실천한단 서약도 성체 받고 해야 하오.
당신의 이마엔 불만이, 가슴엔 슬픔이,
눈에는 눈물이 가득한 게 보이오.
내 집에서 저녁 하러 갑시다. 모두에게
즐거운 날 보여 줄 계책을 밝히겠소. (함께 퇴장)

5막 1장

왕비, 시녀들과 함께 등장.

왕비 국왕께선 이 길로 오실 거다. 이것이
시저가 잘못 세운 탑으로 난 길인데,
그 돌덩이 가슴속에 선고받은 주인께서
오만한 볼링브로크의 죄수로 갇힐 거야.
반역하는 대지가 참된 왕의 왕비에게
쉴 자리를 준다면, 여기서 좀 쉬어 가자.

리처드와 호위병 등장.

5막 1장 장소 런던 탑 근처.

근데 잠깐, 저 봐, 아니, 차라리 보지 마라,
내 고운 장미가 말랐어. 그래도 봐, 쳐다봐,
너희가 동정으로 녹아서 이슬이 된 다음
참사랑의 눈물로 그의 생기 되돌릴 수 있도록.
아, 그 옛날 트로이의 폐허와 같은 그대,
명예의 허깨비, 리처드 왕의 무덤이지
리처드 왕은 아닌 그대! 가장 멋진 저택이여,
승리자는 선술집 손님이 되었는데
그대 안엔 왜 못생긴 비탄이 묵고 있죠?

리처드 왕 고운 여인이여, 비탄과 손잡고 그리하여
내 종말을 확 당기진 마시오. 착한 이여,
우리의 옛 영화를 행복한 꿈이라 여기고
거기서 깨어나면 지금 우리 참모습은
이것뿐이라는 걸 배워요. 여보, 난
무서운 필연과 의형제를 맺었고 그와 난
죽기까지 동무하오. 프랑스로 서둘러 가
종교적인 건물 안에 은둔토록 하시오.
불경한 세월로 여기서 내던진 하늘의 왕관을
우리의 신성한 삶으로 얻어야만 한다오.

왕비 뭐, 내 사람 리처드가 모습 마음 양쪽으로
변형되고 쇠했나요? 볼링브로크가 당신의
지능도 폐했나요? 용기도 꺾었나요?
사자는 죽어 가면서도 앞발을 내뻗고,
제압당했을 때는 다른 건 못해도
격노하며 땅바닥을 긁는데, 당신은
순순히 벌 받는 학생처럼 매에다 키스하고
저급한 겸손으로 격노의 비위를 맞춰요?

당신은 사자이고 짐승들의 왕인데?

리처드 왕　짐승의 왕, 맞아요! — 짐승들만 없었어도
난 아직 인간들의 행복한 왕이었을 것이오.
착한 전 왕비여, 프랑스로 갈 준비해요.
날 죽었다 생각하고, 바로 이 자리에서
내 임종인 것처럼 최후의 이별을 하시오.
지겨운 겨울밤엔 선량한 노인들과
불가에 앉아서 먼 옛날에 있었던
슬픔에 찬 세월 얘기해 달라고 한 다음,
밤 인사 하기 전에 그들의 비탄에 답하여
비통한 내 얘기를 그들에게 해 주고
그걸 듣고 울면서 잠자리로 가게 하오.
왜냐하면 무감각한 장작불조차도
감동적인 당신 혀의 무거운 어조에 답하며
동정심이 일어나 울며 불을 끌 것이고,
적법한 국왕의 폐위 두고 일부는 재로써,
일부는 숯으로써 애도할 테니까.

노섬벌랜드 등장.

노섬벌랜드　전하, 볼링브로크의 마음이 바뀌었소.
런던 탑이 아니라 폼프렛으로 가야 하오.
마마에게 떨어진 명령도 있는데,
신속히 프랑스로 가셔야만 합니다.

리처드 왕　노섬벌랜드, 넌 볼링브로크가 내 옥좌에
드높이 오르는 사다리 역할을 했지만,
시간이 지금보다 많이 더 늙기 전에

더러운 죄악은 곪아서 부어올라
썩어 터질 것이다. 넌 생각할 것이다,
그가 이 왕국을 나누어 반을 네게 주어도
다 갖게 도와줬으니까 그건 너무 적다고.
그는 생각할 것이다, 위법한 왕들을
세우는 길 아는 너는 아무 재촉 안 받고도
찬탈한 그 옥좌에서 자기를 신속히
끌어내릴 방법을 또 알아낼 거라고.
사악한 자들의 사랑은 공포로, 공포는
증오로 변질되고, 증오는 하나 또는 둘 다를
당연한 위험과 합당한 죽음으로 이끌어.

노섬벌랜드 내 죄는 내가 받고 그것으로 끝이오.
작별하고 헤어져요, 곧 떠나야 하니까.

리처드 왕 이중으로 갈라놨어! 나쁜 놈들, 너희들은
나와 내 왕관과, 그리고 나와 내 결혼한
이 아내 사이의 중첩된 결혼을 깨뜨린다.
(왕비에게)
당신과 나 사이의 서약을 키스로 지우겠소. —
하지만 안 되지, 키스로 맺었던 것이니까.
(노섬벌랜드에게)
우리를 갈라놔라, 노섬벌랜드. 나는 북쪽,
맹추위와 질병이 창궐하는 곳으로.
내 아내는 프랑스로, 화려하게 거길 떠나
어여쁜 5월처럼 꾸미고 여기로 왔건만
한겨울 가장 짧은 날처럼 되돌아가는구나.

왕비 나뉘어야 하나요? 이별해야 하나요?

리처드 왕 음, 여보, 두 손과 두 마음은 멀어지오.

왕비 우릴 둘 다 추방하고 왕을 나와 함께 보내.
노섬벌랜드 사랑은 알겠지만 방책으론 영점이오.
왕비 그럼 그가 갈 곳으로 나도 가게 해 다오.
리처드 왕 (왕비에게)
그렇다면 함께 울며 같이 통탄합시다.
당신은 프랑스, 난 여기서 양쪽 위해 울어요.
가까운 데 못 가면, 먼 게 훨씬 더 나아요.
당신은 한숨을, 난 신음을 세면서 갈 길 가요.
왕비 그럼 가장 먼 길에 가장 긴 통곡이 있겠죠.
리처드 왕 내 길은 짧으니 한 걸음에 두 번씩 신음하며
무거운 마음으로 그 길을 늘리겠소.
자 우리, 슬픔에게 하는 구애 짧게 해요,
그것과 결혼하면 비탄은 길어질 테니까.
두 입을 한 키스로 막은 뒤 말없이 헤어져요.
이렇게 내 마음을 준 다음, 당신 것을 받겠소.
(그들은 키스한다.)
왕비 내 것은 도로 줘요. 당신 마음 지키다가
그것을 죽이는 건 좋지 않은 일이에요.
(그들은 다시 키스한다.)
그럼 이제 내 걸 돌려받았으니 그것을
신음으로 죽이려고 애쓸 수 있도록 가세요.
리처드 왕 어리석게 지체해서 통탄만 난무하오.
한 번 더, 잘 가요. 나머진 슬픔이 말할 거요.
(함께 퇴장)

5막 2장

요크 공작과 공작 부인 등장.

공작 부인 여보, 당신의 울음으로 우리의 두 조카가
런던으로 들어오는 얘기가 끊겼을 때
나머지를 곧장 말해 주겠다고 하셨어요.

요크 어디서 멈췄지요?

공작 부인 그 슬픈 지점에서,
난폭한 자들이 창문에서 무식한 손으로
리처드 왕 머리 위에 쓰레기를 던진 데서.

요크 그때 내가 말했듯이 볼링브로크 대공작은
야심 찬 기수를 태운 것을 아는 듯이
뜨겁게 달아오른 말 등에 올라앉아
천천히 위엄 있게 걸어가고 있었고,
모든 입은 “볼링브로크, 만세!”를 외쳤소.
창문들이 말을 했다 여겨도 좋을 만큼
수많은 젊은이 늙은이의 열망하는 얼굴이
창틀을 통하여 갈망하는 눈빛을
그 용모에 던졌고, 또한 모든 벽에는
그려진 얼굴들이 걸렸는데 그 모두가 동시에
“주님의 가호를! 볼링브로크 환영”을 말했소.
그때 그는 이쪽에서 저쪽으로 몸을 돌려
맨머리를 오만한 자기 말의 목보다 낮추어
“고맙소, 동포들,” 그렇게 말했다오.
또 계속 그러면서 그렇게 지나갔소.

5막 2장 장소 요크 공작의 저택.

공작 부인 아, 불쌍한 리처드! 그는 어디 있었나요?

요크 극장에서 사람들이 눈길을
인기 만점 배우가 무대를 떠난 뒤에
지겨운 수다를 떨 것으로 생각되는
다음 등장인물에게 한가로이 돌리듯이
그들은 꼭 그렇게, 또는 더 큰 경멸의 눈길로
리처드를 노려봤소. '만세' 소리 전혀 없이!
환희에 찬 귀국 환영 목소리 대신에
신성한 그 머리에 흙을 집어 던졌는데,
그는 비탄과 인내의 표식인 눈물과 미소가
계속해서 싸우는 얼굴을 보이면서
너무나 온후한 슬픔으로 그걸 털어 냈기에
신이 무슨 큰 뜻으로 사람들의 마음을
굳혀 놓지 않았다면 그건 분명 녹았을 것이고
야만성의 화신조차 그를 동정했을 거요.
하지만 이 사건들에는 하늘이 관여했고
우린 그 높은 뜻에 조용히 만족해야 합니다.
이제 우린 볼링브로크에게 맹세한 신민이고
그 왕좌와 명예를 난 영원히 인정하오.

오멀 등장.

공작 부인 내 아들 오멀이 왔군요.

요크 옛적의 오멀로서,
그 호칭은 리처드의 친구여서 잃었으니
이제는 러틀런드로 불러야 합니다, 부인.
의회에서 난 새로운 왕에 대한 그 아이의

진심과 영원한 충성의 보증인이 되었소.

공작 부인　잘 왔다, 내 아들아. 새로 맞은 봄날의
푸른 무릎 수놓는 그 제비꽃들은 누구냐?

오멀　모릅니다, 어머니, 큰 관심도 없고요.
추호도 그런 건 되고 싶지 않습니다.

요크　글쎄, 이 새로운 봄날에 처신을 잘해라,
전성기도 되기 전에 꺾이지 않도록.
옥스퍼드 소식은? 시합과 행차는 유효해?

오멀　제가 알고 있는 한, 공작님, 그런데요.

요크　넌 거기로 가는 줄 아는데.

오멀　신이 막지 않는 한 그럴 작정입니다.

요크　가슴에서 삐져나온 그 인장은 무엇이냐?
음, 창백해 보이네? 그 글 좀 보여 줘.

오멀　별것 아니랍니다.

요크　그럼, 누가 봐도 괜찮겠군.
난 확인해야겠다. 그 글 좀 보여 줘.

오멀　각하께 간청컨대 용서해 주십시오.
이 일은 그다지 중요하지 않은데,
몇 가지 이유로 안 보여 드렸으면 합니다.

요크　난 그것을 몇 가지 이유로 볼 작정이다.
겁이 난다, 겁이 나 —

공작 부인　뭣 때문에 겁나죠?
행차 날에 대비하여 밝은 옷 구하려고
이름 써 준 증서일 뿐 아무것도 아닌데.

요크　이름을 써 줬어? 이름 써 준 증서를
그가 왜 갖고 있지? 여보, 당신은 바보야.
얘야, 그 글 좀 보여 줘.

오멀 제발 용서하십시오. 못 보여 드립니다.
요크 난 확인해야겠다. 보여 달란 말이다.
(그의 가슴에서 잡아채어 읽는다.)
아, 더러운 반역이다! 악당, 역적, 노예 놈아!
공작 부인 여보, 대체 무슨 일이에요?
요크 (무대 밖으로 외친다.)
여봐라, 게 누구 없느냐?

하인 등장.

말에 안장 얹어라.
하느님의 자비를, 이 무슨 배신이냐!
공작 부인 아니, 여보, 뭐예요?
요크 내 장화 달라니까. 안장을 얹어라. (하인 퇴장)
이제 내 명예와 생명과 서약에 맹세코,
이 악당을 탄핵할 것이오.
공작 부인 무슨 일이에요?
요크 어리석은 여인아, 입 다물어!
공작 부인 다물지 않겠어요. 뭔 일이냐, 오멀아?
오멀 어머니, 괜찮아요. 하찮은 제 목숨으로
책임지면 그뿐이오.
공작 부인 목숨으로 책임져?
요크 (무대 밖의 하인에게)
내 장화를 가져와라! 왕에게 가겠다.

하인이 그의 장화를 가지고 등장.

공작 부인 그를 쳐라, 오멀! 불쌍한 애, 넌 경악했구나.
(하인에게)
물러가, 악당아! 다시는 내 눈에 띄지 마!
요크 내 장화 달라니까.
공작 부인 아니, 요크, 뭘 어쩌려고요?
당신 자식 잘못인데 숨겨 주지 않을 거요?
아들이 더 있어요? 더 가질 것 같아요?
생산할 날들은 다 흘러갔잖아요?
나이 많은 내게서 고운 아들 빼앗고
행복한 어미란 이름을 훔쳐 갈 거예요?
당신 닮지 않았어요? 당신 자식 아녜요?
요크 어리석은 미친 여자,
이 시커먼 음모를 덮어 줄 작정이오?
저런 놈 열둘이 여기에 성체 받고 서약한 뒤
상호 간에 서명했소, 국왕을 옥스퍼드에서
죽이겠노라고.
공작 부인 얘는 가담 않을 거요.
그를 여기 잡아 둬요. 그럼 상관없잖아요?
요크 저리 가, 어리석긴! 스무 배나 내 아들이라도
탄핵할 것이오.
공작 부인 당신이 애 때문에
나처럼 신음했더라면 좀 더 동정할 텐데.
근데 이젠 당신 맘 알았어요. 당신은
내가 당신 잠자리를 배신해서 이 애가
당신의 아들 아닌 사생아라 의심해요.
여보 요크, 여보 당신, 그런 맘 갖지 마요,
그는 나도, 어떤 내 친척과도 안 닮았고

인간에게 가능한 한 당신과 닮았지만
난 그를 사랑해요.

요크 물러서, 이 드센 여자야. (퇴장)

공작 부인 오멀아, 따라가! 그의 말에 올라타라!
황급히 그에 앞서 왕에게로 간 다음
그가 정말 고발하기 이전에 용서를 구해라.
나도 곧 뒤따르마. 내가 좀 늙었지만
요크만큼 빠르단 건 의심치 않는다.
그리고 볼링브로크가 널 용서할 때까지
절대로 바닥에서 안 일어설 테다. 가, 어서!

(함께 퇴장)

5막 3장

헨리 왕이 된 볼링브로크, 해리 퍼시 및
다른 귀족들과 함께 등장.

헨리 왕 무절제한 내 아들 얘기는 아무도 못 하오?
마지막으로 본 지가 석 달이 꽉 찼는데.
짐에게 뭔 재앙이 걸렸다면 그건 그요.
정말이지, 여러분, 찾을 수 있기를 바라오.
런던에, 선술집들에서 수소문 해 봐라,
제멋대로 고삐 풀린 친구들과 거기에
매일매일 출몰한단 소문이 있으니까.
그자들은, 소문으론, 비좁은 골목에서

5막 3장 장소 윈저성.

야경들 때리고 행인들 물건을 훔치는데,
어리고 방탕하며 제멋대로 하는 걔는
그토록 방종한 무리를 지지해 주는 일을
명예로 여긴다고 합니다.

해리 퍼시 전하, 제가 이틀 전쯤에 왕자님을 만났고
옥스퍼드 행차 얘기해 드렸답니다.

헨리 왕 근데 그 한량은 뭐라던가?

해리 퍼시 홍등가로 갈 거라는 대답을 하셨고,
거기서 최고로 천한 것의 장갑을 뽑아서
선물처럼 낄 것이며, 그러한 차림으로
가장 힘센 도전자를 이길 거라 하셨어요.

헨리 왕 방종한 만큼이나 무모해! 그래도 난 더 나은
희망의 불꽃을 봅니다, 나이 들면 그것이
운 좋게 나타날 수 있으니까.

오멀, 경악한 채로 등장.

근데 이게 누구야?

오멀 왕은 어디 계시오?

헨리 왕 사촌이 응시하며 미친 듯 보이니 뭔 일인가?

오멀 전하께 신의 가호 있기를! 이 몸이 전하와
독대를 좀 하도록 정말 간청드립니다.

헨리 왕 (귀족들에게)
우리 둘이 홀로 있게 경들은 물러가오.

(헨리 왕과 오멀을 제외한 모두 함께 퇴장)

자 그럼, 짐의 사촌, 이게 무슨 일인가?

오멀 제 무릎은 영원히 땅속으로 자라고 (무릎을 꿇는다.)
서거나 말하기 이전에 용서가 없다면
제 혀는 입천장에 들러붙을 것입니다.

헨리 왕 이 잘못을 의도했나, 아니면 저질렀나?
전자라면 그것이 아무리 극악하더라도
미래의 충성을 얻기 위해 용서한다.

오멀 그렇다면 제 얘기가 끝나기 전에는
아무도 못 들도록 문을 걸게 해 주시오.

헨리 왕 그리하게. (오멀이 문을 걸어 잠근다.)

(요크 공작이 문을 두드리며 외친다.)

요크 (안에서)
전하, 조심하십시오! 안위를 살피시오!
그 면전에 역적 한 명 뒀답니다.

헨리 왕 (오멀에게)
악당아, 널 무력화시켜 주마. (자기 칼을 뽑는다.)

오멀 복수의 손 멈추시오. 겁낼 이유 없습니다.

요크 (안에서)
과신하는 무모한 왕이여, 문 여시오!
충성심을 버리고 역도처럼 말해야겠어요?
이 문을 안 열면 부수어 열 겁니다.
(헨리 왕이 문을 따 준다.)

요크 등장.

헨리 왕 무슨 일입니까, 숙부님? 말하세요!
숨 돌리고 위험이 가깝다고 말해 주면
짐은 그에 맞서서 무장할 수 있답니다.

요크 여기에, 이 글을 읽으시면 소신이 급하여
못 보여 드리는 반역을 아시게 될 겁니다.

(그에게 문서를 내민다.)

오멀 (헨리 왕에게)
읽으실 때 앞선 약속 기억해 주십시오.
정말 뉘우칩니다. 제 이름은 읽지 마십시오.
제 마음은 제 손과 공모하지 않았어요.

요크 (오멀에게)
했었다, 악당아, 네 손으로 적기 전에.
그것을 이 역적의 가슴에서 낚아챘답니다.
참회는 충성 아닌 두려움이 낳았어요.
그를 동정 마십시오, 그 동정이 뱀이 되어
전하의 가슴을 물지 않게 말입니다.

헨리 왕 오, 극악한, 강력하고 대담한 음모다!
오, 배신하는 아들의 충성하는 아버지다!
그대, 티 없이 깨끗한 은빛의 샘물이여,
거기에서 나온 이 개울은 진흙탕 통과하는
방향을 잡으면서 그 자신을 더럽혔소!
그대의 덕성이 넘쳐흘러 나쁘게 변했지만
그 풍부한 선심 덕에 빗나간 이 아들의
치명적인 오점은 무마될 것이오.

요크 그럼 제 미덕은 그의 악덕 돕는 뚜쟁이고,
그는 제 명예를, 푼푼이 모아 둔 아비 돈을
탕아들이 소모하듯 수치로 소모할 겁니다.
제 명예는 그의 치욕 죽을 때 산답니다.
안 그럼 창피한 제 삶은 그 치욕에 묶여요.
당신은 그를 살려 절 죽인답니다, 목숨 줘서

역적은 사는데 참사람은 죽게 됐으니까.

공작 부인 (안에서)

보시오, 전하! 제발 날 들여보내 주시오!

헨리 왕 웬 쇳소리 탄원자가 저리 크게 외치나?

공작 부인 (안에서)

여자고 그대의 숙모요, 대왕이여, 접니다.
나와 좀 얘기하고 동정하고, 문 여시오!
구걸해 본 적 없는 거지가 구걸하오.

헨리 왕 우리의 연극은 심각한 것에서 변질되어
이제는 '거지와 왕'으로 바뀌어 버렸군. —
위험한 내 사촌은 어머니를 들이게.
자네의 더러운 죄, 용서 빌러 왔으니까.

요크 공작 부인 등장.

요크 (헨리 왕에게)

그 누가 빌든 간에 정말로 용서해 준다면
그 사면은 죄를 더 키워 줄 수 있답니다.
썩은 부위 잘라 내면 나머진 건강하나
그냥 두면 나머지 모두가 파멸할 것이오.

공작 부인 오, 왕이여, 이 비정한 사람을 믿지 마오.
제 것 사랑 않는 사랑, 남 사랑도 못하오.

요크 이 미친 여자야, 뭣 하러 여기 왔어?
그 늙은 젖통으로 역적을 또 키우려고?

공작 부인 상냥한 요크여, 진정해요. (무릎을 꿇는다.)
전하, 들으시오.

헨리 왕 숙모님, 일어나요.

공작 부인 간청컨대, 아직은 안 되오.
전하께서 기쁨 주고, 죄 지은 우리 아이
러틀런드 용서하여 기쁨을 명하실 때까지
전 영원히 무릎으로 기어 다닐 것이고
행복한 이들이 보는 날을 아니 볼 겁니다.

오멀 어머니의 기도에 더하여 저도 꿇습니다.

(무릎을 꿇는다.)

요크 이 둘에 맞서서 진실된 제 무릎을 굽힙니다.

(무릎을 꿇는다.)

자비를 베풀면 악을 번성시킬지도 모르오.

공작 부인 그의 탄원, 진지해요? 그 얼굴을 보십시오.
눈물도 안 흘리고 농담조로 기도해요.
그의 말은 입에서, 우리 건 가슴에서 나왔어요.
그는 썩 약하게 기도해서 거부되길 바라는데
우리는 전심전력, 모두 걸고 한답니다.
그는 지친 관절을 기꺼이 뻗겠지만, 그럼요,
우린 이 무릎을 땅에 박힐 때까지 쭉 꿇어요.
그의 이 기도는 거짓된 위선이고, 우리 것은
참된 열성, 깊은 진정 가득하답니다.
우리 기도, 그의 기도 앞지르니 참 기도가
얻어야 할 자비를 얻도록 해 주시오.

헨리 왕 숙모님, 일어서요.

공작 부인 아뇨, "일어서라." 하지 말고
"용서한다." 먼저 한 뒤, "일어서라." 하십시오.
제가 전하 유모 되어 말을 배워 준다면
그 첫 번째 단어는 '용서'일 것입니다.
지금까진 그런 말 듣고 싶지 않았어요.

동정의 가르침을 받아서 '용서'를 말하시오.
그건 짧은 말이지만 짧은 만큼 감미롭고,
'용서'보다 왕들 입에 더 맞는 말 없답니다.

요크 왕이여, "용서 못 한다."고 프랑스 말로 해요.

공작 부인 (요크에게)
당신은 용서에게 파멸의 용서를 가르쳐요?
아, 시무룩한 남편이여, 비정한 당신이여,
말에 말을 맞세워 싸움을 붙이다니!
(헨리 왕에게)
'용서'를 이 땅에 통용되는 그대로 말해요,
잘라먹는 프랑스 말 우린 이해 못 하니까.
그대 눈이 말을 시작했으니 혀로 따라 하거나,
그대의 동정하는 마음속에 귀를 심어
꿰뚫는 우리의 애원과 기도를 듣고 나서
동정에 자극받아 '용서'를 발음해 보세요.

헨리 왕 숙모님, 일어서요.

공작 부인 서려고 간청하진 않아요.
제가 가진 모든 청은 오직 용서랍니다.

헨리 왕 신의 용서 바라듯이 그를 용서합니다.

공작 부인 오, 무릎 꿇어 얻어 낸 행운의 소득이다!
하지만 겁나서 죽겠소. 한 번 더 말해요.
'용서'란 말 두 번은 두 용서가 아니라
한 용서를 단단히 굳히니까.

헨리 왕 진심으로
그를 용서합니다.

공작 부인 그대는 지상의 신이오.

(요크, 공작 부인, 그리고 오멀은 일어난다.)

헨리 왕 하지만 믿음직한 짐의 매부와 수도원장,
그리고 공모한 일당의 나머지 모두에겐
파멸이 개처럼 그들을 곧장 좇을 것이오.
숙부님, 몇 개의 부대를 옥스퍼드, 아니면
이 역적들 있는 곳 어디든지 보내게 해 줘요.
맹세코, 그들이 이 세상 어디 살든
그곳을 알게 되면 붙잡을 것이오.
숙부님, 잘 가시고, 조카도 잘 가게.
숙모님이 기도를 잘했으니 자네는 충성하길.
공작 부인 가자, 옛 아들아. 신이 널 새 사람 만들기를.
(함께 퇴장)

5막 4장

피어스 엑스턴 경과 그의 부하 둘 등장.

엑스턴 넌 국왕이 하는 말, 주목하지 않았어?
"살아 있는 이 두려움, 제거해 줄 친구 없나?"
안 그랬어?
하인 1 그게 바로 그분 말씀이었소.
엑스턴 "친구 없나?" 그랬지. 두 번이나 말했어.
또 합쳐서 두 번이나 재촉했어, 안 그랬어?
하인 2 그러셨죠.
엑스턴 그렇게 말하면서 소원하듯 나를 봤고,
"난 자네가 내 맘속의 이 공포를 없애 줄

5막 4장 장소 윈저성.

사람이면 좋겠어."라고 하듯 말했는데,
그것은 폼프렛의 왕이란 뜻이지. 자, 가자.
난 왕의 친구이고 그의 적을 없앨 거야. (함께 퇴장)

5막 5장

리처드 왕 홀로 등장.

리처드 왕 난 내가 살고 있는 이 감옥을 어떻게
이 세상과 비교할까 연구하고 있었다.
그런데 이 세상엔 인구가 많은데
여기에는 나 말고 생명체가 없어서
그럭할 수 없구나. 그래도 꿰맞춰 볼 테다.
내가 내 두뇌를 내 영혼의 여자로,
내 영혼을 아버지로 삼으면, 이들 둘은
끝없이 생기는 생각이란 후손을 낳을 테고
바로 그 생각들이 이 작은 세상을
다양한 기질의 세상 사람들처럼 채울 거야,
만족한 생각이란 없으니까. 신성과 관련된
빼어난 생각들은 의심과 뒤섞이어
말씀 그 자체가 말씀과 대립하게 만든다,
이렇게 말이다, "얘들아, 이리 와라,"
그렇게 말해 놓고
"그것은 낙타가 조그만 바늘귀 쪽문을
지나가는 것만큼 어렵다."고 하니까.

5막 5장 장소 폼프렛성.

야심에 빠지는 생각들은 뜻밖의 기적을
정말로 꾀한다. — 헛되고 약한 이 손톱으로
이 단단한 세계의 부싯돌 같은 늑골,
거친 내 감옥 벽에 통로를 파낼 생각 하다가
그게 안 되니까 자존심 상해서 죽는다.
만족에 빠지는 생각들은 자기들이
행운의 여신의 노예들 중 처음도 마지막도
아니라고 자찬한다, 차꼬에 앉아서
많이들 거기에 앉았고 앉아야 한다면서
자기네 수치를 숨기는 바보 거지들처럼.
또한 그런 생각에서 마음의 평안을,
같은 불행 참아 냈던 이들의 등에 기대
자기네 불행을 견디면서 찾아낸다.
이렇게 난 한 몸으로 많은 역을 하지만
만족은 전혀 없다. 난 때로 왕이다가
반역을 떠올리면 거지가 되고 싶고,
그럼 난 그리된다. 그런데 으깨는 빈곤에게
왕일 때가 나았다는 설득을 당하고는
나는 다시 왕이 되고, 그러다가 머지않아
볼링브로크에 의해서 밀려났다 생각하곤
곧바로 무가 된다. 근데 내가 무엇이든,
나 또는 인간에 불과할 뿐인 그 누구도
무가 되는 것에서 평안을 느낄 때까지는
무엇에도 기쁘지 않을 거다. (음악이 연주된다.)

16~17행 그것은…어렵다 「누가복음」 18장 25절, 「마태복음」 19장 24절, 「마가복음」 10장 25절 참조.

음악이 들리나?
하 하, 박자 좀 맞춰라! 박자 화음 안 맞을 때
감미로운 음악은 얼마나 불쾌한가!
인간의 삶이란 음악도 그와 마찬가지다.
난 여기서 최고로 예민한 귀를 갖고
틀린 현의 맞지 않는 박자를 탓하지만
내 왕국과 내 삶의 조화에 대해서는
올바른 내 박자가 깨졌는데 못 들었다.
난 시간을 낭비했고, 이제는 시간이 날 낭비해.
이제는 시간이 날 숫자 적힌 시계 삼으니까.
내 생각은 분과 같고, 한숨처럼 똑딱대며
시계 얼굴 표면에 시간 눈 점 여럿 찍고,
시계반의 침처럼 생긴 내 손가락은
그곳의 눈물을 닦아 내며 계속해서 가리킨다.
근데, 보게, 시간을 알리는 그 소리는
내 심장을 때리는 요란한 신음인데,
그것은 종이야. 그렇게 한숨, 눈물, 신음은
분과 때와 시간을 보여 줘. 근데 내 시간은
볼링브로크의 오만한 기쁨으로 달려가고
난 여기 바보처럼 그의 시계 종지기로 서 있어.
그 음악 때문에 미치겠다! 중단하라. (음악이 멈춘다.)
미친 자가 정신을 차리게는 도와주겠지만
내 보기에 현자들은 미치게 할 것 같아.
그래도 들려주는 이에겐 축복이 내리기를.
그것은 사랑의 표시고, 리처드에게 사랑은
이 미움 가득한 세상에서 희귀품이니까.

마구간의 마부 등장.

마부 왕다운 군주 만세!

리처드 왕 고맙네, 마부 귀족.
아무리 귀한 인간이라도 별것 아냐.
자넨 뭔가? 어떻게 여기로 오게 됐나?
내 불행이 살아남게 음식을 날라 오는
그 우울한 개 말고는 아무도 못 오는데?

마부 왕이시여, 전 당신이 왕일 때 마구간의
불쌍한 마부였고, 요크로 가는 길에
옛 주인인 왕의 얼굴 보려고 고심 끝에
드디어 허락을 얻어 낸 사람이옵니다.
오, 대관식 그날에 런던의 거리에서
볼링브로크가 밤색의 바버리 말 탄 것을
바라보았을 때 제 마음은 참으로 아팠어요!
당신께서 그렇게도 자주 탔던 그 말을,
제가 참 정성 들여 손질했던 그 말을요.

리처드 왕 밤색 말을 그가 탔어? 이보게, 귀한 친구,
그 녀석은 어떻게 걸었어?

마부 대단히 오만하게 그 땅을 멸시하는 듯이요.

리처드 왕 볼링브로크를 태웠다고 대단히 오만했어?
그 늙은 건 이 왕의 손에서 음식을 먹었어,
이 손으로 툭툭 쳐서 우쭐하게 해 줬지.
아니 비틀거리던가? 아니 넘어지던가,
오만한 그 말은 넘어져 자기 등을 찬탈한
그 오만한 자의 목을 분질러야 하는데?
말아, 용서해라. 내가 왜 널 욕하지?

넌 인간을 경외토록 창조되어 짐 지도록
태어난 놈인데? 난 말로 안 빚어졌는데도
드센 마부 볼링브로크가 박차를 가하여
쓰리고 지치게 만드는 나귀처럼 짐을 진다.

옥지기, 음식 들고 리처드 왕에게 등장.

옥지기 (마부에게)
이보게, 비켜 주게. 여기엔 더 머물지 마.

리처드 왕 (마부에게)
날 사랑한다면 멀리 가야 할 때야.

마부 혀로 감히 못 하는 말, 내 마음이 할 거야. (퇴장)

옥지기 전하, 제발 먹기 시작하시겠어요?

리처드 왕 전에도 그랬듯이 먼저 맛을 보게나.

옥지기 전하, 전 감히 못 합니다. 최근에 왕이 보낸
피어스 엑스턴 경이 그 반대를 명합니다.

리처드 왕 악마가 랭커스터 헨리와 널 잡아가라!
인내심은 바닥났고 난 그게 지겨워. (옥지기를 때린다.)

옥지기 사람 살려, 사람 살려!

자객들인 엑스턴과 그의 부하 넷, 뛰어 들어온다.

리처드 왕 원, 이런! 이 거친 죽음의 공격은 뭔 뜻이냐?
악당아, 널 죽일 그 무기 네 손으로 넘겨줘.
(부하 한 명의 무기를 빼앗아 그것으로 그를 죽인다.)
어서 가서 지옥 방을 또 하나 채워라!
(다른 부하를 죽인다. 그때 엑스턴이 그를 거꾸러뜨린다.)

내 옥체를 이렇게 비틀대게 만든 손은
영겁 불에 타리라. 엑스턴, 넌 잔인한 손으로
국왕의 소유지를 국왕 피로 물들였다.
올라가라, 내 영혼아! 네 자리는 높이 있어,
천박한 내 육신은 아래에서 죽겠지만. (죽는다.)

엑스턴 왕족의 피만큼 용기도 가득하다!
난 그 둘을 흘렸다. 오, 이 행위가 선했으면!
나에게 잘했다고 말했던 악마가 이제는
이 행위는 지옥에 기록됐다 그러는군.
나는 이 죽은 왕을 산 왕에게 가져갈 것이다.
(옥지기와 남은 부하들에게)
나머지는 들고 가서 이곳에 묻어 줘라.

(시체들과 함께 퇴장)

5막 6장

팡파르. 헨리 왕 볼링브로크, 요크 공작, 귀족들 및
시종들과 함께 등장.

헨리 왕 친절한 숙부님, 최근에 짐이 들은 소식은
역도들이 글로스터셔의 시스터 마을을
불태워 없앴다고 하는데, 그들이
잡혔는지 살해당했는지는 못 들었습니다.

노섬벌랜드 등장.

5막 6장 장소 윈저성.

잘 오셨소, 경. 무슨 소식 있습니까?

노섬벌랜드 첫째, 신성한 그 왕권에 모든 행운 있기를.
다음으로, 솔즈베리, 스펜서, 블런트와
켄트의 수급 들을 런던으로 보냈는데,
어떻게 그걸 취했는지는 여기 이 서류에
상세히 적혔으니 보시게 될 겁니다. (문서를 내민다.)

헨리 왕 고귀한 퍼시의 수고에 짐은 고마워하고
그 공적에 크고 멋진 보답을 더할 거요.

피츠워터 등장.

피츠워터 전하, 브로카스와 베넷 실리 경의 수급을
옥스퍼드에서 런던으로 보냈는데, 그 둘은
옥스퍼드에서 당신을 무참히 쓰러뜨리려 한
위험한 역적들의 모의에 가담했답니다.

헨리 왕 피츠워터, 그대의 수고를 잊지 않을 것이네.
그 공은 뛰어나고 내가 잘 알고 있네.

해리 퍼시, 죄수가 된 칼라일 주교와 함께 등장.

해리 퍼시 음모의 괴수인 웨스터민스터 수도원장은
양심의 부담과 쓰라린 우울증 때문에
자신의 육신을 무덤에게 내놓았답니다.
근데 여기 살아 있는 칼라일은 왕께서
그 오만을 판결해 주시길 기다린답니다.

헨리 왕 칼라일, 이게 네 판결이다.
지금 있는 곳보다 좀 더 은밀한 장소를,

품위 있는 거처를 구하여 여생을 즐겨라.
평화롭게 산다면 갈등 없이 죽으리라.
넌 언제나 나의 적이었지만 난 네게서
명예의 드높은 불꽃을 여태껏 봤으니까.

엑스턴과 관을 든 부하들 등장.

엑스턴 대왕이여, 이 관 속에 당신의 두려움을
담아서 드립니다. 이 안에 완전히 숨 끊긴 채
최고의 적들 중 최강자, 보르도의 리처드를
제가 여기 이곳으로 데리고 왔습니다.

헨리 왕 엑스턴, 너는 그 치명적인 손으로 나 자신과
유명한 이 나라 전체가 욕먹을 행위를
범했기 때문에, 나는 네게 고맙지 않노라.

엑스턴 전하의 말을 듣고 이 일을 했는데요.

헨리 왕 독약이 정말 필요한 자가 독약을 원치 않듯
나 또한 그렇다. 그가 죽길 바랐지만
살인자는 미워하고 살해된 자 사랑한다.
넌 노고의 대가로 양심의 가책을 받아라.
하지만 내 치하나 군주의 호의는 없을 거다.
카인과 더불어 밤의 그늘 속에서 방랑하고
네 머리를 낮이나 빛에는 절대 드러내지 마라.

(엑스턴 퇴장)

여러분, 난 피를 뿌리며 자랐기 때문에
내 영혼은 한탄으로 가득하다 단언하오.
자, 내가 애도하는 것을 함께 슬퍼해 주고
곧바로 음울한 검은 상복 입읍시다.

죄 지은 이 손에서 피를 씻기 위하여
난 성지로 순례 길을 떠날 거요.
슬피 뒤를 따릅시다. 때 이른 이 관을
울면서 뒤따르며 내 애도를 꾸며 주오. (함께 퇴장)

존 왕

King John

역자 서문

'존 왕의 삶과 죽음'이라는 제목(아든 3판)이 붙은 이 극에서 존 왕의 삶은 독살로 끝을 맺는다. 프랑스 왕세자가 자기 부인 블랑슈 쪽의 잉글랜드 왕위 계승권을 주장하며 잉글랜드로 쳐들어왔을 때, 그에 맞서 싸우던 존 왕은 사생아의 권고에 따라 스윈스테드 쪽의 수도원으로 긴급히 피신한다, 말을 탈 기운도 없이 들것에 실린 채. 그리고 거기에서 수도원장이 준 독을 먹고 사경을 헤매다가 사생아의 마지막, 절망적인 전황 보고를 듣고,

> 프랑스 왕세자는 이리 올 준비를 하는데,
> 우리가 어떻게 대적할진 아무도 몰라요.
> 왜냐하면 간밤에 유리한 기회를 잡아서
> 제가 이동시켰던 최정예 부대가
> 저 모래톱에서 부주의하게도 모조리
> 예상 밖의 홍수로 전멸했으니까. (5.7.59~64)

또는 듣던 중에 죽는다. 따라서 존 왕의 사인은 독극물이고,

그것을 먹게 된 원인은 그가 종교 시설에 부과한 세금과 성직자들로부터 거둔 강제 모금에 대한 반발이며, 마지막으로 사생아의 임박한 패전 소식이 결정타를 날린 것이라고 할 수 있다. 그는 자기가 그토록 자신의 왕좌와 왕권과 동일시하던 잉글랜드의 멸망을 눈 뜨고 맞이할 수는 없었을지도 모른다.

그러나 독약과 패전 소식은 그가 죽은 물리적이고 표면적인 이유이지 심층적이고 근본적인 이유는 되지 못한다. 왜냐하면 수도승이 목숨 걸고 존 왕에게 먹인 독약이 존 왕과 종교계와의 불화의 산물이라 할지라도 그것은 그를 죽게 만들 만큼 심각한 사안은 아니었기 때문이다. 종교계에 대한 과세는 있을 수 있는 일이었고(큰 불만을 사기는 했지만) 로마와의 알력은 그가 교황 특사 판둘프의 제의를 받아들여 로마와 화해하고 왕관을 일시적으로 교황에게 넘겼다가 되받는 의식을 행한 뒤에 해소되었기 때문이다. 게다가 사생아의 패전 소식은, 그가 죽은 뒤에 밝혀지는 바이지만, 판둘프 특사의 중재로 프랑스 왕세자가 잉글랜드에서 퇴각하는 화평 제안으로 현실화되지 않기 때문이다.

그렇다면 존 왕이 죽게 된 진짜 원인은 무엇일까? 그것은 5막 3장에서 암시되고 극 전체에서 서서히, 여러 번에 걸쳐, 분명히 드러나듯이 왕권 찬탈자라는 오명과 그로 인해 그가 오랜 기간에 걸쳐 되풀이해서 받은 엄청난 심리적 압박감과 양심의 가책, 그리고 자신의 찬탈을 부인하고 거기에서 벗어나려는 장기간의 노력에서 오는 부담감이다. 그 단초를 우리는 그가 믿고 신뢰하는(적법한 왕위 계승자인 어린 아서의 살해를 부탁할 정도로) 휴버트와의 대화에서 읽을 수 있다. 잉글랜드 본토에서 벌어진 프랑스 왕세자 퇴치 전쟁에서 전황이 불리하다는 휴버트의 소식을 들은 존 왕은 갑자기, 지금까지 아무런 암시도 없던 자신의 고질병 얘기를 꺼낸다. "그토록 오래 날 괴롭히던 이 열병이/ 아주 심해졌구나. 오, 내 심장은 병들었어."(5.3.3~4) 즉, 그의 심장을 병들게 한 이 열병은 오래된 것이고 지금 이 상황, 어쩌면 잉글랜드가 패망할 수도 있는 이 시점에서 갑자기 아주 심해졌다고 한다. 그런 다음 그는 그를 태워 버린 이 폭군 열병으로 말미암아 완전히 약해져서 기절할 지경에 이르렀으며 들것에 실려 스윈스테드로 떠난다. 그의 설명을, 암시를, 비유를 종합해 볼 때 우리는 그를 그토록 오랫동안 괴롭히며 서서히 죽이고 있던 이 고질병이 바로 양심의 가책으로 인한 마음의 병이며, 그 뿌리는 그가 그의 형님 제프리(리처드 1세의 다음 동생)의 아들 아서로부터 부당하게 — 그도 그렇게 생각하고 또 그렇다고 알지만 인정하지는 않는 — 찬탈한 왕위 계승권에 있다는 사실을 쉽사리 알아낼 수 있다.

왜냐하면 왕권 찬탈 문제는 극의 처음부터 존 왕에게 전쟁을 불러오면서 그의 삶과 통치권에 도전하는 최고 최대의 난제이기 때문이다. 극이 열리자마자 프랑스 대사 샤티옹은 존 왕을 '가칭의 전하'로 부르면서 그를 자극하고 곧바로 프랑스 왕 필립의 요구 조건을 제시한다.

> 프랑스의 필리프는 고인이 된 당신 형님
> 제프리의 아들인 아서 플랜태저넷을
> 정당하게 대신하여 이 고운 섬과 그 영토 —
> 아일랜드, 푸아티에, 앙주와 투렌,
> 그리고 메인 — 를 가장 합법적으로 요구하며,
> 이 각각의 소유지를 찬탈하는 방식으로
> 지배하는 그 검을 당신이 포기한 뒤,
> 그것을 당신의 조카이자 올바른 주군인

아서의 어린 손에 넘겨주길 요망하오. (1.1.7~15)

존 왕의 뼈아픈 곳, 즉 허약하거나 없다고 생각하는 그의 왕위 계승권의 허점을 노리고 정당한 계승자, 제프리의 아들 아서 플랜태저넷을 대변하는 척하며 잉글랜드섬과 잉글랜드 왕 소유의 프랑스 쪽 영토 전체를 요구하는 필립의 야심을 존은 당연히 수용할 수 없다. 그것을 수용한다는 것은 싸워 보지도 않고 영토를 내놓는 비겁함뿐만 아니라 자신이 차지한 왕관과 왕권이 찬탈된 것임을 스스로 인정하는 꼴이 되기 때문이다. 이는 엘리너 모후의 솔직한 말, 즉 존 왕이 자기에게 있다고 주장하는 왕위 계승권보다는 그가 강제로 그리고 실제로 쓰고 있는 왕관이 훨씬 더 '든든한 소유물'이라는 비밀 고백에서 (1.1.40~43) 분명해진다.

그래서 자신의 찬탈한 왕권과 영토를 지키기 위해 프랑스로 출전한 존 왕은 앙지에성 앞에서 프랑스 왕 필리프의 군대를 만나 앞서 그의 대사를 통해 벌였던 정통성 시비를 또 한 번 벌이면서 왕위 찬탈 문제와 또 한 번 맞닥뜨린다. 필리프는 어린 아서를 앞세우며 다음과 말한다.

여기 있는 당신 형 제프리의 얼굴을 보시오.
이 눈과 이마는 그의 것을 빼닮았소.
(……)
그 제프리는 당신의 형으로 태어났고,
이게 그의 아들이오. 잉글랜드의 소유권,
제프리의 것이었고, 이것도 제프리의 것이오.
당신이 탈취해 간 그 왕관의 소유주인
이 관자놀이에서 피가 살아 뛰는데 도대체

어째서 당신이 왕으로 불린단 말이오? (2.1.99~109)

이 명백한 찬탈의 증거, 아서의 존재를 마주한 존 왕은 마땅한 반박을 못 한 채 마지막으로 앙지에 읍민들에게 어느 왕을 받아들일지 선택권을 주지만, 그들 또한 어느 한쪽에 쉽사리 기울지 못한 채 중립을 유지한다. 이에 싸움에 돌입한 양군은 일진일퇴를 거듭한 뒤 다시 앙지에 읍민들에게 선택을 물었으나 또다시 모호한 대답을 듣고 사생아는 두 왕에게 힘을 합쳐 앙지에를 먼저 함락하고 그런 다음 둘이서 싸워 승자를 가리자고 제안한다. 그리고 그들이 이를 받아들였을 때 앙지에 읍민들은 존 왕의 질녀인 블랑슈와 프랑스 왕세자의 혼인 동맹을 역으로 제안하고 두 왕은 양쪽의 이익에 부합하는 이 화평 제안을 전격적으로 수용한다. 이렇게 봉합되는 듯했던 전쟁은 교황 특사 판둘프가 존 왕에게 품은 앙심 때문에 다시 불붙고 결국 존 왕은 프랑스군을 패퇴시키고 아서를 사로잡은 다음 잉글랜드로 철수한다.

아서를 대변하던 프랑스 왕을 무찌르고 전쟁의 원인이 되었던 아서를 포로로 잡았다고 해서 존 왕의 불안, 그의 위태로운 왕권에 대한 불안이 가신 것은 물론 아니다. 왜냐하면 아서가 살아 있는 한, 판둘프가 프랑스 왕세자에게 예언하듯이,

따뜻한 생기가
그 영아의 핏속에 뛰놀고 있는 한
좌불안석의 존은 조용히 휴식할 한 시간,
일 분, 아니, 한숨 쉴 틈조차도 못 가져요.
무법의 손으로 낚아채 간 왕홀은
얻었을 때만큼 난폭하게 유지되어야 하고,

미끄러운 장소에 서 있는 사람은
더러운 짓 마다 않고 그 위치를 유지하죠.
존이 서 있으려면 아서는 쓰러져야 하오.
그래야죠, 그렇게 될 수밖에 없으니까. (3.3.131~140)

그래서 불안한 존은 휴버트에게 모호하지만 강력한 암시를 주면서 아서를 죽음으로 몰아가고, 명을 받은 휴버트는 아서를 실제로 죽이지는 않고 거짓을 고하지만, 그가 그 사실을 존 왕에게 실토했을 때 아서의 자살은 신하들의 반란과 적군 쪽으로의 투항을 초래한다. 그런 다음 아서의 죽음으로 잉글랜드 왕위 계승권이 이제 블랑슈를 통해 프랑스 왕세자에게 있다고 본 판둘프는 그를 부추겨 잉글랜드 침입을 사주하고, 그 제안을 솔깃하게 받아들인 왕세자는 귀족들의 반발로(아서의 죽음을 놓고) 혼란에 빠진 잉글랜드에 상륙한다. 그리고 이 전쟁의 와중에 그동안 왕권 찬탈 문제로 끊임없이 시달리던 존 왕은 마침내 찬탈의 열병이 급격히 악화되어 반쯤 죽은 채 들것에 실려 스윈스테드 수도원으로 급히 피난한다. 따라서 그를 독약에 앞서 근본적으로 죽게 만든 원인은 다름 아닌 찬탈자의 오명, 떼려야 도저히 뗄 수 없는 찬탈의 딱지와 그로 인한 죄책감과 심리적 부담이었다.

하지만 왕권 찬탈에 대한 존 왕의 대응이 꼭 그의 것처럼 비극적인 전쟁과 고통과 죽음으로 나타났어야 했을까? 그렇지 않을 수 있다는 증거로 우리는 사생아 필립의 자기 인식과 상황 대처 방식을 예로 들 수 있다. 그리고 거기에서 우리는 비교적 공식화된 그리고 전형적인 이 극의 모든 여타 인물과 사생아의 차이점을 볼 수 있다. 왜냐하면 사생아는 우선 자신의 출생에 대해 떳떳하다. 자신이 리처드 1세의 외도로 생겨났다는 사실을 알아낸 사생아는 그의 조모, 엘리너 왕대비에게 자신의 처지를 다음과 같이 정당화한다.

> 마마, 진심 아닌 우연으로 생겼지만 어때요?
> 무언가 빙 둘러, 조금은 바른 길 벗어나
> 창문이 아니면 쪽문으로 들어왔겠지요.
> 낮에 감히 못 나가면 밤에 다녀야 하고
> 어떻게 잡았든 가진 건 가진 것이니까요.
> 근처이든 빗나갔든 잘 맞은 건 잘 쏜 거고
> 어떻게 생겨났든지 간에 저는 저랍니다. (1.1.169~175)

이런 사생아의 태도에서 우리는 만약에 존 왕이 자신의 찬탈에 대해 양심의 가책을 인정하지만 그래도 현재 자신이 차지한 왕관과 그에 따른 권리에 자부심을 가지고 그것을 지키는 데 아무런 주저함이 없이 용감하게 몰입했더라면 어떤 결과가 나왔을까 궁금하다. 또한 프랑스 왕 필리프와의 전쟁에서 어정쩡한 혼인 동맹에 흔들리지 말고 정면 승부를 끝까지 고집했더라면 어땠을까 하는 희망을 품어 본다. 그리고 사생아는 이 두 사안 말고도 여러 곳에서 현실을 알면서도, 그 현실의 편리나 이익을 알면서도 거기에 휩쓸리지 않고 언제나 자기 길을 고집한다. 그래서 그는 자기 아버지 리처드 1세(사자 왕)를 죽인 오스트리아 공작을 계속 놀리고 비하하다가 — 주군인 존 왕의 빈축을 사면서도 — 결국엔 그의 목을 잘라 아버지의 원수를 갚는다. 그리고 아서의 죽음을 그리고 그를 죽인 휴버트를, 그 암살이 존 왕의 지시임을 알면서도, 맹렬하게 그리고 통렬하게 비난한다. 그렇지만 존 왕에 대한 충성심을 버리지는 않는다. 이렇게 자신의 강점과 약점을 알면서도, 시류에 편승할 줄도 알고 선악을 구분할 수 있으면서도 자신의 노선에 충실한 사생아가 존 왕의 자리에 있었더라면 사태가 어떻게 전개되었을까 궁금하다. 그래서 그의 존재와 사고방식이 비교적 무미건조한 이 사극의 전개에 양념 역할을 톡톡히 하지만 그럼에도 그는 왕이 아니 전왕의 서자라는 명확한 한계 안에 갇힌 인물이기 때문에 우리의 희망은 희망사항으로 끝날 뿐이다.

끝으로 이번 번역은 제시 랜더(Jesse M. Lander)와 제이 제이 엠 토빈(J. J. M. Tobin) 편집의 아든 3판『존 왕』을 기본으로 하고, 블레이크모어 에반스 편집의 리버사이드 셰익스피어 판과, 조너선 베이트와 에릭 라스무센 편집의 로열 셰익스피어 컴퍼니 판을 참조했다. 본문의 주에 나타나는 '아든', '리버사이드', 'RSC'는 이들 판본을 가리킨다. 그리고 편리함을 목적으로 한글『존 왕』의 대사 행수를 5단위로 명기했으며 이는 원문의 행수와 정확히 일치하지 않음을 밝힌다.

등장인물

<u>잉글랜드인들</u>

존 왕	잉글랜드 왕
엘리너 왕비	잉글랜드 왕대비, 존 왕의 어머니
헨리 왕자	존 왕의 아들, 후에 아버지의 계승자로 헨리 3세
블랑슈	존 왕의 질녀로 카스티야 사람
솔즈베리 백작 펨브로크 백작 에식스 백작 비곳, 노퍽 백작	잉글랜드 귀족들, 존 왕의 지지자이면서 적대자들
로버트 파우컨브리지	고 로버트 파우컨브리지 경의 아들
사생아 필립	(리처드 플랜태지넷 경으로도 알려진) 로버트 파우컨브리지의 이복형
휴버트	존 왕에게 완전히 복종하지 않는 절친
파우컨브리지 부인	고 로버트 파우컨브리지 경의 미망인, 필립과 로버트의 어머니
제임스 거니	파우컨브리지 부인의 하인
폼프렛의 피터	예언자
두 사형 집행인	존 왕의 대리인들
행정관	
잉글랜드 전령	
잉글랜드 사자	

<u>프랑스인들</u>

필리프 왕	프랑스 왕
루이 드 도팽	필리프 왕의 아들
샤티옹	존 왕에게 온 프랑스 대사

멜랭	잉글랜드 피가 섞인 프랑스 귀족
프랑스 전령	
프랑스 사자	

제삼자들

아서	브르타뉴 공작, 존 왕의 조카이자 잉글랜드 왕좌의 경쟁자
콘스턴스	아서의 어머니
리모주	오스트리아 공작으로 프랑스 왕의 맹우
판둘프 추기경	교황의 특사
앙지에 시민들	

그 밖의 사람들

귀족, 관리, 군인,
나팔수, 수행원들

1막 1장

팡파르. 존 왕, 엘리너 왕비, 펨브로크, 에식스,
솔즈베리 백작이 수행원들과 함께, 그리고 프랑스 대사
샤티옹 또한 수행원들과 함께 등장.

존 왕　자, 샤티옹, 프랑스는 짐에게 뭘 원하오?
샤티옹　인사를 전한 뒤에 프랑스 왕께서는
이곳의 잉글랜드 전하께, 가칭의 전하께
이 몸을 빌어서 이렇게 말합니다.
엘리너　이상한 시작이군. 가칭의 전하라니!
존 왕　어머니, 조용해요. 대사 말을 들으시죠.
샤티옹　프랑스의 필리프는 고인이 된 당신 형님
제프리의 아들인 아서 플랜태저넷을
정당하게 대신하여, 이 고운 섬과 그 영토 —
아일랜드, 푸아티에, 앙주와 투렌,
그리고 메인을 — 가장 합법적으로 요구하며,
이 각각의 소유지를 찬탈하여 지배하는
그 검을 당신이 포기한 뒤, 그것을
당신의 조카이자 올바른 주군인
아서의 어린 손에 넘겨주길 요망하오.
존 왕　짐이 허락 않는다면 그다음은 무엇이오?
샤티옹　강제로 보류된 그 권리를 강제로 가져올
사납고 피비린 전쟁의 당당한 압박이오.
존 왕　여기 짐도 전쟁엔 전쟁을, 피엔 피를,
강압엔 강압을 준비했다. 그렇게 대답하라.

1막 1장 장소　잉글랜드.

샤티옹　그럼 제 입에서 저희 왕의 도전을 받으시오,
그게 제 대사직의 최후통첩입니다.

존 왕　그에 대한 내 도전도 지니고 편히 가라.
그대는 프랑스 왕의 눈에 번개가 되어라,
그대의 보고에 앞서서 난 거기에 있을 테고,
내 대포의 천둥소리 들려줄 테니까.
그러니, 가라. 그대는 격노한 우리의 나팔로서
자멸을 알리는 음울한 전조가 되어라.
예우를 갖춘 호송, 그게 받게 조처하라.
펨브로크, 살펴 주게. 잘 가시게, 샤티옹.

(샤티옹과 펨브로크 함께 퇴장)

엘리너　아들아, 어떡해? 저 야심 찬 콘스턴스는
제 아들의 권리와 명분을 프랑스와
온 세상 사람들 마음에 불 지필 때까지
아니 멈출 거라고 내가 늘 말하지 않았어?
이 일은 우호적인 의논으로 아주 쉽게
예방하여 온전히 해결할 수 있었는데,
이제는 두 왕국의 관리하에 무섭고도
피비린 결과로 조정돼야 하는구나.

존 왕　짐에겐 든든한 소유물과 권리가 있습니다.

엘리너　권리보단 든든한 소유물이 훨씬 낫지,
안 그러면 자네와 난 꼭 신세 망칠 거야.
내 양심은 그만큼을 자네 귀에 속삭이고,
그것은 자네와 나, 또 하늘만 들어야 해.

39행 소유물과 권리　왕관과 왕위 계승권.

행정관 한 명 등장, 에식스에게 귀엣말을 한다.

에식스 전하, 여태껏 들은 중 최고로 이상한 논란이
시골에서 올라와 당신의 판결을
기다리고 있는데, 그들을 부를까요?

존 왕 그들을 들라 하라. (행정관 퇴장)
크고 작은 수도원들에서 이 급한 전비를
부담해야 할 것이오.

로버트 파우컨브리지와 사생아 필립 등장.

너희는 누구냐?

필립 전 당신의 충실한 백성인 신사로서
노샘프턴주 태생인데, 제 생각으로는
영예를 내리는 사자 왕의 손에 의해
전장에서 작위를 받았던 군인인
로버트 파우컨브리지의 맏아들입니다.

존 왕 넌 누구냐?

로버트 바로 그 파우컨브리지의 아들이며 상속자요.

존 왕 저쪽은 맏아들, 너는 그의 상속자?
한 어머니 출생이 아니었던 것 같구나.

필립 명확히 한 어머니라는 건, 막강한 왕이시여,
잘 알려졌으며 생각건대 아버지도 하납니다.
하오나 그 진실을 분명히 알고자 하시면
저도 그걸 모든 자식들처럼 의심하니,
하늘과 제 어머니에게 한 번 물어보시죠.

엘리너 고얀 놈, 무례하다. 넌 그런 불신으로

네 어미를 모독하고 그 순결을 손상시켜.

필립 저요, 마마? 아뇨, 전 그럴 이유가 없어요.
그건 제 동생의 주장이지 제 것은 아닙니다.
그가 그걸 입증할 수 있다면 제게서
적어도 연간 5백 파운드 상당을 빼 가요.
하늘은 제 어머니의 순결과 제 땅을 지키소서.

존 왕 썩 솔직한 녀석이군. 허, 그가 네 유산을
늦게 태어났으면서도 요구한단 말이냐?

필립 왠지는 모르죠, 그 땅을 가지려는 것 말고는.
근데 그가 한번은 제 사생을 욕했어요.
근데 저를 올바로 만든 건지 아닌지는,
전 그걸 여전히 제 어머니에게 돌립니다.
하지만 저 또한 잘 만들어졌는지는, 전하 —
저 때문에 고생한 그 유골에 행운 있길 —
저희 두 얼굴을 비교하고 판정하십시오.
로버트 노인이 저희를 정말 둘 다 낳았고
저희의, 또 그를 닮은 이 아들의 아버지라면 —
오, 로버트 노인, 아버지, 전 무릎 꿇고서 (꿇으면서)
당신 닮지 않은 걸 하늘에 감사하옵니다!

존 왕 허, 뭐 이런 미친놈이 하늘에서 떨어졌지?

엘리너 그에게 사자 왕 얼굴의 특징이 좀 보이고
그가 쓰는 말투도 그를 좀 닮았어.
자네에겐 이 사람의 전반적인 체격에서
내 아들의 표시가 상당히 보이잖나?

존 왕 제 눈도 그 면모를 잘 살폈고, 완벽하게

81행 이 아들 자기 동생 로버트를 말한다.

리처드의 것으로 압니다. 이봐, 말해,
넌 무엇을 근거로 형의 땅을 요구하나?

필립　그의 옆얼굴이 아버지와 닮은 것 가지고요!
반쪽 얼굴 가지고 제 땅을 다 가지려 합니다.
반쪽 얼굴 동전으로 연간 5백 파운드를!

로버트　자비로운 전하, 제 아버지가 살았을 때
당신의 형님께선 그를 크게 쓰셨어요. —

필립　글쎄, 이봐, 그것으론 내 땅을 못 가져가.
그가 내 어머닐 어떻게 썼는지를 말해야지.

로버트　그리고 한번은 대사의 임무를 주면서
독일에 파견하여 거기에서 황제와
그 시기의 중대사를 다루게 하셨어요.
국왕은 그가 부재한 틈을 이용하여
제 아버지 집에서 머물렀고, 거기에서
어떻게 압도했는지는 창피해서 말 못 해도
진실은 진실이죠. 바로 이 유쾌한 신사가
만들어졌을 때 아버지와 어머니 사이엔
아버지의 말을 제가 직접 들었던 것처럼
긴긴 바다, 해안이 놓여 있었으니까요.
그는 임종 자리에서 유언으로 자기 땅을
저에게 상속했고, 죽음의 순간에
어머니의 이 아들은 자기 것이 아니고
만약 자기 것이어도 온전히 석 달 반을
일찍이 이 세상에 나왔다고 맹세했답니다.
그러니 전하, 제 것인 제 아버지 땅을
아버지의 유언대로 제가 갖게 해 주세요.

존 왕　이봐, 너의 형은 적법한 아들이야.

네 아비의 아내는 결혼 후에 그를 뱄고,
그녀가 배신을 했다면 잘못은 그녀 거고
그 잘못은 아내와 결혼하는 뭇 남편이
다 겪는 위험이야. 말해 봐, 네 말처럼
이 아들 얻으려 애썼던 내 형이 네 아비에게
이 아들을 자기 걸로 요구했더라면?
참말로, 이 친구야, 네 아빈 자신의 암소가
낳은 이 송아지를 한사코 지켰을 수도 있어.
정말이야. 그래서 내 형은 자기 것임에도
요구하지 않았고, 네 아비도 자기 것이
아닌데도 거절했을 수도 있어. 결론은
내 어머니 아들이 네 아비 후계자를 낳았으니
네 아비 후계자가 아비 땅을 가져야 해.

로버트 그럼 제 아버지의 유언은, 자신의 소생 아닌
저 아들의 재산을 빼앗을 효력이 없나요?

필립 이봐, 그에겐 나를 낳을 의지가 없던 만큼
내 재산을 빼앗을 효력도 없다고 생각해.

엘리너 넌 차라리 한 명의 파우컨브리지가 되어
동생처럼 네 땅을 즐길 텐가, 아니면
사자 왕의 아들로 간주되는 사람으로
자신의 주인 된 뒤, 땅은 아니 가질 텐가?

필립 마마, 만약 제 동생이 제 모습을, 저는 그의
로버트 경과 같은 저 모습을 지녔고,
제 다리는 저따위 말채찍 두 쪽 같고,
제 팔은 저따위 박제된 뱀장어 가죽 같고,
얼굴은 너무 좁아 사람들이, "봐, 서푼짜리
동전이야!" 할까 봐 감히 귀에 장미를 못 꽂고,

또, 그 모습에 덧붙여 이 땅을 다 상속한다면
전 이곳으로부터 절대로 못 벗어나겠죠.
전 그걸 깡그리 이 얼굴 가지려고 줄 겁니다,
어쨌든 전 로버트옹은 절대 안 될 테니까.

엘리너 내 마음에 썩 든다. 네 재산을 버리고
그에게 땅을 유증한 다음 나를 따르겠느냐?
난 이제 군인이고 프랑스로 가게 됐다.

필립 동생아, 내 땅을 가져라, 난 기회를 잡겠다.
네 얼굴은 연간 5백파운드짜리지만
그럼에도 푼돈 받고 팔 만큼 싸구려다.
마마, 당신을 죽음까지 따르겠나이다.

엘리너 아니, 난 너를 거기로 앞서 보낼 것이다.

필립 저희 시골 예법으론 윗분이 먼저죠.

존 왕 이름이 무엇이냐?

필립 제 이름은 필립으로 시작된답니다, 전하.
필립, 착한 노인 로버트 경 아내의 맏이로요.

존 왕 이제 네 형체를 준 사람의 이름을 가져라.
무릎을 꿇어라, 필립, 하지만 더 큰 인물,
리처드 경, 또한 플랜태저넷으로 일어서라.

사생아 어머니 쪽 동생아, 그 손을 이리 다오.
내 아버진 내 명예를, 네 아버진 땅을 줬다.
로버트 경이 떠나 내가 생긴 그 시간은
밤이든 낮이든 이제는 축복받을 것이다.

엘리너 바로 플랜태저넷의 기개로다!

162행 리처드…일어서라 필립은 여기에서 새로운 이름을 부여받고 이제부터 극의 끝까지 '사생아'로 불린다.

나는 네 조모다, 리처드, 그렇게 불러라.
사생아 마마, 진심 아닌 우연으로 생겼지만 어때요?
무언가 빙 둘러, 조금은 바른 길 벗어나
창문이 아니면 쪽문으로 들어왔겠지요.
낮에 감히 못 나가면 밤에 다녀야 하고
어떻게 잡았든 가진 건 가진 것이니까요.
근처이든 빗나갔든 잘 맞은 건 잘 쏜 거고
어떻게 생겨났든지 간에 저는 저랍니다.
존 왕 가 봐라, 파우컨브리지. 넌 소원을 이뤘어,
땅 없는 기사 덕에 땅 가진 향사가 됐으니까.
자, 마마, 자, 리처드, 우린 급히 프랑스,
프랑스로 가야 해, 꼭 그럴 필요가 있으니까.
사생아 안녕, 동생. 너에게 행운이 오길 빈다,
넌 정직한 방법으로 생겨났으니까.
(사생아만 남고 모두 퇴장)
명예로는 옛적의 나보다 한 발 앞섰지만
땅으로는 많고 많은 수천 걸음 뒤처졌다.
음, 난 이제 그 어떤 촌것도 부인 만들 수 있어.
"안녕하십니까, 리처드 경" — "그래, 친구야" —
또 그의 이름이 조지면, 피터로 부를 거야,
새로 얻은 명예 땜에 이름을 까먹어서.
새내기가 안 그러면 그건 너무 정중하고
너무 사교적이니까. 이제 난 여행할 때
어르신 식탁에서 이쑤시개 쓰면서
기사다운 내 배를 충분히 채웠을 때,
그럼 그때 난 혀를 차면서 멋 부린 촌놈에게
교리문답하겠지. "친애하는 당신에게," —

팔꿈치에 기대면서 난 이렇게 시작하지,
“간청컨대,” — 이것은 묻는 쪽의 말이고,
다음엔 답하는 쪽의 정석이 따르는데,
“오, 어르신,” 그러겠지, “명령만 내리시면,
마음껏 쓰십쇼, 봉사해 드리죠, 어르신.”
“아뇨,” 묻는 쪽이 말하길, “당신께 봉사하죠.”
그리하여 인사치레 대화를 하는 일과
알프스산맥과 아펜니노산맥과
피레네산맥과 포강 얘길 제외하면,
답 쪽에서 문 쪽이 바라는 걸 알기 전에
그 대담은 저녁때쯤 그와 같이 끝난다.
그래도 그것은 존중해 줄 만한 모임이고
나 같은 상승세의 정신에 알맞다.
그런 관습 준수할 뜻이 전혀 없는 자는
그 시대의 사생아일 뿐이고, 내가 그걸
따르든 안 따르든 나도 사생아니까.
그리고 복식, 문장, 외적인 장비와
밖으로 드러난 복장뿐만 아니라
지금 다들 애호하는 달콤, 달콤, 달콤한
독을 내뱉으려는 내적 충동, 난 그런 걸
누구를 속이려고 연습하진 않겠지만
속임수를 피하려고 배워 볼 작정이다.
내 출세의 계단에 뿌려질 테니까 말이다.
근데 누가 승마복 차림으로 서둘러 와?
이 무슨 여자 파발꾼이야? 그녀에 앞서서
힘써 나팔 불어 줄 남편도 없는 거야?

파우컨브리지 부인과 제임스 거니 등장.

어이쿠, 어머니야. 웬일이십니까, 마님?
무슨 일로 이 궁정에 황급히 오셨나요?

파우컨브리지 부인 그 노예, 네 동생은 어디 있어? 내 정절을
아래위로 뒤쫓는 그 애는 어디 있어?

사생아 제 동생 로버트, 로버트 노인 아들,
콜브랜드 거인인 바로 그 막강한 자,
그토록 찾는 게 로버트 경의 아들입니까?

파우컨브리지 부인 로버트 경의 아들? 그래, 이 불경한 자식아,
로버트 경의 아들! 넌 로버트 경을 왜 경멸해?
그 애는 로버트 경의 아들이고 너도 그래.

사생아 제임스 거니야, 잠시만 자리 좀 비켜 줄래?

거니 그럼요, 필립님.

사생아 필립님? 아, 쪽팔려! 제임스,
장난칠 게 좀 있어. 곧 더 얘기해 줄게. (거니 퇴장)
마님, 전 로버트 노인 아들, 아니었답니다.
로버트 경은 성금요일에 저를 맛보고도
절대로 금식을 안 깰 수 있었어요.
로버트 경은 잘할 수 — 아 참, 고백하면 —
절 낳을 수 있었나요? 그럭할 수 없었어요,
우린 그의 작품을 압니다. 그러니, 어머니,
저의 이 사지는 누구 덕에 생겼지요?
이 다리, 로버트 경은 절대 안 만들었어요.

225행 콜브랜드 거인 대중적인 로맨스 『가이 더 워릭』에서 워릭에게 패하는 덴마크 거인. (리버사이드)

파우컨브리지 부인 네 이익 때문에 내 순결을 지켜야 할 판인데
너조차도 네 동생과 공모했단 말이냐?
이 무슨 경멸이냐, 이 최고 불손한 악당아?

사생아 기사, 기사요, 어머니, 뺑튀기로 받았어요.
허 참, 작위를 제 어깨 위에다 내렸어요.
어머니, 근데 전 로버트 경의 아들 아녜요.
전 로버트 경과 제 땅을 포기했답니다.
적출과 이름과 모든 걸 다 버렸어요.
그러니 어머니, 제 아버지 알려 줘요.
멋진 사람이기를 바랍니다. 누구였죠?

파우컨브리지 부인 파우컨브리지 가문의 사람이길 거부했어?

사생아 악마를 거부하듯 충실히 그랬어요.

파우컨브리지 부인 사자 왕 리처드가 네 아버지셨다.
난 길고도 열렬한 구애에 넘어가
남편의 침대에 그분 자릴 만들었어. —
맙소사, 내 외도를 내 탓으로 돌리진 마!
넌 내가 방어도 못 할 만큼 강요받은
내 소중한 반칙의 결과물이란다.

사생아 전 이 빛에 맹세코, 다시 생겨난다 해도
마님, 더 나은 아버지는 원하지 않습니다.
어떤 죄엔 당신의 것처럼 특권이 있어요,
당신의 잘못은 바보짓이 아니었으니까.
사랑의 명령 따라 공물을 바쳐야 할 당신은
마음을 꼭 그의 처분에 맡겨야 합니다.
겁 없는 사자도 그의 격노, 무적의 힘에는
싸움을 못 걸었고, 리처드의 손으로부터
고귀한 자신의 심장을 못 지켰으니까.

사자들의 심장을 강제로 빼앗는 그라면
여자 것은 쉽게 얻을 수 있겠죠. 예, 어머니,
제 아버질 주셔서 진심으로 고마워요!
제가 생겨났을 때 당신이 잘했다고
감히 말 않는 자, 그 영혼을 지옥 보낼 겁니다.
자, 부인을 제 친척들에게 소개해 드릴게요,
그러면 그들은 리처드가 절 만들 때 당신이
그 일은 죄라서 안 돼요 했는지 물을 텐데 —
죄였다고 하는 자, 거짓이오, 아니었으니까!

(함께 퇴장)

2막 1장

팡파르. 앙지에 앞에서 프랑스 왕 필리프,
루이 왕세자, 오스트리아 공작, 콘스턴스, 아서, 그리고
프랑스와 오스트리아 군대 등장.

필리프 왕 용감한 오스트리아, 앙지에에서 잘 만났소.
아서야, 사자의 심장을 빼앗았고
저 팔레스타인에서 성전을 치렀던
네 혈통의 선구자 리처드는
이 용감한 공작에 의하여 요절했다.
그래서 그는 그 후손에게 보상할 목적으로
끈질긴 짐의 부탁을 받고서, 얘야,
널 위하여 자신의 군기를 펼치면서

2막 1장 장소 프랑스, 앙주의 주도 앙지에.

비정한 네 삼촌, 잉글랜드에서 온 존의
찬탈을 꾸짖어 주려고 이리 왔다.
포옹하고 아끼고, 이리 온 걸 환영해라.

아서 신께서는 당신이 사자 왕 후손들의 권리를
전쟁의 날개 펴서 지키며 생명을 주니까
그를 죽인 당신을 더욱더 용서하실 겁니다.
당신을 환영하는 제 손은 무력하나
마음만은 오점 없는 사랑으로 가득하오.
앙지에 문 앞으로 잘 오셨습니다, 공작님.

(아서와 오스트리아, 포옹한다)

필리프 왕 아, 귀한 소년, 그 누가 네 편을 안 들까?

오스트리아 나는 네 뺨 위에 이 열정적 키스를
내 사랑의 계약서를 봉인하듯 하겠다.
그래서 난 집으로 절대 안 돌아갈 것이다,
앙지에와 프랑스 안쪽의 네 소유 지역이,
외해로 에워싸인 바로 저 잉글랜드,
외침으로부터 언제나 안전하며
자신감에 차 있는 저 물 벽 두른 보루가,
바로 저 맨 서쪽 모서리가, 포효하는
대양의 조수를 차 내면서 섬사람을
딴 나라들로부터 가둬 막는 저 창백한,
저 흰 얼굴 해안과 더불어 너를 그곳 왕으로
맞이할 때까지. 그때까지, 고운 애야,
난 집 생각 않으면서 군대를 따를 거다.

콘스턴스 오, 이 어미의 감사를, 과부의 감사를 받으시오,
당신의 강한 손이 개를 돕고 힘을 줘서
당신의 사랑에 더 큰 보답 할 때까지.

오스트리아 이처럼 정당하고 자비로운 전쟁에서
칼을 쳐든 이들에겐 하늘의 평화가 있답니다.

필리프 왕 그렇다면, 일하러 갑시다. 짐의 이 대포는
저항하는 이 읍의 이마를 향할 거요.
가장 훈련 잘 받은 짐의 병사를 불러서
최고로 유리한 고지를 찾게 하라.
만약 짐이 이 읍을 얘에게 복종 못 시키면
짐은 그 앞에다 짐의 유골 놓아두고
프랑스인 피 헤치며 장터로 갈 테니까.

콘스턴스 성급하게 그 칼들을 피로 물들이기 전에
파견하신 대사의 대답을 기다려 보시죠.
샤티옹 경은 저 잉글랜드에서 우리가 여기서
전쟁으로 요구하는 권리를 평화로이
가져올 수 있는데, 그럼 우린 화급히 서둘러
잘못 흘린 핏방울 모두를 후회할 겁니다.

샤티옹 등장.

필리프 왕 놀라운 일이오, 부인. 저 봐요, 소망대로
짐의 사자 샤티옹이 도착했답니다.
잉글랜드는 뭐라던가, 짤막하게 말하라,
차분히 멈춰 서 있으니까. 샤티옹, 얘기하라.

샤티옹 그럼 이 하찮은 포위에서 군대를 돌린 뒤
더 막중한 일 하도록 자극하십시오.
잉글랜드는 당신의 정당한 요구를 못 참고
스스로 무장했답니다. 맞바람이, 전 그게
그치길 기다렸었는데, 그에겐 부대를

저만큼 재빨리 상륙시킬 시간을 줬답니다.
그는 이 도시를 향하여 서둘러 행군하고
군대는 강하며 군인들은 대담하답니다.
그와 함께 그에게 피어린 분쟁을 부추기는
아테 같은 그의 왕대비도 온답니다.
또 손녀인 스페인의 블랑슈 숙녀 및
서거한 선왕의 서자와 더불어
그 땅의 불안정한 인간들도 다 오는데,
급하고 철없고 불같은 이 지원군들은
여자의 얼굴에 사나운 용의 기질 지녔고,
그들의 고향에서 재산을 판 다음
자기네 유산을 뽐내면서 등에 지고
새 행운의 모험을 여기서 벌이려 합니다.
간략히 잉글랜드 배들이 지금 운반한 것보다
더 멋지고 엄선된 불굴의 용사들을 태우고
기독교권에서 해 입히고 상처를 주려고
저 부푼 조수 위에 떠다닌 적 없었어요. (북소리)
저들의 상스러운 북소리가 끼어들어
상세한 말 못 합니다. 그들이 협상이나
싸움을 하려고 다가오니 준비하십시오.

필리프 왕 이 얼마나 기대하지 않았던 전투인가.

오스트리아 용기는 상황 따라 솟구쳐 오르니까
우리는 예상하지 않았던 그만큼
방어의 노력을 일깨워야 합니다.

63행 아테 불화와 분쟁의 여신, 모든 성급하고 파괴적인 행위와 그 결과를 낳는 장본인. (아든)

그들을 환영하죠, 우리는 준비됐으니까.

팡파르. 존 왕, 사생아, 엘리너 왕비, 블랑슈, 펨브로크,
솔즈베리 및 군대 등장.

존 왕 프랑스가 이 정통 직계의 짐의 영토 진입을
평화로이 허락하면 프랑스에 평화 있고,
아니면, 짐, 신의 노한 대리인이 그분의 평화를
하늘로 내쫓은 자들의 오만한 경멸을 벌할 때
프랑스는 피 흘리고 평화는 하늘로 오르기를.

필리프 왕 전쟁이 프랑스에서 잉글랜드로 되돌아가
평화로이 머문다면 잉글랜드에 평화 있길.
짐은 잉글랜드를 사랑하고, 잉글랜드를 위해
이 무거운 갑옷 입고 여기서 땀 흘리오.
짐의 이 노고는 당신 몫이어야 하는데
당신은 잉글랜드를 사랑하기는커녕
합법적인 그곳 왕을 위태롭게 만들고
후계의 순서에서 잘라내 버리면서
아기 왕의 권위를 무시하고, 그 왕권이
효력을 갖기 전에 무참히 짓밟았소.
여기 있는 당신 형 제프리의 얼굴을 보시오.
이 눈과 이마는 그의 것을 빼닮았소.
이 작은 축소판은 제프리와 함께 죽은
큰 것을 담고 있고, 시간은 이 압축을
거대한 크기로 손수 풀어낼 것이오.
그 제프리는 당신의 형으로 태어났고,
이게 그의 아들이오. 잉글랜드의 소유권,

제프리의 것이었고, 이것도 제프리의 것이오.
당신이 탈취해 간 그 왕관의 소유주인
이 관자놀이에서 피가 살아 뛰는데 도대체
어째서 당신이 왕으로 불린단 말이오?

존 왕　프랑스는 누구에게 그런 죄상들에 대한
내 대답을 끌어내는 큰 임무를 받았소?

필리프 왕　저 천상의 판관인데, 강력한 권위 가진
어떤 가슴에서든 착한 생각 일으켜
정의의 오점과 얼룩을 살펴보게 하시지요.
그 판관이 나를 이 아이의 보호자 삼으셨고,
난 그의 영장으로 당신 잘못 탄핵하고
그의 도움 받아서 징벌할 작정이오.

존 왕　아뿔싸, 당신은 권위를 찬탈하는군요.

필리프 왕　당신 찬탈 꺾는 게 그에 대한 변명이오.

엘리너　누구를 찬탈자라 부르는 것이오, 프랑스?

콘스턴스　내가 대답할게요. 찬탈하는 당신 아들이지요.

엘리너　건방지다! 너의 그 사생아를 왕 만들어
여왕이 된 다음 세상을 다 쥐려고 해?

콘스턴스　내 침대는 당신 것이 남편에게 충실했듯
늘 당신 아들에게 그랬어요. 또 얘는 용모에서
얘 아버지 제프리를, 당신과 거기 존이
예절에서 비가 물을, 아니면 악마가 그 어미를
서로 닮은 것보다 더 많이 닮았어요.
내 아들이 사생아? 영혼 걸고, 얘 아버진
얘만큼 적법하게 생겨난 게 아닌 것 같네요.
당신이 그의 어미라면 그럴 수 없으니까.

엘리너　얘야, 네 아비를 더럽히는 착한 어미로구나.

콘스턴스 얘야, 널 더럽히려는 착한 할머니란다.
오스트리아 조용히!
사생아 정리 말 들어요!
오스트리아 넌 대체 누구냐?
사생아 당신의 그 가죽과 당신만 붙잡을 수 있다면
당신을 철저히 짓밟아 줄 사람이오.
당신은 죽은 사자 수염을 호기롭게
그 턱에서 뽑아내는 속담 속의 토끼니까.
난 당신을 두들겨 패면서 제대로 잡겠소.
이봐, 조심해. 참말로 그럴 거야, 참말로.
블랑슈 오, 그 사자의 그 옷은 그 사자의 그 옷을
정말 벗긴 사람에게 정말 잘 어울렸어.
사생아 그런데 저 사람 등 위에 꼴사납게 얹혔네,
위대한 헤르쿨레스의 나귀를 탄 신발처럼.
하지만 나귀야, 난 그걸 그 등에서 벗기든지,
아니면 네 어깨가 깨지도록 패 줄 거야.
오스트리아 우리 귀를 이런 과잉 언사를 남발하여
멀게 하는 바로 이 떠버리는 누구요?
필리프 왕, 우리가 곧바로 할 일을 결정해요.
필리프 왕 여자들과 바보들은 대화를 멈추시오.
존 왕, 모든 일의 총결산은 이러하오.
잉글랜드, 아일랜드, 앙주와 투렌, 메인을
난 아서의 권한으로 당신에게 요구하오.
그것들을 포기하고 무기를 버리겠소?

131행 그럴 수 적법하게 생겨날 수.

135행 그 가죽 원래는 리처드 왕이 걸쳤으나 지금은 오스트리아가 그로부터 빼앗아 걸치고 있는 사자 가죽. (아든)

존 왕 차라리 목숨을 내놓겠소. 거부하오, 프랑스.
브르타뉴의 아서는 나에게 항복하라.
그러면 널 친애하며 이 겁쟁이 프랑스가
네게 얻어 줄 수 있는 것보다 더 많이 주마.
얘야, 복종해라.

엘리너 손자야, 할미에게 오너라.

콘스턴스 그래라, 얘, 할미에게 가 봐라, 얘.
할미에게 왕국을 드리면, 얘, 그 할미는
자두, 버찌, 그리고 무화과를 주실 거야.
착하신 할미니까.

아서 착하신 어머니, 조용해요.
저는 제 무덤에 누워 있고 싶어요.
전 이런 소란을 일으킬 가치가 없답니다.

엘리너 어미가 창피 줘서 딱한 애가 울고 있네.

콘스턴스 그 어미와 상관없이 창피한 줄 아세요!
어미의 창피가 아니라 할미의 잘못으로
이 딱한 눈에서 하늘도 움직일 진주가 나오고,
하늘은 그것을 사례비로 받을 거랍니다.
예, 이 수정 구슬이면 하늘도 그 뇌물로
그를 옳게 평가하여 복수해 줄 거예요.

엘리너 너, 하늘과 땅 비방하는 괴물 같은 인간아.

콘스턴스 너, 하늘과 땅 해치는 괴물 같은 인간아,
나는 비방 안 한다! 너와 너의 자식이
핍박받은 이 아이 소유의 여러 영토,
특권과 권리를 찬탈해. 얘는 네 맏손자로
오로지 너와 관련됐을 때만 불운하다.
너의 죄가 불쌍한 이 애를 덮친다,

죄악을 잉태하는 너의 그 자궁에서
겨우 둘째 세대인 애에게조차
죄의 대물림이라는 율법이 통하니까.

존 왕　미쳤군, 그만해.

콘스턴스　이 말만은 할 것이다,
그녀의 죄 때문에 그는 벌 받을 뿐 아니라
신께선 그녀의 벌, 그녀의 죄로써 벌 받은
이 후대 자손에게 그녀의 죄와 함께 그녀가
벌이 되게 하셨다. 그가 입은 상처는
그녀 죄의 형리인 그녀가 준 상처인데,
모두가 이 아이를 대신해 처벌받고
모든 게 다 그녀 때문이다. 염병할 여자야!

엘리너　경솔한 잔소리꾼, 나는 네 아들의 소유권을
금지하는 유언장을 내놓을 수 있단다.

콘스턴스　암, 누가 그걸 의심해? 유언장! 사악한 유언장,
여자의 유언장, 악독한 할미의 유언장을.

필리프 왕　부인, 조용히! 멈추거나 더 자제하시오.
여기 이 어전에서 이런 불협화음을
거듭 부추기는 건 좋지 않아 보이오.
나팔수 몇 명은 앙지에 사람들을
성벽으로 소환하라. 아서와 존 가운데
누구의 소유권을 인정할지 들어 보자.

나팔 소리. 시민들, 성벽 위에 등장.

시민　우리를 성벽으로 부른 이가 누구요?

필리프 왕　잉글랜드를 대신한 프랑스 —

존 왕 　　　　　　　　　잉글랜드 자신이다.
사랑하는 백성들, 앙지에 사람들아 —
필리프 왕 아서의 백성들, 사랑하는 앙지에 사람들아,
짐이 너휠 이 평온한 협상으로 불렀다. —
존 왕 짐이 유리하도록. 그러니 짐이 먼저 말한다.
너희들 도시에서 한눈에 보이는 여기까지
진격한 이 프랑스 깃발은 너희에게
상해를 입히려고 이곳으로 진군했다.
대포들은 창자 안에 분노를 가득 품고
너희의 성벽을 향하여 쇳덩이의 의분을
뿜어낼 준비를 다 갖춘 채 배치됐다.
이 프랑스인들은 피비린 공성전과
무자비한 진격 준비 모두 다 갖춘 채
도시의 눈, 닫힌 너희 성문을 마주한다.
그래서 짐이 오지 않았으면, 너희를
허리처럼 감싸면서 잠자는 그 석축은
그들의 강압적인 포격으로 인하여
지금쯤 박혀 있던 석회 바닥 밖으로
밀려났을 것이고, 대혼란이 일어나
피비린 군대가 너희의 평화를 덮쳤을 것이다.
그런데 합법적인 너희 왕이 이 성문에
대항군을 재빠른 행군으로 애써서 데려와
협박받은 이 도시의 두 뺨을 안 긁힌 채
구하려 하는 것을 보자마자 프랑스는,
보아라, 크게 놀라 협상을 허락한다.
그리고 이제는 너희의 성벽에
덜덜 떠는 열병을 일으킬 불 포탄 대신에

연기에 둘러싸인 조용한 말만 쏘며
너희 귀에 못 믿을 거짓말을 하려 한다.
그건 그리 믿어 주고, 친절한 시민들은
짐을 그 안으로 들게 하라. 너희 왕은
이 쾌속 작전으로 이미 기진맥진하여
그 성벽 안에서 숙소를 갈구한다.

필리프 왕 내 말이 끝나거든 우리 둘 다에게 답하라.
보라, 이 오른손으로 내가 잡은 이 아이는
(아서의 손을 잡는다.)
내가 그의 권리를 보호해 주겠다고
신성하게 맹세한 어린 플랜태저넷으로
이 사람의 손위 형 아들이며, 그에 더해
그가 향유하고 있는 모든 것의 왕이다.
짐은 이 짓밟힌 정당성 때문에 전열 갖춰
너희 도시 앞에 있는 이 풀밭을 밟지만,
억압받은 이 아이를 구제함에 있어서는
그를 환대하려는 열정에 따르는
종교적 강요 그 이상으로 너희와 맞서는
적이 되진 않겠다. 그러므로 너희는
진실로 바쳐야 할 존경을 받을 사람, 즉
이 어린 왕자에게 그것을 즐거이 바쳐라.
그럼 짐의 무기는 입마개 한 곰처럼
낯빛만 빼놓고 공격을 다 접을 테고,
우리의 대포들은 그 악의를 하늘에 뜬
무적의 구름 향해 헛방으로 쏠 것이다.
그리고 축복받는 무탈한 퇴각을 하면서
안 망가진 칼 들고 안 깨진 투구 쓴 채

우리는 너희들 도시에 뿌리려 가져왔던
활기찬 그 피를 집으로 되가져가면서
너희 애들, 아내와 너희를 편히 놔둘 것이다.
하지만 어리석게 짐의 제안 안 받으면
그 낡은 원형 성벽으로는, 그 거친 원 안에
전술과 경험 갖춘 잉글랜드 군인이
다 주둔했대도, 나의 전쟁 사자들,
대포알로부터 너희를 숨길 수 없을 거다.
그러니 말하라, 이 아이를 대신하여
이 도시에 도전한 짐을 주인 삼을 테냐?
아니면 짐이 짐의 격노에 신호를 보내고
핏속으로 걸어가 정복해야 하겠느냐?

시민 짤막하게, 우리는 잉글랜드 국왕의 백성들로
그를 위해, 또한 그의 권리로 이 읍을 지키오.

존 왕 그러면 그 왕을 인정하고 나를 들여보내라.

시민 그렇게는 못 하지만, 왕임을 입증하는
그분에게 충성할 것이고 그때까진
이 세상에 맞서서 성문을 꽉 닫겠습니다.

존 왕 잉글랜드 왕관조차 왕이란 걸 입증 못 해?
그걸로 안 되면 난 잉글랜드가 키운 용사
1만 5천의 두 배를 증인으로 데려와 —

사생아 그 밖의 사생아들까지.

존 왕 그들의 목숨으로 소유권을 확인할 것이다.

필리프 왕 그들만큼 수많은 양가 출신 청년들이 —

사생아 사생아도 좀 넣어서.

필리프 왕 그의 주장 반박하며 직접 맞설 것이다.

시민 둘이서 최고 권리 소유자를 타협 볼 때까지

우린 그 최고 위해 그 권리를 둘로부터 지키오.

존 왕 그렇다면 저녁 이슬 내리기 전까지
집의 왕국 왕에 의한 무서운 심판으로
그들의 영원한 거주지로 사라져 갈
그 모든 영혼의 죄, 신은 용서하소서!

필리프 왕 아멘, 아멘! 기병은 출동하라! 무장하라!

사생아 용을 패 준 다음에는 늘 선술집 문 앞의
말 등에 앉아 있던 성 조지여, 우리에게
검술 좀 알려 줘요! (오스트리아에게)
이봐, 내가 만약 집 안에,
당신 방에, 음, 당신의 암사자랑 있었으면
당신의 그 사자 가죽에 황소 머리 더하여
당신을 괴물로 만들어 줬을 텐데.

오스트리아 쉿, 그만해.

사생아 오, 벌벌 떨어, 사자의 포효가 들릴 테니.

존 왕 더 높은 평원으로. 우리는 거기에서
전 부대를 최상의 대열로 내보낼 것이다.

사생아 그러면 빨리 가서 전장의 이점을 취하죠.

필리프 왕 그렇게 할 테고, 나머진 다른 쪽 언덕에서
대기하라 명하라. 신과 짐의 권리를 위하여!
(서로 반대편에서 잉글랜드와 프랑스 왕 그들의 군대와
함께 퇴장. 시민들은 위에 남는다.)

여기에서 몇 번의 기습이 있은 후에 프랑스 전령,

289행 성 조지
잉글랜드의 수호성인.

292~293행 황소…텐데
바람피우는 아내를 둔 남편의 머리에 뿔이 돋는다는 속설에 빗댄 말.

나팔수들과 함께 성문에 등장.

프랑스 전령 자, 앙지에 사람들은 성문을 활짝 열고
어린 아서, 브르타뉴 공작을 맞이하라.
그는 오늘 프랑스의 도움으로 수많은
잉글랜드 어미들이 눈물 흘릴 큰일을 하였고
그들의 아들들은 핏빛 땅에 흩어져 누웠다.
수많은 과부의 남편들이 변색된 땅바닥을
차갑게 껴안으며 엎드린 채 누워 있고,
승리는 인명 손실 거의 없는 프랑스의
춤추는 깃발 위에 뛰노는데, 그들은
의기양양 그걸 펴고 정복자로 입성한 뒤
브르타뉴의 아서를 영국과 너희의
왕으로 선포하기 위하여 가까이 와 있다.

잉글랜드 전령, 나팔수와 함께 등장.

잉글랜드 전령 환희하라, 앙지에 사람들아, 종을 쳐라.
너희와 잉글랜드의 왕이신 존 왕께서
뜨겁고 격렬한 이날의 주인으로 오신다.
아주 밝은 은빛으로 떠났던 그들의 갑옷은
다들 프랑스인들의 피 칠한 채 돌아오고,
잉글랜드 투구의 그 어떤 깃털도
프랑스 창에 의해 떨어지지 않았으며,
우리의 군기는 처음에 진군해 왔을 때
펼쳤던 바로 그 손에 의해 돌아온다.
또 건장한 우리 잉글랜드군은 저 적들을

살육하며 피 묻힌 주홍 핏빛 손을 한 채
모두들 유쾌한 사냥꾼 무리처럼 오고 있다.
문을 열고 이 승리자들에게 길을 터라.

시민 전령들이여, 우리는 양쪽 군대 모두의
공격과 후퇴를 처음부터 끝까지 탑에서
바라볼 수 있었지만 그 호각지세는
최상의 눈으로도 판정할 수 없었소.
피는 피를 불렀고, 타격엔 타격이 답했고,
힘엔 힘이 맞섰고, 세력엔 세력이 맞붙어
양쪽이 같으므로 양쪽이 꼭 같이 좋답니다.
꼭 하나가 우세 않고 두 무게가 꼭 같은 한
우린 읍을 양쪽에 안 주면서 주려고 지키오.

각자 다른 문으로 두 왕이 군인들과 함께 등장.

존 왕 프랑스 왕, 뿌릴 피가 아직도 더 남았소?
짐이 가진 권리의 물결이 방랑해야 하겠소?
허, 그것의 은빛 물이 대양을 향하여
평화로이 나아가게 해 주지 않는다면
그 진로는 당신의 훼방으로 화가 나서
가로막힌 나머지 원래의 통로를 벗어나
당신 땅의 경계조차 집어삼킬 것이오.

필리프 왕 영국 왕, 당신은 이 격렬한 심판에서 짐이 아낀
프랑스 피보다 한 방울도 더 못 아꼈고,
오히려 더 많이 잃었소. 하늘이 굽어보는
이 지역을 지배하는 이 손에 맹세코,
짐은 이 정당한 무기를 내려놓기 이전에

무기 겨눈 상대인 당신을 내리누르거나
아니면 사망자에 왕의 숫자 일을 더해
이 전쟁의 전사자 명부를 왕들의 이름과
연관된 살육으로 장식할 것이오.

사생아 하, 왕의 위엄! 왕들의 진한 피가 불붙을 때
네 영광은 얼마나 드높이 치솟는가.
오 이제, 죽음은 자기 턱에 철판 댄다.
군인들의 칼날을 자기 이빨, 독니 삼아
그는 이제 왕들의 이견은 미해결로 놔둔 채
인육을 갉아먹으면서 잔치를 벌이니까.
이 왕들은 왜 이렇게 놀란 표정 짓고 있지?
왕들이여, "살육!"을 외쳐요. 동등한 두 강자,
불타는 용사들은 물든 저 전장으로!
그런 다음 저편의 패배로 이편의 평화를
확인해 주시오. 그때까진 타격과 피, 죽음을!

존 왕 읍민들은 이제 와서 누굴 인정할 텐가?

필리프 왕 잉글랜드를 위해 말하라. 누가 너희 왕인가?

시민 우리가 왕으로 알게 될 그 잉글랜드 왕이오.

필리프 왕 그의 권리 지키는 짐이 그란 사실을 알고서 —

존 왕 짐이다, 짐 자신의 위대한 대리인이면서
짐 자신과 앙지에와 너희의 주인으로
여기에서 이 옥체를 소유하고 있으니까.

시민 저희보다 더 큰 힘이 이걸 다 부인하고,
또 그게 확실해질 때까지 앞서 품은 의혹을
든든히 빗장 지른 성문 안에 가둡니다.
확실한 왕께서 저희의 두려움을 씻어 내어
없애 줄 때까지 저희 왕은 두려움입니다.

사생아　맹세코, 이 앙지에 깡패들은 두 왕을 얕보면서
저 성벽 위에서, 둘이서 애써 만든
이 죽음의 막과 장을 극장에서 그러듯이
입 벌리고 가리키며 안전하게 서 있군요.
두 분 전하께서는 제 말대로 하십시오.
저 예루살렘의 폭도들이 그랬듯이
잠시 동안 친구 된 뒤 양쪽이 힘을 합쳐
최고로 매운 악행, 이 도시에 가하시오.
동쪽과 서쪽으로 프랑스와 잉글랜드 군대가
입구까지 장전된 대포를 밀어 올려
혼쭐 빼는 소음으로 경멸하는 이 도시의
부싯돌 늑골을 쳐부수어 버리시오.
저는 이 잡놈들이 무방비의 폐허 속에
흔해 빠진 공기처럼 노출될 바로 그때까지
끊임없이 총을 쏘아 대겠습니다.
그런 다음 합쳐졌던 두 세력을 가르고
뒤섞였던 군기를 다시 분리하십시오.
얼굴엔 얼굴을, 칼끝엔 칼끝을 돌리시죠,
그러면 운명은 한순간 어느 한 편에서
운 좋은 자신의 총아를 골라내고
그에게 호의를 베풀어 이기게 만들면서
빛나는 승리의 키스를 해 줄 것입니다.
막강한 두 분은 이 거친 조언이 좋으신지?
책략의 냄새가 좀 나지 않습니까?

존 왕　자, 우리들 머리 위의 저 하늘에 맹세코,
대단히 좋구나. 프랑스여, 두 군대를 뭉쳐서
바로 이 땅바닥에 앙지에를 쳐 눕히고,

그런 뒤에 누가 그 왕이 될지 싸우겠소?

사생아 (필리프 왕에게)
만약에 당신이 왕의 자질 가졌다면
우리가 이 토라진 도시에게 무시를 당했으니
당신네 대포 입을, 우리도 그리하겠지만
이 오만한 성벽을 향하여 돌리시오.
우리가 그것을 땅으로 처박은 다음에,
바로 그때 서로에게 도전하여 모두들
허겁지겁 천국 가든 지옥 가든 싸워 보죠.

필리프 왕 그러겠다. 자, 당신은 어딜 공격하겠소?

존 왕 짐은 이 서쪽에서 이 도시 안으로
파멸을 날려 보낼 것이오.

오스트리아 나는 저 북쪽에서.

필리프 왕 짐은 이 남쪽에서 이 읍에
천둥처럼 포탄 세례 퍼부을 것이오.

사생아 (방백)
오, 신중한 전략이다! 북쪽에서 남쪽으로!
오스트리아와 프랑스가 서로의 입으로 쏴 —
그러도록 들쑤셔 놔야지. 자, 가요, 어서!

시민 대왕들은 들으시오. 잠시 멈춰 주시면
평화와 낯빛 고운 동맹을 보여 드리지요.
타격이나 상처 없이 이 도시를 얻으시고,
전장의 희생물로 여기 와 숨 쉬는 뭇 생명을
침대에서 죽도록 구제해 주십시오.
고집 말고 들으시오, 막강한 왕들이여!

존 왕 좋으니 계속하라. 짐은 들을 작정이다.

시민 저기 저 스페인 왕의 딸, 블랑슈 숙녀는

잉글랜드 국왕의 질녀죠. 왕세자 루이와
아름다운 저 처녀의 나이를 보십시오.
활기찬 사랑이 미녀 탐색 나간다면
블랑슈보다 더 고운 여인 어디서 찾지요?
열정적인 사랑이 미덕 수색 나간다면
블랑슈보다 더 순수한 걸 어디서 찾지요?
야심 찬 사랑이 가문 결합 원한다면
블랑슈 숙녀보다 귀한 혈통 어딨지요?
미모, 미덕, 가문이 이러한 그녀에게
이 어린 왕세자는 전적으로 완벽하죠.
완벽하지 않다면, 그녀가 아니어서 그렇죠.
또 그녀는 그가 아니라는 게 결핍이 아니라면
결핍이라 부를 결핍 그녀에겐 없답니다.
왕세자는 축복받은 남자의 절반인데,
그녀 같은 여자로 완성돼야 합니다.
또 그녀는 우수성이 분할된 미녀인데,
그 완벽한 완성은 그의 손에 달렸어요.
오, 그런 두 은물결은 합쳐서 흐를 때
그것을 가두는 강둑을 정말로 빛내 주고,
둘을 결혼시키면 두 왕께선, 하나가 된
그런 두 강물에게 두 기슭이, 두 왕족을
엄격히 통제하는 두 경계가 될 겁니다.
이 결합이라면 꽉 잠긴 우리의 성문에
포격보다 나은 일을 할 겁니다, 이 결혼에
저희는 화약의 강압보다 더 빠른 열기로
통로의 입구를 활짝 열어 당신들을
입성시킬 테니까. 하지만 이 결혼 없이는

격노한 바다도 이 도시를 지키려는
저희의 결심보다 반도 아니 귀먹었고,
사자도 더 자신 없고, 산과 또 바위도 더
굳건치 못하며, 예, 무섭게 분노한 죽음조차
절반도 단호하지 못합니다.
(필리프 왕과 루이 왕세자, 아버지와 아들은 몰래 얘기를 나눈다.)

사생아 늙다리 죽음의
썩은 시체 뒤흔들어 넝마 수의 벗게 하는
훼방꾼이 나왔군. 여기 정말 큰 입이 나타나
죽음과 산, 바위와 바다를 내뱉으며
열세 살 처녀들이 강아지 얘기 하듯
포효하는 사자 얘기 친숙하게 떠벌리네.
웬 포병이 이 열혈 청년을 낳았지?
그는 대포, 불, 연기와 꽝 소리를 내뿜고,
자기 혀로 몽둥이찜질하며, 우리 귀는
구타를 당하고 그의 말은 마디마디
프랑스의 주먹보다 치고받기 더 잘하네.
제기랄, 내 동생 아버지를 아빠라고 한 뒤로
난 말로써 이토록 두들겨 맞은 적 없었다.

엘리너 아들아, 이 결합을 잘 듣고 결혼을 진행해.
질녀에게 충분히 큰 지참금을 주어라.
네가 이 결연으로 지금은 불확실한
네 왕권 보장을 확실히 매듭지어 놓으면
저 어린 소년은 막강한 결실을 약속하는
그 꽃을 피워 줄 태양을 못 가질 테니까.
프랑스의 눈에서 난 유연한 기색을 봐.
저들의 속삭임, 주목해. 저들의 영혼이

이 야심을 수용할 수 있을 때 재촉해라.
안 그러면 지금은 나지막한 탄원과 동정과
또 회한의 장황한 숨결에 녹았던 열정이
식은 다음 옛 상태로 굳어 버릴 테니까.

시민 두 전하께서는 위협받은 이 도시의
호의적인 이 협약에 왜 답이 없으시죠?

필리프 왕 잉글랜드, 먼저 하오, 앞장서서 이 도시에
맨 먼저 말을 걸었으니까. 어떻게 생각하오?

존 왕 고귀한 당신 아들, 저기 있는 왕세자가
이 미의 교본에서 '사랑'을 읽을 수 있다면
그녀의 지참금은 왕비에 버금갈 것이오.
앙주와 저 고운 투렌, 메인과 푸아티에,
그리고 짐이 저 바다의 이쪽에서
짐의 왕권, 위엄에 속한다고 아는 것 —
우리에게 포위된 지금 이 도시만 빼놓고 —
모두가 그녀의 신방을 금칠해 줄 것이며,
그녀가 미모, 교육, 혈통에서 이 세상
그 어떤 공주와도 맞먹듯이 칭호, 영예,
그리고 승급에서 풍요롭게 만들겠소.

필리프 왕 얘, 어떻게 생각해? 저 숙녀의 얼굴을 봐.

왕세자 봅니다, 전하. 그리고 전 그녀의 눈에서
놀라운 것, 아니면 경이로운 기적을,
그녀의 눈에 맺힌 제 그림자를 보는데
그건 그냥 당신 아들 그림자일 뿐인데도
해가 되어 당신의 아들을 그림자 만듭니다.

478행 열정 프랑스 왕 필리프의 아서에 대한 열정.

단언컨대, 그녀 눈의 아첨하는 표면에
그려져 고정된 제 자신을 봤을 때까지는
저는 제 자신을 사랑한 적 없습니다.

(블랑슈와 속삭인다.)

사생아 (방백)
'그녀 눈의 아첨하는 표면에 그려졌다!'
찡그리는 그녀 이마 주름살에 걸렸겠지,
또 그녀의 가슴에 박혔겠지. 그는 자길
사랑의 배신자로 알아봤어. 애석하네,
그러한 사랑 안에 그처럼 더러운 촌놈이
걸렸고, 그려졌고, 박혔다니 말이야.

블랑슈 (왕세자에게)
이 일에 관해서는 삼촌 뜻이 제 거예요.
만약 그가 당신을 좋아할 무엇을 보신다면,
호감을 일으키는 그 어떤 걸 보시든
전 그걸 쉽사리 제 뜻으로 바꿀 수 있어요.
또는 더 정확히 말해서 당신이 뜻한다면
제 사랑이 그걸 쉬이 따르도록 할 거예요.
제겐 오직 당신의 훌륭한 사랑만 보인다고
말할 만큼 아첨은 않으면서, 왕자님,
이 말만 할게요. 전 당신의 어느 구석에서도,
인색한 생각만 가지고 당신을 심판해도,
미움받을 만한 것은 찾아볼 수 없어요.

존 왕 얘들이 뭐라 하지? 질녀는 어쩔 테냐?

블랑슈 그녀는 당신이 지혜로이 늘 하시는 말씀을
명예로이 실천할 의무가 늘 있답니다.

존 왕 그러면 왕세자, 이 숙녀를 사랑할 수 있겠나?

왕세자　차라리 사랑을 참을 수 있냐고 물으시죠,
전적으로 가식 없이 정말 사랑하니까.

존 왕　그럼 난 볼크센, 투렌, 메인과 푸아티에,
그리고 앙주까지 다섯 지역 모두를
자네에게 그녀와 함께 준다. 또 덧붙여
잉글랜드 주화 3만 마르크 전액을 주겠다.
프랑스의 필리프는 만약 이에 만족하면
그 아들과 딸에게 명하여 손잡게 하시오.

필리프 왕　아주 좋소. 어린 두 왕족은 손을 꼭 합해라.

(왕세자와 블랑슈는 서로의 손을 꼭 잡는다.)

오스트리아　두 입술도 그래야죠. 아주 확신하건대
내가 처음 약혼했을 그때도 그랬어요.

필리프 왕　자, 앙지에 시민들아, 성문을 열어라,
너희가 맺어 준 이 화친을 맞이하라.
왜냐하면 저 성모 마리아 교회에서
결혼식이 곧바로 거행될 테니까.
콘스턴스 부인이 이 무리에 있지 않나?
없다고 알고 있네, 그녀가 있었다면
성사된 이 혼사를 크게 방해했을 테지.
그녀와 아들은 어디 있나? 알면 말해.

왕세자　슬프고 격한 채로 전하의 막사에 있습니다.

필리프 왕　그런데 맹세코, 우리가 맺은 이 동맹은
그녀의 슬픔을 전혀 치유 못 할 거야.
잉글랜드 형, 우리가 어떡해야 이 과부가
만족할 수 있을까요? 그녀의 권리를
찾고자 왔던 짐이, 맙소사, 짐에게 유리하게
그걸 돌려 버렸군요.

존 왕　　　　　　　　　　짐이 다 고쳐 주죠.
짐은 어린 아서를 브르타뉴 공작 및
리치먼드 백작에 봉하고, 이 값진 고운 읍의
주인 만들 테니까. 콘스턴스 부인을 불러라.
사자를 급히 보내 우리의 혼례식에
그녀가 오게 하라. 우리가 그녀 뜻을 (솔즈베리 퇴장)
한껏 다 채워 주진 못해도 웬만큼은
그녀를 만족시켜 그녀의 절규를
막을 수는 있을 것이라고 믿으니까.
우리는 이 예상치 못했던, 준비 안 된
화려한 예식에 가능한 한 서둘러 갑시다.

(사생아만 남고 모두 퇴장)

사생아　미친 세상, 미친 왕들, 미친 협정이구나!
전체에 유효한 아서의 권리를 막기 위해
존은 그 일부를 기꺼이 떼 주었고,
프랑스는 갑옷으로 양심을 꽉 죄고는
신 자신의 군인으로 열정과 자비 품고
전장으로 나왔는데, 사람 맘 바꾸는 자,
간사한 저 악마, 늘 신뢰의 골통 깨는
저 뚜쟁이, 매일 서약 깨는 자, 왕과 거지,
노인과 젊은이와 처녀들을 — 처녀라는
그 말밖엔 겉으로 잃을 게 전혀 없는
그 불쌍한 처녀에게서 그 말도 뺏으면서 —
모두 다 손에 넣는 매끈한 낯짝의 그 신사,
알랑대는 사익의 속삭임을 들었다.
사익이 세상을 좌우하는 최고 편향성이고,
이 세상은 그 자체로 균형이 잘 잡혀

평지에서 고르게 구르도록 돼 있는데,
결국엔 이 이점, 이 더러운 편향성,
이 내적 충동의 지배자, 이 사익 때문에
모든 공평무사에서, 그리고 모든 지시,
목적, 과정, 의도에서 급격히 멀어진다.
그리고 바로 이 편향성, 이 사익,
이 포주, 뚜쟁이, 모든 걸 바꾸는 이 단어가
변덕쟁이 프랑스의 눈앞에 확 다가와
자신이 결심했던 원조를 못 하게 만들고,
확고하고 명예로운 전쟁에서 그를 꺼내
최고로 추악한 화해의 결정을 하게 했다.
하지만 내가 왜 이 사익을 꾸짖지?
그것이 아직 내게 구애하지 않아서야.
하지만 그것의 고운 금화 내 손에 닿을 때
난 그걸 내칠 힘이 있어서가 아니라
내 손이 아직은 유혹을 못 받아 봤으니까
가난한 거지처럼 부자들을 꾸짖는다.
그래, 난 거지 신세인 동안은 꾸짖으며
부자가 되는 것 말고는 죄가 없다 할 거야.
그러다가 부자 되면, 가난 말고 악덕은
없다고 하는 게 내 미덕이 될 것이다.
왕들이 그 사익 때문에 신뢰를 깨니까
이득이여, 내 주인 되어라, 널 섬길 테니까! (퇴장)

3막 1장

콘스턴스, 아서, 솔즈베리 등장.

콘스턴스 결혼하러 갔다고? 화해 맹세 하러 갔어?
가짜 피에 가짜 피 합쳤어! 친구가 돼?
루이가 블랑슈를, 블랑슈가 그 지역을 가져?
아니야, 넌 잘못 말했고 또 잘못 들었어.
신중히 생각하고 네 얘기를 다시 해 봐.
그럴 수는 없는데 넌 그렇단 말만 해.
난 너를 믿을 수 없다고 믿는다, 네 말은
평범한 인간의 저 헛된 한숨일 뿐이니까.
정말이지, 이봐, 난 너를 믿지 않아,
나에겐 그 반대인 왕의 서약 있으니까.
이렇게 날 놀랜 죄로 넌 벌 받을 것이다.
난 아프고 공포를 느낄 수 있으며,
악행들에 짓눌려 공포가 가득하고,
공포에 시달리는 남편 없는 과부이며
공포를 저절로 느끼게 돼 있는 여자니까.
또, 네가 지금 농담했을 뿐이라고 실토해도
난 마음이 괴로워서 편안히 쉴 수 없고
하루 종일 흔들리며 떨고 또 떨 것이야.
넌 고개를 막 젓는데 그게 무슨 뜻이냐?
왜 그렇게 내 아들을 슬프게 쳐다봐?
네 가슴에 얹은 그 손, 그건 무슨 뜻이냐?
네 눈엔 왜 통탄하는 분비물이 그득하여

3막 1장 장소 프랑스 왕의 대형 천막.

오만한 강물처럼 경계를 넘보지?
그 슬픈 표시는 네 말이 맞는다는 증거야?
그럼 다시 말해 봐, 앞선 얘기 다는 말고
네 얘기가 사실인지 아닌지만 말해라.

솔즈베리 제 말이 사실임을 당신께 입증하는 그들을
거짓되다 여기시는 만큼 사실이라 믿습니다.

콘스턴스 오, 이 슬픔을 믿도록 나를 가르치겠다면
어떻게 이 슬픔으로 죽을지도 가르쳐서
절망한 두 사람의 광분하는 마음처럼
믿음과 생명이 서로 충돌하게 한 뒤
바로 그 만남에서 쓰러져 죽게 해라.
루이가 블랑슈와 결혼해! 오, 얘야, 그럼 넌?
프랑스가 잉글랜드와 친구 돼, 그럼 난?
이 녀석, 썩 꺼져라, 참고 못 봐주겠다.
이 소식 때문에 넌 최고의 추남 됐어.

솔즈베리 남들이 끼친 해악 말씀드린 것 말고,
마님, 제가 무슨 딴 해악을 끼쳤나요?

콘스턴스 그 해악은 그 자체로 너무나 악랄하여
그것을 얘기하는 모두를 해롭게 만들어.

아서 정말로 간청컨대, 마마, 진정하십시오.

콘스턴스 진정하라 말하는 네가 만약 사납고
못생겼고, 네 어미의 자궁을 욕보이고
불쾌한 얼룩과 꼴불견 오점이 가득하고
병신, 바보, 기형에 시커멓고 기괴하고
더러운 사마귀와 망측한 딱지가 붙었다면

27행 그들 그녀의 슬픔을 초래한 프랑스와 영국의 왕들. (아든)

난 상관 않을 테고 그때 진정하겠다,
그땐 너를 사랑 않을 테니까. 그래, 너 또한
명문가에 맞지 않고 왕관 쓸 자격 없어.
하지만 넌 멋지고 출생 시엔, 귀한 애야,
널 크게 만들려고 자연과 운명이 손잡았어.
자연의 선물로 넌 백합과 반쯤 핀 장미를
자랑할 수 있으니까. 하지만 운명은, 오,
그녀는 타락하여 변했고 널 버렸어.
그녀는 매시간 네 삼촌 존이랑 간통하며,
그녀의 황금빛 손으로 프랑스를 꼬드겨
존중하던 네 통치권 짓밟게 하였고,
그의 권위를 그들 것의 뚜쟁이 만들었다.
프랑스는 운명과 존 왕의 뚜쟁이야,
그 창녀 운명과 찬탈하는 존 말이야.
말해 봐, 녀석아, 프랑스가 위증을 안 했어?
그에게 독언을 하거나, 아니면 썩 나가라.
그리고 나 홀로 견디게 돼 있는 한탄은
상관 말고 내버려 둬.

솔즈베리　　마마, 죄송하나
전 당신 없이는 두 왕께 갈 수가 없답니다.

콘스턴스　그럴 수 있고 또 그럴 거야. 난 너와 안 간다.
나는 내 슬픔에게 오만을 가르칠 것이야,
비탄은 오만하여 그 임자를 굴복시키니까.
왕들을 나와 내 위대한 비탄의 옥좌로

53행　백합…장미　가장 아름답다고 여겨지는 꽃 두 가지. 백합은 프랑스와, 장미는 영국과 연관된다. (아든)

다 불러 모아라. 내 비탄은 너무 커서
이 단단한 지구 빼면 그 어떤 지지대도
못 떠받칠 테니까. 난 여기 슬픔과 앉았고

(자신을 땅에 내던진다.)

이게 내 옥좌다, 왕들에게 절하러 오라고 해.

(솔즈베리, 아서와 함께 퇴장)

팡파르. 존 왕, 프랑스의 필리프 왕, 루이 왕세자, 블랑슈, 엘리너, 사생아 및 오스트리아 등장.

필리프 왕 (블랑슈에게)
사실이다, 며늘애야, 축복받은 이날 또한
프랑스에서는 늘 축일로 지켜질 것이다.
이날을 장엄하기 위하여 빛나는 태양은
가던 길을 멈추고 연금술사 역을 하며,
소중한 그 눈의 광휘로 빈약한 흙덩이인
이 지구를 번쩍이는 금으로 바꿀 거야.
이날은 해마다 다가오는 행사 일정에서
오로지 성스러운 날로만 남을 거다.

콘스턴스 (일어나면서)
성스러운 날이 아닌 사악한 날이겠지!
오늘의 공과가 뭔데요? 뭔 일이 있었는데
달력에 표기된 공휴일들 가운데서
금빛의 글자로 새겨져야 하나요?
아뇨, 차라리 이날을, 이 치욕과 탄압과
위증의 이날을 그 주에서 빼 버려요.
꼭 있어야 한다면, 아기 밴 아낙들은

그들의 희망이 기형아로 꺾이지 않도록
이날에는 안 낳기를 기도하게 해 줘요.
하지만 선원들은 이날에만 파선을 겁내고,
이날에 맺은 거래 모조리 다 깨지고
이날에 시작된 모든 일은 나쁘게 끝나며,
예, 믿음 그 자체도 허위로 바뀌기를.

필리프 왕　맹세코, 부인, 당신에겐 이날에 있었던
고운 일을 저주할 까닭이 없을 거요.
내 권위를 걸고서 약속하지 않았소?

콘스턴스　당신은 권위와 비슷한 가짜 동전 가지고
나를 현혹했는데, 그것은 시험 결과
가치가 없어요. 당신은 위증했소, 위증했소!
당신은 칼 들고 내 적들의 피 흘리러 왔는데
이제는 그걸 품고 당신 걸로 강화해요.
격투하는 전쟁의 활력과 험악한 표정은
우의로 다 식었고, 분칠한 평화 얻고
우릴 억압하기 위해 이 동맹을 맺었어요.
이 위증한 왕들에 맞서서 신은 무장, 무장을!
과부가 외쳐요, 신은 제 남편이 돼 주소서!
불경한 이날의 시간들이 이 하루를
못 채우게 하시고, 저 해가 지기 전에
위증한 이 왕들 간에 무장 불화 일으켜요!
들어줘요, 오, 들어줘!

오스트리아　쉿, 콘스턴스 부인.

콘스턴스　쉿 말고 전쟁, 전쟁! 쉿은 내게 전쟁이야.
오, 오스트리아, 넌 피 묻은 그 전리품을
창피하게 만든다. 이 노예, 철면피, 겁쟁이야!

용맹으론 아주 작고 악행으론 매우 큰 자!
넌 언제나 더 강한 쪽에서 더 강하다!
운명의 투사인 넌 변덕쟁이 그녀가
곁에서 안전을 가르쳐 줄 때를 빼놓고는
절대로 안 싸운다! 너 또한 위증했고
높은 자들 비위 맞춰. 내 편을 향하여
뻐기고 발 구르고 욕하다니 넌 참 바보야,
격노하는 바보야. 이 냉혈한 노예야,
너는 내 곁에 서서 천둥처럼 말하면서
맹세한 군인 됐고, 나더러 너의 별들,
운명과 네 힘에 기대라고 말하지 않았어?
그런데 이제 와서 내 적에게 넘어가?
사자 가죽 입고 있어? 창피하니 썩 벗고,
변절한 그 사지에 송아지 가죽이나 걸쳐라.

오스트리아 오, 웬 남자가 나에게 저런 말 해 줬으면.

사생아 또 변절한 그 사지에 송아지 가죽도 걸쳤으면.

오스트리아 목숨 걸고, 악당아, 그런 말 감히 마라.

사생아 또 변절한 그 사지에 송아지 가죽도 걸쳤으면.

존 왕 (사생아에게)
그건 짐의 마음에 안 들어, 자넨 정신 나갔어.

판둘프 등장.

필리프 왕 성스러운 교황의 특사가 여기로 왔군요.
(존 왕의 손을 잡는다.)

판둘프 하느님의 기름 부은 대리인들이여, 만세!
존 왕께, 성스러운 내 사명은 이것이오.

나 판둘프, 아름다운 밀라노의 추기경,
이노센트 교황이 여기로 파견한 특사는
그분의 이름으로 경건하게 질문하오.
왜 당신은 우리의 성모인 교회를
그토록 고의로 걷어차고, 또 강압적으로
캔터베리 대주교로 선임된 스티븐 랭턴을
그 거룩한 관할지로 못 가게 하는지,
이것을 앞서 말한 이노센트 교황 성하,
그분의 이름으로 당신께 질문하오.

존 왕　지상의 이름 가진 그 누가 심문을 통하여
신성한 국왕의 자유 발언 시험할 수 있소?
추기경, 당신은 교황처럼 가볍고 가치 없고
우스운 이름을 꾸며내어 내 대답을
요구할 수는 없소. 그에게 이 얘기 해 주고,
그 어떤 이탈리아 신부도 십일조나 세금을
짐의 영토 안에서 못 걷을 것이라는
내 입에서 나온 말도 덧붙여 주시오.
근데 짐은 하느님 아래의 최정상이므로
그 아래, 짐이 정말 지배하는 곳에서는
오로지 짐만이 그 위대한 최고의 자리를
인간의 도움 없이 유지할 것이오.
그렇게 교황에게, 모든 존경 제쳐 놓고,
찬탈한 권위 가진 그에게 말하시오.

필리프 왕　잉글랜드 형, 이것은 신성 모독입니다.

존 왕　당신과 기독교권 왕들이 다 멍청하게
돈으로 취소할 수 있는 파문이 무서워
참견하는 이 신부에게 막 이끌려 다녀도,

또 역겨운 금, 찌꺼기, 먼지의 공덕으로
부패한 면죄부를, 그걸 팔며 자신의 면죄도
함께 파는 한 인간에게서 구입해도, 또
당신과 나머지 모두가 멍청하게 막 이끌려
이 마법 속임수를 돈을 내고 아낀대도
난 혼자서, 혼자서 이 교황에 반대하고
그의 편 친구들을 내 적으로 여기겠소.

판둘프 그렇다면 내가 가진 합법적인 힘으로
당신은 저주받고 파문당할 것이며,
이단자에게 맹세했던 자신의 충성에
반발하는 사람은 축복받을 것이오.
그리고 어떤 비밀 방식을 쓰든지
당신의 미운 목숨 빼앗아 가는 손은
공덕 있다 여겨지고, 성자로 신성시 돼
숭배받을 것이오.

콘스턴스 오, 로마와 내가 잠시
함께 저주하는 것을 합법화해 주시오!
추기경님, 날카로운 내 저주에 아멘을
외쳐 줘요, 어떤 혀도 내 피해의 도움 없인
그를 옳게 저주할 힘이 없을 테니까.

판둘프 내 저주엔 법적인 보증이 있답니다, 부인.

콘스턴스 내 것도 그렇소. 법이 바로 안 지켜질 때는
보복을 법으로 안 막는 게 합법적이기를.
법은 내 자식에게 여기 이 왕국을 못 줘요,
그 왕국을 가진 자가 법을 가졌으니까.
그러므로 법 자체가 완전 잘못됐는데
그 법이 어떻게 내 혀의 저주를 금하죠?

(필리프가 존의 손을 잡는다.)

판둘프 프랑스의 필리프여, 저주받지 않으려면
그 최고 이단의 손을 놓아 버린 다음
그가 정말 로마에 복종하지 않는다면
프랑스 군대를 일으켜 그의 머릴 치시오.

엘리너 창백해졌어요, 프랑스? 당신 손 놓지 마오.

콘스턴스 조심해, 악마야, 프랑스가 뉘우치고 손을 놔서
지옥이 한 영혼을 잃으면 안 되니까.

오스트리아 필리프 왕은 추기경이 하는 말 들으시오.

사생아 또 변절한 그 사지에 송아지 가죽도 걸쳤으면.

오스트리아 그래, 깡패야, 나는 이 모욕을 참아야 해,
왜냐하면 —

사생아 못 느끼는 모욕감이니까.

존 왕 필리프는 이 추기경에게 뭐라고 할 거요?

콘스턴스 추기경의 말이 아닌 어떤 걸 말해야지?

루이 부왕께선 잘 생각하십시오. 무거운
로마의 저주를 사느냐, 아니면 친구인
잉글랜드를 가볍게 잃느냐의 차이니까.
더 쉬운 걸 버려요.

블랑슈 그것은 로마의 저주예요.

콘스턴스 오, 루이, 잘 버텨라! 악마가 여기서는
옷 안 벗긴 새 신부의 모습으로 널 유혹해.

블랑슈 콘스턴스 부인은 자신의 믿음이 아니라
필요 땜에 말해요.

196~197행 조심해…되니까 여기에서 악마는 엘리너를 가리키고, '영혼 하나'는 필리프 왕을 말한다.

콘스탄스 오, 네가 만약 내 필요는
믿음이 죽어야만 산다는 걸 인정하면,
그 필요는 필요의 죽음으로 믿음이
다시 살 거라는 원칙을 꼭 증명해야 해.
오, 그럼, 내 필요를 짓밟으면 믿음은 올라가,
내 필요를 높이 두면 믿음은 짓밟히니까.

존 왕 국왕 맘이 움직여 대답을 안 하시네.

콘스탄스 오, 그로부터 떨어져서 대답 잘하기를.

오스트리아 그래요, 필리프 왕, 의심에 매달리지 마시오.

사생아 송아지 가죽에만 매달려라, 참 멋진 촌놈아.

필리프 왕 난 혼란스러워 할 말을 모르겠소.

판둘프 당신이 파문과 저주를 받겠다면, 당신을
더 혼란시킬 것 말고 뭘 말할 수 있겠소?

필리프 왕 존경하는 신부님, 당신을 나라고 여기고
당신은 어떻게 처신할지 말 좀 해 주겠소?
이 왕의 손과 또 내 것은 새로이 맺어졌고,
우리의 두 영혼은 내적으로 결합하여
신성한 서약의 갖가지 종교적인 힘으로
혼인 동맹 맺었고 부부처럼 연결됐소.
가장 최근 우리가 숨소리로 했던 말은
우리 두 왕국과 우리 두 옥체 간에 맹세한
깊은 믿음, 평화, 우의, 참사랑이었소.
그리고 이 휴전 직전에도, 최근에도,
우리 손을 싹 씻고 왕들의 이 평화 조약을
급조할 수 있게 되기 얼마 전만 하여도 —
맹세코, 우리 손은 살육의 붓에 의해 물들고
더러워졌으며, 거기엔 복수심이 그려 놓은

화가 난 왕들의 무서운 다툼이 있었는데 —
정말로 최근에 피를 씻고, 우정으로
막 새로 합쳐져 둘 다 막강해진 이 두 손이
이 깍지와 이 친절한 답례를 물리쳐요?
믿음을 농락해요? 하늘과 농담하고
자신들을 변덕쟁이 아이로 만들며,
이제 다시 서로의 손바닥을 확 밀치고,
맹세한 믿음을 저버리고, 미소 짓는
초야의 침대 떠나 피비린 대군을 행군시켜
진심 어린 성실성의 온화한 이마 위에
난동을 일으켜요? 오, 신성한 추기경,
존경하는 신부님, 그렇겐 안 되게 하시오.
은혜로이 온화한 조치를 좀 강구하여
명하고 내리시오. 그럼 우린 축복 속에
당신 뜻을 행하고, 쭉 친구가 되겠소.

판둘프 잉글랜드의 우정에 반대되는 것 말고는
모든 형체 무형체고, 모든 질서 무질서요.
그러니 무장을! 교회의 옹호자가 되거나,
우리의 어머니 교회가 반역하는 아들에게
저주를, 어머니의 저주를 내리게 하시오.
프랑스여, 당신은 잡고 있는 그 손을
편안히 잡기보단 독사 혀를, 울에 갇힌
사자의 치명적인 앞발을, 굶주린 호랑이의
이빨을 잡는 게 더 안전할 것입니다.

필리프 왕 난 손은 떼겠지만 약속은 못 그러겠소.

판둘프 그래서 당신은 약속을 약속의 적 만들고,
내전처럼 서약과 서약이, 당신의 말과 말이

싸우게 만듭니다. 오, 하늘에게 먼저 한
당신 서약, 하늘에게 먼저 실행하시오.
즉, 우리들 교회의 옹호자가 되시오.
그 후로 맹세한 건 자신에 반하여 맹세했고
그래서 자신이 실행하지 않아도 됩니다.
당신이 잘못하겠노라고 맹세한 건
올바로 했을 땐 잘못한 게 아니고,
하면 좋지 않을 땐 하지 않고 놔둬서
안 하는 것으로 올바른 일 가장 잘하니까.
오인한 목적을 더 잘 달성하는 행동은
다시 오인하는 건데, 그건 간접적이지만
그로 인한 간접이 직접으로 바뀌어
화상을 갓 입은 사람의 핏줄을 지질 때
불이 불을 식히듯 허위가 허위를 치유하죠.
서약을 지키게 만드는 건 종교지만
당신은 맹세하는 그것에 반하여 맹세했고,
서약에 반하는 서약으로 당신의 진실을
보증함으로써, 또 맹세할 자신 없는 진실을
오로지 맹세 깨지 않으려고 맹세함으로써
당신은 종교에 반하여 맹세하오.
안 그러면 맹세는 얼마나 큰 조롱거리겠소?
하지만 당신은 오직 맹세 깨려고 맹세하고
맹세를 지키려고 가장 크게 맹세 깼소.
그러니 당신의 첫 서약에 반했던 나중 것은
자신 안의 자신에 맞서는 반역이오.
또 당신은 일관된 고귀한 자질로 무장하여
이 경박한 음탕한 유혹에 맞서는 것보다

더 나은 정복은 절대 못 할 것입니다.
그 훌륭한 자질을 불러내는 기도를
허락하면 해 주겠소. 못 한다면 알아 둬요,
우리들 저주의 위험이 당신에게
아주 크게 내려서 당신은 그걸 못 떨치고
시커먼 그 무게 밑에서 절망하며 죽을 거요.

오스트리아　반역이오, 전적인 반역이오.

사생아　다 허사야?
송아지 가죽으론 네 입을 못 막을까?

루이　아버지, 무장해요!

블랑슈　당신의 혼인날에?
당신이 결혼한 그 핏줄에 대항하여?
아니, 살육된 이들로 축제를 벌여요?
시끄러운 나팔과 천하게 큰 북소리,
지옥의 소음이 우리의 행진곡이라고요?
오, 여보, 들어 봐요! 예, 아아, '여보'란 말
내 입에 참 신기하지? (꿇는다.) 이때까지 한 번도
발음한 적 없었던 바로 그 이름으로
무릎 꿇고 빕니다, 제 삼촌에 맞서서
무장하지 마세요.

콘스턴스　(꿇는다.)
오, 나도 이 꿇어서 굳어진 무릎 꿇고
정말 네게 기도한다, 고결한 왕세자여,
하늘이 내려 주신 그 판결을 변경 마라.

블랑슈　전 이제 당신의 사랑을 확인할 거예요.
아내란 이름보다 더 강한 동인이 뭐예요?

콘스턴스　바로 너를 떠받치는 그를 떠받치는 것,

그의 명예. 오, 루이, 네 명예, 네 명예야!
루이 이렇게 심각히 고려할 이유가 있는데도
전하께서 그토록 차가워 보이시니 놀랍군요.
판돌프 난 그의 머리에 저주를 퍼부을 것이오.
필리프 왕 그럴 필요 없어요. 잉글랜드, 당신과 결별하오.
(존의 손을 놓는다.)
콘스턴스 오, 추방됐던 전하의 멋진 귀환이구나.
엘리너 오, 프랑스식 변덕의 더러운 반역이다.
존 왕 프랑스, 당신은 한 시간 안으로 후회할 것이오.
사생아 늙은 시간 조정자, 대머리 교회지기 시간아,
이게 네 뜻이야? 그러면 프랑스는 후회할걸.
블랑슈 태양은 피로 뒤덮였구나. 고운 낮아, 안녕.
난 어느 편으로 가야만 하는 걸까?
난 양쪽에 속했고, 각 군대의 한 손을
양쪽으로 다 잡은 난 그들이 격분해서
빙빙 돌며 갈라질 때 사지가 찢어진다.
여보, 전 당신이 이기란 기도는 못 해요.
삼촌, 전 당신이 지라고 꼭 기도해야 해요.
아버님, 전 당신께 행운 있길 못 바라고,
할머니, 전 당신의 소원 성취 안 바랄 거예요.
전 누가 이기든 그편에서 질 겁니다.
접전도 있기 전에 확신하는 패배죠.
루이 부인, 당신의 행운은 내게, 내게 있답니다.
블랑슈 제 행운이 있는 데서 제 생명은 끝나요.
존 왕 사촌은 어서 가서 아군 병력 모으게. (사생아 퇴장)
프랑스여, 난 불타는 분노로 타올랐고,
그 격분의 열기는 상태가 심각하여

피 말고는 아무것도, 그 최고로 귀한 피,
프랑스의 피 말고는 아무것도 못 줄이오.

필리프 왕　당신은 격분으로 타 버린 뒤 한 줌 재로,
짐의 피가 그 불을 끄기 전에 변할 거요.
그 몸을 돌보시오, 당신은 위기에 빠졌소.

존 왕　위협하는 자보다 더는 아냐. 서둘러 무장하자!

(함께 퇴장)

3막 2장

경종. 몇 번의 기습. 오스트리아의 머리를 든 사생아 등장.

사생아　맹세코, 놀랍도록 날이 더워지는구나.
웬 악마가 공기처럼 하늘을 떠돌면서
해악을 뿌리네. 오스트리아의 머리는
필립이 쉴 동안 게 있어라.　(머리를 던진다.)

존 왕, 아서와 휴버트 등장.

존 왕　휴버트는 이 애를 지켜라. 필립은 나가 봐!
어머니가 짐의 막사 안에서 공격받아
잡히신 것 같으니까.

3막 2장 장소
앙지에 근처의 평원.
5행 필립
사생아의 원래 이름. 존 왕은 자기가 그에게 기사 작위를 줬을 때 새로운 이름, 리처드를 내렸다는 사실을 잊어버렸다. (아든)

사생아 전하, 구해 드렸어요.
모후께선 안전하니 걱정하지 마십시오.
근데 전하, 가시죠. 아주 조금 고생하면
이 노고는 행복한 끝을 맺을 테니까.
(존 왕과 사생아, 오스트리아의 머리를 가지고
한쪽 문으로, 휴버트와 아서, 다른 쪽 문으로 함께 퇴장)

3막 3장

경종. 몇 번의 기습, 퇴각. 존 왕, 엘리너, 아서,
사생아, 휴버트 및 귀족들 등장.

존 왕 (엘리너에게)
그럴게요. 마마는 그만큼 든든한 호위 받고
뒤에 남으십시오. (아서에게) 사촌은 슬퍼 마라.
할머닌 널 사랑하셔. 그리고 삼촌도 널
네 아버지처럼 소중히 여길 거야.
아서 오, 제 어머닌 이 일로 비탄해서 죽어요.
존 왕 (사생아에게)
사촌, 영국으로 어서 가. 서둘러 앞서가서
짐이 오기 이전에 비축하는 수도원장들의
돈주머닐 흔들어 놔. 평화로 살찐 갈비
배고픈 자들이 이제 막 먹어야 하니까,
가두어 둔 금화를 자유롭게 풀어 줘.
짐이 준 위임장의 효력을 극대화해.

3막 3장 장소 앙지에 근처의 평원.

사생아 금과 은이 저에게 서두르라 명하는데
종과 책, 촛불로는 저를 못 내쫓을 겁니다.
전하, 갑니다. 할머니, 제가 경건했던 게
언젠가 기억나면 당신의 안전 위해
기도할 겁니다. 그럼, 그 손에 키스하죠.

엘리너 잘 가라, 귀한 애야.

존 왕 사촌은 잘 가게. (사생아 퇴장)

엘리너 (아서를 한편으로 데려간다.)
이리 와라, 손자야. 내 얘기 잘 들어.

존 왕 이리 오게, 휴버트. 오, 친절한 휴버트,
짐은 네게 큰 빚 졌어! 이 육신의 벽 안에는
한 영혼이 너를 그의 채권자로 여기고
네 사랑을 이자 쳐서 갚으려 한다네.
그리고 착한 친구, 자발적인 네 서약은
내 가슴에 소중히 간직된 채 살아 있어.
네 손 좀 이리 줘. 난 할 말이 있지만
거기에 좀 더 나은 곡조를 붙이겠네.
맹세코, 휴버트, 내가 너를 얼마나
좋게 평가하는지는 창피해서 말 못 해.

휴버트 이 몸은 전하께 큰 신세를 졌습니다.

존 왕 착한 친구, 아직은 그런 말 할 이유 없어,
앞으론 있겠지만. 또 시간이 아무리 느리게
기어가도, 내가 너를 위할 때가 꼭 올 거야.
난 할 말이 있었는데, 하지만 관두겠네.
태양은 저 하늘에 떠 있고, 이 세상의
쾌락들이 기다리는 오만한 이 낮은
내 청중이 되기엔 너무 놀기 좋아하고

너무 야한 장식으로 가득해. 만약에 자정 종이
쇠 추와 청동제 입으로 졸리는 밤 경주에
들어서는 소리를 정말로 쭉 낸다면,
만약에 우리가 선 이곳이 교회 마당이고
천 가지 악행이 너를 꽉 채우고 있다면,
또 만약 저 뚱한 기질인 우울증이 네 피를,
보통 땐 혈관을 간질이며 아래위로 흐르면서
천치 같은 웃음 통해 사람들의 눈 붙잡고
그들 뺨을 헛된 즐거움으로 — 내 목적에
맞지 않는 미운 감정 쪽으로 — 잡아당기는데,
그것을 굳혀서 무겁고 진하게 만든다면,
또 만약에 네가 눈이 없이도 나를 보고
귀 없이도 내가 하는 말을 듣고, 혀 없이
관념만 가지고도, 혀도 귀도 또 해로운
말소리 없이도 응답을 할 수가 있다면,
그럼 난 곰곰이 감시하는 낮에도 불구하고
내 생각을 네 가슴속으로 퍼붓겠다.
근데, 아, 난 못 해. 그래도 널 많이 사랑하고
참말로, 너도 날 많이 사랑한다고 생각해.

휴버트 너무 많이 사랑하여 뭘 하라고 명하시든,
제 행동에 죽음이 첨부된다 하더라도
맹세코 할 겁니다.

존 왕 그럴 줄 내가 몰라?
착한 휴버트, 휴버트, 휴버트, 눈길 던져
저기 저 애 좀 보게. 그런데 말이야, 친구,
저 애는 내 길을 막아선 순전한 독사야.
그리고 내 발길이 어디를 향하든

내 앞에는 재가 있어. 뭔 말인지 알겠나?
너는 재 보호자야.

휴버트 그래서 저 애가
전하를 못 해치게 보호할 것입니다.

존 왕 죽음.

휴버트 전하.

존 왕 무덤.

휴버트 그는 못 삽니다.

존 왕 충분해.
이제야 유쾌할 수 있겠군. 휴버트, 널 사랑해.
글쎄, 너에게 무엇을 해 줄지는 말 않겠어. —
기억해 둬. 마마, 안녕히 계십시오.
제가 그 병력을 왕대비께 보내겠습니다.

엘리너 내 축복이 함께하길.

존 왕 (아서에게) 사촌, 잉글랜드로 가 봐.
휴버트가 부하 되어 참된 존경 다하며
너를 시중들 거야. 칼레 향해 앞으로! (함께 퇴장)

3막 4장

프랑스의 필리프 왕, 왕세자 루이, 판둘프 및
수행원들 등장.

필리프 왕 그래서, 격파된 전 함대가 바다에서
포효하는 태풍에 의하여 통째로

3막 4장 장소 프랑스 왕의 대형 천막.

동료들로부터 떨어져 흩어졌단 말인가?
판둘프 용기를 내시오! 아직은 다 잘될 수 있어요.
필리프 왕 이런 악화일로에서 잘될 게 뭐가 있소?
패배하지 않았소? 앙지에를 잃었잖소?
아서는 포로 됐고? 귀한 친구 여럿이 죽었고?
살벌한 잉글랜드 왕은 저항군을 제압하고
프랑스를 무시하며 잉글랜드로 갔지 않소?
왕세자 그는 손에 넣은 것을 요새화했답니다.
대단히 신중하게, 참 불같은 속도로
그 격전 속에서 차분한 질서를 세운 건
유례가 없습니다. 그 누가 이것과
유사한 행동을 읽었거나 들어 봤죠?
필리프 왕 우리가 이 수치의 전례를 찾을 수만 있다면
난 잉글랜드가 받는 칭찬 잘 견딜 수 있을 거야.

콘스턴스 등장.

저 봐라, 누가 왔나! 한 영혼의 무덤인데,
영원한 그 혼백을 그것의 의지에 반하여
괴로운 숨결의 더러운 감옥 속에 가뒀어.
부인, 부탁인데, 나와 함께 떠납시다.
콘스턴스 자, 봐요! 당신의 그 평화 협정의 결과를.
필리프 왕 참아요, 부인. 기운 내요, 친절한 콘스턴스.
콘스턴스 아뇨, 난 충고, 구제책, 모조리 거부하오,
충고를 다 끝내는 참구제책, 죽음이 아니라면.
죽음! 죽음, 오, 상냥한, 어여쁜 죽음이여,
향기로운 네 악취여, 건강한 부패여,

영원한 네 밤의 침상에서 일어나라,
번성하는 자에게 미움과 공포의 대상이여,
그럼 난 역겨운 네 유골에 키스하고,
내 눈알을 네 아치형 이마에 올려놓고,
네 집안의 구더기를 내 손가락 반지 삼고,
이 숨의 통로를 불쾌한 먼지로 막으며
너처럼 사체 먹는 괴물이 되겠다.
자, 잇몸 보여, 그럼 네 미소라 여기고
아내처럼 입 맞출게. 불행의 애인이여,
오, 내게 와라!

필리프 왕 오, 괴로운 미인이여, 조용히.

콘스턴스 아뇨, 아뇨, 못 해요, 외칠 숨이 있으니까.
오, 내 혀가 천둥의 입속에 있었으면!
그럼 난 이 세상을 격정으로 흔들 텐데.
그래서 연약한 부인의 목소리를 못 듣는,
평범하게 호소하는 기도를 경멸하는
그 잔인한 해골을 잠에서 깨울 텐데.

판둘프 부인은 슬픔이 아니라 광기를 발설하오.

콘스턴스 당신은 성직자이지만 그건 거짓말이오!
나는 안 미쳤소. 내 머리칼 내가 뜯소.
이름은 콘스턴스, 제프리의 아내였죠.
어린 아서, 내 아들, 걔는 잃어버렸어요.
나는 안 미쳤소. 정말로 그랬으면,
그리되면 나 자신을 잊을 것 같으니까.
오, 그럴 수 있다면 큰 비탄을 잊을 텐데!
날 미치게 만드는 철학 좀 일러 줘요,
그러면 당신은 성인이 될 거요, 추기경.

내 이성을 다루는 부위는 미치지 않아도
비탄은 느낄 수 있어서, 어떻게 이 한탄에서
벗어날지 알려 주는 이성을 작동시켜
자살이나 목매는 법 나에게 가르칠 테니까.
내가 만약 미쳤다면 내 아들을 잊었거나,
아니면 헝겊 인형이라는 미친 생각 하겠죠.
나는 안 미쳤고, 각각의 재앙에 따르는
서로 다른 고문을 너무 너무 잘 느끼오.

필리프 왕 그 머리채 묶어요. (방백) 오, 풍성한 머리칼에
참으로 큰 사랑이 깃든 게 보이는데,
거기에 우연히 은 물방울 떨어지면
바로 그 물방울에 만 명의 머리칼 친구가
진실한, 못 떼 놓을, 충실한 애인처럼
큰 고난 속에서 서로 함께 뭉치면서
비탄으로 사교하며 함께 들러붙는구나.

콘스턴스 원하시면 잉글랜드로 가요.

필리프 왕 그 머리 묶어요.

콘스턴스 예, 그러죠. 근데 왜 그렇게 해야죠?
난 묶었던 그걸 풀며 큰 소리로 외쳤어요.
"오, 이 손이 머리칼에 자유를 줬듯이
그렇게 내 아들을 구할 수 있었으면!"
하지만 난 이제 그것의 자유를 시기하고
그걸 다시 구속하며 묶어 놓을 겁니다,
불쌍한 내 아이가 포로가 됐으니까.

68행 원하시면…가요 이 말은 프랑스 왕의 앞선 제안(20행)에 대한 반응이다. (아든)

(자기 머리를 묶는다.)
그리고 추기경, 난 당신이 우리는 천국에서
친구들을 보고 또 알 거라고 하는 말 들었소.
사실이면, 나는 걔를 다시 볼 겁니다.
첫 번째 사내아이 카인의 출생 이래
바로 어제 숨을 거둔 아이까지
그만큼 신성한 아이는 안 태어났으니까.
근데 이제 자벌레 슬픔이 내 꽃봉을 갉아서
그 애의 뺨에서 타고난 미모를 쫓아내면
그 애는 유령처럼 텅 비어 보이고,
오한의 발작처럼 흐릿하고 빈약한 채
죽겠지요. 그리고 그렇게 다시 일어난다면
내가 걔를 하늘의 궁정에서 만났을 때
걔를 몰라보겠죠. 그러니 난 절대, 절대,
내 아서를 더 이상 못 볼 게 분명해요.

판둘프 당신은 비탄을 너무나 사악하게 배려하오.

콘스턴스 아들을 낳은 적 없는 이가 말하는군.

필리프 왕 당신은 비탄을 그 애만큼 좋아하오.

콘스턴스 비탄은 부재하는 자식 방을 채워 주고
걔 침대에 누우며, 이리저리 함께 걷고
예쁜 걔의 표정으로 걔 말을 반복하며
우아한 걔 자질을 나에게 다 상기시키고,
걔 형태로 걔의 빈 의복에 들어가죠.
그럼 내게 비탄을 좋아할 까닭이 있나요?
잘 있어요. 당신들이 내 상실을 겪었다면
더 나은 위안을 줄 수도 있을 텐데.
내 정신에 커다란 이상이 생겼으니

이 형태의 머리를 더는 하지 않겠어요.
(머리를 헝클어뜨린다.)
오, 주님! 얘, 아서야, 고운 내 아들아!
내 목숨, 내 기쁨, 내 음식, 이 세상 모두야!
나의 과부 위안아, 나의 슬픔 치료제야! (퇴장)

필리프 왕 그녀가 격노한 것 같아서 따라가 보겠소. (퇴장)

왕세자 이 세상에 날 즐겁게 해 줄 건 없군요.
인생은 두 번 말한 얘기처럼 지겹게
졸리는 사람의 둔한 귀를 괴롭히고,
달콤한 말의 맛은 쓴 수치로 사라져서
수치와 쓴맛밖엔 내놓을 게 없군요.

판돌프 극심했던 질병이 치유되기 이전에,
건강이 회복되는 바로 그 순간에
발작은 가장 세죠. 물러나는 악귀들은
그 출발 때 그들의 최악을 보여 준답니다.
이날의 패전으로 당신은 뭘 잃었죠?

왕세자 모든 날의 영광과 환희와 행복을.

판돌프 승전했더라면 분명히 잃었을 것이오.
아뇨, 아뇨. 행운은 가장 호의적일 때
위협하는 눈으로 인간을 본답니다.
존 왕이 분명히 이겼다 여기는 이 전투에서
매우 크게 졌다고 생각하면 이상하죠.
아서가 포로가 되어서 비통하지 않나요?

왕세자 그를 잡은 그가 기뻐하는 만큼 진심으로.

판돌프 당신 맘은 당신의 피처럼 완전히 젊군요.
예언의 기운으로 말할 테니 들어 봐요.
내 말뜻을 전하는 바로 이 입김에 의하여

당신 발을 영국의 옥좌로 인도할 길 위의
모든 먼지, 모든 티끌, 작은 걸림돌들이
날아가 버릴 테니. 그러니 잘 들어요.
존이 아서를 잡았죠. 그래서 따뜻한 생기가
그 영아의 핏속에 뛰놀고 있는 한
좌불안석의 존은 조용히 휴식할 한 시간,
일 분, 아니 한숨 쉴 틈조차도 못 가져요.
무법의 손으로 낚아채 간 왕홀은
얻었을 때만큼 난폭하게 유지되어야 하고,
미끄러운 장소에 서 있는 사람은
더러운 짓 마다 않고 그 위치를 유지하죠.
존이 서 있으려면 아서는 쓰러져야 합니다.
그래야죠, 그렇게 될 수밖에 없으니까.

왕세자 근데 어린 아서가 쓰러지면 난 뭘 얻죠?

판둘프 당신 아내 블랑슈 부인의 권리로
아서가 요구한 모든 걸 요구할 수 있지요.

왕세자 그리고 아서처럼 잃겠죠, 생명과 모든 걸.

판둘프 이 늙은 세상에서 새파랗게 젊으시군!
계략은 존이 내고 세월은 당신과 공모하오.
자신의 안전을 적통 피에 담근 그는
피 묻은 가짜 안전밖에는 못 찾을 테니까.
태생이 극악한 이 행동은 백성들의
마음을 다 식히고 열정을 얼려서 그들은
그의 통치 저지할 기회는 아무리
작게 엿보인대도 그것을 애지중지할 테고,
하늘의 그 어떤 자연적인 증발 현상,
그 어떤 자연 활동, 혼란에 빠진 날도,

평범한 바람도, 일상적인 사건도,
그것의 자연적인 이유는 내던져 버린 채
존에게 복수를 분명하게 협박하는
유성들, 천재지변, 흉조들, 괴 생명체,
전조와 하늘의 말씀이라 부를 거요.

왕세자 아마 그는 아서의 목숨은 안 건드리면서
투옥으로 자신의 안전을 챙길지도.

판둘프 오, 세자, 당신의 접근 소식 그가 들을 때쯤엔
만약 어린 아서가 이미 가지 않았어도
바로 그 소식에 죽어요. 그러면 백성들은
모조리 그에게 반란을 일으킬 것이고,
이 낯선 변화의 입술에 키스하며
존의 그 피투성이 손가락들 끝에서
반란과 분노의 강력한 이유를 찾을 거요.
이 소란이 다 벌어진 게 보이는 것 같군요.
그리고, 오, 내가 말한 것보다 더 좋은 일
어떻게 벌어져요. 사생아 파우컨브리지는
지금 잉글랜드에서 교회를 뒤지면서
자선심을 짓밟는데, 프랑스인 열둘만
무장하고 거기 가면 잉글랜드인 만 명을
자기네 편으로 끌어오는 미끼 새가 되거나 —
이리저리 굴리면 곧 산만큼 커지는
눈덩이가 될 겁니다. 오, 고귀한 왕세자여,
나와 함께 국왕께 가시죠. 그들의 영혼이
불쾌감에 꽉 찼을 때 그 불만을 가지고
무엇을 빚어낼 수 있을지 참 궁금하오.
잉글랜드로 가요. 국왕은 내가 부추기겠소.

왕세자 강력한 이유로 이상한 행동 하죠. 갑시다,
당신의 찬성에 국왕은 거절 않으실 거요. (함께 퇴장)

4막 1장

밧줄과 인두를 가진 휴버트와 사형 집행인들
등장.

휴버트 이 인두 뜨겁게 달궈 줘. 그리고 이보게,
휘장 뒤에 서 있어. 내가 발로 이 땅을
가슴 치듯 팍팍 차면 앞으로 튀어나와
나와 함께 있는 걸 보게 될 소년을
의자에 꽉 묶어. 주의해, 나가서 지켜봐.
사형 집행인 당신의 영장으로 감당할 일이길 바라오.
휴버트 같잖은 가책이야! 걱정 말게. 조심해.
(사형 집행인들, 휘장 뒤로 물러난다.)
어린 양반, 나와요. 당신에게 할 말 있소.

아서 등장.

아서 좋은 아침, 휴버트.
휴버트 좋은 아침, 꼬마 왕자.
아서 더 큰 왕자 되기엔 호칭이 너무 커서
가능한 한 난 꼬마 왕자야. 넌 슬퍼 보이네.
휴버트 사실은 더 명랑했었지요.

4막 1장 장소 잉글랜드, 어느 성.

아서 아이고, 저런!
나 말고는 누구도 슬퍼 보여선 안 되는데.
그래도 내 기억에, 프랑스에 있었을 땐
나이 어린 신사들이 오직 변덕 때문에
밤처럼 슬퍼 보이곤 했어. 세례에 맹세코,
난 감옥을 벗어나 양을 치게 된다면
긴긴 낮만큼이나 명랑해질 거야.
또 삼촌이 내게 더 많은 해를 꾀한다는
의심만 없다면 여기서도 그럴 텐데.
그는 나를, 난 그를 무서워하고 있어.
제프리의 아들이었던 게 내 잘못이야?
아니, 정말, 아니야. 그리고 난 맹세코,
네가 날 아끼면 네 아들이 될 거야, 휴버트.

휴버트 (방백)
그와 얘기하다간 순진한 그의 수다 때문에
죽은 내 자비심이 깨어나고 말 거야.
그러니까 난 갑자기 해치워 버릴 거야.

아서 너 아파, 휴버트? 오늘은 창백해 보이네.
참말로 난 네가 좀 아팠으면 좋겠어,
자지 않고 밤새도록 너와 함께 앉아 있게.
난 너를 네가 날 아끼는 것보다 더 아껴.

휴버트 (방백)
그의 말이 내 가슴을 정말로 꽉 채우네.
(영장을 보여 준다.)
읽어 봐요, 어린 아서.
(방백) 원, 이 바보 눈물 땜에
무자비한 고문이 문밖으로 쫓겨나나?

내 눈에서 결심이, 연약한 여자의 눈물처럼
떨어지지 않도록 난 빨리 끝내야 해. —
못 읽겠소? 또렷이 써 놓지 않았나요?

아서 참 더러운 뜻치고 너무나 또렷해, 휴버트.
뜨거운 인두로 내 눈을 태워 버려야 해?

휴버트 얘야, 난 그래야 해.

아서 그럴 거야?

휴버트 그럴 거야.

아서 독한 맘 품었어? 네 머리가 막 아팠을 때도
나는 네 이마에 손수건을 매 줬어,
최고급이었고 공주가 만들어 줬는데도
난 되돌려 달라고는 절대로 안 했어.
또 자정엔 내 손으로 네 머리를 감싸고
차곡차곡 쌓여 가는 매 분초를 지켜보며
그 굼뜬 시간 동안 계속해서 격려했어,
“뭣 때문에 불편해?” 또 “아픈 데가 어디야?”
“어떤 친절 보여 줄까?” 그렇게 말하면서.
가난한 집 애들이었다면 가만 누워
따뜻한 말 한마디도 안 해 줬을 거야.
하지만 넌 왕자의 병간호를 받았어.
그래, 내 애정을 간사한 애정이라 여기고
교활하다 할 수 있어. 그래라, 원한다면.
하늘의 뜻으로 네가 날 해쳐야겠으면
그럼 그래야겠지. 내 눈을 뽑을 거야?
이 눈은 너에게 한 번도 찌푸린 적 없었고
그러지도 않을 거야.

휴버트 난 그걸 맹세했어.

그래서 뜨거운 인두로 태워 버려야 해.

아서　아, 이 철기 시대에만 있을 수 있는 일!
철 자체도 뜨겁고 붉은 열기 내뿜지만
이 눈에 다가오면 내 눈물을 마시고
나의 순수함으로 빚어진 바로 그 물질로
그 분노의 불꽃은 싹 꺼져 버릴 거야.
아니, 그런 뒤엔, 내 눈을 해치려는
불을 품었던 죄로 녹슬어 없어질 거야.
넌 두드린 쇠보다 더 고집 세고 단단해?
그리고 난 천사가 내게 와서 내 눈을
휴버트가 뽑아낼 거라고 말했어도
그를 믿지 않았을 거야, 휴버트 말고는
누구 말도.

휴버트　(발을 구른다.) 나와!

사형 집행인들이 밧줄과 인두를 가지고 등장.

시킨 대로 시행해.

아서　오, 살려 줘, 휴버트, 살려 줘! 내 눈은 나갔어,
잔인한 이들의 사나운 표정만으로도.

휴버트　야, 그 인두 이리 주고 그를 여기 묶어라.
(인두를 받는다. 사형 집행인들이 아서를 붙잡는다.)

아서　아아, 너희가 시끄럽고 거칠 필요 뭐 있어?
난 몸부림 안 칠 거야, 돌처럼 서 있을게.
하늘에 맹세코, 휴버트, 날 묶지 마!
아니, 이봐, 휴버트, 이들을 쫓아내 줘,
그럼 난 양처럼 조용히 앉을게.

난 꼼짝하지도, 질리지도, 말도 않고,
그 인두를 성내며 쳐다보지도 않을게.
이들만 쫓아내 줘, 그럼 네가 뭔 고문을
나에게 가하든지 너를 용서해 줄게.

휴버트 (사형 집행인들에게)
가, 안에서 기다려. 우리 둘만 있게 해 줘.

사형 집행인
이런 짓 안 하게 돼 최고로 좋습니다.

(사형 집행인들 퇴장)

아서 아아, 그럼 난 친구를 꾸짖어 몰아냈네!
그 인상은 험했어도 마음은 상냥했어.
돌아오게 해 줘라, 그의 동정 때문에
네 것도 좀 살아나게.

휴버트 자, 얘야, 준비해.

아서 구제책이 전혀 없어?

휴버트 눈 잃는 것 말곤 없어.

아서 오, 맙소사, 네 눈에 티끌, 모래, 먼지 하나,
각다귀나 떠도는 머리 한 올 들었으면,
소중한 그 감각에 뭔 문제든 생겼으면,
그래서 작은 게 거기선 얼마나 아픈지 느끼면
더러운 네 의도는 끔찍해 보일 게 틀림없어.

휴버트 약속한 게 이거야? 허 참, 그 입 닫아.

아서 휴버트, 혀 두 개로 쏟아 내는 말조차도
한 쌍의 눈 간청엔 못 미칠 게 틀림없어.
내 입 닫지 않게 해 줘! 그래 줘, 휴버트!
아니면, 휴버트, 원한다면 내 혀를 자르고
내 눈은 갖게 해 줘. 오, 내 눈은 좀 놔 둬,

너를 늘 보는 데 말고는 소용이 없다 해도.
저것 봐, 참말로, 그 도구가 식어서
날 해치지 않으려 해.

휴버트 달굴 수 있어, 얘.

아서 없어, 참말이야. 그 불은 위안을 주려고
만들어졌는데 지극히 부당한 데 쓰였다고
비탄해서 죽었어. 안 그런지 직접 봐,
불타는 이 석탄에는 악의가 전혀 없어.
하늘의 숨결이 불기운을 다 날려 버리고
참회의 재를 그 머리 위에 뿌렸어.

휴버트 하지만 내 입김으로 되살릴 수 있어, 얘.

아서 그렇게 한대도 창피한 네 행동 때문에
빨갛게 타오르는 것뿐이야, 휴버트.
아니, 아마 그건 네 눈으로 불꽃을 튕기면서,
그래서 싸움을 강요받은 개처럼
재촉하는 주인을 덥석 물어 버릴 거야.
내게 상처 주려고 네가 쓰는 물건은 다
임무를 거부해. 무자비한 용도로 유명한
사나운 불과 또 인두조차 내보이는
바로 그 자비심이 네게만 정말 없어.

휴버트 좋아, 살아서 봐, 네 삼촌이 소유한 보물을
다 준대도 네 눈은 안 건드릴 테니까.
하지만, 얘, 난 바로 이 인두로 그것을
태워 버리겠다고 맹세했고 그럴 목적이었어.

아서 오, 이제야 넌 휴버트처럼 보여. 여태껏
변장하고 있었어.

휴버트 쉿. 그만해. 작별하자.

네 삼촌은 네가 죽은 줄로만 알아야 해.
난 이 첩자 개들을 엉터리 보고로 채울 거야.
그러니 예쁜 애야, 의심 말고 편히 자.
휴버트는 세상 재물 다 준대도 널 해치지
않을 거야.

아서 오, 하느님! 고마워, 휴버트.

휴버트 입 다물어, 그만해. 나와 함께 은밀히 가.
널 위해 난 많은 위험을 감수하고 있단다. (함께 퇴장)

4막 2장

팡파르. 왕관을 쓴 존 왕, 펨브로크, 솔즈베리 및
다른 귀족들과 수행원들 등장.

존 왕 여기에 짐은 또 앉아서 또 한 번 관 썼는데,
격려하는 눈으로 봐 주기를 바라오.

펨브로크 '또 한 번'이라는 말씀은 전하께 황송하나
한 번으로 과했어요. 전에도 관 쓰셨고
그 높은 왕의 상징 벗겨진 적 없었으며
인심도 반역에 물든 적 없었고,
이 땅이 변화나 더 나은 나라를 갈망하는
새로운 기대에 휩싸인 적도 없었으니까.

솔즈베리 그러므로 두 번째 즉위식을 한다거나,
화려했던 전 호칭을 더 장식한다거나,
금에 금을 칠하고, 백합에 덧칠하고

4막 2장 장소 잉글랜드 왕궁.

제비꽃에 향수를 마구 뿌린다거나,
얼음을 매끄럽게, 무지개에 또 색깔을
덧입힌다거나, 아름다운 해님을
촛불로 더 곱게 꾸미려 하는 일은
쓸데없고 우스꽝스러운 과잉이옵니다.

펨브로크 전하의 소망을 꼭 이루는 것만 빼면
이 행위는 옛 얘기를 새로이 한 것처럼
부적절한 시각에 그 말씀을 꺼내셔서
그 마지막 반복에선 짜증이 났습니다.

솔즈베리 이번 일로 솔직한 옛 격식의 오래되고
익숙한 모습은 크게 일그러졌습니다.
게다가, 그로 인해 생각의 진로가
달라진 바람 맞은 돛처럼 이리저리 바뀌어
숙고하지 못한 채 깜짝깜짝 놀라면서
건전한 의견은 병들고, 진실은 완전히
새 양식의 예복을 걸쳤다고 의심받습니다.

펨브로크 일꾼들이 일을 더 잘하려고 애쓸 때면
그 욕심 때문에 일을 꼭 망쳐 놓죠.
그리고 때로는 잘못을 변명하려다가
변명으로 그 잘못을 더 악화시킨답니다.
조그만 구멍에 덧댄 천 조각들 때문에
감추려는 결점은 그렇게 덧대기
이전의 결점보다 더 나빠지듯이요.

솔즈베리 그러한 취지로 저희는 당신이 관을 새로
쓰기 전에 조언을 드렸지만, 전하께선
쾌히 억누르셨고 저흰 다 만족했답니다.
저희가 원했던 것 전체와 각 부분을

모조리 합쳐도 전하 뜻엔 못 미쳤으니까.

존 왕 대관식을 두 번 한 이유를 난 당신들에게
고지했고, 그건 강력하다고 생각하오.
거기에 더하여, 두려움은 덜하지만
더 강력한 이유를 대 주겠소. 그 사이에
순조롭지 못한 일의 개선을 꼭 부탁하면,
내가 참 얼마나 기꺼이 당신들의 요청을
듣고서 허락해 주는지 알게 될 것이오.

펨브로크 그렇다면, 이들의 입 역할을 하는 제가
모두의 마음속 목표를 소리로 알리면서
저와 그들 양쪽을 위하여, 하지만 뭣보다도
저 자신과 그들이 최선의 노력을 기울이는
전하의 안전을 위하여, 아서의 석방을
진심으로 요청 드리옵니다. 이 감금은
불만에 찬 입술들을 속삭이게 만들어
이 위험한 논란을 일으키고 있답니다.
즉, 당신의 체포에 잡아둘 권리가 있다면
그럼 왜 당신은 (소문처럼) 악행에 따르는
두려움 때문에 그 여린 친척을 가두고
야만적인 무지로 그의 하루하루를
숨 막히게 만들며, 그 젊은이에게
흡족한 훈련의 큰 이익을 거절하죠?
이런 말로 이 시절의 적들이 불평을
미화하지 못하도록 당신이 명을 내려
저희가 그의 석방 부탁하게 해 주시면,
당신께 달려 있는 저희의 안녕이 당신 안녕,
즉, 그의 석방이라고 여기는 것 이상은

저희의 이익 위해 부탁하지 않을 것입니다.

존 왕　그럽시다. 난 정말 그 청년을 당신들의
지도에 맡기오.

휴버트 등장.

휴버트, 무슨 소식이라도?

(휴버트가 왕좌로 다가가서 존 왕과 따로 얘기한다.)

펨브로크　(솔즈베리와 귀족들에게)
그 잔인한 짓 한 게 이 사람이 틀림없소,
자신의 영장을 내 친구에게 보여 줬으니까.
그의 눈엔 극악한 범행의 모습이
살아 있는 데다가 저 은밀한 표정은
가슴속의 큰 걱정을 정말로 보여 주며,
그가 지령받았다고 그토록 걱정했던
그 일은 끝났다고 걱정스레 믿습니다.

솔즈베리　국왕의 낯빛이 목표와 양심 둘 사이를,
무서운 두 전투 대형 사이에 배치된
여러 전령들처럼 왔다 갔다 하는군요.
무르익은 저 감정은 터져야겠지요.

펨브로크　그것이 터지면 귀여운 한 아이의
죽음이란 고름이 나올까 봐 걱정이오.

존 왕　(귀족들에게 큰 소리로)
죽음의 강한 손은 짐도 못 막는다오.
경들이여, 삶을 주려 하는 게 내 뜻이나
당신들이 요청한 건 죽어서 가 버렸소.
아서는 어젯밤에 사망했다는군요.

솔즈베리 정말로 불치병 걸렸다고 걱정했답니다.

펨브로크 정말로 그 스스로 병든 걸 느끼기도 전에
얼마나 죽음에 가까이 갔는지 저희도 들었고,
이 일은 땅이나 하늘에서 꼭 해명돼야겠죠.

존 왕 왜 그렇게 엄숙한 표정을 내게 짓소?
운명의 가위가 내게 있다 생각하오?
생명의 맥박을 내가 명령할 수 있소?

솔즈베리 이건 분명 악행이고, 그것을 권좌에서
그토록 야비하게 범하는 건 수칩니다.
그러니 그 흉계로 잘 사시오! 그럼, 안녕.

펨브로크 잠깐만, 솔즈베리 경. 나도 함께 가겠소,
그리고 이 불쌍한 어린이가 유산으로
강요받은 작은 왕국, 그 무덤을 찾겠소.
이 넓은 섬나라를 다 가졌던 그 혈통이
몇 발짝만 갖는군요. 참 나쁜 세상이야!
이것은 허용돼선 안 될 일로, 터진다면
우린 다 슬퍼하고 머지않아 그럴 거요.

(펨브로크, 솔즈베리와 다른 귀족들 함께 퇴장)

존 왕 저들이 분개하여 불타는군. 후회되는구나.
피 위에는 든든한 기초를 못 세우고
타인의 죽음으론 확실한 삶 못 얻는다.

사자 등장.

91행 운명의 가위 운명의 세 여신 가운데 셋째인 아트로포스가 인간의 명줄을 자를 때 쓰는 도구를 말한다.

겁에 질린 눈이구나. 내가 너의 그 뺨에
깃든 걸 보았던 핏기는 어디로 갔느냐?
그렇게 험악한 하늘은 태풍 없인 안 갠다.
네 날씨를 쏟아 내라. 프랑스는 다 어떠냐?

사자 거길 떠나 영국으로 옵니다. 한 나라 안에서
어떤 해외 원정을 준비하기 위하여
그렇게 큰 병력이 소집된 적 없습니다.
그들은 당신의 속도를 복사해 배웠어요,
당신이 그들의 준비 상황 들을 즈음
그들이 다 도착했다는 전갈이 올 테니까.

존 왕 오, 우리의 첩자들은 어디서 취해 있지?
어디서 자고 있지? 어머닌 걱정도 안 하셔?
그러한 군대가 프랑스 안에서 모이는데
못 들을 수가 있어?

사자 전하, 그녀 귀는
먼지로 막혔어요. 고귀한 모친께선
4월의 첫째 날에 돌아가시었고, 전하,
콘스턴스 부인도 사흘 전에 광기로
죽었다고 들었어요. — 근데 제가 마구 들은
소문일 뿐, 참인지 거짓인진 모릅니다.

존 왕 무서운 사태의 추이여, 속도를 좀 줄여라!
오, 불만에 찬 내 동료들 만족시킬 때까지
동맹을 좀 맺자. 뭐? 어머니가 가셨어?
그럼 나의 프랑스 재산이 정말 위태롭구나!
프랑스 병력은 누가 지휘하는데
여기 상륙한 것을 사실로 말하느냐?

사자 왕세자랍니다.

존 왕　　　　이 나쁜 기별로 넌 나를
어지럽게 만들었어.

사생아와 폼프렛의 피터 등장.

　　　　그래! 너의 일 처리에
세상은 뭐라고 하느냐? 나쁜 소식 가지고
내 머리를 더 채우려 하지 마, 찼으니까.

사생아　그런데 최악을 듣기가 겁나시면
그 최악을 안 들은 채 흘려보내시지요.

존 왕　사촌은 좀 참아 주게, 난 조수에 빠져서
경악했으니까. 근데 이제 물 위로 떠올라
다시 숨을 쉬게 됐고 누구의 얘기든
들어 줄 수 있으니까 맘대로 말하게.

사생아　성직자들 사이에서 제가 올린 실적은
저의 모금 액수로 밝혀질 것입니다.
근데 전 나라를 통과하여 이리로 오면서
백성들이 이상한 환상에 잠겨 있고,
소문에 사로잡혀 헛된 꿈이 가득하며
정체 모를 두려움에 가득한 걸 봤습니다.
그리고 이 예언자를 폼프렛 거리에서
데리고 왔는데, 수백 명의 사람들이
그의 뒤를 따르는 걸 보았고, 그들에게
이자는 거칠고 쉰 소리로 운을 맞춰
다음 예수 강림절 정오 전에 전하께서
왕관을 내놓을 거라고 노래했답니다.

존 왕　한가로운 몽상가야, 왜 그렇게 했느냐?

피터 진실로 그리될 걸 미리 알고 그랬어요.
존 왕 휴버트, 데려가서 감옥에 처넣어라.
그리고 내가 이 왕관을 양도할 거라고
그가 말한 그날의 정오에 목매달아.
안전하게 그를 구금한 다음 돌아와,
널 써야 하니까. (휴버트, 폼프렛의 피터와 함께 퇴장)
오, 고귀한 내 사촌,
떠도는 소식은 들었어, 누가 도착했는지?
사생아 프랑스인들이죠, 다들 입에 올리니까.
게다가, 비곳 경과 솔즈베리 경을 만났는데,
새로 붙은 불처럼 붉은 눈을 하고서
더 많은 사람들과 어울려 당신의 사주로
어젯밤에 죽었다는 아서의 무덤을
찾으러 다녔어요.
존 왕 고귀한 친척은 나가서
그들 일행 속으로 자신을 들이밀어.
그들의 사랑을 되찾을 방법이 있으니까
내 앞에 데려오게.
사생아 찾아내겠습니다.
존 왕 아니, 근데, 서둘러 줘. 되도록 빨리 해.
오, 외적들이 내 읍면을 격렬한 침입의
무서운 행진으로 놀래는 이때에
내 신하를 적 만들지 않도록 해 주게.
머큐리가 된 다음 뒤꿈치에 날개 달고
그들 떠나 나에게 생각처럼 날아오게.
사생아 이 시절의 기운 받아 속도를 배우죠. (퇴장)
존 왕 기개 있는 고귀한 신사처럼 말했다.

(사자에게)
그를 따라가거라. 나와 그 귀족들 사이를
오고 갈 사자가 필요할지 모르니까
네가 그 역을 해라.

사자 전하, 진심으로 그러죠. (퇴장)

존 왕 어머니가 가셨어!

휴버트 등장.

휴버트 전하, 오늘 밤엔 다섯 달이 떴다고 합니다.
넷은 고정되었고, 다섯째는 놀랍게도
그 넷의 주위를 빙빙 돌고 있답니다.

존 왕 다섯 달이?

휴버트 노인과 할멈들이 거리에서
이를 두고 무서운 예언을 한답니다.
그 어린 아서의 죽음이 공통의 화제인데,
그 얘기를 할 때면 머리를 흔들고
서로의 귀에 대고 귓속말을 하면서
말하는 사람이 듣는 이 손목을 꼭 잡으면
듣는 이는 이맛살 찌푸리고 끄덕이고
눈 굴리며 겁에 질린 행동을 한답니다.
전 대장장이가 모루 위에 식는 쇠를 놔두고
망치 들고 이렇게, 입 벌리고 선 채로
재단사의 소식을 삼키는 걸 봤는데,
그는 자기 손으로 가위와 자를 들고
재빨리 서두르다 잘못하는 바람에
반대편 실내화에 발을 넣고 선 채로

켄트에 진을 치고 전열을 가다듬은
수천의 호전적 프랑스인 얘기를 했으며,
야위고 지저분한 또 다른 기능공은
그의 말을 자르고 아서의 죽음을 말해요.

존 왕 이 무서운 일들을 왜 내게 알리려 해?
왜 그렇게 어린 아서 죽음을 자주 말해?
네 손으로 살해했어, 죽기를 바라는 이유가
나에겐 강력해도 네겐 전혀 없었는데.

휴버트 없었다고요, 전하! 선동하지 않으셨소?

존 왕 왕들에게 저주는, 그들을 따르는 노예들이
그들의 변덕을 영장으로 삼아서
피가 도는 생명의 집안으로 침입하고,
위험한 전하께선 아마도 신중한 고려보단
변덕으로 눈살을 찌푸릴지 모르는데
그 권력의 눈짓을 법으로 이해하고
그분의 속뜻을 알아내는 것이다.

휴버트 제게 준 당신의 서명과 봉인이 여깄어요.

존 왕 (방백)
오, 하늘과 땅 사이에 최후의 심판이
내리게 됐을 때, 그때 이 서명과 봉인은
짐에게 영별 내릴 증인이 될 것이다!
(휴버트에게) 악행은 악행을 저지를 수단이 보이면
정말 자주 하게 돼! 네가 곁에 없었으면,
자연의 손에 의해 치욕을 행하도록
지목되고 낙인찍힌 네 녀석 말이야,
이 살인은 내 마음에 떠오르지 않았어.
하지만 난 끔찍한 네 모습을 주목하고,

잔인한 악행에 잘 들어맞으며
위험한 임무에 적절한 걸 알고는
아서의 죽음 얘기 어렴풋이 꺼냈었지.
근데 넌 왕에게 사랑받기 위하여
한 왕자를 양심의 가책 없이 파괴했어.

휴버트 전하 —

존 왕 내가 내 목표를 희미하게 말했을 때
네가 만약 고개를 젓거나 주저만 했어도,
또는 얘길 똑똑히 해 주기를 바라는 듯
의심의 눈길을 내 얼굴로 돌렸으면,
난 깊은 수치심에 입 다물고 그치면서
네 두려움 때문에 나 또한 두려워했겠지.
근데 넌 나를 내 표정으로 이해했고
표정으로 또다시 죄악과 협상했어.
암, 네 마음을 지체 없이 찬성으로 돌렸고,
그 결과 거친 네 손으로 우리 혀로 말하기엔
더럽다고 여겨졌던 그 행위를 실천했어.
내 눈에 띄지 말고 다신 날 보지 마라!
귀족들은 날 떠나고, 외국군 대열이
성문까지 다가와 내 지위에 도전한다.
아니, 육신으로 이루어진 이 내 몸,
이 왕국, 피와 숨의 이 울타리 안에는
적개심과 시민들의 소란이, 내 양심과
내 조카의 죽음 그 사이에서 군림한다.

휴버트 다른 적에 대비하여 무장하십시오.
전 당신과 당신 영혼 화해시킬 겁니다.
어린 아서 살아 있고, 제 손은 아직도

처녀의 것처럼 죄 안 지은 손이며
선홍빛 핏자국에 물들지 않았어요.
살인을 생각하는 무서운 충동은 한 번도
이 가슴속으로 들어 온 적 없답니다.
또 당신은 제 형체로 본성을 욕했지만
그것은 겉으로는 아무리 거칠어도
죄 없는 아이의 도살자가 되기보단
더 고운 마음을 속에 품고 있답니다.

존 왕 아서가 살았어? 오, 그 귀족들에게 급히 가,
격노한 그들에게 이 소식을 안겨 주고
자기들의 복종심에 순종하게 만들어라.
네 용모에 대하여 감정 갖고 했던 말은
용서해라. 난 격노 때문에 눈멀었고,
핏빛 눈의 더러운 상상력 때문에
실제보다 너를 더 끔찍하게 봤으니까.
오, 대답은 하지 말고 최대한 서둘러
화난 그 귀족들을 내 내실로 데려와.
내 호소는 아주 느려, 더 빨리 뛰어가! (함께 퇴장)

4막 3장

아서, 성벽 위에 등장.

아서 성벽이 높구나, 그래도 난 뛰어내릴 거야.
착한 땅아, 날 불쌍히 여기고 다치지 마!

4막 3장 장소 잉글랜드, 어느 성 앞.

나를 아는 사람은 거의 없다. 안다 해도
이 뱃사공 애 모습에 난 완전히 감춰졌어.
무섭구나, 그래도 난 이걸 감행할 거야.
떨어졌는데도 사지가 안 부러지면
달아날 방편을 천 가지쯤 찾을 거야.
가다가 죽으나 남아서 죽으나 같으니까. (뛰어내린다.)
아 이런, 이 돌들이 삼촌의 심보를 가졌어.
하늘은 내 영혼 받고, 잉글랜드는 뼈 가져라.
(죽는다.)

펨브로크, 솔즈베리와 비곳 등장.

솔즈베리 여러분, 난 그를 성 에드먼즈베리에서 만나오.
우리는 위태로운 시절의 이 정중한 제안을
안전을 위하여 꼭 받아들여야 합니다.
펨브로크 누가 그 추기경의 편지를 가져왔죠?
솔즈베리 멜랭 백작, 프랑스 귀족으로, 내가 그와
왕세자의 호의에 대하여 나눴던 사담은
이 행간의 뜻보다는 훨씬 포괄적입니다.
비곳 그럼 내일 아침에 그를 만나 봅시다.
솔즈베리 차라리 출발하죠, 여러분, 우리는 이틀의
긴 여행 뒤에야 만나게 될 테니까.

사생아 등장.

11행 그를 프랑스 왕세자를.

사생아　다시 한번 잘 만났소, 시무룩한 귀족들.
국왕께서 즉각적인 출석을 요청하오.

솔즈베리　국왕은 우리를 스스로 내쫓았으니까
우린 그의 얼룩진 외투를 보강해 준다거나,
걸어가는 곳마다 핏자국을 남기는
그 발길을 뒤따라 걷지도 않을 거요.
가서 그리 말하시오, 우리는 최악을 아니까.

사생아　뭔 생각을 하건 간에 고운 말이 최고인데.

솔즈베리　지금 우린 예의 아닌 불만으로 말하오.

사생아　하지만 그 불만엔 이유가 없답니다.
그러니 이제는 예의를 갖춰야 하겠소.

펨브로크　봐요, 봐, 성급한 기질엔 특권이 있어요.

사생아　예, 그러다간 남이 아닌 자기가 다치죠.

솔즈베리　이게 그 감옥이오. (아서의 시신을 본다.)
누가 여기 누워 있지?

펨브로크　오, 순수한 왕자님을 죽여서 오만해진 죽음아!
땅에는 이 행위를 숨길 데가 없었구나.

솔즈베리　살인은 스스로 한 일이 미운 듯이
그것을 공개하여 복수를 재촉하네.

비곳　또는 이 미남에게 무덤 판결 내렸을 때
무덤에 넣기엔 과분한 왕자인 걸 알았죠.

솔즈베리　리처드 경, 어떻소? 당신은 지켜봤소.
당신은 읽거나 들어 봤소? 보이는 이것을
보기는 하지만 생각할 수 있었거나
진짜 생각합니까? 이 물체 없이도 생각으로
이런 걸 지어낼 수 있었소? 살인의 문장에서
이건 바로 그 정점, 최고부, 절정 또는

절정 중의 절정이오. 이것은 사나운 격노나
응시하는 분노로써 온화한 연민의 눈물에게
여태껏 가한 것 중 최고로 심한 수치,
가장 거친 야만 행위, 가장 추한 일격이오.

펨브로크 지나간 살인은 다 이걸로 용서되고,
또 이건 너무나 독특하고 짝이 없어
아직은 안 생겨난 미래의 죄에게도
신성함과 순수성을 부여할 것이며,
이 끔찍한 광경과 비교해 봤을 땐
무서운 학살조차 장난으로 드러날 것이오.

사생아 이것은 저주받은 잔인한 작품이고,
가혹한 손에 의한 난폭한 행동이오,
만약 이게 어떤 손이 빚어낸 작품이면.

솔즈베리 만약 이게 어떤 손이 빚어낸 작품이면?
우리는 벌어질 일 눈치 챌 수 있었소.
이것은 휴버트 그자 손의 창피한 작품으로
국왕의 계책이며 목적이기 때문인데 —
영혼 걸고 난 그에게 복종 않을 것이며
이 고운 생명의 폐허 앞에 무릎 꿇고,
향을 사른 서약을, 신성한 서약을
숨이 멎은 이 빼어난 분에게 맹세하오.
나는 이 손에게 복수의 명예를 부여하며
영광을 쥐어 주기 전까지는 절대로
이 세상의 쾌락을 맛보지 않을 테고,
절대로 기쁨에 오염되지 않을 테며,
안락 및 태만과도 친해지지 않겠다고.

펨브로크, 비곳 (무릎을 꿇는다.)

우리 혼도 그대 말을 경건히 확인하오.

휴버트 등장.

휴버트 난 서둘러 여러분을 찾느라고 열났어요.
아서는 살았고, 국왕은 여러분을 부르셨소.
(귀족들은 일어선다.)

솔즈베리 오, 죽음을 보고도 대담하게 안 붉히네.
꺼져라, 이 미운 악당아, 사라져라!

휴버트 난 악당이 아니오.

솔즈베리 (칼을 뽑으면서) 내가 법을 어겨야 해?

사생아 당신 칼은 눈부시니 도로 집어넣으시오.

솔즈베리 살인자의 껍질 속에 넣기 전엔 못하겠소.

휴버트 (자기 칼을 뽑는다.)
물러서요, 솔즈베리 경, 물러서란 말이오.
맹세코, 난 내 칼도 날카롭다 생각하오.
난 당신이 자제력을 잃거나, 위험한
내 정당 방어를 시험하게 만들고 싶진 않소.
격분한 당신을 노리면서 당신의 가치와
고위직과 귀족 신분 잊으면 안 되니까.

비곳 꺼져라, 똥 더미야! 귀족에게 대들어?

휴버트 맹세코, 아뇨. 하지만 죄 없는 내 목숨
황제와 맞선대도 감히 보호할 것이오.

솔즈베리 넌 살인자야.

휴버트 그렇게 만들지는 마시오!

78행 내가…해? 법에 호소하지 않고 직접 죽임으로써.

근데 난 아니오. 거짓말하는 혀는
참말 않고, 참말을 않는 자는 거짓되오.

펨브로크 그를 토막 내 버려요.

사생아 (칼을 뽑는다.) 조용하란 말이오.

솔즈베리 비켜서요, 안 그럼 해치겠소, 파우컨브리지.

사생아 넌 악마를 해치는 게 더 낫겠어, 솔즈베리.
내게 찌푸린다거나 네 발을 움직인다거나
성급한 성질로 날 창피 주기만 해 봐라,
너를 쳐서 죽이겠다. 때맞춰 칼을 넣어,
안 그럼 당신과 그 쇠붙이를 확 깨부숴
악마가 지옥에서 왔다고 생각할 테니까.

비곳 뭘 어쩔 작정이야, 유명한 파우컨브리지?
악당이며 살인자를 도와주려고 해?

휴버트 비곳 경, 난 아니오.

비곳 누가 이 왕자를 죽였지?

휴버트 (자기 칼을 넣는다.)
건강한 그를 내가 떠난 지 한 시간도 안 됐소.
(운다.) 난 그를 존중하고 사랑하여 남은 일생
그 귀여운 생명의 상실죄로 울 것이오.

(귀족들과 사생아가 자기네 칼을 넣는다.)

솔즈베리 저 눈의 간사한 눈물을 믿지 마오.
그 분비물, 악행에겐 항상 있는 거니까.
또한 그는 그걸 오래 거래해서 그게 마치
회한과 무죄의 강물처럼 보이게 합니다.
도살장의 불결한 냄새를 영혼 깊이
혐오하는 모든 이는 나와 함께 갑시다.
나는 이 죄악의 악취에 숨이 콱 막히니까.

비곳 베리로 갑시다, 그곳의 왕세자에게로!

펨브로크 (사생아에게)
국왕에게 거기서 우리를 찾아보라 하시오.

(귀족들 퇴장)

사생아 세상에! 이 멋진 작품을 넌 알고 있었어?
무한하고 끝없는 자비심의 한계 넘는
이 죽음의 행위를 네가 만약 했다면
넌 저주받았어, 휴버트.

휴버트 제발 좀 들어 봐요.

사생아 하! 정말이지, 넌 시커먼 —
저주를 받았어. — 암, 그만큼 시커먼 건 없어!
넌 루시퍼 왕자보다 큰 저주를 받았어.
네가 애를 죽였다면 지옥의 악귀 중에
앞으로 너보다 더 추하게 될 놈 없어.

휴버트 영혼에 맹세코 —

사생아 이 가장 살벌한 행동에
정말 동의했다면 반드시 절망해라 —
또 네게 밧줄이 없다면 거미가 배 속에서
짜낸 실 가운데 가장 가는 것으로도
넌 목이 졸릴 거야. 갈대도 너를 매달
대들보가 될 거야. 물에 빠져 죽겠다면
숟갈에 약간의 물만 담아, 그러면
그것은 대양을 다 합친 것만큼 커져서
그러한 악당을 삼키기에 충분할 것이다.
난 너를 정말로 극심하게 의심해.

휴버트 내가 만약 행동으로, 동의나 생각의 죄악으로
아름다운 이 흙 속에 들었던 상쾌한 숨결을

훔친 죄가 있다면, 지옥 고통 가지고도
날 충분히 고문하지 못하기를. 떠났을 때
그는 건강했어요!

사생아 가서 그를 팔에 안아.

(휴버트가 아서의 시신을 안아 올린다.)

이 세상의 가시덤불, 위험물 속에서
난 깜짝 놀라서 길을 잃은 것 같구나.
넌 온 잉글랜드를 참 쉽게 들어 올리는구나!
이 강토 전체의 생명, 권리, 진실이
이 죽은 왕족의 한 귀퉁이를 떠나서
하늘로 날아갔고, 이제 이 잉글랜드는
쟁탈전에, 저 오만방자한 고관들의
임자 없는 권리의 이빨에 찢길 거야.
이제 살을 다 발라낸 왕권의 뼈를 놓고
끈덕진 전쟁이 화난 깃털 치세우며
온화한 평화의 눈을 향해 으르렁거린다.
이제 타국 세력과 본국의 불평분자들이
같은 길을 걸으면서, 거대한 혼란이
병들어 쓰러진 짐승 위의 까마귀처럼
탈취한 대권의 임박한 부패를 기다려.
외투와 끈으로 이 태풍을 버틸 수 있는 자,
행복할 것이다. 그 애를 들고 나와
속히 날 따르라, 난 국왕께 갈 거야.
천 가지 일들을 시급히 손봐야 하는데,
저 하늘 자체가 이 땅에게 성을 내네. (함께 퇴장)

5막 1장

팡파르. 존 왕, 왕관을 든 판둘프와 수행원들 등장.

존 왕 (왕관을 판둘프에게 준다.)
이렇게 당신 손에 내 영광의 둥근 관을
양도하였소이다.

판둘프 (왕관을 되돌려준다.)
여기 내 손에서
당신의 절대적인 지위와 권한을
교황의 소유물로 다시 가져가시오.

존 왕 신성한 약속을 지키시오. 프랑스군을 만나
교황이 준 당신 힘을 다 사용해 우리가
활활 타기 이전에 그 행군을 막으시오.
불만족한 짐의 여러 주들이 반역하고
백성들은 복종심과 싸우고 있으며
낯선 피를 가진 자, 외국인 왕에게
충성과 영혼의 사랑을 맹세한답니다.
이렇게 성마르게 범람하는 심기는
오로지 당신만 완화할 수 있답니다.
그러니 주저 마오. 현 시점은 중병 들어
즉시 약을 써야만 합니다. 안 그러면
회복이 불가능한 멸망이 따를 거요.

판둘프 당신이 교황을 완고하게 대했기 때문에
내 입김 가지고 이 태풍을 일으켰소.

5막 1장 장소 잉글랜드, 왕궁.

하지만 당신이 온순한 개종자가 됐으니까
내 혀로 이 전쟁의 폭풍을 잠재우고
이 나라의 거친 날씨 화창하게 돌리겠소.
오늘 이 예수님 승천일에 잘 기억하시오,
당신이 교황께 봉사를 서약했기 때문에
난 프랑스인들이 무기를 놓게 하러 갑니다. (퇴장)

존 왕 오늘이 승천일? 승천일 정오가 되기 전에
내가 내 왕관을 내놓을 거라고 그 예언자가
말하지 않았던가? 정말로 그렇게 했구나.
억지로 그리될 거라고 상상했었는데
하늘에 고맙게도 그냥 자발적이었어.

사생아 등장.

사생아 켄트가 다 항복했고, 도버성 말고는
버틴 게 없어요. 런던은 친절한 주인처럼
왕세자와 그 군대를 받아들였답니다.
귀족들은 당신 말을 들으려 하지 않고
당신의 적에게 봉사하러 가 버렸고,
몇 안 되는 망설이는 당신의 친구들은
격심하게 당황하여 아래위로 서둡니다.

존 왕 귀족들은 아서 개가 살아 있단 말 듣고도
나에게 다시 돌아오지 않으려 해?

사생아 그들은 죽어서 거리에 던져진 그 아이를,
저주받은 손에 의해 생명의 보석이
약탈당해 없어진 빈 상자를 찾았어요.

존 왕 정말로 살았다고 그 악당 휴버트가 말했어.

사생아 그랬지요, 맹세코, 그가 알던 바로는.
근데 왜 축 처지셨어요? 왜 슬퍼 보이죠?
행동으로 커지세요, 생각이 그랬던 것처럼.
왕의 눈 동작을 지배하는 두려움과
심각한 불신을 세상이 못 보게 하십시오!
시절처럼 활기차고, 불에는 불이 되며
위협하면 위협하고, 떠버리 공포를
째려 누르십시오. 그러면 강자들로부터
행동 양식 빌려 오는 약자들의 두 눈은
당신을 본보기 삼아서 커지면서
단호한 불굴의 정신을 가지게 됩니다.
가세요, 전쟁 신이 전장을 장식하겠다고
생각했을 때처럼 번쩍번쩍 빛나세요.
대담성과 치솟는 자신감을 보여 줘요!
아니, 그들이 사자를 우리에서 찾아내어
거기서 놀래고, 거기서 떨게 해요?
오, 그런 말 없게 해요. 약탈하고, 달려가서
불쾌를 저 멀리 문밖에서 만난 다음
그놈이 썩 가까이 오기 전에 맞붙어요.

존 왕 교황의 특사가 나와 함께 있었고
난 그와 유리한 강화 조약 체결했다.
또한 그는 왕세자가 이끄는 군대의
퇴진을 약속했어.

사생아 오, 불명예 조약이다!
우리가 우리 땅을 밟고 서 있으면서
침략군을 배려하는 조치들을 취하고
타협을, 암시를, 협상과 저자세 휴전을

해 준단 말입니까? 수염 안 난 어린애,
응석받이 유약한 탕아가 우리 전장 깔보고
호전적인 이 땅에서 살육 개시하면서
한가히 펼쳐진 군기로 대기를 비웃는데
아무도 안 막아요? 전하, 무기를 듭시다!
어쩌면 추기경이 강화를 못 이룰 수 있어요.
이룬대도, 우리의 목표는 방어란 사실을
적어도 그들이 봤다고 말하게는 해야죠.

존 왕 　그럼 네가 현 시국을 관리하는 일을 해라.

사생아 　갑니다, 용기백배해서! (방백) 하지만 난 아군이
더 멋진 적군도 맞을 수 있다는 걸 안다. (함께 퇴장)

5막 2장

서류를 든 루이 왕세자, 솔즈베리, 멜랭, 펨브로크,
비곳 및 군인들 무장한 채 등장.

왕세자 　(서류를 멜랭에게 준다.)
멜랭 경, 이것의 복사본을 만들어
우리가 기억토록 안전하게 보관하고
원본은 이 경들에게 되돌려 주시오.
그래서 공정한 우리 조치 적어뒀으니까
그들과 우리가 이 기록을 숙지하여
우리가 왜 그 맹약을 맺었고, 신뢰를
굳건하게 철옹처럼 지키는지 알 수 있게.

5막 2장 장소 　잉글랜드, 프랑스군 진영.

솔즈베리 우리들 편에서는 절대 아니 깨질 거요.
또 고귀한 왕세자여, 당신의 일 처리에
우리가 자발적 열정과 적극적인 신뢰를
맹세하긴 하지만 그래도 왕자여, 난 분명
이 시절의 궤양이 심하여 멸시받는 반역을
고약으로 구한 뒤, 고질적인 부종 하나
치료해 보려고 하면서 그걸 많이 만드는 건
기쁘지 않답니다. 오, 내가 이 옆구리의
칼을 뽑아 과부들을 만들어야 하다니
내 영혼이 통탄할 일이오. — 오, 게다가
명예로운 구조와 방어를 이 솔즈베리의
이름 걸고 외치는 그곳에서 말이오.
하지만 이 시절의 전염병은 극심하여
우리들 권리의 건강과 치유를 위하여
우리는 가혹한 부정의와 혼란한 불의의
바로 그 손으로 대처할 수밖에 없답니다.
그런데, 오, 비탄하는 친구들이여, 이 섬의
아들이자 자식들인 우리가 이처럼
슬픈 시간 보도록 태어난 건 딱하잖소?
우리가 이 시간에 이방인의 걸음 따라
부드러운 이 땅의 가슴 위를 진군하며
적의 대열 채워 주고 — 나는 이 명분을
강요받은 치욕에 물러나서 울어야 하는데 —
먼 나라의 상류 계급 장식하며 여기서
생소한 깃발을 따르다니. (운다.) 허, 여기서?
오, 나라여, 네가 좀 움직일 수 있었으면,
그래서 넵튠이 두 팔로 널 껴안고

너 자신이 누군지 모르게 되도록
이교도 해안으로 데려가면, 거기에서
이 두 기독교도 군대는 동맹의 한 핏줄로
적개심의 두 피를 합치고, 그것을 이처럼
불친절하게는 안 흘릴 수 있을 텐데.

왕세자 당신의 고귀한 성품을 보여 주는 말이고,
그 가슴속에서 씨름하는 커다란 격정들은
고상한 마음을 지진처럼 전달하오.
강요된 행동과 멋진 배려 사이에서,
오, 당신은 참으로 고귀한 전투를 치렀소!
당신 뺨에 은빛으로 계속 흘러내리는
명예로운 그 이슬을 닦아 내게 해 주시오.
(솔즈베리의 눈물을 닦아 준다.)
내 가슴은 일상적인 것처럼 범람하는
아가씨의 눈물에 녹은 적이 있답니다.
하지만 이처럼 남자다운 눈물의 분출에,
영혼의 태풍이 불러온 이 소나기에
내 눈은 퍽 놀랐고, 저 궁륭 하늘 끝이
불타는 유성으로 완전히 수놓인 걸
보았을 때보다 더 큰 혼란에 빠졌어요.
고명하신 솔즈베리, 고개를 드시고
그 크신 마음으로 이 태풍을 내던져요.
그 눈물은 이 거인 세상이 격분한 걸
본 적도 없었고, 따뜻한 혈기와 기쁨과
수다로 가득한 잔치 외의 행운은
만난 적 없었던 아기의 눈에게나 추천해요.
자, 자, 당신은 그 손을 루이 그 자신만큼

풍성한 번영 담은 지갑 속 깊숙이
찔러 넣을 것이오. 귀족들도 그럴 테니
당신들의 근육을 내 근력과 합치시오.
근데 마침 천사가 내 말을 들었나 봅니다.

판둘프 등장.

봐요, 신성한 특사가 우리에게 빨리 와서
하늘의 손이 건넨 보증서를 준 다음
신성한 숨결로 우리의 행동에 정당성을
부여하려 합니다.

판둘프 프랑스 왕자 만세!
그다음은 이겁니다. 존 왕이 로마와
화해했답니다. 너무나 밖으로 나돌며
신성한 그 교회, 대도시 로마의
교황청에 맞섰던 그 마음이 돌아왔소.
그러니 위협하는 그 깃발은 이제 접고,
그 거친 전쟁의 야만성은 길들인 뒤
손으로 먹이 주어 길러 낸 사자처럼
평화의 발밑에 온순하게 누워서
겉보기보다 더 해롭지는 않도록 하시오.

왕세자 추기경은 용서하오, 난 안 돌아갈 거요.
난 너무 고귀하게 태어나 수단이 되거나,
지배력에 있어서 둘째가 되거나,
이 세상을 통틀어 그 어떤 주권국의
유용한 하인이나 도구도 되지 않을 겁니다.
당신은 벌 받은 이 왕국과 나 사이의

죽은 전쟁 불씨를 처음 불어 일으켰고
이 불을 키우는 물질을 가져다줬는데,
이제 그건 그것을 일으킨 그 약한 바람으로
꺼서 날려 버리기엔 너무 거대해졌어요.
당신은 정의의 얼굴을 아는 법 가르쳤고,
이 땅에 내가 가진 권리를 소개했고,
예, 이 과업을 내 맘속에 쑥 밀어 넣었어요.
그런데 이제 와서 그 존이 로마와
화해했다 말해요? 그 화해가 내게 뭐죠?
난 내 혼인 침대의 명예에 맹세코,
어린 아서 다음으로 이 땅을 요구하오.
근데 그게 반쯤 정복됐는데 그 존이
로마와 화해해서 내가 물러나야 해요?
내가 로마 노옙니까? 로마가 몇 푼 냈죠?
무슨 병력 제공했죠? 무슨 화약 보내어
이 전투를 지원했죠? 그러한 비용을
떠맡은 사람이 나 아니오? 나 말고 그 누가,
내 요구에 부응하는 이들 말고 그 누가
이 일로 땀 흘리며 이 전쟁을 유지하죠?
이 섬사람들이 내가 그들 읍면을 취했을 때
"국왕 만세," 외치는 걸 내가 못 들었소?
왕관을 놓고 벌인 이 쉬운 경기를 이기는
최고의 카드가 여기 내게 있지 않소?
근데 이제 따놓은 한판을 관둔다고?
아뇨, 아뇨, 맹세코, 그런 말은 없을 거요.

판둘프 당신은 이번 일의 바깥쪽만 보십니다.

왕세자 바깥이든 안이든 난 안 돌아갑니다.

이 몸이 정복을 노려보고 위험과 죽음의
아가리 속에서도 명성을 얻으려고
이 용맹한 전사들을 모으고, 이 세상의
불타는 청년들을 고르기 전에 했던
거대한 내 희망의 약속만큼 큰 영광을
시도하여 쟁취하기 전까진 안 갑니다. (나팔 소리)
웬 힘찬 나팔이 우리를 저렇게 소환하죠?

사생아 등장.

사생아 적군을 배려하는 세상의 법칙 따라
내 말 들어 주시오, 난 말하러 왔으니까.
성스러운 밀라노 경, 난 국왕이 보내서
당신의 일 처리를 알고자 왔는데,
당신의 답에 따라 내 할 말의 범위와
보장받은 한계를 알게 될 것입니다.
판둘프 왕세자는 아주 고집스럽게 적대적이면서
간청해도 타협하지 않으려 합니다.
딱 잘라서 무기를 못 버리겠답니다.
사생아 여태껏 격분하여 토했던 모든 피에 맹세코,
그 청년 말 잘했소. 이젠 잉글랜드 왕 얘기요,
전하께선 나를 통해 이렇게 말하니까.
그는 준비되었고, 이유도 있답니다.
어리석은 데다가 예의 없는 이 진격,
이 갑옷 무도회와 분별없는 술잔치,
이 애송이 건방과 소년 같은 군부대를
국왕은 비웃고, 이 난쟁이 전쟁을,

이 소인국 군대를 자기 영토 밖으로
채찍질해 내쫓을 준비가 잘돼 있소.
그 손이, 당신 문간에서조차 당신을 후려쳐
안으로 피신하게, 감춰 놓은 우물 안의
두레박처럼 떨어지게, 당신네 마구간 바닥의
짚 위에 쭈그리게, 상자와 궤짝 안에
담보물처럼 갇혀 있게, 돼지와 껴안게,
지하실과 감옥의 달콤한 안전 찾게 하였던,
그리고 당신 나라 수탉의 울음만 듣고도
무장한 잉글랜드인의 목소리라 생각하여
와들와들 떨게 하는 힘을 갖고 있었던 —
승리하는 그 손이, 여기서는 약해져요?
당신 안방에서는 당신을 벌 줬는데?
아뇨. 이 용감한 군주는 무장을 갖추고
둥지로 다가오는 훼방꾼을 덮치려고
독수리처럼 날아올랐다는 걸 알아 두오.
그리고 타락한 당신들, 배은의 역도들,
사랑하는 어머니 잉글랜드의 자궁 찢는
잔인한 네로들은 창피해서 붉히시오!
당신네 부인과 창백한 얼굴의 처녀들이
마치 아마존들처럼 북소리 따라 뛰며
그들의 골무는 군사용 장갑으로,
바늘은 창으로, 부드러운 마음은
사납고 피비린 성향으로 바꾸니까.

153행 네로 로마 황제, 그는 자기 어머니의 몸을 열어 자신이 나온 곳을 더 잘 보려고 했던 일로 악명 높았다. (아든)

왕세자 네 허세는 그만두고 평화로이 물러가라.
짐을 빰친 네 호통은 인정한다. 잘 가라.
짐이 가진 시간은 너무나 소중하여
그런 말썽꾼에겐 안 쓴다.

판둘프 말하게 해 주시오.

사생아 아니, 내가 말하겠다.

왕세자 짐은 둘 다 안 듣겠다.
북을 쳐라, 그리고 전쟁의 혀를 통해
이 짐의 요구와 여기 온 이유를 변호하라.

사생아 정말로 당신 북은 맞으면 비명을 지르겠지.
당신도 맞으면 그럴 테고. 시끄러운
너의 그 북소리로 메아리를 울려 봐라,
그럼 바로 가까이서 바싹 죈 북 하나가
네 것만큼 요란하게 다 반향 시킬 테니.
다른 걸 울려 봐, 그럼 바로 네 것만큼
요란한 다른 것이 하늘 귀를 찢어 놓고
입이 큰 천둥을 조롱할 테니까, 가까이에 —
필요해서라기보다 장난으로 써먹은
여기 이 절뚝대는 교황 특사 믿지 않고 —
늠름한 존이 와 있으니까. 또 그의 이마엔
앙상한 죽음이 앉았고, 오늘 그의 임무는
프랑스인 수천 명을 죄다 먹는 것이니까.

왕세자 아군의 북을 치고, 이 위험을 찾아내라. (북소리)

사생아 넌 그걸 찾을 테니, 세자야, 걱정 마라. (함께 퇴장)

5막 3장

존 왕과 휴버트 등장.

존 왕　오늘 우리 전황은? 오, 말해 줘, 휴버트.

휴버트　나쁜 것 같아요. 전하는 괜찮으십니까?

존 왕　그토록 나를 오래 괴롭히던 이 열병이
아주 심해졌구나. 오, 내 심장은 병들었어.

사자 등장.

사자　전하, 용맹한 친척인 파우컨브리지가
전하께서 전장을 떠나시길 바라면서
어디로 가실지 저를 통해 알려 달랍니다.

존 왕　스윈스테드 쪽, 거기 수도원이라고 전하라.

사자　기운 내십시오. 왕세자 쪽에서 기대하던
큰 증원군 부대가 요 사흘 밤 전에
'친구 사주'라는 데서 난파됐다니까.
리처드는 이 소식을 방금 전달받았고,
프랑스인들은 차갑게 싸우며 물러나요.

존 왕　아 이런! 이 폭군 열병이 나를 태워 버려서
이 좋은 소식을 환영하지 못하게 해.
스윈스테드로 출발해, 들것에 날 바로 실어.
난 완전 약해져서 기절할 지경이다.　(함께 퇴장)

5막 3장 장소　잉글랜드, 전장.

5막 4장

솔즈베리, 펨브로크, 비곳 등장.

솔즈베리 존 왕이 우군을 쌓아 뒀단 생각은 못 했소.
펨브로크 재기하여 프랑스군에게 용기를 줍시다.
그들이 실패하면 우리도 실패하오.
솔즈베리 그놈의 서출 악마, 파우컨브리지가
온갖 악조건에도 홀로 승승장구하오.
펨브로크 깊이 병든 존 왕은 전장을 떠났단 소문이오.

부상당한 멜랭, 이끌리며 등장.

멜랭 나를 여기 잉글랜드 역도들에게 안내하오.
솔즈베리 우리 운이 좋았을 땐 이름이 달랐는데.
펨브로크 멜랭 백작입니다.
솔즈베리 치명상을 입었군요.
멜랭 달아나요, 매매된 잉글랜드 귀족들이여.
반역의 바늘귀에 꿰던 실을 다시 뽑고
저버렸던 믿음을 다시 맞아들이시오.
존 왕을 찾아내어 그 발아래 엎드려요.
프랑스가 요란한 이날의 승자가 된다면
루이는 당신들의 노고를 그 머리를 잘라서
보상해 주려고 하니까. 그는 이걸
성 에드먼즈베리의 제단에서 맹세했고
난 그와, 또 많이들 나와 함께 그리했소,

5막 4장 장소 잉글랜드, 전장.

우리가 당신들에게 극진한 우의와
영원한 사랑을 맹세했던 바로 그 제단에서.

솔즈베리 그게 가능할 수가? 그게 사실일 수가?

멜랭 난 끔찍한 죽음을 눈앞에 뒀지 않소?
약간의 생명만은 유지하고 있지만
그것도 불에 닿아 형체가 소멸되는
밀랍처럼 다 빠져나가고 있지 않소?
내가 지금 도대체 왜 속인단 말이오,
속임수는 모두 다 쓸모없어질 텐데?
그런 내가 왜 거짓말하죠, 진실로 난
죽어서 여길 떠나 진실로 살아야 하는데?
다시 말해 주겠는데 루이가 승리한 뒤
당신들의 두 눈이 동쪽에서 밝아 오는
또 하루를 본다면 그는 위증하였소.
근데 바로 이 밤에, 그 검은 전염성 숨결이
늙고 약한, 낮 동안에 지쳐 버린 태양의
타는 투구 주변에 이미 쫙 퍼져 버린
바로 이 나쁜 밤에 당신들의 호흡은,
루이가 당신들의 도움으로 승전하면
배신에 매겨진 대가를 모두의 목숨 바쳐
배신의 대가를 정말로 치르면서 끊길 거요.
당신 왕 휘하의 휴버트에게 내 안부 전하오.
그에 대한 사랑과, 그 외에도 내 조부가
잉글랜드인이었단 사실을 고려한 뒤
내 양심이 깨어나 이 모든 걸 고백하오.
그 대신에 난 당신들에게 이 몸을
이 전장의 소음과 소란에서 꺼내어

남은 내 생각을 평화로이 정리하고
명상과 경건한 소망 속에 이 영육을
떠날 수 있는 곳에 데려다주기를 바라오.

솔즈베리 우리는 당신을 정말로 믿으며, 내가 만약
가장 고운 이 기회의 모습과 형식을
사랑하지 않는다면 내 영혼은 저주받소.
그에 따라 우리는 저주받은 도망 길을
되돌아 걸으며, 줄어들고 물러난 홍수처럼
우리의 방자함과 불규칙한 진로를 버리고
우리가 무시했던 그 한계 안에서 몸 낮추며
바로 우리 대양인 위대한 존 왕에게
복종심을 가지고 조용히 달려갈 것이오.
내 팔로 당신을 도와서 데리고 나가겠소.
바로 당신 눈에서 죽음의 잔인한 격통을
똑똑히 보니까. 자, 친구들! 새로 도망칩시다.
옛것을 바로잡으려는 새 노력에 행운 있길!

(멜랭을 데리고 나가면서 함께 퇴장)

5막 5장

루이 왕세자와 그 일행 등장.

왕세자 잉글랜드인들이 자기들 소유지를 되밟으며
맥없이 퇴각할 때 내 생각에 저 태양도
지기 싫어하는 듯이 서쪽의 하늘을

5막 5장 장소 잉글랜드, 프랑스 진영.

붉히고 있었다. 우리가 그 피비린 투쟁 뒤에
쓸모없는 일제사격으로 밤 인사를 고하고,
승자가 될 뻔했던 전장에서 최후로
찢어진 군기를 방해 없이 말았을 때,
오, 우리는 거기에서 멋지게 벗어났어.

사자 등장.

사자 왕세자 어디 있죠?
왕세자 여기에, 소식은?
사자 멜랭 백작 살해됐고, 잉글랜드 귀족들은
그이의 설득으로 다시 떨어져 나갔으며,
당신이 그토록 바랐던 그 증원군 부대도
저 '친구 사주'에 던져져 가라앉았답니다.
왕세자 아, 흉악한 소식이다! 이 빌어먹을 놈아!
오늘 밤 나는 이 소식만큼 슬퍼할 거라고는
생각하지 못했다. 앞 못 보는 밤이 와서
지친 두 군대가 헤어지기 한두 시간 전에
존 왕이 진짜로 도망쳤다 말한 게 누구였지?
사자 누가 한 말이든 사실이랍니다, 왕자님.
왕세자 좋아, 오늘 밤 초소를 잘 지키고 잘 살펴라.
나는 날이 밝아 오기 앞서서 일찌감치
내일의 멋진 모험, 시도해 볼 것이다. (함께 퇴장)

5막 6장

사생아와 휴버트 각자 등장.

휴버트 누구냐? 대답해, 빨리 해, 안 그럼 쏘겠다.

사생아 아군이다. 넌 누구냐?

휴버트 잉글랜드 편이다.

사생아 어디로 가느냐?

휴버트 네가 무슨 상관인데?

사생아 아니, 네가 내 볼일을 물어보는 것처럼
나도 그럼 안 되나? 휴버트인 것 같은데.

휴버트 정확한 생각을 했구먼.
난 모든 위험을 무릅쓰고 내 말투를
그렇게 잘 아는 널 친구라고 꽉 믿는다.
넌 누구냐?

사생아 맘대로 생각해. 너만 괜찮다면
넌 내가 한 쪽으로 플랜태저넷 출신이라
생각할 수 있을 만큼 내 친구가 될 수 있어.

휴버트 기억력아, 무디구나! 너와 칠흑 밤 때문에
난 창피를 당했다. 용사여, 용서해 주시오,
당신의 입에서 무슨 말이 나왔든
내 귀가 그것을 올바로 듣지 못했으니까.

사생아 자, 자, 격식은 관두고, 퍼진 소식이라도?

휴버트 허, 난 시커먼 밤중에 당신을 찾으려고
여길 걷고 있었어요.

사생아 그럼 짧게. 무슨 소식?

5막 6장 장소 잉글랜드, 스윈스테드 수도원 근처.

휴버트 오, 기사님, 이 밤에 적합한 소식으로
시커멓고, 무섭고, 쓸쓸하고 끔찍해요.

사생아 이 나쁜 소식의 바로 그 상처를 보여 줘.
난 여자가 아니야, 들어도 기절 안 해.

휴버트 국왕은 웬 수도승의 독약을 마신 것 같은데,
난 거의 말 못 하는 그를 두고 이 악행을
당신에게 알리려고 뛰쳐나왔답니다.
이 사실을 느긋하게 알았을 때보다
이 응급 사태에 더 잘 대비하게 말이죠.

사생아 어떻게 마셨지? 누가 미리 맛봤는데?

휴버트 한 수도승인데, 정말이지, 단호한 악당으로
그자의 창자가 갑자기 터졌어요. 국왕은
아직은 말하니까 어쩌면 회복할 수도 있죠.

사생아 전하를 돌보는 건 누구에게 맡겼나?

휴버트 아니, 몰랐어요? 귀족들이 다 돌아오면서
그들과 동행한 헨리 왕자를 데려왔어요.
그의 청에 따라서 국왕은 그들을 용서했고
그들은 모두 다 전하 곁에 있답니다.

사생아 막강한 하늘이여, 격분을 누르시고
우리 능력 이상의 인내는 시험 마십시오.
정말로, 휴버트, 내 군사 절반이 오늘 밤
이 습지를 자나다가 조수에 휩쓸렸네. —
이 링컨주 모래톱이 그들을 삼켰어.
나 자신은 말이 좋아 간신히 탈출했고.
앞서게. 국왕에게 나를 인도해 주게.
내가 가기 이전에 죽었을까 걱정이야. (함께 퇴장)

5막 7장

헨리 왕자, 솔즈베리와 비곳 등장.

헨리 왕자 너무 늦었습니다. 그의 핏속 생기가 다
오염되어 부패했고, 그의 맑은 두뇌는
누구는 영혼의 가냘픈 거주지로 여기는데,
아무런 뜻도 없는 논평을 내놓으며
인생의 마지막을 예고하고 있답니다.

펨브로크 등장.

펨브로크 전하께선 아직도 말을 하고 계시고,
바깥 공기 쐬게 되면 그를 공격하고 있는
잔인한 그 독약의 불태우는 성질이
줄어들 것이라고 믿고 계신답니다.
헨리 왕자 그를 여기 과수원 쪽으로 모십시다. (비곳 퇴장)
계속 광분하십니까?
펨브로크 당신이 떠났을 때보다
차분하십니다. 방금은 노래도 하셨어요.
헨리 왕자 오, 망상에 빠진 병아! 극심한 상태가
계속되는 나머지 지각조차 없어지는구나.
죽음은 바깥 부분 먹어 치운 다음에
눈에 띄지 않게 떠나 이제 그의 공격은
마음을 향했고, 이상한 환상의 무리들로
그것을 찌르고 상처를 내는데, 그것들은

5막 7장 장소 잉글랜드, 왕궁.

그 최후의 보루로 떼 지어 돌진하다
자멸한답니다. 죽음의 노래라니, 이상하오.
난 자신의 죽음에 구슬픈 찬가를 부르며
연약한 목청으로 자신의 영혼과 육신을
영원한 안식까지 노래로 인도하는,
창백하고 기운 없는 그 백조의 자식이오.

솔즈베리 기운을 내십시오, 왕자님은 그분이 이토록
모양 없이 거칠게 남겨 놓은 혼란에
형체를 부여하기 위하여 태어나셨으니까.

존 왕을 데리고 나온다.

존 왕 그래, 맞아, 이제 내 영혼엔 여지가 생겨서
창이나 문을 통해 나가지는 않으려 해.
내 가슴속 여름은 너무나 뜨거워
내 창자가 모두 다 가루가 돼 버렸어.
난 연필로 양피지에 휘갈겨 그려 놓은
형체와 같은데, 이 불길과 맞닿으며
오그라들고 있어.

헨리 왕자 전하, 좀 어떠신지요?

존 왕 중독됐고 안 좋아. 죽어서 막 버려졌어.
너희들 중 누구도 겨울에게 명령하여
차디찬 그 손가락 내 입에 디밀게 하거나,
내 왕국의 강물에게 불탄 내 가슴을
횡단하게 하거나, 북극에게 간청하여
삭풍이 갈라진 내 입술에 키스하고
감기로 날 위안하게 하지는 않겠지.

난 많은 걸 요구 않고 찬 위안을 구하는데,
너흰 참 옹졸하고 은혜를 몰라서 거절해.

헨리 왕자 오, 제 눈물에 효능이 좀 있어서 그 고통을
없애 줄 수 있었으면.

존 왕 그 안의 소금은 짜.
내 안엔 지옥이 있는데, 독약이 거기에서
유예가 불가능한 판결받은 피에게
가둬 놓은 악마처럼 포악한 짓을 해.

사생아 등장.

사생아 오, 전 전하를 뵈려고 격렬한 움직임과
신속한 열기로 불타면서 왔습니다!

존 왕 오, 사촌, 넌 내 눈을 감기러 왔구나.
내 심장의 밧줄은 끊어져 타 버렸고,
내 생명의 항해를 도와줄 돛 줄은 다
실 한 가닥, 가는 털 한 올로 바뀌었어.
내 심장도 네가 소식 전할 때까지만 버티는
하찮은 줄 하나에 매달려 있으며,
네가 보는 이 모든 건 망가진 왕족의
한 덩이 흙 같은 모조품일 뿐이야.

사생아 프랑스 왕세자는 이리 올 준비를 하는데,
우리가 어떻게 대적할진 아무도 몰라요.
왜냐하면 간밤에 유리한 기회를 잡아서
제가 이동시켰던 최정예 부대가
저 모래톱에서 부주의하게도 모조리
예상 밖의 홍수로 전멸했으니까. (존 왕이 죽는다.)

솔즈베리 (존 왕이 죽었다는 걸 알고)
당신은 죽이는 소식을 죽은 귀에 전했소.
전하, 주군! — 좀 전엔 왕, 지금은 가셨네.

헨리 왕자 꼭 그렇게 나 또한 달리다가 멈추겠죠.
방금 왕이었는데 지금은 흙이면, 이 세상에
대체 무슨 보증, 희망, 버팀목이 있지요?

사생아 그렇게 가셨어요? 저는 오직 당신 위해
복수의 임무를 다하려고 남을 뿐입니다.
그런 다음 제 영혼은 땅 위에서 늘 당신의
하인이었듯이 하늘까지 당신을 시중들죠.
(귀족들에게)
자, 자, 정상 궤도 안에서 움직이는 별들이여,
병력은 어디 있소? 당신들이 회복한
신뢰를 보여 주고, 파괴와 영원한 수치를
기죽은 이 나라의 저 약한 문밖으로
쫓아내기 위하여 즉시 나와 돌아가요.
우리가 바로 안 찾으면 바로 발각될 거요.
왕세자는 바로 우리 뒤축에서 격노하오.

솔즈베리 그러면 우리가 아는 만큼 모르는 것 같소.
판둘프 추기경이 안에서 쉬는데,
반시간 전쯤에 왕세자가 그를 보내
우리가 명예와 자존심을 지키며 받을 만한
화평의 제안을 가져왔고, 그 목적은
이 전쟁을 곧바로 그만두는 것이오.

사생아 그는 우리 방어가 든든함을 보았을 때
오히려 더 빨리 그렇게 할 것이오.

솔즈베리 아뇨, 그건 이미 어느 정도 실행됐소.

그는 많은 마차들을 바닷가 쪽으로
급하게 보냈고, 자신의 명분과 싸움을
추기경의 처분에 맡겼기 때문이오.
그와 함께 당신과 나 그리고 귀족들이
당신이 알맞다고 생각하면 오늘 오후
서둘러 이 일을 운 좋게 완수할 것이오.

사생아 그럽시다. 그리고 고귀한 왕자님은
차출하기 가장 좋은 귀족들과 더불어
부친의 장례를 모셔야만 합니다.

헨리 왕자 시신은 워스터에 매장해야 합니다.
그리 유언하셨으니까.

사생아 그럼 그리해야죠.
그리고 이 나라 직계 왕의 영광을
온화한 당신이 운 좋게 누릴 수 있기를 —
전 그분께 무릎 꿇고 최대한 순종하며,
제 충실한 봉사와 진정한 복종심을
정말로 영원히 바치는 바입니다. (꿇는다.)

솔즈베리 또한 저희 충성심도 한 점의 오점 없이
영원히 남도록 꼭 같이 드립니다. (귀족들도 꿇는다.)

헨리 왕자 친절한 내 영혼은 눈물로밖에는
어떻게 감사를 표할지 모르겠습니다.

사생아 오, 이 시절은 우리의 고통을 미리 겪었으니
이젠 그에 꼭 필요한 애도를 해 줍시다.
이 잉글랜드는 자해를 먼저 하지 않는 한
절대로 정복자의 오만한 발아래
전에도 앞으로도 엎드리지 않을 거요.
이제 이 귀족들이 집에 다시 왔으니

이 세상의 세 구석이 무장하고 오더라도
우린 맞설 것입니다. 잉글랜드가 참되면
우리가 후회할 일 아무것도 없을 거요. (함께 퇴장)

작가 연보

1564년	아버지 존 세익스피어와 어머니 메리 아든의 장남으로 스트랫퍼드어폰에이번에서 태어남. 4월 26일 세례 받음.
1582년	11월 여덟 살 연상의 앤 해서웨이와 결혼.
1583년	딸 수재너 태어남. 5월 26일 세례 받음.
1585년	아들 햄닛과 딸 주디스(쌍둥이) 태어남. 2월 2일 세례 받음.
1588-1589년	런던에서 최초의 극작품들이 공연됨.
1588-1590년	식구들을 두고 런던으로 감.
1590-1591년	3부작 『헨리 6세(Henry VI)』.
1592-1594년	시집 『비너스와 아도니스(Venus and Adonis)』, 『루크리스의 강간(The Rape of Lucrece)』 출간. 두 시집 모두 사우샘프턴 백작에게 헌정. 로드 체임벌린스 멘 극단의 주주가 됨. 『리처드 3세(Richard III)』, 『실수 희극(The Comedy of Errors)』, 『티투스 안드로니쿠스(Titus Andronicus)』, 『말괄량이 길들이기(The Taming of the Shrew)』, 『베로나의 두 신사(The Two Gentlemen of Verona)』.

1595-1597년 『사랑의 수고는 수포로(Love's Labour's Lost)』,
『존 왕(King John)』, 『리처드 2세(Richard II)』,
『로미오와 줄리엣(Romeo and Juliet)』,
『한여름 밤의 꿈(A Midsummer Night's Dream)』,
『베니스의 상인(The Merchant of Venice)』,
『헨리 4세 1부(Henry IV, Part 1)』,
『윈저의 즐거운 아낙네들(The Merry Wives of Windsor)』.

1596년 아들 햄닛 사망.
부친의 문장을 사용하는 것을 허가받음.

1597년 스트랫퍼드에서 뉴 플레이스 저택 구입.

1598-1599년 『헨리 4세 2부(Henry IV, Part 2)』,
『헛소문에 큰 소동(Much Ado About Nothing)』,
『헨리 5세(Henry V)』, 『줄리어스 시저(Julius Caesar)』,
『좋으실 대로(As You Like It)』.
셰익스피어의 극단이 새로운 글로브 극장으로 옮겨 감.

1600년 『햄릿(Hamlet)』.

1601-1602년 우화시 「불사조와 산비둘기(The Phoenix and the Turtle)」 발표.
『십이야(Twelfth Night, or What You Will)』,
『트로일로스와 크레시다(Troilus and Cressida)』,
『끝이 좋으면 다 좋다(All's Well That Ends Well)』.

1601년 부친 사망. 9월 8일 장례.

1603년 엘리자베스 여왕 사망. 스코틀랜드의 제임스 6세가 영국의 제임스 1세가 됨.
셰익스피어의 극단이 킹스 멘이 됨.

1604년 『잣대엔 잣대로(Measure for Measure)』, 『오셀로(Othello)』.

1605년 『리어 왕(King Lear)』.

1606년 『맥베스(Macbeth)』,
『안토니와 클레오파트라(Antony and Cleopatra)』.

1607년 6월 5일 딸 수재너 결혼.

1607-1608년 『코리올라누스(Coriolanus)』,
『아테네의 티몬(Timon of Athens)』,
『페리클레스(Pericles)』.

1608년 모친 사망. 9월 9일 장례.

1609-1610년 『심벨린(Cymbeline)』, 『겨울 이야기(The Winter's Tale)』.
『소네트(Sonnets)』 출간.
셰익스피어의 극단이 블랙프라이어스 극장을 매입.

1611년 『태풍(The Tempest)』.
스트랫퍼드로 은퇴.

1612-1613년 『헨리 8세(Henry VIII)』, 『카르데니오(Cardenio)』,
『두 귀족 친척(The Two Noble Kinsmen)』.

1616년 2월 10일 딸 주디스 결혼.
스트랫퍼드에서 4월 23일 사망.

1623년 글로브 극장 시절의 동료 배우 존 헤밍과 헨리 콘델이 편집한 셰익스피어의 극작품들이 이절판으로 출판됨.
부인 앤 해서웨이 사망.

셰익스피어 전집 9

사극 II

1판 1쇄 찍음. 2024년 8월 10일
1판 1쇄 펴냄. 2024년 8월 30일

지은이. 윌리엄 셰익스피어
옮긴이. 최종철
발행인. 박근섭 · 박상준

펴낸곳. (주)민음사
출판등록 1966. 5. 19. 제16-490호
주소. 서울시 강남구 도산대로1길 62(신사동)
강남출판문화센터 5층(우편번호 06027)
대표전화. 02-515-2000 | 팩시밀리 02-515-2007
홈페이지. www.minumsa.com

978-89-374-3129-6 04840
978-89-374-3120-3 (세트)

* 잘못 만들어진 책은 구입처에서 교환해 드립니다.

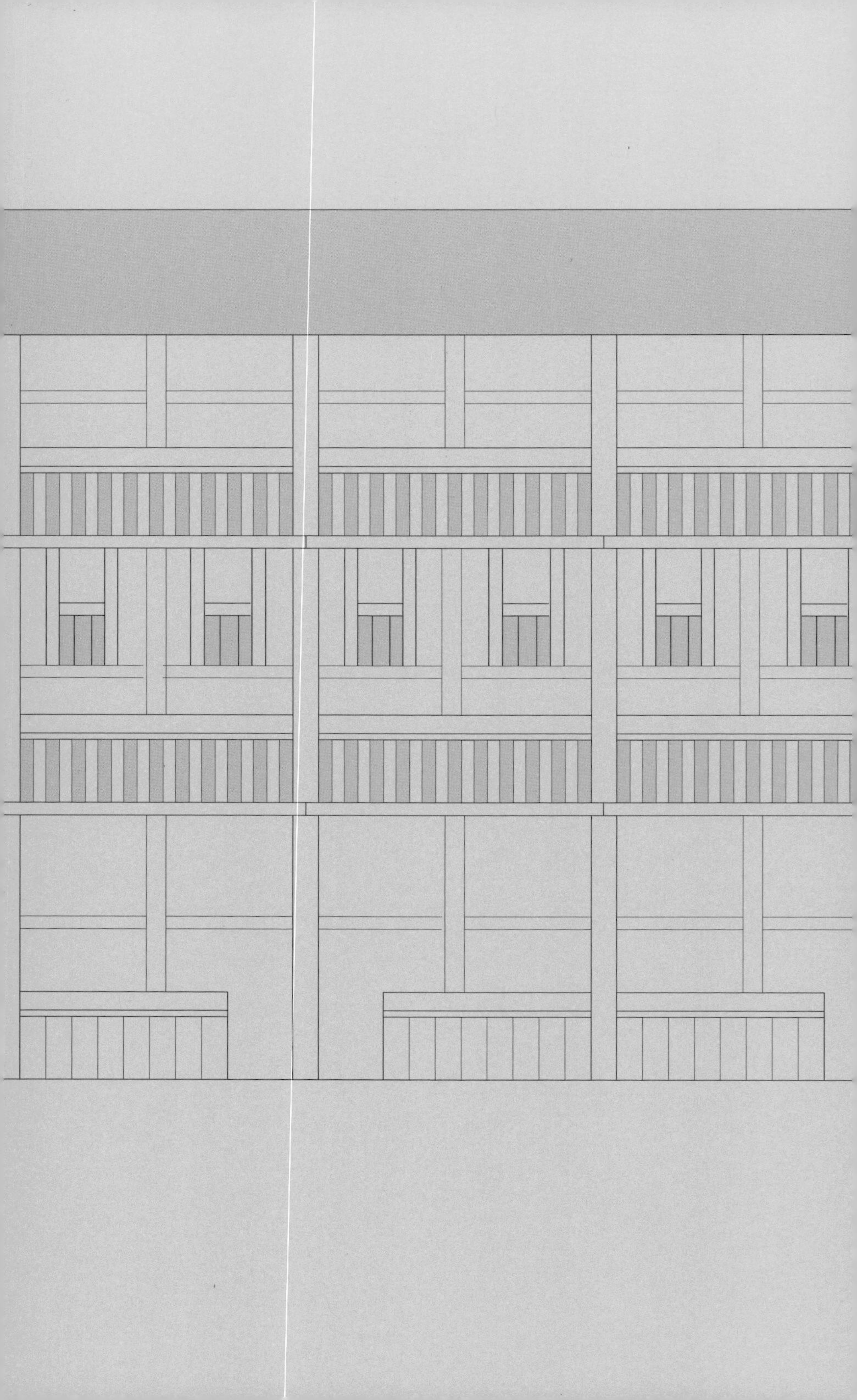